陈忠实
文集
增订本

第 3 卷

1985—1986

人民文学出版社

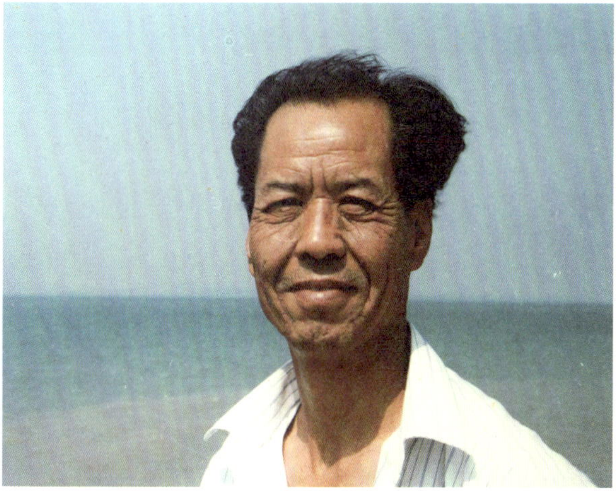

目　录

中 篇 小 说

最后一次收获 …………………………………………… （3）
蓝袍先生 ………………………………………………… （62）
四妹子 …………………………………………………… （170）

短 篇 小 说

夜之随想曲 ……………………………………………… （281）
广播体操乐曲算不算音乐 ……………………………… （285）
灯笼 ……………………………………………………… （288）
毛茸茸的酸杏儿 ………………………………………… （296）
失重 ……………………………………………………… （311）
桥 ………………………………………………………… （326）
到老白杨树背后去 ……………………………………… （344）
打字机嗒嗒响
　——写给康君 ………………………………………… （358）

散文·特写

大地的精灵 ……………………………………………… （377）

迪斯科与老洞庙 …………………………………………（389）
访泰日记 …………………………………………………（395）

言　论

答读者问 …………………………………………………（463）
忠诚的朋友 ………………………………………………（476）
创作感受谈 ………………………………………………（480）
收获与耕耘 ………………………………………………（498）

中篇小说

最后一次收获

一

一条条沟壑,把原坡分割成七零八碎的条块。一条主沟的上下两岸,都统进好几条大大小小的支沟。远远望去,那一条条主沟和支沟,恰如一个老汉赤裸着的胸脯上的暴突经络。被主沟和支沟分裂开来的南原原坡,就呈现出奇形怪状的浮雕似的构图,有的像脱缰的奔马,有的像展翅疾飞的苍鹰,有的像静卧的老牛,有的像平滑的鸽子,有的像凶残暴戾的鳄鱼,有的像笨拙温顺的母鸡……莽莽苍苍的南原原坡,像一条无可比拟的美术画廊,展示出现代派艺术巨匠们的一幅幅变态的造型……

沟壑里陡峭的断层上,是黄色的、红色的、白色的、褐色的土壤层次;缓坡上和沟底里,是绿色的杂草、苇丛,稀稀拉拉地冒出一棵或几棵山杨或臭椿树。沟壑之间的坡地上,一台台条田,被黄熟的麦子覆盖着。现在,无论你把眼光投向东部或西部,只能看见两种颜色,大片大片地包裹着坡面的麦子的黄色,夹在大片黄色之间的沟壑里的野草的绿色。黄色与绿色交错着,却不是混杂,黄是黄,绿是绿;黄色是主宰,绿色变成点缀了;似乎这山野世界在一夜之间进行过一场自然界的翻天覆地的革命,把永恒地主宰这山野世界的绿色推翻了,变成了象征着富足的金灿灿的黄色的一统天下,绿色被挤压到狭窄的沟缝间去了。

赵鹏置身于这莽莽苍苍的金黄世界里的一个小小的山梁上,屁股下坐着一辆独轮手推木车,抽着烟,被眼前这恢宏博大的气势陶醉了。这样壮观的大自然景象,一年只能出现一次,而且时日极为短暂。三五日内,这个完整的画面,就被庄稼汉手里闪闪发亮的镰刀剔割得支离破碎了,继而完全刮光削净了,恰如老庄稼汉用剃刀剃刮得光秃秃的脑袋。这富有华贵的景象消失了,黄土高原沟壑纵横的坡面上最丑陋的本色就彻底地暴露出来了。赤裸的丑陋的面容一直要保持到秋末冬初,才能被出土显行的冬小麦的一抹嫩绿所遮掩。

多少年没有看见这壮丽的麦黄时节的景象了啊！自从他跨进西北工业大学的门槛,就再也没有机会目睹一次家乡原坡麦收的景象了,竟然有二十多年了啊！往昔的夏收时节,他不用操心收麦的事,那是生产队长和全队男女社员的事。他只是星期天回来,在家里为收割碾打麦子的父母兄妹和妻子做一点家务,后晌又骑车子去上班了。今年不同了,土地承包到户了,他不能安静地在那个热处理车间钻研"曲轴淬火"的问题了。工厂里照顾他这个家在农村的工程师,准许下十多天假期,让他回家收麦子。现在,他手里握着镰刀,推着独轮手推车,投身在这沟壑纵横的山野之中了。

一条条窄窄的小路,从沟道里曲曲拐拐地伸展到坡顶上去,这儿那儿,零零星星地有人在小路上走着,在麦田里挥动镰刀。还不到收割的洪期,人欢马叫的场面还不能出现。麦子成熟的最佳状态还欠一点火候。远远望去,一片金黄,走到地头一瞧,那麦穗上的活色还没有褪尽。在手心剥揉开来,吹去麦芒和糠皮,那手心里的新麦的麦粒,还是胀鼓鼓的。他家的一块半亩地的麦子,在坡顶的一个干梁上,又迎着风头,妻子淑琴昨日看过,已经熟透,今日开镰了。她吩咐他早晨在屋门口收拾晒麦的场面,自己去收麦了,让他吃罢早饭去拉运。

淡蓝色的氤氲弥漫在远处的沟坡间,由近处到远处,渐渐浓厚。太阳已经升起在东原顶上碧蓝的天空,却无法驱除净尽远处麦梢上那种似雾非雾的灰蓝色的氤氲之气。气温开始骤然上升,原坡上流动着一股股热烘烘的气浪,夏虫在麦田里的叫声此落彼起,越来越密,金光闪闪的原坡似乎在夏虫动人的歌唱中抖动起来了……

他把那条皮带做成的车襻搭在肩上,双手扶着小推车的木把,腿和肩膀协同用力,把小推车一步一步沿着陡峭的小路推上去。他看着眼前原坡的景致,脑子里勾起的却是童年的记忆。真奇怪啊!那清脆的夏虫的叫声,似乎根本不是从左右两边的麦田里传进他的耳朵,倒像是从他的心里流进脑子,而又从耳朵传到空间里去了,似乎心里早就埋着一盒童年从这原坡上录下的夏虫歌唱的磁带……

屏住呼吸,两手把稠密的麦穗拨开,轻轻地抬脚,小心地落地,几乎一丝声响也没有,尖硬的麦芒儿刺得胳膊腕子痒痒的,也不敢换下另一只手来抓挠一下,尽管做到了天衣无缝般的谨慎和小心翼翼,那爬在两步远的一支麦穗上的绿色的蚂蚱,还是在他伸手猛扣的前一秒钟蹦到地上去了。一切诡秘和隐蔽顿然变得毫无价值和毫无必要,需要的是紧紧盯住在麦根上仓皇逃窜的蚂蚱。不顾一切地扑上去,踏倒一切绊手绊脚的麦秆子,双手准确地捂下去,扣住那只可爱的翡翠般的绿色蚂蚱,世界上最大的诱惑都化作那只小精灵了。就在这关键的一扣将要进行的时候,他的后领被揪住了。

那只钢铁一样硬的有劲的拳头,顶在他的后颈上,猛一提,他就被凌空提起,从麦田里给甩了出来,跌落在地边的草地上。他仰起头一看,冷娃大叔正瞪着牛眼,高举着攥紧的升子般大小的拳头砸下来,他悲哀地缩了脖子,闭上眼睛,等待那不可躲避的一击。可是,那手却从脑袋上方绕到背后,带着一股风,落到屁股蛋上了,他疼得龇牙咧嘴地趴在草地上。

"我日你妈！我叫你个狗杂种糟践我的麦子！我今天非得把你的狗腿砸断不可……"

冷娃大叔跳着、骂着，唾沫飞溅，脸憋得像腊汁肉的黑红色……倒霉！怎么不小心碰到他的手里了呢？他并不后悔逮蚂蚱有什么过失，只是懊丧自己太大意了，应该在踏进麦地之前，先看看主人在不在近旁……

"说！还敢糟践麦子不？你碎熊给我说！"冷娃大叔揪住他的马鬃毛盖儿头发，说，"我拉上你寻你爸去——"

他慌了。打屁股，他可以忍受；揪头发，咬咬牙也就过去了；他最怕冷娃拉他去寻大人，教训已在：父亲的惩罚比冷娃要厉害十倍！他连声告饶："冷娃叔，我再也不敢咧……"

"嗬！你碎熊还叫我的外号……"

冷娃的手一使劲，他似乎觉得头皮都要被揭掉了，疼得哭溜出声来，连忙改口，称呼起冷娃的官名："志杰大叔……好爷哩……"

"倒是叫叔，还是叫爷？"冷娃自己却忍不住笑了，"我把你个捣蛋锤锤子！"

那只铁钳似的大手松开了，他忽地蹦起来，顺着小路跑了，跑得百十步远了，站在塄坎上，嘶吼着："冷娃——二杆子！二杆子——冷娃！我明日还要来逮蚂蚱……"

冷娃在下面气得挥着胳膊蹦着，朝他扔石头。那怎么能打得着呢？看着冷娃猴急的样子，他报复似的哈哈笑着、跳着……

他推着车子，想到儿时的淘气，自己也笑了。每年的麦收时节，是乡村孩子盛大欢乐的节日。镰刀一响，又硬又涩的苞谷面馍馍就从餐盘上宣告退位了，取而代之的是松软香甜的麦子面馍馍，他像盼望过年一样渴盼着开镰。顶有趣的是，孩子们用新麦的麦秆儿，编成各式各样的笼儿，有的是长方形的，中间隔开，像一排厦屋；有的是葫芦状的，用一条细绳拴在裤带上，吊在屁股后头，漫山遍野追着蚂蚱的叫声奔跑;傍晚,在碾过麦粒的麦草窝儿里翻跟头,摔跤,大人们也不禁斥,由他们尽着性子玩耍嬉闹……那麦秆儿散发出醉人的清香甜腻的气味啊!

那条遛马沟里,更是乐趣无穷。沟里终年流着一股清泉,草木茂盛,是孩子们割草放牛的第一场地。沟中间夹着一道沙梁,全是红色的沙粒,光溜溜的寸草不生。他和伙伴们割满一笼青草,就爬到沙梁顶上,从上头溜下来,像箭一样快,心里忽儿忽儿直打飘,比城里幼儿园里的溜溜板惊险得多了,只是磨破了裤子,总躲不过母亲的斥骂……

现在,他是一家千余人工厂的工程师了,尤其在当今开始重视知识的社会生活里,他这样一个正当年的科技人员,在工厂里颇受注目。他在《热处理》杂志发表过三篇论文,掌握了俄、英、日三种外语,在工厂里尤其令那些被十年动乱耽误了学习的青年工人羡慕和敬佩。领导已经找他谈过话,拟定他为工厂新的"四化"干部的人选,可谓正当春风得意之时。

眼下,他的肩头上挂着牛皮做成的车襻,双手推着这辆也许是从周朝传留下来的小车,到原坡上来拉麦子。他用三种外语所获得的世界上最先进的技术,无法解决麦子的运输问题,这儿只需要力气。

工程师赵鹏推着空车,走上那座干梁的时候,已经气喘吁吁,汗流如注了。他一眼瞥见,妻子淑琴正蹲在麦田里,左手拢着麦秆,右手挥动着镰刀,刚好割到地头,直起腰来,抹着脸上的汗水,朝他甜甜地笑着……

二

她坐在一捆麦子上,拢一拢被汗水黏住的头发,解开包着馍馍的毛巾,把馍掰成碎块,放到一只搪瓷缸子里,再把热水瓶里的开水倒进去。这是她天不明起来上地时,自己带到地里来的,麦地太远,回家吃饭要费好多工夫。她端起缸子要吃的时候,却发觉忘记了带一双筷子来。她从麦捆儿上站起,走到地塄上,在一丛榆树棵子上折下一根树枝,剥掉了柔韧的软皮,露出白色的木质,就有了一双干净的筷子了。

这就是他的媳妇,他的爱人,他的夫人,一个地地道道的农民。她左手端着大号搪瓷缸子,右手捉着那双榆树枝做成的筷子,把泡得膨胀了的馍块送到嘴里去,几乎不用咀嚼,就从喉咙里滚下去了。她吃得很香,大口大口地喝着水,从喉咙里传出"咕咕咕"的响声;捉着筷子的指间,夹着一根生蒜薹,就着泡软的馍馍吃。

他坐在她跟前的另一捆麦子上,抽着烟,看她吃饭。她的脸上扑着麦穗上的灰尘,被汗水黏合在脸颊上,手心手背和手腕,已经被黑色的粉灰糊粘得十分肮脏了。坡梁上没有一滴水,要讲卫生就得付出劳动,跑到深深的沟底里去洗手洗脸。她的宽阔的脊背上,汗水湿透衣衫,渗出一个不大规则的圆圈。她吃完了,脸上又淌下汗水,撩起衣襟的下摆来抹汗,露出两只奶头来,在苍苍莽莽的黄土原坡的麦田里,这一切都显得十分自然、十分和谐,不足为奇。如果是在市里某一家高级宾馆的餐桌上,这种动作未免就有失大雅了……他想。

"想不到这干梁上的麦子长得这么好!"她站起来,提着镰刀,走向麦摆,"往年给队里收麦,这块地没用过镰刀,全是用手拔——猴毛麦子搭不住刀哩!"

他也提着镰刀,走到麦地头。麦子长得真好,齐摆摆的麦穗儿金黄闪亮,棵子稠,穗子长。去年秋里分了地,她把这半亩坡地,用铁锨翻了一遍,种麦时压了五十多斤氮肥。这是她的功劳、她的成绩,从种到收,他没有到地里来过。他有点歉疚地笑了:"你的功劳呀!"

"你坐下歇着。"她制止他割麦,"这一摆麦子,我一镰就割过去了。你歇着,一会儿往回拉。"

他笑笑,在剩下的一摆麦子前蹲下身来,挥动了镰刀。他多年没有割过麦子了,他想试一试自己割麦的技术,妻子累得汗流浃背,却让他在一边歇着,怎么能行呢!他跟在她的屁股后头,割着,镰刀割断麦秆儿的"嚓嚓"声,是这样动听。在他上中学的时候,每逢麦收,学校放了忙假,他就跟社员一起收割麦子。而今技术虽不生疏,而这镰刀刈断麦秆儿的声音却生疏了。

他刚割过三五步,就觉得腰里酸酸的,不由得直起身,舒一口气。他的前头,淑琴猫着腰,左手把麦秆儿一拢,右手里的镰刀往跟前一扯,"嚓嚓嚓"的响声很有节奏地响起来,一排排麦子在她胸怀里倒下去。即使在她脊背上扣一页瓦,也不会掉下来,她完全变成一个熟练的农民了……

高中毕业那年,他到渭河边一个同学家里去玩。那是渭河滩上一个小村庄,住着五湖四海的居民,一个百余户的村庄,竟然有十几个省份的籍贯,全是解放前逃荒(天灾、人祸、壮丁、捐税)落脚到这里的。那位同学祖籍山东,现在已经是一口地道的关中语言了。然而在生活习惯上,小村庄仍然保存下南北各地的风俗。同学的父母用山东大饼招待他,十分热情,客户人待人尤其厚道。他明显看出,全家八口人中,唯一对他表示冷淡的是同学的妹妹,一个正在中学读书的漂亮的女子,跟他连一句招呼也不打,骄傲得像个小公主似的。她不大说话,偶尔看见她开口,就发现她有一个下意识的动作:皱鼻子。当他第一次看见她皱鼻子的时候,心里忽悠一下,产生了一种强烈的欲念:我真喜欢她。

他考上大学后,从那位同学的信中得知,她在次年考上无线电技校了。他骑着车子找她去了,在宿舍里见到了她。她一愣,终于认出他来,鼻子又皱了一下。

"你来……找我?"

"对。"

"有啥事呢？"

"想看你皱一皱鼻子……"

"你……"她飞红了脸，往后退了一步，警惕地瞅他一眼，转过脸去了。

"给我一杯水喝。"他不慌，其实早已盘算好了，有充分的思想准备。

她迟疑了一下，没有倒水，问："你要是没有什么事……我要上自习去了！"

"当然有啊！"他说。

"有就说吧！"

"我要跟你恋爱！"

"胡说！"

"真的！"

"你快走吧！"

"给我一杯水……"

她的脸红得像一只鲜红的苹果，连耳根都红了，终于在迟疑间，转身从桌子上端起暖水瓶，往一只玻璃杯子里倒水。他走到她背后，抱住她的肩膀，亲了她一口。她放下暖水瓶，挣扎着，企图挣脱他的拥抱。他死死地抱住她，紧紧盯着她的眼睛，她没有叫喊，使他受到鼓舞，更加有劲地箍住她的肩膀……终于，她羞涩地向他皱了一下鼻子，就伏在他的强壮的胳膊里……一切就这样简单、直截。

她上了一年技校，学校解散了，国家进入严重的经济困难之中，一切公民都自觉承担国家的压力，她也将背着铺盖卷回到渭河边去。为了表示他的真诚，他提出立即结婚。他们原来商定在各自毕业以后，工作安置稳当，再办婚事。现在，他还有一年就要毕业，没有必要等待了，他要和她结婚。她从渭河边的大平原上，到南原坡根的他的家里来了。

如果她在无线电学校完成学业,那么,她现在至少可以穿一身干净的白大褂,在无线电工厂做一名工人,皮肤不会变得这样粗糙,更不会折一根树枝当作筷子吃开水泡馍了!她是无数个为分担国家困难而牺牲了自己前程的青年中的一个,现在完全变成和黄土一样粗放而又质朴的农村妇女了。她的鼻子虽然还习惯于皱一皱,却仅仅只是一种下意识的习惯,公主似的高傲荡然无存了……

"赵鹏,你歇下嘛!"

她站起身,两只手在拧着一撮麦秆儿,那是绑麦子的索子。她的口气是真诚的,固执的,爱护他的。他听了有点难受。是的,她比他年龄小,然而仍叫他歇着。她的口气中包含着一层明显的意思:她是农民,应该而且能够干完这一切;他是……应该歇下来的人!她叫他赵鹏,这是在他对她实行"突然袭击"时叫出第一声之后至今没有改过的称呼,尚没有像乡村里夫妻间习惯于称对方为"娃他大"或"娃他妈"。

"我想跟你……在一摆儿割麦!"他笑着说,"咱俩……难得夫妻相随呢!"

她的鼻子皱了一下,动心地笑了:"你说啥呀?"

"我想跟你在一摆儿割麦。"他说。

"啊……你再说一遍!"

"我想跟你在一摆儿割麦。"

"再说一遍……"

"我想跟你在一摆儿……"

她扔下手里正在挽着的麦索子,三五步奔过来,抱住他的脖子,用她粘着粉灰的脸,和他的脸紧紧地挤挨在一起,战抖着声音说:"赵鹏,你说说心里话,二十年里,你真的没有后悔过吗?不嫌弃我是个农民?"

"后悔也没用!"他幸福地笑笑,依然用他惯长的诙谐的口气说:

"谁让我当初像日本法西斯一样,疯狂地偷袭珍珠港呢?"

他们相依相偎着,坐在热烘烘的麦茬地里。他捉住她的手,看看手心,又看看手背,那曾经是细长的柔软的姑娘家的手指,现在又黑又粗,趼甲摞着趼甲,食指上被镰刀划破一条口子,淌过血,已经被黄土淤塞了,连一块包扎的布条儿都没有。他叹口气说:"淑琴,你真是受了苦了!"

"农村妇女,哪个能不劳动呢?"她淡淡地笑笑,似乎没有苦痛,不在意地说。

"好了,再苦一个夏收吧!完结了——"他搂着她的肩膀,"你在家里受了二十年的苦,现在总算熬到头了。收完麦,咱们马上搬家,进城。"

"我进不进城倒是意思不大咧!主要是娃娃。"淑琴说,"我已经四十岁了,到死进不了城,也没啥,反正你也不会离婚了。我高兴的是娃娃们再不推车挑担了……"

"不!我主要考虑的是你!"赵鹏说,"你搬到城里,在厂里随便找点工作干着,咱们就是一家人了,比在乡下要方便多了!"

他在年初被正式批准了工程师的职称。三月里,省人事局下了一份文件,给取得工程师和相当于工程师职称的科技人员解决后顾之忧。他正当其时,没有费多少周折,就转办完毕户口手续,把一家四口的户口和粮食关系,迁转进城市了。只待夏收一毕,把去年秋天分给他家的五亩七分四厘川地和坡地如数交回生产队,从此将用粮簿在粮店买粮了。

"最后一次收获!"

他对她说:"最后一次收获。我们从此将变成城市居民了!所以我说,我想跟你在一摆溜儿割麦,兴许我们再也不会提镰刀了呢!"

"最后一次……收获……"她喃喃地说着,站起来,拢拢头发,走到自己的麦摆上,回过头来,"赵鹏,你把刚才的话再说一遍……"

"我想跟你在一摆溜儿割麦。"他大声说,挥一下镰刀,"这是最后的一次收获呢!"

三

割掉干梁这块地的最后一撮麦子,赵鹏动手装车了,从地上抱起一捆沉甸甸的麦子,放到手推车上,再抱起一个麦捆子,一颠一倒装到车上。麦秆轻,麦穗沉,必须一颠一倒装起来,才能保持小推车两边的重量基本平衡。他过去拉过这种车子,基本的劳动技能,那是不会忘记的。

淑琴正在割过麦子的麦茬地里捡拾丢遗的麦穗。她频频地弯下腰去,从麦茬上拾起麦穗来,拧成一把儿,塞到车子上。等到他把小推车装满的时候,她已经拾净遗穗了。麦茬地里,现在看去,已经收获得干干净净了。

"老天,路也没有,可怎样下去?"

这座干梁与下边的小路之间,隔着一道陡直的斜坡,坡度看去有七十度,竟然没有一条小路,好在那斜坡上没有种麦,是一块杂草丛生的空白地,他作难了。

"这些干部呀!啥事也不管了。"淑琴也站在塄边上,察看下梁去的路径,抱怨说,"往年收麦前,先把临时小路修到地头,好拉车。今年土地一下户,干部啥心也不操了,啥神也不劳了,只顾拿补助款!"

她告诉他,土地下户以后,大队干部每天补助一块二毛钱,一月三十六块,不管多少,问题在于干部根本不管什么事,白拿钱。

村里的干部因为实行责任制不再记工分了,改成固定的工资制了。究竟是不是白拿钱,他无心理会这种事,反正自己已经不属于社员了,与自己关系不大了,要紧的是怎样把这一车麦子拉到斜坡下的小路上去,这里根本没有路。他对淑琴说:"只有从这斜坡地上往下拉。"

"没有路,你能拉下去?"她问。

"能。我在坡地上拉过车。"他相信自己年轻时在家乡的坡地上练就的拉车技术,"你放心,我本来就是山里人嘛!"

她眼里透出不大踏实的光,他也不在乎,这是唯一的办法。他把车襻挂上脖子,直起身来,小推车的两个支腿提起来了,好沉呀!从麦地里拉到塄边,被碾压的硬硬的麦茬"咔嚓咔嚓"响着。他用两只手紧紧地攥着车把,企图死死地扭住车子,保持平衡。当他从塄坎上朝斜坡跨下一步,第二步还没踩到塄下的坡地的时候,小推车朝外倾倒了。他企图用双手扭住,却没有扭住,那负重的小推车朝斜坡下倾倒的力量似乎山崖崩塌,两只胳膊的力量简直无能为力,不可逆转。他摔倒在斜坡上,小推车已经滚到斜坡下去了。

他爬起来,在几步远的地方找到了眼镜,好在没有破碎,淑琴尖叫一声之后,从塄坎上蹦下来,看他正在擦拭眼镜,才舒了一口气,脸上的紧张神色顿然消退了。

"好咧!"赵鹏对淑琴笑笑,"这下,省得我拉了,车子自动下去了!早知如此,应该把车子推滚下去,免得我翻跟头……"

"狗日尽吃冤枉!"淑琴又骂起村干部来。

他从斜坡上走下去,麦捆已经被翻滚得七长八短的了。两人把车子扶起,重新捆扎了麦捆,他又把牛皮车襻挂上脖子。

下坡拉车,根本用不着臂部一丝力气,而是要把全部力气使在腿上,撑住自动下滑的那个独轮;身体后仰,用脊背扛住麦捆;双手端平车把,不敢倾斜,沿着沟边的小路一步一步挪下去。

"你从后边拉着。"他给淑琴说,"前面要下陡坡了。"

淑琴点点头,用手揪住车头上的绳索,往后拉住,那实质是人为的活闸。

　　这面陡坡,直直地通到沟里,路不足二尺宽,散落着算盘珠大小的石子,一步踩不稳妥,就会翻到沟底去,如果在这儿翻车,就不像刚才在斜坡上翻车那样轻松了,沟深二十多丈呢,即使摔不死,也得断一条胳膊或坏一条腿,瞧一眼沟底,心里不由得发紧,他避开眼睛,不敢往沟里看了。

　　那又硬又宽的牛皮车襻,压在脖子后边,像一条铁箍子,使他的脖颈不能自由转动了。麦捆子的全部重量,都压在脊背上,不可抗拒地催压他朝下滑。汗水从脸上淌下来,侵蚀着眼睛,麻辣辣,痒瘙瘙,却腾不出手来擦擦汗,揉揉眼睛。他现在才感到自己的双腿太缺乏力量了,大腿打着战,小腿肚子又酸又疼,软软地聚不起支撑重负的力气来。脚步儿踩不稳了,这只脚还没踏实,那只脚早已不堪重负,提起来了,慌乱中踩到一颗石子上,脚下骨碌一滑,他用尽吃奶的力气把左肩一翘,车子朝山坡这边倾倒了,侧靠在崖坡上,才没有跌下左边的深沟。

　　"小心呀——"淑琴的声调都吓得打战了。

　　"好了,快到沟底了!"他安慰她。

　　他就势倚着倾靠在崖坡上的车子,用衣衫的下襟擦着脸上的汗水,裤兜里的那块又小又薄的手绢儿,擦汗不大顶用了,似乎非常自然地撩起衣襟来,抹到脸颊上去了。他自小就跟父亲学会了用衣襟擦汗,后来上学了,特别是上大学以后,他的裤兜里有一块叠得方方正正的小手绢了,如果在大学的课堂上撩起衣襟来擦汗,那就不大好意思了。现在,他撩起衣襟来了,虽然二十多年没有做过这种擦汗的动作,却不陌生,似乎只有这样擦起汗来才最顺手。

　　他再次扛起小推车的负载,移步了。脚上和小腿上刚刚积攒下来的力气,在扛起车子的一瞬间,散掉了,小腿抖得更厉害。他咬着牙。下了沟口,就是平地了,沟底淌着一股水,记忆中似乎有一个用树枝棚架的土桥,现在也没有了,必须从小水沟上蹚过去。他给淑琴打招呼:"过水沟时,猛劲一推噢!"

"噢——"她在车子后边应着。

他略停一下,聚起力气,然后拉动车子,一步从小水沟上跨过去,本该猛一用力,车子就拽过一步之宽的小水沟了。可惜,力气不足,车子在稀泥里减慢了速度,没有滚上去,却朝沟里翻倒了,他被翻倒的车把儿打倒了,跌在水沟里。

淑琴跑过来,拉起他,脸都吓白了。

他摸着右边的脸,被车把打得好疼呀! 裤子溅满泥水,真有点狼狈不堪、丧魂落魄的架势。他不想在淑琴面前流露出哭相,仍然嘻嘻哈哈地嘲笑说:"哈呀,真是老了呀! 腿脚不灵便喽! 净翻跟头……"

他和淑琴扶起车子,挪到沟底的小路上。

"我来拉吧!"淑琴说,"换一下,你歇会儿。"

"我拉!"他使起性子。是的,很快就要进入村子了,让老婆拉重车,一个男人家倒跟在后头,够多难看! 他说,"我今日付了学费,一定得拉回去!"

他重新扛起车子,从沟底往前,就是平路了,重负不能减轻一毫,却不会翻跌了。淑琴在后边使劲推着,他在前边拉着,进入村口了。

"割了?"乡亲们问。

"割了。"他笑着答。

"成色不错吧?"

"还可以。"

"鹏娃吔! 你没看拉车嫽不嫽?"有人和他开玩笑。

"嫽哇!"他也自作乐地笑着回答。

"少拉点儿! 路不好,哪怕多拉一回。"有人很诚恳地叮咛说。

"哦! 不累……"他勉强做出不累的样子。

从村巷里拉过去,乡亲们和他打着招呼,一直拉到村子北边的大场上,第一车新麦终于上场了。

大场有三四亩地大小,是生产队历年夏收碾打麦子和秋天碾谷的场地,现在已经分成一条一绺了。各家碾压了自己的那一块场面,用灰撒在场地上。他和淑琴把麦捆卸下来,栽到自家分得的那一绺场地上,卸完之后,坐在小推车上,点燃一支烟,想到还得爬上那个干梁去拉麦捆,心里有点怯惶惶的了。

"赵鹏呀!你算给咱的娃们办下一件好事。"淑琴坐在他旁边,情真意切,倒像是她受了他的恩情似的,透出明显的感恩戴德的语气说,"要不哇!咱娃们就得在这山旮旯里拉一辈子手推车。你看受的这份罪……好了!累死累活就这一年了,咱娃再不用爬坡拉车咧!"

他看一眼她,没有说话。他和她的儿子以至将来的孙子和曾孙,都将不必在这个黄土旮旯里抓摸了,不必拉着麦捆翻跟头了!在这样贫瘠的山坡上,汽车路大约不会在十年间通到地头吧!现在的庄稼人和他们没有考上学的儿子,还得继续使用这种也许是从西周传留下来的小推车。他的父亲在这黄土原坡上拉了一辈子小推车,现在已经归于黄土中去了,装进棺材的时候,却无法把那两条罗圈腿摆直。没有办法,在这个村子里生活着的男人,十之八九都变成罗圈腿了。他们年轻的时候,也长着两条端直的腿,几十年里从坡上拉下沉重的小推车来,腿不能硬直着走路,渐渐地,在不知不觉中,长长的双腿朝外弯曲了,变形了,变成适宜在山坡上拉载重负的罗圈腿了!

他和她的儿女将一劳永逸地放下这小推车了,从他这一代开始,将要过一种城市方式的生活了,用口袋到粮店去买米、面,用网篮到街口的蔬菜副食店去买菜,烧蜂窝煤,住楼房,再也不必挑着铁桶到沟底去挑那混浊的泉水了。这将是一个永久性的告别,与小推车告别,与黄土原坡告别……

大场上,有几个男人和女人在自家的那一绺场面上碾压着,小碌碡发出吱嘎吱嘎的叫声,把撒过灰的场面碾轧得平平整整,又瓷又光,准备迎接上场的新麦。他们在悠悠地说着话,谈论着天气和川原上下各路麦子生长的成色,声调是和悦的,洋溢着即将到来的蛮有把握的丰收的喜气。他们根本没有担心在这陡峭的黄土原坡上拉车有多么辛苦,更不会惋惜自己变了形的罗圈腿有多么丑陋!是的,这坡地上的收成虽然远远不及肥沃的河川里的收成那样丰厚,却依然吸引和迷恋着他们。祖祖辈辈,子子孙孙,伏天里翻耕土地,秋后播下种子,上冻时用黄牛或灰驴驮上装满粪块的竹篓上坡,就等着夏天收获的这一天啊!

他没有说话,推起空车,准备上干梁去。

淑琴赶上来叮嘱他:"这回少装点!你不常拉车,比不得人家常年拉车挑担……"

四

"喝汤吧!"淑琴把腌制的蒜薹碟儿摆上桌子,又动手到锅里去舀稀饭。家乡的人把吃晚饭叫作喝汤,淑琴爱怜地瞅着他,"拉了一天麦子,早早吃了,早早歇下。"

"甭急,让我洗一下。"他说,"身上又扎又痒,真难受。"

"哦,那我给你烧温水。"

"不啦!我到河里去洗,痛快。"

"河里水凉!"

"没事儿!"

"那我等你回来再喝汤。"淑琴温顺地说,"甭泡得太久,小心感冒!"

"咱俩一块去!"他说,"你也该洗洗。"

"我在屋里用温水洗。"她不好意思地笑了,"娃们大了,让娃们看着他大他妈一块下河……"

"老封建!"他不勉强,笑着从盆架上取下毛巾,搭在肩上,走出门去。

"你到下河里去洗!"淑琴赶出门,叮嘱说,"上河湾里女子们晚上洗哩!你别冒跑……"

一进入夏天,小河边就是天然浴场了,男人们在下河里洗,女人们在上河里洗,互不侵犯,约定成俗,习以为常,虽然男人们能听见上河里传来女人们嘻嘻哈哈的笑声,夜幕却保护着各自的领地。夫妻双方一起下河,有诸多不便,淑琴不好意思和他一块下河来。

他遵照淑琴的提醒,顺着河堤走到下河里来,蒙蒙的星光下,可以看见河湾的水道里,有一伙人影在晃动,传来嘻嘻哈哈的说话声。从声音判断,大半是些年轻后生们。他们爱干净,讲卫生,劳动一天之后,到清凉的河水里洗掉浑身的汗腥和污垢。中年以上的庄稼汉们,早早地在水盆里抹一下手脸,喝罢汤就早早躺下歇息了。他们怕水冷,只有到伏天热得不分早晚的时候,才下水来泡一泡,凉快凉快。赵鹏意识到自己已过中年,和这些后生们在一起也不好意思,就走到稍远一点的河水边,脱掉了衣裤。

河水好凉啊!他初下水的一瞬,浑身一紧,冒出鸡皮疙瘩来,挥开手臂,在深及腹部的清水里游了一圈,寒冷消失了。他用肥皂洗头发,粘着尘土的头发在河水里涮洗得干干净净,头皮顿然清爽了。他用毛巾使劲擦拭着皮肤,洗得真痛快。他摸到岸边的浅水里,枕着一块光滑的石头躺下来,清凉的河水从他胸脯上流过去,温柔地抚摸着他酸疼的胳膊和双腿。满天繁星,明明暗暗,闪闪眨眨,对岸的苇园里传来呱呱鸟的叫声。河滩,柳林,瓜园,渠岸,整个河川的角角落落里,没有一处不留着他童年的脚印。在堤坝下的石缝里摸鱼,冬天在柳林里攀折冻死的枝条烧柴火,到沙滩上的甜瓜园里去偷瓜……

他跟着老师在河那边的公路上走着,天不明爬起来,兜里装着几个黑馍,要到城里去考中学了。他只有十二岁,是班里年龄最小的一个,走过一个一个陌生的村子,太阳西沉,即将落进河滩的时候,他们走到大平原上来了。一眼望不到边沿的平地,看不见土丘,天也顿然变得无边无际开阔深远了。他第一次走出自己生活过十二年的小河川道,南原和北岭之间的那一绺蓝天,就是那么窄窄的一绺。走出小河川道,第一眼望见这开阔的苍穹,他觉得自己愈加小得不知所从了。

他第一次出远门,第一次靠双脚走过了四十华里路,脚上打泡了,腿疼难挪了,口里又干又涩,怎么也咽不下那干硬的杂面馍馍,鞋后跟已经被公路上的沙石磨透,脚后跟蹭着路面,磨得火烧火燎地疼。

猛然,一声惊天动地的呼啸从树林后边传来,伴随着"轰轰隆隆"的响声。他一仰头,一列绿色的长蛇似的列车自西向东,奔腾呼啸,从树林那边疾驰过来,又钻入远处的树林里去了,树梢上升起一团团白色的烟雾。

"火车!"

和他同行的三十多名男女学生,一齐站在路旁,向奔驰的列车行注目礼。这一帮山沟里的学生,十之八九和他一样,是第一次出山,第一眼看见火车,第一次知道有比人的双脚跑得更快的这种庞然大物。他站在那里,对着火车逝去的树林,呆愣愣地瞅着,树林上空的白烟悠悠飘散着,向远处弥漫……在他熟悉的小河川道外边,有这样广阔的世界啊!

"赵鹏——"老师喊,"走啊!"

同学们跟着领队的老师,已经走了,他的脚不疼了,腿上有劲了,跑起来,追上了同学和老师。大伙围着老师,问这问那,火车怎么会自动跑呢?两列火车对面开来怎么办?老师笑着,一一解答,他听得似懂非懂……

老师给他们介绍着沿路所看到的那一座座建筑,这是一家工厂,那是火车桥,更远处的那座最高的烟囱是发电厂的……

"国家正进入第一个五年计划,需要建设人才,你们好好念书,念了初中念高中,高中毕业念大学,给国家造火车、造飞机、造大炮、造机器……加紧走啊!小鹏鹏!"

他果然按照那位小学班主任的话,读完大学了,现在是制造机械的工厂里的工程师……

赵鹏穿上衣服,坐在河边上,点燃一支烟,静静地坐着。第一次走出黄土原坡狭窄的河川,至今仍在脑海里保持着清新的记忆。三十多年来,他在城里上学,后来在城里工作,每到周日,回到乡下,在山沟里度过一个礼拜天,又匆匆上班去了。他从山沟里飞出去了,他的父母和弟妹,还在这黄土原坡下生活着,他的妻子和儿女,也还生活在家乡的土地上。他的根哪,还是扎在这黄土地里呢!

现在,准确地说,麦收以后,他就要举家大小从这儿搬进城里去了。工厂里可能给他分配一套两室一厅的楼房,那是对他这位知识分子的照顾措施,报纸上大声疾呼抢救中年知识分子,他沾光了,父母已经先后离世,两个妹妹已经出嫁,一个弟弟也分居另过了。他一家四口搬走之后,没有什么牵挂了;以后,也许只有在清明节时,回乡下来给逝去的双亲的坟堆祭烧一把阴纸……

"赵鹏叔哎!你也洗澡来啦?"

他一抬头,两个小伙子已经走到跟前,只穿着背心和短裤,衫子和长裤搭在胳膊弯里,嘴里咂着烟,在沙滩上坐下来。这是俩晚辈青年,模样虽然熟悉,名字却记不清了。他连忙搭话说:"身上钻进麦芒了,扎得难受,洗一洗真舒服。"

"城里可没有这样好的水!"留着长长的头发的一位说,"我一进西安的澡堂子,闷得头昏,直想吐!"

"当然,哪里有这样好的水呀!"赵鹏附和说,"城市近郊也没有这样好的水了。咱们这儿偏僻,现代工业的污染还没有延伸到这儿来……"

"叔呃!"光葫芦脑袋的另一位亲切地叫他,"你们厂里有啥活儿没?俺俩想出去干点儿。"

没等赵鹏回答,留长发的那位补充说:"俺俩都在公社建筑队干过,盖房垒墙,没麻达!建筑队给的钱太少,工资老也不加,干着没劲,俺俩想自己包活儿干!"

"我可没打听……"赵鹏心里没数,又不忍心两位可爱的青年失望,"我回厂后,问问基建科,看看有没有修房垒墙的活儿……"

"好!"光葫芦说,"赵鹏叔,你要是给咱寻下活儿了,俺可不会亏待你!"

"什么话……"

"这叫信息款——新名词。"长头发小伙并不介意,"这没啥!也是按劳付酬!"

他哑着烟,看着这两位可爱的后生,他们大约都是初中或高中毕业生,没有考上大学,现在凭自己的手艺挣钱了。他们已不满足公社建筑队比较低的工资待遇,而要靠自己的手艺去承包工程,挣大钱了。

"麦种了,秋种了,乡里没事干了。"长头发小伙说,"得自找门路挣钱呀!"

"咱们在城里没熟人。"光葫芦说,"而今没熟人,寸步难行呢!"

他们年纪不大,却好像十分精通世故,与那些中年和老年庄稼汉截然不同。在赵鹏和他们闲聊的时候,他们无所顾忌,大声说话,发表他们的新的生活观念,完全不屑于像他们的父母那样只知在黄土里扒摸,凭种夏粮和秋粮,能挣几个钱呢!他们大声地骂人,傲视一切,臭骂村里的干部,简直是土匪,拿得的敢拿,拿不得的也敢拿,在实行责任制的过程中,油水叫干部们捞了。他们随意举出例子来:拖拉机价钱合得极低,队长占下给儿子开去了;六间新库房,庄基又宽敞,会计和队长各占三间,合下的价钱连木头钱也不够云云。

"捞吧捞去!反正剩下这一回了。"长头发说,"地分了,房卖了,他再想捞油水,没啥捞了……"

"嘻嘻!真正的贪官污吏……"光葫芦骂。

赵鹏听着,不置可否。这类事,他早有风闻,在村里实行分田到户的半年时间里,单是周日回家来,淑琴愤愤然给他说过的就已经不止一件,他劝她少言,吃了亏算了。现在,听着两位青年的骂人的话,他心里激起一股不平的气浪,想想自己很快就要离开这里,没有必要争论这些事了,就默默地抽烟。

"你上班去了,给俺到基建科问问……"

"可甭忘了!叔哎……"

五

接连四天,在原坡上收割了三亩多麦子,赵鹏累垮了。

他从原坡上拉回最后一车麦子,卸在麦场上,连着舒出三口长气,走回自家的小院,就像一棵被锯断的树,倒在炕上了。

他的脸颊火辣辣地疼,那是高原上太阳的强光对汗渍的皮肤暴晒的结果;他的脖颈疼得不易转动了,那是牛皮车襻下坠造成的筋肌损伤;肩头上已经被又涩又硬的牛皮车襻磨得渗出血来了,火烧火燎地疼痛;胸廓长时间受到重负的坠压,挤得肺部不能舒畅地呼吸,隔一时半刻就要舒出一口窝聚的长气;腿和胳膊像是不属于自己这个躯体的部件,完全麻木了,只有小腿肌肉频频地抽搐,才感到那是自己的腿脚;手心和脚心,都磨出血泡了,钻心似的一跳一弹地疼着;腰椎像是从后腰那里折断了,酸酸的,上身和下身不能有机地协调地在炕上换一下睡姿；浑身上下，没有一处的肌肉和骨骼能够从紧张里放松下来。

他没有洗脸，更懒得洗脚，带着满身的尘土和麦芒，倒在炕上了。歇息——解除皮肉之苦，现在比讲究卫生要迫切一千倍，沉重而又紧张的体力劳作和讲究卫生互相对立了，后者毋庸置疑地服从于前者了，几乎是不可逆转的本能。他想，如果像这样繁重的劳动长年累月地继续下去，他会忘记刷牙的习惯的，一年半载不洗一次澡也不会感到有什么过不去，头发和手脸上积满灰尘和污垢，也不会有什么不舒服吧！在他接近老年的时候，也就自然地会拐着和许多庄稼汉老头一样丑陋的罗圈腿，来往于村巷、田间和屋院内外了。

头一天上坡拉麦的时候，他像一位诗情迸发的诗人一样在心里吟诵黄土高原麦熟时节的壮观景象，多情地回味童年时代的淘气；夜晚躺在小河的浅水里，回忆起第一次从山沟走出去，在大平原上看见奔驰的列车的情景，同样充满了浪漫的诗意。现在，他连再一次爬上坡顶的心情都没有了，那满坡被黄金缠裹的景象引不起一丝的心情，蚂蚱的叫声也显得枯燥而烦腻，更不想挪动一步躺到小河里去了。沉重的体力劳动，把一切诗情画意统统从人的心怀里排挤出去了。

过去的四天时间，他的妻子淑琴领着他，从干梁割到西坡，再到东坡，再进后坡……三亩多的麦子，竟然有八九块地，分散在原坡的角角落落里。原坡上土壤结构差异太大，为了使得优质地和劣质地搭配公平，于是就出现了这种结果。要不是淑琴引导，他无法从一条一块的麦田里辨认出自己的地块来。

头一天他和淑琴在干梁上收割的时候，原坡上远远近近只有零星的人在收割，他还可以和淑琴在麦捆上调笑亲昵一下，而不担心周围有谁窥见。第二天，这儿那儿，东原和西原，前沟和后沟，到处都有男人和女人在弯腰挥动镰刀收割了。第三天，收割达到高潮，整个原坡上，几乎每一块地里都有人头闪动，从原坡通村庄的几条小路上，被来来往往的推车摆满了,男人女人,大人小孩,你呼他叫,变成一个喧闹的世界了。高潮延续到第四天,后晌就渐渐退潮了,大部分条田和坡地上收割一空,只有少数地块上还挺立着麦子,像劣级剃头师傅在顾客头上遗下的一撮撮长毛,原坡上几乎是被掠劫一空。

他躺在炕上,很想喝一碗酸辣的菜汤,却只能这样想着。淑琴还在麦场上,也许和孩子正在垒麦捆,也许只是出于防备心理,怕谁家顺手扯走几个麦捆去,三四天来,除了盐腌的蒜薹,他没有吃过什么菜。饿了,吃两个馍馍,喝一杯开水,半夜里才能躺下,而天不明的时候,淑琴又把他摇醒来。她不管几天不动烟火而只啃干馍他是否受得住,而只顾催他快跑,再苦也就这么一回了!

他的脑子里变成一片空白,什么曲轴淬火试验,什么学术论文,什么日语、英语或俄语,早已逃匿得无影无踪了,疲劳完全抑制了人的智慧,沉重的劳动使他的脑子顿然变得单纯而近于愚蠢了。

"爸!爸咃——"儿子喊着蹦进门,"快,要下雨了!俺妈叫你垒麦积子!"

他猛地翻身坐起,溜下炕来,咧着嘴,忍着浑身散了架似的疼痛,走出院,朝西一望,一层浓黑的云潮涌过来,盖住了下沉的落日。那乌黑的云层眼看着朝东边蹿上来,使人感到恐怖。呼啦一声,风从西边掠过,搅得麦草和黄土漫天弥漫,冷飕飕的风使人出过汗的肌肤阵阵缩紧。他一弯腰,朝麦场上奔去。

麦场上,一家一户所分得的那一条一绺场面上,全被麦捆子拥塞得满满的。男人站在麦积子上,把女人和儿女们递上来的麦捆垒堆起来,用手压,用脚踩。女人和娃娃们把栽在场间的麦捆拉到跟前,由强壮的女人用木杈挑起来,递到麦积子上头去。乌云已漫到头顶,天黑下来了,男人粗嘎的喉咙在催女人,女人尖叫着催逼儿女,整个麦场上,像面临一场即将洗劫的战争一样,忙乱不堪。

"你死在屋里了吗?"

赵鹏刚奔到自家的场头,看见淑琴时,她迎头就骂了他一句。

"眼窝瞎了?看不见天变了呀?!"她又骂了一句。

他愣呆了一下,刷地涨红了脸,当着全村男女老少的面,她这样狠声骂他,还是第一回,他无所适从了。他脑子里闪过一个念头,想抽身走掉,去他妈的吧!让大雨把这些鬼麦捆冲到河滩里去,算尿了!他恼恨地瞅她一眼,心软了,淑琴的脸上,汗水和着尘土,粘着麦糠,变得像一只慌急的母狼,嘴巴扭歪了,眼里布满红丝,焦急和气恨已经完全使那双活泼的眼睛变得恶煞煞的了。她的衣衫从肩头撕破了,露出了浑圆的肩头和肌肉,甚至连上胸部的乳根也暴露出来,她也不顾及什么了,只是拼命把女儿拖到跟前的麦捆压到麦积子上去。他没有抽身走掉,抓住两个麦捆,拖到她跟前来。现在,此时此地,他不是一位在热加工上有所创见的工程师,而是一个堆积麦捆的劳力。

"一点心也不操!像是我一个人的事!"淑琴还在大声发泄对他的不满。

"干叫唤啥嘛!再嚷嚷,我就……"他也火了,"我闲一会儿来没?"

旁边的一位嫂子匆匆闪过,呵斥一句:"大雨来咧!还不垒麦子,斗啥气嘛!"

淑琴咬着嘴唇不吭声了,眼泪却流下来。

风愈加猛了,刮得麦捆子在场地上乱滚,谁家遮苫麦积子的苇席被狂风抛到空中,又甩到场外的土坡上。大场旁边的树林里,一棵大叶白杨"咔嚓"一声拦腰折断了。一道闪光之后,天崩地裂似的雷声在头顶炸响,大雨"哗啦"一声倾倒下来……

男人和女人,老人和娃娃,乱纷纷从场间跑出来,丢弃下麦捆和正在垒着的麦积子,逃到附近的几户人家的房檐下避雨。赵鹏一手拽着女儿,从场间跑出来,挤在房檐下,浑身冷得直打哆嗦。没有办法,只好让雨淋了,如果冒雨垒堆麦捆,就把场面和麦穗踩踏得一塌糊涂；淋过雨的麦捆堆积在一起，两天就沤坏了，倒不如露天栽在场间。

淑琴没有到房檐下来避雨，她没有戴草帽，一任瓢泼似的大雨浇在头上和身上，缓慢而疲惫不堪地在大雨里走着，从村巷里朝回走去，暴雨从地上溅起的泥水，糊粘在裤脚上，撕破的衣衫紧粘着皮肉，依然一滑一溜地走着。几个女人呼喊她的名字，声音是亲切的，叫她赶快躲到房檐下来，出过汗的热皮热肉淋不得冷雨啊！她像没有听见，拖着沉重的双腿，朝西头走去了，在村巷的狭窄处，被雨雾和墙壁遮住了。

赵鹏心里一紧缩，有点不安了，他从房檐下跑到雨地里，一踩一滑地朝回奔去。他奔回院里，一眼瞅见，淑琴在屋里的小饭桌上倚躺着，半眯着眼睛，嘴唇变成黑色，手脚冰冷得像冰块一样，张着哆嗦的嘴唇在喘息。他一把抱起她的软瘫的身体，眼泪涌流下来了……

他划着火柴，点燃了麦秸，塞到灶下，拉起了风箱，给她烧一盆擦身的温水。往昔里，无论冬夏，他礼拜六回到家中，她笑着把一盆冷热掺半的温水搁到木头盆架上，招呼他洗去一路骑车落下的尘灰，已经习惯而成自然了，似乎没有什么异常的意思。他现在蹲到灶下，第一次觉得应该供给她一盆洗脸擦身的温水了。他没有学会烧锅燎灶的技能，锅灶下冒出一股股浓烟，呛得他鼻涕眼泪交流，依然心地虔诚地拉着风箱。收麦以来的四五天时间里，她比他吃得少，睡得更少，而几乎是马不停蹄，半夜里蒸馍，熄了灶火又提着镰刀下地了，临到他拉着小推车走到地头的时候，她已经在微明的晨曦里割下一排排麦捆子了。他累得疲惫不堪，她也不是铁打的身骨啊。

他端着一盆温水，搁到盆架上，关了门，从她身上剥下湿漉漉的衣裤，扶她到水盆跟前，帮她擦洗起来。她忽然搂住他的脖子，感动得流起泪来，那晒得暴起一层黑皮的脸颊，那双明显下陷的眼睛，浮出一缕素有的温柔和痴情。暴雨来临时，他们在麦场上发生的口角烟消云散了,像暴雨过后夏天的夜晚一样静谧而和谐。世界上有以各种形式生活着的恩爱的夫妻,或是从事共同喜爱的职业,或是意趣相通。中年工程师赵鹏和他的农民夫人却是这样生活在一起,不能说不美满,不幸福吧?此刻,他的自我感觉:甚好!

六

一觉醒来,窗外灿红的阳光,羞怯地洒在院子里的小柿树上,赵鹏揉揉干涩的眼皮,脑里反应着一种逼真的错觉,似乎不是经过了一个短暂的夏夜,而是整整睡过了一个世纪,从昨晚躺到炕上到刚才睁开眼睛,他没有小解,也没有梦幻,甚至连翻一翻身子也没有,睡得好深沉呀!深沉得像死掉了一样,敞开的木格窗子里,飘进一股滚油烫焯葱花的香味,刺激他的鼻膜,却撩拨不起他的食欲。

"睡着吧!"淑琴走进来,和悦地说。一夜睡起来,她又恢复了素常的麻利和勤快,欢蹦蹦地在后院喂鸡,在前院打扫柴枝和麦糠,在小灶房里烙烫面油旋饼子。她站在炕前,劝他说,"下雨了,地里场里湿溜溜的,啥活儿也干不成,你就美美儿地睡吧!饭做好了,我再叫你。"

她的声音是舒缓的,和悦的,真诚的;世界上只有自己的真诚相爱的妻子,才有这种舒缓、和悦、真诚的声音;没有矫揉造作,没有虚情假意,没有表面文章。这种声音区别于世界上一切声音,而绝不靠音色取悦对方。自从她和他在这个农家的土炕上有了第一夜同炕共枕的生活以后,二十年来,他完全习惯了这种舒缓、和悦、真诚的声音。往昔里,每逢周末,他从城里回来,亲亲热热睡过一夜,她天明时爬起来去上工,临走时总要叮嘱他:"美美儿睡一觉吧!在厂里辛苦了一星期,回来好好歇下!早饭等我放工回来做,妇女放工早半点,跟得上。你睡吧!饭做好了我叫你。"

窗户口透进湿漉漉的晨风,凉飕飕的,他这才意识到昨天傍晚下过一场暴雨,他的心里也舒缓下来,就依着她的话,躺着,却没有睡意了。她在屋子里弯着腰扫地,又用抹布擦洗桌子和椅子,几天来忙于在田间收获小麦,屋里的家什上落着一层灰尘。她换了一身干净的半新的衫裤,头上顶着一块方格帕子,防止灰尘落到头发里。她挽起的袖管下露出被太阳晒得黑红的腕子,粗壮而又粗糙,准确而又敏捷地挪动桌面上的茶盘、茶壶、镜子和瓶子,把它们擦拭得光光亮亮。她的精神很好,精力充沛,根本看不出昨天累得半死的痕迹,反倒因为她换下了那身割麦时专门穿着的破衫烂裤而显得周正了、精神焕发了。

他躺不住了。他想到昨晚在这个小屋子里发生的事,是的,她的突然栽倒,不是疾病而是极度劳累,她现在欢欢蹦蹦地喂鸡喂猪,扫屋扫院,似乎一夜之间又恢复了。可是,她眼眶周围的黑色的圆圈却更加深了颜色,那可不是像城里的女人涂抹的美的最新标志。他忽然意识到,在这个家庭里,主要的体力劳动都是她承担的。二十年来,他明知她在体力劳动上其实根本无法跟他相比,她始终不渝地让他在周日早晨"美美儿睡一觉"!她从来不抱怨自己在这个家庭里的负重和苦累。他每月交给她三四十元钱,她已经完全满足了。现在,他的心里似乎意识到一点什么,有点不安了,平静的心朝一边倾斜了。

"睡着呀!忙着起来做啥?这几天拉麦子,还不累是不是?"

他穿上衫子,又蹬上裤子,伸胳膊蹬腿的时候,所有大小关节都变得僵硬了,又酸又疼。精神虽然恢复了,浑身的肌肉和关节的疼痛,却反而因为一夜的睡眠更加剧了。他笑笑,没有回答淑琴的话,忍着疼痛,不致脸上流露出痛苦的神色,故意装作轻松的样子,跳下炕来了。

她一边抱怨他不该"早起",一边在脸盆里给他倒下温水,放下毛巾。他在水盆里洗手洗脸,二十年来一贯如此,今天觉得不那么自在,不那么心安理得了。她又从盆架上捞起牙具杯子,要添水,要给牙刷上挤好牙膏,这也是二十年一贯制了。他挡住她的手,仰起沾满水珠儿的脸,有点激动了,说:"我自己来。"

她一愣,有点惊疑地问:"怎么了?"

他意识到自己刚才说话太冲了,使她措手不及,想到另外的地方去了。他抱歉似的笑笑,有点伤心,却以顽皮的轻淡口气对她解释说:"我已经觉悟了!从今天早晨开始,消灭咱们之间的'工农差别'!"

她笑了,释然地笑了,爱昵地斜瞅了他一眼,夺过口杯,添上水,在横架着的牙刷上挤好了牙膏,放在桌子上,只需端到手里,就可以塞进嘴里去刷牙。待他洗漱完毕,淑琴已经在木桌上摆好了饭菜,只等他拿起筷子来。

"今日消消停停地吃顿饭吧!"淑琴依然用舒缓的声音说,"几天都没有正儿八经地吃饭了!趁热吃,饼子一凉就不酥了。"

赵鹏坐下,桌上摆着一摞切成方块的烫面油旋饼子,瓤软皮酥,散发着一股诱人的香味。一盘粉白色的洋葱条儿,水灵灵的。一碟油汪汪的红辣椒,搅动人的食欲。她借雨后不能下地上场的闲暇,做下一顿正儿八经的早饭,让他饱餐一顿,弥补几天来的亏空。他却问:"咱娃儿呢?"

"在场里看麦子。"淑琴说,"猪咧鸡咧,在麦场里乱踏乱拱,一时不看守也不成。你吃吧,我去换娃儿回来。"

"你坐下吃!"他加重了语气,似乎下命令,"吃完再去换娃儿回来。"

她又一愣:"那娃儿不饿……"

"你不饿?"他爱怜地说,动手压着她的肩膀,让她坐在椅子上,动情地说,"咱们俩今日消消停停地吃一顿饭……我想跟你坐在一块吃……"

"吓我一跳……"她幸福地笑了。

他慢悠悠地嚼着饼子,就着脆生生水津津的生洋葱条儿,目不转睛地盯着她的脸。这张曾经像粉桃一样白里透红的脸膛,变成条形的了,黄色上透着黑色;眼睛变得更大了,眼神里有一种根深蒂固的紧迫的气色,时时准备放下手里的筷子而去捞起杈把或什么家具。眼角上密集着鱼尾纹,在略一拧眉时就更加显著了。二十年,乡村田野里夏日的骄阳,冬日的尖厉的西北风,把那张皮肤细嫩的脸颊,改变得又粗糙又老相了。

"你吃菜呀!"他把洋葱条儿夹到她的饼子上,爱抚地说,"吃饭就踏踏实实吃饭,甭三心二意的。"

"呀……"她慌忙接住他递过来的洋葱条儿,吞进嘴里,脸微微红了,眼里罩起一缕妩媚的雾一样的气色,"你今日……怎么了?"

"我今日觉悟了!咱俩应该平等……"

"咱们本来就是平等的。"

"不……不平等!"

"我可没觉着什么……不平等!"

"你对我照顾……不……简直是服侍……"

"女人就该这样嘛!"

"传统观念!"

"我听广播上说,要关心科技人员……"

"那是针对社会上蔑视知识的偏见讲的!在咱们家里,应该完全平等。"

"那好,你来烧锅燎灶,洗衣管娃儿……哈呀,像啥样儿嘛!"

"咱们搬到市里去住,下班了,谁回来早了谁做饭,星期天一块洗衣服,就该这样。你甭笑……"

"城里的男人都这样吗?"

"……"

赵鹏还没来得及回答淑琴的话,一阵咚咚的捣蒜似的脚步声响进院里,十五岁的儿子蹦进来,迟疑一下,就从淑琴手里夺下筷子,娇气里带着蛮横,不满地斜瞅着母亲说:"你们在家吃饭,叫我给你在场里吆猪吆鸡……"

淑琴不好意思地盯一眼赵鹏,从盘儿里拿起一块饼子,递给儿子,爱抚地笑着说:"妈正准备去换你哩!"

"你呀……"赵鹏笑着说,"净是培养大男子主义!"

"爸呫!"儿子毛毛这才记起他的使命,"厂里来人找你哩!"

"谁?在哪儿?"赵鹏忙问。

"我不认识。一个大胡子司机,车在村口停着。"

正说话间,门外走进一位中年人来,赵鹏一把握住他的手,正是厂里的小车司机老孟,连忙招呼他坐下吃饭。

"厂长叫我来请你赶紧回厂,"司机老孟也不客气,抓起一块饼子就吃,急火火地说,"外商十点钟到厂,洽谈订货哩!厂长怕让洋人给糊弄了,叫我赶紧来找你。厂长说,要是损失了麦子,厂里包赔……"

"什么话嘛!"赵鹏站起来,忙问,"外商怎么提前来了?原说……"

"提前来了,我也不清楚为啥。"司机说,"搞得咱杨厂长措手不及。昨天晚上接到局里电话,本想连夜来找你……"

赵鹏点点头,没有说话,要是昨晚老孟来了,那简直是紧上加紧哩!他的淑琴在暴雨中抢收麦子累得昏厥,屋里乱得一团糟。

"给我换一身干净衣服。"赵鹏说,"我要跟洋大哥谈生意,穿这身衣服,会把人家吓住的。"

"厂里已经准备下一套西装了。"司机老孟说,"昨日晚上,到西安城里买下了几套西装,工人打扫了半宿卫生……你换不换衣服没关系,倒是该刮一刮胡须了。"

赵鹏接过淑琴从箱子里取出的一套新衣服,换上,对着镜子刮脸。他这时才看出,胡须芜杂的脸腮上,留下高原烈日炙晒和汗水腌渍的明显痕迹,黑了,泛着青色。他给淑琴宽解说:"坡上收完了,河滩的麦子还没熟足,正好有三五天空当。我跟外商谈完了,回来正好跟上收割河滩的麦子……"

"你甭管。"淑琴爽直地说,"河滩里路平,我能割也能拉运,你放心干你的工作……"

赵鹏和司机走到村口,先后钻进黑色的上海牌轿车,开出村子去了。

从车窗里望出去,原坡上的麦子收获净尽了,偶尔可以看见阴沟的地边残留着一绺尚未成熟的麦子,孤零零地长在光秃秃的坡地上,像剃匠在剃过的光脑袋上恶作剧似的故意留下的一撮撮头发。沟壑纵横的南原原坡无遮无掩地暴露出来了,给人一种盛宴之后的寂寥之感。从右边的车窗望出去,河川里的麦子密密实实,由绿转黄了,有一处金黄金黄,有一处绿色正浓,呈现出青黄转换时节的多姿多色。杨柳葱郁,雍容优雅地舞摆着给暴雨冲洗得洁净的浓密的叶子。"算黄算割"的叫声在河川的这儿那儿不时响着,通身金黄的黄姑篓鸟儿从车窗外掠过,飞向河川深处去了。饱融着麦子成熟时散发的甜腻腻的香味,灌进车窗来,是这样清爽,是这样温湿宜人啊!

土石公路坑坑洼洼,道路泥泞,轿车碾过积水的小水坑,发出泥水飞溅的"噼噼啪啪"的响声。赵鹏靠在车里绿色丝绒靠背上,心里慨然感叹了:昨天,像牛一样驮载着麦捆,在坡沟间窄窄的陡峭的小路上,汗流浃背,摔一个跟头又跌一次跤,一次又一次上坡下坡,想着能空甩着双臂走路就是十分轻松的事了;今天,坐在软乎乎的坐垫上,轿车载着他朝前疾驰……对比太强烈了!

南原和北岭朝后倾倒,河川逐渐开阔,驶过土石公路,轿车在平整的柏油公路上稳稳地飞驰。离开家乡的小山沟,那翻车的强烈印象开始淡出,小推车和暴雨打湿的麦捆子也渐渐地退避到遥远的爪哇岛去了,劳累得有点憔悴的亲爱的夫人淑琴的脸颊也淡化、消失了。他的脑子里,被一串串的试验数据占据了,他右手捏着烟卷,左手托着腮帮,使他的那些试验数据在脑海的屏幕上复活、映现。他的神情专注而自信,那是拥有充分的专业知识所给予人精神上的一种自信。他现在所集中思考的是,怎样得体、有节地接待那几位即将登门的外商,把自己设计试验成功的产品打入西欧市场,须知西欧的工业市场并不容纳稍微落伍的低能机械,而洋大哥到中国来也不完全是为着友谊……

七

小砂石碌碡滚动着,发出"吱嘎吱嘎"的叫声。淑琴推着梯子形的长柄拨架,在自家分得的这一块场地上碾压。昨晚一场暴雨,场面被雨水泡软了,被人的脚踩得坑洼不平了,必须趁着地皮晒干之前,及早碾压。往昔里,碾光场面的活儿,向来是男人们干的事儿,而今由各家各户种地打场,碾场就由各家自扫门前雪了。她的亲爱的男人赵鹏,到工厂跟洋人谈判去了,碾场自然由她来推着小碌碡。

她在软乎乎的土场上撒下一层柴灰,在被踩得有脚窝的地方垫上湿土,铲平场面,然后推起"吱嘎"作响的小砂石碌碡,挨着排儿推过去,推过来。午时的太阳像一把火悬在头顶,蒸腾起地上的水汽,空气闷热,她的脸上淌下一串串汗珠。

她心里十分高兴、骄傲,她的男人被明光锃亮的小轿车接走了,与金发碧眼的洋人坐在一张桌子前去谈判了,这是何等光荣而又伟大的事呀!小小的赵村的庄稼人且莫说起,村里那些在县城或在西安工作的一二十号干部、教师和工人,谁坐过小轿车呢?谁有本领能和洋人打交道呢?只有她的男人赵鹏!这些不言而喻的体面事,无论如何不能不使我们可爱的农村妇女姜淑琴感到脸上光彩,心里充实,从里往外都觉得骄傲。她推着小碌碡,用袖头抹一把汗,朝前走了,脚步轻捷,居然感觉不到苦累。

"淑琴嫂子!"

淑琴扭过头,看见王秀珍提着一笼柴灰走进场来了,粗壮的腰身扭动着,肥大奶头在单薄的的良衫下抖颤着,赤红的脸膛,被过于丰腴的肌肉撑得鼓起来,眼睛也被挤扁了,总像在笑着。她忙答话:"你也光场来咧?"

"你用毕了,把碌碡借给我,"王秀珍猫下腰,撅着肥大的屁股,在临近的那一绺场面上撒灰,"成不成?"

"成啊!怎么不成哩!"淑琴快活地应着。

王秀珍撒完灰,扔下竹条笼,走过来,帮她推着碌碡。这个胖胖的弟媳,本身就像一只碌碡,和她并排走着,能感到她浑身有一股热烘烘的气息。

"嫂子哎——"王秀珍亲热地叫。

"嗯——"淑琴亲昵地应着。

"你真有福哇!"秀珍毫不掩饰羡慕之情。

"我有个'豆腐'!"淑琴矜持地笑着说。

"鹏哥坐上卧车咧!啧啧!"

"我还是跟你一样——推碌碡。"

"听说鹏哥今日去见洋人?"

"洋人也是人喀!"

推到西头,俩人同时转过身,用一只手拉着拨架倒着走。

"淑琴嫂,收毕麦就搬进城去?"

"嗯!"

"你再不推碌碡了!"

"我还爱推哩!吱儿——嘎儿的怪好听!"

"你真有福哇！跟上鹏哥进城当居民了！"

"乡下而今也好过了……"

王秀珍猛然搂住淑琴的脖子，趴在她的耳朵根，说："嫂子，你跟鹏哥这样的大知识人儿睡一辈子，真是福大命大！"

淑琴臊红了脸，挣脱了秀珍的搂抱，急忙瞥一眼左右，怕那些戴着草帽推着碌碡的男人们听见，轻轻在秀珍腰里捅了一拳，用眼示意再甭说这号酸话了，防备男人们听了去。

秀珍瞧瞧左右，并不在乎，更加来劲地说："嫂子吔！知识人儿黑间搂着你，怕是你……"

"啊哈！你这烂嘴！"淑琴的脸上热臊臊的，禁斥说，"拿老嫂子开心呀！"

"你这一辈子，算没白到世上来……"

"你没有男人吗？"淑琴压低声，攻击对方，"苍娃兄弟长得像匹公马，还不够你……"

"我那个愣家伙呀！亲你的时光，简直把人的骨头都要掬断了！恼你的时光，一拳能把人掀得翻八个跟头！"秀珍数说着她男人苍娃的鲁莽，听不来是怨还是爱。她笑着对淑琴说，"我要是有鹏哥那样斯文的男人，我一天到晚把他当神儿一样敬着！"

"那好哇！我回头给你鹏哥说，你稀罕他做男人！"淑琴爽快地笑着，"让他跟你睡去！"

"要是你不干涉，"秀珍更加收拢不住嘴巴，"我才巴不得哪！哈哈哈……"

"秀珍，你真脸厚哇！呀呀呀！"淑琴自己早已脸腮烧臊，嗔骂着，"你当着你鹏哥的面说呀！"

"咦——"秀珍收敛了笑，丧气地说，"真的！咱们在一块儿胡说浪谝行，可一见着鹏哥，我连一句怪话都说不出来。他那人哪，合该咱们正儿八经敬重他！"

淑琴抹抹汗,笑着:"好了,我的场面碾好了,咱俩给你去碾吧!"

"你回吧!"秀珍说,"凭我这一身膘,推这小碌碡不值啥!"

淑琴松了手,相信这个口敞心直的弟媳的话,就把小碌碡交到她手里了。

"我的嫂子,可甭当真哟!"秀珍推着小碌碡朝她家的场面走去,回过头来说,"贵贱可不敢跟鹏哥说那些烂话!你要是一说,我日后可该怎么和鹏哥见面、说话呢?"

"哈呀!你倒怯了!"淑琴报复似的嗔笑着,"你那张厚脸,一锥子也扎不出血来,倒知道羞了!"

秀珍已经在自家的场面上推起小碌碡。淑琴坐到场头的大叶杨树下,用草帽扇着凉。秀珍的男人苍娃,在城里一家工厂干搬运工,是订着合同的临时工,割麦时也不得回家。秀珍一个人把坡地上的四五亩麦子割了,又一车一车推回来,比一般软势的男人干得还利索。她不抱怨苍娃,工厂里合同严格,要是苍娃回来割麦子,工厂里另换了人,他们家就没有一百块钱的收入了;夏收一过,苍娃闲下干啥呀!只好咬着牙,收割拉运一手干,腾出苍娃在工厂挣钱,过日子的心劲高涨得很哪!苍娃星期日回来,她给他打鸡蛋,捏饺子,单怕他身体受亏哩!她胡说什么稀罕鹏哥那样有知识的斯文男人,不过是说笑罢了!她那张敞口烂嘴,从村东头谝到村西头,连班辈高低也不管!

淑琴动手把那些堆积的麦捆拉下来,栽到场面上,刚刚捂了一夜,淋过雨的麦捆已经发热了,如果不及时拉开晒干水分,三五天就会霉坏了,一年的血汗哪!她拉着麦捆,心劲很高,秀珍一派玩笑话,却勾起她对她的亲爱的赵鹏的情思。不仅秀珍,村里多少姐妹说她命好哩!

往昔里,生产队劳动日不值钱,粮食又分得年年不够吃,没有固定收入的纯粹农业家庭,没有几家的日月过得松泛。她的赵鹏是正牌大学毕业生,虽然在工厂和工人一样在车间劳动,接受改造,属于臭知识分子,可是工资收入却很可观,每月有六十五元钱,除过生活费用和抽烟,他每月交给她四十元钱,这在小小的赵村已经是很令人羡慕的事了。

亏了赵鹏哩!淑琴在蒸发着热气的麦积堆上拉下麦捆,热汗淋漓,渍得眼圈和脸颊烧疼烧疼的。岂止是钱!赵鹏跟她一个农村妇女生活在一起,二十多年了,没有弹嫌过她,也没有在城市的花花世界里拈花惹草,已经使她无法不处处敬重他、热心备至地关照他。

她想起她和他第一次见面的情景。哥哥把他的同学引到家里来,她看见他那一副憨呆呆的样儿,还真是不入眼哩!想不到,他却瞅上她了。她刚刚考中无线电技校,这个赵鹏找到她的学校,前后没说过十句话,就说他爱上她了,而且说从一年前见头一面时就爱上了。她觉得有点荒唐,统共只见过两面,没有说过十来句话,就要她表态,真是荒唐!小说上描写的那些恋人经过了多少次交往,才说出这句关键性的话。她跟他没有散过步,也没看过电影,甚至连一封信都没通过,真是太荒唐了!她当时有点怨恨他,不该冒失地找到学校来,堵在当面说这样难以叫人出口的话,应该先写封信来……

她答应了!荒唐也罢,轻率也罢,她只觉得脸红发热,心口几乎窒息了,喉咙被膨胀的血管挤压得不透气了,说不出话来,默默地点了点头。没有办法,她当时只有一种模糊的却又是不可违拗的感觉:不能不答应这个人!

她点了点头,还没容她抬头看他的反应,赵鹏已经从桌子那边跳过来,抱住她的肩膀,她的少女的脸颊,第一次挨着一个男子的胡楂刺扎的嘴巴,几乎晕眩了。

"放心吧!"他走时说,"我是个啥样儿的人,问问你哥就知道了!"

"我谁也不问。"她说,"我凭自己的感觉。"

在中专读过一年,国家正进入严重的经济困难年头,终于传下来一道决定,学校停办,学生各自归乡。她没有惊慌失措,此前已有几所中等技术学校停办了,不足为奇。她完全听信校党委的动员报告,写了决心书,要为国家分忧解愁,承担困难的压力,她是共青团员啊!她当时的心情,也许只有从六十年代初过来的热血青年才能理解。

她没有告诉他,怕他有不必要的负担而影响学习。她打算回到渭河边的家乡后,写信告诉他,那样更从容一些。她想主动提出解除婚约,不致使自己成为他的负担。

正当她打点好行装、准备离开学校的时候,赵鹏赶来了,也不知他从哪儿得到的消息。他一句话也不说,背着她的被子,走出学校的大门了。他们没有乘车,沿着城市南郊绿荫覆盖的宽阔的公路,走到市中心。他拉她走进一家饭店,花去近十块钱,买下四菜一汤,打下二两散酒,摆到桌子上。他不顾她的劝阻和反对,执意不惜破费买下这些饭菜来,弄得她傻愣愣地坐在桌旁。十块钱,在这样的困难日月里,对于他们两个来自乡村的穷学生,意味着什么啊!她迷惑莫解,为她送行也不该超出他们的经济力量太远了呀!

"淑琴,敬你一杯酒!"他这时才庄严地开了口,把一小杯酒送到她手中,自己端起另一杯来,"我宣布,我们今天结婚!"

"啊——"她惊得不由得喊出声来。

他一仰脖子,把满满一杯酒灌进喉咙,两只眼睛多情而又庄重地盯着她的眼睛,期待着。

她想哭,却无法张口出声。她完全明白他的用意,对他这种果决得有点突兀的举动无法预料,现在感动得热泪滚滚了。她真想扑过去,抱住他的脖子,大叫三声"鹏哥"!饭店里人多,不是她放纵感情的地方。她擎起透明的玻璃酒杯,一滴不洒地倒进口了,平生里第一次尝到这种烈性白酒的所有醇香了。她无法抑制自己,把头歪到他的胸前,轻轻地叫了一声"鹏——哥——!"

他们坐下来吃饭、喝酒，饭菜不剩一口，烧酒不留一滴，干干净净地吃到肚里了。

"你把被子背到我们家去吧！"他说，"咱们明天到公社领一张结婚证就行了。任何仪式都甭举行了，免得两头的老人作难！亲戚问起来，就说我们在学校举行过婚礼了！"

他已经把一切都准确地设计过了，她能说什么呢？她完全信赖了这个赵鹏，把自己的行李背到赵村来了。

"我们生活在一起，你会了解我是个啥样儿的人！"他对她说，"我不大喜欢给人许愿。"

她和他走进赵村，走进赵鹏家的门楼。赵鹏向老成的父母宣布，他和她已经在学校举行过"革命的新式婚礼"了。二位老人完全听信了，挪出一间厦屋，她和他就这样走进洞房……

淑琴把麦捆全部栽起来了，夏天午时的太阳像火，晒得被雨水泡软的麦芒又支棱起来，在阳光下发出"轧轧轧"的响声。她感到口渴，喉咙像呛进一团烟雾，又干又涩。她要回家去了，瞧一眼正在推着小碌碡碾压着场面的王秀珍，赤红的脸膛因为汗渍，因为太阳暴晒，已经变成紫黑的猪肝色了，她不时腾出右手或左手，用腰部顶着拨架推着小碌碡前进，撩起左边或右边的衣襟擦拭脸颊上的汗水，白花花的腹部就暴露出来了，丝毫不怕附近的男人们瞅见。淑琴瞧着她，心里好笑，这个活宝王秀珍，刚才说过那样酸溜溜的烂脏话，真是好笑哩！她的亲爱的男人赵鹏，那是怎样耿直而又心志专一的一个真正的男人啊！好你个活宝王秀珍，即使用钢筋，也把他捆不到你的腰里……

八

后窗玻璃上的红色霞光渐渐淡了，暗了，终于消失了。从左侧的窗孔望出去，河川里被乳白色的雾气遮掩得迷迷蒙蒙，河堤上和灌渠上的一排排杨柳,树冠和树冠黏糊成一堵庞大的城墙了,只有梢部在星空的光亮里呈现出参差不齐的波浪似的形状。

河川里呈现出一种少见的紧张和忙乱景象,极易使人联想到战争。是的,一场全民参战的战争场面,莫过于此吧!从河川里通到各个村庄的田间小路上,被一溜一串负载着麦捆的车辆拥塞着,流向村子里去。一切先进的或落后的机械全都派上用场了,大量的小推车、架子车占据了窄窄的小路。手扶拖拉机快一阵儿,又慢一阵儿,等待拉着小推车的人避一避道儿。汽车被夹在中间,无法施展威力,气得哼哼直叫。小孩在给大人推车,女人们背着麦捆。河川里,男人吼叫儿子的粗哑的声音,女人喝骂偷懒的儿女的调门,纷乱而嘈杂地组合在一起,造成一种特有的紧张忙乱的气氛。

赵鹏的心里,被这紧张的气氛搅得不安了。

按他离家时的估计,至少需得三天,河川的麦子才能熟透,才能搭镰收割。想不到,一场暴雨,反倒促进了麦子的黄熟,在他三天之后回来的时候,河川的麦子已经收过大半了,看架势,明日一天,河川里就会一扫而光了!

他的心里很沉重。天!淑琴割过多少了?她一个女人,怎么往回拉运?河川虽然是平路,进村上场时却有一道坡,她怎么能拉得动呢?产品贸易谈判的胜利所给予赵工程师的喜悦心情,完全消散了,那三位洋大哥的颇为友好的交情淡忘了;淑琴和麦捆,镰刀和小推车,现在乘虚而入,占据了脑海,充塞进胸间,担忧压迫着他的心。

轿车开进赵村,他跳下车,拉着司机老孟去喝水,大门上却吊着一把铁锁。老孟不是外人,早已被沿途所见的夏收的紧张气氛所感染,毫不介意自己没有喝到一口水,坚决地退回车旁,钻进驾驶室,赶回城里去了。

赵鹏把提兜从门道下扔进去,就往麦场上跑。打麦场上空亮着一盏大灯泡,场地被麦捆塞满了。有人拉着麦子进场。有人推着空车出场。有人在垒堆麦捆。有人在叫骂丢了两捆麦子。

赵鹏在麦捆堆积的"海滩"上,找到自己的那一绺地场,女儿倩倩正坐在一捆麦子上,十分忠诚地看守着麦子。他问:"倩倩,你妈呢?"

"拉麦去了。"倩倩说,"俺毛娃哥也去了。"

"在哪块地里?"

"北渠口。"

女儿倩倩肯定还没吃晚饭,他顾不得了,扯开长步,走出麦场,转下场塄,下了河川。他从路边匆匆走过去,来不及和拉车的乡党打一句招呼,照直朝北渠口那块责任田走去。

"赵鹏!"淑琴喊。

他站住,回头一瞧,淑琴拉着装满麦捆的车子停在路边了,越来越浓的夜色,使他竟没有认出淑琴来。他走到车旁,忙问:"还多吗?"

"多着哩!"淑琴说,"靠我一个人拉运,怕是得拉到明早。刚才,虎生和根长给咱帮忙拉哩!你没见?刚拉着车子在前头走着……"

"哦……"他心里过意不去,这样重的体力活儿,人家给自家干了一天,已经够累了,又来给自己帮忙拉车,真是叫人心里不安,"哦!人家娃娃也累呀!"

"我劝人家回去歇下,我慢慢也就拉完了。"淑琴感动地说,"俩小伙子根本不在乎,装上麦子就走了……所以说,还是乡党好,人说'再好的亲戚一两辈儿,平淡的乡党万万年'……"

乡党情深,庄稼人过红白喜事,盖房箍窑,谁也离不得乡党帮忙。在他的淑琴割下一地麦子而不能拉运上场的时候,两位乡党自觉前来帮忙拉运了,这是要付出汗水的重体力劳动啊!他深深为之动情,猛然间,心里一动,虎生和根长不就是在河滩洗澡时聊天那俩小伙子吗?想起他俩给他说过的话,要他替他俩在工厂找一份合同工干。

赵鹏心里又不安了,两三天来,他集中精力,对付着那三位从大洋彼岸来做生意的洋大哥,把这两个穷乡党提出的希求忘得干干净净,而他俩已经不顾疲劳,自动给他帮忙来拉运麦子了。他心里过意不去,像欠下了那俩小伙的债似的,却又不好对淑琴说明原委。

赵鹏从淑琴肩上取过牛皮车襻,搭在自己肩上,没有说话。是的,拒绝那俩小伙来帮忙不合适,让人家帮下去又于心不安,随其自然吧!夏收完毕回厂后,得问问基建科,有没有修路垒墙的活儿需要找民工……

大儿子毛毛给淑琴在后边推车,现在被妈妈指使到地里去,把散摆在地里的麦捆抱到一堆,集中起来,节约下装车时满地跑着抱麦捆的时间,推车的任务由她来承担。

赵鹏扛起小推车的车辕,才体味到这车麦子的分量,虽然看去装得并不多,却死沉死沉的。河川的麦子长得比坡地的麦子成色好,又割得绿,麦秆尚未死掉干枯,分量加倍地沉重。淑琴居然能拉动这样的重负,真是不可思议!

赵鹏拉着车子,淑琴在后边推车,夫妻二人的全部力量都作用在这个小推车的独轮上,气喘吁吁,而车架上充其量不过装着十一二个麦捆子!对于一般老农民,也许习以为常,甚至觉得小推车上的轴承胶皮轮子取代了木头独轮,已经够轻松了,简直是一个伟大的技术改革哩!而对于看惯了自动化和机械化操作的赵鹏来说,不仅是体力消耗难以忍受,心里更加急得发慌!可又有什么办法?还得屈身搭上那条被汗渍淤积得又硬又涩的牛皮车襻,驮上麦捆挪步!

他刚刚从舒适的上海牌轿车里下来,肩上又搭上了牛皮车襻。昨天他坐在西安一座新建的豪华的饭店的大厅里,脚下是软茸茸的栽绒地毯,身上是厂里特意给他买下的笔挺的西装,和洋大哥一边品茶,一边侃侃而谈;今晚却驮载着二百多斤的麦捆子走在漆黑的河川土路上,汗流浃背,气喘如牛。今天午间的庆祝洽谈成功的宴会,丰盛的程度不仅使他吃惊,连初次来到中国的洋大哥也赞不绝口,中国菜的味道简直妙不可言!今天晚上,他现在连喝一口凉开水的工夫也挤不出来,一家人连晚饭也顾不上吃哩!真是天上人间,差距相去太远了!

他如果出生在一个书香门第,或者出生于城市的任何一个最普通的家庭,就不会有这样强烈对比的差距感了。他出生于一个农民家庭,父母已经长眠在村后的原坡上的黄土里了,妻子和儿女还匍匐在父母匍匐过一生的土地上,他得帮她种地、锄草、浇水、收割,获取一家人生存下去的物质。他穿起一身西装来也是挺帅的学者派头,侃侃地谈起现代科学技术的奥秘来,风度也不错;与外商用英语交谈起来,使洋大哥不敢小看这位中国的年轻的工程师;可是,他却不能把牛皮车襻甩到大西洋里去。他在城市和乡村之间生活着。他体味着现代文明和现代愚笨的双重滋味。

他在越来越注重物质生活的人们中间,听到过一种新鲜的议题,中国实现现代化的最大负担是农村,或者更确切说是农民。他觉得这些议题不无道理。问题恰恰在于,什么造成了农村的这种进步的缓慢?有哪一位农民不愿意用汽车拉小麦而宁肯像牛一样驮着小推车?工业社会不能提供农业充足的机械化设备,而极左的农业政策又造成了农民粮缸和钱袋的空虚,他不搭上牛皮车襻,能由得他吗?他想洗一洗浑身的污垢而掏不出五毛票子,况且浴池全都建在城市里!

现在,赵鹏不得不中止脑子里这种激烈的争论了,上场的陡坡就在脚下。他在坡根歇下,缓缓气,聚足力气,要拽车上坡了,不能和那种高雅的议题辩白了。

"啊呀!赵鹏叔,你啥时间回来的?还没吃一口饭吧?"长头发虎生问。

"你回去吃饭,甭拉车子了,俺俩一会儿就拉完咧!不费啥!"光葫芦根长豪爽地说。

两个一高一矮、一粗一细的小伙热诚地对他说,赵鹏只是感激地笑着,说他其实并不饿。他们年富力强,似乎并不累,也没有痛苦不堪的神色,把拉小推车说得很轻松。赵鹏的心里却不轻松。如果俩小伙完全出于乡党情谊来帮忙,他会充分享受那种友谊的快乐;他俩如果出于一种求他办事而付出的一种代价,就使赵鹏心里不自在了。不管出于怎样的动机,他都得做出感激帮忙的笑脸。

拉车上坡,比在平地上行进时背上的分量一下子增加了几倍,待拉上场塄,他放下车子,靠在麦捆上,心脏像是要从喉咙里蹦出来,而气却急喘不赢了。一辆手扶拖拉机开到下坡路口,在赵鹏跟前停住,他以为自己的车子挡住了路道儿,正想挪一挪,驾驶员却在黑暗里说话了:"赵鹏叔!你的麦地在哪儿?"

"北渠口。"赵鹏随口说,"你家拉完了?"

"早完了。"小伙子在驾驶台上大声说,拖拉机"嘟嘟嘟"的声音很大,"俺爸叫我给你拉麦哩!"

"这……"赵鹏一愣,他听出小伙子的声音,这是支部书记的儿子,动用人家的机械、人力和机油,实在过意不去,连忙说:"不咧,再有两趟就完咧!"

"你甭用小推车受罪咧!"小伙子好心好意劝他,"我拉一回,顶你三四回哩!"

"天黑。路陡。"淑琴也担心地说,"算咧!再有三五回就拉完了。"

小伙子已经扯动闸杆,开下坡去了。

黑暗里,淑琴盯着赵鹏模糊的脸,都没有说话。

赵鹏闷了半晌,猛然站起,对淑琴说:"拉就拉吧!反正硬挡也不好。你立马回去,炒两盘菜,我的提兜里有一块熟肉,正好。看看小卖部开门没有,买一瓶好酒……"

九

赵鹏从村巷里走过去,即使到了半夜,河川里还有男人或女人相互呼唤问话的声音,村巷里仍然有满载麦捆的小推车在"刷啦刷啦"响着,紧张的抢收时节,黑夜和白天没有严格的分界了。

他照直朝村子西头走去,去请党支书的小儿子来吃饭,他受他爸的指派,用拖拉机帮他拉运完了北渠口割倒的麦子,该当领情哩!

支书家在村子西头新辟的庄基上盖起了一座青砖红瓦的新房,他走到门口,看见支书的小儿子正在院里洗手,看见赵鹏后,已经意识到他登门的目的,仗义地说:"你跑来做啥?我刚才吃过饭,就只拉了三趟麦,统前到后没用下一个钟头,肚里还实腾腾的哩!"

"去喝一口茶也好……"赵鹏劝小驾驶员。

"谁?噢!是赵鹏呀!"党支书从屋里走出来,站在台阶上,完全用蔑视的口吻说,"你请他吃饭?噢呀!狗屁不懂的娃娃,值得你请他?"

"娃儿忙了半夜,去喝口热汤。"赵鹏忙说。

"我可不给他惯这号毛病!见给乡党帮忙,就要吃要喝,啥好毛病嘛!"党支书很严格地借机训导儿子,"甭钻钱眼儿!学点好思想!"

小驾驶员只顾洗搓油污的双手,搓得肥皂沫儿"吱吱"响,对父亲的训导,不吭一句。

"娃儿给我帮了大忙……"赵鹏继续邀请。

"应该的嘛!"党支书毫不介意地说,"他给你拉几回麦子,算什么大不了的事!你是国家的重要人才,给党有大贡献哩!看见你拉小推车,我心里难受哩!党中央三令五申要重视人才,爱护知识分子,有的人总是不执行咯!像你这样的人才也要拉车运麦,实在……

我才叫他赶紧去给你帮忙,咱要按中央的精神办事,爱护人才哩!"

赵鹏听着党支书这一番剖白,反倒张不开口了,党支书在他身上体现党对知识分子关怀爱护的指示精神哩!他再一次劝解党支书,放松禁令,让小儿子跟他去吃点饭。党支书手一摆,五十多岁的强壮汉子的大黑脸一甩,干脆把话说绝:"你快回去吃饭,甭洋磨时间了!你请他吃一顿饭不打紧,惯下坏毛病可不得了……"

赵鹏看看再无希望,就再三道谢,走出宽敞的院子,心里不由得想,党支书这人倒是个直杠脾气。

他又走进村子,去请那两个小青年,刚走到下坡路口,影影绰绰看见一高一矮两个人,朝坡下走。赵鹏忙喊:"哎——等等!"俩人闻声站住了。

"走!到咱屋喝口热汤——"赵鹏走近说。

"不啦不啦!"长头发高个儿说。

"俩急着去洗澡哩!身上扎得难受。"矮个光葫芦补充说,"甭劳神了!要不,咱们一块去河里洗澡?"

"吃罢饭,我跟你俩一搭去。"赵鹏已经牵住长头发小伙的胳膊,"你俩不去,你淑琴婶子炒下那些菜,给谁吃?放到明日就坏了!"

"支书的儿子嘛!有他去吃!"长头发一仰头,"人家用拖拉机贡献大!"

"对!连他爸一块请!"光葫芦附和说,"那老家伙爱吃——嘴大吃百家!"

赵鹏看出来,在这两个青年中,起主要作用的是长头发,他死死拉住他的光胳膊不松手,轻声说:"支书家娃娃不来,你俩再不去,真要把菜搁坏了。"

光葫芦侧过头,等候长头发的意见。长头发把头一摆,说:"那货不在,我俩就去!"

赵鹏悟出他俩和支书的小儿子关系不睦。

小圆饭桌摆在院子中间,电灯从窗户里拉出来,吊在小柿树的横枝上,圆桌上竟然摆出四大盘菜,淑琴真是有办法哩!

"叔哎!明说吧!"长头发喝下一盅酒,畅快地说,"吃你一顿饭,我也高兴。咱之所以不想来,主要是不想和支书家的人照面。"

"有啥冤仇不能消除哇?"赵鹏笑问。

"俺俩到县上告过他!"光葫芦说。

"咱是明告,不怕支书知道是咱告。"长头发拍拍胸脯,"敲明叫响去告状!"

赵鹏没有吭声,佯装低头端酒杯,他对党支书赵生济又不是完全陌如路人。小小的赵村,既是一个大队,又是一个独立小队,属于两级核算单位。赵生济既任支书,又任大队长,同时也是生产队长。前些年实行一元化领导,他说他自当支书以来,早就一元化了。近两年实行责任制,精简农村基层干部,他说他早就符合精简精神了,从来是身兼三职,没有加重过社员负担。他是赵村的真正的当家人。他有一副生铁坯子似的坚实的身体,有一个硬如钢锨般的脑袋,他脾气执拗,坚韧不拔,断事严明,可以说六亲不认,该罚的一律就罚,直至对他的老伴。近年间,赵鹏从乡亲们口里零零星星听到的关于老支书赵生济的议论,不断地冲刷他过去的那个令人崇敬的老支书的印象。借着实行责任制的动荡,队里的小拖拉机折低价给自己买下来,处理公房也是如此,云云。

"队里每月给他开三十六块钱的补贴,实质是工资。每到公社开一次会,另外再记一个'公务劳动日',年终按一块钱开账。给谁家调解一回纠纷,也要记一个'公务劳动日',还有好多怪名堂,一年下来,白拿多少钱啊!"光葫芦说,"俺俩到县委告状,村里好多人都签了名。"

"结果呢?"赵鹏倒关心起来,"县上解决了吗?"

"嗨!甭提!"长头发一拍大腿,"县委的干部把俺俩递上的材料一看,说:'问题是存在的,但还不是太严重。比赵生济严重得多的违法乱纪的人,我们还调查处理不过来呢,得等一等。'这不,等了三个月了,连个音儿也没有!我们也没劲头再告了。"

这个人,当了十几年干部,也许是把过去的那一股虎气退掉了,或许有更复杂的原因。赵鹏听着,不由得感慨起来:"这人哪……丝毫也不顾及党在农村的政策条例……"

"哈哈!政策——"长头发大笑,"赵支书在村里大喊大叫,说'政策是个红苕'!"

"啥意思?"赵鹏问。

"你猜!"长头发含笑不露。

"红苕嘛!生着是硬的,蒸熟就软了。"光葫芦笑着解释,"中央的政策下来时都是硬的,经过赵生济支书的那个'锅'一蒸,就软了,随扁随圆由他捏!"

噢!赵鹏听着,真是哭笑不得,不由得受了两位小青年的感染,生出义愤之情了:"你俩该去公社反映,公社管的地盘小,事少。"

"去过公社了,啥也不顶。"光葫芦说。

"你甭掺和咧!"淑琴借着送汤的机会,走到圆桌跟前,说,"你又不在家,管人家队里的事做啥!"

"看看看!婶子怕了!"长头发笑着。

"不是怕不怕。"淑琴不服,"不是我说,你俩再蹦跳,也告不倒赵支书!"

"告不倒归告不倒,搔搔他的皮毛也叫他甭贪吃得安然!"一个尖尖的声音从门口传来。

赵鹏一看,却是王秀珍。这个咋咋呼呼的女人说话真痛快。他的淑琴已经有点明哲保身的气味了,过去,她知道自己的生活支柱是他可观的月薪,所以对队里搞好搞坏不大关心,虽然免去了许多口舌,落下一个贤惠媳妇的美誉,却不像初进赵村当团支书时那样生气勃勃了。人都在变。

"淑琴嫂,跟你商量一件事。"王秀珍说。

"啥事?"淑琴问。

"队里明天开脱粒机呀!队长传下令,自由结合,五户一组,包打一天。"秀珍说,"我来寻你,咱们结合一组,你愿意不?"

"好嘛!"淑琴随和地笑着,"跟你这个美劳力组合,我还怕吃亏吗?不过才两家呀!"

"你俩愿意不愿意?"王秀珍指着长头发和光葫芦,"跟婶在一组,好好干,打完麦,婶子闲下了,给你俩一人寻个好媳妇……"

长头发和光葫芦开心地笑了,答应了。

"再联一户谁吧?"王秀珍和淑琴在一堆嘟哝起来。

赵鹏给俩青年递烟,他们吃饱了,站起来,把衫子搭在肩上,问:"你还去不去河里?"

"算哩!"赵鹏笑着说,"我的腰疼……"

俩青年刚走开两步,又折转回来,长头发对赵鹏认真地说:"叔哎,那天在河滩,俺俩托你找合同工的那个事……"

"问题……不大吧!"赵鹏说,"我听说要重修围墙,回厂去我再联系确实。"

"不咧!鹏叔!"光葫芦说,"俺俩找下一个赚大钱又不贴本儿的营生了。"

"哦——"赵鹏倒省去了一件麻烦。

"前日下雨后,俺俩到县城去逛,碰见一个高中同学,他给西安一家回回开的烧鸡店铺送活鸡,一个人供不上,叫俺俩一块干。"长头发说,"一次送去七八十只公鸡,能赚三十多块哩!"

"七八毛钱一斤收下,一块钱一斤卖给回回,一斤赚两毛多,两三斤重的一只公鸡,赚五毛。"光葫芦得意地解释账理,"进山收一天,进城送一天,两天一个来回,赚三十多块。"

"好事好事!"赵鹏笑着夸赞说。

"现在嘛！要想法儿挣大钱哩！"长头发沉吟着说,"费力少而挣大钱,才能富得快。可是,鹏叔,咱可不是赵支书那样白吃白拿！"

俩人咂着烟,走进村巷里去了。

赵鹏走回院里,正碰见淑琴送王秀珍出门,他随口客气地说:"再坐坐……"

"我还要联合一户人家哩！"王秀珍说。

"秀珍,甭急走,我还有句话。"淑琴叫。

王秀珍又"咚咚咚"走过来,站到淑琴跟前,听她说什么忘记了的重要话儿。

"你把前日在麦场上咱俩说的那几句话,当面说给你鹏哥听听！"淑琴一本正经地说。

"啊呀！哈哈哈……"王秀珍听罢,大叫一声,惊慌地奔出院子去了,嘎嘎嘎的笑声一直延续到大门外的村巷里。

赵鹏不知什么话,竟会使天不怕地不怕的王秀珍——绰号"王疯子"——如此惊慌失措,好奇地问:"淑琴,她说什么话来？笑成这样！"

"好话。"淑琴佯装镇静。

"啥好话？"赵鹏愈加好奇。

"她说……"

"说啥？"

"她说她想跟你睡觉！"

"啊呀！"赵鹏猝不及防,闹了个大红脸,奔到淑琴跟前,在她腰里捅了一拳,无可奈何地说,"你们这些活宝女人呀……"

十

一场近似疯狂的劳动终于结束了。

红色的脱粒机的排泄口儿里排出最后一抱麦秸秆儿，空转了半分钟之后，轰鸣声停歇了，长头发和光葫芦俩人早已被尘灰和土气迷糊了眉眼，像是从垃圾堆里钻出来的，俊气的模样变得污脏不堪了。他俩早已等待不及，奔河里清洗去了。王秀珍一扑塌躺在新打下来的麦堆上，扯长声音叫唤，使旁人听来也能感觉到极度疲劳之后的舒坦。淑琴正在用扫帚把散溅出去的麦粒扫过来。赵鹏坐在软软的麦秸堆上喘气，看着淑琴，不由得生起气来："你忙着扫那几颗麦粒做啥？歇一会儿扫它就飞了吗？"

"扫了就毕咧。"淑琴仍然在扫着。

"男人心疼你哩！瓜呆子！"王秀珍躺在麦子上，尽管累得要死，仍然不放过说笑的机会，"我那个死男人，见面总是嫌我把活没干好，干得少……"

淑琴扫完，扔下扫帚，坐在麦堆上，在秀珍耳边说了句什么逗趣话，俩人抱着，笑着，在麦堆上滚作一团了。

从黎明前的三点半钟拉开脱粒机线路上的闸刀，直到现在——夜里十二点钟，由王秀珍临时联合起来的五家农户，所有能拖动麦捆的老人和娃娃全都参战了，壮劳力更不消说了。手脚利索的青壮年，站在机口两边，把麦捆解开，分成小把，连续不断地塞进去。后边的排泄口里吐出脱掉了麦粒的麦秆和糠皮。金黄色的麦粒从旁侧的洞口流出来。

没有人偷懒，完全是自觉自愿的联合，谁家单独一户也无法使用这个机器。从天不明开始，打完一家的麦子，再接上打第二家的麦子，直到赵鹏家的麦子脱粒完毕，整整二十多个小时的紧张劳动，顶强的劳力也招架不住了。

"打完咧？"

赵鹏一抬头，党支书赵生济站在当面，手里掂着一尺长的旱烟袋儿，正以关心的口气说话。赵鹏坐起来，笑笑说："完咧！总算打完咧!"

"这个机械化真是好!"赵生济端端正正站着,背不驼,腰不弯,站在那儿,透出一股强悍的气魄,"收麦前,我正发愁哩!你看呀,这么大的场面,一家一户分得一块一绺,不足三步宽,光麦捆就塞满了,怎么碾?电碌碡根本没法使用,牛拽碌碡也用不上了。咋哩?这一块一绺的窄道道儿,牛连身也转不过喀!听说渭南农械厂有新式脱粒机,我立马赶快去买,这机械可真好! 占地少,脱粒快,正适合一家一户使用……"

"这个脱粒机确实不错,实用,工效也高。"赵鹏连连点头,"你给社员办了件好事。"

"说起来还得感谢你们。"赵生济说,"要不是科学人员想出来这样的窍道,咱农民今年真可得用……棒槌砸哩!"

赵鹏哑了口,没有料到,赵生济的话一转两拐,归结到对他这些科技人员的功劳上来了。

"你甭久停,回去洗洗,吃饭。"淑琴站起来说,"我先回去了。"说着,和王秀珍低声轻调儿说着什么,走向村里去了。

"中央要各级干部爱护知识分子,这政策真是英明。"赵生济发表议论,"譬如说,这个脱粒机,一天一夜打多少麦子?靠咱笨庄稼人用棒槌砸,用连枷打,一百个强劳力打一天,顶不住机器转一锅烟工夫……我信服科学!"

赞扬科学,保护科技人才,无疑是目下最时髦的口号了。这个口号在此时此地由此人慷慨激昂地喊出来,尽管说得干脆、直率,诚心诚意,却无法使赵鹏感觉出它有什么实际意义,反而有一种潜上心头的敏感:他平白无故来送给我几句好听话,是否包藏着其他意思呢?淑琴和王秀珍走出麦场之后,赵生济一曲腰,坐在麦秸垛子旁边了,看来还有长坐下去的意向。

"赵鹏,你们学习多,我是老粗看得浅,我想问你——"赵生济拨开麦秸,把未燃尽的烟灰磕在地上,用脚蹭了两下,神秘地问,"你说,国家朝这个样子往下走,怎么得了呢?"

"什么不得了呢?"赵鹏迷惑地瞧一眼赵生济,刚才他还慷慨激昂地赞扬中央注意开发人才的英明措施,表示他这个农村基层干部与中央保持着思想上的一致性儿,怎么前头的话尚未搁凉,又疑虑重重了呢?他问:"你是指哪一方面?"

"比方说农村。"赵生济猛地一摆头,不堪设想的架势,大声叹惋,"简直成了没王的蜂了嘛!"

赵鹏依然得不到谈话的要领,农村的事儿,太广泛了,他想探知赵生济所提的具体哪一方面的问题,就说:"什么事使你作难了?"

"凡事都难办!"赵生济说,"无论中央的指示,或是县上公社的指示,传达下来,没人听咯!各人想做啥就做啥,谁也管不了啦。"

"是吗?"赵鹏含含糊糊搭讪着。

"比方今天打麦吧!规定每人收两元打麦款,开电费,开管机子的技术人员的工钱,社员都交了,就他俩不交——"赵生济叙说,"他俩跟你在一组打麦,你看那俩货!一个头发长得像女人,一个像和尚。这俩捣蛋锤锤子搅得全村不安宁……"

"他俩为啥不交打麦款呢?"赵鹏问。

"耍死狗嘛!有啥道理?啥道理也没!"赵生济气愤地说,"而今又不搞运动,你说,像这号捣蛋锤锤子,我咋办?"

怎么办呢?赵鹏也想不出什么好法子,却是早已从长头发和光葫芦嘴里得知,他们根本不是要赖不交用脱粒机打麦子的费用,而是要等着你赵支书交了以后才交。你赵生济不抓阄,不排队,也不和谁家联合,叫来几个社员给你脱粒,说是"试验新机器",把你家十亩地的五六千斤麦子"试验"完了。那俩"捣蛋锤锤子"可是咬住不放,说:"试机脱粒不用电吗?"

"我听广播说,要清除'文化革命'的流毒哩!这俩货,是标准的

'流毒'!"赵生济说,"要是搁在工厂里,非收拾他不可!农村里,没有组织纪律性儿……"

"怕是……需要开导、教育。"赵鹏选择着合适的字眼,力图显示出与赵生济的想法的原则区别,"现在的青年,比较活跃……"

"俩东西到处告我,你听说了吧?"

"没……有。"他撒谎。

"告能怎样呢?我不怕。"赵生济口气很硬,却无法完全掩饰色厉内荏的那一点隐私,"包子是虚的,蒸馍是实的。"

"那当然。"赵鹏说,"实事求是好。"

这当儿,毛毛跑进场来,叫赵鹏回去吃饭。

赵生济站起,表示歉意,说他和他扯闲话,耽搁他吃饭了。当赵鹏站起要走的时候,赵生济却像无意间记起一件闲淡事,用不在乎的口气说:"你们工厂要是需用砖头、沙子,咱有拖拉机,包运。或是其他需要拉运的活儿,都行!弄下那个破车,没活干,净贴老本……"

赵鹏站住,木然点点头,从昨天赵生济给他支使来拖拉机拉运麦子,长头发和光葫芦疾恶如仇的嘲骂,赵支书刚才的一席话……他现在还无法把这些纷繁的现象归纳到一个准确的问题上。可是,他还是点了点头。

"闲事!小事!"赵生济大声爽气地叮嘱他,"可甭因了咱的小事,误了你的工作……"

赵鹏心里不是滋味,看来,赵生济在赵村这十多年,确实变了,那个直杠生硬的庄稼汉子,脑子上安上好多转轴了……

十一

草草地擦洗了身子,吃罢夜饭,淑琴把一条被子搁到小推车上,叫他到麦场里去过夜。明天要在场面上摊开新麦晾晒,晚上就不需把麦子搬回家里来,为了防备手脚不干净的人盗走粮食,就得各户看守自家的麦堆。

脱粒机在碾麦场的那一角轰响,人声嘈杂,尘土飞扬。已经打过麦子的农户和还轮不着今晚打麦的农户,麦堆前或堆垒的麦积子跟前,都有一个主人在小推车上睡觉。为了防止夜露的浸润,有人用杈把撑起两页苇席,罩在小推车上方。脱粒机轰然作响,丝毫不影响在小摊车上睡觉的庄稼人舒缓香酣的鼾声,人都太劳累了!

赵鹏在小推车上铺上干燥的麦秸,再铺上被子,就躺下了。刚躺下,他发觉小推车的车身太短了,两条腿没处搁。他又爬起来,把一把长柄竹条扫帚搭在车辕上,双腿可以平搁在上头了,挺舒服。

多少年没有在乡村里露天睡觉了,唤起人多少甜蜜的童年和青年时期的记忆啊!小时候,每到夏收,他就拽一片破席,和小伙伴们到麦场上来睡觉,在麦草窝里翻跟头,在粮食堆子里倒栽桩,玩到夜深了,小伙伴们挤在一窝窝睡觉。大人们在这个收获的季节里,表现出格外宽容的胸襟,一任孩子们玩闹。

现在,赵鹏又背对热烘烘的乡村土地,面向高远的星空睡觉了。他参加过许多专业性会议,住过豪华的饭店,睡过一晚要价三十多元的床铺,那是富有弹性的一种软床,自然很舒服了。此时睡在小推车上,也觉得挺舒服。看来人的皮肉也没有定着,全看在何时与何地,可能性又如何了。

身边一阵刷刷响,他转过头,看见淑琴站在麦堆跟前,用手撩着麦粒儿,忙问:"哦呀!你不看看什么时候了,还不睡!"

淑琴在麦堆上坐下,拢一拢头发,轻声说:"我睡不着,想来看看麦子!"

"麦子在这儿搁着,跑不了哇!有我给你守着,谁也灌不走!"赵鹏说,"你还不放心?"

"由不得人呀,赵鹏!"淑琴动情地说,"咱们啥时候有过这么多麦子！"

是啊！过去顶好的年景里，人均夏粮从没超过二百斤，十之八九的年份里，都是百斤左右，而小河川道是号称盆子之地的哩！跟前这一堆麦粒，刚从脱粒机里流出来的时候，几个老农已经估定不在两千斤以下。这是淑琴和两个孩子的口粮，即使全年不吃一粒杂粮，放开肚皮也吃不完呀！他坐起来，屈着腿，心里也很高兴，逗笑说："是嘛！讨吃婆突然有了一瓮白面，夜里睡不着了！隔一阵儿就跳下炕，揭开瓮盖儿看一回……你呀！"

淑琴默默地听着，不恼也不笑，像是在想着什么，转过头说："赵鹏，夏收后我们真的就走吗？"

"早说了嘛！你又……"赵鹏说。

"咱们的地怎么办？"她问。

"早跟你说了，交给队里嘛！你咋……"赵鹏已经意识到，淑琴犹豫了。

"不交行不行呢？"淑琴问，"我不想进城了。"

"怎么啦？"赵鹏意料不到，淑琴果然发生变故了。

"种地有种头儿了。"淑琴说，"其实，就是收麦时忙些苦些，平时锄草施肥，我一个人全干得了。你在城里工作，让娃娃跟你上学，在灶上吃饭，不用你麻烦。我在家种地，给你爷们儿供给吃的，倒好。"

赵鹏瞅着淑琴，她不是随口说的闲话，而是经过周密考虑之后的谋划。她看见自己辛勤劳动的丰盛的成果，眷恋这块热土了，可是，这样一来，把他的计划又打乱了，就坚定地说："不行。土地要交给队里，我们已经有国家供应粮了，你不进城，我一个粗大男人，怎样管娃娃？"

"要是能连收三年，咱们就能攒下余粮了，再不怕'三年困难'了！"淑琴说着，大约想起她承担过国家的困难，从中技学校义无反顾地回乡的往事，"我可是饿怕了……"

赵鹏大口抽着烟,瞅着淑琴,她本该是一个技校毕业生,现在应该在某工厂里做一个不错的技术员。可是,她现在却离不开乡村的土地了,这儿有丰盈的收获强烈地吸引着她。

王秀珍神出鬼没地走过来,往麦堆上一坐,笑着说:"你两口儿好亲热,还在说悄悄话?"

"哟!你个鬼,吓我一跳!"淑琴说,"你咋到这时候还没睡?"

"娃们一天没吃热饭,净啃干馍,我给娃们弄了顿热饭,才安顿得睡下,我来场里看守麦子。"王秀珍快嘴快舌,拍着淑琴的脊背,"嫂子!说实话,前几年咱做梦也没敢想有这么多麦子!"

淑琴瞅一眼赵鹏,没有说话,对秀珍点点头。

"你记得不?"王秀珍问,"那年腊月,多亏你借给我五十块钱,掌柜的才跟鹏哥去买粮……"说着,又问赵鹏,"你也记着吧?"

赵鹏点点头,那是忘记不了的事。腊月里,差不多人家都断粮,好在赵鹏有工资,可以到渭河北岸的富裕户人家去买粮食,而秀珍家就更难受了,既没粮吃,又没钱买。秀珍朝淑琴借下五十块钱,赵鹏和她的男人苍娃搭伴到渭北去了。那时候,粮食作为一类物资,不许流通。赵鹏不熟悉地理和行情,由苍娃引着,在一个陌生的村子买下一百五十斤苞谷,在野地里躲到天黑,过渭河大桥时,被民兵抓获了,粮食全部没收了。

赵鹏再三说好话,也不顶用,可怜苍娃五尺高的小伙子,"哇"的一声哭了,给守桥的民兵跪下来,说他买粮的钱还是借下的……赵鹏的脑海里,永久地烙下了同辈弟弟那张可怜巴巴的脸。

"啥时候进城呢?"秀珍问。

"原来想……麦收完了去。"淑琴说。

"我要是想你了咋办?好嫂子!"秀珍搂住淑琴的肩膀,"我还欠着你那五十块钱哩!"

"早都说过,再不提这话嘛!"淑琴有点生气地说,"权当人家把我的粮收咧！我和你鹏哥早都给你两口子说了，你咋又啰唆出来？"

"俺不能不还，良心难昧呀！"秀珍豪气地说，"他今年在工厂里干了半年合同工，挣下几个钱了，想着明年春天盖起房来，再还给你，反正我知道你比我手头松泛……还是非还不可。"

"再不要提这件事了！"赵鹏说，有点不耐烦，"提起这事，我心里难受。你知道不？俺俩掏大价买粮，吓得躲来躲去，跟做贼一样！"

"睡吧！天大概快明了。"淑琴说。

王秀珍站起来，朝自己的麦堆走去。

赵鹏看看表，四点钟了，北方的夏夜十分短暂，四点半钟通常就亮了，现在还睡什么觉呢。他从小推车上站到场地上，把被子卷起，抬起头来，东山群峰的上空，已经透出一缕蛋白似的亮色，第一声知更鸟儿尖锐响亮的叫声在村庄上空响起，接着就是一群同伴的此落彼起的闹嚷嚷的大合唱了……

十二

赵鹏沿着场塄下的慢坡小路来到河川里。黄熟干枯的麦穗和麦叶上，结着一层薄薄的露珠。收割过的田块里，齐刷刷的麦茬子中间，夹着一株株刚刚透出地皮的苞谷苗儿。为了提早播秋，错开收割和播种的双重任务的紧迫时间，庄稼人改变了收罢麦子才种秋的老习惯，在麦子成熟的十天里，用一种小巧的插播器具，把苞谷种子扎进麦田里去了。土地连一天空闲歇息的机会也没有，黄色的麦子刚割掉，绿色的生命已经勃勃泛起了。

一条从河岸边端直伸延到村边塄坡跟前的南北大渠，把三条东西走向的灌渠串联起来，组成了一个大灌溉网。灌渠上排列着桶粗的白杨，庞大而紧凑的树冠已经挨挤在一起了，一阵轻微的晨风掠过，就响起"哗哗哗"的颇具威势的响声。渠岸上绣织着杂草、马鞭的长蔓、菅草的长叶、三棱子、长虫草,以及苦苣和臭蒿,织成一条厚茸茸的草毡。大珠露水在黎明的晨光里闪闪发亮,浸湿了他的脚面和腿腕,凉凉的,痒痒的。空气清凉而湿润,使人不由得想张开双臂,鼓起胸脯,吸进这富足的洁净的空气。

每一块尚未割掉的麦田里都有人在弯腰挥动镰刀,每一条通往村庄的河川小路上都有满载麦捆儿的小推车或架子车在缓缓移动,似乎昨天夜里根本就没有停止过,土地承包到户之后所迸发出来的疯狂的劳动劲头啊!

南北灌渠的渠沿高高地超出两边的田地,渠里流淌着清凌凌的河水,水草在流水中悠悠摆动,有人已经给割过麦子的田地里灌水了,促使被麦子挤夹得又细又黄的苞谷苗儿振作起来,茁壮生长。

在责任制后的第一个丰盛的夏收之后,他要永久性地从这亲爱的土地上拔脚了,竟成了最后的一次收获。

淑琴居然犹豫了,二心不定了,不想进城了,第一次获得的丰盛的劳动果实,强烈地诱惑她、吸引她,她不想进城去了。可是,那仅仅是丰盛的收获果实的诱惑吗?

雄伟的笔直的大堤,把小河河道通直了,过去被河水任意切割得弯弯曲曲的河岸,现在还看得出残缺不全的走向。他站在河堤上,一道蓝色的清水在沙滩上弯来拐去,哗哗流淌,旱季里的河滩上,河床裸露着嶙嶙的石头和沙滩。太阳即将出山,秦岭东山群峰的巍峨的巅峰,被炽红的霞光融合了,变得模糊不清了。

应该说服淑琴,不能动摇,夏收完毕以后,立即进城去,他这样想。

他不能把汗水再洒到黄土原坡上,手里也不必再握那个大约从西周或秦汉传留下来的小推车的木把儿……他无法再回到这种原始的生产状态中来,不是鄙薄故乡故土,也不是鄙视劳动吧?举家离土进城,在他们祖辈的漫长的生活史上,将划开一个历史性的标记。应该在走出赵村的村巷之前，拜访一下左邻右舍，乡亲乡党，也该给父母以至祖父祖母的坟头培一锨黄土。他要离开他们了，活着的乡亲和逝去的魂灵！不论他日后怎样都不会忘记莽莽苍苍的黄土高原之中的小河川道的天地；都不会忘记牛皮车襻和蜷卧在小推车上的滋味！为了他的乡亲和赵村的后代尽早甩掉那又硬又涩的牛皮车襻，他明白自己应该怎样……

赵鹏转过身，朝村里走去。他要立即回工厂去，让厂里给他临时凑合一间房子；家里的麦子由淑琴去晾晒，不是什么急不可待的大事了；一旦厂里把住房安排妥当，他就回来搬家，把淑琴、儿子和女儿，以及吃穿用具，全都搬进工厂家属区里去。

走上场塄，赵鹏一眼瞅见，淑琴正在用木板锨摊搅麦子，他向她走过去……

1985年春

蓝袍先生

我的启蒙老师徐慎行先生,年过花甲,早已告退,回归故里,住在乡下。他前年秋末来找我,多年不见,想不到他的身体还这样硬朗。

他住在原上的杨徐村,距我居住的小河川道的村子,少说也有二十里远,既不通汽车,也不能骑自行车。他步行二十余里坡路,远远地跑来,我的第一反应是要我帮他什么事情。他接过我递给他的茶水和卷烟,坐稳之后,首先说明他没有什么事,只是找我闲聊。他确实只是闲聊。整整一个下午过去,天色将暮时,他顶着一顶细草帽又告辞了。他说他在三个多月前埋葬了老伴,过了百日,算是守完了节,心里实在孤寂得受不了,才突然想到来找我聊聊的。我信了他的话。老伴初逝,女儿出嫁,男娃顶班在县城小学教体育,屋里就剩下他一个人,怎能不感到孤独和寂寞!我心里也有一缕悲怜的气氛了。

腊月里,入冬以来的头一场好雪,覆盖了原坡和河川,解了冬旱,大雪封锁了道路,跑小生意的农民挂起秤杆,蒙住被子睡觉了。大雪初霁的中午,奇冷奇冷,徐慎行先生又走进我的院子,令我惊叹不已。他的身上和胳膊肘上,膝头和屁股上,粘着融雪的水痕和泥巴,两只棉鞋灌满了雪粒,湿溜溜的了,可以肯定,他在坡路上跌翻过不知多少回。又是孤独和寂寞得受不了了吗?

"我有一件事,要跟你商量。"

徐慎行先生呷了一口茶,就直截了当地开了口。他的脸上泛出红光,许是跋涉艰难累得冒汗的原因,而眼里却泛出一缕羞怯神色,与六十岁人的气色很不协调。他终于告诉我,说是别人给他介绍下一个五十多岁的老婆,他已见过一面,颇以为合宜。可是两个女儿和儿子均是一口腔反对,没法说服他们。他自己当然不好直接与儿女商议,只好托亲友给儿女做解释。他的大女儿嫁到小河川道的周村,与我的住处相距不远,人也认识,于是就想让我去给他做大女儿的解释工作。

我不假思索,一口应承下来。

第二年春天,草木发芽了,一直没有见他的面,不知他的婚事进展如何,我倒有点惦念不下。我和他的大女儿以及女婿都是熟人,话可以敞开说,我说了许多条该办的好处,譬如徐老先生的吃饭穿衣问题、生病服药问题、家务料理问题,统都解决了,对于儿女们,倒是少了许多负担。又解释了儿女们最为担心的一个问题:老汉退职薪金的使用,会不会被那个老婆子揽光卡死了?终于使他们夫妇点了头,表示不再出面干涉,我也算是给启蒙老师尽了一点心。我随之就担心他的二女儿和儿子的思想通了没有,据说主要阻力在二女儿身上,她不出面,却纵容唆使弟弟出面闹事……

徐慎行先生来了,是在河川和原坡上的桃花开得正艳的阳春三月。他一来,我从他的眼里流露出来的羞怯神色就猜出了结果。

"我想忙前把这事办了。"他说,"到时候,你能否抽空来坐坐?"

我很乐意地接受了老师的邀请。

他坐下喝茶,抽烟,说那个老婆的脾气和身世。从他的语气里可以听出来,他是很满意的。说到她的人样、她的长相,他说能看出她年轻时很俊……

我实在想不到,夏收之后,他第四次来到我家的时候,又是一脸颓唐的神色,先哀叹了三声,说那件事最后告吹了!

我很惊诧,忙问他,到底哪儿出了差错?谁又从中坏事了?

"谁也没有坏事,也没有啥差错——"他淡淡地说,"是我不办了!"

"为——啥?"我不得其解。

"唉——"他摇摇头,叹息着,不抬头,"我事到临头,又……"

既然他觉得不好开口,我也就不再强人之难,于是就聊起闲话。他轻轻摇着扇子,眯着眼,扯起他三十多年教书生涯中的往事,一阵阵哀叹,一阵阵动情……

我送他走之后,心里很不好受,感到压抑,一种被铁箍死死地封锁着的压抑,使人几乎透不过气来,而他却在那道无形的铁箍下生活了几十年,至今不能解脱……

读耕传家

南原上的村庄,不论是千儿八百户的大村,抑或是三二十家的小庄,村巷整齐,街道规矩,家家户户的街门沿街巷开设,坐北一律坐北,朝南一律朝南,这一家的东山墙紧紧贴着那一家的西山墙,而自家的西山墙又紧挨着另一家的东山墙,拥拥挤挤,不留间隙。俗话说,亲戚要好结远乡,邻居要好高打墙。家家户户在自家的庄院里筑起黄土围墙,以防鸡刨狗窜引起纠纷和口角。院墙临街的中间开门,门上很讲究地修一座漂亮的门楼。

那儿的农民十分注重修饰门楼。日子富裕的人家修建砖木门楼,多数人家则是土木门楼。无力修建门楼的人家,就只好在土围墙上凿开一个圆洞,安一个荆条编织的篱笆门,防贼亦挡狗。生人进入任何一个村庄,沿着街巷走过去,一眼溜过两边高高矮矮的各姿各式的门楼,大致就可以划出各家的家庭成分了。不过,这是解放初期的旧话。现在,门楼的规模和姿势,已经与土改时定的那个成分关系不大了;如果按着旧的习惯去猜度,准会闹出牛头不对马嘴的笑话来。

门楼正中,一般都要挂门匾,门匾上镌刻四个大字。这四个大字的选择,实际是这个门楼里的庄稼主人的立家宣言。解放后,庄稼人心劲高涨,对门楼上的门匾的选择,免不了受时风的影响,土地改革时,好多人喜欢用"发展生产""发家致富";合作化时又时兴"共同富裕""康庄大道";三年困难时期又流行起"自力更生""勤俭持家";及至"四清"和"文革"运动接连不断的十余年中,诸如"红日高照""万寿无疆""斗争为纲""真学大寨"等政治口号,确实风靡一时。

解放前门楼题匾的内容,可就单调得多了。凡是能修建得起砖木门楼或稍微像样的土木门楼的殷实人家,题匾上的立家宣言,十之八九都选用"耕读传家"四字,其用意是显而易见的。我们杨徐村,在南原上的稠如星海的乡村里,只算个中小型村庄,二百多户农家中,门楼修葺得最阔气的是大财东杨龟年家的。水磨青砖,雕梁画栋,飞檐翘角,俨然一座富丽堂皇的四角亭子。门楼下蹲着两只青石雄狮,墙上刻着飞禽走兽。门楼正中,在象征着吉祥永久的鹤鹿图像中,刻下四个篆体"耕读传家"的题字,与团团祥云相协调。杨龟年的大儿子在咸宁县政府做官员,家里有百余亩河川水浇地,整整两槽高骡大马,真是有耕有读,宣言与实际相一致。其余那些虽然也能修得起土木门楼的殷实户,也东施效颦地题下"耕读传家"的门匾,却大都是有耕无读,名不副实,甚至一家老少尽是些目不识丁的粗笨庄稼汉子。但作为立家宣言,自然主要是照亮后世,无读书人的缺憾,必当由后辈人来弥补。

杨徐村另一户能修得起砖木门楼而且名副其实的"耕读传家"的人家,当推我家了。

我爷爷徐敬儒,对"耕读"精神的尊崇,甚至比杨龟年家还要纯粹。杨龟年的大儿子在县府供职,主要是为官而不从读书;二儿子从军耍枪杆子而鲜动笔杆子了;家里的庄稼全靠长工和短工播种和收割而无须杨龟年动手抬脚。我爷爷徐敬儒,那才是"耕读"精神的忠诚信徒和真正的实践者。

我爷爷徐敬儒,人称徐老先生,是清帝的最末一茬秀才,因为科举制度的废止而不能中举高升,就在杨徐村坐馆执教,直到鬓发霜染,仍然健坐学馆。也不知出于什么思想影响,我爷爷把门楼上那副"耕读传家"的题匾挖掉了,换上一副"读耕传家"的题匾,把"耕"和"读"的位置作了调换。字是我爷爷写的,方方正正,骨架峻嶒,一笔不苟,真柳字体,再由我父亲一笔一画凿刻下来。我父亲初看时,还以为我爷爷笔下失误,问时,爷爷一拂袖子,瞪了儿子一眼,没有回答。我父亲不敢再问,却明白了是有意调换而不属笔误,该当慢慢地去体味,低下头小心翼翼地凿刻起来。

更有一件蹊跷的事。我爷爷垂老之时,对我父亲兄弟三人做了严格分工:一人继承他坐学馆,体现"读";二人做务庄稼,体现躬耕;世世代代,以法累推。这样的分工,兄弟三人还勉强接受得了,临到爷爷咽气时,又留下严格的家训,可以归纳为"三要三不要"的遗嘱。其训示曰:教书的只做学问,不要求官为宦;务农的要亲身躬耕,不要雇工代劳;只要保住现有家产不失,不要置地盖房买骡马。

兄弟三个瞪大眼睛,你瞅瞅我,我瞪瞪你,不知所措了。他们三个正当成年,早就想着齐心合力一展宏图,在杨徐村与杨龟年家争一争高低。近几年间,杨家兵强马壮,置田盖房,百业兴旺,已成为方圆十里八村新兴的富户。眼看着杨家小河涨水似的暴发起来。兄弟三人对父亲拘拘谨谨的治家方针早已多所不满,又不敢说,想不到老先生活着时限制他们的手脚,临走前还要把他们死死地捆绑在这点小家业上。老先生似乎早已揣摩算计到三个儿子的心数儿,怕自己走后儿孙们有恃无恐,干脆一句话说死:不遵从父训者,孽种也!不许给他上坟烧纸。兄弟三人只好委屈隐忍,不理解的也要执行,遵循老先生的遗训,耕田的躬耕垄亩,坐馆的潜心静气研读圣贤诗书。村里人把我爷爷这种古怪的治家训诫编成顺口溜,"房要小,地要少,养个黄牛慢慢搞",当作笑话流传。

嗨呀！到得杨徐村一解放,杨龟年家耍枪杆子的老二死在解放军的枪口之下；当县官的老大囚在人民的监牢当中；家里的深宅大院、高骡子大马以及水地旱田全部分给杨徐村的贫雇农了。我至今也忘不了那个晚上的情景,我爸兄弟三个,捧着我爷的神匣,磕头作揖,又哭又笑,简直跟疯癫了一样。夜静以后,兄弟三个又跑到村后的祖坟里,趴在我爷的坟堆上,啃啊！扒啊！恨不得掘开坟墓,把留下"三要三不要"遗训的先知先觉的老祖宗的尸骨抱在怀里亲一百次！该怎样感激老祖宗——比诸葛孔明还要神明的老祖宗啊！亏得他早已看破红尘,留下严格的治家遗训,使得儿孙后辈免遭杨家的横祸！我们家定为上中农成分,虽然不是工作组依靠的对象,却也不在被打击被孤立的剥削阶级的圈子里,这已经是万幸了！

我爷爷瞑目前五年,已经选定我父亲做他的接班人,去杨徐村的私塾坐馆执教。据说,老先生在长期的观察中,觉得我大伯父工于心计,善于谋划,带一股商人的气息。二伯父脾气拗倔,合当是一介武夫。我父亲自幼聪灵智慧,既不像大伯父那么诡,也不像二伯父那样倔,深得老先生钟爱器重,加之对我父亲的面相也满意（用我爷的话说,天庭饱满,眉高眼大,肤色滋润）,于是就在他年过花甲之后,由我父亲坐上了私塾里那把黑色的令人敬慕的太师椅子。

我依稀记得,爷爷死后,父亲脱下了蓝色长袍,换上了一件藏青色布袍,一来表示给爷爷的亡灵守志守节服孝,二来标志着他已过而立之年,该当脱下青年时期的蓝色长袍了。我的印象十分深刻,爷爷死后,父亲似乎一下子变成了另一个人,那眉骨愈加隆起,像横亘在眼睛上方的一道高崖,眼神也散净了灵光宝气,纯粹变成一副冷峻威严的神气。在学堂里,他不苟言笑,在那张四方抽屉桌前,正襟危坐,腰部挺直,从早到晚,也不见疲倦,咳嗽一声,足以使那些调皮捣蛋的学生吓一大跳。来去学堂的路上,走过半截村巷,抬头挺胸,目不斜视,从不主动与任何人打招呼。别人和他搭话问候时,他只点一下头,脚不停步,就走过去了。回到家中,除了和两位伯父说话以外,与俩伯母和七八个侄儿侄女,从不搭话。除了两位伯父,没有不怯他的。父亲从学堂放学回来,一进街门,咳嗽一声,屋里院里,顿然变得鸦雀无声,侄儿侄女们停止了嬉闹,伯母和母亲烧锅拉风箱的声音也变得低匀了。我和堂兄堂弟们要是打仗吵架,一不小心,父亲站在当面时,无须动手动脚,他只用眼一瞅,我们就都不敢出声了。他倒是从来不动手打孩子,可也从来不对任何人表示哪怕是少许的亲昵,我似乎比堂哥堂弟们更怯着父亲。

我现在唯一能解释父亲这种性格变化的原因,是爷爷死后父亲在这个十五六口人的大家庭里的地位的变化。爷爷死时,意外地打破了长子主事的传统法则,把全部家事委于父亲来统领。据说爷爷怕伯父太诡而远伤乡邻近挫兄弟,怕二伯父脾气暴烈而招惹家祸,于是就由排行最末的父亲统领这个家庭。他要领导两个哥哥和两个嫂嫂,要处理三兄弟三妯娌以及九个侄儿侄女和亲生儿女的种种矛盾,要处理这个家庭与远远近近几十家新老亲戚的关系,要处理与杨徐村二百多户同姓和异姓的乡邻的关系,真是太复杂了!我当时尚不能体味父亲的种种难场,只觉得他的脸上,笑颜永远消失了。

尽管父亲在这个家庭里严于律己——母亲、姐姐、弟弟以及我,宽以待人——伯父、伯母以及堂兄堂妹,家庭里的摩擦总不会间断,只是没有公开闹到分家的程度。大伯本来对父亲统领家事就觉得有失面子,再加上三条遗嘱死死捆住了他的手足,终日憋气。他的大儿子已经长大,意欲送到西安去学生意,因为父亲坚持遗训而不能成行,有气无处发泄,就哄唆直杠子二伯发难。父亲一切都看得明白,只是隐忍,不理睬二伯的恶火,大伯也就无法了。

这样下去,终非久远之计,父亲不能眼看着这个以礼仪之风在全村享有最高乡誉的家庭,在自己手中闹出分崩离析的结局,令杨徐村人耻笑。他断然决定,从学堂里告退回家,统领家事。他自己在学堂执教,一心难为二用,顾了学堂顾不了家,顾了家庭又怕贻误人家子弟的学业。更重要的是,在他一天三晌坐在学堂里的时候,家里和地里,给大伯留下了毫无顾忌地唆弄是非的太大的时空环境。这样,在我刚刚交上十八岁的时候,父亲就把我推到他坐过的那把黑色的太师椅上了。

蓝 袍 先 生

父亲选定我做他的替身去坐馆执教,其实不是临时的举措,在他统领家事以前,爷爷还活着的时候,就有意培养我作为这个"读耕"人家的"读"的继承人了。只是因为家庭内部变化的缘故,才过早地把我推到学馆里去。

我有一个姐姐,已经出嫁了。一个弟弟,脾气颇像二伯,小小年纪就显出倔拗的天性,做教书先生的人选,显然不大合适,"人情不够练达嘛"!父亲再无选择的余地,尽管我也是差强人意,也没有办法了。如果说父亲也暗藏着一份私心,此即一例,大伯父的二儿子灵聪过人,然而父亲还是选就了我。

读书练字,自不必说了,对我是双倍的严格。尤其是父亲有了告退的想法之后,对我就愈加严厉了。那柳木削成的木板,开始抽打我的手心,原因不过是我把一个字的某一画写得离失了柳体,或是背书时仅仅停磕了几秒钟。最重要的是,对我进行心理和行为的训练,目标是一个未来的先生的楷模。"为人师表"!这是他每一次训导我时的第一句话。

"为人师表——"父亲说,"坐要端正,威严自生。"

我就挺起胸,撑直腰杆,两膝并拢。这样做确实不难,难的是坚持不住。两个大字没有写完,我的腰部就酸酸的了,两膝也就分开了。猛不防,那柳木板子就拍到我的腰上和腿上,我立即坐直。几次打得我几乎从椅子上翻跌下去,回头一看,父亲毫不心疼地瞅着我。

"为人师表——"父亲说,"走有个走势。走路要稳,不急不慢。头仰得高了显得骄横,低垂则萎靡不振。两目平视,左顾右盼显得轻佻……"

我开始注意自己走路的姿势。

"为人师表——"父亲说,"说话要恰如其分,言之成理。说话要顾及上下左右,不能只图嘴头畅快。出得自己口,要入得旁人耳……"

所有这些训导,对于我这样一个刚刚十七八岁的人来说,虽然很艰难,毕竟可以经过日渐长久的磨炼,逐步长进,最使我不能接受的,是父亲对我婚姻选择的武断和粗暴。

对于异性的严格禁忌,从我穿上浑裆裤时就开始了。岂止是"男女授受不亲",父亲压根儿不许我和村里任何女孩子在一块玩耍,不许我听那些大人们在一起闲谝时说的男女间的酸故事。可是,在我刚刚十八岁的时候,父亲突然决定给我完婚了。他认为必须在儿子走进学堂之前做完此事,然后才能放心地让我去坐馆。一个没有妻室的人进入神圣的学堂,在他看来就潜伏着某种危险。

父亲给我娶回来多丑的一个媳妇呀!

婚后半个月,我不仅没有动过她一指头,连一句话也懒得跟她说,除了晚上必须进厢房睡觉以外,白天我连进屋的兴趣都没有。我却不敢有任何不满的表示,父母之命啊!

父亲还是看出了我的心意,有一天,把我单独叫进他住的上屋,神色庄严。

"你近日好像心里不爽?"

"没有。爸。"

"我能看出来。有啥心事,你说。"

"爸,没有。"

"那我就说了——你对内人不满意,嫌其丑相,是不是?"

"……不。"

我一直未敢抬头,眼泪已经忍不住了。

"这是我专意儿给你择下的内人。"父亲说。我没有想到。他说:"男儿立志,必先过得美人关。女色比洪水猛兽凶恶。且不说商纣王因妲己亡国,也不说唐王因贵妃乱朝,一个要成学业的人,耽于女色,溺于淫乐,终究难成大器……"

我惊讶地抬起头,看了父亲一眼,那严峻的眉棱下面,却是满眼的赤诚,坦率的诚意,使我竟然觉得自己太不懂事了。大丈夫立国安家成学业,怎能贪恋女色!我长到十八岁,从来没有听过怎样对待婚娶的道理,父亲今天第一次坦诚地对我训导,我悟出人生的道理了。

父亲当即转过头,示意母亲,母亲从柜子里取出一件蓝袍,交给我,叫我换上了。我穿上那件由母亲亲手缝的蓝洋布长袍,顿然觉得心里咯噔一声,沉重起来,似乎一下子长大成人了!服装对于人,不仅是御寒的外在之物。穿起蓝袍以后,抬足举步都有一种异样的庄重的感觉了。

父亲领着我走出上房的里间,站在外间里。靠墙的方桌上,敬着徐家祖宗的牌位,爷爷徐敬儒生前留下一张半身照,嵌镶在一只楠木镜框里,摆在桌子的正中间。父亲亲手点燃大红漆蜡,插上紫香,鞠躬作揖之后,跪伏三拜,然后站在神桌一侧,朗声道:"进香——"

我走前两步,站在神桌前头,从香筒里抽出五根紫香,轻轻地捋一捋整齐,在燃烧着的蜡烛上点燃,小心翼翼地插进香炉,抖索的手还是把两支弄断了。重插之后,我垂首恭候。

"拜——"父亲拖长声喊。

我抱起双拳,作揖。

"叩首——"

我跪在祖宗神牌前,磕了三个响头,就抬起头,等待父亲发令。

父亲从腰里掏出一片折叠着的白纸,展开,就领着我向祖宗起誓:

"不肖孙慎行,跪匍先祖灵前。矢志修业,不遗余力。不慕虚名,不求浮财,不耽淫乐。只敬圣贤,唯求通达,修身养性,光耀祖宗,乞先祖护佑……"

父亲念一句,我复诵一句,及至完毕。我呆呆地站在灵桌前,诚惶诚恐,不知现在该站还是该走开?父亲紧紧盯着我,说:

"明天,你去坐馆执教!"

由我代替父亲坐馆的仪式是在文庙里举行的。时值冬至节气。一间独屋的庙台上,端坐着中国文化的先祖孔老先生的泥塑彩像。屋梁上的蛛网和地上的老鼠屎被打扫干净了。文庙内外,被私塾的学生和热心的庄稼人围塞得水泄不通。杨徐村最重要的最体面的人物杨龟年,穿着棉袍,拄着拐杖,由学堂的执事杨步明搀扶着走进文庙来了,众人抖抖地让开一条路。

我站在父亲旁边,身上很不自在,心里却潜入一股暗暗的优越来。这儿——文庙,孔老先生的圣像前,排站着杨徐村所有的头面人物,我也站在这里了,门外的雪地上,挤着那些粗笨的却又是热心的庄稼人,他们在打扫了房屋以后,临到正式开场祭祀的时候,全都自觉地退到门外去了。

杨步明主持祭祀,首先发蜡,然后焚香,接着在杨步明拿腔捏调的诵唱中,屋里屋外的所有参与祭奠的村民,无论长幼尊卑,一律跪倒了。油炸的面点,干果,在杨步明的诵唱中摆到孔老先生面前。整个文庙里,烛光闪闪,紫香弥漫,乐鼓奏鸣,腾起一种神圣、庄严、肃穆的气氛。

执事杨步明把一条红绸递给杨龟年,由杨徐村最高统治者给我的父亲披红,奖掖他光荣引退。杨龟年双手捏着红绸,搭上父亲的右肩,斜穿过胸部和背部在左边腋下系住。我看见,父亲连忙跪伏下去,深深地磕拜再三,站起身来的时光,竟然激动得热泪盈眶。这个冷峻的人,竟然流泪了。他硬是咬着腮帮骨,不让眼泪溢出眼眶。我是第一次看见父亲流泪。往昔里,我既看不到父亲一丝笑颜,也看不到一滴泪花。那泪眼里呈现出从未见过的动人之处,令人敬服,又令人同情。这个严厉的父亲,从来也不会使人产生对他的同情和怜悯;他的脸色和眼神中永远呈现着强硬和威严,只能使人敬畏,而不容任何人产生怜悯。现在,他的脸上像彤云密布的天空扯开一道缝儿,露出了一绺蓝天,泻下来一道弱柔动人的阳光。

父亲简短地说了几句真诚的答谢之辞,执事杨步明代表所有就读的孩子的家长向父亲致谢,并对我的上任多有鼓励。杨龟年没有讲话,只是点点头,算是最高的赏赐了。

奠祭活动一结束,我随着父亲走出文庙,刚一出门,那些老庄稼人就把父亲围住了,拉他的袖子,拍他的后背,摸抚那条耀眼的红绸,说着听不清的感恩戴德的话。我站在旁边,同样接受着老庄稼汉们诚心实意的鼓励的话,心里很激动。由爷爷和父亲在杨徐村坐馆所树立起来的精神和道义上的高峰,比杨家的权势和财产要雄伟得多!我从今日开始,将接替父亲走进那个学馆,成为一个为老少所瞩目的先生了!

那把黑色的座椅,那张黑色的四方抽屉桌子,能否坐得稳?一直到将来再交给我的尚未成形的某一个后代,大约至少要二十多年吧?二十多年里不出差错,不给徐家抹黑,不给杨家留下话柄,不落到被众人撵出学堂,谈何容易!要得到一个善终的结局,就必得像父亲那样……

乡村的私塾学堂也放寒假,每年农历的冬至节气就是下学日,祭过老祖宗孔老先生之后,就放假了。

过罢正月十五,私塾又开学了,我穿上蓝布长袍,第一次去坐馆,心里怎么也稳实不下来。走出我家那幢雕刻着"读耕传家"字样的门楼,似乎这村巷一夜之间变得十分陌生了,街巷里那些大大小小的树木,一搂抱粗的古槐、端直的白杨、夏天结出像蒜薹一样的长荚的楸树,现在好像都在瞅着我,看我这个十八岁的先生会不会像先生那样走路!那些拥拥挤挤的一家一户的门楼里,有人在窥视我可笑的走路的姿势吧?唔呀!从我家的街门口到学堂去,要走到街心十字口,再拐进南巷,距离不近哩!不管怎样,我已经走出街门了,没有再退回去的余地了,只有朝前走。这时候,像面对一个十分面熟而又确实读不出字音的生字时顺手掀开字典,我想到了父亲走路的姿势。我多少次看见父亲来去学堂时走在村巷里的身姿,而他训导我的如何走路的条文倒模糊了。

我抬起头,像父亲那样,既不仰高,也不低垂,两目平视,梗直脖根,决不左顾右盼,努力做到不紧不慢,朝前走过去。

"行娃……哦……徐先生……"杨五叔笑容可掬地和我打招呼,发觉自己不该在今天还叫我的小名,立即改口,脸上现出失误的歉疚的神色,"你坐馆去呀?"

"哦!对。"我立即站住,对他热诚的问话表示诚意的回答,站下以后,却又不知再该说什么了。我立即意识到,不该停下脚步,应该像父亲那样,对任何人的纯粹出于礼节性的见面问候之辞,只需点一下头,照直走过去,才是最得体的办法……我立即转身走了。

走进学堂的黑漆大门了,三间敞通的瓦房里,学生们已经把教室打扫得干干净净,摆满了学生自己从家里搬来的方桌和条凳,排列整齐,桌子四周围坐着年龄差别很大的学生,在哇啦哇啦背书。今日以前的七八年里,我一直坐在这个学堂的左前排的第一张桌子上,离安在窗户跟前的父亲的那张教桌只隔一个甬道。这个位置是父亲给我选定的,从第一天进入这学堂接受父亲的启蒙,直到我今天将坐在窗前教桌的位置上，一直没有变动过，我打第一天就明白，父亲要把我置于他的视力首先所能扫描到的无遮蔽地带……现在，那个位置坐上新进入学堂的启蒙生了。

除了新添的几个启蒙生，教室里坐着的全是那些春节以前和我同窗的本村的熟人、同伴、同学，有的个子比我长得还高还壮实，我今天看见他们，心里却怯了。我完全知道他们和我父亲捣蛋的故伎，尤其是杨马娃和徐拴拴两人，念书笨得跟猪差不多，却尽有鬼点子捣蛋。我一进门就瞅见他俩的诡秘的脸相，倒有点怯场了，那些不怀好意的脸相！

我立即走向那张四方教桌，偏不注意那几个扮着怪相的脸。我在父亲坐过的那把直背黑漆木椅上坐下来，腰似乎自然地挺直了，父亲就是这样挺着身坐。我回忆父亲的工作程序，坐下，先把桌上的四宝摆整齐，抹干净桌子，再掀开书本，或者在砚台里磨墨。一当听到教室里有异常的响动，就抬起头来，逡巡一遍，待整个学堂里恢复正常的气氛，再低头看书或者练习写字。

父亲一般是先读书的，后晌上学时才写字。我也应该这样做，只是今天例外，读书是难得专注的，写字肯定对稳定情绪更好些。我在父亲用过的石砚台上滴上水，三根指头捏着墨锭，缓缓地研磨。磨墨也该像个先生磨墨的姿势，不能像下边那些学生乱磨，最好的姿势当然只有父亲磨墨的姿势了。

墨磨好了。桌子角上压着一沓打好了格子的空影格纸，那是学生们递上来的，等待我在那些空格里写上正楷字，他们再领回去，铺在仿纸下照描。我取下一张空格纸，从铜笔帽里拔出毛笔，蘸了墨，刚写下一个字，忽然听到耳边一声叫：

"行娃哥——"

我的心一扑腾，立即侧转过头去，看见本族里七伯的小儿子正站在当面，耍猴似的朝我笑着："给我题个影格儿。"

教室里腾起一片笑声。哦！应该说学堂。

笑声里，我的脸有点发热，有点窘迫，也有点紧张。学童入学堂以后，应该一律称先生，怎能按照乡村里的辈分儿叫哥呢！可他是才入学的启蒙生，也许不懂，也许是忘记了入学前父母应有的教导吧！我就只好说："你放下，去吧！"他回到位置上去了，笑声消失了。

我又转过头写字，刚写下两字，又一个声音在我耳边响起：

"蓝袍先生——"

我的脑子里轰然一声爆响，耳朵里传来学堂里恣意放肆的哄笑的声浪。我转过头，看见一张傻乎乎愣笑着的脸，这是村子里一个半傻的大孩子。他的嘴角吊着涎水，一只手在背后抓挠着屁股，得意地傻笑着，和我几乎一般高的个子，溜肩吊臂，像是一个不合卯窍的屋架，松松垮垮。这个老学生，念了七八年了，字认不下二百，算盘打不到"三归"，只是家底厚，又是他爸唯一的顶门立户的根，就这么在学堂里泡着。这个傻瓜蛋儿，打破他的脑袋，也不会给我起下这样一个雅号的，我立即追问："谁叫你这么称呼我？"

教室里的笑声戛然而止，静默中潜伏着许多期待。

"他……他不叫我说他的名字。"傻子说。

"你说——他是谁？"我冷眼追问。

"我不敢说——他打我！"傻瓜怕了。

"我先打你！看你说不说！"我说。

我从桌上摸过板子，那块被父亲的手攥得把柄溜光的柳木板子，攥到我的手里了，心里微微忐忑了一下，我就毫不退让地说："伸出手来！"

傻子脸色立时大变，眼里掠过惊恐的阴影，把双手藏到背后去了。

我从他的背后拉过一只左手，抽了一板子，傻子当下就弯下腰去，用右手护住左手号啕起来："马娃子，×你妈！你教我把人家叫

'蓝袍先生',让我挨打……呜呜呜呜呜……"

我立即站起,一下子瞅住杨马娃,这个暗中专门出鬼点子捣乱的"坏头头"。不压住这个杨马娃,我日后就难得在这张椅子上坐稳。我命令:"杨马娃,到前头来!"

杨马娃虎不失威,晃一下脑袋,走到前头来了。他个子虽不高,年岁却不小了,也是个老学生。他应付差事似的朝我草草鞠了一躬,就站住了。

"是你给他教唆的吗?"我斥问。

"没有。"他平静地回答,早有准备。

"就是你!"傻子瞪着眼,"你说……"

"谁能作证呢?"杨马娃不慌不急。

"……"傻子急迫地瞪着眼。

"不要作证的人!"我早已不能忍耐这种恶作剧还在继续往下演,"伸出手——"

杨马娃伸出手来。他的眼里滑过一缕冤枉的无可奈何的神色,既不看我,也不看任何人,漫不经心地瞅着对面的墙壁。

我抽一下板子,那只手往下闪了一下,又自动闪上来,没有躲避,也听不到挨打者的呻唤。我又抽下一板子,那只手依然照直伸着,我有点气,本想经过教训他解气,想不到越打越气了。那只伸到我跟前的手,似乎是一只橡皮手,听不到挨打者的呻吟,更听不到求饶声了,我突然觉得那只手在向我示威,甚至蔑视我。教室里很静,听不到一丝声响。我感到了两方的对峙在继续,我不能有丝毫的动摇,不然就会被压倒,难得起来。我也不吭气,谁也不看,只看着那只要击中的手。我记得父亲打板子的时候就是这样,从来不看被打者的脸,更不听他们的呻唤和求饶,只是打够要打的数字。我抽下五板子了……

傻子突然跪倒在地,抱住我的板子,哭喊说:"先……先先先生!马娃叫我叫你'蓝袍先生',我说你要打手的,他说不会,你和俺俩都是在一块念下书的,不会打手的。他就叫我跟你耍玩,叫'蓝袍先生'……我往后再不……"

我似乎觉得胳膊有点沉,抬不起来了,再一想,如果马娃一直不开口,我能一直打下去吗?倒是借傻瓜求情的机会,正好下台,不失威风也不失体面。

傻瓜先爬起来,深深地鞠了一躬,跑下去了。杨马娃则不慌不忙,文质彬彬地鞠了躬,慢慢走回到座位上去了。

我重新坐好,提起毛笔,题写那张未写完的影格儿,手却在抖。我第一次执板打人,心里却没有享受打人的畅快,反倒添加了一缕说不清的滋味……

萌动的邪念

无论如何,对杨马娃的一顿板子,彻底划开了我和同伴、同学之间的界限,那些心存侥幸企图开我的玩笑的人,那些想试试新上任的先生的脾气软硬的人,全都得出了自己应该得到的结论,学堂里的秩序按照父亲过去的模式继续下来了。

杨马娃退学了。挨打的当天后晌,他就没有再来上学,扛着镢头跟他爸上坡挖地去了。迅速地从村子各个角落反馈到我耳朵里的反应,却是绝对的一边倒。没有任何人同情杨马娃,听说连他爸也骂他不知深浅。执事杨步明当天下午跑到学校,给我撑腰:"打得好!念了几年书,连个礼性儿也不懂,没有一点规矩!不打的话,明日该翻天了!"他故意用大声说话,让那些坐在学堂里的娃娃都听见。不光执事杨步明,几乎所有送子入学的庄稼人,在我来去的街巷里,一律支持我动板子的举动。不过,我心里明白,不尊师长的越轨行为是不会有人同情的,所以并不觉得意外。

对杨马娃的退学,我也不觉得遗憾。按照我爷爷在这个学堂里开创的独特的教程(后来又经过了我父亲的补充),启蒙生从一二三四五开始识字,然后学《百家姓》,中年级学《七言杂志》,大约三年时间。附加的课程是珠算,先学加减,后学"九归"。三年时间里,那些穷庄稼汉的后代,学会了日常生活惯用的杂字,会打一手算盘,就走出学堂跟他们的父兄做庄稼去了,或者到西安某个铺店、作坊当相公(学徒)去了。留下为数不多的一些富裕户的子弟,接着就开《论语》,步步深造。这一套教程,从爷爷创立,颇受庄稼人欢迎,可以说贫富皆宜,有普及也有提高,照顾了"面"又保证了"点"。杨马娃早该退学去做庄稼或当相公去了,只是生得矮小,父母疼其体力不支,就叫他在学堂多混几年……迟早是要走的。

俩月过去了,没有发生什么意外,秩序正常,执事杨步明对我父亲几次夸赞:"栽培有方!"父亲自然很欣慰。我的自我感觉也甚好。我从村中走过去时,可以踏出缓急有致的脚步了,再不紧张了。我在教桌前端直坐一晌,看书或授课,不再觉得腰酸腿困了。人说,我活脱就是二十年前我爸的原样儿!连脾气也跟我爸一模一样了。

我也意识到我的脾性儿变了。我小时爱笑,妈说我长了一副笑面菩萨的脸儿,而且一笑脸颊上就有两个酒窝。我爸为我的爱笑没少训过我,说我长了一副没棱角的脸,尤其讨厌我脸上的那两个倒霉的酒窝……现在,我改掉爱笑的毛病了,酒窝自然也就极少出现了。我面对一伙性格各异的学生,没有威慑的力量是不行的,父亲说绝不能跟学生嘻嘻哈哈,笑了就失掉威势了。另一个不便说出口的原因,我自打媳妇一娶进门,就笑不出来了。

她是坐着轿子来的,在伴娘的搀扶下走进厢房,我一把揭开她的盖脸的红布,狂跳着的心一下子沉下去了,再也跳不起来了。我实在无法预料,父亲会给我娶回来这样一个媳妇。当然,父亲那种奇特的理论,我不敢顶撞,想想我现在在杨徐村的地位,想到徐家三代人在杨徐村所树立的威望,我觉得心里十分沉重,我不能给祖先丢脸,更不能耽于女色而使徐家的门楼上的"读耕"精神毁断于我手，这个女人的位置和比重一下子给划开了。

我从学堂放学回家，她就怯怯地招呼我："先生，用饭。"她从来也不敢正眉正眼地看我的眼睛。当我发觉她在注视我的时候，我一回头，她立即把眼光避开了。她不会撒娇，只会烧火、洗锅、刷碗、缝衣、做鞋。我不说话，她也不说话，大约是怕说得不合适。我见了她就没有话说了，所以小厢房里总是静悄悄的。

配偶的不甚称心和夫妻感情的不甚融洽，为新承担的教书工作的热情和兴味所冲淡，我觉得十分喜欢教学。这一方面的如愿与另一方面的不如愿掺和着，我就这么过，也没有感觉到活不下去，生活虽显得古板，却也平静。

我的平静的心境突然被打破了！

这天放学时，天下着雨，大雨点子在院子的积水上打出一片白花花的水泡。大学生们不顾雨大路滑，缩着脖子跑出学堂去了，院子里响起一阵杂乱的"扑哧扑哧"的脚步声，只有几个小娃娃躲在门口的房檐下，不敢出去。我站起来，舒展一下腰身，走到房檐下，劝那几个小娃娃再等一会，雨住了再走。这时候，一个穿着旗袍的女人走进学堂院子来了，撑起的红纸雨伞遮住了她的头脸。我却早已认出，这是杨龟年的二儿媳妇。我反身走回学堂，在椅子上坐下。

这个女人走到学堂门口，她的儿子已经扑到她的膝前，抱住了她的腰。她摸着孩子的头，笑容可掬地说："把这把伞给你先生送去，你跟娘打一把伞行了。"

我立即从椅子上站起，推辞，要她和孩子一人打一把伞，我到雨住了再走。她的儿子把伞放到桌子上，跳出门，她牵着他的手，转身走了，在院子的泥水里，小心地挑选可以下脚的地方，走出院子去了。剩下的三五个小娃娃，大约估计到他们的父母不会送洋伞或草帽来，就冒雨跑了。

学堂里静下来。剩我一个人,看着桌子上那把红色油纸伞。我拿起伞掂掂,却嗅到一股淡淡的香味,那是脂粉一类东西的诱人的气息。我坐在椅子上,眼前浮现着两只水汪汪的眼睛,如果不是这样近距离地看见她的眼睛,我真不知道世界上有这样好看的眼睛。她穿一件紫红旗袍,披着卷发,细皮嫩肉,不过二十四五岁,旗袍紧紧包裹着丰腴的胸脯和臀部。我突然奇怪地想,如果我有这样好看的一个女人,难道真的就会荒废学业了?

　　雨小了,蒙蒙的雨雾从浓密的树梢笼罩下来。院子里昏暗了。我最后看了那把红伞一眼,终于没有用它,锁上门,走回家去。

　　大约过了十天,或者半月,她牵着孩子的手走进学堂来了。站在我的教桌前,斥说儿子想逃学,她把他亲手牵来了。我让她的儿子归座。她却不走,从腰间摸出一张纸,摊开在我眼前的桌子上,问:"徐先生,这个字怎样念?"

　　我一抬头,发觉她并没有瞅字,而是瞅着我的眼睛,那眼里有一种令人动心的神色。我忙回答了那个字的读音,就把脸避开了。她笑笑,说声"劳驾"就走出门去了。

　　从这以后,每当我从杨龟年家门楼前走过的时候,就忍不住扭头瞥一眼那深宅大院了。往昔里,我和父亲一样,是不屑于瞅一眼这角亭式的阔绰的门楼的。瞥一眼,其实什么也没有看到。这一天,终于在门口撞见她了。我向她点一下头,就走过去了,她却又叫了一声:"徐先生——"我停住脚,转过身。

　　"孩子肚子疼,后晌不能上学了。"

　　"那好。让娃儿在家养息。"

　　"缺下课……"

　　"娃儿病好了,我给补。"

　　"真麻烦你了!"

　　"不客气。"

我回到家中,那两只水汪汪的眼睛在我跟前忽闪飘浮;我在学堂,那两只眼睛又在字行间闪眨……

这天晚上,我回到家,看见父亲脸色不悦,从地里犁地回来,把犁杖重重地磕摔在台阶上。他回到家中,已经和大伯二伯一样躬耕了。是累得心生烦躁了吗?

直到夜深人静,大伯二伯和堂兄弟们都睡定了,父亲终于把我叫进上房里屋,关了门,压住声儿,严厉得怕人:"你和那个臭婊子有啥好说的?嗯?"

我像当头挨了一砖,眼前都黑了,说:"她给孩子请假……"

"我不要你回话!"父亲站起身,可怕的鹰一般的眼睛,"我只想给你说一句,那个婊子再找你搭话,你甭理识!那是妖精,鬼魅!你自己该自重些!"

我低下头,简直无地自容,好像我已经和那个女人真有过什么苟且之事,其实不过就是说了两三次话,都是说的关于她的孩子念书的事,每一次也都是那么简单的几句。我想分辩,解释,不光是父亲盛怒之下,难于容纳,而是我自己感到有口难张,羞于启齿了。

"走吧!"父亲负气地一摆手。

我不知是怎样从父亲住的上房里屋回到自己的厢房的。躺下之后,怎么也睡不着,心里烧躁憋闷,脑袋"嗡嗡"响。

这个女人,是杨龟年的二儿子在河南娶下的小老婆,因为战事吃紧,送回老家来了。杨龟年压根儿不知道儿子在外已经娶下小婆娘,气得吹胡子瞪眼,无奈那女人引着一个可爱的小孙孙,毕竟是杨家的后代,才收容下来,心里却见不得这个操着异乡口音的女人。那个经明媒正娶的大婆娘对于这个妹妹,更是恨入牙根了。这个女人在杨家,没有援助也没有同情,活得没滋没味儿,村里人说她夜夜都偷着哭哩!村里人不明底细,纷纷传说,杨龟年的二儿子从河南送回来的洋婆娘,是抢霸的一位良家女子;有的却说得截然相反,说她原本是开封府里一家妓院的窑姐儿云云。

无论父亲的态度怎样生硬,叫人难以忍受,但冷静之后,我就不能不暗暗慑服父亲那洞察细微的眼睛,我虽然没有和那个洋婆娘有任何拉拉扯扯的事,可从心里反省,那双水汪汪的眼睛确实弄得我有点神不守舍。如果不是父亲警告,长此下去,即使不会发展到做出什么有损门风的丑事,也极其危险,任何一点半句风言浪语都可能毁了我,毁了父亲,毁了徐家几代人守节持仪所建树起来的家风……父亲直接砸向我脑门的这一砖头是狠的,也是及时的。

我的心在收缩,被那个洋女人搅起的一缕纷乱的云霓,消散了。我再也不理睬那个被父亲骂作妖精鬼魅的女人,甚至连村中一切年龄尚轻的女人也都一概不予搭理。我不能让桃色亵渎徐家贞节的门楼……

杨徐村解放了。人民政府给杨徐村派来三位先生,真是令我大开眼界。他们穿四个兜的短褂,戴着八角制帽,废止了我的教程,给学生发下西北军政委员会编的课本,设语文和算术课,另开音乐、体育和图画,其中一位年轻的女先生,教孩子唱歌,张着嘴唱呀唱,令我目瞪口呆。

我自动辞职了。没有办法,我不会算术,连那些阿拉伯字也没见过;语文科的新课本,虽然是浅显通俗的白话文,我却教不了。我离开了那个祖孙三代执教的学堂,让位给那三位新派来的新先生了,跟父亲去种地。我的蓝袍脱下来了,做务庄稼穿它太不方便啰!

半年后,一天后晌,我和父亲在村西的官道边的田地里翻耕靠茬地,乡政府的通信员送来一张通知,要我到城南的师范学校去进修。去不去?敢去不敢去?该去不该去?我拿不定主意,不知该怎么办。父亲也拿不定主意。自从那三位新先生进入杨徐村,父亲不止一次地讥诮说:"蹦蹦跳跳,行走唱唱喝喝,男女不分,见谁都想搭话,啥好先生的样子!"现在他明白,师范学校培养出来的先生肯定都是那个样子,我将来也可能就是那个样子,他拿不定主意了。为此事,他专门走访了一回县教育科,回来后就拍了板:去!

临行的前一晚,我坐在父母住的上房里屋里,悉心听取父亲的临行教诲,怎样和先生说话,该当如何与同窗相处,远离家乡,一切都需自己检点。母亲又接着叮嘱生活上的琐屑事,忌食生冷食物,加减衣服要注意。我的那位媳妇呆呆地站在一旁,惶惶不安的样子,一直没有插嘴,这时问了一句:"我该给先生准备哪件衣服出门?"

我一愣。这是一个暂时被父母连同我自己都忽略了的事,该穿短褂呢? 还是长袍? 我想了想,没有主意。看看母亲,母亲又瞅瞅父亲,看来也是不知该穿哪样才合适。父亲正在桌上磨墨,沉思一下,抬起头来,对我说:"穿蓝袍。"

我有点疑惑:"爸,我看咱村来的那三个新先生,都没穿长袍。解放了,不兴穿长袍了。"

"解放了,没听说不准穿袍子!"父亲讥诮地说,"你看那三位洋先生,穿个短褂儿,又那么短! 前裆后臀无遮无盖,有失大雅。为人师表,成何体统!"

结论定局了,穿蓝色长袍,我的媳妇就退出去,准备我明日的行装去了。

父亲已经磨好墨,拔开毛笔帽儿,在砚台盖儿上再三地顺着毛笔尖,然后猛然悬起手腕,在一张硬纸上写下两字:慎独。等得墨迹干涸,交到我手上,严厉而又含蕴不露地瞅着我。我双手接住那父亲题示的嘱咐,夹在那只折叠小皮夹里,装在贴身的内衣口袋里,表示一定要在远离父亲的陌生的环境里,一切都谨慎行事,尤其是独自一人,不在父亲的视觉之内的地方……

第二天晨曦中,我背着行装,上路了。走出村子好远的时候,我一回头,隐约看见村口的大路边,兀然站着父亲的高大的身影,因为背向从东山泛出的晨光,他像一截黑幢幢的古塔岿然不动……

我转过身走了,心里忐忑不安,脚步也有点慌乱,等待我的那个世界会是什么样子呢?我无法具体想象……无论如何,这次出门,成了我一生中的第一次重大的转折……

我不会说话,也不会走路了

当我站在教室的前头,班主任把我介绍给全班同学的时候,我简直都要窘死了。

班主任王先生领我走进插着"速成二班"木牌的教室的时候,整个教室里腾起一阵笑声,笑的声浪几乎把我掀倒了。我立即低下头,这个见面礼太令人难堪了。班主任挥挥手,缓声和悦地劝止大家,不要笑,然后简要地向大家介绍我的名字、年龄,希望大家和我互相帮助,搞好学习。我低着头,对班主任也不满了,面对一个生人,这些人这样狂笑乱说,太没礼仪了呀!你做先生的不予严厉训导,只是淡淡地劝止,像什么话?在你介绍的时候,教室四处仍在嘀嘀咕咕议论,这像什么话?什么教学秩序?太松懈了!

班主任介绍完毕,一位男学生站起来,表示欢迎我加入这个集体,他大约是班长。他也是随随便便的样子:"欢迎徐慎行同学到我们班学习,为速成二班争光,为祖国的教育事业贡献力量!归结一句话:我代表全班同学,欢迎……蓝袍先生!"教室里立即腾起一阵喧闹的声浪,鼓掌声和笑声搅和在一起,乱极了!

我听到班主任王先生也在笑。我不能容忍他的笑,他毕竟是先生。他笑毕说:"同学们不要笑,也不要给新同学乱起绰号……"

我现在才明白大家嬉笑的原因了,笑我的蓝布长袍和头顶的礼帽。我一下子意识到我和所有同学的差异,男生女生一律穿制服或便衫,头顶八角制帽,女生留齐脖短发或双辫儿。在杨徐村,那三位新先生的装束成为众人稀奇和议论的话题,成为我父亲讥诮的怪物。在师范学校速成二班的教室里,我的装束却成为老古董怪物了!好在班主任此时指给我一个空位子,我立即从讲台上走下去,逃脱这个被众人嬉笑着的尴尬地方。我走到座位跟前,那个桌子上坐着一个女生,她朝我笑笑,表示欢迎与我同桌。我的心里猛地一跳,这女生长得太漂亮了,又是一双水汪汪的眼睛。我不敢多看一眼,脑子里立即反射出杨龟年二儿子从河南遣返回杨徐村的那个洋婆娘来,立即反射出我的父亲的警告:妖精!鬼魅!关于这个同桌女生,这个妖精、鬼魅,却成了对我一生影响深重的人,我后头再说和她的纠葛吧!

我不看她,在自己的座位上坐下了。从书袋里取出学习用具,放在桌子抽斗里。这时,我的头皮一凉,礼帽被谁摘掉了。

我临行前刚刚剃过头,光光净净的秃头一定很难看,教室里又响起此起彼落的笑声。欺人不欺帽!我生气了,愤恨地扭过头,寻找恶作剧的人,我甚至不惜要撕破面皮,给他个对不起了,哪有这样开玩笑的?我没有找到帽子,却看见一张张开心的笑脸全都瞅着我的旁边。我一回头,看见礼帽正戴在她——我的同桌的头顶,装模作样地向大家扮着鬼脸。

我不知所从了。那顶黑呢礼帽扣在她的头顶,底下露出一排长长的黑发,似乎不觉滑稽,倒使她显得十分好看了。我聚集在心里的火气发不出来了,也不好意思从她头上动手取过来。正在我犹豫的短暂一刻里,不知后排谁从她的头顶揭去了帽子,戴在自己的头上。之后,我的礼帽就被许多手抢来夺去,轮换戴在男生和女生的头顶。我无法忍受这样的侮辱,生气地端坐在凳子上,负气地不予理睬了。

她大约终于感觉到自己的行为有点过分,离开座位,从教室的一角里抢到帽子,从背后过来,扣到我的头上,说声"对不起",就坐下了。

我一动不动,也没看她,以无言表示我的气怒:太没教养了!一个大姑娘,刚与人见第一面,就把别人的帽子抢过去,戴到头上,像什么话?疯张野教!

还有使人难堪的事,吃饭要赶到饭堂去,端上饭碗,拿着筷子排队,依次到窗口去打饭。我站在队列里,心里很别扭。前头已经打了饭的学生,因为没有餐厅,一堆一伙蹲在院子里,一边吃饭一边说笑,女学生也夹在一堆,张着填满饭菜的嘴巴笑。我很不舒服,这些经过两年速成进修的男生女生,很快都要为人师表了,却是这样不拘礼仪。我在家时,父亲自幼就训诫我关于吃饭的规矩,等上辈人坐下后,自己才能坐;等别人都拿起筷子后,自己才能拿筷;等别人动手在菜盘里夹过头一次菜后,自己才能夹;吃饭时不能伸出舌头,嘴也不能张得太大,嚼时不能有响声;更不能在填着饭菜时张口说话。现在,瞧这些将来的先生们吃饭时的模样吧!张着嘴笑的,脸颊上撑起一个疙瘩的,满院子里是一片吃喝咀嚼的"唧唧嚓嚓"的声音,完全像乡间庄稼人在村巷里的"老碗会",没有一点先生应有的斯文。

我打了饭,捧着碗,怎么也蹲不下去,就索性端回教室里来。走过一排排教室,我听见背后有压抑的嘻嘻的笑声,猛一回头,看见屁股后头尾随着一串同学,在模仿我走路的姿势,挺着腰,仰着头,迈着可笑的八字步……他们哄然大笑了。我真没办法,我觉得他们粗野无礼,他们却觉得我好笑,处处拿我开心哩!我回到教室,气得食欲也没有了。

我至今忘记不了我在师范学校集体宿舍里度过的第一个夜晚。

这种集体宿舍,我第一次见到。一排房子,两边开窗,钉成两排木板通铺,中间留一条走道,楼上又有一层。每个人把自己的褥子折成窄窄的一绺,挤挤拥拥铺满了床铺。我在我们班的辖区里铺上了铺盖被褥。天气虽是深秋季节,却不见冷,一个个小伙子,脱得只穿一条裤衩,在走道上擦洗,光着身子把脏水倒到室外的渗水井里。

我心里更觉别扭,坐在床铺上,看着一个个男性特征暴露无遗的身体,很替他们难为情。我自懂事以后,就没有在外边过夜。即使夏天,父亲也不许穿短袖和短裤,连布袜布鞋也要穿戴整齐,不许不能暴露的肌肉露出来。现在,看着这么多赤裸裸的男性肌体,我更觉得难于当面脱下衣服、解开裤带了。

我悄然脱衣,迅速钻入被筒,却无法入睡,嬉笑吵闹声像戳乱了麻雀窝,好多人逞能说笑,引逗大伙发笑。

熄灯铃响过,马灯被宿舍舍长一口吹灭,宿舍里静下来。

一个细小沙哑的却是清晰的声音在宿舍里传播,像人们在夜静时听到的国外电台的播音——

"南山里有座古寺院,住着一个老和尚和一个小和尚。老和尚领着小和尚,终日念经诵道,修身养性,一心要修炼成佛。小和尚原是老和尚拾来的被人遗弃了的一个孤儿,无家无根,在老和尚膝前长大了。老和尚对他十分钟爱,管教也非常严格,每逢正月十五古寺的香火忌日,就把小和尚推到后殿,锁起来,不许他看见进香的女人,以免诱惑。小和尚长到二十岁,还没见过异性,十分纯真。老和尚非常得意自己培养出一个心灵纯净的真人,绝不会被世俗的情欲所侵染。

"为了试验这个小和尚的纯洁性儿,老和尚领他下山来,走进了繁华热闹的西安东大街。

"老和尚突然发现,小和尚不见了,一回头,小和尚站在十字路边,呆呆地盯着一个漂亮女子出神,口角的涎水吊到胸膛上。老和尚一见,气得脸都扭歪了,疾步走上去,又不好当着大街上的人发作,就狠狠地说:'那是魔鬼!'

"小和尚傻乎乎地笑着:'魔鬼多可爱呀!我要一个魔鬼……'"

宿舍里,楼上楼下腾起一片压抑着的笑声。我的心里一悸,似乎那个说故事的人,是专门影射我的编撰。那个沙哑的声音还在继续——

"老和尚领着小和尚回到寺院,狠狠教训了三天三夜,说那个魔鬼如何可恶、可憎。小和尚不知心里如何,嘴头上表示憎恶那个魔鬼了。老和尚平气之后,就想到自己教育方法上的缺点,只采取隔离的方法不行,应该让小和尚在女人窝儿里锻炼出铁石心肠来。

"老和尚在进香之日,让小和尚和自己一样盘腿坐在祭坛两边,合手闭目。为了试探小和尚看见进香的女人是否春心浮动,他在小和尚的腿上平放了一只鼓。为了避免小和尚的疑心,他给自己的腿上也放了一面鼓。

"进香的女人络绎不绝,老和尚微微启动眼皮,看见小和尚两眼闭得紧紧的,自己就合上眼。不一会儿,老和尚听到对面'咚'的一声鼓响,心里一震,暗自骂道:'这小子春心动了!算我白费了训诫的工夫!'睁眼看时,那小和尚的眼还是闭得严严的,嘴角流出涎水来了。正气恨间,又连续听到两声鼓响……

"进香完毕,游人走尽。老和尚追问:'什么东西敲鼓?'小和尚低头不语,羞惭难当,不好说话。

"小和尚十分佩服师父练成了真功,始终未听到鼓响,就跪下请罪。请罪之后,还不见老和尚起来,他就献殷勤,去搬老和尚腿上的鼓。不料——鼓的那一面,被戳了个大窟窿……"

突然爆发的笑声,终于招来了值勤老师的禁斥。

我的脸上热臊臊的,这些没有教养的人,将来要做为人师表的教员,却在宿舍里讲这样下流的故事,太粗野了!我总疑心故事的说者,是在影射我,不,简直是侮辱我的人格!

我很苦闷,孤单。我走路,有人在背后模仿,讥笑;我说话,有人模仿,取笑;我简直无所适从,连说话也不知该怎样说了,路也不会走了。我最头疼的是音乐课和体育课。我一张口唱歌,大家就笑,说我的声音是"撇"音,连音乐老师都笑。体育课更难受,我穿着长袍接受体育老师的篮球训练时,体育老师先笑得直不起腰来……每逢上这两门课,我就请病假。

漫长的一个月过去了,我没有快乐,也没有温暖,一切习性全乱了套。为了躲避众人的讥笑,我整天待在教室里不出门,以避免外班学生讥诮的眼光。我失去学习下去的信心了,想想两年时间,真是难得磨到底。我终于下决心退学,回家当农夫务庄稼去。

早晨一进教室,我看到后墙壁的黑板前,围着好多同学在观看。这块黑板是《生活园地》,登载本班好人好事的宣传阵地,大约有什么消息了。我走到跟前一看,在《新同学介绍》栏内,写着一段取笑我的话。因为这个速成班的学生,参差不齐,不断地有从各方介绍来的学员插入,所以这儿开了一方《新同学介绍》栏。有人把介绍我的文字做了修改,变成这样:

"徐慎行,字孔五十六。男性,二十三岁。籍贯:山东孔府。人称蓝袍先生,实乃孔家店的遗少……"

整个教室里的同学都咧着大嘴朝我笑。

我不好发作,走出教室,向班主任请了病假,回来收拾了书籍用具,就向班长说一声请过病假的话,回到宿舍。

我捆了行李,在校园里静寂下来的时候,背起行装,从后门走出去。匆匆走过学校所在的山门镇的街巷,就沿着小河的低矮的河堤向东走去。我像抖落了满背的芒刺,终于从那些讨厌的讥诮的眼睛的包围中逃脱了。说真的,他们看不惯我,我还看不惯他们哪!他们容不下我,我心里也容不下他们那些粗野少教的行为!

走着走着,我听到背后有人呼叫我的名字,而且是一个女人的声音。我一回头,就惊奇地站住了,我的同桌田芳正气喘吁吁地奔上来。

"你……为啥要走?"她奔过来,站住,双手叉腰,气喘不迭,水汪汪的眼睛里,气愤、惊讶以及素有的柔情,"嗯?偷跑了?"

"我不想进修了。"我心死而气平。

"那不行,你得回去跟班主任说一声。"她放下一只手,另一只手还叉在腰里,"连纪律性儿都没有!"

"你是什么人?"我不在乎,"管我?"

"我是班干部!"她理直气壮。

我才记起,她是班里的宣传委员。我不屑地笑笑说:"我要回家务庄稼去了!"

"国家刚解放,到处缺乏人民教员。"她说,"政府到处搜集有点文化的青年,集中培训,也满足不了乡村学校的需要。你倒好……当逃兵!"

我想,既然国家这样需要我,你们为什么欺侮我?我依然瞅着远处,执意要走。

"共产党毛主席领导我们闹革命,翻身了,解放了,自由了!大伙在一块学习,多高兴!"她在给我宣传,"咱们班的同学,都是些穷人家的孩子,要不是解放,能这么自由吗?你怎么能回去呢?"

这些大道理,早听惯了,然而由她一泻而出,却不是说教,有真情在。她见我还不回头,就从我的背上扯被子,说:"我从山门镇看病回来,看见你从街东头走出去了,我就撵你。我不撵你,我就失掉班干部的责任心了。你要是一定要走,也该跟我回去,给班主任打个招呼……"

我只好跟她走回学校。

自由多么美好

从师范学校的操场上朝南望去,可以看见挺拔雄伟的秦岭的峰峦;从眼前慢坡逐渐增高到山根的广阔的平原上,星散着大大小小的被树木的绿叶笼罩着的村庄;小河川道里,挑着稻捆的农民从木板搭成的便桥上忽闪忽闪走过去;田间小路上,农民拉着装满苞谷棒子的小推车朝邻近的村庄走去。沉到平原西部的太阳,在落沉下去之前,向平原上的人们投射过来热情的最后的一瞥,把瑰丽的红光洒满村庄、田野、河水和挑担拉车的农民的脸上,秦岭陡峭的崖壁上红光闪耀。

我坐在操场边角的草地上,温习算术。我的语文课似乎不成多大困难,算术就吃劲了。因为是速成班,课程相当重。要命的是那些实际并不复杂的算题,我用心算就可以得出正确的结果,可是一用算术的严格的算式计算,就全乱了套。我自然把学习的重点搁在算术上。

"呀!你找了个好清静的地方!"

是田芳,不用抬头也听得出她的声音,不过,我还是仰起头来,而且很快。我慌忙站起,看着她抿着嘴嗔笑着,倒不知该说什么了,该请她在草地上坐下呢,还是就这么站着?我对于女性有一种无法克服的惶恐感,一见着女人,尤其是单独和一个漂亮的女人在一起,我总是感到心里很紧张。

"跟你商量一件事。"她说。

"好的好的。"我诚惶诚恐。

"坐下谈吧。"她先坐下来,"这么站着多难受。"

我在离她两三步远的草地上坐下,拘束得手脚不知该怎么摆着才好。她似乎很自在,双手拘着膝头,坐得很舒服,看着我,像欣赏一只惊疑不安的小兔子。她说:"想请你给咱们的《生活园地》板报写字,你愿意服务吗?"

她是班委会的负责宣传工作的委员,编排更换教室后墙上那块《生活园地》板报。我忙说:"我……当然愿意服务。只是我的字儿写得欠佳。"

"'欠佳'!只是'欠'一点。"她笑着,没有什么讥诮的意思,抠我的字眼,"我的字写得根本说不上'佳'不'佳'!"

"我写得不好。"我已经注意自己口头用语中那些文绉绉的词句,尽可能和大家一样用生活常用的词儿,一紧张时就又冒出一个半个生涩的词句来,"真的,我的字写得不怎么好。"

"你的字写得多漂亮!"她感叹着,流露出欣然羡慕的神色,"咱们班主任王老师都说,你的字儿比他写得好,在整个师范里,也是首屈一指。你还谦虚什么呢?"

我没有再做谦让的姿态。她真诚地对我的书法的赞扬,尤其是由她传递的班主任王老师的溢美之词,使我很受鼓舞。我的字,从五六岁时起,父亲就有计划地对我进行训练了。先照父亲写下的影格描摹,然后临帖,先柳后欧,先楷后草,常常因为我一捺一竖不像真柳真欧而训斥我。在这个速成班里,我的字是无与伦比的。我说:"我尽力为之。"

这件事已经谈妥,我想她该走了。她却坐着不动;忽然盯住我的眼,问:"你为啥一天到晚不和我说话呢?"

我的心里又一悸,这样直截了当的问话,使我措辞不及,不知怎样回答。班主任王老师指定我和她同坐在一条长凳上,共用一张桌子,至今有两个月了,我没有主动和她说过一句话。到底是什么原因呢?我自己一时也说不清楚。

"我文化水平低,"她说,"你瞧不起我吧?"

我遭到误解了,连忙说:"我……没有没有!"

"那……我是老虎是魔鬼吗?"她讽讥地说,"怕我吃了你?!"

我的脸轰然发热了,不由得低下头。我想起了在宿舍里听到的那个老和尚和小和尚的故事;老和尚威吓小和尚时把女人说成是魔鬼,我似乎就是那个可怜的小和尚了。我和她坐在一条长凳上,听讲或做作业,我从来也没敢大胆地扭过头去注视她的脸。她长得太漂亮了,漂亮得使我不敢看她的那双水汪汪的眼睛。我只是在她不在意的时候,装作漫不经心地注视过她的眼睛和脸膛,其实我很想和她说话,和她对视,像她和班里的任何男生一样大大方方交谈或者开玩笑。我不行。越有这种想法,我却越要摆出一副毫不在意毫不动心的神态。我的心里有一道森严的壁垒、坚硬的外壳,对一切异性实行习惯性的排斥与反弹,我只好掩饰说:"我这人……不善辞令!"

"好啊!'不善辞令'!"她笑了,"你何必那么拘拘束束呢?你自个不觉得难受吗?我呀,一天不笑几场,不唱几场,心里就憋得难受。"

"我太……古板。"我说。她的话正说到我的痛处,其实我比她说的还要痛苦。我被她拉回学校,班主任王老师在班里严肃地批评了那位恶作剧的学生,大伙也不再当面把我当作笑料了,可也没有人和我亲近,我的孤寂的心并没有得到拯救。我说:"我不会交际……"

她笑着,恳切地说:"咱们速成班,在一块不过两年,大家难得遇在一搭,毕业后就各自东西南北地去工作了,再见面也难了。你甭摆出那么一副老学究的样儿好不好!甭老是做出一派正儿八经的样儿好不好?走路就随随便便地走,甭迈那个八字步!说话就爽爽快快地说,甭那么斯斯文文地咬文嚼字!你看……我心里有话都端给你了!"

我难为情地笑笑。我想象不出,我斯斯文文说起话来和迈着八字步走起路来的样子究竟可笑到怎样的程度,却明白大伙对我摆出正儿八经的老学究的样子是不屑一顾的。我想告诉她,走惯了八字步倒不会随随便便走路了,咬文嚼字的说话习惯也难于一下子改过来,我的父亲苦心孤诣给我训诫下的这一套,像铁甲一样把我箍起来。我说:"改是要改,一下子还是改不掉!"

"先把你的蓝布长袍脱了吧!"她说。

"那我穿什么?"我问。

"'列宁服',而今时兴。"

"我能穿'列宁服'吗?"

"当然能。"她肯定地说,"你正年轻,身段也好,穿一身'列宁服',保险好看。"

"有卖现成的吗?"我受到鼓舞,尤其她说我身段好,肯定在她看来,我的身材长得并不难看,"山门镇上能买到不?"

"你把长袍改一改。"她说,"山门镇上有个裁缝铺,花一点钱改成'列宁服',还能省一点。"

"那我现在就去!"

"咱们一块去,我给你参谋。"

三天以后,吃罢晚饭,回到教室,她向我挤一挤眼,使我有一种暗中默契的喜悦。她在和我到裁缝铺去改做衣服回来时,给我说,暂时保密,一俟"列宁服"穿到身上,让速成二班的男女同学大吃一惊吧!我知道她挤眼的意思:今天是取衣服的时限日。我早已按捺不住一种稀奇的心情,就和她走出学校的大门。

那个秃顶的老裁缝,取出改好的衣服,又取出剩余的布头,交给我。

"试试,"她说,"看看合身不?"

我有点难为情,当着她的面脱袍子,不大雅观,就说:"我回去试。"

"在这儿试试,有不合尺寸的地方,老师傅看了也好改。"她说。

"试试吧!"老师傅也这样说。

我不好推辞,就背过她,脱下蓝布长袍来,尽管我袍子下有两层衬衣衬裤,心里还是止不住惶惑,似乎这蓝袍一揭去,我的五脏六腑全部暴露无遗了。

她提起那件改制的蓝色"列宁服",帮我穿上,又帮我结上纽扣,我感觉到了那只灵巧的手指的温柔。我一低头,胸前两排纽扣,一排是扣着的,另一排完全是装饰品。两条宽大的领条分别摆在脖子两边。

"到镜子前头去照照。"师傅说。

我站在穿衣镜前,自己看见了陌生的自己,竟然不好意思了。说真的,我在镜子里第一次发现,我的模样是很俊的,眉骨耸高了,脸上的棱角也明显了,再不是像我父亲骂我的那样一种女子气的少年了,只是那个酒窝,在我不好意思的羞怯中又隐隐现出来。我看见她站在我背后,一眨不眨地看着镜子里头的我的脸,她发觉之后,有点惊慌地摆开头去了。

"挺好。"她说,"刚合身。"

我听到她的话,有点不满足,甚至怅然若失。她怂恿我改做衣服时,曾经热烈地赞扬过我穿上"列宁服"一定很好,因为我的身段好。我现在穿上了,自己已经觉得确实很好的时候,她却平淡地只说"挺好。刚合身。"我希望听到她热烈的欢呼,却没有了。

无论如何,我感到一种从来没有过的轻松。我像卸下了钢铸铁浇的铠甲,顿然感到浑身舒展了。天呀!走出裁缝铺的门,踏上山门镇石板铺成的街道,我居然不会走路了!脱掉蓝袍,穿上"列宁服",那个八字步迈不开了,抬脚举步十分别扭。她刚出门,看着我走路的样子,"扑哧"一声笑了,像是压抑了许久似的,我才理会了,她在裁缝面前保持着与我谨慎的距离,不敢说出太热情的话来。

"呀!衣服换了,路也不会走了!"我也自嘲地说。

"放开走!随随便便走!想蹦就蹦起来!"她说,像是和谁赌着气,"你敢不敢蹦起来?试试你的胆子,徐老先生?"

她在激我,开我的玩笑,我心里一急,伸手在她肩上打了一下,立即就愣住了。天哪!简直不可思议,在这个栈铺拥挤的街镇上,我居然和一个女生打打闹闹!

"好啊!蓝袍先生敢动手打一个女学生了!真是进步了,解放了!"她讥诮地斜过我一眼,使人感到亲切的讥诮呀!她说,"再勇敢一点,蹦起来!"

我鼓了鼓勇气,连着蹦起来三次,蹦起来,挥一下手臂,落到地上的时候,我脸红耳赤,索性不去看街道上那些市民的脸色。我对她说:"我今天才解放了!"

"对对对!"她连声附和,也很激动,"为啥不蹦呢?为啥不说不笑不唱呢?旧社会,尽让别人尽性儿蹦了,尽情儿笑了唱了,而今解放了,轮着我们妇女了!"

"我可不是妇女!"我分辩说。

"你比妇女还封建!"她哈哈笑着。

"我究竟是什么且不管,"我也笑着说,"反正我自由了!自由多么好哇!"

"唱歌吧!"她说,"有勇气,跟我唱着走过去!"

"我不会唱……"我不承认我没有勇气。

"跟我顺着溜吧!"她说着就唱起来。我和她并排走着,顺着她唱的音调溜唱:

> 解放区的天是明朗的天
> 解放区的人民好喜欢
> ……

临近校门的时候,她突然站住,回过头来,煞有介事地说:"你把八字步全忘了!"

我心里一惊,真的,唱着歌走过街道的时候,我的脚步从八字步里解放了,自由了!

第二天,我按照她的吩咐,在教室后边的黑板上换写《生活园地》的内容。她把一篇编成的稿子交给我,我要按照这篇稿子的内容和长短安排版面,在阅读这稿子时,我发现了一个刺眼的题目:

> 蓝袍先生穿上了列宁服。

我问:"谁写的?"

她说："我。"

我不知为什么要问谁写的！如果不是她写的，我就不愿意让它公诸全班？我自己一时也说不清楚，反正我捏着粉笔走向板报了。

整个教室里，为这篇文章欢腾起来。

还　俗

田芳一天没有来上课，我的心里很不自在。

她病了，躺在女生宿舍里，一整天也没有进教室的门，也没有到饭堂里去吃饭。我看见班里几个女生在一起，给她打饭，送饭。我问一个女生，田芳怎么了？要紧不要紧？她支支吾吾，只说病了，像是有意回避别人的关心，我也不好意思再问下去。

我感到孤单了。一张长条课桌，过去坐着我和她，两个已经成年的速成班的大学生，感到了拥挤，也感到桌子的面积过于狭窄。现在，我一个人坐在长条凳上，觉得这桌子太宽绰了。

她的书籍和作业本子静静地躺在桌斗里，墨盒儿寂寞地蹲在桌子的右角上，这些被她的手指抚摸、使用过的物件，全都失去了生气，使我看见时就有一种惆怅之感。我挪过那只四方形的黄铜墨盒，打开，垫着的丝绵团儿上留下她用毛笔挤压的坑凹，墨汁干了，我便把刚刚磨好的一砚台墨汁倒了进去，干瘪的丝绵团儿被墨汁泡得膨胀起来。我把墨盒合上，重新放到她自己平常搁置墨盒的固定位置上——桌子靠墙边的右角上。我忽然在桌子与墙的夹缝里发现了一根头发，就用手指轻轻儿抽出来。

头发很黑，像墨，又很柔软，这是从她的头上脱落下来的，她自己大概很不注意，更不可惜，她有那么多的黑乌乌的头发，垂在脸颊和后肩上。我忽然真切地感到了用手抚摸她的脖颈上的头发的印象，就把那根头发悄悄地夹在日记本里。

没有了田芳的速成二班教室里,也显出明显的差别来。往常上课之前,教师走进教室门之前的三分钟的等待中,田芳领大家唱歌。她在我的耳畔唱出一支歌的头一句。叫声一——二,于是教室里就腾地响起歌声来。我分明感觉到她口中掀起的轻柔的气浪对我的耳朵和脸颊的冲击,随之就跟着大家唱起来。今天,第一节课前,因为没有人领唱而默然了,第二节课开始前,由班长临时代替田芳领唱,我总觉得有点别扭,燃不起大家唱歌的热情,纵然唱起来了,歌声却死气沉沉,缺乏生气。

　　我坐在课堂上,眼睛瞅着在讲台上讲得满头大汗的老师,心里却想,田芳病得一定很重,她那样热情奔放的人,怕是不病到十分厉害的境况,是不会躺下的,宽大的女集体宿舍里,现在只躺着她一个人,一定很孤寂,我要是陪坐在她的床边,肯定会使她的心情宽舒一点。我也乐于坐在她的旁边的。

　　我决定在午休时去看她。好容易上完四节课,草草吃完午饭,我回到教室,放下碗筷,班级篮球队长拉住我,要我写几张篮球比赛的布告。我只好埋头书桌,拔开毛笔帽。

　　球赛是一场校际比赛。由我们速成二班对县中的校队。我们班的篮球队是师范的冠军,威震县城。我们的篮球队队长有一个雄心勃勃的计划,要征服县城里所有单位的篮球队。我已经迷上篮球运动了,虽然我的球技根本不够上场的资格,却是这支生龙活虎的球队的一个不可或缺的成员。我每次写海报,我的字是可资赢人的,即使在藏龙卧虎的古县城里,我写的海报前常常围着一堆并不喜欢篮球运动的遗老遗少,品评我的墨迹,使速成二班的篮球队也增加了半分光彩。我的主要职责是替运动员们当衣服架子,他们上场时,匆匆地脱下衣衫或裤子,甩到我的怀里,我一律搭到肩上,不会弄脏,也不会丢失。我从开场一直看到结束,从不中途退走,让运动员放心。篮球赛结束后,我替他们用网袋背球儿,和他们一边议论着刚刚结束的战斗,走到小镇街道外边的小河里,洗一洗。为此,篮球队长破例吸收我为篮球队的队员,虽然根本不是指望我上场。我穿上了一个最大号码——26号的背心,胸膛上有两个用红布轧成的大字"速成",既是我们班的班名,又意味着在赛场上速战速决的作风,自然是我的笔迹。

写完海报,我就急忙往女生宿舍走去,下午有球赛,我不能不去,缺了我,队员们的衣服搁哪儿去!走到女生宿舍门口,我有点犹豫起来,那个门里是女性的独立王国,即使再开通的人,甚或是冒失鬼,也会在这个门前放轻脚步,思考一下。我从来也没有进过女生宿舍,倒有点丧失勇气了。

"噢呀!慎行,快来!"我们班的王艾艾正好出门来倒水,看见我,快嘴快舌,"田芳刚才还问你哩!"

我的所有顾虑全都在王艾艾的几句话中烟飞云散了,跨上台阶,跟着王艾艾走进门,由她引着我一直走到田芳的床铺边,我却急得说不出一句话。

她倚在被子上,向我笑笑,说其实并不要紧,明天就可以上课了。我已学得稍微聪明了,知道女同学有些不便说出口来的疾病,也就只是关照她按时服药,悉心养息,不问病症。

我坐在她旁边的床边上,看见她的脸色有点黄,眼圈上有一道模糊的晕圈,头发有点散乱地压在被子上,病容的脸颊似乎更加婉丽动人,令人陡生怜惜之情。我忽然想到我早晨捡到的她的那根头发,不由得心悸了一下,竟然觉得鼻腔酸酸的,看着左右坐着的本班的几位女同学,我强忍住涌动的眼泪。

"我刚才还问你哩!"她淡淡地笑笑。

"有啥要我做的事吗?"我问。

"离元旦剩下一月时间了,校学生会要各班给元旦晚会准备节目。"她款款地说,忽然眼睛一亮,"咱们班出四个小节目,一个大节目,想排《白毛女》,让你参加演出……"

"哎呀!天爷!我……"我惊慌地摆手。

"其实,你的嗓子挺好的,只是没有训练。"她并不急,似乎早就料到我的反应,依然缓缓地说,"把嗓子练顺了,声音挺好。"

几个女同学也都附和着,说我的嗓音不错。我从来也没想到过登台演戏,很不踏实,仍然推辞。几个女同学七嘴八舌,简直说成了非我莫属的情况。王艾艾问:"派他支哪个角儿呢?"

田芳笑笑说:"黄世仁,怎么样?"

"不行不行!"我腾地红了脸。

"他不用排就会迈八字步!合适合适!"王艾艾冲着我,在走道上转起八字步,"慎行呀!演吧!"

"这次演出要评奖。"田芳说,"咱们要给速成二班争取荣誉。"

我忐忑不安地垂下头。

"我病好了咱们就开始排练。"田芳说,"你甭怕,我给你排戏!"

我支吾一声,自己也没听清说的什么。我想推辞,又怕她不高兴;接受吧,又实在觉得是笨鸭子上架,太难为了;想到在排戏时较多的课余时间里,我可以和她在一起,又觉得十分快乐,于是就算默认了。

我坐在她的床边,明显地感觉到女生宿舍的异常气氛,比男宿舍干净,整洁,飘着一丝淡淡的粉脂的气味。我诚恳地劝慰她安心养病,就告辞了。

晚自习时,我隐隐得知,田芳的家里大约出了什么事。她的父亲昨天到学校来找她,送走父亲时,有人看见她和父亲赌着气,晚上在宿舍偷偷哭过,今天早晨就起不了床了。究竟发生了什么事,她没有给谁说过,属于一种猜测。

我想不出她会有什么大不了的事。

第二天早晨,她来上课了,我的心里竟是一种急切的期待之情。

上早自习了,好多同学从教室里走到外头去,在庭院里的柳树下,在学校的围墙根,朗读或者背诵语文课文。我也喜欢在院子里早读,空气清爽,也不干扰别人。今天早晨,我没有出去,就坐在位子上,我在暗暗等待着田芳来上课。

她来了,走进教室时,屋里的几位同学都和她打招呼。问候她的病情。她笑笑,一律表示感激,说自己今天精神好多了,不要紧了。

她向自己的座位走来,我已经早早站起,像是迎接她归来。她走到我跟前,照例笑着,坐到靠墙的位子上。我忘了问她病况,也随之坐下,心里很踏实了。

"头不疼了吧?"

"不疼了。很好。"

她说她好了,我就再也找不出什么问候的话,不说又觉得心里别扭,很想说上一番热心的关照的话:"天气凉了,要注意冷暖变化,甭大意。"

她有那么不长不短的一会儿时间,以一种异样的目光盯着我的眼睛,听我说话,忽而眼睛一闪眨,那种异样的光消失了,又恢复了和一般同学说话时一样普通的神色。那种异样的目光出现的时候,我的心忽闪忽闪跃动了,胸腔里阵阵发热,像一束电石的火光灼了一下,那是我有生以来从未有过的一种奇妙的心灵颤动。

"谢谢。"她说这句话时,虽然是诚恳的,却没有那种撞动我的心灵的目光。

又过了两天,晚饭后,她召开第一次排演会议,所有参与演出的演员和伴奏、服装、道具人员都参加了,四十来名学生的速成二班,几乎人人都派着了用场。伴唱组的女生、伴奏组的拉胡琴的、打大鼓的、敲锣打梆子的,人才应有尽有。那个拉头把胡琴的男同学,原先当过吹鼓手,喇叭和铙钹,全都能来两下,由他负责伴奏组的训练,缺少的人才由他教导。

我被分配演黄世仁,竟然成了真的。田芳饰演喜儿,在剧中我和她处于两个对立的阶级的地位,毫无感情上的共鸣,使我很遗憾。我甚至忌妒起班长刘建国来,他演大春,正面人物,脸上抹红,又有许多和喜儿表示特殊感情的戏剧情节。我还是服从了田芳的分派,使她不致为难,再去调整扮演角色,浪费时间。而要在一个月稍多点的时间里排出这一大本戏来,真是够紧张的。

田芳表现出她对文娱工作的非凡的组织才能。她要求在五天内全部背过唱词,一周后在一起对词,下来花十天时间排演动作,第四周结合伴奏全面排演。她精神振作,热情极高,同学们都愿意听她的吩咐。

她是够忙的了,既要指挥大家排演,又要自己支角儿,而且是贯穿全剧的主角。我们每个演员,在背会唱词以后,就给她打招呼,向她面背一遍。然后,她一边弹风琴,一句一句给我们教唱词,一句一句纠正音韵不准的唱段。我看不到她自己背诵喜儿的唱词的时候,但我并不担心,似乎整个剧本早就扎在她的脑子里了。

黄世仁的唱词儿不多,却有点怪腔怪调儿,唱起来十分拗口。《北风吹》和《红头绳》两段,几乎每个同学都会哼会唱了,而生活中很少有谁喜欢哼一哼黄世仁的腔调的。我对扮演黄世仁这个角儿的兴味提不起来,音调更觉得唱不准了。

"甭急,慢慢来!"

她用脚踩着风琴踏板,双手按着琴键,侧过头来,对我说。大约是看出了我的不耐烦情绪,反倒不厌其烦地和着琴声,唱了一遍又一遍,给我示范,给我纠正。我一边跟着独唱,一边盯着她弹琴的动作,端庄、自然、优美,我的心情很快就稳定下来。

我的热情陡地高涨了,精神异常兴奋,心情特别舒畅,几乎每天晚饭后总是第一个走进学校的小礼堂这个临时借用的排练场,替她做些组织工作,做些零碎的杂事。由她提议增补我为剧团的副团长,大家一致拍手赞同。我和大伙相处得很好,进入我来到师范学校之后的最佳精神状态。

新年临近了,排练也进入最后的关键时刻。一场意料不及的事发生了,田芳——我们剧团的团长,《白毛女》剧中的灵魂,被什么一时搞不清的野蛮的家伙绑架了,在师范学校酿成了一场严重的"田芳事件"……

拳头之歌

上午的后两节课是作文。王老师在黑板上写下《第一场雪》的题目之后,简单地提示了几句,就走出门去了。

我正在起草稿,忽然看见一个老头走进教室门来,肩头背着褡裢,脸上冻得皱巴巴的,在教室里瞅着一个个男生和女生低垂写字的脑袋。我看他那倔倔的神气有点可笑,这是谁的家长来了呢?他瞅了半天,也没有瞅见要找的对象,就叫道:"芳芳!"

田芳猛地仰起头,急忙筒了笔,显出慌慌的样子,离开座位,从走道上走到前头,把老头儿引出教室去了。

那老汉大概是她的父亲,我猜测,从他叫她名字的口气儿可以判断出来,村乡里那些老农民,叫自己的亲生儿女时都是这种神气,而且不分场合,一律像是在自家屋里呼儿唤女。他来找她,并不稀奇,班里的同学从四面八方汇拢到这个小镇上,一律住宿,一年半载不回家,常常有这个那个的家长找到学校来,少数是家里出了事,父亲或母亲病重了,需得回去看看;多数是给儿女送衣送钱,借机看看自己可爱的儿子或女儿。

田芳跟她父亲出门以后,我的心里却不安了。她的父亲找她,我有什么好说好想的呢?自己也奇怪了。她抬头看见她父亲的那一瞬间,眼里泄出一道惊恐的神光,随之转换为一种憎恶的气色了,随之一切都消失了。她的父亲,即使猛来乍到,也不应该令人那样惊恐吧?更不应该有憎恶的样子显现。我猜不出其中原因,心里却有点焦躁,有点担心。

我竟而至于不能继续描绘入冬以来第一次降雪的壮丽景色了,越想,心里越加焦躁了。人对于可能发生的祸事是不是有一种先兆性的心理反应,我说不清,反正我心里已经毛躁得难以在作文本的小格子里写字了。

我拿起茶杯,佯装到水房里去打水,走出教室,甬道上没有田芳和她父亲的影子,一排排教室里,传出这个那个教员的讲课的声音。她大概把父亲引到宿舍里去了,我在水房里打了水,慢步朝回走,忽然看见打铃的校工刘大根跑过来,朝我说:"你们班的田芳给人拉走了!"

"谁?"我大吃一惊。

"一帮人!"刘大根说,"我从街道上过来,碰见一帮人把她往马车上拉!"

"在哪儿?"我的心里腾起一股火来。

"山门镇南头……"

我甩了水杯,拔脚就跑了。我蒙了,闹不清究竟是怎么回事,那个叫她的是什么人呢?她为啥要跟他走呢?我只觉得她不能被拉走,怎么会有这种事呢?我奔出校门了。

街道上似乎有人已经在议论什么,我直朝小镇南头跑去,果然看见围着一堆人,议论纷纷。我奔到跟前,大车上站着七八条大汉,扭着田芳,田芳在挣扎,又跌倒在车帮上,几个人趁势压住她。我大喊一声:"不准抢人!"田芳猛地回头,哭喊:"快——慎行……"赶车的人大约感到事不宜迟,"啪"的一声甩起鞭杆,马拉着大车跑起来了。

我追着马车跑。马车跑得并不快,我追到马前头,面对奔马,毫无办法,我自小没有摸过牲畜,更不会驾车,不知怎样才能使奔驰的马车停止下来。那个赶车的汉子,一挥长鞭,我的头顶一声响亮的鞭声,鞭鞘正抽在我的左脸上,火辣辣地疼。在我被抽得晕头转向的一瞬间,马车"哗"的一声跑过去了。

我摸一把脸,继续追,愤怒与急迫中,我从地上摸起半截烂砖头,离开马车稍远一点,跑过奔马,回过头来,照准驾辕的红马的脑袋,鼓足全力甩出砖头,一下子击中了马的鼻梁骨。那红马尖叫一声,前蹄腾空跃起,前头挂鞘的两匹马站住不动了。赶车人用鞭杆砸辕马的屁股,红马摇头摆尾,尥起蹄子乱踢,马车停下了。

我立即扑上马车,又被一个汉子推下车来。赶车人也跳下车,朝我愤怒地抡起拳头。我已经忘记了危险和孤身无援,迎着他冲上去。这是一位中年汉子,力气很大,却笨拙,我闪过他那沉重的一拳之后,就在他的脸上砸了一下,大约打中了他的眼睛,他立即丢下鞭杆,双手抱住眼睛,蹲在地上了。这是我平生第一次打人,还真的尝到了一点打击对手的痛快。

"打这个野男人!"

听到一声吼,从车上跳下三四个汉子来,从四面包围了我。我不知该怎样对付,头上一下,腰里一下,我被打得无法防备。忽然朝车上喊"田芳!快跑!"就被打倒在地上了。

"打这个野男人!"

我被打倒在地上,有人坐压着我的脊背,我爬不起来。他们在骂谁?野男人?是谁?是把我当田芳的野男人打吗?

街巷里一阵呼喊,一阵杂乱的脚步声。坐在我背上的那个汉子蹦走了,我爬起来一看,速成二班的男女同学赶来,正在大车周围的街道上摆开了打架的阵势。力量对比一下子发生了绝对的变化,那几个汉子被学生包围住,打得乱爬乱滚。

我跑到马车跟前,看见几个女同学已经解开田芳被绑捆着的双手,扶着她从车上走下来,我看见她的泪痕斑斑的脸颊,忽然心里难过了,流下泪来,一句话没说出口,就跌倒在地上,昏迷了……

我的手被一只温柔的手攥着,紧紧地攥着,我真舍不得那只手松开,离去。我睁开眼,是田芳握着我的手,周围坐着一伙男女同学,她当着大家的面攥着我的手,似乎没有什么不好意思,我也觉得这本来没什么,就该这么攥着。

我依稀记得,我是在山门镇的医疗所里被救醒的。大夫给我包扎之后,又给我吃了几片药,说是催眠的,我就睡到天色傍晚了。

我感到口渴,张张嘴,没有说话,她就意识到了,用一只瓷匙给我嘴里喂水。我看到她从盛水的搪瓷缸里舀起一匙水,用嘴吹吹凉,就准确地喂到我的嘴里。我静静地躺着,闭上眼睛,听着那"呲呲"的吹气声,等待那挨近到嘴唇上来的匙子。我真想抱住她,把头埋在她的胸前,和她痛哭一场。

"你知道不?县公安局把狗日的逮了三个!"班长刘建国说,"我们速成二班这下打出威风啰,太不像话嘛!已经解放了,竟敢抢人!"

我心里很痛快,抓了他们三个,真是叫人痛快。我坐起来,浑身疼痛,背后垫着被子。

"哈呀!了不起,真是了不起!"篮球队长说,"咱们的蓝袍先生会打架了,真是了不起!想想你刚来时那般斯文……"

大伙瞧着我笑,我也笑了。田芳抿着嘴儿,也瞅着我笑,说:"他打什么呀!净挨了打!"

我挨了打,被打得头破血流,鼻青脸肿,可我也打了一拳,砸了一砖头。我那一砖头砸得多准!正好击中了辕马的鼻梁骨,使飞奔的马车停住不转了。我仅仅打出的一拳又何等的威风,何等的准确,一下子砸得马车把式蹲到地上,双手捂住眼睛,抡不成鞭杆了。我平生没有跟别人打过架,没有体验过打人的滋味,现在才发觉,打人也有乐趣,特别是当你出于一种卫护弱者(这弱者又是你顶要好的同学)

的义愤的时候,用拳头击中对方的身体,就会产生一种无与伦比的痛快的滋味。我久久地回味着那一拳击中马车把式时的情景,而把自己得到的几倍的报复忘记了。

"他们怎么敢在光天化日之下抢人?"我问,"田芳,到底是怎么回事?"

"那是她婆家来的一帮子蛮汉,要抢田芳回去拜堂——结婚!"一个女同学代替她说,"甭问了,让田芳又难过。"

我又忍不住问:"到教室来找你的那个老汉是谁?你怎么就跟他走了?"

"那是我爸。"田芳说,"我爸在我十岁时就把我许给人家,卖了八石麦子。我而今不愿意这桩事了,他说让我拿出八石麦子还人家。我说我工作以后,逐年还,全部还清。俺爸这一关先打不通,跟人家合在一起,要把我送给人家哩!他不单是粮食问题,还说我丢人丧德,损了他的面子……"

我大致明白了缘由,也不想再细问了,怕引她伤心。这样的婚姻状况,在我们速成二班,不仅是田芳一个人的痛苦,好多男生女生都有类似的遭遇,班里早已有几位学生解除了婚约,还有一些正在酝酿,两个速成班正在形成一股离婚和解约的风潮。

"打这个野男人!"

那个从马车上跳下来的汉子呼喊着朝我奔来,把我当野男人打,现在想起来,似乎也并不觉得有什么不好意思。当时,田芳被绑在车帮上,不知听到这句恶毒的话了没?

"田芳……"我想安慰她几句,却又不知该说什么好,临到嘴边,却说到其他事情上去,"咱们的戏还排练不?"

"今天……停了。"田芳说,"你的伤势要是到时不能恢复,就难演出了。现在想调换谁来演,来不及了!"

"你先说你怎么样?"我担心她的精神刺激太重,能不能上台,

"能上台吗?"

"我能。"她说,"我才不把他们当回事儿哩!反正甭想我进他们的门!"

"我也能!"我说,"你给大家继续排演吧!我一定能上台!"

元旦晚会通宵达旦,夜半时,食堂里给全体师生准备下一顿丰盛的年饭。《白毛女》是压轴戏,排为最后一个节目,吃过年夜会餐之后再化装也是来得及的。我就坐在大礼堂里,欣赏着各个班里的文娱节目。田芳另有一个独唱,我期待着。

终于轮到她了。她站在台上。穿一件红袄,沉静而大方。几天前,由她引起的轰动一时的打架事件,使她成为全校瞩目的人物。现在,她站在台上,让全校师生瞩目,不知出于什么心理,哄哄乱乱的大礼堂里倏地静寂下来,她唱起来了——

> 旧社会
> 好比是黑咕隆咚的枯井万丈深
> 井底下
> 压着咱们老百姓
> 妇女在最底层
> 看不见太阳看不见天
> 数不清的日月数不清的年
> 做不完的牛马受不尽的苦
> 谁来搭救咱

会场里十分静,静得使人感到压抑,压抑得人想喊,想叫,想蹦起来狂呼狂喊!我的眼泪流下来了。我听见有人抽泣。不知是哪个班的女同学,开始附和着田芳在台下唱起来,很快地蔓延到各个角落,男生们也唱起来,整个大礼堂里,回荡着这曲《翻身歌》——

> 共产党,毛泽东

他领导咱全中国走向光明
从此砸断了铁锁链
妇女就成了自由的人
……

我仰起头,张着嘴,忘情地唱着,眼泪从脸颊上流进嘴角里来了,咸涩涩的。我是个先生。我是那个小和尚!我是受压迫的人!我是一个被父亲禁锢成了没有七情六欲的木偶!我……今天成了……自由的人……了!

新浪潮拍击下的老农民

积雪覆盖着原野。乡村间的大路上。午间融雪时踩踏得稀烂的泥巴,夜间又冻结成硬块了,路面坑坑洼洼,绊绊磕磕。道路朝南,沿着慢坡而上的原野延伸,在雪地上像一条随意丢下的皮绳,曲曲弯弯。

我们三人——班长刘建国、班主任王老师和我——一行,冒着渭河平原数九隆冬的清晨时分凛冽的寒风,正沿着这条乡村大路朝南走,要赶到一个叫田家寨的村子去,找田芳的父亲田茂荣老汉。我们将交给他四百块钱,由他再交给把田芳许订给的那一方的家长,偿还他接受过的彩礼或者说聘金,从经济上彻底割断捆绑着田芳的绳索。这是怎样一件令人鼓舞的壮举!

四百块钱装在我的书包里,沉甸甸地挂在我的肩上,那无异于几百颗腾腾跳跃着的心,我怎能不感到沉重呢!

新年晚会上,我们的《白毛女》歌剧获得了极大的成功,田芳的名字销匿了,那些认识或不认识她的外班的同学,那些教她或根本没有教过她的老师,见面都亲切地叫她白毛女了,我们班的同学更不用说了。戏剧里的白毛女已经获得了新的生活的权利,获得了幸福自由的爱情,现实生活中的白毛女——田芳,笼罩在心灵上的封建的乌云还没有消散。

虽然发生过轰动小镇的抢劫田芳的事件,她的父亲仍不改口,绝不许她毁弃三媒六证确定过的与大张村的婚约。对她压力最大的不是她的父亲,她说她将永不回家,甚至断绝父女关系,也决不回到黑咕隆咚的万丈深的枯井里去了。对她压力最大的是八石麦子,她的父亲把她许订给大张村所接受下的聘礼,早已被全家老少吃掉了,变成粪土,施到田地里去了。八石麦子,一石十斗,一斗三十五市斤,整整两千八百斤,折合人民币三百多块钱哪!

一场募捐活动在师范学校掀起来了!

想起这场募捐活动的前前后后,我至今仍然激动不已。起初,只是我们篮球队几个同学的举动,想不到竟然扩大到整个学校里去了。那天与县武装部的篮球赛结束以后,我和队长何长海回校的路上,闲扯着已经过去的田芳被抢劫的事。我说,我要是有三四百块钱,我就愿意拿出来,解除她心上的债务。何长海说,咱们球队凑一凑,能不能凑够呢?十来个篮球队员在一块凑来凑去,不过几十块钱,远远不够。回到学校后,消息传给班里的男女同学,大家纷纷向我捐款。紧接着,外班的同学也赶到我的宿舍、我的教室里来捐款,甚至有十几位老师也捐了……啊呀!短短的三四天内,我的书包里装进了五百多块钱,超过需要的数目了。我和班主任王老师商量之后,决定把多余的一百多块钱退回给那些捐款数最高的老师和学生,留下四百元足够了。

"为了砸断封建锁链!我捐三块……"

"再不能容忍我们的姐妹做封建婚姻的牺牲品!我捐一块……"

"为了解放,为了自由!我捐……"

……

那一张张男生和女生的脸在我眼前叠印,那一声声慷慨激昂的话在我耳畔响着,永生难忘!大伙不仅是同情田芳的遭遇,而且是一种共同的时代要求。刚刚获得解放和自由的新中国的第一代青年,强烈的反封建的意识是共同的要求。这些师范学校的学生,尤其是速成班的学生,来自社会底层,不单是仇恨地主资本家,尤其仇恨封建的婚姻,好多人与田芳有类似的遭遇,离婚和解除婚约,在师范学校不仅不会被人耻笑,而且会得到普遍的支持和同情。

"你离婚了?"

"离了!"

"完全弄'零干'了?"

"'零干'了。你呢?"

"我刚提出来,正离哩!"

"赶紧离了!重新自由去……"

这是公开的交谈,不会令人议论……田芳这样引人注目的白毛女,得到热烈的捐款就不是奇怪的事了。

我按按书包,四百块人民币正在手心,我的心止不住一阵发热,隆冬原野上清晨凛冽的寒风也不那么厉害了。

我们三人走进田家寨,几经打问,终于找到田芳家的门口。

两间厦屋,连个围墙也没有,一眼就可以看出,这是一家十分贫苦的农户。我们三人站在厦屋门口,一个女人走出来,大约四十出头,一眼就可以断定是田芳的母亲,脸形太相像了。她一看见这三个穿戴不同于庄稼人的陌生人,先愣怔了一会儿,有点惊恐地问:"寻谁?"

王老师说明了我们的身份。田芳母亲脸上的惊恐立时消失了,却更加慌乱,把我们让进屋,却无法使我们坐下来。炕上的一张破烂的被子下,围坐着四个娃子和女子,地上竟然没有一个可供人坐下的凳子。她擦擦手,闪身出了门,再进门的时候,端着一条长凳,大约是从邻家借来的。不管怎样,我们三人挨排儿在长凳上挤着坐下了。

她张罗着倒水,取烟,取来了一只装着烟末的木盒子,却找不到烟袋。王老师点燃自己的纸烟卷,劝她再甭麻烦了。她在灶锅下的木墩上坐下,却不知该说什么好。没有经见过世面,也没有和公家的干部打过交道的农家妇女,常常都是这个样子。王老师尽管很和气,问她家里的状况,她头不抬,烧着火,简短地答上一句,半天又没话了。田芳的父亲拾粪去了,她告诉我们,随之就指使坐在炕上的儿子去找。

老汉回来了,头上裹着一条黑布帕子,鼻子冻得红红的,一进门,大声说:"三位先生来了!抽烟——"把那个短杆旱烟袋依次让给我们三人,随之在门槛上坐下来。

"三位有何贵干?"他仰头问。

王老师和他谈起田芳的婚事,给他解释新社会婚姻自由的道理。老汉低着头,抽着烟,做出一种耐心听着的姿态。一当王老师停住口,他仰起脸,做出深明大义的神气,说:"新社会好,咱农民拥护共产党。儿女的婚嫁之事,应该由家里管,政府和学校管这些事做啥?"

王老师又耐心给他解释学校应该管的原因。

"人而无信,不知其可也。"田芳的父亲说,"你们都是有知识的人,比我懂得多。我跟人家说下一句话,三媒六证,邻里皆知,而今一水冲了,我在田家寨还算不算人?"

我心里暗暗吃惊。这个老农民,一身黑色家织粗布棉袄棉裤,补丁擦着补丁,肘头露出变成黑色的棉花絮子,一脸皱褶,鼻尖上吊着清凌凌的水一样的鼻涕子,捏着烟袋的手指像树皮一样裂开着口子,嘴里却吐出一串一串半生不熟的词句。我早已从田芳口里得知,她的父亲是个一字不识的粗笨庄稼汉。一个大字不识的粗笨庄稼汉子,谈起话来,却要讲信义,夹杂些半通不通的古文词。如果是我的父亲这样讲话,也不足怪,而田芳的父亲却叫我奇怪了。

王老师索性问起八石麦子的事。

"有这事。"田芳的父亲一口应承,"家家的女子都卖钱,家家的儿子订媳妇都花钱。我吃了人家的麦子,我不昧良心……"

王老师又讲道理,说那根本不是昧良心的事。我也就一手掏出四百元钱来:"这是我们同学和老师的一点心意,目的只有一个,让田芳能安心读书,再甭逼她上轿了……"

老汉瞪大眼睛,瞅着我递到他眼前的一厚沓票子,愣住了。他显然没有料到我们的这个举动。愣了半天,忽然醒悟了似的,猛地伸出双手,把我的手推开,并且站了起来:"这不能,这不能呀!"

"我们是为了田芳的前途……"我说。

"为了啥也不能失信!"老汉说。

"你要是不收,我们就——"王老师看看说服不了,就使出我们路上商量好的最后的一着,"交给乡政府,由乡政府交给大张村那家人。当然,这样一来,媒人和你难免就不好看了。你知道,上次抢人,县上扣了大张村三个人,刚刚释放……"

"哎呀!"田芳的父亲颓然坐在门槛上,双手抱住头叹息。

王老师示意我把钱放下。我瞅瞅那张破烂的用麻绳绑着腿儿的小桌子,上面摆着盆盆罐罐。我把钱放下了。

"我们走了。"王老师站起来说。

田芳的父亲抬起头,看见桌子上的那一摞钱,没有推辞,脸上露出愧疚不堪的神色,张开双手,挡住门:"说啥也不能走……不吃饭了,再坐坐……"

我们又坐下了。

"唉,三位同志……"他摆摆头,一脸诚恳的又是惶愧的神色,"解放了,以往的礼性全部不合适了吗?"

王老师笑了:"也不是这么说。你,一个贫农,翻身了,扎实种你的地,把日子往好里过,顾那么多臭礼性做啥?"

"解放了好!确实好!不拉兵了,不抽税了,官人不欺百姓了,确实好!可这新社会,"田芳的父亲现在显出一个老庄稼的天真来,说,"全都没大没小了吗?男女不分了吗?不顾脸面了吗?"

王老师哈哈笑着,摇摇头。

"你看,"老汉举出例证来,"俺田家寨,有五个姓氏,田姓是主,其余是后来添进来的。人说,'歪胡家,捣秦家,恶鬼出在刘、李家,仁义礼智大田家。'而今,田家人也不讲礼义了!你看看,那些男男女女,这个离婚呀,那个自由呀!闹得全都乱了套……当然,咱连咱的女子也没管得住!"

"你为啥要管人家哩?"王老师笑着问,"人家年轻人,听啥不听啥,自己有主意了!你拿那些老封建思想管人家,肯定管不住!"

田芳的父亲叹息:"咱们人老几辈儿没跟人胡说八道过,穷是穷,可没做下让人指脊背的事……"

"你把我压迫了一辈子!"田芳的母亲说,"而今孩子压不住了……才好!"

"你——"田芳的父亲红了脸,"我看我活不成了!"

"穷得叮当响,臭礼性倒多!"女人更加壮起胆子,"土改时,工作组分给咱一张桌子、两把椅子,他呢,晚上悄悄给人家送回去,让民兵抓住了,审了半夜,说他跟财主有勾搭,他只说……我不能白受不义之财……你们三位听听,这就是他的礼性!"

……

告别了田芳的父母,我们三人重新返回来。太阳升起在冬日灰蓝的天际,寒气消散了,道路上开始松冻,泥泞布满乡间大道。我们三人回味着刚才和田芳父亲的有趣的谈话,说着笑着,走到慢坡顶上。

眼前是渭河平原的壮丽的原野,坦坦荡荡,一望无际,一座座古代帝王、谋士、武将的大大小小的墓冢,散布在田地里,蒙着一层雪。他们长眠在地下宫殿里,少说也有千余年了,而他们创造的封建礼教却与他们宫廷里的污物一起排到宫墙外边来,渗进田地,渗进他的臣民的血液,一代一代传流下来,就造成了如我的父亲和田芳的父亲这样的礼义之民吗?

归来已觉不是家

接到父亲一封信,我才记起,离开家已经四五个月了。父亲关心我的学业、我的身体,问我是否恪守着"慎独"的嘱咐。父亲的很合规范的文言体书信,功夫独到的小草墨迹,把一个遥远的记忆勾回到我的心里来了。那么熟悉,却又那么陈旧。

班级之间的篮球比赛正在进行,我继续履行我的衣服架子的职责,父亲的信装在口袋里,赛场上激烈的竞争牵动着我的神经。有人在拉我的胳膊,我一回头,是田芳。什么事,等不到球赛结束吗?我实在不能从这紧要关头走开。她却拉着我的袖子,硬把我从人窝里拽出来。

"告诉你一件事。"她说,"县宣传部来人通知学校,让我们的《白毛女》歌剧下乡宣传演出。"

"真的吗?"我忙问。

"真的。"田芳说,"王老师刚才告诉我,让我叫你去,商量一下。"

"什么时候演出呢?"我问。

"寒假里。"田芳说,"马上要放假了。"

我和田芳找到王老师的住处,完全证实了这件事。这无疑是一件光荣的任务,王老师也很高兴,问我有什么困难。我说什么困难也没有,只是应该回一趟家,放假后就没有时间了,王老师批给我两天假,让我考试前赶回学校,下周就要期终考试了。

"你这次回去,你爸可能要认不出你了。"王老师笑着说,"你把老先生能吓一跳!"

田芳瞅着我,抿着嘴笑。我也笑了。

从王老师房子出来,我又朝操场走去,仍然惦记着速成二班的最后的胜输。田芳狠狠拽了我一把:"那么球迷呀!我还有事儿跟你说。"

我只好站住。

"你把募捐时记下的花名单给我。"她说。

"要那做啥?"我问。

"有用。"

"干啥用?"

"你别管。"

"你不说清楚,我不给你。"

她无奈了,只好说:"我要保存下来。待我毕业以后,有了工资收入,我要加倍给每一个募捐的同学偿还!"

"噢!这样……"我说,"这样……不好。"

"为什么不好?"田芳说,"我心里实在过意不去,很不安呀!"

"那样……起码在我,就伤心了!"我说。

"你伤什么心呢?"她问。

"我们募捐,完全是出于一种对封建婚姻的反抗。"我说,"那些外班的同学,有的根本和你连一句话都没说过,你也不认识他们,他们为啥自动捐款呢?你想想……"

"我明白。"她说,"即使这样,我也应该偿还。同学们的心意我明白……"

"当然,怎么处理这件事,由你决定。"我说,"不过,你千万别给我……偿还什么钱!"

"那……好吧!"她沉吟说,"你把那个名单给我,我要保存,比什么东西都珍贵了!"

"这倒好!"我说,"我抄出一份给你,我也保存一份。过多少年,看见这名单的时候,心里会是怎样呢?啊……这是几百颗心呀!"

"你说得多好!"田芳眼里浮出动人的泪光,声音低低的,抖颤着说,"比金子还贵重的心呀!"

从学校吃罢早饭就动身,回到东原上我的老家杨徐村的时候,暮云四合了。冬日天短,又是步行,八九十里路走回来,整整用了一天时光。我的心情很好,离家几近半年,家里会是一种什么样子呢?

我站在门口,门楼兀立在寒冷的暮色里,那令整个家族引以为自豪的"读耕传家"的门匾题字,有点孤寂,也有点过时皇历的冷漠。我走进院子里去了。

院子里发生了很多变化。我和我的媳妇住的那间厢房,传出牛粪和牛尿的混合气息,我一探头,就看见一头黄牛正在槽头嚼草舔料。走进上房,父母住的房子从中间隔开了,分成两间住屋了。父亲正在小小的南间屋的火炕上坐着,抽着烟,母亲在炕的另一头坐着。天气寒冷,人都坐在炕上了。

昏黄的煤油灯焰下,父亲伸着脑袋,辨认着我。我叫了他一声。他惊喜地从炕上下来,坐在椅子上,就从头到脚打量着我。母亲也溜下炕来,走出门去,从门外领着我的媳妇进来了。

"先生,你擦擦脸。"她把洗脸水放到我面前。

她还叫我先生,这是结婚以后她对我的称呼,而今我不是先生,是师范学校的学生了,她还那么叫,听来已经恍若隔世了。

"先生,你想用啥饭?"她在身后问。

"随便做点吃的。"我说,听见她又在问母亲,究竟该做什么饭。我的答复反倒使她为难了。母亲总算点出清汤细面的食谱,她轻轻走出屋子去了。我心里清楚,她的言语和行为举措,全是结婚后到我家里养成的。请人洗脸叫"擦脸",洗手叫"净手",吃饭也说成"用饭",全是我父亲的家规。这些我过去司空见惯的东西,现在听来倒有一种好笑的味道了。

父亲在灯下伸着脖子,瞅着我的衣服。我这才想到,我从家里走出去时,穿的是一件蓝袍,小包袱里装着一件备换的蓝袍,头上戴的是礼帽。父亲现在是第一眼看见我穿着的列宁服和头上的八角帽子,就那么狠看。

"你把蓝袍换了?"父亲问。

"换了。"我心里有点忐忑,父亲会生气吗?"我是用蓝袍……改的这身衣服。"

"改了好!嗯,改了好!"父亲笑着点头说,"而今先生不兴穿袍子了。"

我的心里高兴了,父亲也在随着生活的变化而变化,我坐在炕边上,和父亲聊起家常。

在我离家的半年里,家庭分化瓦解了。父亲很伤心,说人心不古了,民风不纯了,连我的两位伯父也在家庭内部捣他的鬼。土改时,兄弟三人感激涕零地抱着我爷爷的神匣儿哭笑一场之后,看看再无什么风险,政府一股劲鼓励庄稼人发展生产,二位伯父把爷爷死时留下的遗嘱统统忘记了,要买牛,要置地,要增盖房屋,再不听父亲的指挥了,把爷爷确立的我父亲的主事位置不当一回事了。争论时有发生,矛盾难以掩盖,终于分化瓦解了。

"鼠目寸光!"父亲简单地给我叙述完这种变故,不屑地说,"你大伯、二伯,全是鼠目寸光!"

我一时弄不清家庭里的谁是谁非,不好参言,也觉得没有多少意思,既然过不下去,各家过各家的日月,也没有什么大不了的事。

"不管怎样,你该去给大伯、二伯问安。"父亲说,"家里分家归家里,你在外边读书,全当过去在一起过那个样子,该走的路要走到,该行的礼要行全,不要跟这些人一般见识。"

我点点头,就去看大伯。

大伯住在上房东边里屋,正在吃晚饭,放下筷子,忙让我坐。一句关于家庭矛盾的话也不提,只是夸赞我出息了,完全像个新社会的干部的模样了。

"这新社会真是好!"大伯说,"国民党的官人一进村,吓得百姓鸡飞狗跳墙,躲的躲了,跑的跑了,跑得丢了鞋子也不敢拾!而今共产党的干部一进村,老百姓一呼啦就围上了,胡拉乱谝,到饭时争着往屋里拉……我的天,那天正在碾子上说闲话,老杨同志顺手从我嘴里拔下烟袋,塞到嘴里就抽!你看看而今的公家干部多亲……"

我也很感动。解放初期,受惯了国民党官匪欺压的老百姓,对共产党干部的作风最敏感,谈论也最多,我虽已不惊奇,却仍然很感动。

"好好念书,日后好好干工作。"伯父说,"你能在外边干事,咱徐家人都光彩!"

我告别大伯父,又走进二伯父的屋门。

二伯父正在给牲口拌草,扔下搅草棍子,把我引到他住的厢房里:"屋里地方窄,没处坐,你坐炕边上。"

"你走时咱是一家,回来变成三家了。"二伯父笑着。这样毫不掩饰地说出分家的现实,反倒使我觉得实在。他笑着说,"天下水朝东流,弟兄们再好难到头。我看呢,分了也好,免得好多麻烦。谁有啥本事谁就成自家的精去!"

我与二伯的想法很接近,就笑着赞同他。

"二伯一辈子说话不会拐弯。"二伯直着脖子说,"你爸过去管家还管得住。而今管不住了,咋哩?新社会了嘛!他在家里想当家做主哩,人家公家干部大讲大唱男女平等哩!所以,过去你爸在屋里说话,没人不服,而今就不服了!惹得他自己也是一肚子气……我说分了好!"

"分了好!"我附和二伯说,"我爸那些管家的规矩,肯定行不通了,越往后越行不通。"

"对!大侄子,你跟二伯看了一步棋。"二伯说,"比方说,政府派干部到咱村,成天宣传说,要发展生产哩!你爸还是按照你爷爷在世时的主意,'房要小,地要少,养头老牛慢慢搞。'不合党的政策嘛!我也不满意。这不,刚一分家,我就买下一头好母牛,一年生一头牛犊,就是半个家当……"

二伯是个耿直的庄稼汉子,我一向很喜欢他,对他坦诚的说话也特别觉得实在。

"做梦也想不到的太平年月!"二伯父说,"不拉兵,不收税捐,一年交屁大一点公粮,庄稼人做梦也没敢想的好世道呀!大侄子,二伯说句结实话,而今谁再过不好日月,不光得不到邻里同情,反而要被人耻笑!咋哩?肯定是懒家伙!"

我被他的憨气逗笑了,弟弟过来叫我吃饭。

我回到父亲住的上房里屋,坐下吃饭,一碗清汤细面,十分可口。吃罢饭,我向父亲汇报了师范学校的学习情况。父亲也不显出惊奇,他大约对新社会的诸多变化已经习以为常了。他淡淡地说:"人家新学堂那样教,你就那样学吧!反正,不管新学堂老学堂,总而言之一句话,还是韩愈说的,'传道授业解惑也。'当学生,求学问,还是要记住'业精于勤荒于嬉,行成于思毁于随。'这话,新学堂不至于反对吧?"

"学校里提倡努力学习,老师抓得很紧。"我说,"我们的学习还是很紧张的。"

"紧张好。"父亲说,"要成学问,不刻苦不行。"

我问他分家后,忙得过来忙不过来。

"屋里的事都有我撑着,你弟也行了。"父亲说,"你专心念你的书。记住,要处处留心,别胡乱张狂!"

我的心一震。我在学校的生活状况,父亲显然还不了解,还在给我打预防针。

"村子里有些人好张狂!"父亲鄙夷地说,"一个大字不识,满世界跑来跑去开会!有几个年轻女人,黑天半夜跑着开会,张狂得要上天了!前日听说,那个杨发奎入党了!那么一个二杆子货,共产党居然看中那号人……"

我的心里潜入一股冷气。父亲看不惯的人和想不通的事,我却在师范学校也是有过之而无不及。他对于那些满世界跑着去开会的男人和女人的非难,令我反感,我听不顺他对这些人的讥刺。就劝他说:"农民刚刚翻了身,高兴……你可是别给人家泼冷水,别说风凉话儿……"

"我说他干什么?"父亲不屑地说,"我只看着这些人张狂,啥也不说!你——"父亲瞅着我,"在学校里,要慎行慎言!我看到村里这些人的疯张劲儿,才提示你……甭张狂!"

我低头喝水,避开了父亲的逼人的眼光。

"我给你写的那张'慎独'的字,还记着没?"

"记着。"

"你去歇息。"父亲说。

我走向自己的住屋。原来的厢房变成牛圈了,我的住屋迁到和父亲一墙之隔的上房西屋的北间。

"先生,你喝茶。"我的媳妇说。

"我自己倒。"我说。

"先生,你洗脚。"

"我自己一会儿再洗。"

我坐下,还是接住她倒下的茶水。她坐在炕边上,又捞起鞋底儿,并不看我。我坐在椅子上,一时也没说话。我忽然想抽一支烟,尽管我从来没有尝过烟味儿,现在却很想抽一支烟。我对她说:"你以后不要叫我先生了。"

"那……"她抬起头,旋又低下,"叫什么呢?"

"叫我名字。"我说。

"那像啥话?"她惶然说。

"早就不兴叫先生了!"

"我在屋里叫。"她说。

我不再坚持了。她对我的过分尊敬,甚至带着根深蒂固的畏怯,使我很难受。她自愧貌丑,又没有文化,那种卑怯的眼光使我浑身都不自在。我忽然想到田芳,那手按琴键给我一句一句纠正唱音的姿态,那在师范学校礼堂里唱《翻身歌》的动人情景……一个念头在我脑子里像一道电光闪耀了一下,匆匆消失了,我自己也被震住了:如果我提出和她离婚,她会怎么样?我的父亲会怎么样?这个家庭会怎么样呢?

第二天,我就离开了,而且心情是那样急切,渴求立即回到那个温暖的集体之中去。

六十年里的二十天

短短的二十天寒假里,按照县宣传部安排得满满的演出顺序和路线,我们在乡下演出歌剧《白毛女》。我记忆最深的一件事,是第一场演出,我就挨了一砖头。

那个村子叫歇驾村。传说唐朝一位皇帝打猎跑到这里,人困马乏,在此做过一段休息,进了午餐之后,就奔马追猎到终南山下去了。现在,歇驾村变成薛家村了,其实村子里连一家姓薛的人家也没有。

薛家村住着一位县委的副书记,在那儿搞互助合作的试点工作,群众觉悟高,各项工作都是县上的一面红旗,第一场演出搁在薛家村,是理所当然的。在县委副书记的眼皮下,在这样先进的村子演出第一场,我们演出时的心情是不难想象的,认真极了。

薛家村是个大村,又是一个行政村里的中心自然村。村中间有个年久历深的老戏楼,台下坐着或站着黑压压一片人,临近的房顶上、矮墙上、树杈上,全都趴着观众,这样大的场面,我心里真有点怯场。

整个演出还是顺利的,群众秩序也很好,百十名民兵在维持着哩!事情出在《娘娘庙》那场戏里。当我(黄世仁)和狗腿子穆仁智到娘娘庙里避雨,遇见白毛女,被白毛女追打时,台下骚动起来了,像雷一样滚动着"打!打!"的吼声,我已忘记了自己是徐慎行,我像黄世仁一样胆战心惊,假戏真做了。当我逃到台角时,我听到一声怒吼:"打这狗日的!"随之,我的腿上就挨了重重的一击,跌倒了。

事态很快被民兵控制住了。我必须立即爬起来再逃,不然就给白毛女抓住了,抓住了就不好办了,剧情无法往下发展了。我看了一眼脚下的半截砖头,却没有站起来,慌急中,我用手爬着,逃进后台去了。

演出结束后,县委副书记在台上和我们一一握手,他对我说:"你挨了一砖头,说明你演得像。这一砖头,是群众对你的最高奖赏!"他的生硬的陕北口音,使我觉得亲切极了。

短短的接见之后,那些给我们管饭的社员已经拥在台前,争着领我们去吃饭,田芳被几个姑娘拉拉扯扯,争着往她们的屋里拉,发生争执了。我是一个恶霸的扮演者,自然不会是受欢迎的角色。这时间,一个小伙子挤上前,问:"谁个刚才演黄世仁来?"我一应声,他拖住我的胳膊就走。

黑暗里,我跟他走过陌生的村巷,进入一个小小的独间住屋,只有他的母亲在座。我刚一落座,老人要我把腿伸出来,在一只粗碗里倒下白酒,用火点燃,敏捷地在碗里蘸上燃烧着的酒液,在我的伤口上擦洗。她的指头上带着蓝色的火苗,一下子捂到我的挨过砖头的青疤上,灼烫得我龇牙咧嘴。

"我……"小伙子很难受地说,"我实在忍不住了……扔了一砖头!"

哦呀!原来打我的竟是他!

"你打得好!"我拍拍他的背,"这是给我的最高奖赏!"

他不好意思地笑了,就给我端上饭来。

鸡蛋臊子面,我吃得好香,也确实饿了。

母子二人看着我吃饭,说给我一个令人流泪的伤心事。他的姐姐,给村里一家财东的二少爷糟践了,跳井了!他的父亲一气之下,卧炕不起,年底也去了……他把戏台上的我当成残害得他家破人亡的薛家村的恶霸打哩!

田芳来了。

她看我的伤,用手轻轻按按,问我要不要到邻近的镇卫生所去看大夫,我说大娘已经给我治过了。她不知道这儿刚刚讲述过一个悲惨的往事,随口问:"大婶,屋里就你娘儿俩?"

"噢!"大娘应着。

"你媳妇呢?到娘家去了?"田芳问。

"还没哩……"小伙子红着脸说。

"你怎么还不给人家娶媳妇?"田芳笑着说,嗔怪的模样,"你真性凉呀!"

"正……自由哩!"大娘瞅一眼儿子,"我说他,你自由也自由快一点!慢格腾腾的,还不如老早时包办来得快……"

他羞怯地低下头,我和田芳都忍不住大笑了。屋子里洋溢着喜悦的气氛,我的心头十分轻松,田芳坐在哪儿,哪儿就特别欢乐。

"让我看看你的对象,行不行?"田芳问。

小伙子"嘿嘿"笑着说:"俺妈乱说的……"

大娘却抿不住嘴了:"刚才跟我在屋做饭,这面……就是人家闺女擀下的……"

"好哇,慎行,你真有福!"田芳冲我笑着,"你吃了那位新人的面条了,肯定香吧?我来晚了……哈哈哈!"

告别了那母子二人,我和田芳往回走。

街巷里很黑,看不见路面,坑坑洼洼的村巷里的道路,夜间走起来,低一脚高一脚,垫得我挨过砖头的腿一阵阵疼痛,我小心翼翼地迈着脚。她走到我的旁边,很自然地用手搀住了我的胳膊。

我没有拒绝,倒希望这段通到我的住处的路更长点,好让那只温柔的手多搀扶我一会儿。我反倒不想说话了,静静地走着。她也没有说话,扶着我的左臂的手抓得更紧了。

她被什么东西磕绊了一下,往前一跪,险乎跌倒,抓着我的手,把我也拽得踉跄两步,黑暗中踩到一块石头上,垫得我的腿伤钻心似的疼痛,疼得我"哦哟"一声,弯下腰去,半天站不起来。

她轻轻地惊叹一声,双手扶住我的胳膊,把我扶起来,就把我的胳膊架到她的肩膀上,另一只手搂着我的腰,几乎背着我往前走。我的腿伤不痛了,却舍不得让她松开手。我感觉到她的腰部的体温了,温馨的气息扑到我的耳根。我的心在胸膛里狂跳,觉得热烘烘的,脚下乱踩乱踏,也不知道疼痛了。我有一种莫名其妙的想法,如果就这样互相抱扶着走向断头台,我会从容得连一丝痛苦都没有。

我抬起左手,大胆地搂住了她的腰。她似乎轻微地战栗了一下,没有说话。我感到呼吸不畅,心要跳出喉咙来了。我猛然折过身,把她搂住了,在我的嘴唇碰到她的嘴唇的时候,我几乎昏厥过去……

我躺在炕上,无法入睡,身下是房主人烧得热乎乎的火炕,同炕挤着的几位演员已经拉起鼾声,油灯下,可以看见鼻尖上沁出的细密的汗珠,我吹熄灯盏上的昏黄的煤油焰火,躺在被窝里,心还在"咚咚咚"地狂跳。这就是爱情吗?这样的爱情产生的心火,简直要把我熔化了!

我的父亲按照他的家规和独创的理论,给我娶回来的那位媳妇,即使新婚之夜,我们连一句话也没有说,各人抱着各人的胳膊睡到天明,我连一丝"邪念"也没有产生。

有一个倾心的人儿,怎么可能荒废学业呢?怎么可能都变成沉溺于淫乐而失掉江山的商纣王或唐明皇呢?我现在不仅觉得父亲的理论荒谬无稽,简直令人可笑、令人憎恶了!我翻身坐起来,点着了油灯。

我穿着衬衣衬裤,也不觉得冷了,跳到炕下,打开那只小提箱,翻出那张临行时父亲写给我的嘱咐。

慎独!

看见这两个字,我的心里紧缩了一下,昏暗的灯光里,似乎隐现出父亲严峻的脸色。我最后看了一眼,就把那张书页大小的又细又薄的宣纸提起来,在灯火上点着了。

"折腾啥呀!还不睡。"同炕的王友民咕哝了一句。

"咒符!"我说,"咒符!"

他翻了个身,又呼呼睡去了。王友民早已离婚了,正在跟饰演大嫂的郑玉莲恋爱,早已谈妥了,只等两年期满,就去领结婚证。他万事如意,睡得好香。

我看看脚下,那张烧过的宣纸变成一团黑色的纸灰,在地上滚动,滚动,碎了。我的心里松懈了,束缚我的心的最后一道咒符粉碎了。

我没有心思入睡,就着煤油灯的灯火,我打开日记本,记下了这个终生难忘的日子。一个结过几年婚的人,爱情却刚刚苏醒……

我翻翻日记,查到了我寄出离婚申请的日子,正好十天了。从家里返回学校的路上,我就在八九个钟头的步行中思索着这件事,而终于下了决心了。回到学校的当天晚上,我就写下了离婚申诉,第二天就从山门镇的邮政代办所发出去,寄给县法院了。我已经得知,法院接到的此类民事案子堆积如山,最快也得两个月以后才能传审,那时候该是第二年春天了。

可怜的媳妇!我再也憋不住,心里哀叹着,要恨,你恨我爸去!要骂,你也该骂他!他不仅苦害了你,也苦害了我!他把你和我塞进一间屋子,就完事了!如果不解放,我和你就糊里糊涂过一辈子了!解放了,兴得自由了,我的心箍不住了,我要是不享受自由的权利,就亏负了这个梦想不到的解放了!但愿你……也能找个可心的男人,俩人都好……

第二天,我们到史家坪去演出。演出结束后,我和田芳走到村后的小山坡前来了,这是我和她头一次有意的约会,而且是她约我来的。

我挨着她的肩膀坐下,搂住她的肩头。

她挣脱我的手:"我给你……看样东西。"

她打开手电,从口袋里取出一沓折叠的格子纸,写满密密麻麻的钢笔字。她只露出末尾一页的名字。我一看,是工工整整的"刘建国"三个字,心里一惊,忙问:"这是什么?"

"他给我写的信。"田芳沉静地说,"这是第五次了!"

"你……怎么办?"我急忙问。

"你还用问吗?"她瞅我一眼,从口袋里掏出一匣火柴来,划着了。

刘建国的信在燃烧。

我的心也在燃烧。

我高兴得像狂了一样,抱住田芳。我能听见自己的心跳的声音,也听见了她的心跳的声音,我的手插进她的松软的头发,比丝绸还要柔软的头发。她静静地伏在我的胸前,闭着眼睛,两只胳膊像铁箍一样搂着我的脖子,我才知道这个爱着我的人的手臂,这样有劲。

在这个县所辖属的广阔的平原上和深深的秦岭大山里,都留下我们速成二班演出队员的脚印。每一个演出点的村子里、平原上的大路边、山区的小溪旁,也都留下了我和田芳的亲吻和偎依。压抑得越久越重的心,一旦获得自由,就以加倍强烈的热情迸发出来。有几次,我吻过她的脖子上,留下了瘀血的痕,整得她给脖子上围上一条毛巾,遮掩过去,她却并不责怪我吻得太狠,照样把脸颊、脖颈和我偎贴在一起⋯⋯

二十天寒假的巡回演出,太短暂了。春节也是在陌生乡村的演出中度过的,我也不觉得有什么遗憾。这是我一生中最愉快的时期。当然,你只有了解了我的后来的不幸,才会觉得这二十天时间,事实上是我一生六十年生活中活得真正像个人的二十天!

父 与 子

阴历四月,中午的太阳已经很有力量,我和同学们围蹲在食堂外的浓荫下吃饭,父亲来了。

他站在院子里的阳光下,四下里瞅着,我看见了,连忙跑上前。我要给他打饭,他坚决不要。我引他到宿舍里去歇息,喝水,他也不去。他要我跟他到山门镇上去。

我跟他走出校门,在山门镇的青石铺成的街道上走着,我发现他苍老了,大约刚交五十,鬓发全白了。从见面到进小镇的一家茶棚,他没有露出一丝笑颜。我的心里乱猜测着,出了什么事呢?

叫了一壶茶,他喝了一口,放下茶盅,也不看我,也不说话,直到一壶茶喝完,站起身又走。我问他要到哪里去,他说走走看吧!

走出街道,在小河边的一棵柳树下,父亲站住了脚,从肩上取下布褡裢,放在地上。我也在他旁边坐下来。

"我今日来,只问你一句话。"父亲说。

我没有话说,期待着。

"你要离婚?"父亲直截问。

"嗯。"我觉得没有必要隐瞒,同时又奇怪,法院还没有传票给我,父亲怎么知道了呢?

"不离行不行?"父亲冷静地问。

"爸,你听我说……"我想给他摊开思想。

"不,其他闲话可以不说。"父亲说,"我只要你说声'行'或'不行'。"

"不行。"我只好也直言相告。

"那好!"父亲伸手从口袋里摸出一把剃头刀,拉开锋利的刀刃,"你先收了我的尸首,办了白事,再去离婚,再去办红事!"说罢,就抬起了握着刀柄的手。

我大惊失色,一把抓住父亲捉刀的手,吓得魂飞魄散,连忙说:"爸,有话好说……"

他依然不动声色,冷声静气地问:"没有多余的话好说!你只说'离'或'不离'!"

"不……离……"我无所选择了。

"不离的话,你跟我到县法院去。"他说。

"做啥?"我问。

"撤回你的状子!"父亲说。

"我不离婚就算了,撤不撤没关系!"我说,"或者改日我写信去,销了案就完了。"

"不!"父亲说,"我要亲眼看着你把状子撤下来,交给我,我好存着。待我死的时候,好做蒙脸纸啊……"

父亲已经"哇"的一声哭了。这是我平生头一次看见父亲的哭。他哭了三声,突然收住,用手帕擦擦脸和眼,从地上背起褡裢,又恢复了素有的冷静,说:"走!"已经扯开步子走了。

如果近旁有一口水井,我可能会一扑跳下去! 我的脑子里嗡嗡乱响,是绷紧的神经折裂的声音。我想到了田芳,我的心爱的人儿,我不能跳井,也不能一气之下撞死在身旁的柳树上,下来再说下一步吧!我硬着头皮,费了多大劲儿,才跨开了这屈辱的一步。

"咱们父子今日也许是最后一次见面。"父亲说,"我也不是小娃娃,我知道,今日撤回状子,明日你还会再寄,我今日给你把话说透彻,日后不管何年何月何日,一旦我在家接到法院的传票,就是我的丧期死日。我好坏是个懂点文墨的老朽,说这不是吓唬你!"

我的心沉到冰窖里去了。

他说,昨天晌午,县法院两位办案人员到家里调查时,他都要气疯了。等那俩干部一走,他给褡裢里悄悄装进一把剃头刀,就上路了。走了半天一夜,找到学校,本没打算再回去。他说我的离婚案件,把徐家几辈人积下的阴德全给羞辱了,他再没脸在杨徐村见人了!

我信父亲的话不是吓我,他是注重面子的,讲究礼义的,我提出的离婚的事,对他无异于晴天霹雳。我说服不了他,他也觉得无法再说转我,于是就只有拿出剃头刀子来。

我和父亲都搞错了,法院里欢迎自行销案,却不发还诉状,要存档的。父亲看着人家注销了案子,才咂着舌头走出门,他想死时做蒙脸的纸是得不到了。

回到学校,已经放晚学了。

田芳一眼就看出我的神色不好。晚饭后,我和她顺着小河弯曲的河岸溜达。夕阳涂金,河岸边齐膝高的麦苗,绿茸茸的稻秧,叶儿上闪着晚霞的金光。散落在麦田里的桃树,毛桃儿结得蒜瓣儿似的,招人喜欢,我的心里却泛不起诗意来。

"老人来,出了什么事呀?"她着急了,"你说呀!我也好帮你出个主意。"

我说不出口。

"你觉得不好说的事,就不要说了。"她很贤明地说,"我只是劝你一句,无论什么事,都想得开一点,不要愁眉愁眼的。新社会了,还能有多大的事呢?"

她显然没有料到我的困难的严重性。这种局面,迟早要让她知道,再为难也不能不说清楚。我终于向她叙说了今天父亲来的举动。

"哈呀!这么点事,就压得你抬不起头来了?"她撇撇嘴笑笑,嘴角荡出一缕不在乎的神气说,"老封建家长都是这一套办法!我要跟大张村解除婚约,我爸把铡刀提起来,先往我脖子上砍,我跑了。他又砍自个,我妈一拉,他就扔下了,谁也没砍!全是这一套……"

"我的父亲,跟一般庄稼人不一样。"我向她说明我父亲的心性和脾气,"那可不是吓人的。"

"动真格的也甭怕!"田芳说,"慢慢来。没有斗争,就没有自由。我来上学时,俺爸就是挡道。他料定我一上学,订下的婚事就毕咧。我跑到我姑家,要了一床被子,就上学来了。现在,我上学了,和大张村的包办婚姻也解决了。要是我无论在哪个节口上一退让,我就被大张村圈住了。"

"我爸的思想,特顽固!"我说,"我没见过他那样顽固的人。"

"慢慢来。"田芳说,"再顽固的人,经得多了,见得广了,会慢慢开窍的。"

"我想毕业以后,咱们就结婚。"我说,"我是一天……也离不得你……"

"你给我念过一句古诗,意思说只要俩人心心相印,在不在一块,没啥关系。"她盯着我的眼睛说,"那句诗怎么说?"

"'两情若是久长时,又岂在朝朝暮暮。'"我说了一遍,似乎觉得憋闷的心里透出一点松活的缝隙来,"我……像一只关在笼子里的鸟儿,好不容易飞到蓝天上去了,哪怕被雷电击死在空中,也不会自己重新钻进笼子去!"

"那你愁什么呢?"

"我只怕离开你,毕业后……"

"毕业了,分配了,都在本县,见面有多难呢?"

"我想天天见到你,永不分离!"

"你又来了……又岂在朝朝暮暮!"

……

父亲接连写来三封信,要我回家,而且要我至少每个月回一次家。我不能忍受了,我找到舅家,向我舅舅说明了原委,我已经向他作出了让步,如果他对我逼得太紧,我也可能拿起剃头刀子的;他的下一封逼我的信,可能就是我的蒙脸纸;他把我逼死了,那个媳妇也就不会在徐家门楼待下去了;把我逼死了,他可能在杨徐村更不好活人了!

舅舅是个胆小人,怕真的酿出人命来,劝了我,又立即跑到杨徐村去找我爸我妈,把我的话传过去……果然有效,父亲再没有来信催逼我回家。

僵局就这样保持着,谁也不退让,也不进攻。任何一方的进攻或退让都可能打破僵局,但谁也没有这样的表示。我相信我会撑到底的,甚至用年龄的优势来等待对方——父亲。一直到我在师范学校修业期满,甚至在我工作了两年的时间,这种僵局一直维持不动。

毕业离校的前一晚,我和田芳难分难离。我们坐在山门镇旁边的小河边的一棵大柳树下,有多少话要说呀,临了却什么也不想说,啰唆的嘱咐显得毫无必要,彼此完全已经心知了。一切最动人的语言都显得那么不精确,也缺乏力量,都不足以确切地表述我的依恋之情,一切依恋之情都融化在无声的信任之中了。初恋时的心的探询、如山瀑一样迸发的热烈的倾慕的话、颤抖着的感情的波浪,全都归于一种生死相依的明澈的无言状态里。她依偎着我,我偎依着她,亲吻是深沉而强烈的,却不像初恋时那么疯狂和如痴如醉,心的交流要比语言的交流准确得多。

我们挽着手,在河边的沙滩上漫无目的地走着;在沙滩的草地上坐下来,仰望星空,倾听河水在夜间发出的清脆的响声;感受大地在夜幕笼罩下的均匀迷人的呼吸……直到黎明的晨曦照亮秦岭群峰当中最高的那座峰巅的时候,我把一条精心写就的纸签送给她,那上面写着她喜欢的一句古词:两情若是久长时,又岂在朝朝暮暮。她送给我的,也是那一句古词,而且是用绿色的丝线绣扎在一块白布上的。那块白布中间,两颗重叠在一起的心的图饰,用的是红色的丝线扎成的。

有这样一件信物揣在我的怀里,父亲怎么能撑持得过我呢?

我没有料到,生活急骤发展的浪潮,一下子把我冲得丧魂落魄,完全隐入灭顶之灾……父亲竟然胜利了!

惑　惶

我成了"右派"。

详细告诉你我怎么当了"右派"的细枝末梢意思不大。不过,于今想起来我只觉得我当时太傻了!

仅仅只是因为一句话,我说了校长一句"好大喜功"的话,却付出了二十多年的代价——生命的代价呀!

我真是太傻了!那年暑假,县里把小学教师集中在县一中里"鸣放"时,当时报纸上已经对"右派"进行反击了,我是抱着反击"右派"的决心去参战的,结果自己被弄成了"右派"。

我们学校新提拔的校长,就是我在师范进修时的同班同学刘建国,我俩一同分配到县西的牛王砭小学,他在速成二班当班长时,已经是学校里为数不多的几个学生党员之一。毕业后工作了一年就转正为正式党员了,第二年就提拔为牛王砭小学的校长。他鼓励我要

"大鸣大放",要起带头作用。我很信任他,不仅因为他是我的老同学,重要的是他是我的入党介绍人。我经他介绍,已经获得通过,正在预备期经受考验,他的话我是完全信赖不疑的。我除了猛烈地反击储安平对新社会的污蔑之外,对改进我们学校的工作也鸣放了一些意见,说校长刘建国有些好大喜功的话,就是那些意见中最尖锐的一条,祸就从此惹下了。

我现在也搞不清这是不是刘建国对我设下的圈套?他当时鼓励我"鸣放"是十分真诚的。说我们不仅是老同学,而且是在同一个岗位上战斗,应该把珍贵的礼物——意见,直言不讳地讲出来,帮助他改进牛王砭小学的领导工作,这不仅是老同学的关系,而且是对我的重要考验。我信下了。我和他在速成二班进修时,同学们对他在政治上的坚定、工作上的积极表现,没有不佩服的,只是有点好大喜功,这影响了他在同学中的威信。到牛王砭小学工作以后,尤其是在他当了校长以后的半年中,教师们私下的议论就很明显了,主要还是这一点毛病。我曾经不止一次在和他的闲聊中给他提示过,他也不反感。可是,当我在"鸣放"大会上正式当作一条意见讲出来以后,居然变成了"攻击党的领导"!

刘建国找我谈话,说他冒着风险替我辩解,领导小组才将我定为"中右",要是搁在其他人身上,有十个我就会定成十个"极右"了。我没有被发落到农场去劳改,而是仍回原单位接受监督改造。

我重新回到牛王砭小学的时候,这所我十分喜欢的小学对我来说变得陌生了。我的预备党员被取消了。我也不能再任高年级毕业班的班主任,而是代一些"地理""自然常识"之类的副课。没有多久,任何课也不能代了,让我打铃,烧开水,扫院子,完全变成工友了。

世界上的许多事,都是第一次留给人的印象最深刻,三五次以至数年累月以后,就习以为常了。我第一次牵着麻绳撞击吊在学校院中那棵槐树上的铜铃的时候,看着一个个男女教师走出办公室,端着教案和粉笔盒走向教室的时候,我想应该立即去自杀!当工友还有一件重要职责,每天给校长和教务主任送三次开水,教员们的开水是自己到开水房里去打。我第一次给校长刘建国送开水的时候,提着水壶,站在门外,又想到了自杀!我硬着头皮推开门,他从办公桌上拧过头来,也有点不好意思,慌忙站起,接住我的水壶,说:"我的水……你甭送了!"我的心里感到一种被人了解的委屈,真想痛哭一场。当我再送去开水的时候,我也自然了,他也自然了,随后就一切都习以为常了,甚至我推开门,放下水壶,直到走出门,他连头都不抬起来。

小学校设备简陋,没有餐厅。我打过吃饭的铃声,教员们就到小灶房里买了饭,围成一个圆圈,蹲在院子里吃饭。这个时候,是学校里教师们之间最活跃的时刻,一边吃一边聊,尽是各班学生中的洋相和趣闻。我没有勇气再和大家蹲到一起去度过这轻松愉快的时刻,我总是等那些熟悉的说笑的声音消失以后,才拉开门,端上碗,到小灶房里去吃最后一份饭,好在炊事员杨师傅总不会忘记我。当我端着已经不那么热乎的饭菜走回自己的住屋的时候,我又想到了应该自杀!

我能得到的唯一安慰,是田芳留给我的那件信物。我晚上打过熄灯铃之后,躺在我的小住房里,趴在枕头上,就摸出那个绣扎着那句动人心魄的古词的白布,眼泪就涌流出来,滴在那两颗重叠着偎依着的心的图案上。

我们最后一次见面,是在县一中的"鸣放"会期间,那是我们毕业以后的又一次难得相聚的机会。后来,当我被宣布为"中右"时,她的惊恐并不在我之下。那天晚上,我被监护着,无法与她相会。我想立即向她诉述这一切变化的由来,心情十分迫切,却不能单独自由来去了。直到"鸣放"会结束那天,她来到我们小组住宿的地方,帮助我捆被子,却不说话,我看见一滴一滴的泪水滴在捆扎被子的白色线绳上。捆完之后,我没有勇气看她一眼,低着头,懊丧地等待她开口。她没有告别,就走了,当我抬起头来,只看见她闪出门口时的一个背影。

当我回到学校,打开被子,发现有一张小纸条:

我真想打你……你太叫人想不到了!

我永远等你!

我真希望她抽打我,不是用手,而是用皮绳或者木棍,狠狠地抽打我,我在这亲人的抽打中才能得到一点负罪的解脱。

我天不明就爬起来扫地,而且尽量不扫出声响,以免惊醒正在酣睡的教师。我一天不是三次而是不计次数地给主任和校长打水,接着给所有教师都送水到房间。我打扫了院子,又自动去打扫厕所,教员厕所和学生厕所。我捡来好多烂砖头,把小灶房和走道之间的泥路铺接起来,使教师们下雨天来打饭时不踩泥水。我烧完开水,就捡尚未烧尽的煤渣儿,节约开支。我帮炊事员杨师傅洗菜、刷锅。总之,从天不明爬起来到打过熄灯就寝的铃声,我不使自己有一刻钟的闲歇时间。我想向全校一切人,校长、教导主任、男女教员、学生以及炊事员,用我的不懈的努力,证明我改造的诚心。我的老同学刘校长给我谈过,要认真改造,争取重新做人。我要用诚恳的行为,赎回我的原罪。我渴望重新做一个人的心情越强烈,我表现出来的改造的心意就越诚恳。我甚至觉得这个六七百名师生的学校里的杂务太少了,不够我表现。

过了一年,没有人找我谈一谈我改造得怎样了,我有点急,又不敢流露出来。这天,刘建国把我叫到他的房里,对我说:

"你这一年的表现不错,同志们反映好。"

我的心怦怦直跳,做人的出头之日到来了吗?我按捺不住激动的心情,向他做出一个感激涕零的笑,却说不出话来。

"你的行动表现了你的决心。"刘建国说,"可你心里怎么想的呢？你应该向党表示一下。"

我的心又慌乱了,行动和内心难道不一致吗？我忙说:"什么时候表决心呢？"

我知道,这个时候,社会上已掀起一个"向党交红心"的运动,学校里早已刷上大红标语了。教师们每天下午开会,向党交心,我没有资格参加会议,只是埋头杂务。刘建国校长让我向党交心,我终于有了一个向全体教师剖白自己的机会。我一夜没有睡好觉,把那个发言稿看了一遍又一遍。我一定要把自己的错误思想深刻地自我批判,争取早日拿起象征着人的标志的教案本来。

第二天下午,当我把自己狠狠地批了一通,狠得我痛哭起来的时候,我觉得我的确轻松了一下。紧接着是大家的评议,第一个人的发言之后,我就没有眼泪可流了,随之而起的争先恐后的发言,一个比一个激烈。没有一个人提及我做了许多不属于我做的事,没有一个人说我表现过哪怕是一分的改造的诚意,而是对我说过的那句反党言论——好大喜功的话,重新进行批判,甚至比"鸣放"会上定我"中右"时的气氛还要严厉,火力还要猛烈。有人在分析我的反动言论的根源时,说我本身就是一个不纯洁分子,生活作风有问题……

我彻底垮台了。我回到自己的小房子里,一头就栽倒了。我又犯了一个错误,把自己的罪行看得太轻松了,尤其是把时间的概念完全弄错了。想重新做人,远得看不到头哩！我浑身没有一丝儿劲了。人的绝望,就产生于这种迷茫之中。我坚决自杀！

打过熄灯铃儿,我插了门,第一件事就是给田芳写信。我拔开毛笔帽儿,在红格白纸上写下一个"芳"字的时候,眼泪就糊住了眼睛。我听见敲门声,慌忙收拾了纸笔,拉开门扣儿,门外站着刘建国校长。

这是他第一次走进我的"工友室",坐在一把椅子上,很关切地问:"思想压力很大吧？"

我抬起头,看见他很诚恳的关切人的脸色,不过,我觉得实际上已经没有压力了。当我一心想通过无休止的劳作来争得重新做人的权利的时候,我的心头压力很沉重;当我从"交红心"会上走回小房子,觉得永远也难有出头之日的时候,就绝望了;绝望了,反倒没有压力了。我苦笑一下,垂下头。

"同志们的分析,不是完全合乎实际。"刘建国说,"关键是你应该有一个正确态度,有则改之,无则加勉。"

我没有抬起头,又苦笑一下,我该怎样做到"无则加勉"这样纯正的心理修养的境界呢?我现在希望他走开,不要跟我谈话。我要处理我急切处理的事,给田芳写信。我应酬说:"我明白。"

"明白了就好,你明天继续'向党交红心'。"他说。

"还……"我猛然仰起头,还没完呀? 我只说这就完了,明天还要……我说,"我今天讲了我心里话,明天还讲什么呢? 我把自己心里的话都交出来了……"

"同志们不满意啊! 意见很大咧!"他用一种假借的口吻说,"比如你的婚姻问题,好多人议论纷纷,你——"

"这与我的罪有啥相干呢?"我打断他的话,"我是包办婚姻,婚姻法上规定过的不合理婚姻。我在师范进修时,你完全了解情况,你当时也支持我离婚……"

"情况在不断地发展变化嘛!"刘建国说,"同志们现在认为你不仅政治上反动,生活作风也有问题,看来任何事情都不是孤立的。生活作风的腐化,必然导致政治上的……你应该在明天'交红心'时,深刻地挖一挖思想根子……"

"怎么能说成生活作风腐化呢?"我说,"田芳,我和她的关系好,可俺们没有……越轨的行为。再说,田芳也是贫农的女儿,她怎么会将我腐化了! 我搞不清了。"

"你不了解她。"刘建国说,"这个人,有很多优点,也比较轻浮。

她向我……我拒绝了！后来，在她入团时，我到她村里去了解情况，党支部介绍说，她爸旧社会在西安混荡，收拾下一个没来历的女人，有人说是……窑子！"

我的天啊！田芳的母亲有人说是窑子，田芳被刘建国看成了轻浮的女子，于是就将我腐化成反党的右派了！难道就是要我明天在"交红心"会上这样去揭根子吗？我忽然记起，田芳当着我的面，焚烧刘建国的第五封求爱信的情景。谁更可靠呢？

刘建国走了以后，我再次插上门，掀开墨盒，拿起毛笔。坚决割断和田芳的关系，越早越快越好。我无出头之日的指望，田芳不能真的等我一辈子。我知道，任何劝解她的道理都无济于事，只会招来她对我的更深的依恋。必须找到最狠毒的恶言秽语，骂她一个狗血喷头，才能遏止她朝我跳动的心。我找不出这样一个词来，我想给她安一个不好的毛病也找不到。我忽然想到刘建国刚才的话，只有他才能想到的话，此刻帮了我的忙。我咬着牙，大约把嘴唇都咬破了，血滴在信纸上，却没有感觉到疼痛，信纸上留下一行罪恶的墨迹：

"你妈是个窑姐，你把资产阶级思想传给我，将我腐化了……"

第二天，在又一次"交红心"会上，我只是机械地重复着一句话："我没有红心。我是颗黑心，反党的狼心狗肺，请大家批判我……"我成了一截没有知觉的木桩，任凭四方的污言秽语朝我脸上泼来，而于心不惊了。

这天晚上，我用一条捆书的细绳合了几股，使它可以负起我的重量，挂上了房梁，在我把头伸进去的时候，心里竟是安详的。当田芳接到我的信时，也许同时就听到了我的死讯，她会憎恨我；憎恨我，比恋着我好；于她也好。

我没有死。当我恢复知觉时，才知道把我从另一个世界拉回这个世界的人，竟然又是刘建国。他是一个细心的人、成熟的人，早已看出我"神色反常"，悄悄地防着我了。我不想感激这位救命恩人，倒憎恶他了。

死讯惊动了几十里外的父亲,他惊慌失措地赶到牛王砭小学里来了,一来,先抽了我两个耳光……

这下该信我的话了

父亲推开门,在门口站住了。

我正坐在桌前,抬起头,看见父亲苍白的鬓发,惊急气恨的眼色,就慌忙站起来,去找椅子。我的房子,变成学校的小库房了。办公桌上堆满一摞摞教案本和剩下的课本,垒着粉笔盒子,墙角堆着一捆稻黍笤帚和葛藤编成的簸箕,地上放着两只木箱,装着篮球、杠铃、跳绳一类体育用具,那把椅子上,也搁着前几天刚购置回来的羽毛球拍和跳棋盒儿。整个小房子里,只有我栖身的一块窄窄的床和一把坏腿椅子闲着。我想把那稍好点的椅子腾下来,刚走出一步,父亲的巴掌就抽到我的脸上了——

"啪!啪!"连续两下。

父亲第三次举起巴掌的时候,被陪着他走进门来的刘建国校长拉住了。他按着他的肩膀,使盛怒的父亲在那把坏腿儿椅子上坐下。他说了一席安慰父亲也安慰我的话,就走出门去了。

我在凌乱得像个狗窝的床铺边坐着,垂下头,挨过抽打的脸颊烧辣辣的。我没有料到父亲会以耳光和我见面,却也没有惊慌失措。我第一眼看见他从门口走进来,真慌乱得不知如何是好,该怎么向他说明白我的处境,这一切的由来?他的两巴掌打过之后,我的心反倒安静了,不必再向他做任何解释了。我的父亲,在我的记忆中,很少对我表示过亲昵,微笑都稀少得像旱季的雨星儿,更没有通常家庭里父子间的嘻嘻哈哈了。然而他也没有动过拳脚,没有像一般粗庄稼汉和儿女们亲近时没大没小,生气时又动手动脚,骂出一串串秽言污语。他不苟言笑,也不打骂,常是冷着脸教给我怎么说话和待人。今天,他抽我耳光了,两下。

我坐着,低垂着脑袋,我成了右派,成了打杂的工友,我刚刚被旁人从房梁上的绳套里救下来……我开不得口。父亲也没有开口。我能听见他很粗的喘气声。

父亲端坐在椅子上,没有问我为啥上吊,也没有劝解,用压抑着的口气说:"你把我写给你的那两字拿出来。"

慎独!我到师范学校去进修的前一晚,父亲临行时写下的嘱言,我后来当作可笑的废物焚烧了。现在想到这个嘱言,我的心猛然一震,更加抬不起头来,就支吾说:"毕业时……弄丢了……"

"丢了!哼!丢了!"父亲悻悻地自问自答,"这下你该明白那两字的意思了!"

我早就明白那两字的意思,要谨慎,尤其是单身独处时,一切都要慎重,时时刻刻都要谨慎从事,包括言,也包括行。我的名字是父亲给起的,慎行就是这意思;我弟弟的名字也是父亲给起的,叫慎言,还是这意思。我在进入师范学校进修以后,父亲自幼给我心理上设起的防护堤,被新的生活的浪潮一截一截冲垮了。我既不慎言,也不慎行了。老师和同学们都说我从封建桎梏下脱胎成一个活泼泼的新人了。现在,父亲以毫不疑惑的语气说的话,证明了他的正确和我的失败。叫我想,他此刻有更多的话可以说了。譬如说,如果在说话时慎重地考虑一番,什么话该说,什么话不该说,那么今天就不会是这样的局面了。如果在决定给新任的刘校长提意见之前,慎重地考虑一下这种行动的不好后果,那么,今天也就不会落入这种尴尬的局面。如果……那么……父亲完全可以以胜利者的姿态教训我:如果把我的话在心里稍微当一点子事儿,那么也就不会自寻苦吃了。我想,父亲一定想这样说,也完全可以这样说,可他没有这样说,只是问他写下的"慎独"的嘱言,让我自己去想想。

"病从口入,祸从口出。"父亲沉吟着,"谁都明白这道理,谁也难身体力行。图得一时馋嘴而染病,图得一时畅快而招祸……"

我心里痛苦极了,自从遭祸以来,我耳朵里灌进的全是严厉的批判反驳的正言义辞,没有一个人解析我的提意见的真实动机。现在,父亲用他的处世哲学来替我刨根溯源时,我仍然不能服气,心里有一个可怜的声音在叫着"冤枉"。我对父亲说:"'鸣放'会上,县长、教育局长,都到会上来做报告,动员我们要'大鸣大放','帮助党整风','是每个党员和干部的革命责任心强不强的大问题'。我是人民教员,革命干部,又是预备党员,怎能不听党的话呢?我……"我又说不清了。

"我一辈子只求自己善处独身,不问人过。"父亲说,"我管不了别人,哪怕男盗女娼,我也无力管约。我只求自己做一个正人君子……"

"党章上批评的就是这样的思想。"我不能同意父亲的话,抱屈地说,"党要求每个党员要开展积极的思想斗争,不能只是洁身自好。我是预备党员,我听党的话……"

"这个话你该问自己,怎么回事?"父亲并不觉得我有什么委屈,反而直挖我的心底,"我不是预备党员,不懂党的规矩;你是,你也懂,你说为啥?"

我说不清为啥。我虔诚地拥护"大鸣大放"和"反右派斗争",却没有想到自己会是一个"右派"。我自己成了"右派",也没有丝毫的异议怀疑反右斗争的偏颇。这样,我处于痛苦之中。即使处于痛苦之中,也不能重新接受早已听得心烦耳腻的父亲的处世哲学,那已经从我心里被荡除出去的陈腐发霉的东西了。但是,不管造成我的这种结局和处境的原因如何解释,而结论却正好证明了父亲的正确。

"我也不想再说这事了,说也迟了,无用了,于事无补了。"父亲此刻平静下来,一种世故的平静,"我想过了,君子不吃后悔药。你也甭太难过。不能做先生,那就当农夫。回乡务农,自食其力。'人到无求品自高'哇!"

我苦笑一下,告诉他,新社会的人民教师,是有组织性儿的,不像旧社会做私塾先生,愿意受聘即去,不愿受聘就不干,一切要听从教育局的调拨安排。

"那么,现在安排你做什么事?"

"打铃,扫地……"

"打铃扫地就打铃扫地,总没判你死刑吧?"父亲倒显得不大在乎,"你愿意打铃扫地就在学校打铃扫地,不愿意打铃扫地了回家去务农。你要再想死,先给我招呼一声,让我跟你娘先死,你把俩老人埋葬了,再死不迟。让我跟你娘给你抬棺下葬,你良心上能过得去?"

我的心里阵阵发酸,终于忍不住,哭出声来。我们父子间平时很少这类骨肉情长的交谈。我看见了他的白发,他的苍老的脸,虽然像过去一样严峻而死板,毕竟因为垂暮的神色令我醒悟出自己的家庭责任了。我真想放声痛哭一场,无遮无掩,痛痛快快地放开喉咙大哭一场。

"我没有力气来搬你的尸首了。"父亲淌着泪,却说着这样凄惨绝情的话,"我也不会让杨徐村的乡亲来搬尸。你日后怎样活人,自己想想吧!我的话你不听,'子大不由父'。我也管不上了!"

他要走,我也没有实心挽留。我在学校的这种低下的处境,他也没有脸面再待下去。我送他走上那条爬上东原的官路时,看着他拄着一根粗劣的手杖——实际是一根树枝——缓缓走去的步态,我可怜起他来了,狠狠地捶打自己的胸脯。我落到一种怎样的地步?学校里把我当作不忠诚分子,父亲也把我当作叛逆者,我算一个什么东西呢?

晚饭以后,校园里呈现出一种松懈下来的恬静的气氛,教师们有的提着水壶,懒洋洋地迈着步子到水房里去打水,或泡茶喝,或掺成温水擦身,再不像上课时那匆匆急急的样子了。有的教师在槐树底下下象棋,有的在井台上洗衣服,谁的舒悦的笛声在一排排教室之间缭绕。我关好开水炉,就提上铁锨和扫帚,去打扫厕所,这是清除师生们排泄物的最佳时间。

"徐慎行,你出来!"

天哪!田芳在喊我!我手中正在便池里掏挖的铁锨掉在地上,眼前一黑,我差点跌到屎尿池子里去了。我跌靠在墙上,那炸雷一样轰击我耳膜的余音还在回荡,心儿慌乱不止,我几乎被震昏了。

"徐慎行,你出来——"

我无处躲,又无处逃,从再次响起的声音判断,她就堵在男厕所的门口。我自发出那封臭骂她的信以后,就没有再想过还会和她相见,偶然的相遇也许不能排除,有意找我的事,大大出乎我的预料,我捂着良心和为人的道德,向她脸上泼去了多么脏的东西!我无脸见她,也不想再作解释。我要她永远恨我,甚至鄙视我,都比依恋我要好……我惶惶然从厕所门里走出来,做好了挨耳光的精神准备。

我一走出厕所门,就看见一双愤怒的火燃烧得痛苦不堪的眼睛,我立即低下头,再不敢看了。她在看见我的最初一瞬,身子微微颤抖了一下。不容我多想,我就听见一声吓人的呵斥:

"我要批判你!到这边来……"

她的非常举动使我忐忑不安,她要批判我?我当了"右派"也有一段时间了,她现在才想起来要批判我?我机械地走到那个小花坛前头,随她站住了。这是学校里最显眼的地方,房檐下的墙壁上挂着一只大钟,下面写着四个仿宋红字:按时到校。有几个教师站在远处看着。

"徐慎行,你身为人民教师,预备党员,恶毒反党,攻击社会主义,我坚决要批判你……"

她站在那里,离我有两米远的地方,一本正经地对我进行面对面的批判。我垂下手,低着头,不做任何表示。我听见从两边纷至沓来的脚步声,好多教师围过来看热闹了。

"你想自绝于人民,愚蠢透顶!党和人民花了多大代价培养了你,你不知向人民向党报答恩情,反而反党、自杀,你的良心何在?"

我的心在颤抖,头上冒出汗来,这些司空听惯的批判语言,今天由她亲口说出来,我痛苦极了,惭愧极了!周围已经围了许多教师,凡是闻听消息的人,都来看热闹了。我不知道校长刘建国在不在场,我没有抬头的勇气。

"你不服气吗?说你反党,你不服气,用自杀来威胁别人,谁吃你那一套!你要明白,党不是抽象的存在,在学校,代表党的就是校长,你恶毒攻击校长,就是反党……"

"田芳,你啥时间来的?"我听见刘建国校长的声音,稍抬一下头,就看见他走到田芳跟前,一副老同学间热诚的口气,"你胡来啥哩!走,快到我房里坐……"

"我是专门来批判他的坏思想的。"田芳说,"我和你是老同学,和他也是老同学。他和你分配在牛王砭小学,不协助你好好工作,反而攻击党!我看哪,他这个家伙纯粹是想往上爬!借着整党之机,攻击你,自己再爬得高些……"

我的天哪!我想爬高吗?我想借着整风弄倒别人自己往上爬吗?我明白我有许多毛病,却还没有如此恶劣!

"哦!你的心情可以理解……"刘建国说。

"你多虚伪啊!"田芳指着我说,不听刘建国的劝解,而且气更足了,"我们同学两年,我怎么当时就没有发觉呢?你假装积极,实际是想往上爬,不惜攻击同志和领导,踏着别人爬上去,你多虚伪啊!你……速成二班出了你这个右派伪君子,是全班同学的耻辱……"

"行啦行啦!田芳,"我听见刘建国的声音,似乎有点尴尬,不自然,"走吧走吧！到我房里坐坐。"

"我要赶回学校去,没时间坐了。"田芳说,"我以速成二班同学的名义警告你,老老实实交代,老老实实改造,老老实实做人！历史从来不包庇虚伪的人……"

她走了。我听见她的脚步声朝门口走去,才敢抬起头来,她又回过头,给刘建国说:"我一有空儿,就来批判他!"说罢,昂起头,走出学校大门去了。

我一回头,看见刘建国有点发黄的脸色,眼里罩着一层憎恨的气色,气呼呼地走了。那些围观的教师们,有的莫名其妙,有的在神秘地交头接耳,不光是在嘲笑我吧？

我又走回男厕所,抓过锹把儿,心里豁然开朗,似乎此刻才完全醒悟,她是在旁敲侧击,痛骂的并不是我。骂我批判我,用不上伪君子这个名词。对这个名词更敏感的人,应该是他——刘建国校长。我竟然有一种从未有过的痛快,好像我骂了我想骂的人一样解气、痛快。我的胳膊上陡然涨起力气来,戳得那装着屎尿的便池"哐啷哐啷"响……

大约过了十天,她又来了,故伎重演。这次她来时,我正在房子里躺着。她在门外叫我的名字,大喊大叫要我"接受批判"。我慌忙跑出来,又站到挂钟下的小花园旁边。她又把我狠狠地批判一番,痛骂一番,挖苦讽刺,比第一次更尖酸了。我低着头,听着她的连挖带损的话,心里舒服极了。

刘建国这回也不客气了:"你不能随便来批判人呀！要批也得通过组织……"

"我一看见这个虚伪的家伙,眼都黑了！连组织手续也忘了……对不起！"

她走了,没有去刘建国的房子办组织手续,也没有进我的房子,径自走了。

她又来了两次，几乎所有教师都知道她举动中的真实含义，刘建国也更是恼恨。这样下去，又怎么办呢？她第五次来的时候，我在房子里听见她叫我的声音，便从后窗跳出去，逃走了。

她再没有来。

自觉进入

我收到田芳一封信。她只字不提她几次赶到牛王砭小学来批判我的事，既不解释这种举动的真实动机，也不询问后来产生的效果，纯粹是对于我的那封恶毒地骂她的信的答复。

她在信中说，如果不是信的末尾附着我的名字，她会百分之百地判断成刘建国写的呢！在她拒绝了刘建国的求爱信以后，刘建国就说过一句类似的话。狐狸吃不着葡萄，就说葡萄是酸的，甚至说葡萄的祖宗更酸。她不计较我，是因为她认为那恶毒的信并非我的真心……

我实在忍受不了这种感情的折磨。我应该立即奔到她的面前，跪下，说明我的真心，让她抽我，打我。我抓着信纸，贴在脸上，像贴着她的手，饮泣不止。我流够了眼泪，冷静一点之后，我就给她写回信了。

我写道，我仍然坚持前信的看法，解释也没用。而且宣布，从今往后，我再也不写回信，不看来信，接到即付之一炬；我再不和她见面，一切都到此为止……

不要骂我心硬吧！我成了什么人？简直不是人了呀！我怎么能牵连着她跟着我受苦？只有用最冷酷的斧头砍断俩人的纽带，除此无法使她和我的心分开。我只能这样做。

她又来过几封信，我咬着牙扔进烧水的炉膛里，连拆也不拆开。她后来又找我两次，我仍是从后窗逃避了……我相信我的举动是为着她好。

　　她到牛王砭小学来批判我的行动,完全撕开了我和刘建国之间的那一层老同学的关系。即使我当了"右派",刘建国表面上仍然是关心我的,他说,要不是他关照,我不会定为"中右",早该定成"右派",发落到农场去劳改了。他说,他并不在意我当众说他"好大喜功"的话,只是我的话说得不是时候,在右派猖狂向党进攻的时候,我的话正投合了右派的需要,性质上就变成右派反党大合唱的一个音符了,并不是对他刘建国本人的威信有何伤害……我最初相信这些话,也相信刘建国,即使我当了右派,我也相信他说的主要是在非常的背景下说了不合适的话。现在,自从田芳来过几次以后,刘建国再也不对我说什么了,他冷着面孔在院子里喊:"怎么搞的?院子脏成这样?"那无疑是在大庭广众中谴责我没有尽到扫地的义务。

　　他对我给他每天送水再也不觉得不好意思,甚至连头也不从报纸上抬起来。

　　每月一次的改造汇报,他都亲自主持,在全体教师面前,我把自己骂一通,让教师们再批判。尽管我觉得那些污水脏物是自己吐到自个脸上的,教师中有几位总是还嫌我吐得少。刘建国过去还要肯定我一点进步,越到后来,反倒一丁点儿也不肯定了,总是强调我思想深处的东西尚没有触动。我已经从记不清多少次的改造检查中得出一个结论,真诚的检讨和应付差事的检讨得到的实际效果是一样的。你真诚地批判自己,他说你没有"触动思想根子";你应付差事地乱骂自己一通,他照样说你没有"触动思想深处的肮脏东西"。我索性不再伤脑筋了,居然也能做到面对众人检讨时"脸不改色心不跳"了。

　　我烧水,打铃,扫地,打扫厕所,替炊事员杨师傅烧火,择菜,洗锅刷碗。我与任何人都不主动说话,而当别人问我一句话时,我竟然感到一种荣幸,似乎我的身价也提高了。久而久之,我完全接受了"右派"的既成事实，自己也没有一丝信心把自己当人看了。过去，有的学生骂我一声"右派"，我心里忐忑一下，现在已经于心不惊了，甚至莫名其妙地对喊着"右派"的学生笑一笑，讨好似的笑一笑。

和我接触得最多的是炊事员杨师傅。本来，帮他添煤看火，洗锅刷碗，是我为了表示改造的诚意而主动承担的额外的事，时日一长，他倒把我当成半个炊事员了。活儿稍一紧，他就叫我，甚至骂骂咧咧地在院子里喊："徐慎行，你狗日的钻到老鼠窟窿去了吗？火灭屎咧！"或者是："徐右派，没水咧！你不绞水，挠尿去了吗？"我一听见他的喊声，就去烧火，就去井台上绞水。我也不恼，也不说明我正在忙着其他活儿，好像我真躲到老鼠洞里偷闲，或者是在做下流的事——挠尿去了。

他也有对我好的时候，那往往是他受了校长的批评的时候，就会对我十分诚恳，把两倍于定量的饭菜塞到我面前，赌气地说："吃！不吃白不吃！你不吃，指望刘建国那个杂种说你的好话吗？妄想！甭那么不顾死活地干！你指望刘建国给你说好话，摘帽子吗？妄想！那个杂种没有人的心肝！狼心狗肺！你怕他，我不怕他……"

他有时对我又十分恶劣，那往往是他受了刘校长表扬的时候，就会对我瞪起三棱子眼睛："你狗日的一天磨磨蹭蹭的，不好好改造，你死到阴司也不是个好鬼！人家刘校长跟你是同班同学，瞧人家而今在啥位位上敬着？你而今在啥洞儿里蜷着？共产党是人民的大救星，你敢反党，真没看出，你后脑勺上长了一根反骨……"

然而更多的是他既没受到刘建国的批评也没受到表扬的时间，他就一边揉着面团，一边斜着眼儿，说着损我的话。他一个人做饭，许是太寂寞；教师们一般不屑于和他有过多的交往，没有共同的语言；他于是就把我当作开心的对象："徐慎行，听说你的本事很大的咧！能写能画，吹拉弹唱，是个全才咧！听说你能倒背《论语》，学问深沉咧！你没事干了，挠挠尿去嘛！怎么就要长嘴长舌地提意见？

这下倒好!放着人民教师的位位不能坐,跟我这号下苦人烧锅燎灶,侍候人家。本来该着我这号受苦人侍候你哩!"

他有时又显出很下流的样子:"你这家伙艳福不小哩!那个装模作样来批判你的女先生,长得多疼人哪!听说你跟她念书时,'咕咚'在一搭?嗨!你实话说,你跟她×来没有!哈呵!甭脸红哇!只要摸她一把奶,死了也值了!"

我要是不能忍受而抽身走掉,他就会大喊大叫:"这贼驴日的右派又钻到哪达去了?不看看火都灭咧!真是顽固……"

我索性不说话。无论他骂,他损,我都权当是狗放屁。我最怯火的,是他到刘校长面前对我的揭发。刘校长经常通过他了解我的言行。祸从口出,我记下了这个千古名言。时日一长,我甚至能对着他骂我损我的脸孔傻傻地笑笑,讨好地笑笑。

我的妻子的变化更富于戏剧性。

我自那年暑假成了右派,就没有回家去过。我怕见父亲,怕见杨徐村的父老兄弟,尤其怕见我的妻子淑娥。我不知该怎么办,和田芳断绝了,我更愿意孤身独处。在这种情况下,我觉得最难处理的关系是她。离婚吧,我正是政治上遭难的时候;回去与她凑合着过吧,我心里觉得自己太下贱了,连个人味儿也没有了。

寒假里,我没处去了,想在学校待着,刘建国安排了轮流护校的人员,居然没有我,更不容许我整个一个假期都待在学校了。他不放心我,怕我纵火或爆炸吧?我在寒冷的腊月里,回到了有点陌生的家乡杨徐村。

村子里的临着街巷的墙壁上,有用白灰刷写的大幅标语:"社会主义好","保卫社会主义江山,反击右派进攻"。我几乎再不敢东张西望,低着头溜进了自己的门楼。

我踏进院子,听见小灶房里有"啪嗒啪嗒"的风箱声。我的妻子淑娥大约听见脚步响,从小灶房里探出头,看见我,站直了身子,问:

"你找谁?"

她装作不认识我了。我也不知该怎么对付这种局面,避开她的恶狠的眼光,径直往里走。

"噢!这是有名有望的徐老先生的好儿子呀!我这笨人笨眼,倒认不得了!"她在灶房门口拍打着手,拍打着膝盖,大嘘小叹,揶揄着说,"听说你干阔了,从左派升成右派了!真气魄呀!给徐家争下光了!"

我的心像是给扎了一锥子,疼得几乎窒息了。我走进自己的住房,瘫痪似的跌坐在椅子上,脑子里麻木了。

她又赶进房里来,手叉在腰里,站在门口,嘲弄地撇着厚厚的嘴唇:"你怎么一个人回来了?你的白毛女呢?那个野婆娘呢?"

"你……"我的血一下子冲到脑顶,呼地站起,拳头捶在桌子上,"你再……胡说一句!"

"在我面前凶,算啥本事?"她根本不怕,反而挺挺腰,"有本事在学校里发凶去!"

我想到我在学校的屈辱,顿然软了,坐了下来。

"你的右派,也不是我给定的,在我跟前凶啥呀!"她得势了,"你压迫了我整十年,欺侮了我整十年,我低声下气跟你快十年了!够了!你而今落下个大右派,跑回老窝儿来了,要是不当右派,你还是钻在野窝儿不回来……"

"那……"我说,"你也用不着这样。你不愿意了,随你的便!"

"离婚!"她随口说,"我找个农民,他也不弹嫌我人丑没文化。我早受够了,离!"

"好,既然离婚,再甭说了。"我说,"明天去办手续,各走各的。"

"谁不离就不是娘养的。"她跳起来,更加不可抑制,"我现在就去社主任那儿开介绍信!"

她走出门去了。

屋子里很静。父母亲不知做啥去了,屋里没人,我一个人坐在屋子里,开始抱怨父亲,如果当初不是他用剃头刀威胁,何至于此!这个张淑娥,过去像个绵软的蛾子,总是怯怯地看我,从来也没有高声说过一句气话,开口总是叫我"先生",像旧戏里的侍女一样低声下气地服侍我。现在,她变成一只凶恶的黑蛾了!扑拉着翅膀,大喊大叫着要和我离婚,从门口沿着街巷喊过去了!我想,这下子,杨徐村人都知道我们的家丑了。

父亲和母亲走进院子,脸色惊恐,问了我和她闹仗的原因,哀叹一声,也不再说谁是谁非,只是母亲连连挥手:"快去快去!把她拉回来。让她在街道里大喊大叫,打粪场上的人跟戏台下一样,真是丢尽人了……"

直到天黑,母亲也没能把她拉回来。她在粪场喊,说她坚决要离婚,随之又赶到社主任家,哭一阵子喊一阵子,说要是社主任不给她开离婚介绍信,她就不回家……

连续三天,她从早骂到晚,到社主任家要离婚介绍信。我的父亲是个好面皮的人,这下气得躺下了,茶饭不进。母亲跟前撑后,给儿媳妇说好话,劝解,急得都哭了,仍然不济事。俩老人惊叹:怎么也想不到腼腼腆腆的淑娥,一眨眼变成羞耻不顾的母老虎了。唉唉!

最后只得由我出面,去给社主任说话。我说了话,他才给她开了介绍信。

第二天一早,她洗脸梳头,催我到县法院去离婚。我心里冷冷地跟她上了路。

走进县城,走过一家饭馆,她说:"给我买饭,我饿了!"

我忽然有点难受,可怜起她来了。她跟我结婚十年了,这是第一次进饭馆吃饭。我忽然觉得我过去对她太……我买好饭,炒了几个小饭馆里最好的菜,从窗口取出来,放到桌子上。她倒神气,右腿压着左腿,二郎担山坐在桌旁,等着我端来菜又端来米饭,像是报复似的瞅着我:你来服侍一回我吧!

"给我取盐来!"她支使我。

我从另一张桌子上取来盐碟儿,给她。

吃罢饭,她率先走出去,我在后面跟着。走到县百货公司跟前,她走进去了,站在柜台前,对售货员说:"取一双雨鞋。"她试试大小,然后对我说:"开钱!"我连忙给售货员开了钱,心里不由得又酸酸地像潮起醋了,这是我跟她结婚以来第一次亲手给她买东西。

"走,你领路,"她出得门来,精神抖擞,"你认得法院的路。"

我走到法院门口,回头一看,不见她的影子。她大约是第一次进县城,该不是在大十字路口走错路了吧?我慌忙去找,跑遍了县城的东关西关,又跑了南关和北关,没见她的踪影。从午间找到午后,我的两腿酸困,只好往回走。走过十里平川,路经一条小河的时候,我在桥头上看见她冻得发紫的脸。

"你……"我站在她跟前,气呼呼地说不出话,"你……怎么在这儿?"

她缓缓地站起来:"我在这儿等你。"

我看见她的脸色不好,说话也柔气儿了,忙问:"你不是要我跟你到法院吗?"

"到法院做啥?"她装傻卖呆。

"离婚呀!"我说。

"离婚?我才不干那号傻事!"她说,"我要叫杨徐人都知道,我也敢离婚!这几年你要跟我离婚,女人们都下眼看我,说男人不要我了。现时,我也不要男人了!其实,我哪能真真儿去离婚哩!"

我一下子瘫坐在河边的枯草地上,她在村子大叫大喊,到社主任家大哭大闹,原来是为了挽回她的可怜的面子啊!

她哭了,用袖子揩揩眼泪,一甩头,就踏上了木板搭成的独木桥。

我从干枯的草地上站起,走过去,踏上小桥。冬日惨淡的夕阳的红光,在蓝色的河水里投下淡淡的血红……

我的那间小房子

　　牛王砭小学坐落在一道砭坡下,门前是一条小河,砭坡上排列着大大小小几十个村庄。缓坡上是纵横摆列着的极不规则的田地。陡坡上生长着一岁一枯荣的杂草酸枣棵子。那些随处可见的红石子堆砌的崩坎,一年四季都裸露着干燥的红色,令人看了难受。村庄周围那些低洼的土层厚而水分足的地方,一团团桃杏的花云,象征着这贫瘠砭坡地带四季中最轻松活泼的季节。冬天里有大雪降落的日子,这砭坡也会呈现出刚柔互济的气魄。顶人不得眼的是夏末秋初,一场旷日持久的干旱,把坡地上的草木渴死了,干枯了,树木早早落了叶子,玉米苗儿尚未抽出缨花来,就拔掉喂牛了。整个山坡上,像火烧火燎过一样,看去使人难受。

　　只有学校门前的这条河川,一年四季里都使人能感受到大自然的美的韵味。即使在干旱炙烤得砭坡上到处冒烟起火的焦灼时节,河川里也生机盎然。

　　一条条自流灌渠,把河水曲曲折折地引进玉米地、棉花田和瓜园里。一架架黄牛或青骡拉着的叮当叮当响着的解放式水车,把清凉的地下水车上来,灌进刚刚显旱的田地。

　　我常常打开后窗,坐在我的小房子里,看砭坡和河川四季景色的自然转换。

　　学校坐南向北,三排土木结构的房舍,用木椽裹打起来的黄土围墙上,春天有小草小蒿冒出来,入夏稍遇干旱,便率先枯死。校园里有粗大的洋槐,荫凉极厚,春五月的洋槐花香透校园的每一个角落,晚饭后常有教师在树荫里品茶或下棋。三排房舍,教室与教室之间夹着教师的寝室兼办公室,因为房舍欠少,皆是三人或四人一室,一人一张床、一张办公桌,中间只留一个走道出入。似乎没有谁嫌太挤,条件限制,只能如此。只有校长刘建国一人一室,因为是一校之长,负有某些秘密的工作责任的需要,大家也没有异议,也更不会说成特殊化。

我最初在后排的一间房子,因为是小学高年级的班主任,所以稍为优待,三人一室。低年级的老师和科任老师,一般是四人聚居。自从我当了右派以后,就搬出了那个三人一室的办公室,颇有点依依不舍。三人虽然拥挤点儿,因为脾气相投,处得挺和睦,早晨不怕睡过头,晚上熄灯后可以聊天听闲话,从来不觉得孤寂。

学校的东边,有一排坐东向西的小房子,不做教室,只让人住的小房间。南头两间是灶房,接着两间是水房,第五间就是我后来搬入的房子。第六间是原来的工友韩民民的住房,他因为我的替代而升为事务员了。最后一间是炊事员的住屋。

韩民民是从农村招聘的工友,只在扫盲班里粗识一些常用字,会拨算盘珠儿,人却极灵聪。除了打铃搞卫生,因为上级没有拨调专职事务员,每逢开学结业的大忙日子,常是韩民民帮助买课本以及教案、粉笔、墨水一类杂物。他最喜欢的是替校长刘建国传达开会或什么临时通知,到各个房子去说一遍。小伙子年轻,有点爱面子,常在上衣口袋里插两根钢笔,小分头,用水抿得熨熨帖帖,努力要把自己提高到一个教员的规格,而不致使人觉得他不过是勤杂工。我的落难,使他得到了做梦也想不到的天赐良机。我来打铃、烧水、扫地之后,他就成为专职事务员了。他住在隔壁,杂物却依旧堆在我住的房子里,不腾不挪,每逢给教员发教案、粉笔和笤帚,就到我住的房子里来拿。令我感到安慰的是,他尚相信我这个右派不会破坏公物,也不担心我偷盗。

"徐慎行!"他过去一直称我徐老师,说不上尊敬,这是学校里教师之间的习惯称呼。现在他直呼其名了,我也能想得通,"我在供销社把炭买好了,你去拉回来,这是票据。我还要去……"要去办的事自然很多,他很忙。

我就拉起那辆学校里甚为宝贵的架子车,从牛王砭供销社把炭拉回来。

每一次我做改造汇报的时候,第一个站起来说我交代不彻底的总是韩民民。他说某日某次我的铃儿晚打了整整一分钟,又说某日我打扫过的厕所里把脏物遗在了站台上,还有某一回的开水没有足滚。他是看见刘校长把鸡蛋冲成了一碗糊汤得到反证的,因为足滚的开水冲出的鸡蛋是呈絮状的。他的揭发往往使刘建国显出不耐烦,大约是他的讨好太显露,又在众人面前,而且讨好讨不到点上。不管怎样,我也无法记清某日某次的铃儿是否准时,水是不是足开,厕所里是否遗落下脏物,我都一律做出诚恳接受的姿态:我一定改正,欢迎大家监督……

出门干活,闭门思过,谁的房子我也不想去,怕因此而玷污别人,于自己也惹是生非。我关住门,躺在窄窄的床铺上,看吊着蛛网的顶棚,看房子里堆得满满的杂物,废弃的粗壮的麻拧的井绳、破了口的蔫瘪的篮球、散了架的克郎球盘、缺杆少珠儿的毛算盘,都从墙壁上、地角里、桌子下朝我瞪着可笑的眼睛。我初来时的寂寞,而今觉得这堆积有用和无用物品的小库房,是我借以安身立命的最恬静的角落了。

如果韩民民推门进来取什么东西,我立即从床上翻起来,站到地上,等着他取到东西走出门去,我再闭上门。他进这间小房,从来也不打招呼,推门而入,端直而出,如入无人之境,我也不觉得他对我有什么不恭。我有一条理由可以排解这种疑惑:房子本来就是韩民民的库房,他进自己的库房,自然不必敲门或打招呼这一套麻烦手续了。

我躺在床铺上,不由得思索回味我的父亲给我起下的这个名字:

慎行,由此又联想到弟弟的名字慎言,以及父亲临别时嘱咐我的座右铭:慎独。言语和行为,在一个人单身独处的时候,应该慎而又慎,就是这个意思。这个意思,我只有现在才体味到它的颠扑不破的正确性。回想在师范学校的生活,我真有点不敢相信自己,我多么轻狂啊! 想唱就唱,想说就说,想玩就玩个痛快,简直跟疯了一样啊! 如果我当时起码在心里给父亲的嘱言保留下一个小小的角落,在"鸣放"会上有一点警策的作用,我就对自己的言论谨慎了,就不至于说出刘建国"好大喜功"的意见来,就不会有今天的这种蹲不下又站不直的难受处境了。

我如果彻底被打成右派,不是"中右",跟右派们一起劳改,也许猪崽不笑老鸦黑了。唯其因为我是"中右",比右派在性质上有轻重的差别,倒成了糟事,把我继续留在学校使用,改造,生活在许多好人中间,我就愈加顾影自怜了。我的体会是,站不直也蹲不下的这种屈腿弯腰的姿势,比站着或蹲着都更难忍受,大约是人的姿势中最难耐久的一种姿势了。

我再不能不慎言慎行了。

我取出笔和墨盒,墨盒干涸了,毛笔也干涸了,用水泡一泡。我找到一块书页大小的硬纸蘸了墨,写下了对自己的警告:慎独。我把它贴在床头,使我无论坐着或躺着都能看到。我感到了内心的惶恐,绝对需要这样一张护身护心的神符来佑护我,再甭出乱子。

过后两天,刘建国走进我的房子,一来就瞪着两只煞有介事的眼睛,在我桌边的墙上睃巡,而终于停在床头的墙上。他严肃地看一阵子,并不是欣赏我的书法,转过身说:"这个东西给我。"他未经我应诺,已经从墙上撕下来了,一句话也未说,径自走出门去了。

当天晚上,临时召开教师会,提前让我做改造汇报。没有人对我的汇报感兴趣,对"慎独"两字的批判一下子就成为会议的中心主题。我预知,会议之前,教员们早已得到批判的目标了。其余人的分析可以略去,刘建国的分析是校长的水平,自然高了一筹,深了一层——

"'慎'什么'独'?你的错误难道是不'慎'的结果吗?如果不从思想根源、阶级立场上彻底改造,怎么'慎'得住呢?这种封建修养的方法,怎么能救得了你的反动灵魂呢?"

我的头上冒汗了。这些尖锐深刻的批判,使我连喘气的力气都没有。我回到房子,躺在床上,我父亲尊为至明的处世哲学,也不管用了,我想钻在这张护身符下求得安宁,反而招灾惹祸了,怎样才能拯救我的小命?

我清楚记得,这张座右铭贴上床头后,只有韩民民来过我的房子,一定是他报告了。为了这个座右铭,我整整交代了一个晚上……

三四年过去了。

我被通知说,可以任课,按教师对待了。

我竟然感动得热泪盈眶。

不过,半月没过,我就陷入自身的烦恼。为了体现按教师对待的精神,把我从那间小库房调出来,插入一个二人居住的教师宿舍。学校里增添了一些房舍,教员住得稍松了。我在这个宿舍里不仅黑天睡不着,白天也不自在。我总是处于一种高度的紧张状态,惶惶不可终日。莫名其妙地对人家笑,对同宿舍的老师或到这个宿舍来的老师说下的话,一律说:"对对对!"其实许多话我根本就没听清内容,嘴里却不由自主地"对对对"地应诺着,惹得大伙发笑。我越发窘了,也越紧张了。

我去上课,突然觉得我不会说话了。我的脑子里的语言仓库全部关闭了,一个词儿也拿不出来,而且十分紧张。尽管我教的是地理课,也不敢讲,急得头上冒汗,只会照课本往下念,学生已经乱得像一窝雀儿了。

一按教师对待,我就要参加许多会议,这是更难受的时刻。往常,我是右派,一月里做一次改造汇报,坐在一个偏旁的角落。现在,和别人坐得近了,我很紧张;坐得远了,又显出我不太合群,会议室没有我坐的座位了。尤其是非做不可的表态性发言,我未说先流汗,总怕说错了什么……

我向校长赵永华提出要求:让我做事务工作,让我再回到我的那间兼做库房的小房子。我再三解释,不是使性儿,也不是有什么不满意见,而是事务工作更适宜我干,保证干好。

刘建国在一年多以前,调县文教局当人事干部去了。赵永华调来也一年多了,我很少跟他有什么接触,只是偶尔听见韩民民在炊事员杨师傅跟前嘟嘟哝哝新校长的什么话,我就觉得他可能在赵永华跟前不如在刘建国手下感到畅快如意。赵永华听了我的要求,很随便地说:"你如果觉得事务工作更合适,你就干,别人还看不上这工作哩!"他告诉我,正好韩民民要调走,到县文教局的物资供应点上去,学校正好缺事务员。

一经赵永华允诺,我当下就把被卷行李搬回了我的那间小库房卧室。一躺下来,我闭上眼睛,浑身都舒适了。我忽然想到了蜗牛,蜗牛钻在它的壳里一定很舒适。要是打碎螺壳,把它牵出来,它可就活不了啦。我刚搬进这小库房时,感到压抑,感到杂乱,感到孤寂,常想到和高年级那两位教师同居一室的愉快时光。久而久之,我像蜗牛一样适应了螺壳,蜷缩在螺壳式的小库房里才舒服,到别的房子里反而觉得活不了啦!

我去买煤,买了煤就亲自拉回来,绝不让从生产队里雇来的校工小朱干这些。我常常抢在小朱前一步打了铃,打罢又向小朱道歉,全是我过去打铃打下习惯了。尽管如此,我觉得十分满意,我虽不代课,却是事务员,事务员也是教职工,和教师一般对待。

有一件事伤了我的心。

大伙都去县上听报告,赵永华让我看门。看门其实正适合我的心愿,我怕开会,怕在会上遇见熟人,更怕遇见速成二班的老同学,尤其是怕碰见田芳。可是那天晚上,大伙听完报告回来,我才知道,会上有一个震动全国人民的消息,说我们国家发现了一个"大庆油田"。教师们为猜测这个油田的具体地址而争论不休,谁也说不服谁。我后来才知道,这样重要的报告,上级规定有几种人不能听,以免给帝修反泄密。我自然属于那几种不准听的人中的一种。

我暗暗警告自己,老老实实蜷在螺壳里吧!甭张狂,还是没有资格和一般教师同样对待哩!还要——慎独!

哦!故园,故园

徐慎行同学:

定于本月二十日上午在母校举行学友聚会,请您拨冗参加。专此

致礼

速成二班

1980.8.12

我的手颤抖着,泪水模糊了眼睛,擦一擦,又涌流出来了。速成二班……速成二班……我的那个速成二班啊!像一道急骤的电闪的亮光,把我尘封的脑壳炸乱了,把我的心抖底搅翻了。

多么遥远而又亲切的记忆——速成二班!速成二班——多么温暖而又自由的天地!我的心里一闪出这个名称,几乎承受不下它带进我霉腐的心室里的清新温润的春风,要昏厥了。

田芳,一想到速成二班,第一个蹦到我面前的就是田芳。那个白毛女,那个从我身上揭掉了蓝袍礼帽的田芳,她肯定要参加这个老同学的聚会的。缺了她,该会多么令人扫兴。不会缺她的,我安慰自己,甚至猜度这个别出心裁的聚会就是她出的点子呢。

八月二十日,一年中极其普通的一天,不是新年佳节,也不是纪念性节日,我渴盼这一天的到来,比小时候盼望过年的心情还要焦急。

微明中,牛王砭小镇掠过凉飕飕的晨风。我乘头班公共汽车进了县城,又换乘去山门镇的公共汽车,终于站在师范学校的门口了。

校史悠久的师范学校已经改为师范专科学校,属于大专建制了。砖拱木顶门楼变成了四方水泥立柱的钢条大门,从大门通到教学区和宿舍楼的窄窄的砖铺甬道,已经改换成水泥路面了。迎面是一幢三层教学大楼,外观十分漂亮,原先的一排排平房大多已拆除。二十五年的时间,毕竟使我感到了惊奇的变化。

树杈上挂着一块硬纸板,画着一个箭头,把聚会的地点指向后操场。暑假里没有学生,路道上和花坛里,落着一层树叶,有点荒凉和空寂,而我的心仍然止不住激动起来了。

操场的围墙根,高大的洋槐树组成一道屏障,在草地上投下浓密的荫凉,这是我们亲手栽植的,栽时不过酒杯那么细,而今已经桶粗了。草地上,站着或坐着一堆人,在聊着天。我走到跟前,听见有人在叫我的名字,有几个人跑上来,握手、搂肩……老天爷,一个个全都变成老汉老婆了!

我止不住热泪滚滚,和伸到我面前的一双双手紧紧握着,看着一副副皱皱巴巴的脸,我无法与印象中的那些青春焕发的脸膛联系起来,流逝的岁月给我心里留下的巨大的差异无法弥合;他们的心里也是这样感受这四分之一世纪的时间差的吧?我从他们一个个瞧着我的惊异的眼神里看得出来:你怎么老成这样子了?哈呀!瞧你,秃顶多厉害!

我握住了一双手,心里一震,那双细软的手也在用劲儿握着我的手。我相信,闭上眼睛,我也会准确地判断出田芳的手来。她的眼角有细密的几缕纹络,鬓角有几丝银白,而那双眼睛,似乎还是二十五年前的那双眼睛。当我们的眼光相碰的一瞬,我的心似乎一下子沉下去了,脑子里也中止了一切思维。我没有向她问好。她也没有问我好。我们竟然相对无言,默默地呆站着,手却握得粘在一起了。

我和她在草地上坐下。几位同学围住我,问我平反了没有?问我的孩子的安置状况,我也很关心他们的工作和家庭。田芳坐在我旁边,她什么也不问。我也没有问她,丈夫在哪儿工作,几个孩子,工作或是上学。我不问不是因为我了解,其实我什么也不知底,不知底儿也不想知底儿。

"你……身体……好吧?"我终于问。

"还好。"她笑笑,"你也……好吧?"

我点点头,又流泪了。

录音机在播放着优雅的舞曲,篮球队长何长海已经和一位老太婆——二婶的饰演者跳起舞来,又有三五对儿舞伴也跳起来了。田芳对我说:"咱们跳跳吧?"

我有点慌乱! 连忙摇头摆手。

有几个同学在吆喊,催促我和田芳上场,他们或多或少知道我和田芳的遭遇,催促的意思是很明显的。我涨红了脸,对田芳说:"你跟他们跳吧,我上不了场了!"

田芳跳起来,和另一个同学跳起来了。我坐在草地上,点燃一支烟,看田芳踏着舞步。

有人又出新点子,让大家每人出一个节目,或唱或说,或演或变魔术,谁也不得脱空儿。

有人提议,让田芳演唱白毛女。她不客气,跳起来,也不扭捏,有点遗憾地说:"就我一个人唱?"

我这才想到,饰演大春的刘建国没有来。他没有来,也没有谁提及,我也不想在这个场合提到这个人。这个饰演正面角色的人啊,在生活中几十年来也一直是正面角色,而大伙现在谁也不想问他为什么不来。饰演杨白劳的人儿已经进入另一个世界,听说在七八年前患下了肺癌。大伙也不愿意提及他,因为太令人伤惨了。于是,有人提出,让我和田芳演唱《扎红头绳》一节。我又惶恐万分,连连摇手,多少年来,我连话都说不顺口了,岂能唱歌?

"唱吧?"田芳看着我说,"你太拘束了。"

我摇摇头,又摆摆手。

田芳无奈了,也不勉强,就唱了一段。唱完,她又走回来,坐在我的旁边,说:"你太拘谨了!拘谨得……叫我又想到'蓝袍先生'!"

我的心里一悸。我身上的蓝袍早已脱掉了,而我的心哪,又被蓝袍罩得死死的了。我苦笑一下,说不出话。

有人在接着唱,有人即兴赋诗吟诵。有人说幽默笑话。有人耍小魔术变戏法。喊啊笑啊,气氛热烈极了。轮到我,我什么也拿不出来。有人出恶招:"什么都不会,那就学熊猫儿在地上打个滚好了!"

我窘迫得六神无主。田芳也笑着,随口说:"讲句笑话吧!你真的连一句笑话也不会讲?"她提醒了我,急迫中,我首先想到了《老和尚与小和尚》的笑话故事,那是我在刚到师范学校来的头一晚,在集体宿舍里听到的……我刚讲完,有人在哄笑中大喊:

"让老和尚永远寿终正寝!"

"小和尚们,去和'魔鬼'拥抱哇!"

……

有几位同学尚未赶来,野炊午餐还得再等一会儿。我已得知,午餐是大伙随意带来的罐头、面包、点心、饮料和各种水果。我是空手来的,想到山门镇上去买点礼物,田芳就和我散步同去了。

我和她走进校园,不约而同地走到速成二班的教室前,那里的平房虽然没有拆除,也已经隔间垒墙,分为三室,变成教师宿舍了。门口垒着蜂窝儿煤,火炉上坐着小锅,"吱吱"响。我默默地瞅着这座房子的窗户,又想流泪。我的神经变得如此脆弱,简直不能抑制了。

田芳敲响了一间房子的门板。

门开了,一位年轻白净的小伙儿站在门口。

"这儿……原来是我们的教室。"田芳说,"我们想进去再看看……打搅您了。"

那青年初听时有点惊诧,随之就点头笑了,爽快地邀我们进屋。

我随着主人走进门。屋里一张双人床,一张双人沙发,靠墙的地方支一张桌子,桌上摆着钟表、花瓶、电视机。一个披着长发的女子从沙发上站起,礼让我们坐下。

"我们俩的那张课桌,大约就在这个位置上吧!"田芳站在那个桌子旁,回过头来问我。

"哦……就在那儿!"我应了一声。

"你过来……坐坐……"田芳说着,把一张椅子挪好,自己坐在靠墙的位置上,"让我们再回味一下……当年的学生生活……"

我走到桌前,在椅子上坐下了。我坐得端端正正,仰起头来,却看不到黑板,墙上挂着几张笔迹欠火候的条幅。我的胳臂肘碰到田芳的胳膊肘了。我不由得回过头,看到了她的一汪注满泪花的眼睛,从遥远的天空传来了一声声动人心魄的声音——

……你为啥不跟我说话?

……你的字儿写得多好呀!

我们静静地坐了一会儿,站起来,向男女主人歉意地笑笑,就走出这间屋子。

"再不会重返……当年的情景了!"我说。

"梦……二十五年……"田芳摇摇头。

我和她踏着走道上的落叶,走出校门,进入山门镇街道了。街道依旧狭窄,沿街的破旧的木房子有的拆除了,竖起一座高楼,鹤立鸡群似的。走到一家服装店门口,我和她都停住脚。现在,无论如何比当时那个一间门面、一个裁缝师傅、一台缝纫机的小裁缝铺气派得多了。

田芳拉着我,到这个小铺店里来,把那件蓝袍脱下来,由裁缝师傅改成了列宁装。我穿上列宁式新装,戴上了八角帽,路也不会走了,八字步全乱了套。田芳和我走着,看着我的样子直笑。她说:"跳起来吧!蹦啊!你敢不敢?"我跳起来了,蹦起来了,街巷里的行人把我当疯子看,我也不管,只觉得我轻松了,自由了,再也不用按八字步迈步了,蹦蹦跳跳起来了……

"你现在又拘谨起来了。"田芳瞅着我说,"使我又想起你穿着蓝袍时的样子……"

我悲哀地叹口气,说不出话。

"你现在还敢蹦起来不敢?"她笑着问。

我惶惶然连忙摇头。

她没有使我为难,朝前街走去。

我和田芳再回到操场草地上的时候,聚会的主持人宣布午餐开始,各式罐头打开了,糕点包子解开了,酒瓶盖子被咬开了。一切可以临时用来盛酒的瓶盖、水杯全都注上了酒,一齐举起来:速成二班万岁!

主持者向大家宣布了一个数字:

师范速成二班:四十一名学生。死亡四人,其中一人死于"文革"武斗,三人死于疾病。现在本地区工作三十人,另七人随家随夫调外省或外地。聚会通知了三十人,实到二十九人,其中三人抱病赶来。

唯一的缺席者:刘建国。

谁也没问刘建国为什么不来。

主持者在大伙的静默中提议:为死去的四位同学祭酒。

清凌凌的酒液泼在草地上,散发出一股清香。

主持者又进行下一项提议:向县委提出一项意见,请领导人把刘建国从教育局调开,随便调到县委所属的任何一个部门去,只要不在教育系统就行。他现在还在任教育局副局长,有他在那个位位上,我们会觉得心里不舒服。就是这一条要求。至于全县的中小学教师有多少人被他整了,不必计算,应该向前看,不究前账。但请把他调开,让教员们再不要听见他的令人讨厌的声音……

鼓掌。呼叫。一个个全都签上了名字。

我捉着笔的手在发抖,终于写上了我的名字。二十五年来,我第一次向这个老同学表示了愤怒……

咒　符

一觉醒来,老鼠在顶棚上奔马。

一只老鼠跑起来,像野马驰过草原;一群老鼠奔跑起来,追逐起来,拼杀撕咬,就像万马奔腾。

我刚刚从梦里醒来,一身虚汗,月亮照在南窗的窗格上,屋里静得可以听见窗外大地的呼吸,老鼠的追逐和嘶叫把一切都破坏得淋漓尽致。

我在黑暗中摸到烟,摸到火柴,火柴划着的一瞬,顶棚上的老鼠收敛了。我抽着烟,闭眼躺着,等待天明……

我平反以后,孩子顶替我去工作了,女儿早已出嫁,屋里只剩下我和老伴。老伴早已不再称我为先生,看我也不再是怯怯的神色。她手叉在粗壮的腰里,指挥我去种地,干一切过去由她自觉承揽的家务,初时有报复的意味,后来就成了习惯。

"你一天唉声叹气做啥?"她问我,"想那个野婆娘了吗?"

我说我背着右派的包袱,叹气成了习惯了。

"右派怕啥？只要给工资,啥尿派还不是一样叫!"她不在乎地说,"我看当个右派倒不错,你变得规矩了,再不敢跟野……"

我不能发火。我要是一张口分辩,她会大喊大叫,故意让左邻右舍都听见。

"你去洗衣服吧,"她吩咐我,"我腰疼了。"

农村里,男人洗衣服的习惯还不普遍,我抱着衣服走向井台的时候,男人女人都在拿眼睛瞟我。我硬着头皮也就过去了。

"你来擀面吧。"她说。

我学会了做饭。

我明白,她不光是为了享受,其实她倒不是懒女人。她要我洗衣,要我做饭,就会在村人尤其是女人伙儿里提高她的身份,她觉得过去的状况太叫别人瞧不起她了。

我退休回家之后,她也变得好起来了:"咱俩种那二亩地,够吃了。你领下的退休钱,够花了。只要你再不想野……我好好待你,咱欢欢乐乐过到死……"

说下这话一年,她突然死了,跌了一跤,心肌梗死。

我一个人躺在这个祖传的屋子里的炕上,听老鼠奔马。

别人给我介绍下一个女人。连子女都反对,说我快六十岁的人了,难道连面子也不顾了?娃他舅更是怒气冲天,说我败坏了徐家读书识礼的门风……

我的老姐和小妹子看我生活艰难,劝我的儿子和女子,加上你给我大女儿做工作,总算勉强同意了。

我的这件事,按说该办成了。可是,事到临头,要我办这事的时候,我又动摇了。你问为啥?我也说不清……我总觉得我还在牛王砭小学那间小库房里蜷着。那间小库房,容不得旁人进去,打破里面凝结的空气。同样,我也在离开那个小库房以外的其他地方,感到了不自在。尽管我退休回到家里,我的心,似乎还在那个小库房里蜷曲着,无法舒展了。田芳能够把我的蓝袍揭掉,现在却无法把我蜷曲的脊背抒抚舒展……

我送我的启蒙先生到山坡下。

春风吹绿了河川,也吹绿了原坡,又是杏花纷谢桃花呈艳的阳春三月。坡地上的麦苗绿色葱郁,塄坎上的杂草蓬蓬勃勃,只有沟壁间的断崖的红石土色,显露着黄土高原地区残破丑陋的面貌。

他朝坡上走去,回他的原上那个杨徐村去了。他的背脊弓起来,一步一踩,缓缓地沿着蜿蜒的坡间小路走上去。

我的心似乎也被什么东西箍住了。

1985 年 8—11 月草改 西安东郊

四 妹 子

上 篇

一

　　从延安发往西安的长途汽车黎明时分开出了车站的铁栅大门。四妹子额头贴着落了一层黄土尘屑的窗玻璃,最后看了送她出远门上长路的大大和妈妈一眼——妈跟着车跑着哭着喊着甚叮嘱的话,大也笨拙地跑了几步,用袖头擦着眼泪——脑子里却浮现出妈给她从尻子里掏屎的情景。

　　妈把碾过小米的谷糠再用石磨磨细,就成了黄沓沓的糠面儿,跟生长谷子的黄土的颜色一模一样。妈给糠面里儿掺上水,拍拍捏捏,弄成圆圆的饼子,在锅里烙熟的时光,四妹子趴在锅台上就闻到一股诱人的香味。待她把糠面饼儿咬到嘴里,那股香味就全然消失了,像嚼着一口细沙子,越嚼越散,越嚼越多,怎么也咽不下去。妈就耐心地教给她吃糠饼子的要领;要咬得小小一点儿,慢慢地嚼,等口里的唾液将糠面儿泡软了,再猛乍一咽。她一试,果然咽得顺当了,尽管免不了还是要伸一伸脖子。糠饼子难吃难咽倒也罢咧,顶糟的是吃下去拉不出来,憋得人眼发直,脸红青筋暴突,还是拉不下来。拉屎成了人无法克服的困难,无法卸除的负担,无法解脱的痛苦。无奈,她只好撅起屁股,让妈用一只带把儿的铁丝环儿一粒一粒掏出来,像羊羔子拉出的小粪粒。

妈妈一边给她掏着,一边叮嘱她,糠饼子一次不能吃得太多,多了就塞住了。而且一定要就着酸菜吃,酸菜性凉下火。她不相信。既然妈妈能教给她合理吃糠的办法,妈自己为啥还要大给她掏屎呢?有一次,在窑洞旁侧的茅房里,她看见妈撅着白光光的屁股,双手撑着地,大大嘴里叼着烟袋,捏着那只带把儿的铁丝环儿,一边掏着,一边说着什么怪话,逗得妈哭笑不得,狠声咒骂着大。大一看见她,忽地沉下脸,厉害地呵斥她立马滚远。又有一回,她又看见妈给大掏屎的场面,大的架势很笨,双手拄在地上,光脑袋顶着茅房矮墙上的石头,撅着黑乎乎的屁股,大声呻唤着。她已经懂得不该看大人的这种动作,未及妈发现,就悄悄躲开了。

小时候,让母亲给她掏屎倒也罢了,甚至觉得妈那双手掌抚摸着屁股蛋儿时有一种异常温暖的感觉,及至她开始懂得羞丑的时候,就在母亲面前脱不下裤子来了。她找到邻居的娥娥姐姐,俩人躲到山旮旯里,让娥娥姐给她帮忙,娥娥姐也有需要她帮忙的时候。

公共汽车在山谷中疾驰。四妹子一眼就能看出,车上的乘客大致可以分成两类,一种是穿戴干净的公家人,一种是本地庄稼人,倒不完全是服装的差异,也有几个穿四个兜干部装的农村小伙子,一搭眼就可以辨出也是吃糠的角色。那些干部或者工人,总之是公家人的那一类乘客,似乎比庄稼人这一类乘客消化能力强,从一开车不久,这类人就开始嚼食,有的嚼点心、蛋糕、面包,有的啃苹果啃梨,嚼着啃着还嘟哝着不满意的话,延安的点心没有油,是干面烧饼啦!延安的蛋糕太次毛,简直比石头还硬啦!那些和四妹子一样的庄稼汉乘客,似乎都吃得过饱,吃得太满意,不嚼食也不埋怨,只是掂着旱烟袋,吐出呛人的烟雾。

四妹子自然归属不嚼不怨的这一类。看别人吃东西是不体面的，听别人嚼蛋糕（尽管硬似石头）和苹果的声音却是一种痛苦，再听那些嘟嘟哝哝的埋怨的话简直使人要愤怒了，她就把眼睛移向窗玻璃。秃山荒梁闪过去，树蓬子闪过去，贴在地皮上的黑羊白羊也闪过去了。

她能记得的头一件事是替妈抱娃娃。娃娃总是抱不完，刚抱得弟弟会跑了，母亲又把一个妹妹塞到她手里；她刚教得妹妹会挪步，炕上又有一个猴娃娃哭出声来了，等着她再抱。生长在农民家里的老大，尤其是女孩子，谁能免得了替妈妈抱引弟弟妹妹的劳举呢！当妹妹能抱更小的弟弟的时候，大把一只小背篓套在她的肩膀上，装上灰粪上山，装着谷穗下山，晚上躺在炕上，肩膀疼得睡不下。妈说，时间长了就好了。背了两年，她的肩膀还是疼。大说，背过十年二十年就不疼了，而且亮出自己的肩膀。四妹子一看，大的两边肩膀上，隆起拳头大两个黑疙瘩，用手一摸，比石头还硬。大说，只有让背篓的套环勒出这两块死肉疙瘩来，才能背起二百多斤重的灰粪上山。四妹子很害怕，肩膀上要是长出那样两个又黑又大的死肉疙瘩真是难看死了。

她的贴身同座是一位中年女人，属于爱嚼的那一类，特别爱说话，不停地询问四妹子是哪个县哪个公社哪个村的人，又问她到西安去做什么，问得四妹子心里发怵了，会不会是派出所穿便衣的警察呢？她只说到西安找亲戚，再就支吾不语了。

在她背着妹妹在小学里念五年级的那年，家里来了一个陌生的跛子，说一口可笑的外乡话，第二天就引着二姑走了，妈叫她把跛子叫姑夫。她瞧不起那个跛子，凭那熊样就把可亲可爱的二姑引跑了。她也瞧不起二姑了，再嫁不下什么人，偏偏就要嫁给那个一条腿高一条腿低的跛子吗？这年春节前，跛子姑夫来了，带来了满满三袋白面，四妹子平生第一次给肚子里装满了又细又韧的面条，引着跛子姑夫满山满沟去逛景，再不叫跛子了，只是亲热地叫姑夫。姑夫告诉她,他们那儿一马平川,骑自行车跑两三天也跑不到头;平川里净产麦子,麦秆儿长得齐脖高,麦穗一拃长,一年四季全吃麦子,半拃厚的锅盔,二尺长的宽面条,算是平常饭食。左邻右舍那些曾经讥笑二姑嫁了个跛子的婆姨们,纷纷串到窑里来,求妈给二姑捎话,让二姑在一年净吃麦子的关中平原地方给她们的女子找个婆家,跛子也成,地主富农成分也成。即使是两条长腿的贫农后生能咋?还不是伸长脖子咽糠,撅着尻子让人掏屎!四妹子十八九岁了,现在搭乘汽车到西安,二姑和跛子姑夫在西安的汽车站接她,然后再转乘汽车,到二姑家住的名叫杨家斜的村子去,由二姑给她在那儿的什么村子找一个婆家……为着这样一个卑微的目的,四妹子怎么好意思开口说给同座那位毫不相干的中年女干部呢?

同座的女干部不仅爱嚼食,而且爱嚼舌,听口音倒是延安本地人。她说她离开延安二十几年了,想延安呀,梦延安呀,总是没得机会回来看一看。这回回来,真是重新温习了革命传统,一辈子也忘记不了。四妹子却听得迷迷糊糊,不知这位女干部何以会有这样奇怪的心情。四妹子知道,单他们刘家峁百十户人家中,现在在外做县长以上的官儿的人就有三十多个,他们回到刘家峁的时候,也说着和这位女干部相像的话。四妹子却想,如果现在让他们吃糠饼子,撅着尻子让人给掏屎,他们就……

车过铜川以后,四妹子猛然惊叫一声——哦呀!在她眼前,豁然展开一个广阔无际的原野,麦苗返青,桃花缀红,杨柳泛绿。这就是跛子姑夫吹嘘的那个一年四季净吃麦子的关中平原吗?呀——麦苗多稠!呀——村庄多大!呀——多高的瓦房!哦!老家那些沿着崖畔排列的一孔孔土窑,在这平川地带连个影子也寻不到了……

二

四妹子在杨家斜二姑家住下来,没出半月,相继有四家托人来提亲。

　　对每一位跨进门槛来的提亲说媒的男人或女人，二姑一律都笑脸相迎，热情招呼，款声软气地探问男方的家庭成分、兄弟多少、住房宽窄、身体状况，结果却没有一家中意的。四家被提起的对象中，一户地主，一户富农，成分太高。另两户倒好，都是目下农村里最吃香的贫农成分，其中一个是单眼儿，一只眼蒙着萝卜花。对前三户有着无法掩饰的缺陷的家庭，二姑当面对媒人回答清楚，不留把柄儿，然而谢绝的语言是婉转的，态度十分诚切。结亲不成人情在，用不着犯恼。第四户人家是贫农，又是独子，男娃也没有什么大缺陷，二姑动心了，专门出去到一位亲戚家打问了一下，才知那男娃是个白脸瓜呆子，顶多有八成，人叫二百五，小时害过脑膜炎。二姑回到家，当下就恼了，当着跛子姑夫的面发泄恶气："净给俺侄女提下些啥货呀？地主富农，瞎子瓜呆子，乌龟王八猴的货嘛！俺侄女这回寻不下好对象，就不嫁……"

　　听到这些候选者的情况，四妹子难过地哭了，太辱贱人了！二姑转过脸，换了口气，安慰四妹子说，物离乡贵，人离乡贱哪！要不是图得杨家斜村一年有夏秋两料收成，她才不愿意嫁给跛子姑夫做媳妇呢！跛子姑夫咂着旱烟袋，听着二姑毫不隐讳的奚落他的话，也不恼，反而在喉咙里冒出得意的"哼哼唧唧"的笑声，斜眼瞅着二姑笑着，那意思很明显，说啥难听话也没关系，反正是两口子了。

　　二姑告诉四妹子，关中这地方跟陕北山区的风俗习惯不一样，人都不愿意娶个操外乡口音的儿媳妇，也不愿意把女子嫁给一个外乡外省人，人说的关中十八怪里有一怪就是：大姑娘嫁人不对外。近年间乡村里运动接连不断，无论啥运动一开火，先把地主富农拉上台子斗一场。这样一来，地主富农家的娃子就难得找下媳妇了，人家谁家姑娘爱受那个窝囊气呀！高成分的子弟在当地寻不下媳妇，也不管乡俗了，胡乱从河南、四川、甘肃以及本省的陕北、陕南山区找那些缺粮吃的女人。这些地方的姑娘不择成分,甚至不管男方有明显的生理缺陷,全是图的关中这块风水地。四妹子听着,心里就觉得渗入一股冷气,怪道给她提亲说媒的四家,不是高成分,就是人有麻达。既然关中这地方的人有这样的风俗,她最后的落脚怕是也难得如意。想到这儿,四妹子低头伤心了。

二姑说,事情也不是死板一块,需得慢慢来。二姑表示决心说,反正绝不能把侄女随便推进那些地主富农家的火坑,也不能揉给那些缺胳膊少眼睛的残废人。有二姑做靠山,有吃有住,侄女儿尽可放心住下去,等到找下一个满意的主儿。跛子姑夫也立即表态,表示他绝不怕四妹子夺了口粮,大方地说:"甭急!忙和尚赶不下好道场。这事就由你二姑给你办,没麻达!你在咱屋就跟在老家屋里一样,随随便便,咱们要紧亲戚,跟一家人一样,甭拘束……"姑夫倒是诚心实意,四妹子觉得二姑嫁给这个人,虽然腿脚不美,心肠倒还是蛮好的。

此后,又过了十来天,居然没有谁再来提亲。二姑说,村里已经传开,新来的四妹子眼头高,不嫁有麻达的人。甚至说,不单地主富农成分的人不嫁,条件不好、模样不俊的贫农后生也不嫁。这显然是以讹传讹,歪曲了二姑和四妹子的本意。二姑倒不在乎,说这样也好,免得那些乌龟王八猴的人再来攀亲,也让村人知道,陕北山区的女子也不是贱价卖的!四妹子心里却想,再这样仨月半年拖下去,自己寻不下个主家,长期在二姑家白吃静等,即使跛子姑夫不厌弃,自个也不好受。口粮按人头分,虽然关中产粮食,也有标准定量。她却苦于说不出口。

焦急的期待中,第五个媒人走进门楼来了。

连阴雨下了三天,滴滴答答还不停歇。四妹子正跟二姑在小灶房里搭手做饭,跟二姑学着用擀面杖擀面,有人在院子里喊跛子姑夫。二姑探身从窗口一看,就跑出灶房,笑着说:"刘叔,你来咧?快坐屋里。"随之就引着那人朝上房走去。四妹子低头擀面,预感到又是一个说媒的人来到,心里就咚咚咚跳起来,那擀杖也愈加不好使。在陕北老家,虽然有个擀杖,却长年闲搁着,哪里有白面擀呀!年下节下,弄得一点白面,妈怕她糟践了,总是亲手擀成面条。现在,二姑教她擀面,将来嫁给某一户人家,不会擀面是要遭人耻笑的。关中人吃面条的花样真多,干面、汤面、柳叶面、臊子面、方块面、雀舌头面、旗花面、麻食子、碱面、乓乓面、棍棍面……

四妹子擀好了面,又坐到灶锅下点火拉风箱,耳朵不由得支棱着,听着从上房里传来的听不大清楚的谈话声,耳根阵阵发烧,脸蛋儿阵阵发热,心儿咚咚咚跳,浑身都热燥燥的了。

"四妹子,你来一下下!"

四妹子脑子里"嗡"的一声,手脚慌乱了。往常有媒人来,都是二姑接来送走,过后才把情况说给侄女儿。今日把她喊到当面,够多难为情!她拉着风箱,说:"锅就要开了——"

"放下!"二姑说,"等会再烧……"

她从灶锅下站起来,走出小灶房的门,拍打拍打襟前落下的柴灰,走进上房里屋了,不由得低下头,靠在炕边上。

二姑说:"这是冯家滩的刘叔,费心劳神给你瞅下个对象,泥里水里跑来……你听刘叔把那娃的情况说一下,你自个的事,你自个尺谋,姑不包办……"

"我把那娃的情况给你姑说详尽了,让你姑缓后给你细细说去,我不说了。"刘叔在桌子旁边说,口气嘎巴干脆,"这是那娃的相片,你先看看是光脸还是麻子。"

四妹子略一抬头,才看见了刘叔的脸孔,不由一惊,这人的模样长得好怪,长长的个梆子脸,一双红溜溜的红边烂眼,不住地闪眨着,给人一种极不可靠的感觉,那不停地闪眨着的红眼里,尽是诡秘和慌气。她急忙低下头。

二姑把一张相片塞到她手里:"你看看——"

四妹子的手里像捏着一块燃烧着的炭,眼睛也花了,她低头看看那照片,模样不难看,似乎还在笑着,五官尚端正,两条胳膊有点局促地垂在两边,两条腿一样长,不是跛子……她不敢再细看,就把那相片送到二姑手里。

"等我走了,再细细地看去!"刘叔笑着说,"就是这娃,就是这个家当,你们全家好好商量一下,隔三两天,给我一句回话。愿意了,咱们再说见面的事;不愿意了,拉倒不提,谁也不强逼谁。大叔我说媒,全是按新《婚姻法》办事,自由性儿……"

"好。刘叔,我跟娃商量一下,立马给你回话。"二姑干脆地说,"不叫你老等。"

"那好,把咱娃的相片给我一张。"刘叔说,"也得让人家男方一家看看……"

唔呀!四妹子居然没有单人全身的相片。二姑哀叹自己也太马虎了,四妹子到来的一个多月里,竟然忘记了准备下一张全身单人照片。叹息中,二姑忽然一拍手,记起来去年她回娘家时,和哥哥嫂嫂以及四妹子照的全家团圆的相片来,问媒人,能行不能行?

"行行行!"刘叔说,"只要能看清楚就成!"

二姑迅即从厦屋里的镜框中掏出相片,交给刘叔。四妹子很想看看这张相片,又不好意思再从刘叔手里要过来,记得自个傻乎乎地站在母亲旁边,笑得露出了门牙……

刘红眼吃了饭,又踩着泥水走了。

二姑这才告诉她,刘叔说的这门亲事,是下河沿吕家堡的吕克俭的老三。家庭上中农,兄弟三个,老大教书,老二农民,有点木工手艺,老三今年二十二三岁,农民。

姑婆这阵儿插言说:"吕家堡的吕老八呀,那是有名的好家好户,人也本顺。"

四妹子想听听二姑的意见。

二姑说："上中农成分,高是高了点,在农村不是依靠对象(作者按:依靠贫农,团结中农,斗争地主富农),也不是斗争对象,不好也不坏,只要不挨斗也就没啥好计较的了。反正,咱们也不指望好成分吃饭。这个娃嘛!从相片上看,也不难看,身体也壮气。农业社就凭壮实身体挣工分。你看咋样?"

四妹子已经听出话味儿,二姑的倾向性是明显的。她琢磨一下,这个成分和这个没有生理缺陷的青年,已经是提起过的几个对象中最好的一位,心里也就基本定下来。她说:"姑,你看行就行吧!"

"甭急。"二姑说,"待我明日到吕家堡背身处打听一下,回来再说,可甭再是个二百五!"

第二天傍晚,二姑汗流浃背地回来了,说:"我实际打问了一程,那家虽然成分稍高点,那娃他爸人缘好,德行好,确是个好主户。那娃也不瓜,听说是弟兄仨里顶灵气的一个……"

四妹子看着二姑高兴的样子,溢于眉眼和言语中的喜气,心里就踏实了几分,羞羞地说:"二姑要是说好,那就好……"

"咱先给刘叔回话,约个见面的日子。"二姑说,"见了面,谈谈话,要是看出他有甚毛病,瓜呆儿或是二愣,不愿意也不迟!"

当晚,二姑就把跛子指使到冯家滩去了,给刘红眼叔叔回话,约定见面的日子。

三

二姑说,头一回跟男方见面,叫作背见。

四妹子这才明白了关中乡村里目下通行的定亲的程序。背见是让男女双方互相看一眼,谈一谈,如果双方对对方的长相基本满意,同意定亲,随后就举行正式的见面仪式。因为头一次见面的实际目的只是使双方能够直观一下,带有更多的试探的性质,成功的把握性不大。所以,背见时不声张,不待亲朋好友,不许左邻右舍的人来凑热闹,也不管饭招待,只是清茶一杯、香烟一包,悄悄来,悄悄去,时间一般都选择在晚上,以免谈不拢时反而造成风风雨雨,于男女双方都不好听。

背见虽然不声不响,却是顶关键的一步,一当男女双方都给介绍人说声"愿意"以后,终身大事就这样定下来了,随后的订婚和结婚的仪式,虽然热闹,终究只是履行一种形式或者说手续罢了。四妹子感到了紧张、压抑,甚至莫名的慌慌张张,和她前来见面的会是怎样一个人呢?

二姑一家人也都显出紧张和神秘的气氛。天擦黑时,二姑早早地安顿一家大小吃罢夜饭,洗了碗,刷了锅,把案板上的油瓶醋瓶擦拭得明明亮亮,给两只暖水瓶里灌满开水,就着手扫了里屋,又扫了前院。从前院到后院,从地上到案板上,全都干净爽气了,一扫平日里满地柴火、鸡屎的邋遢景象。

跛子姑夫从二姑手里接过一块票儿,摸黑到村子里的代销店买回来一盒大雁塔牌香烟,连同剩余的零票儿一齐交给二姑,就坐在木凳上吸旱烟。二姑把零票儿装进口袋,就对姑夫说:"你也要看一眼呀?"那口气是排斥的,很明显,二姑不希望跛子姑夫在这种场合绊手绊脚。跛子姑夫也不在意,憨厚地笑笑,叮嘱二姑说:"我看啥哩!只要四妹子愿意,我看啥哩!虽说婚事讲个自由,年轻人没经验,你好好给娃把握一下,甭弄得日后吃后悔药,让乡党笑话,就这话。我到饲养场去了。"二姑也意识到事情的分量,诚心诚意对跛子姑夫点点头。姑夫掂着烟袋,低一脚高一脚走到院子里,出街门的时候,沉稳地咳嗽了两声。

姑婆也不甘心被排除在这件重要的事情之外,混浊的眼珠里闪出温柔慈爱的光来,对四妹子叮咛着,像是对自己亲孙女一样说:"娃家,这是你一辈子的大事,不敢马虎。会挑女婿,不挑那些油头粉面的二流子，专挑那些实诚牢靠的后生，跟上这号后生过一辈子，稳稳当当，不惹邪事。你看哩么！实诚人和滑滑鱼儿，一眼就能看出来……"四妹子羞涩地笑笑，低下头，心中更加慌惶，一眼怎能辨出实诚人或是滑头鬼呢？

"妈吔！"二姑亲切地喊，又明显地显示出逗笑的口气，"你有这好的眼头，好呀！今黑请你给看看，是实诚人还是滑滑鱼儿……"

"看就看，当我看不来！"姑婆嗫嗫皱纹密麻麻的嘴唇，回头却叫孙子和孙女，"铁蛋儿，花儿，跟婆睡觉！没你俩的事，甭蹦来蹦去净绊搅人！让人家生人见了，说咱家娃娃没规矩……"

铁蛋和花儿正蹦得欢，不听姑婆的话。二姑在每个屁股上狠狠地扇了两下，厉声禁斥："滚！跟你婆睡去！胡蹦跶啥哩！刚扫净的地，又弄脏了！刚收拾整齐的桌面，又拉乱咧……"

姑婆把孙子和孙女牵到里屋火炕上去了。

二姑坐下来，瞅着四妹子的脸，像不认识侄女似的，愣愣地瞅着。四妹子看出，二姑眼里有一种异常沉重，甚至是担心的神色。这种神色，四妹子很少发现过。自到二姑家近俩月里，她明显地可以看出，二姑精明强干，早已熟知关中乡村的一切风俗习惯，连说话的口音也变了，夹杂着关中和陕北两地的混合话语，她在这个家庭里完全处于支配者地位。钱在二姑手里攥着，一家人的穿衣和吃饭以及日常用度，统由二姑安排。跛子姑夫一天三晌回家来吃饭，吃罢饭就回饲养室去了，晚上也歇息在那里。姑婆一天牵着两个孙子和孙女，像母鸡引护着小鸡儿，在村子里转，任一切家务和外事，都由二姑决定，去应酬。二姑已经变成一个精明强干的家庭主妇了，许多事都是干干脆脆，很少有优柔寡断的样子。

二姑压低声儿，对侄女说："四妹子，今黑定你的大事，姑心里扑扑腾腾的，总也搁不稳定。你看，你妈你爸远在山里，把你送到姑这儿，姑想跟谁商量也没法商量。这事要是定下，日后好了瞎了，咋办？

好了大家都好,瞎了我可怎样给你大你妈交代……"

"姑!"四妹子当即说,"我来时,跟俺大俺妈把啥话都说了,不会怨你的。我也不是三岁五岁的鼻涕娃娃……你放心……"

"四妹子!"二姑更加动情地说,"话说到这儿,姑就放心了。一会儿人家来了,你大大方方跟他说话,甭让人家小瞧了咱山里人。那娃我也没见过,你看姑也看,你愿意姑也就愿意,你不愿意姑也不强逼你……"

"二姑,我知道……"四妹子有点难受了,像面临着生死抉择似的,而又完全没有把握,为了不使二姑心里难受,她说,"我知道……"

"好。"二姑说,"去!把你的头发梳一梳,把那件新衫子换上,甭让人说咱山里人穷得见面也穿补丁衫子……"

四妹子有点不好意思,忸怩了一下。

"去!洗洗脸,搽点雪花膏。"二姑催促她,"怕也该来了。"

四妹子走进二姑的厦屋,洗了手脸,从一只小瓶里挖出一点儿雪花膏,搽到脸上,感觉到脸发烧。她找出化学梳子,梳刺上糊着黑乌乌的油垢,就把它擦净,化学梳子又现出绿色来。镜子上落了一层尘灰,也擦掉了,她坐在电灯下,对着这只小圆镜,看着映现在镜片里的那个姑娘,嘴角颤颤地笑着。

她像是第一次发现自己长得这样好看,眼睛大大的,双眼皮虽不那么明显,却确实是双眼皮;鼻梁秀秀的,不凹也不高,恰到好处,只是脸颊太瘦了,要是再胖一点……她不好意思地笑着,一下一下梳着头发,头发稍有点黄,却松松散散,扑在脸颊两边;她心里对镜子里那个羞涩地笑着的人儿说,啊呀!今日给你相女婿哩!也不知是光脸还是麻子……

院子里一阵脚步响,随之就听见二姑招呼说话的声音,接着听见刘叔的嘎巴干脆的搭话声,最后是一个陌生女人的声音。脚步声响到上房里屋去了,四妹子的心在胸膛里咚咚咚跳起来,放下梳子,推开镜子,双手捂住脸颊,不知该怎么办了。

她给自己倒下一杯水,喝着,企图使自己的心稳定下来,上房里传来二姑和那个陌生女人异常客气的拉话声,心儿又慌慌地跳弹起来。难挨难耐的等待中,四妹子听见二姑唤她的声音。

四妹子走出厦屋,略停一停,就朝上房里走去,踏进门槛,一眼望见电灯下坐着四五个人,她就端直盯着介绍人说:"刘叔,你来咧?"

刘红眼哈哈一笑,立即站起,指着一个坐在条凳上的小伙子说:"这是吕建峰,小名三娃子。"那小伙子也羞怯地笑笑,忙低了头。四妹子心里扑轰一下,其实根本没敢看他。刘红眼又指着一位中年女人说,"这是三娃子的大嫂子,今黑你俩要是谈好了,也就是你的大嫂子……"四妹子羞得满脸火烧,忙坐到一边的凳子上,浑身不自在,也不敢看任何人,其实心里明白,她自己才是别人相看的目标,那个吕建峰就是跟着他大嫂子来相看她的。

"一回生,二回熟,三回就不要我老刘了!"刘红眼坐在桌子边正中的位置上,对着那边的吕建峰和他的大嫂子,又转过头对着这边的四妹子和她的二姑,说着联结两边的话,"事情也不复杂。新社会,讲自由自愿,咱们谁也甭想包办,让人家四妹子和三娃子敞开谈。这样吧!四妹子、三娃子,你俩到前头厦屋去说,省得俺们在跟前碍事。俺们在上屋说话……"

二姑以主人的身份,引着客人和四妹子回到厦屋里,礼让客人在椅子上坐下,倒下一杯茶水,递上一支烟,客人接过又放下,说他不会抽。二姑看一眼侄女儿,就走出去了。

四妹子坐在炕沿上,看着自己的脚尖,不好意思抬起头来,那位坐在椅子上的客人,从压抑着的出气声判断,他也十分紧张和局促。

四妹子等待对方开口。

对方大约也在等待她开口。

小厦屋里静静的,风吹得窗户纸嘶嘶嘶响。

四妹子稍微抬起头,看一眼桌旁椅子上的客人,心中一惊,连忙低下头,是那样一个人呀! 黑红脸膛,两条好黑好重的眉毛,一双黑乌乌的眼睛正盯着她的脸。她突然想到一块铁,一块刚刚从砧子上锻打过的发蓝色的铁块。她想到这人脾气一定很硬,很倔,很……

"俺屋人口多,家大,成分也不怎么好……"

四妹子终于听到了对方的一句话,实实在在,净说他家的缺短之处,人口多而家大,是女方选择对象时的弹嫌疵点,人都想小家小户吃小锅饭,成分高就更是重大障碍了。可这些问题,四妹子早就知道,已经通过了。她没有吭声,等待对方再说,第一句话就给她一个印象:这人挺实在……

一句话后,客人又沉默了。四妹子心里一转,会不会是因为自己没搭腔,没对他说的话表示态度而顿生疑窦了? 要不要赶紧表白一下?

"我对你……没意见……"

四妹子想搭腔表白的想法顿时打消了。她想笑,几乎有点忍不住,就用一只手捂住嘴,不致笑出声来,令客人难堪。刚刚说了一句话,第二句就表示"没意见"了,是太性急了呢,还是太老实了呢? 老实得令人可笑。啊呀! 四妹子的脑子里顿然飞来一团乌云:这小子大概是个傻瓜蛋儿吧?

二姑前几天曾经给她说过一个真实的笑话。杨家斜一个姑娘跟邻近村一个小伙去背见,谁也不好意思开口,呆坐了一袋烟工夫,那小伙忍不住了,就要开口,他想拣一生中最有趣的事说给姑娘,显示一下自己的见识,想来想去,想到了他舅舅领他在西安动物园看过一回老虎。他想,姑娘肯定没见过老虎,用老虎镇一镇她,就说:"我见过老虎,嗬! 比牛犊还高还大! 你见过吗?"姑娘一愣,俩人谈婚事,关老虎屁事呢! 小伙子得意了,说:"咱俩一结婚,叫俺舅把咱俩引到动物园,再看一回老虎……"姑娘瞅着那个得意忘形的傻眼傻样儿,心里起疑雾了。正在姑娘心中纳闷叫苦的时候,小伙突然站起来,耸起鼻子,左嗅嗅,右闻闻,随之就释然傻笑起来:"怪事!我说这屋里今黑怎么有一股香味儿!原来是你身上香……"姑娘一听,吓得蹦出屋子,丢下媒人和陪她去的老婶子,一口气跑回杨家斜来。

四妹子听了二姑说的笑话,笑得肚子疼。现在,她似乎有一种不祥的预兆,眼前的这位小伙,活脱就是那位用老虎吓人的傻瓜蛋儿。她瞧一眼他,他低着头看着自己的手,不开口。如果他继续说话,她就可以进一步观察他的成色,如果他就这么坐下去,怎么办?四妹子拿定主意,要引逗他说话。

"你今年多大咧?"

"二十二。"

"你在哪儿念过书。"

"初中刚念了一年,就停课闹革命了。"

"后来呢?"

"后来就回吕家堡了。年龄小,队里不准去上工,我就割草挣工分,到年龄大了些,就跟社员干活。"

她不问了,他也就不说了。看来不是瓜呆子,四妹子的疑雾消散了。他是害羞呢,还是那号不爱说话的闷葫芦?她此刻倒是希望他能问她点什么,可他依旧不开口。

"你还没说……对俺……有意见没?"

他大约只关心这一句话。四妹子心里又有点想笑,决定不立即正面回答他,逗一逗这位长得魁梧壮大的汉子,看他会怎样?她说:"我至今连你的名字都不知道,能有什么意见呢?"

"噢!我叫吕建峰。"他红了脸,解释说,"我是说……你愿意不愿意……"

"你好性急呀!"四妹子说。

客人腾地臊红了脸,更加局促不安了。

刘红眼出现在门口,把她和他又叫回上房里屋。刘红眼眨巴两下眼皮:"长话短叙,夜短,明日还都要劳动。现在,你俩见也见了,谈也谈了,三对六面,只说一句话……"

屋里静声屏息。

"我没意见。"吕建峰先说了。

四妹子立即感觉到所有人的眼睛都盯着自己了,终身大事就这样定了!一旦定了,甭说结婚后离婚,订婚后要解除婚约也不光彩哩!她对他现在说不上什么,说不上缺点也说不上优点,没有什么能促使她迫切地要求与他结合,甚至没有什么能促使她急切地说出"我没意见"的话来。她终于没有说出话,只是点点头。

"好!顺顺当当,大家欢喜。"刘红眼一拍手,从凳子上跳下来,站在屋子中间,宣布说,"扯布,定亲!"

得到了最满意的结果,刘红眼领着吕建峰和他大嫂,走出院子,消失在村口朦朦的月光里。

姑婆也很满意,兴致勃勃地拍着四妹子的脊背,发着感叹:"新社会多好!先见面,再说话,后出嫁,心里踏踏实实。俺那会……唉!只是进了人家厦子,盖头一揭,才亮宝……"

四妹子觉得,毕竟比姑婆那会儿好多了。

四

背见之后是正式见面。背见在女方家悄悄进行,正式见面仪式在男方家里举行,要待承亲戚和好友。亲朋好友来时要带礼物,一件成衣或一截布料,主家要摆席面,仪式是庄重而严肃的。

四妹子跟着二姑,到吕家去出席见面仪式。

麦苗吐穗了,齐摆摆的麦穗直打到人的胸脯上。太阳冒红,四妹子觉得身上热躁,脸上渗出细密的汗珠子。

"见了人家老人,要叫爸,要叫妈,甭学那硬嘴子,和人白搭话。"二姑叮嘱她说,"我新近得知,这家人讲究礼行,家法规矩严,甭让人家头一回见面就说咱山里人不懂礼行。"

"嗯。"四妹子应着,心里不由得毛乱起来。上回背见,她是主家,他是客人;这回她是客人了,实际是供吕家大小以及他们的亲朋好友看的,看他们的三娃子瞅下了个什么模样的媳妇。啊呀!听说吕家人口多,家族大,亲戚朋友也不少,这种被人观赏的场面该是多么难堪……

"放稳当,甭慌!"二姑说,"人都有这一回难场,过去了也就过去了。"

三天前,按照刘红眼约定的日子,二姑陪着她,跟吕建峰和刘红眼到西安去扯布,这回由吕建峰的二嫂陪着。经过两头周旋,刘红眼告知二姑,由男方出二百块钱扯衣料,不管买多买少,质量好坏,以二百元为限额。五个人厮跟着,坐公共汽车进西安,转一座百货大楼,又转一座百货大楼,买了几件衣服之后,二姑悄悄提示她,要拣两件值钱的料子,吕家兄弟三个,妯娌们多,日后过门了,要再添件好衣服,不说大人舍不舍得花钱,单说妯娌们咬得你就受不了,这是最浅显的道理。必须在订婚扯布时,狠心买几身好衣服,男方受疼也得硬受。四妹子担心,不是说定二百块钱吗?二姑说她傻,那不过是个纸糊的围墙,你要买,他就得买,不买了,他们首先怕婚事塌了火。当然,也不能没个远近乱要。

四妹子茅塞顿开,勇敢地向毛料柜台走去,她一眼瞅中那卷毛哔叽,就站住不动了。

"走,四妹子。"刘红眼并不走上前,远远地喊。

四妹子站住不动,抚摸着毛哔叽布卷。

"四妹子,到北大街去,那儿刚修建下一座百货商场,货全好挑。"二嫂走上前来说。

四妹子故意不看她,站着不动。

四妹子听到刘红眼和二嫂在窃窃商议。她依然站着,如果她硬要买,他们会怎样继续耍花招儿?二姑也悄声给她壮胆:"不去!就要这!"

刘红眼和二嫂以及吕建峰三人都围上来。轮到吕建峰说话了,他是主事人:"这太贵,不扯!"

四妹子说:"我就喜欢这布料。"

吕建峰说:"喜欢你去买,我不买了!"说罢,转过身,把皮兜往二嫂怀里一塞,走掉了。

四妹子像是受了侮辱,转过身,把二姑一拉,说:"刘叔,俺也走咧!"

刘红眼急忙拉住四妹子的胳膊。

二嫂从楼梯口把吕建峰也拽过来。

"这主意我坐了!买!"二嫂说,"四妹子喜爱这料子嘛,爱了就买么。为这点事闹别扭,划不来。买买买!"

一件哔叽料儿扯下来了。

吕建峰皱着眉头掏了钱,老大不高兴。

……

四妹子想到这里,心里觉得挺伤心。一抬头,猛然看见村口拥着一堆大姑娘小媳妇,几个小女子唱歌似的叫着四妹子的名字,她们在村口必经之地截住看她……

"抬起头走路,谁也甭搭理。"二姑说。

四妹子跟着二姑,从"叽叽咕咕""嘻嘻哈哈"的夹道中走过去,直到刘红眼把她们引进吕家院子。

刘红眼引着四妹子,先走进上房里屋,指着一位老汉说,"这是你爸。"四妹子看也不敢看一眼,轻轻从嘴里挤出一个"爸"字。刘红眼又指着一位老婆说:"这是你妈。"四妹子又叫了一声"妈"。刘红眼又引着她到正堂客厅,这儿聚着好多人,刘红眼一一指给她:这是你大嫂、二嫂、大哥、二哥、姨妈、姨伯、大姑、大姑夫、二姑、二姑夫……她就一一叫过,那些人听着她叫,不好意思地应着。随后,刘红眼把她交给吕建峰,让他把她引到僻静的厦屋去。

他引着她,推开厦屋门,招呼她坐在椅子上。他从暖水瓶里倒下一杯水,递到她面前,说:"喝点水。"

四妹子没有抬头,接住了水杯。

他在把茶杯递到她手里时,歪一下头,悄声怨艾地说:"那晚在你家,你给我连水也没让一杯。"

四妹子一抬头,看见他佯装生气的眼睛,立即争辩道:"倒了水咧!"

"那是二姑给我倒的,不是你。"他说。

"谁倒都一样,只要没渴着你。"她说。

"不——一——样!"他拖长声调,煞有介事的郑重的口气,一板一眼地说着,随之俯下身,眼里闪射着热烈的神光,"不管咋样,我今日完全彻底为你服务。"他对她滑稽地笑笑,就走出门去了。

四妹子坐在小厦屋里,心在咚咚地跳,这个陌生的家,就是她将来的家,她将与刘红眼刚才一一介绍过的那些爸呀妈呀哥呀嫂呀在一个大锅里搅勺把儿,在一个院子里过日月。他似乎不像背见时留给她的憨乎乎的印象,而变得有点像另一个人了。是的,在他们家里,他出出进进都活泼泼的,说话还有点滑稽,竟然记着她没有亲手给他倒茶水的事,可他那晚只会说"没意见……"

这间小小的厦屋,盘着一个土炕,炕上铺着粗家织布床单,被面也是黑白相间的花格家织布料,桌子上和桌子底下的地上,堆着两三个拆开的马达的铁壳,红紫色的漆包线、螺钉、锥子、钳子等,混合着机油和汽油的气息充斥在小厦屋里。四妹子虽然嗅不惯这股气味,却对屋子的主人顿生一种神秘的感觉。

大嫂进来了,拉她去吃饭。

早饭是臊子面,听二姑说,关中人过红白喜事,早饭全是吃臊子面。她和那些亲戚坐在一张桌子边,二姑坐在贴身的同一条长凳上。吕建峰跑前奔后,给席上送饭。他把一碗臊子面先送到坐在上首的刘红眼面前,然后送给二姑,然后送给四妹子,然后送给其他亲戚,次序明确。四妹子又想起他说的没有给他倒水的话来。他又端着空盘出去了。

大家都十分客气,彬彬有礼,互相招呼,推让,谁也不先动筷子,只有刘红眼带头发出第一声很响的吸吮面条的声音之后,随之就响起一阵此起彼落的吸食面条的声浪,声音像扯布,"哒啦——哒啦——"四妹子最后才捉住筷子,轻轻挑动面条,尽量不吃出声音……

刚刚吃罢饭,四妹子又被大嫂引进厦屋,背见时已经见过一面,并不陌生。大嫂长得粗壮,大鼻子大眼阔嘴巴,完全以主人的神气说话:"四妹子,你看看,你的女婿娃儿给屋里净堆了些啥?你一看就明白,我三弟是个灵巧人儿哩!"

门外腾起一阵"叽叽嘎嘎"的笑声,大嫂忙迎出去。四妹子从门里看见,一伙姑娘媳妇拥进房里,正在看那些布。那些几天前扯回来的布,现在放在上屋里的桌子上,供人欣赏。想到那天扯布时为那件毛哔叽发生的纠葛,她心中至今感到别扭,他一甩手竟走了!为了节省几十块钱,他宁愿与她吹!她就值那一件毛哔叽料子吗?

那些媳妇姑娘看够了,议论够了,就像洪水一样涌进厦屋来,欣赏她来了。她们全都用一种奇怪的眼光盯着她看,压着声儿笑着,窃窃私议着,不知谁从门口叫了一声:"多漂亮的个人儿呀!"全都"哈哈嘎嘎"笑起来。她们也不坐,互相搭着肩,拉着手,只是从头到脚盯着她看。四妹子被看得不好受,也无法回避,不过没有人调笑,二姑说,订婚时是不兴许胡说乱闹的,只许来看,看买下的衣料,看媳妇的人品，那就让人看吧！

　　这一拨姑娘媳妇看够了，嘻嘻笑着议论着走出门去了，另一拨媳妇姑娘又拥进来看……整整一个大晌午，川流不息，四妹子和买下的那些衣物展览在这儿，供吕家堡的女人们欣赏，品评，嘻嘻哈哈笑，直到摆上午席来，那些女人才哗然散去。四妹子又被大嫂拉上饭桌，没有食欲。她顿然悟觉出来，订婚的这种场面，是一种舆论形式，向全体吕家堡村民以及吕克俭的新老亲友宣布，吕建峰订下了这个媳妇，日后要再反悔，那就承担众人的议论吧！

　　午饭以后，又有人来继续观赏。四妹子实在受不了了，悄悄催促二姑："回吧！"二姑劝她耐心，说这里就是这号风俗，谁家女子都免不了这一回，尽管她们看别人，她们终有一天也要被人看，被人欣赏的。

　　直到日压西山，四妹子和二姑在吕建峰全家人和亲戚簇拥中走出门来。两位老人在门口停步了。几位亲戚送到街巷里也停步了。大嫂和二嫂一直陪送到村口，再再道歉，说没有招待好客人，再再叮嘱，路上慢行。出村以后，四妹子长舒一口气，身上的芒刺全都抖落干净了。她忍不住说："刘叔，你也回吧。"

　　刘红眼哈哈一笑："我的任务还没完成哩！"

　　吕建峰落在最后，胳膊上挎着一只大红包袱，说："刘叔，让她们顺手捎回去……"

　　"胡说！"刘红眼瞪起眼睛，"哪有让人家自己带回去的道理？这是你娃子给人家四妹子的聘礼聘物，必得由你送去才见诚意。你只图简单，连规矩也失丢了……"

　　……

　　十天没过，刘红眼又踏进二姑家门来，是一家人正在吃夜饭的当儿。刘红眼带来吕家的动议："五一"结婚。只是出于一条非常现实的考虑，赶在夏收前结了婚，可以分一份口粮，而夏季的麦子是一年的主要口粮。刘红眼设身处地地说:"其实,这样也好,吕家多分一份口粮,你这儿也减少了负担。四妹子在你这儿住着,既不能分口粮,连工分也挣不成;吕老大倒是想得周到,迟早是一家人喀……"

"先让四妹子说话。"跛子姑夫倔倔地说,声明他并不嫌弃妻子的侄女吃他的口粮,"咱家不管粮多粮少,有咱吃的,就有四妹子吃的,这能见外?四妹子在咱家,就是咱家的娃嘛!"

"赶得太紧!"姑婆也发表声明,"订婚上下才几天……"

"你看呢?"二姑瞅着四妹子。

"姑……你看着办……"四妹子低着头。

"你说结就结,你说不结咱就不结。"二姑很干脆,"反正在咱家住一年半载,有你的吃,也有你的穿。你姑夫刚才说了……"

四妹子想,反正迟早都要过吕家去,在那儿名正言顺分得一份口粮,就是吕家堡一个社员了,可以上地挣工分了。住在二姑家,虽然姑婆和姑夫不会怕她吃了粮食,终非长久之计。关中这地方粮食虽则比陕北富裕,也是按人口定量分配,谁家也没有三石五石的储存。有点剩余粮食,看得宝贝似的,悄悄地都卖给粮贩子了,一斤麦子卖到五毛多,一斤苞谷也卖二毛八。她若住仨月半年,吃掉的粮食卖多少钱呢?"五一"结婚虽然紧迫了点儿,终究有这回事。她头没抬,却是很肯定地说:"就按刘叔说的办。"

刘红眼又急忙忙赶到吕家回话去了。

跛子姑夫站起来,慨然说:"既然这样,也好,早结了早安心过日月,两头都好。"他又专门说给二姑,"人家吕家不是送给三个礼吗?"二姑点点头。

四妹子不知姑夫提这礼钱干啥,一愣。那是二百四十元钱,一个是八十块,正好三个。关中订婚专门施用的单位,一个礼等于八十。

"这些礼钱,一个也甭留,全部给四妹子办成嫁妆。"姑夫说,"四妹子是咱侄女,远离二老,咱就给娃办得体体面面的,甭叫人笑话!"

说罢,就朝饲养场去了。

二姑深情地望着走出门去的姑夫一拐一歪的身影,忽然流出泪来,搂住四妹子的肩膀,动情地说:"看见了没?你姑夫脚腿不好,心好。姑就是这点福分……"

五

"五一"出嫁!

一家人全都自觉地投入到四妹子出嫁的准备事项中去了。二姑把吕家买下的衣料,一包袱提到杨家斜大队缝纫组,给四妹子量了身材,把春夏秋冬四季的衣服就交给缝纫组去做了。二姑再三叮咛缝纫组会计,必定要在四月三十日以前交货。二姑又跑到大队木工房,定做下一对箱子,尺寸要大号的,颜色要油漆成红色,黄色镀铜锁扣,必须在四月三十日前漆干交货。定价五十块,二姑叮嘱会计,年终从分配中扣除。跛子姑夫毫无怨言,再三说这是应该的。吕家给的三份聘礼二百四十元,一分未动,由二姑指使姑夫到镇上邮政代办所寄回陕北老家去了,这儿终究比那儿日子好过点。每办完一件事,二姑都要掐着指头计算一下距离"五一"所剩的时日。她与一般庄稼汉男女一样,习惯用农历计时,农历和公历的时日差异弄得她糊里糊涂,说这个鬼阳历把她给弄颠倒了。她亲自到镇供销社去扯被面,选择洋布床单,不惜花费自己的库存。嫂子和哥哥离得远,照顾不上,她是四妹子的姑姑,权当是父亲和母亲,一定要按村里一般人家打发姑娘的规格打发四妹子,要尽量弄得体面。

四妹子不知自己该做什么。二姑给她说,要给吕家老人做一对枕头,给两个哥哥和两个嫂子一人做一双单鞋,还要给吕建峰做一双单鞋,作为进吕家门的见面礼,在结婚那天要供宾客欣赏,一看新人的孝心,二看新人的针线活儿手艺,马虎不得。四妹子扎鞋帮,纳鞋底,麻绳勒得掌心里麻辣辣疼。她给二姑说,眼看要到"五一"了,太紧张,干脆买塑料鞋底算了。二姑严肃地告诉她,这见面礼必须手工做,不能用机器制品代替,不然人家会说你心意不诚,还要说你不会针线哩!关中人讲究大,得入乡随俗,不能马虎。看看四妹子的难色,二姑又瞅见了跛子姑夫,把一副纳鞋底的夹板塞给跛子姑夫,叫他喂过牛闲下时赶一赶紧。跛子姑夫欣然从命,笑笑说,我纳得不好,将来怕毁了四妹子在吕家的名誉!姑婆自觉担当起做饭扫地和管娃娃的家务,她说她一生没抓养过女儿,没享过打发姑娘出嫁的福,这回算是尝到了。四妹子现在更多地体味出来,二姑嫁了多好的一户人家,跛子姑夫人厚道,姑婆待人也亲畅,再也不觉得姑夫的腿脚有什么不好了。她扎着鞋帮,心中暗暗祈愿,要是吕家的老少也像跛子姑夫一家人就好了,就算四妹子烧了香、念了佛了!

时光老人脚步不乱。"五一"国际劳动节,全世界劳动阶级的喜庆节日,姗姗而来。

四妹子被二姑叫醒,爬起来就穿衣裳,刚抓起衫子;却瞥见枕边整整齐齐搁着一摞新衣服。这是二姑昨晚特意叮咛过的,今天从里到外全部换上没上过身的新衣。她把手里的那件黄色仿军衣上衫搁下了。

她脱下了日夜不曾下身的背心,就看见了自己的赤裸的胸脯,心跳了。似乎从来也没有留意,胸脯这样高了,那两个东西什么时候长得这样大了!她捞起新背心,慌忙穿上了。

四妹子不知道自己该去干什么。她蹲到灶下去烧火,二姑把她拉起来,说一会儿就会落下满头柴灰。她去扫地,姑婆又夺了扫帚,说她今天压根儿不该动这些东西,应该去好好打扮一下,静静坐着,等着吕家迎亲的马车来。

她坐在屋子里,透过窗户,可以看见院子里的葡萄架上的叶子嫩绿得能滴下水来。天空高远,白云和蓝天相间。窗户吹进凉丝丝的晨风。她忽然想到大了,也想到妈了,连同弟弟和妹妹。大也许和妈正在窑洞里念叨着哩！他们无法来看着女儿出嫁,把自己的责任完全放心地交给二姑了,又怎么能不操心呢?

四妹子又想到妈妈给她掏屎的情景……

"怕该来了!"二姑说,"四妹子,把脸再洗洗,把头发梳梳……"

四妹子猛然倒在二姑怀里,想哭,眼泪随之就涌流下来:"姑,我想大,想妈咧!"

二姑紧紧抱着她的肩膀,也哭了:"你就哭几声吧!我的苦命的女子……"

四妹子再也忍不住,哭起来,出了声。

二姑贴着她的脸,一动不动,让她哭一场。女儿离娘,难免痛哭一场。她现在既是姑又是娘啊!看着侄女儿哭得浑身颤抖,她劝她要节制,哭红了眼睛就不雅观了。

"姑……"四妹子哭溜着声儿,"我离不得……你……"

"傻话!"二姑疼爱地说,"天下女子都要出嫁……"

"姑……"四妹子说,"我总觉得……跟梦里一样……"

"都这样。"二姑平静地说,"都这样。"

都这样。四妹子止了哭声,还在抽泣,既然都这样,她也就这样。

门外有人慌急地说,吕家迎亲的马车来了。四妹子一惊,脑子里迷蒙蒙变成一片空白。二姑把她一推,说:"快!快去洗脸梳头!拿出高高兴兴的样儿来。我去招呼人家……"

四妹子坐在马车上,周围坐着二姑家左邻右舍的姑娘们。她们被二姑拉来,陪伴她出嫁,也到吕家堡去坐一次席,吃一顿好饭。

马车在关中平原的公路上行进,马蹄铁在黑色的柏油公路上敲出清脆的有节奏的响声。沿着公路两边排列的高大的白杨树,叶子闪闪发亮。路边一望无际的麦子,麦穗摆齐了,现出灰黄的颜色。布谷鸟从头顶上掠过去,留下一串串动人的叫声。进入初夏时节的关中平原,正如待嫁的姑娘一样青春焕发,有一种天然的迷人的气韵。

快要进入吕家堡的时候,马车赶上了那些抬彩礼的小伙子。他们给吕家兴致勃勃来帮忙,抬着她的全部嫁妆头前走了。哎呀,看看,他们把被单围在腰间,花枕巾搭在头上,粉红色门帘围成裙子,花衫花袄穿在身上,打扮得妖里妖气,嘻嘻哈哈朝村里走去。陪伴她的一位嫂子说:"这是这儿的风俗,你甭恼。都这样。"二姑把隔壁一位媳妇请来陪伴她,保驾她,不懂的事由这位嫂子指导,应酬。

吕家堡村口被人围得水泄不通。四妹子低下头,听不清那些人的笑声和议论的话。马车从一街两行夹道欢迎的吕家堡男女中间一直走过去。鞭炮声"噼噼啪啪"骤然爆响,马车停了,四妹子抬头一瞧,车正停在吕家街门口。

四妹子朝车下一看,两位已经见过面的嫂子,笑逐颜开地伸出手来,扶她下车。车下的地上,铺着一层麻袋,两位嫂子搀着她,缓缓踏过一条麻袋,又一条粗线口袋接着向大门铺过去,踏过的麻袋被陌生的汉子揭起来,又铺到前头去了。昨晚上,二姑告诉她,按照关中地方的风俗,出嫁时从娘家到婆家的路上,新鞋的鞋底是不能沾土的,从娘家屋被人背上马车,再踏着铺垫的口袋、麻袋一类东西,一直走进洞房里去。旧社会是讲究铺红毡的,而且坐轿;现在马车代替了花轿,红毡也被装粮食用的麻袋和口袋一类东西代替了。二姑特别叮嘱说,如果下车时发现没有铺垫物,那就给他们不下车,请也不下,拉也不下,直抗到主家铺好路,不然就失了身价了。四妹子沿着麻袋和口袋铺就的小道儿走到门口,往前就断了,既没有口袋,也没有麻袋,两个汉子腋窝下夹着口袋和麻袋,示威似的乜斜着眼睛,仰头抱肘望天。搀扶她的大嫂在她耳根悄悄说:"快拿出'份儿'来!"四妹子心中顿然醒悟,从口袋里掏出两个用红纸包着五毛票儿的"份儿",交给大嫂。大嫂给那两个汉子一人手里塞一个,在他们的头上和腰里抽一巴掌,嗔骂道:"快铺!贪货!"那俩汉子得意地把纸包塞进衣袋,就猫下去铺道儿了。当四妹子抬脚跨进大门的一瞬,心里咯噔一下,这就是自己的家了,真跟做梦一样啊!

走到厢房门口,两扇漆刷成黑色的门板关死了,几个女子在门里喊着要"份儿"。二嫂又从她手里接过两个红纸包,从启开的门缝塞进去,同时用肩膀一扛,门开了,一把把四妹子拽进去。门口呼啦一声拥进来一伙青年男女,几十双手一齐伸过来,喊着"给份儿"!喊着他们的功劳,挪了嫁妆了,挂了门帘了,抬了箱子了,打了洗脸水了……四妹子被挤在旮旯里,动不得身,几个女子已经动手在她兜里掏,混乱中,不知哪个没出息的东西在她屁股上狠狠捏了一把……

四妹子由大嫂二嫂引到院子里,空中架着席棚,临时搭成的主席台前,他已经早站在那儿了,拘束不安地歪着身站着。席棚下的桌子边,已经坐满了亲戚友人,准备开席吃饭。婚礼是新风俗和旧礼仪的生硬的掺和。她和他先朝领袖像三鞠躬;再由主持婚礼的一位干部模样的人宣读结婚证书,更是绷平脸儿的官腔官调;再接着由她和他合声朗读贴在领袖像两侧的语录。一边是"千万不要忘记阶级斗争"和"农业学大寨"两句,另一边是领袖赞颂"青年人是八九点钟的太阳"那段。这三段语录,四妹子早就听顺耳了,可是临到自己要一个字一个字去朗读的时候,却结结巴巴起来。她不敢不念,就嗫嚅着,蒙混过关了,好在并没有人讲认真,婚礼一项一项进行下去,也没有太难堪的事,她照着勉强都做了,没有多少意思,晕晕乎乎还是像在做梦,梦中又想起妈给她掏屎的情景……

院子里的席棚下,十张方桌上的食客全都操起竹筷,紧张地在盘里碟里抄菜,客客气气地推让着烧酒瓷壶,腾起一片杂乱的咀嚼食物和说话的声响。大嫂牵着她,二嫂牵着她,去向客人敬酒。刘红眼坐在主席台前首桌上席,得意扬扬接过四妹子斟下的一杯酒,脖子一仰,红眼眨闪几下,忙坐下吃菜去了。他撮合成了这一桩婚姻,理应受到客主宾朋的尊重,现在是最荣耀光彩的时刻。四妹子手里提着烧酒壶,吕建峰提着酒瓶,一席挨一席敬过去,大嫂和二嫂向她介绍席面上的所有重要的亲戚,大舅、大妗子、二舅、二妗子、大姑、二姑、姨妈、姨夫,一一介绍下去。四妹子一下也记不准这么多亲戚,只顾给小小的酒盅里斟了酒,再走到另一个桌子边……

四妹子被两位嫂子牵着,一一送亲戚出门,上路,到村口,把回着糕礼的竹笼或提兜交给大舅和姨妈,看着他们在村外的土路上姗姗走进落日的昏光里,再转回家来,送另一家……

天刚落黑,街门口不断走进吕家堡的男女。吕建峰和他的两个哥哥,分头到村子西头和南巷去邀请那些行过"份子礼"的乡亲乡党,他们花了一块钱的份子礼钱,作为乡亲情谊。现在悠悠走进院来,在老公公热情而毕恭毕敬的招呼声中,款款落座,说着逗笑的话。一会儿,席间坐得满盈盈的了,菜和酒都端上去了。刚开席,院子里大声笑闹起来,那些老庄稼人把老公公抱住了,压倒了,涂抹了一脸红颜色,像个关公了。老婆婆也被女人们封住了,从锅灶下摸来锅底的烟墨,抹得老婆婆满脸就像包公,院子里的笑闹的声浪简直要把席棚掀起来……吕建峰领着她,到席间又去敬酒,那些老庄稼汉友好地伸出巴掌,打吕建峰的脑袋,说些笑骂的话,他一律笑笑,缩头缩脑躲避那些来自左右的友好的袭击。待他领她逃回新房里的时候,天啊!窄小的厦屋里已经拥满了年轻人,炕上横七竖八躺着的、坐着的,炕下脚地上拥挤得没有她站脚的地方了。她站在门外,正迟疑间,被一只手猛力一拉,拽进门去了,七嘴八舌一齐朝她进攻:

"来!给我点烟。"

"唱歌唱歌!"

"哈!给我勒一下裤带,新娘子……"

她被簇拥着,和他站在人窝中间。她很紧张,无所适从,好多张嘴脸朝她嘻嘻笑着,有的嘴角叼着纸烟,噘着嘴,伸到她脸前,要她给他们点火。她不知该不该点,他立时划着火柴,要去点,被谁打掉了。他只好把火柴塞到她手里,让她满足闹房者的要求。她划着火柴了,刚够着烟,却被叼着烟的调皮鬼吹灭,好不容易才点燃了一支支烟卷,后面又有人挤过来……

"掏长虫吧!"有人喊。

"掏雀儿吧!"又有人叫。

四妹子低下头,不好意思看任何人,心儿抖抖地跳。昨晚,姑婆给她说,关中结婚的风俗,三天不分老少辈分儿,可以说笑耍闹,特别是闹房,是新娘子最难熬的一关。顶难为的就是"掏长虫""掏雀儿"几个花样。"掏长虫"是要新娘把一块手绢从新郎的一条腿脚塞进去,从另一条腿下拉出来。同样,"掏雀儿"却是要新郎把一块手绢从新娘的一只袖口塞进去,从另一只袖口掏出来。两只手交接手绢的部位,正是人身体最隐秘的羞耻地带。姑婆说,这是老辈子传流下来的鬼花样,而今不兴这么闹了,有些村子还在耍,得防备防备,免得临场惊慌失措,不到万不得已,决不从命。姑婆又千万嘱咐,无论如何,不准变脸也不兴恼怒,得罪下人是要伤主家面子的,这也是老辈子传流下来的规矩……现在,吕建峰被闹房的小伙子压倒了,扭胳膊的人使劲扭住他的双臂,压腿的人压死了他的双腿。有人把一块手绢塞到她的手里,推推搡搡,吆喝着要她去"掏长虫"。四妹子臊红了脸,低着头,扔掉了手绢,怎么好意思呀!这当儿,门口挤进一位干部模样的青年,说:"让她唱唱歌儿吧!甭耍那些老花样了。要是传到公社去,当心挨头子!现在正在批'回潮'哩!甭在风头上惹祸……"

厦屋里鸦雀无声了,扭着压着他的胳膊腿脚的人同时松了手,也没人推搡她了。小伙子们互相瞅着,做着鬼脸。四妹子此刻倒真的觉得无所适从了。突然,不知谁喊了一句:"绑了!"几个人一齐动手,不由分说,一条麻绳把她和他面对面捆绑在一起,推倒在炕上。哗的一声,小伙子们拥出门去了。那位干部模样的青年立时红了脸,悻悻地转身走去了。

她和他捆在一起。她压在他的身上,动弹不得。他羞红了脸,喘着粗气,一股陌生的男人的气息扑到她的脸上。她别过脸,不好意思看他,她的脖子又酸又疼,稍一松懈,就会碰到他的鼻子。大嫂哈哈笑着走进来,解开了绳子。她抚摸着被捆得烧疼烧疼的胳膊,不好意思说话。大嫂说:"咱爸叫你俩去一下……"

里屋正堂的方桌上,一对红漆蜡闪闪发亮,墙壁上贴着一张画,是一只回头吼叫着的老虎。桌上支着两个神匣,匣子里各有一根木板主柱,写着一行黑字。老公公坐在桌旁的椅子上,庄严地说:"给你爷和你婆烧一炷香,让你爷你婆在阴世知晓,他们的三孙子完婚了。"

吕建峰从香筒里抽出三支香,在漆蜡上点燃,恭恭敬敬地又显得笨拙地插到香炉里了。

四妹子也抽出三支香,在漆蜡上点烧的时候,胳膊抖抖地晃,插进香炉时,却把一支弄折了,她的心里更慌了。

她和他并排站在神桌前,鞠躬,下跪,磕头,三叩首。

做完这一切,老公公一句话也没说,就挥手示意她和他退位。

重新回到厦屋,还没坐稳,二嫂端来两碗饭,递给她和他,说:"合欢馄饨,快吃。吃了睡觉。"她不饿。从早晨起来到现在,她没有一丝一毫饥饿的感觉,看着他已经端起饰有金边的小碗儿吃起来,她也挑动了筷子,刚一张嘴,"咯嘣"一声,咬出一枚一分钱的硬币来。二嫂惊叫说:"啊呀!有福气,头一口就咬上了……"大嫂也蹦进来了,嘻嘻笑着,惊叹她是个有福气的媳妇。四妹子才明白,吃到这个硬币的人,是福气的象征,不过似乎以往并没有享过什么福,吃糠饼子不算福气吧?让妈给自己掏屎算什么福气呢?也许,从今天开始,预示着她将要享福了吧?

"吃下去!快吃!"大嫂催促着。

"这是规矩,不吃不行,日后不吉利。"二嫂说得很严重。

四妹子看见,他很为难。二嫂把她咬出来的硬币塞到他手里,要他吃到嘴里去。他不好意思把那只粘着她的口液的硬币填进嘴里去。大嫂催促他,二嫂已不耐烦,疼爱地打他的脑勺,逼他。她心里一阵发紧,偷偷盯着他,他究竟吃不吃呢?他要是不吃,就是……四妹子一侧头,看见他把硬币一下子填到嘴里,不知为什么,她的心儿忽激一闪,身上热躁躁的了。两个嫂子哈哈笑着,收拾了碗筷,走出去了。

她坐在炕上,低着头,心里有些紧张,胸脯感到憋闷,呼吸不畅。结婚仪式完了,给死去的爷和婆烧过香叩过头了,合欢馄饨也吃下了,现在,还有什么新的或老的风俗习律要她去做呢?二嫂刚才说"吃了馄饨就睡觉",大约再没有什么事了?她坐在炕边上,瞧一眼坐在桌旁的他,他有点失神地盯着对面的墙壁,也不说话。

"咣当"一声,临街的大门关上了,院子里响过一阵沉稳的脚步声,响到上房里屋里去了,有一声威严的咳嗽,是老公公。

又接连着两声"吱扭吱扭"的门扇响,大约是大嫂和二嫂在关门。

哄闹熙攘了一天的小院,完全静息了,五月夜晚的温馨的风,送来洋槐花的香气,小院里静极了。

他站起来,转身关上门,咣当!小厦屋与小院也隔绝了。

"铺炕。"他对她说。

她没有抬头,略一迟疑,就转身上炕。炕上的被子、褥子和单子,被闹房的小伙子揉搓得乱糟糟的。她动手扯平了褥子,又铺平了床单,展开了被子,把一只绣花枕头摆平,又抱起另一只枕头的时候,作难了,两只枕头该摆在一头呢,还是该摆到炕的那一头?

她正犹豫间,越觉胸脯憋闷,呼吸不畅了,稍一回头,突然看见,他已经脱得一丝不挂,正转过身去摸电灯开关拉线,"叭"一声,电灯灭了。她随之被他抓住胳膊,压倒了。他撕她的衣服,撕她的裤带,一只粗硬的手伸到胸脯上来了,他那么有劲地搂抱住她,那么莽撞蛮横地进入她的身体了。她几乎晕昏了……

六

太阳挨近地天相接的地方,变得双倍地大起来,整个西部天空都变成了红色,远处的地面上腾起一层红色的雾障。头顶的天空,缕缕轻纱似的云似动非动。绿色的麦穗和麦叶,也变成紫色的了。顺着灌渠排列的杨柳林带,静静地在蓝天上扯开一排绿色的屏障。渭河平原初夏时节的傍晚,呈现出富丽堂皇的气度。四妹子在田间大路上走着,又想起家乡此时的情景,太阳早早被门前那座荒草丛生的黄土山峁遮住了,天却久久黑不下来。

他——吕建峰,她的女婿,现在和她并排走着,一副漫不经心的散散涣涣的神气。

按照这儿的风俗,结婚的第二天,夫妻双方要到女方的娘家去回门,带上好酒、点心等四样礼物,去看望养育过女儿的老人。丈母娘和丈人爸必定要欢天喜地地热情接待女婿和女儿,七碟子八碗不消说,临告别时的一碗荷包鸡蛋是断不能少的。四妹子的大和妈远在陕北,千里之遥,无法向心爱的女婿娃儿表一番老人的心意,也没有福分接受女婿的敬奉之情,这一切全都由二姑来代替,二姑真是跟大和妈一样亲哪!现在,她和他到二姑家回门完了,正双双赶天黑前回到吕家堡去。

她在他身边走着,尽管已经有过昨天晚上的夫妻生活的第一夜,人生最神秘的大事已经失去了神秘的色彩,她依然感到局促。从她和他背见到昨晚,不过一个月时间,统共也就说下不过十来句话。她不摸他的脾性,也没有达到那种离不得的程度。她想和他说话,仍然羞口难开,说不清的重重顾虑。

"二姑待人好哇!给我吃那么多的鸡蛋,我都要吃不进去了!"

他说。

"可你……还是吃下了。"她说。

"呃！你知道不知道？"他神秘地闪着眼皮，做出一副认真的模样，"丈母娘为啥要给女婿吃鸡蛋？"

"你是新客呀！"她不在意地说。

"不对不对。"他摇摇头，诡秘地笑笑说，"那是给女婿加料，盼得女婿上膘，晚上好多来几回……"

"啊呀……"四妹子听见这样赤裸裸的丑话，立时飞红了脸，羞得蹲下去，双手捂住脸，在路边的杨树下呆住了。

他哈哈一笑，走过来拉她的胳膊，趴在她的耳边说："话丑理端。跟庄场上给种牛加料是一回事……"

"啊呀！"四妹子听见他越说越粗鲁，忽地站起来，用手打他的脊背。他笑着跑着，她追着他打。

一条大渠横在眼前。

他一跷脚，从大渠上飞越而过。她站在渠边，看看又看看，没有勇气跳过去。

"叫声哥，我背你。"他在对岸说。

她转过身，朝原路往回走去，她给他示威，看他怎么办。她头也不回，加快了步子，一副回娘（姑）家去的死心塌地的走势。一阵奔跑的脚步声响起来，他终于堵在她面前了，嘻嘻哈哈笑着，装出一副可怜相："好你哩！你要是走了，我今黑可只好搂着枕头睡了。"

四妹子真是哭笑不得，那么腼腆的吕建峰，现在尽是酸溜溜的话往外冒。她用拳头打他的肩膀，他不躲避，哈哈笑着："用劲打！真舒服啊！女人打人真舒服哟……"

她和他顺着渠沿走，柳树浓厚的荫凉里，幽暗起来。他说下一串串粗鲁的话，着实叫她羞了，却也叫她和他亲近了。她很想贴着他的肩膀走，却不好意思，而第一次想亲近这个关中男子的心思，毕竟萌生了。

"你知道这个大渠叫什么吗?"他指着大渠里的悠悠的清水问她。见她不答,他就炫耀起来,"这是泾惠渠的一个大支渠。泾惠渠,你听说过吗?嘀!历史书和地理书上都有记载,是我们这儿的李先生修的。李先生,关中地方的农民都知道……"

"不就是一条水渠!"她故意淡淡地说。

"一条水渠?一条什么样的水渠呀!"他被她轻淡的口气反而激将起来,"多大呀!多长啊,浇多少地啊!打多少粮食啊!有了这条渠,关中地方才旱涝保收咧!你想想,这是在解放前,在清朝吧?啊呀,反正是在旧社会修起来的,容易吗?听说李先生在北京念过书,还留过洋,是大水利专家。你们那儿……有这样的水渠没有?"

四妹子哑口了。陕北家乡有一眼望不透的黄土山包,光秃秃的,旱季里连草也枯死了,哪儿有这样平的地,这样清洌洌的渠水,这样为民造福的李先生?如果有这样好的水和地,她会跑到这儿来找他吕建峰吗?

"你们陕北有'信天游'。"他讨好她说,"真的,我在初中念书时,语文老师说'信天游'是陕北的民歌。我听广播上唱,真好听。不过,老是只唱那五首,听多了也就烦了。"

"我们陕北的好东西多着咧!"四妹子自豪地说,"就说这信天游吧,多得谁也数不清,哪儿只是广播上唱的五首!"

"你唱一段给我听。"他很诚恳地说。

"你叫我一声……姐吧!"她有机会报复他了。不过,刚一说出口,自己先脸红了。

"姐——吔——"他大声嘶吼起来。

四妹子猛然一惊,惊慌失措地瞧瞧四面,正在引水浇地的农民正愣愣地瞧他俩。

"姐吔——"他又连着叫,而且回过头来,抱怨地说,"你为啥不应声哩?"

"啊呀！快别叫了！"四妹子恐慌地说，"旁人要把你当疯子了！"

"那……该你唱歌了。"他装出傻瓜相。

四妹子被他撩拨得真的想唱歌了，心儿忽闪闪跳，瞄一眼身旁这位关中大汉，故意装出的傻愣愣的模样，她觉得挺有趣，挺可爱。她略微镇静一下，压低声儿唱起来——

　　提起个家来家有名
　　家住在绥德三十里铺村
　　三哥哥爱见个四妹子
　　你是我的心上人
　　……

"啊呀！真好！"他眼里闪着奇异的光彩，感叹着，"这是你随口编的不是？"

"不是。"四妹子说，"老早就有的。"

"那怎么把咱俩都唱上了？"他问，"你是四妹子，我在俺家为老三，人都叫我三娃子，你倒亲得叫我三哥哥……"

"啊呀！我可不知道你叫啥……三娃子！"四妹子抱屈地说，"俺可只知道你叫吕建峰。"

"巧合巧合！"他大大咧咧地说，"再唱一首吧！最好……唱段更酸的。"

四妹子不由得瞟他一眼，唱起来——

　　你想拉我的手
　　我想亲你的口
　　拉手手呀嗨
　　亲口口
　　咱二人旮旯里走
　　……

他突然站住脚,抓住她的手,两只大眼里烧着火焰,痴呆呆地说,声音都抖颤着:"你唱得……真好!四妹子,我想拉你的手,也想亲你的口,咱俩好好过一辈子!"

四妹子瞧瞧四周,悄声说:"人来了。"

他丢开她的手,颤抖着声音:"四妹子,我知道你受了苦,你们陕北人日子都苦。我会好好照顾你的。"

四妹子的心忽闪忽闪跳起来,这个粗壮的关中大汉尽管说得笨拙,却很真诚,她现在真想扑过去,贴在他的宽阔的胸脯上,使自己的心儿有个牢靠的依托。在她还没有鼓起勇气的时候,他已经把她抱离地面,搂到他的怀里,那双胳膊简直要把她的腰掬断了。

天色完全暗下来。

四妹子就伏在他的怀里,双手勾着他的脖子。她的心里踏实极了,幸福极了。她达到自己那个想来确实卑微的目的——与能吃难拉的糠饼子告别——了。她找下一个可心的女婿,身体壮健,不是残疾人,而且喜欢她,这比那些众多的同乡女子(包括二姑)只能找到一个聋子或跛子的境况好出得远了。

今晚回到吕家堡,在那个已经并不陌生的小院里,明天将开始她的新的生活,不再是客人,而是吕家的一个成员了,是吕家堡大队一个正儿八经的社员了。可以想到,今晚睡在那间小厦屋里有新被褥铺盖的土炕上,将要比昨晚美妙得多……

中　篇

七

乡谚说,老子少不下儿子的一个媳妇,儿子少不下老子的一副棺材。

给三娃子建峰的媳妇娶进门，游结在克俭老汉心头的疙瘩顿然消散了。三个儿子的三个媳妇现在娶齐了，作为老子应尽的义务，他已经完满地尽到了；至于儿子回报给他和老伴的棺材，凭他们的良心去办吧！他今年还不满六十，身体没见啥麻缠病症，自觉精神尚好，正当庄稼人所说的老小伙子年岁，棺材的事还不紧迫，容得娃子们日后缓缓去置备。

真不容易啊！自从这个操着陕北生硬口音的媳妇踏进门楼，成为这个三合院暂时还显得不太谐调的一个成员，五十八岁的庄稼院主人就总是禁不住慨叹，给三娃子的这个媳妇总算娶到家了，真是不容易啊！

吕家堡的吕克俭，在本族的克字辈里排行为八，人称吕老八，精明强干一世，却被一个上中农成分封住了嘴巴，不能畅畅快快在吕家堡的街巷里说话和做事。上中农，也叫富裕中农，庄稼人卑称"大肚子中农"。政府在乡村的阶级路线是依靠团结中农，打击孤立地主、富农。对上中农怎么对待呢？政府在乡村的阶级路线是依靠贫农下中农，没有明文规定，似乎是处于两大敌对阵营夹缝之中，真是说不清是什么滋味了。队里开会时，队干部在广播上高喉咙粗嗓门喊着，贫下中农站在左边，"地富反坏右"站到右边，阵势明确，不容混淆。这种时候，这种场合，吕老八就找不到自己应该站立的位置了。在这样令人难堪的时境里，吕克俭已经养成一种雍容大度的胸怀，心甘情愿地瞅到一个毫不惹人注目的旮旯蹲下去，缩着脑袋抽旱烟。

这种站不起又蹲不下的难受处境，虽然不好受，时间长了，也就习惯了。最使老汉难受的两回事，毕竟都已过去了。一九五〇年土地改革定成分，三十出头的年轻庄稼汉子吕克俭，半年时间，把一头黑乌乌的短头发熬煎得白了多一半，变成青白相杂的青丝蓝短毛兔的颜色了。谢天谢地，土改工作组里穿灰制服的干部，真正是说到做到了实事求是，给他定下了富裕中农的成分，而终于保住了现有的土地、耕畜和三合院住房。他拍打着青丝蓝兔毛似的头发,又哭又笑,简直跟疯了一样,只要不被划为地主或富农,把这一头头发全拔光了又有啥关系!

万万没想到,十来年后又来了"四清运动"。这一回,历时半年,吕克俭的青丝蓝兔毛似的头发脱掉了一多半,每天早晨洗脸时,顺手一搓,头发楂子刷刷掉在水盆里。吕家堡原有的三户富裕中农,一户升为地主,一户升为富农,两位已经佝偻下腰的老汉,被推到那一小撮的队列里去了,作为惩罚,每天早晨清扫吕家堡的街巷。谢天谢地,吕克俭又侥幸逃脱了,仍然保持着原有的上中农成分。这一回,他没有丝毫的心思去感激那些"四清干部"的什么"实事求是"的高调了。没有把他推到地主富农那一档子里去,完全出于侥幸,出于运气,从贴近工作组的人的口里传出内幕情报,说是为了体现政策,不能把三户上中农全部升格为地主富农,必须留下一户体现政策,不然,吕家堡就没有上中农这个特殊地位的成分了。

"四清运动"结束后,吕克俭摸着脱落得秃秃光光的大脑袋,对老伴闪眨着眼皮,说出自己的新的人生经验:"你说,工作组为啥在三户上中农成分里,专选出咱来'体现政策'?咱一没给工作组求情,二没寻人走门子,为啥?"老伴不答,她知道他实际不是问她,而是要告诉她这个神秘的问题。果然,吕老八很得意地自问自答:"我在吕家堡没有敌人!没有敌人就没有人在工作组跟前乱咬咱,工作组就说咱是诚心跟贫下中农走一条道儿的。因此嘛!就留下咱继续当上中农。"

这是吕克俭搜肠刮肚所能归结出来的唯一一条幸免落难的原因。得到这个人生经验,他无疑很振奋,甚至抑制不住这种冲动,跑到院子里,把已经关门熄灯的儿子和媳妇以及孙子都喝叫起来,听他的训示:

"看明白了吗?甭张狂!你只要一句话不忍,得罪一个人,这个人逢着运动咬咱一口,受得!人家好成分不怕,咱怕!咱这个危险成分,稍一动弹就升到……明白了吗?咱好比挑了两筐鸡蛋上集,人敢碰咱,咱不敢碰人呀!我平常总是说你们,只干活,甭说话,干部说好说坏做错做对咱全没意见,好了大家全好,坏了大家全坏,不是咱一家受苦害,用不着咱说长道短。干部得罪不起,社员也得罪不起。咱悄悄默默过咱的日月,免遭横事。这一回,你们全明白了吧?不怪我管家管得严了吧?"

一家人全都信服老家长了。

"四清"收场,"文革"开锣,吕家堡村的工分一年年贬值,成分却日渐升价。贫农下中农的成分越来越值钱,地富成分且不说,中农也不大吃香了,上中农几乎无异于地主富农。吕克俭为三娃子的媳妇就伤透脑筋了,旁的条件且不谈,一提上中农这个成分,就使一切正常的女子和她们的家长摇头摆手。谁也拿不准,说不定明天开始的某一运动,就轻而易举地把上中农升格为富农或地主了,谁愿意睁眼走进这种遭罪的家庭?眼看着三娃子上唇的汗毛变成了黑乎乎的胡须,脸颊上日渐稠密地拥集起一片片疥子疙瘩,任何做家长的都明白孩子的身体发育到了该结婚的紧迫年龄,却只能就这么拖着……谢天谢地,杨家斜村突然来了这个陕北闺女,不弹嫌上中农成分,他抓紧时机,三下五除二,当机立断,办了。

经过对新媳妇进门来一月的观察,克俭老汉发现,这娃不错,勤苦,节俭,似乎是意料中事。从贫瘠的陕北山区到富裕的关中来的女人,一般都显示出比本地人更能吃苦,更能下力,生活上更不讲究。四妹子已经到地里开始上工,干活泼势,不会偷懒,尤其在做计件工分时,常常挣到最大工分。这个新媳妇的缺陷也是明显的,针线活儿不强,据说陕北不种棉花,自然不会纺线织布了。灶锅上的手艺也不行,勉强能擀出厚厚的面条,吃起来又松又泡,没有筋劲儿。据说陕北以洋芋小米为主,很少吃麦子,自然学不下擀面的技术。所有这两条,作为关中的一个家庭主妇,不能不说是两个令人遗憾的不足,不过,有精于纺织和灶事技能的老伴指教,不难学会的。最让吕老八担着心的,是这个陕北女子不太懂关中乡村甚为严格的礼行,譬如说家里来了亲戚或其他客人,应该由家长接待,媳妇们在打过招呼之后就应退避,不该唠唠叨叨。四妹子在大舅来了时,居然靠在桌子边问这问那,有失体统。譬如说在家里应该稳稳当当走路,稳稳当当说话,而四妹子居然哼着什么曲儿出出进进,有失庄重。所有这些,需得慢慢调理,使得有点疯张的山里女子,能尽快学会关中的礼行,尤其是自己这样一个上中农家庭,更容不得张狂分子!

不管怎样,吕老八的心情,相对来说是好的。在棉田里移栽棉花苗儿,工间歇息时,队长向大家宣传大寨政治评工的办法,他坐在土梁上,噙着旱烟袋,眼睛瞅着脚旁边的一个蚂蚁窝出神。蚂蚁窝很小,不过麦秆儿粗细的一个小孔,洞口有一堆细沙,证明这洞已经深及土层下的沙层了。有几只蚂蚁从洞里爬出来,钻到沟垄里的土块下去了,又有一只一只小蚂蚁衔着一粒食物钻进洞去了。他看得出神,看得津津有味,兴致十足,把队长说的什么政治评工的事撂到耳朵后边去了。

吕老八继续悉心观察蚂蚁。这一群小生灵,在宽阔的下河沿的田地里,悄悄凿下麦秆粗细的一个小洞,就忙忙碌碌地出出进进,寻找下一粒食物,衔进洞去,养育儿女,快快乐乐的。蚂蚁没敢想到要占领整个河川,更没有想到要与飞禽争夺天空,只是悄悄地满足于一个麦秆粗细的小洞。人在犁地或锄草的时候,无意间捣毁了它们的窝洞,它们并不抱怨,也没有能力向人类发动一场复仇战争,只是重新把洞凿出来,继续生活下去。

吕老八似乎觉得自己就是一只蚂蚁了,那麦秆粗细的窝洞无异于他的那个三合院。在宽阔肥沃的下河沿的川地里,他现在占着那个仅有三分多地的三合院,每天出出进进,忙忙碌碌。随便哪一场运动,都完全可能捣毁他的窝洞,如同捣毁这小小的蚂蚁窝一样。

吕老八不易让人觉察地笑了笑,笑自己的胜利,外交和内务政策的全部胜利。他和他的近十口人的家庭成员,遵循忍事息事的外交政策,处理家门以外的一切事宜,几十年显示出来的最重要成效,就是没有在越来越复杂的吕家堡翻船。只是保住这一条,吃一点亏,忍一点气,算什么大不了的事呢?

在村子里,他是个鳖一样的人,不挣工分,骂不还口,似乎任谁都可以在他光头上摸一把。而在家里,吕老八却是神圣凛然的家长。他治家严厉,家法大,儿子媳妇以及孙子孙女没有哪个敢冒犯他的。媳妇们早晨给他倒尿盆。媳妇们一天三顿饭给他把饭双手递上来。媳妇们没有敢翻嘴顶碰他的。十口之家的经济实权牢牢地掌握在他的手中,一切大小开销合理与否由他最后定夺。这样富于尊威的家庭长者,在吕家堡数不出几个来,就说那个队长吧,讲起学大寨记工分办法来一套一套的,指挥起社员来一路一路的,可是在家里呢?儿媳妇敢于指名道姓骂他,他却惹不下。吕老八活得不错。

他的眼睛从蚂蚁窝上移开了,漠然盯着农历四月晌午热烘烘的太阳,心里盘算已定:该当给三儿子进行一次家训,让他明白,应该怎样当好丈夫,这个小东西和媳妇刚厮混熟了,有点没大没小的样子。一个男人,一旦在女人眼里丢失了丈夫的架势,一生就甭想活得像个男人,而且后患无穷。吕家堡村里,凡是女人当家主事的庄稼院,没有不多事的。女人嘛,细心倒是细心,就是分不清大小、远近、里外。必须使这个明显缺乏严格家教的山区女子,尽快接受吕家的礼行,使她能尽快地谐调统一到这个时时潜伏着危险的庄稼院里来……训媳莫如先训子。

八

晚饭吃罢,帮大嫂洗刷了一家人的碗筷,把小灶房收拾清白,锁上门,四妹子揭开自家厦屋的洋布门帘,看见三娃子正坐在椅子上看书,她轻脚蹑步走到他背后,双手蒙住他的眼睛。三娃子从底下伸过手来,在她腰里搔了一把,她不由得放开手。他却就势把她按倒在炕上,搔她脖窝和胳肢窝,痒得她忍不住"嘎嘎嘎"笑着,在炕上打滚、讨饶。他却不饶,依旧使劲挠她搔她。这时候,屋里传来老公公呼叫"建峰"的声音,他吐一下舌头,缩一下脖子,走出门去了。

四妹子整理一下衣襟,跳下炕来,捞起纳布鞋鞋底的夹板。婆婆在把麻和抹褙子的布交给她的时候,郑重交代了,从今往后,三娃子的衣服鞋袜统由她管了,要是穿着太脏,或者穿得露出大拇指的烂鞋,村人不笑男人,而要笑话他的媳妇了,男人的穿戴是女人的面皮。婆婆又婉言替她计划,应该在新婚的头一年里,抽空做下够男人和自己穿五年的布鞋和棉鞋,以防一年后怀里抱上娃娃,就忙得捉不住夹板了。这是任何一个新媳妇都难得避免的事,趁早准备好,做得越多日后越轻松。四妹子很感激老婆婆对她的指教,决心在孩子出现以前,先把鞋准备充足,免得日后发紧迫。

进得这个家庭以后,她和建峰很快混熟了,熟悉了,便更喜欢他了。这个关中小伙子,身体长得健壮,模样也不赖,高眉骨,高鼻梁,条形脸,很有男子汉气魄。他不大说话,尤其在村子里,从不多嘴多舌参与队里的什么纠纷。他在屋里也不大说话,尤其跟老公公说话更少。他在小厦屋里,和她枕在一只枕头上,却轻声细语说这说那,说他在中学念初中时,物理和数学总是考满分,毕业那年,刚碰上"文革",没能参加高中和中专考试,就回家来了。他家的成分高点,自知不敢在村里参与什么活动,就在家里看闲书,竟然对电机摸出门道了,学会修理马达了。

四妹子初到这个家庭一月来的印象,没有什么不满意的事。这个家庭的生活是令她满意的,早饭一般喝苞谷糁子,午饭总要吃一顿细面条,晚饭也是喝苞谷糁子,馍馍通常是玉米面捏的,但逢年过节,总会吃到麦子面馍馍,粗粮虽然多了点,总都是正经粮食啊!不像在老家陕北,总吃糠,顶好是洋芋,而洋芋在关中人的餐桌上,是菜不是主食。

她的建峰身怀绝技,常常给队里修马达,挣一份技术工,他原来就在自己的小厦屋修理,婚后挪到大队一间空房里去了。没有马达需要修理的时候,他就去大田里出工。晚上,他从来不出去串门,也不和其他小伙子们凑热闹,只是抱着那本电工技术书看得入邪。她就坐在他旁边的小凳上,抱着夹板锥纳鞋底,轻轻哼他喜欢的陕北民歌的曲调,小两口热热火火。这个十口之家的大家庭的大事,比如用粮计划,比如经济收支,比如应该给某一家亲戚应酬的礼物,统由两位老人操心,用不着她费心。她在这个看来庞大的家庭里,其实最清闲了,轮着她上工的时候,自有妇女队长来通知。要说当紧的事,倒是该尽快学会各种面条的擀法,以及纺线织布的技术。关中产棉花,人为了省钱,不买洋布,仍然习惯于纺线织布,穿衣做鞋或做被单。

家里的饭,是由三个媳妇轮流做的,每人一月。现在轮大嫂做饭,她有空就给大嫂帮忙,一来自己闲着,干点烧锅洗碗的活儿也累不了人,二来是跟大嫂学习擀面做饭的技术,熟悉熟悉这个家庭吃饭的习惯。轮过二嫂之后,就该轮着她了。她已大致明白,每顿饭动手之前,大嫂先请示老婆婆,做啥饭呀?老婆婆负责调节食谱。饭做熟之后,先舀出两碗,第一碗先端给老公公,第二碗再端给老婆婆,自然都需双手;然后再给孩子们舀齐,一人一碗,打发完毕,才给平辈的弟兄和妯娌们舀了。第一茬舀过,第二茬则由各人自己动手,大嫂只负责给两位老人续舀,以及给够不着锅沿的孩子舀饭,这是规矩,难也不难,四妹子渐渐就懂得了。

没有了吃的忧愁,又有一个基本可心的女婿,四妹子高兴着哩。至于这个家庭的上中农成分的高低,于她似乎没有太大的关系,入党才讲究成分,招工才论成分的好坏,这些事儿她压根想也没想过,只是希求有粮吃有衣穿有房住,有一个能得温饱的窝儿活下去,原本就是抱着这样卑微的目的从陕北深山里跑到这大平原上来的呀!

建峰被老公公叫进里屋去好久了,还没见回小厦屋来,说甚大事,要这么长时间呢?

一阵蔫踏踏的脚步响,门帘一挑,建峰进来了。四妹子一眼瞅出来,他皱眉耷眼,不大高兴,和刚才出门去的时候相比,两副模样。家里遇到甚事了吗?四妹子猜想,也有点紧张。

建峰从暖水瓶里倒下一杯水,坐在椅子上,喝了一口,叹了口气,出气声不大匀称。

四妹子忍不住,小心地问:"咋咧?"

"咱爸训了我一顿。"建峰悻悻地说。

"训你甚?"四妹子问,"你做下啥错事咧?啥活儿没干好是不是?"

"说我没家教。"建峰说。

"没家教?"四妹子听了,不由得问,"怎么没家教了?"

建峰叹口气,又喝了口水,没有解释,半晌沉默,才说:"日后,你甭唱唱喝喝的了。"

"咋哩?"四妹子睁大眼睛,突然意识到老公公一定说了自己的好多不是,忙问,"我口里哼个曲儿,犯着谁啦?"

"咱爸说咱家成分不好,唱唱喝喝,要让别个说咱张狂了。"建峰传达老家长的话说,"咱们成分不好,只顾干活,甭跟人说东道西,指长论短,也甭唱唱喝喝……"

"统共就轮着我上了三晌工,只有那天后晌放工时,我回家走在柳林里,哼了几句。"四妹子说,"咱家成分不好,连一句曲儿都不能哼呀?我在自家厦屋哼几句,旁人谁管得着呢?管得那么宽吗?"

"咱爸讨厌唱歌。"建峰说,"咱爸脾气倔,见不得谁哼哼啦啦地唱唱。"

"那好,不唱了。"四妹子叹口气,试探地问,"除了不准唱歌,咱爸还说啥来?"

"咱爸说,走路要稳稳实实地走,甭跳跳蹦蹦的。"建峰说,"让人见了说咱不稳重。"

"不准唱,不准蹦。"四妹子撇撇嘴,"还有啥呢?"

"还有……甭串门。"建峰说。

"我没串过门呀!"四妹子说,"连一家门也没串过,我跟左邻右舍不熟悉,想串也没处去。"

"咱爸说,大嫂二嫂的屋里也尽量甭串。"建峰说,"各人在各人的厦屋里做针线活儿,别没大没小的。"

"还有啥呢?"四妹子赌气似的问。

"咱爸说,男人要像个丈夫的样儿,女人要像个媳妇的样儿。"建峰说,"不准嘻嘻哈哈,没大没小的。"

四妹子不吭声了,麻绳穿过布鞋鞋底的"嗞嗞"声在小厦屋里格外清晰,不准唱歌,不准嬉笑,不许在村里和人说话,也不许在自家屋串大嫂和二嫂的门子,那么,她该怎样过日子? 她在陕北家乡,上山背谷子背得腰酸肩疼,扔下谷捆子,就唱喝起来了。在娘家时,虽然吃的糠饼子,油灯下,她哼着忧伤的曲儿,哼一哼也就觉得心肠舒和了。有时候,她哼着,母亲也就随着哼起来了,父亲坐在窑外的菜园子边上,也悠悠地哼起"揽工人儿难"来了。她没有想到,哼一哼小曲儿会不合家法,甚至连说话、走路,都成了问题,是关中地方风俗不一样呢,还是老公公的家教太严厉了?

她现在才用心地思量这个家庭成员的行为举止来,才有所醒悟。老公公早晨起得早,在院子里咳嗽两声,很响地吐痰之后,大嫂和二嫂的门随着也都开了。老公公一天三晌扛着家具去出工,回家来就喂猪,垫猪圈,起猪圈里的粪肥。他噙着短烟袋,可以在猪圈里蹲上一个多钟头,给那两头克郎猪刮毛、搔痒、捉虫子。

老公公总是背着一双手进院出院,目不斜视,那双很厉害的眼睛,从不瞅哪个媳妇的开着或闭着的屋门。四妹子进得这个家一月多来,没见过老公公笑过,对大嫂和二嫂那样的老媳妇也不笑,对大嫂和二嫂的五个娃娃也不笑。娃娃们总是缠老婆婆,很怯爷爷,甚至躲着走。大哥在外村一所小学教学,周六后响回来,和父母打过招呼,晚上和大嫂在自家的厦屋里,也是悄没声儿的,住过一天两晚,周一一早就骑着车子上班去了。二哥是个农民,有木工手艺,由队里支派到城里一家工厂去做副业工,一年半载才回来一回。二哥回来了,也是悄悄默默的,不见和二嫂说什么笑什么,只是悄没声儿地睡觉。

四妹子回想到这些,才觉得自己确是有点儿不谐调了。她曾经奇怪,一家人整天都绷着脸做啥?说是成分不好,在队里免言少语也倒罢了,在自个家里,一家人过日月,从早到晚,都板着一副脸孔多难受啊!现在,她明白了,老公公的家法大、家教严。这个上中农成分的家庭,虽然在吕家堡灰下来了,可在那座不太高的门楼里,仍然完整地甚至顽固地保全着从旧社会传流下来的习俗。她不能不尊奉老公公通过她的女婿传达给她的教诲,这是第一次,如果再这样下去,可能就会发生不愉快的事。她刚到这个家庭才一个月,不能不注意老公公对她的看法和印象……

"这有啥难的?"四妹子轻淡地说,"从明日开始,我绷着脸儿就是了。"

"咱家的规矩,凡家里来了客人,亲戚也罢,外边啥人也罢,统统都由老人接待,晚辈人打个招呼就行了,不准站在旁边问这问那。"建峰继续给她传达老公公的家法,"咱爸说,前一回二舅来了,你在旁边说这说那,太没礼行……"

四妹子臊红了脸,她想分辩,又闭了口,建峰说的是老公公的旨意,向他分辩有什么用呢?那天二舅来了,她给倒下茶水,问候了两句,本打算立即退下来,好让老公公陪二舅说话。可是,二舅问她在陕北哪个县、哪个公社,离延安多远,还问那儿的气候、物产、社员的生活。二舅在西安一家什么信箱当干部,人挺和气,不像老公公那样令人生畏。她在回答了二舅的问话以后,也问了些二舅在西安的生活情况的话,平平常常,之后就赶忙给二舅做饭去了……万万没想到,老公公对这件事上了心,说她不懂礼行了。看来,除了上工劳动和做饭吃饭以外,在这个家庭里,最好什么也甭说,什么也甭管,想到这儿,四妹子加重语气,带着明显的赌气的口吻说:"赶明日我绷紧脸儿,抿着嘴儿就是了!"

九

和老公公的一次正面冲突终于发生了。

夏收夏播的大忙时月过去了,生产队里的活儿却不见减少,只是比收麦和种秋这些节令极强的活儿不显得那么紧火罢了。天旱得地上冒火,建峰日夜轮流在河川浇灌刚刚冒出地皮的苞谷苗儿。她和两位嫂子常常同时被派到棉田里去锄草,去给棉苗"抹裤脚""打油条""掏耳屎"。老公公自不必说了,也是一日三晌不停歇。老婆婆坐在场院里的树荫下,看守刚刚分下的麦子,要撵偷吃的鸡或猪,要用木齿耙子搅动,晒得一咬一声嘎嘣脆响,就可以放心地储藏起来了,不出麦蛾子也不生麦牛了,一家人的粮食啊!

这天晌午,四妹子正在棉花行子里给棉花棵子"掏耳屎",一个回家给娃喂罢奶来到棉田的嫂子告诉她,二姑来了。四妹子给妇女队长请了假,奔回村子来。

二姑坐在街门外的香椿树下,四妹子叫了一声"二姑",就伸手从街门上方摸出钥匙,开了锁,把二姑让进院子。屋里没有人,她引着二姑坐进自己的小厦屋。三句话没说完,她抱住二姑哭了,竟然忍不住,哭出声来了。

"是建峰……欺侮你来?"二姑问。

"呜呜呜……"她摇摇头。

"公公婆婆……骂你来?"二姑又问。

"呜呜呜……"她仍然摇摇头。

"俩嫂子……使拐心眼来?"二姑再问。

"呜呜呜……"她哭得身子颤抖着。

二姑搂住她,就不再问了,眼泪扑踏踏掉下来,滴在侄女的头发上。

四妹子想哭。一家老少,没人打她,也没人骂她,吃也是尽饱吃,没有什么能说得出口的委屈事,可她说不清为啥,只是想哭。她躺在二姑怀里,痛痛快快哭起来,倒不想说什么了。

她绷着脸上工,绷着脸在小灶房里拉风箱或擀面条,绷着脸给两位老人双手端上饭去,绷着脸跟大嫂、二嫂说一句半句应酬话,甚至和建峰在自己的小厦屋里也绷着脸儿……她觉得心胸都要憋死了。

自从那晚老公公对建峰训导之后,建峰的脸儿也绷起来了,比她还绷得紧挺得平。他不仅跟她再不嬉笑耍闹了,连话也说得少了,常摆出一副不屑于和她亲近的神气,即使晚上干那种事的时候,也是一句不吭,生怕丢了他大丈夫的架子,随后就倒过去呼呼大睡,再也不像刚结婚那阵儿搂着她说这说那了。

四妹子感到孤单,心里憋闷得慌,吃饭无味,做活儿也乏力,常常在田间歇息的时候,坐在水渠边上,痴呆呆地望着北方,平原远处的树梢和灰蒙蒙的天空融为一体。她想大了,也想妈了,只有现在,她才明显地感觉到了公公婆婆和亲生的大大妈妈的根本差别。在这宽阔无边的大平原上,远远近近数不清的大大小小的村庄里,没有她的一个亲人,除了二姑,连一个亲戚也没有。她常常看见大嫂和二嫂的娘家兄弟姐妹来看望她们和孩子,她俩也引着孩子去串娘家,令人羡慕。她们可以把自己的欢心事儿说给娘家亲人,也能把自己的委屈事儿朝父母发泄一番,得到善意的同情和劝慰,然后又在夕阳沉落时回到这个令人窒息的三合院来。四妹子无处可去,只有一个二姑家,又不能常常去走动,二姑一人操持家务,也不能经常来看她。她的心胸间聚汇起一个眼泪的水库,全部倾泻到二姑的胸前了。一家人全都出工去了,时机正好,她可以痛痛快快哭一场,而不至于被谁听见。

哭过一场,心胸间顿然觉得松泛了,头却因为哭泣而沉闷,和二姑说了会子话,问了跛子姑夫和姑婆的身体,又问了杨家斜夏收分得的口粮标准,劳动日带粮的比例,看看太阳已经移到院子中间,该做午饭了。她要去请示婆婆,中午做什么饭,为了不使婆婆看出她哭过,就用毛巾蘸了水,擦了脸。

因为二姑的到来,因为倒出了胸间聚汇太多的泪水,她的心情舒悦了,轻盈地走过吕家堡的街巷,来到村子北边的打麦场上。刚刚经过紧张的夏收劳动的打麦场,现在清闲下来了,一页一页苇席把碾压得光光净净的场面铺满了,新麦在阳光下一片金黄。她远远望见,婆婆正和一位老婆婆在阴凉里说闲话。走到当面,她欢悦地向家庭长者报告:"妈,俺二姑来咧。"

"来了好。"婆婆盯她一眼,说,"你招呼着坐在屋里。"

"妈,晌午做啥饭呀?"四妹子问。

"做糁子面。"婆婆淡淡地说。

四妹子心里一沉,忙转过身,怏怏地朝回走。屋里往常来了客人,不管是大舅二舅,或是俩嫂子的娘家亲戚,免不了总要包饺子,擀臊子面,最起码也要吃一顿方块干面片子。四妹子的二姑来了,也算得吕家的一门要紧亲戚,婆婆却让她做糁子面。糁子面,那是在糁子稀饭里下进面条,是庄稼人节约细粮的一种饭食,大约是普遍重视的中午这顿饭里最差池的饭了。

四妹子往回走,心里好不平啊!这是对她亲爱的二姑的最明显的冷淡接待了。论说二姑也不稀罕吃一顿饺子或者臊子面,人家在自家屋里也没饿着。这是带着令人难以承受的冷淡和傲慢,甚至可以说是把亲戚不当人对待的明显的轻侮。她的刚刚轻松了的胸膛,现在又憋满气了。

她重新回到屋里时,注意掩饰一下自己的愤恨,不使二姑看出来,免得使她难受,万一让二姑觉得受到怠慢而一气走掉,那就更难收拾了。她让二姑歇在屋里,自己钻进灶房去做饭。

大嫂和二嫂从棉田里放工回来了。二姑从屋里出来,和两位嫂子说话。俩嫂子见有客人来,都洗了手,到灶房里来帮忙。这也是一条家规,凡有客人到来,不管轮着谁值班做饭,大家都要插手帮忙,以表示对客人的敬重,也给任何客人造成一种三妯娌齐心协力、家事和谐的气氛。

"你咋给锅里拂下糁子了?"大嫂惊问。

四妹子低头在案板上擀面,没有吭声。

"咋能给二姑吃糁子面呢?二姑常不来。"二嫂也责怪她。

四妹子讷讷地说:"咱妈叫做的……"

俩嫂子互相看一眼,再不说话了。

四妹子切好面条,听见院子里响起熟悉的脚步声,知道公公回来了,就把下面的事交给两位嫂子,自己走出小灶房,向公公低低地说:"爸,俺二姑来……"话音未落,二姑已经从小厦屋出来,笑着搭话问候:"你放工了?"

老公公"嗯"了一声,放下手里的铁锨,没有朝里屋走,转过身说:"你歇下。"随之就走出二门,跳进猪圈里,蹲下身去了。

四妹子愣住了,老公公的冷淡与傲慢是这样毫不掩饰,甚至故意给客人难看的举动,使她无所措手足了。二姑脸上立时浮出尴尬的神情,悻悻地笑笑,只好再转身走进小厦屋。

往常里,家里有亲朋来,老公公平时绷紧的脸上就呈现出热切的笑颜来接待,立即放下手中正在忙着的一切活儿,把客人领到上房里屋去,喝茶,抽烟,拉家常。现在,老公公蹲在猪圈里,矮墙上冒起一缕缕蓝色的烟雾,不见有出来的征兆。

直到焙好了饭,老公公才在她的催促下跳出猪圈,走回里屋,坐在他往常招待客人的桌子旁。二姑也在两位嫂嫂的谦让中走向桌子的另一侧。

"快吃。"老公公总算开口招呼客人了,"家常便饭,甭见怪。"

二姑装出毫不在意的样子,端起碗来。

大嫂提出让她去替换婆婆回来,老公公立即制止了:"算了,你给她端去一碗算了,她说她不回来了。"

四妹子心里又一沉,老婆婆连二姑的面也不见,这更是注意礼行的老婆婆所少有的举动。

别别扭扭吃罢饭,二姑就告辞了。

送走二姑,四妹子回到厦屋,趴在被子上,哭不出也吃不下饭,越想越觉得窝气,太下贱人了呀!

后晌,她在地里干了一后晌活儿,仍是想不通。晚饭后,她走进老公公的里屋,低着头:"爸,我明日想到俺姑家去……"

老公公盯她一眼,没有说话,低头点燃一袋烟,仰起头来,就佯装出毫无戒备的口气说:"好嘛!按说夏忙毕了,去散散心也对。可眼下队里正浇地,棉田管理也紧火,等忙过这一阵儿,棉花打杈过头遍,地也浇完了,你再去。"

四妹子靠在婆婆的炕边没有说话。

吕老八很满意自己对这个小媳妇的回答。今天中午,他放工回来,顺路到麦场上看看麦子晒干的程度,老伴告诉他,三媳妇的二姑来了,三媳妇和她二姑在厦屋哭成一团。她说她回家去喝水,听见人家哭,没敢惊动,悄悄又退回到晒麦场上来了。吕老八一听就火了。

吕老八心里说,你三媳妇在你二姑怀里哭,必是说俺吕家亏待了你嘛!让邻舍左右听见了,还不知猜疑什么哩!再说,你作为二姑,到俺屋来不劝自己侄女,竟陪着哭,好像俺吕家真的压迫你的侄女了！再说,亲戚来了,不先与主人打招呼,钻在自己侄女厦屋,成啥礼行？你侄女不懂礼行,你做大人的也不懂？你既然不尊重俺屋的规矩,我就不把你当上宾待！

他很赞成老伴的举动:用糁子面招待！

作为回敬,他拒不邀她进上房里屋,躲在猪圈里,你晾着去！

吕老八盯着朝他提出走娘（姑）家要求的三媳妇,心里已经意识到,她给他示威。他慢待了她的二姑,有气说不出,要走娘（姑）家去了。他不硬性拒绝,只是说活儿忙,这在任何人听来,都是完全站得住脚的理由。让她和她二姑都想一想,为啥主家慢待了她？往后就不会乱哭一气了。

四妹子站在炕边,话从心里往上攻了几次,都卡在嘴边了,她想问,为啥慢待二姑？又不好出口。要求到二姑家去的示威性的举动,被老公公轻轻一拨,就完全粉碎了。她转过身,往出走去,决心留给他们一副不满意的样子,也让老公公想想去。

婆婆却在她出门的时候说:"三娃子的棉衣棉裤该拆洗了,甭等得下雪才捉针……"

十

四妹子躺倒了。

昨天晚上,老公公婉转而又体面地拒绝了她的要走姑家的要求,她的第一次示威被悄无声息地粉碎了。她回到厦屋里,早早脱了衣裳,关了门,拉灭了电灯,躺在炕上,眼泪清清流下来,渗湿了枕头。

院子里很静,大嫂和二嫂,一人抱一张席箔,领着娃子到街巷里乘凉去了,老公公和婆婆也到场边乘凉去了,偌大的屋院里,现在就剩下她一个人了。三伏天,屋里闷热得像蒸笼,她的心里憋满了太多的窝囊气,更加烦闷难忍。她想放声痛哭一场,却哭不出来,如果哭声震动四邻,惊震了聚集在街巷和场边乘凉的男女老少,那么,她和老公公的矛盾就公开化了。她似乎还没有勇气使这种矛盾公开化，如果公开化了，很难有人同情她的。到这个家庭几个月来的生活，她已经大致了解到这个家庭在吕家堡是富于实际威信的。庄稼人被接连不断的政治运动和频频更换的政治口号弄得昏头昏脑，虽然不能不接受种种运动和种种口号对人们生活秩序和习惯的重大影响，可是对于绝大多数农民来说，他们依然崇尚家庭里的实际和谐。吕克俭虽然作为大肚子中农被置于吕家堡的一个特殊显眼的位置上，时刻都潜伏着被推入敌对阵营的危险，令一般庄稼人望而心怯，自觉不自觉地被众人孤立起来了。然而，对于吕家的实际生活，却令众多的庄稼人钦敬，甚至奉为楷模，用一句时兴话说，是模范文明家庭。人都说老公公知礼识体，老婆婆是明白贤惠人，两位老人能把一个十多口人的家庭拢在一起，终年也不见吵架闹仗，更不与村人惹是生非，这在吕家堡的中老年庄稼人眼里，简直羡慕死了。这样一个在众人眼里有既定影响的家庭，如果因为自己的到来而吵架，而闹别扭，她即使有理也说不清了，她将会很自然地被人看作是搅槽鬼了。

二姑受到带有侮辱性的待遇，她说不出口，说了别人也还是要说二姑不懂礼行的，她只有眼泪，悄悄默默地淌。

四妹子听到脚步声，又听到敲门声了，是建峰。他白天黑夜在地里浇水，匆匆回家来，抱着大碗扒饭，嘴一抹就下河川去了。他负责四五眼机井上抽水泵的安全运转，发生故障及时修理，正常运行时，就躺在井台的树荫下睡觉，浇地的社员三班倒换，他是白天黑夜连轴转。听见他的脚步声，她没有拉灯，摸黑拉开了木门闩，随即爬上炕去，面向墙壁躺下了。

她听见他走进厦屋，顺手闭上门，拉亮了电灯。明亮的电灯光刺得她的眼睛睁巴不开，她用双手捂住，心里却在想：你老子今日把我二姑作践了！他也许不知道这件事，她猜不准，他的老子究竟给他说过没有？她一时又拿不定主意，要不要向他诉诉委屈？

他坐在椅子上,咕嘟咕嘟喝下了她凉在茶缸里的冷水,啪的一声关了电灯,咣当一声关上了木门闩子,她就感到了他的有劲的双臂。她依然面向墙壁,双臂拘着胸脯,拒绝那双手的侵略。

他一句不吭,铁钳一样硬的手掌把她制服了……他满足了,喘着气又勾起短裤,溜下炕,拉开门,一句话也没说,脚步声又响到街门外去了。

没有欢愉,没有温存,四妹子厌恶地再次插上门,几乎是栽倒在炕上。婚后的一月里,她对他骤然涨起的热情,像小河里暴涨的洪水一样又骤然消退了。自从那晚老公公对他训导之后,他就变成一个只对她需要发泄性欲的冷漠的大丈夫了。他不问她劳动一天累不累,也不问她身体适应不适应关中难熬的三伏酷热,更不管她吃饭习惯不习惯,总之,他对她的脸儿绷得够紧的了。她的月经早已停了,她几乎减少了一半饭量,有几次端起碗来,呕得汤水不进。他知道她怀上了,却说:"怀娃都那样。听说过了半年就好了……"她想吃点酸汤面条,老婆婆没有开口做出这样的指令,她也不敢给自己做下一碗,一大家子人,怎么好意思给自己单吃另喝呢?她想吃桃儿,桃月过去了,一颗桃儿也没尝过。她想吃西红柿,这种极便宜的蔬菜,旺季里不过四五分钱一斤,老公公咬住牙也不指派谁去买半篮子回来。现在,梨瓜和西瓜相继上市了,那更是不敢想象的奢侈享受了……他从来也不问她一声,怀了娃娃是不是需要调换一回口味?

她到这个家庭快半年了,大致也可以看出来经济运转的过程,老公公把生产队里分得的粮食,统统掌管在自己手中,一家人吃饭的稀稠和粗细粮搭配,由老婆婆一日三顿严格控制。上房里屋的脚地,靠东墙摆着四个齐胸高的粗瓷大瓮,靠南墙和西墙摆着两只可墙长的大板柜,全部装着小麦,玉米则盘垒在后院的椿树和榆树的树干上。据说每天晚上脱鞋上炕以前,老公公像检阅士兵的总统一样,要揭起每一只瓷瓮的凸形盖子,打开木柜上的锁子,看看那些小麦,在后院的玉米垒成的塔下转一圈。不过她没有发现过,许是村里人的戏谑之言。她确实看见过老公公卖粮的事,那是夏收前的青黄不接的春三二月,人睡定时光,屋里院里一阵自行车链条的杂乱响声之后,悄悄地灌了小麦,又灌了苞谷,那些陌生人的自行车货架上搭着装得圆滚滚的粮食口袋,鱼贯地从院子推出街门去了。她趴在窗台上,约略数出来,十一口袋。她明白,时下粮食交易的市价,小麦卖到六毛,苞谷卖到二毛七八,各按一半算,也有五百多块。这时候,建峰从里屋回到厦屋,头发上和肩头扑落着一层翻弄粮食的细末尘土。老公公做得诡,一次瞅准时机,把全部要卖的粮食一次卖掉,神鬼不知。不像村里一般庄稼人,见了买主就想卖,一百也卖,二百也卖,反显得惹眼。每年的这一笔重大收入,压在婆婆的箱子底儿,难得再出世。

另一笔较为重要的收入,就是养猪。政府禁止社员养羊、养牛、养蜂,视为资本主义的"尾巴",只允许养猪。毛主席"关于养猪的一封信",用套红的黄色道林纸印出来,家家户户屋内都贴着一份,是县上统一发下来的。老公公从地里回到屋里,扔下家具,就蹲到猪圈口的半截碌碡上,点燃旱烟袋,欣赏那头黑克郎,直到交给公社生猪收购站,装着七八十块钱回来,再愈加耐心地侍候那只两拃长的小猪崽。

第三笔重要收入,是大哥的工资。听说大哥的工资是三十九元,每月七日开支以后,必定在开支后的那个星期六回家来交给老公公,然后再由老公公返还给他十九元,作为伙食费和零用钱,抽烟,买香皂或牙膏一类零碎花销。老公公留下二十元,作为全家统筹安排的进项。老公公禁止儿子回家来买任何孝顺他老两口子的吃食,一来是家大人多,买少了吃不过来,买多了花销不起,于是在家里就形成了一种大家都能忍受的规矩,无论谁走城上镇回来,一律都不买什么吃食,大哥二哥的娃娃自然也不存任何侥幸。屋里院里从早到晚,从春到夏,都显得冷寂寂的,没有任何能掀起一点欢悦气氛的大事小事。

　　大嫂和二嫂，渐渐在她跟前开始互相揭短。二嫂说，这个屋里，大嫂一家顶占便宜了。大嫂一家五口，四口在吕家堡吃粮，每年的口粮款几近三百，而大嫂做不下二百个劳动日，值不到一百块，大哥交的二百来块钱，其实刚刚扣住自己家室的口粮，谁也没沾上大哥的什么好处。老公公明明知道这笔账该怎么处，还是器重大哥，心眼偏了。二嫂还说，大哥最精了，小学教员的伙食，月月没超过十块，而给老公公报说十五块，一月有九块的赚头了。二嫂说他们两口子最吃亏了，俩人一年挣五六百个劳动日，少说也值三百元，而四个人的口粮不到三百元，算来刚好扣住，而六百个劳动日秋夏两季可带的小麦和苞谷就有六百斤，六百斤小麦和苞谷黑市卖多少钱？老公公心里明白这笔账怎么算着，却不吭声，老也不记老二的好处。

　　二嫂这样算，大嫂却有自己的算盘。大嫂说，二哥订娶二嫂的七八百块钱，全是她的男人的钱，老二不记大哥的好处，有了媳妇就忘了拉光棍的难受，反倒算计起大哥了，跟着二嫂一坡滚！大嫂说，老二人倒老实，净是二媳妇鬼精。老二有木匠手艺，跟队里的副业组在城里十八号信箱做工，每月五十七块钱，给队里交四十块，计三十个劳动日，留十七块伙食钱，而实际上连五块钱也用不了。咋哩？民工自己起伙，粮由家里拿，自己只买点盐醋就行了，十七块钱伙食费都给自家省下了。更有叫人想不到的事，民工利用星期天或晚上加班，挣下钱就是自己的，不交队里，也没见过老二给老公公交过。二嫂搂下的私房钱谁也摸不清。净是苦了她的老大，被老公公卡得死死的，每月上交二十块，一年到头也买不起一件新衣服，她的男人是小学校里的教员中穿戴最破烂的一个……

　　四妹子心里反倒有了底：这个家庭里，其实最可怜的是她和男人建峰了。两位嫂嫂，都有一点使老公公无法卡死的活路钱，而她和老三建峰真是被彻底卡死了。她和他在队里劳动，年底才决算，不管长出短欠,统由老公公盖章交办。这个家里通过各个劳动力挣来的粮食,也由老公公统一管理,卖下的余粮钱不做分配。她和老三连一分钱的支配权也没有,而俩人的劳动所得在这个家庭里却是最多的,花销却是最少的……吃亏吃得最多了。

结婚几个月了,公公和婆婆没给过她一分钱,老公公且不说,老婆婆难道不知道,起码需得买一沓卫生纸吧?总不能让人像老辈子女人那样,在潮红时给屁股上吊一条烂抹布吧?从二姑家出嫁时,二姑塞给她五块钱,就怕她新来乍到,不好张口向老人要钱,买沓纸啦,买块香皂啦。五块钱早已花光用尽,总不能再去朝二姑开口要钱吧?建峰睁开眼爬起来去上工,放工回来抱着大碗吃饭,天黑了就脱衣睡觉,从来也不问她需要不需要买一沓纸,纯是粗心吗?

他对她太正经了,甚至太冷了,他只是需要在她身上得到自己的满足,满足了就呼呼呼睡死了。她没有得到他的亲昵和疼爱,心里好委屈啊!

在老家陕北,有个放羊的山哥哥,他和她一起放羊,给她上树摘榆钱,给她爬上好高的野杏树摘杏子吃。她和他在山坡上唱歌,唱得好畅快。他突然把手伸到她的衣襟下去了,在她胸脯上捏了一把。她立时变了脸,打了他一个耳光。山哥哥也立时变了脸,难看得像个青杏儿,扭头走了。她自己突然哭了,又哭着声喊住他。他走回来,站在她面前,一副做错了事的愧羞难当的神色。她笑了,说只要他以后再不胡抓乱摸就行了。他跑到坡坎上,摘来一把野花,粉红色的和白色的野蔷薇、金黄金黄的野辣子花、紫红的野豆花,憨憨地笑着,把一枝一枝五颜六色的花儿插在她的头发上,吊在发辫上。可惜没有一只小镜子,她看不到自己插满花枝儿的头脸,他却乐得在地上蹦着,唱着。

她想到他了,想到那个也需要旁人帮忙掏屎的山哥哥,心里格愣跳了一下。

这样过下去,她会困死的,困不死也会憋死的。没有任何经济支配权,也没有什么欢愉的夫妻关系,她真会给憋死的。

她终于决定:向老公公示威!

她睡下不起来,装病,看老公公和婆婆怎么办?看她的男人吕建峰怎么办?

窗户纸亮了,老公公沉重而又威严的咳嗽声在前院的猪圈旁响着,大嫂和二嫂几乎异口同声在院子里叮咛自己的孩子,在学校甭惹是生非,孩子蹦出门去了。院里响起竹条扫帚扫刷地面的嚓嚓声,那是二嫂,现在轮她扫地做饭了。老公公咳嗽得一家人全都起身之后,捞起铁锨(从铁锨撞碰时的一声响判断),脚步声响到院子外头去了,婆婆和大嫂也匆匆走出门上工去了,院子里骤然显得异常清静,只有二嫂扫地时那种很重很急的响声。没有人发现她的异常反应,他们大约以为她不过晚起一会儿吧?这倒使四妹子心里有点不满足,她想示威给他们看看,而他们全都粗心得没有留意,没有发觉,反倒使她有点丧气了。

"四妹子,日头爷摸你精尻子了!"二嫂拖着扫帚从前院走到她的窗前,笑着说,"快,再迟一步,队长要扣工分了。"她催她上工。

终于有人和她搭话了,不过却是不管家政的二嫂,她的主要目标不是二嫂而是老公公和老婆婆,转而一想,二嫂肯定会给两位家长传话的。她没有搭话,长长地呻唤一声,似乎痛苦不堪,简直要痛苦死了。

"噢呀!那你快去看看病。"二嫂急切的声音,她信以为真了。二嫂又说,"你现时可不敢闹病,怀着娃儿呀!"

"不咋……"她轻淡地说,却又装得有气无力的声调,"歇一晌……许就没事咧!"

"可甭耽搁了病……"二嫂关切地说,"不为咱也得为肚里的小冤家着想……"

四妹子又呻唤一声,没有吭声,心想,必须躺到两位家长前来和她搭话,才能算数。看病?空着干着两手能看病吗?二嫂即使不是落空头人情,属于实心实意的关照,也解决不了她的问题,她能给她拿出看病的钱吗?

　　四妹子决心躺下去,茶不喝米不进,直到这个十几口的大家庭的统治者开口……

十一

　　清晨的空气凉丝丝湿润润的。河川里茂密的齐胸高的苞谷苗子梢头,浮游着一层薄纱似的轻柔的水雾。渠水哗哗流淌,水泵嗡嗡嘶叫,浇地的庄稼人互相问答的声音,听起来格外清爽。这是三伏溽暑里一天中最舒服的时辰。

　　四妹子的示威取得了决定性胜利,老公公支使三娃子带她到县地段医院去看病。

　　四妹子坐在自行车后架上。她的男人吕建峰双手紧握着借来的这辆已经生锈的自行车车把,有点紧张又有点吃力地踩着脚踏子,在吕家堡通往桑树镇的土石公路上跑着。路道坑坑洼洼,两条被马车碾出的车辙深深地陷下去,铺着厚厚的被碾成粉末的黄土。自行车车轮颠颠蹦蹦,几次差点把她颠跌下来,尽管这样,四妹子的心情还是畅快的。她在打麦场上,在棉田的垄畔里,常常听见村里那些媳妇们津津有味地叙说男人带她们逛西安、浪县城的见闻,她现在就坐在三娃子的腰后,去桑树镇逛呀!想到自家去桑树镇的公开理由是看病,四妹子又有点懊丧。

　　前日早晨,她躺在被单下,一直躺到一家人纷纷收工回家吃早饭,也没起来。先是建峰回到厦屋,听说她病了,倒是一惊,让她到大队医疗站去看看病,她翻了个身,没有吭声。他催得紧了,她才冷冷地说:"没钱。"他说大队医疗站免费医疗,看病不收钱。她听了,更加冷声冷气地说:"要五分钱挂号费。我没有,你有没?"顶得他半天回不上话来,他身上也是常年四季不名一文。

老婆婆撩起门帘,走进来问:"害咋?"

四妹子软软地欠起身:"头疼,恶心……"

"到医疗站去看看。"

"……"

老婆婆在桌子上搁下一枚五分硬币,叮当一响,转身走出去了,尽到了老辈子人对晚辈儿媳很有节制的关怀。

她到医疗站去了,交了五分挂号费,那两位经过公社卫生院短期训练的医生,热情而又大方地给她开下不下两块钱的药片和药水,回家又躺下了。一直睡到昨天天黑,她忍着饥饿,没有吃一口饭,早饿得四肢酸软,头晕脑涨,口焦舌燥,嘴唇上爆出一层干裂的死皮,真的成了病人了。建峰惊声慌气地问:"医疗站的药不投症?"她呻唤一声,不予回答,何必回答,其实那些药全都塞到炕洞里去了。老婆婆又来问过一次,随之就把建峰唤回上房里屋,终于传达下老公公的决定,让他带她到桑树镇的县地段医院去看病。

费了这么大的周折,付出了两天难耐的饥饿作代价,才争得了今日逛一逛桑树镇的机会,想来真叫人心酸。如果不是她装病,而是老公公大大方方给她几块钱,让她出去畅快一天,她大概会不停声地要叫"爸"了。无论如何,她达到目的了,尽管争得的手段不那么光明正大,她还是感到了一种报复后的舒心解气。

从土石公路转上通桑树镇的黑色柏油公路以后,车子平稳了。两天没有吃饭,心里饿得慌慌,腰也直不起来了。她觉得自己变得像一片落叶,轻飘飘的,在哪儿都站立不稳。她倚势趴在他的后背上,一只胳膊搂住他的腰,乳房抵着他的单衫下蠕蠕扭动着的脊梁骨,离开吕家堡村很远了,熟人见不到了,不怕难为情了。路面平整了,车子也平稳了,他踏得也轻松了,这才问:"你难受得很吗?"

"嗯……"她恹恹病态地应着。

"再忍一下，马上到医院了。"他脚下踏得更快了，车子呼呼呼飞驰。

四妹子的脸无力地贴靠在他的宽阔的脊背上，他当她真的病下了，急慌慌带着她往桑树镇医院赶着。他虽然对她冷冷淡淡，却怕她病，更怕她死。他老实，一丝一毫也没有觉察出她的用心来。她问："咱爸给下你多少钱？"

"五块。"他轻轻喘着气，不假思索地说。

"要是不够开药钱呢？"她问。

"那……"他略微顿一顿，"咱爸说，一般头疼脑热的病，五块够咧。咱爸说，要是麻烦病，需得再看，那他再给咱……"

"要是花不完呢？"四妹子试探着问，"剩下块儿八毛的，还要交给咱爸吗？"

"当然……按说应该交给老人。"他说，"咱屋家大人多，没有规矩不成。用时朝老人要，花过剩下的该交回去。"

"咱爸还查验药费发票吗？"她挑衅地问。

他不吭声了。似乎于此才意识到她的问话里的弦外之音，含有对他老子的某些讽刺、某些嘲弄、某些不恭，他不回答了。

她也不问了，盘算着怎样充分地使用装在他口袋里的那五块票子，如果花去一大部分买下些她并不需要的药片和药面儿，太可惜了，县地段医院不是吕家堡医疗站，每一粒药丸都要算钱的。

桑树镇逢集日，男人和女人把街道上拥塞得满满的。她跳下车子，扶着他在人窝里挤。走到医院门口，她拽住了他的车子，说："先吃点饭，我饿了。"他说："看完病，消消停停地吃饭，再迟，怕要挂不上号了。"她执拗地说："不要紧。先吃点饭。"他无可奈何地调转过自行车来。

她终于逡巡到一家国营食堂，走进门口一瞅，她的胃猛地掀动起来,扭得心口儿微微地痛了——她瞧见了饸饹。在一只大瓷盘子里,堆着小山一样高的饸饹,紫红色的条子,在服务员抓起时颤悠悠地弹着,她觉得自己完全可以吃掉那一座饸饹垒成的小山。饸饹是用荞麦面压的,而荞麦正是陕北家乡的产物,在家时,过年过节总能吃上一顿。关中不产荞麦,饸饹成为食堂里的商品饭食了。大热天,吃一碗凉饸饹,她该多惬意啊!

他买下两碗,搁在桌上,诚恳地催她快吃。

她多多地调上醋,凉生生的饸饹从冒烟起火的喉咙滚进翻搅着的胃部,她噎得打起嗝来,这才抬起头,不好意思地瞧瞧他,她才发觉他自己并没有吃,手里捏着一块干得炸开口子的馍馍,啃着,看着她吃。她停住筷子,紧紧地盯着他的眼睛:"你咋不吃饸饹?"

他歉意地笑着说:"我……吃馍就行咧!"

她心里忐忑一下,他只给她买下两碗,自己啃干馍,想省下几个钱来。她心里动了一动,随之就愤怒了,从他手里夺下馍来,塞到布袋里,把那一碗饸饹推到他面前,狠狠地瞧着他,直到他端起碗,提起筷子,憨憨地笑着低头吃起来。

她看见他吃得很香很馋,一碗饸饹只挑了三五次筷子就挑光了。她伸出手不容置辩地说:"把钱给我。"他没有吭声,从口袋里掏出钱来,交到她手上。

她接过那一沓折叠整齐的整块票儿和零毛毛票子,转身就走到买票的窗口,一下子又买下四碗来,堆到桌子上,对着他惊恐的眼睛说:"你吃,我也吃。"

他小声嗫嚅说:"要是不够看病咋办?"

"吃完饭再说。"她埋头畅快地吃起来。

她吃下三碗饸饹,似乎肚子里还可以装进三碗。她没有再去买,留下空隙再吃点别的久已渴盼的东西。她走在前头,他推着自行车跟在她后面。她在一个卖西红柿的小车前停住了,问了价,又还了价,买下三斤,装进帆布袋里,等不得用水洗,只用手绢儿擦一擦,就吃起来了。她塞给他两个,他满眼疑虑,没滋没味地吃着。直到她停站在一个西瓜摊子前,而且花掉一块八毛钱买下一个整个西瓜的时候,他吓得简直要哭了:"看病咋办呢?钱花完了……"她说:"我有办法,你甭急,先吃瓜……"

她和他蹲在瓜摊前的小桌前,三下五除二,吃完了一个西瓜。

她吃饱了,浑身都恢复了力气,心满意足了,做梦时不知多少回梦见吃着杏儿、桃儿、西瓜,醒来时枕头上泌着一片口水,今日算是畅畅快快地享了口福。看着郁郁不乐的他,她觉得他太傻了,傻得令人可怜,令人憎恨。再次走到医院门口,他咕哝说:"药费肯定不够了!"

"算咧!不看病咧!"她说。

他回过头,惊疑地瞪大了眼睛。

"我的病……好咧!"她笑着说,"西瓜和饸饹,比药灵哩!"

他大概现在才明白上了她的圈套,一下子没有了力气,顺势在医院门口旁的槐树下蹲下来,深深叹了一口气,有点生气地低下头。

她也想歇一歇,就在地上坐下来,瞅着他有苦难言的样子,悄悄说:"怎么办?买吃了这些东西,没开下一张发票,回去怎么给咱爸交账呢?"

他不计较她的挖苦,反倒问:"你真个没病?"

"现在……有病也没钱看了。"她揶揄地说,"想想回去怎么交账?"

他闷下头,又不吭声了。

"这样,"她说,"你甭作难。这五块钱,算是我借咱爸的,你给他说响,我迟早给他还了。"

"不不不,"他尴尬地笑笑,"不是这个话嘛!"

"建峰,"她低低地叫,"我说的是真话,不是要笑你。我今日敢花五块钱,实在是馋得受不了了!你知道,我有了,三四个月了。我也不知道,自肚里有了这东西,嘴里馋得……"

"你该早说……"建峰说。

"早说啥?你不知道,咱妈也不知道?"她说,"可我连……"她说不下去了,委屈得想流泪。看着街道上拥拥挤挤的男男女女,她忍住了泪,说,"你不替我想,也该替自个的后代想想。我要是生下来个瘦猴猴,你就后悔了!"

建峰闷下头,轻声哀叹一声。

"我给你怀了娃娃,瞎好没人问我一句。我恶心得吃不下饭,你妈不管,你也不管。"四妹子气恨地诉说着,"你爸养的那头老母猪,怀下猪娃了,他一天三晌给喂食饮水,给搔痒痒捉虱子……我连一头母猪都不如!"

"四妹子,你听我说,"建峰急了,忙解释说,"我实在没一分钱,有心也用不上,再说……我也不懂该做啥。"

"没钱归没钱,话该有一句吧?"四妹子并不接受他的解释,"你爸封建到连一句话也不许你跟我说吗?"

建峰又低下头,难受地哀叹着,闷了半晌,委婉地说:"咱爸脾气不好,面冷,家法也大,我也没法子。可你慢慢就知道了,咱爸心好,昨黑给我说,看病剩下钱了,叫我给你买些想吃的东西。咱爸说,屋里家大人多,不好给你另喝单吃,借这回看病,想吃啥买啥……"

"啊!多大方!"四妹子冷笑一下,"就给下五块钱,真要看了病,能剩几毛?还'想吃啥买啥'哩!"

"咱家……唉!没钱!"建峰说,"粮食卖下五百块,全给亲戚还了账,是为我娶你拉下的烂账……"

"穷也罢,富也罢,反正我进你家门楼快半年了,今日头一回花下五块钱。"四妹子淡淡地说,"你给老人说,今日我浪花的钱,算我借下的,我日后还给他。这样——你也好交账咧!"

十二

五块钱,把一个和睦贤良的十口之家搅得人仰马翻了!自信而又威严的家长吕克俭老汉,气得心口疼了,躺在炕上起不来了。

克俭老汉躺在炕上,脑子里不时浮出那不堪回味的一幕场景——他刚从地里走回村子,就瞅见自家门楼下围挤着一堆人,这是乡村里某个家庭发生了异常事件的象征。他心里一紧,外表上仍然不现出慌张,走到门楼下的时候,就听见院子里的对骂声:

"看你也是个野货!山蛮子!卖×换饭吃!从山里卖×卖到平川来咧!"二媳妇的声音。

"我卖×,你也卖×,你妈也……"三媳妇的声音。

"你×大揽得宽!把人嘴缝了!山里货!"大媳妇的声音。

吕老八气得脖颈上青筋暴突起来,走进院子,扔下手中的家具,凛然天神似的站立在院子中央,瞅着三个正搅骂成一团的儿媳妇。尽管他凝眉怒目,架势摆得凛凛然威风,三个媳妇仍然不见停歇,谁也不饶过谁一句,这就使他气上加气,火上添火。往常里,要是谁和谁犯了口角,甚至是老大和老二的孩子吵架,只要他往当面一站,眼睛冷冷一瞅,交火的双方立马屏声敛息,停口罢手。现在,三个媳妇居然当着老公公的面,嘴里争相喷出不堪入耳的秽言恶语,把老家长不当一回事。他劝又不想劝,骂又不好骂,一时又断不清谁是谁非,看着街门口拥来更多的看热闹的婆娘女子,吕克俭家的门风扫地了,关键是应该立即停止这种辱没家风门面的臭骂。他气急中捞起一只喂鸡的瓦盆,"哗啦"一声摔碎在台阶上,随口喷出一句:"难道都不知道顾面子了哇!"

这一摔一吼,果然有效,大媳妇率先闭了口,走回自己的屋子。二媳妇也不见出声了,在案板上擀着面,使用了过多的力量,撞得案板咚咚咚响。最后收场的是三媳妇,在两位嫂嫂已经不出声的时候,还喊了一句:"想合股欺侮我,甭想!"说罢,扭转身回厦屋去了。吕克俭对三媳妇最后多骂一句的表现,留下很糟糕的印象。吵架的双方,除了是非曲直之外,总是老好的人先停口,最后占便宜的一般都是歪瓜裂枣。他对三媳妇的印象尤其反感,虽然三个媳妇都骂得不松火,但三媳妇用蛮声蛮气的山里话骂人更难听。甚至到他后来弄清了这场家务官司的直接责任并不在三媳妇的时候,仍然不能改变对她的那个不好的印象。

吕老八当晚就弄清了原委。二媳妇听村里人说,三媳妇根本就没进医院门,小两口进了馆子又坐西瓜摊子,尽吃海浪了一天,就无法忍受了,先说给大嫂,俩人说着说着就骂起来,说这"外路货不懂礼俗家规"啦!"山蛮子不会居家过日子"啦!"吕家倒霉就该倒在这小婊子身上"啦!正说得骂得热乎,四妹子下工回来,到灶房里去喝水,听见了,随之就开火了。

吕克俭老汉当着三个媳妇的面作了裁决,大媳妇和二媳妇不该私下乱骂,对谁有意见,要说给他或她们的婆婆,由家长出面解决。三媳妇花钱太大手大脚了,下不为例。老汉很开明地说,他给三娃子已经说清白了,看病交过药费,剩下块儿八毛,吃点瓜瓜果果,主要是有了身子。而把五块钱全部吃光花净,太浪费了。大媳妇和二媳妇都不吭声,算是接受了他的裁决,三媳妇呢?居然当着他的面说:"这五块钱,我给建峰说了,日后我还。"老汉对她印象更坏了,听不进道理的蛮霸货嘛!

老汉躺在炕上,一道无法摆脱的阴影悬在心中:分家。这个由他维系了几十年的家庭,一个在吕家堡难得再找出第二家来的和睦的家庭,现在出现了无法弥补的裂口。老汉明白,无论妯娌,抑或婆媳,即使夫妻之间,一旦破了口,骂了娘,翻过脸,再要制止第二次和第一百次翻脸骂娘,就不容易了,就跟第一次通过水的渠道一样顺溜了,要紧的是千万不能有翻脸破口的头一遭。这种事发生发展的最终结局,只有一条路可寻,那就是分家,兄弟们拔锅分灶,各人引着各人的婆娘娃娃过日月。吕克俭几十年来看着吕家堡百余户人家都这样一家分成两家或三家,全无例外,现在,轮到他自个主宰的这个庄稼院了。

必须采取切实的措施来堵塞这种事件重演,虽然艰难,为时尚未太晚。他在把三个媳妇当面裁判一番之后,立即采取第二步措施,让队里进城办事的会计捎话给二娃子,叫他礼拜天回来,无论如何也要回来。

星期六晚上,大儿子从学校休假回来了,二儿子天擦黑时也回来了,三娃子本身就在家里。喝罢汤后,他把三个儿子叫进里屋,瞅着三个横看竖看都十分顺眼的儿子,老汉一下子觉得不好开口了,鼻腔里潮起一股酸渍渍的东西。大儿静淑,二儿暴烈,三儿蔫不拉搭,他熟悉他们的秉性简直比对自己更清楚。不管他们在外工作或在家务农,也不管他们与外人如何交往,回到家中,他们对他一律恭敬,听说顺教,没有哪个翻嘴顶撞,这也为吕家堡的一切老庄稼人羡慕。现在,他对他们怎么说得出那句"分家"的话呢?

未等他开口,大儿子先做了自我责备,把责任揽到他的内人身上,进而推到自己对家属教育不严的根源上。二儿子效法其兄,说自己做工在外,没有能够制止自己的婆娘。只有老三蔫蔫地低垂着脑袋,没有说话。

老汉却估计出来:儿子们尚没有分家的明显征候,于是就说:"我看……趁早分了,免得日后搅得稀汤寡水,倒惹人笑……"

未及说完,三个儿子一齐反对,词恳意切。克俭老汉这才使出最真实的用心:"既然你们兄弟三人都不想分,那我就给你们再掌管一段家事;既然你们都不想分,那就把自家屋里人管好,再不准像前几天那样混骂混闹了……"

此后多日,这个家庭从骤然而起的僵硬的气氛中渐渐恢复过来,恢复了平素那种不淡不咸的气氛,一月之后,就看不出曾经发生过的矛盾的痕迹了。

一件意料不到的打击突然降临,把吕克俭老汉一下子打蒙了——他的三娃子的媳妇被推到吕家堡的戏楼上,斗争了一家伙!

看着三儿媳妇被民兵拉上吕家堡村当中的那幢戏楼,吕克俭老汉吓坏了,也气坏了。他很快得知,三儿媳妇偷偷贩卖鸡蛋,投机倒把,走资本主义道路,被公社里抓获了。

半月前,落了一场雨,秋田的旱象缓解了,苞谷也开始孕穗了,农活少了,除了管理棉花,再没有什么大的活路了。为了缓解家中的矛盾,他让老伴以关怀的姿态支使三媳妇去杨家斜二姑家住一住。万万没料到,她在二姑家跟着二姑偷偷干起了贩卖鸡蛋的违法的营生。

吕老汉胆战心惊,终日价一副大祸临头的不祥心理。天爷!解放二三十年来,吕老八经历了多少运动而保住了上中农的成分没有升格为富农或地主,全凭的是严谨和守法。这个陕北来的三媳妇,居然敢于冒险惹祸,势必殃及这个十口之家的老老少少的安全,怎么得了!

尤其令老汉气恨的是,斗争会后的第二天,在一家人惊魂未定的情况下,她居然天不明起来,又贩鸡蛋去了。

吕老八扶着犁把儿,吆喝一声黄牛,心里盘算着怎么办。他忽然意识到,这种灾祸的根源,全是自己铸成的大错!

自己原来想,陕北人日子过得苦,来到关中,不过是为了混一碗饱饭吃,有苞谷馍馍和白面面条,那些山里女人就觉得进了天堂了。现在看来大错特错了,这个四妹子不仅不懂关中的礼行和规矩,而且性子野,爱唱歌,花钱大手大脚,骂人比本地女人骂得更难听。老汉忽然联想到"闯王",那个东奔西杀的李闯王就出在陕北。穷则乱世。这个自小生在吃糠咽菜的穷山沟里的三儿媳妇,自然无法养成遵规守俗的涵养了,活脱就是个失事招祸的女闯王!

这样下去,怎么得了?她自己脸皮厚,挨斗争不在乎暂且不说,由此而引起整个家庭的灾祸,怎么办?上中农这个岌岌可危的成分,说升就升高了。老汉近三十年来没有一天敢松懈过对全家成员的警告:甭张狂!咱的成分麻达!现在,这个灾星倒自己寻着祸闯……

当夕阳从原塄上消失以后,暮色渐渐浓了,他卸了牲畜,扛着犁杖下坡的时候,一个主意形成了:坚决分家。尽快尽早分开,免得一个老鼠害了一锅汤。这个山蛮子媳妇,看来压根儿就不是个顺民百姓,是一匹从小没有驯顺的野马,一个祸害庄稼院的扫帚星!

十三

满天星光,没有月亮。星星很稠很密,大的小的明的暗的,闪闪眨眨,像搅乱了的芝麻、麦子、黄豆和苞谷,大大小小的颗粒混杂掺和在一起,互相辉映又互相重叠。

人说地上有多少人,天上就有多少颗星。一个人占着一颗星,一颗星就在天上注册着一个人。一颗星儿落了,那是天爷从他的大注册簿上把一个人抹掉了,地上的那个人也就死了。四妹子抬头瞅瞅天空,哪颗星星是她的呢?无法辨认,谁也无法帮助她确认出属于自己的那一颗星来。不过,小时候听大大说过,人大了星儿也就大了亮了,人小了星儿也就小了暗了。天上那些顶大顶亮的星星,就是当今世界上那些大人物的象征,主席、总理、总统、省长们都占着一颗。庶民百姓呢?自然只能占有那些稠如牛毛缺光少亮的芝麻粒儿似的星星。四妹子究竟占有哪一颗星星无法确认,也无关紧要,总是有那么一颗吧!不亮就不亮吧!自己原本不是总统,也不是省长,怎么会指望占有一颗大而又亮的星星呢?令人心里窝气的是,老公公和婆婆在背地里咒她为扫帚星,那是一颗带着晦气的令人讨厌又令人毛骨悚然的灾星!

北岭高低起伏的曲线和南原的刀裁一样的平顶,划开了天上和人间的界线。沟坡间那些奇形怪状的崾坎沟豁,都变得模糊难辨了。川道里似乎更黑,分不清棉田和苞谷地。沿着灌渠和河堤排列的杨柳林带,像一道道雄伟的城墙巍然屹立在河川里,只能辨出树梢像锯齿一样参差不齐的轮廓。青蛙在河滩的水草里吵成一片,夜越显得静了。山坡上偶尔传来一两声狐狸的难听的叫声,在山崖上引出回声,回声倒显得柔气了。

四妹子左胳膊上挎着竹条笼儿,右手甩荡着,在河川的土石大路上急匆匆跨着步子。她刚刚卖掉一笼子鸡蛋,攥下一笔款子,走起来脚下生风。她想放开喉咙,在夜风湿润的河川里亮一亮嗓子,无疑是很惬意的,又能给自己壮一壮胆子。然而她终于没有开口,要是被躲在某个旮旯里的歹徒听到了闻声出来,反而自招麻烦。她更加有劲地迈开双脚,更加欢势地甩开右臂,急急赶路。

感谢二姑,指给她这样一条生路。

她天不明时爬起来,趁黑溜出吕家堡村子,沿着河川越来越细的土石路,一直走进去,到那些隐藏在山坡背沟里的村庄去收买鸡蛋;或者涉过小河,走过川道,爬上北岭,到老岭深处的人家去进行此类交易。越是交通阻隔的偏远的山村,鸡蛋也就越便宜,河川里一块钱买七个八个,在那儿就可以买到十个以上了。收买下一笼子鸡蛋,在夜深人静时分赶回吕家堡,睡过一觉,就爬起来,又趁着天黑溜出村子,赶到城郊去,那儿有几家聚居着工人和他们的家属的大工厂,他们需要鲜蛋。她成全了他们家需要用鲜鸡蛋补养身子的老人和孩子,她也就赚下钱了。一天收购,一天出售,两天完成一个赚钱的周期,除去风雨天和必须到生产队出工的日子,一月里总可以完成六七个这样的周期。每一个周期可以赚下十块左右,有这样的收入实在不错了。

跑路,她不在乎,忍饥受渴,也都罢了,最大的危险是被人抓住后没收了"赃物",就会把一月辛苦的赚头全部贴赔进去了。到处都是警惕的眼睛,任何意料不到的凶兆随时都可能发生。她现在已经完全深谙此道,一次又一次成功地收买下鸡蛋,一次又一次地出手,也就一次又一次地达到赚钱的目的了。她不无得意。

她已经熟悉原坡和北岭上大大小小的百余个村庄,那些村庄大致的经济状态和人际关系。哪个村庄富裕,哪个村庄穷困,哪个村庄干部管得紧,哪个村庄干部闹矛盾,还有哪个村庄压根没人管,到收麦子时还扶不起一个队长来。在这方面,四妹子也许比县委书记或公社的头儿们还要善于用心,还要了解得多哩!那些干部强而又管得紧的村子是禁区,说不定一个什么积极分子一瞪眼就抓住她的笼子,就全完蛋了。鸡蛋是被定为统购统销的仅次于粮棉油的二类物资哩!她小心地躲开那些村庄,而放开胆子走进那些干部不大先进或根本没有干部的村子,像走亲戚一样大大方方走进某一户山民居住的小院,借喝一碗水的时间,与那户男当家或女主妇聊起家常,如果观察判断出这个家庭里没有共产党或共青团的成员,她就提出买鸡蛋的事来。一般说来,这些人是乐于把自家瓦罐里攒下的宝贝鸡蛋拣出来,装进她的笼子里的,因为她比公家收购的官价要高一些,一块钱有二至三个鸡蛋的差别。山民们除非迫不得已,是不会放过高价而低就的。尽管到处宣传说鸡蛋交售给公家光荣,是支援革命,支援亚非拉,直到她把这些宝贝鸡蛋"支援"给城里人的肚子以前,时时都潜伏着危险。供销社的人在车站和渡河的甬道口值班,专门检查偷贩鸡蛋的二道贩子。进入工厂家属区域,常有好事的工人或是居委会的干部出面拦截。很难说他们是为了支援亚非拉或是自己图得便宜,因为他们往往把拦截得到的鸡蛋就地分赃,按公家的价格给她付钱。她可就倒霉了,两天的工夫和往返二百余里的艰难全都白费了,真正是无代价地"支援"给那些比她生活更有保障的工人老大哥或老大姐了。

她被公社供销社的管理人员逮住过一次,从此就只走小路而避开大路了。她在工厂家属区被拦截过两次,从而更加小心翼翼了,对心怀不轨的家伙绝不揭开竹条笼上的蓝布巾子。一次又一次成功地冲过层层封锁堵截,她愈加老练周密,愈少出现差错。因为已经赚下了一个令人鼓舞的数目的票子,即使偶遇不测,也不会过分伤悲,全不像刚起手时被没收了鸡蛋那样难过。权当没有这一次买卖,权当这两天在生产队出工了,权当自己被小偷割了腰包,跑路受累又算得什么了不得的事呢?权当没跑!

至于吕家堡大队批判她的投机倒把的大会,她才不在乎哩!批判一下有什么关系?站一站戏楼怕什么?批判完了,她回家照样端起大碗吃饭,掰开馍馍蘸上油泼辣子吃得有滋有味,她兜里有钱啦!那些批判她的人,尽管说得天花乱坠,却不能供给她买一沓卫生纸的票子!她的公公气得吓得吃不下饭,却照样不给她一块零用钱。两位嫂子叽叽咕咕,蹙鼻子咧嘴讥笑她,却绝不会把她们的私房钱匀出百分之一来给予这个陕北山区来的穷妹子。她不指望他们,也不想在他们跟前低声下气,她要自己去挣钱。只要不抓进监牢,批判一下算什么大事哩!脸皮算什么?就是抓进新社会的大牢,一天还要管三顿饭呢!

四妹子发觉,不仅她的公公婆婆哥哥嫂嫂胆小怕事,谨小慎微(上中农的成分压在头上,情有可原),而吕家堡的男人女人似乎都很胆小,一个个循规蹈矩,安分守己,极少有敢于冒犯干部的事。在陕北老家,学大寨没人出工,干部们早已不用批判这种温和而又文明的形式了,早已动起绳索和棍子。公社社长和县上的头头脑脑亲自下到村子里来,指挥村干部绑人打人,逼人上水利工地。四妹子虽然没受过,见的可多了。地处关中的吕家堡的村民,一听见要把某人推到戏楼上去批判,全都吓坏了,全都觉得脸皮难受了。似乎这儿的人特别爱面子,特别守规矩。

四妹子心里感激二姑。她跟二姑寻到了这个不错的挣钱的门路。二姑悄悄跟她谋算说，你甭太傻！你跟姑不一样，你姑夫兄弟一个，打烂补囫全是我和你跛子姑夫的家当。你家里兄弟三个。俗话说，天下的水朝东流，弟兄们再好难过到头。终究是要分家的。人家老大老二都有收入，分了家不怕。你和建峰最小，没有私房，说一声分家，你连一双筷子都买不起，那时再看俩嫂子瞅你的恓惶景儿吧！你的那个公公，叫"成分"给整怯了，又摆一身臭架子，你犯不着跟他闹仗打架，免得人笑话，可也不能空着两手傻乎乎地往下混。你得给自己攒钱，以备分开家来，手头不紧，心里不慌。

二姑给她的谋划是最实际的了，比她自己所能想到的还要长远，她只不过是因为买不起一沓纸一块手绢仨桃俩枣闹气罢了。她现在完全不依赖二姑的"传帮带"了，自己独立行动，进山爬岭收买，钻进工厂家属区出售鸡蛋，而不需跟着二姑。俩人目标太大，行动不便。

说来好笑！吕家堡那个大队长组织社员开她的批判会，他的老婆却偷偷来朝她借十块钱，说是二女儿坐月子，她要买四样礼物去看望。一个慷慨激昂地念着发言稿批判她的女团员，她的母亲也来朝四妹子借过十块钱，说是最小的儿子日渐消瘦，脸皮发黄，要到大医院去检查。一般来说，她不给任何人借钱，不致造成自己有很多钱的印象。但是，这俩女人来借的时候，她很爽快地借给她们了。她暗暗地怀着一种报复的恶毒心理，把钱塞到对方手中。让你们的大队长老汉和会写批判稿子的女儿想想吧！四妹子不大光彩的赚钱行为，给你们帮上忙了！下回批判我的时光，再多用几个厉害的词儿吧！

……

四妹子走着，甩着胳膊，因为两头不见日头，往返一百余里，全是逃躲大路而专寻小径，她累了；远远眺见吕家堡村子里尚未熄灭的一两个亮着灯光的窗户，腿越觉沉重了。她看见一个人对面走来，不由得停住脚，要不要躲避一下？是不是队长派了民兵来堵截？

四妹子正猜疑不定，却听见那人远远地呼叫她的名字，竟是建峰。他来干什么？来接她吗？从来没有过的举动呀:村里又要抓她吗？不管怎样,她走不动了,扑通一下坐在路边的青草塄坎上。

建峰走过来,站在她当面,难受地说:"分……分家了!"

四妹子一愣,猛地站起:"啥时候分了?"

"今黑间,"建峰说,"刚刚分毕,我就出村来找你了。你看,咱俩……咋办呀?"

四妹子不屑地盯了建峰一眼,很不满意他那难过的神情,对着黑天的旷野大声说:"分了好! 好得很! 我就盼这一天哪!"

十四

四妹子头上包着一块布巾,避免刷墙的浆水溅到头发上,身上和脸颊上却已经溅满一片白土和成的白色泥浆了。她站在一张条桌上,桌上搁一盆白土浆水,用一把短柄糜子笤帚蘸上浆水,再漫刷到墙壁上去。已经刷过而且干涸了的黄土泥巴墙壁,闪现出一缕淡雅的白色。白色中似乎有一缕不易察觉的极淡的绿色,愈加显得素雅了。

"建峰! 给盆儿里添点浆水。"

她站在桌子上,看着门外台阶上的建峰喊着。他正在那儿盘垒锅台,听见她的叫声,放下瓦刀,搓搓粘着泥巴的手,走进门来了。他有点不大悦意地说:"你看,我也正忙着。你从桌子上下来,添了浆水,再上去刷,省得你停着我也停着。"

她斜瞅他一眼:"你不知道? 我上下方便吗?"

他瞅瞅她的腹部,缩一下脖子,做出一副顿然悟觉的神气,快活地笑笑,把浆水从铁桶里舀出来,倒进桌子上的盆儿里。

"给我把头巾扎紧。"她说着蹲下身。

建峰又转过身来,笨拙地扯开她的头巾,拴着。她又喊太紧了。他笑笑,又给她再松一松。他问:"还有什么事吗?"随之压低声儿,调笑地问,"裤带儿松了没?要不要我给你拴一拴?"说罢,爱昵地在四妹子的腰里捏了一下,又把手伸到她的脸上摸着。

四妹子没有拒绝,突然惊声叫道:"你爸来咧!"

建峰立即缩回手。四妹子看着他难堪的神色,却"嘎嘎嘎"笑起来,揶揄地说:"老人家这下管不着我们了!"她又把糜子笤帚蘸上白土浆水,在墙壁上墁起来。

四妹子昨晚就弄清了分家的始末。

由老公公出面,请来了大队里的调解委员会和小队队长,作为官方代表;又依照族规,请来了本族里的长辈和婆婆的娘家弟弟——建峰的三舅,由这三方面的人共同裁决这个即将土崩瓦解的家庭的重大事宜。依照约定俗成的村规,分家时必须由家长出面约请干部和长老儿,晚辈人是无权的,也请不上场来的。

在家庭内部,老公公只允许三个儿子出席,三妯娌连列席的资格也没有。在老汉看来,分家是吕家父子兄弟间的事,商量也罢,吵闹也罢,总而言之都是一母所养,他总是比较好控制他们。妯娌们毕竟是外姓人,没有一个共同的奶头连接她们呀!不能让她们来多嘴多舌,争多论少。

在干部、长辈人和舅舅面前,吕老八外表上没有一丝沮丧和气恨的神色,而是和颜悦色,谦恭地给客人让烟递茶,像是请他们来恭贺吕家的什么喜事似的。他提出分家之事时,也不像一般庄稼人唉声叹气,悲愁满面,一开始就陈述家庭的全部矛盾,说明非分不可了,而且总是责怪儿子不孝、媳妇不贤。吕老八笑容可掬,精明练达,闭口不提儿子和媳妇的不是,反倒夸了大媳妇,又夸二媳妇,连他痛恨的三媳妇也冠冕堂皇地夸赞了几句,随后便把分家的原因统统归于"自个老了,想过几天清净日子"上头来。这是一个绝妙的中性的理由,不伤害任何人。老汉诚恳而又质朴地说:"各位!我这个家庭,现在十几口人哪!十几口人的家当不简单咧!啊呀呀!我都六十岁了,管这么大的家务,实实劳不下来喀!记性差池远了!比方说,前日上街去,一路都念叨着给老二媳妇兄弟结婚要买的被面,一进街,在猪市上转了一圈儿,背着个小猪娃回来了,把被面忘得死死的了……你看看,丢三忘四,怎么能成……"

老汉说得动情,把想分家的真实原因隐藏在心底。

三个儿子,不管心里怎样想,表面上一致反对分家,全部责备自己没有尽到应尽的家庭责任,也没有管教好妻子和儿女,让亲爱的父母费心太多了。

大队的调解委员会和小队的队长无意间相对一瞅,眼目交流着这样一种意思:人家父子如此融洽,兄弟间这般通情达理,好像咱们来故意要拆散人家……

只有三个儿子的舅舅敢于面对现实,他早已不耐烦姐夫和外甥们的虚伪唠叨,插言道:"啥话甭说了,就说分家怎么分吧!"他转过头,对吕老八说:"哥,你把你的想法说出来,合适了,就那样办!不合适了,再商量。说吧!"

克俭老汉早已谋划好了分家的方案。其实,而今分家是最简单不过的事了,没有土地,只有房屋,储存的粮食一家几斗都几斗,没什么意思。关键在于老人的赡养,必须搁到实处。经过多日的反复思谋,他终于把经过无数次修订和斟酌的方案从心里端了出来——

"咱家三间上房,四间厦子。你们兄弟三人,按说分成三份就行了。我跟你妈说了几回,你妈说:'三个娃子都是好娃,三个媳妇都是好媳妇,跟哪个都亏不了咱俩老人。可跟着无论哪家,都要加重负担。所以说嘛,俺俩人干脆谁也不跟,在俺俩老能干动活儿的时候,不要你们侍候。'我一想,你妈说的对着哩!这样,暂时得按四家分。怎么个分法哩?三间上房,一明两暗,实际明间是走道,不能住人安铺。这两间大房,归我和你妈住,明间给老三建峰。四间厦房呢?老大老二,你俩一家占两间。这个明间说是分给老三,实际不能住咋办?老大老二,你俩每人给老三筹备一间厦房的材料,让老三朝队里申请一块新庄基地,盖两间厦子。我和你妈,活着时单吃另做,死了时由老大老二负责后事。老大管我,老二管你妈。我跟你妈下世以后,这三间上房,你俩一人一间半,算是补偿给你们的埋葬费、棺板钱……"

老汉声音颤抖,说不下去了……

四妹子听着建峰的话,对后来的结局不甚关心了。她能看出,建峰在叙述这一切的时候,除了要告诉她分家的经过和结果以外,还有一个重要的目的,就是诚恳地解释和劝诫,让她接受这个结果。他说:"好儿不在家当,好女不在嫁妆。全凭自己挣哩!不能指靠老人……"四妹子只是想了解一下分家的情况,而对结果却不甚重视。她嗤笑一下,说:"即就咱爸偏心眼,把三间上房和四间厦子全都给咱,又能怎样?那些房子是些什么好房呀!椽朽了,墙歪了,我还看不上眼哩!"建峰听了,惊疑地瞪起了眼睛。

"你一会儿去给咱爸说,分给咱的那间上房(明间)咱不要,也不要大哥二哥给咱准备材料。"四妹子盯着建峰说。建峰眉头拧着,越拧越紧。她说:"咱们自己盖。要紧的一件事,倒是该当立马给队里写一份申请,要求给咱拨划一院新庄基。"

"钱呢?"建峰睁大眼睛。

四妹子爬上炕。打开箱子,取出一厚沓人民币来,摔到建峰怀里:"我挨批判斗争,就换来这些钱……"

建峰捏着钱,却没有扭动指头去数它,久久地瞅着,泪花涌出来了。他的妻子,他的媳妇,他的这个四妹子,背着公家人,也背着自家屋里的老人和兄嫂,甚至背着自己,起早摸黑,做贼一样地贩卖鸡蛋,攒下了这么多钱!他不仅没有疼爱过她,而且冷言冷语地训斥她,怕她给他家惹下灾祸……现在,他捏着这摞大大小小的票子,手儿抖了,心儿也颤了。他猛然把刚刚爬下炕来的四妹子搂进怀里,贴着她的脸啜泣起来。

四妹子一早爬起来,就走进四婶家里去。四婶三女一儿,女儿出嫁了,儿子上完大学,恋爱下一位女同学,在西安居家过日子。四婶在西安住了不到一月,就跑回吕家堡来,说她住在城里,顶困难的是拉屎,在那个房屋里的小厕所蹲不下去……四婶一个人住了一院房,两间厦屋空闲着。她一张口,四婶就应承了,而且爱昵地打了四妹子一巴掌,说什么给房租的话,太小瞧她了。四婶说难得她来住,有个伴儿,也能拉闲话了。

她立马动手打扫厦屋,指使建峰盘垒锅台。当她和建峰整整忙到天黑时,所有的家当都从老屋搬迁到村子西头四婶家的厦屋里来了。一切安置停当,她最后才收拾炕面,铺上苇席,铺上褥子、单子,今黑夜就要在这里下榻了。这里,远离那位家法甚严的老公公,她可以和建峰说话,可以说甜蜜的悄悄话,可以笑,也可以唱,再不担心老公公训斥了。她从心底里感到解放了。

她在他盘垒的新锅灶上点燃了麦草,冒出一股黄烟。风箱是临时借来的,锅也是借下的。她轻轻拉着风箱,心里舒坦极了。她在老家陕北没拉过风箱,那里全是吸风灶。她在公公的眼皮下拉风箱,心里总是很紧张。现在,她悠悠地拉着风箱,火苗一扑一闪,第一次觉得作为一个家庭主妇的自豪了。建峰蹲在锅台前,看看前边,又站起看看后边,问她吹风顺不顺。她不说话,只用眼睛回答他,妩媚而柔情:很好很好!一切都好极了!

她温下一锅水,舀下一盆,让他洗一洗身子。他坐在矮凳上,吸着一支烟,说:"我累死了,先歇一下。你先洗吧!瞧哇,四妹子,你浑身上下抹得像个灶王婆了!"

她关了门,与四婶隔绝了。四婶有早睡早起的习惯,已经睡下了。她脱了衫子,又脱了裤子,在电灯光亮里,脱得一丝不挂,在水盆里畅快地洗起来。

"转过来,对着我洗。"建峰说。

她依然背对着他,说:"你不怕冒犯……你爸的家法吗?"

一句话顶得建峰没法开口了。

她痛快淋漓地搓洗着身子,已经明显肥胀起来的乳房抖颤着。她听见建峰走到她背后的脚步声。他讨好地说:"我给你擦擦脊背……"

"你不怕冒犯你爸的家法……"

"不许再提说那些话!"

她听见一声吼。她被他铁钳一样硬的双手钳住了肩头。他把她猛然扳转过来,她看见他一张恼羞成怒的脸孔。她吓住了。稍一转想,她又喜了,从来没见过他的这一副凶相,倒是像个凶悍的男人!"不准再说……"他紧紧瞅着她的眼睛,依然凶悍。她意识到自己几次三番的揶揄的话,惹恼了他了。她瞬间变得缠绵而又温柔,撒娇似的噘起嘴唇,眉眼里滑出并非真心挖苦他的忏悔。在他涨红的脸上亲了一口,就把毛巾塞到他的手里,呢喃地说:"要给人家擦背,还这么凶呀!我的三哥哥……"

夏夜的温热的风,吹动四婶家院子里的梧桐的叶子嚓嚓嚓响。屋后坡崖上的蝈蝈吱吱吱叫。屋里刚刚刷过的白土浆水,散发出一股幽幽的泥土气息。

"四妹子,再甭说那些话了……"

"嗯……"

下　篇

十五

在四婶家的厦屋里借住了半年时光,秋收一结束,四妹子就在生产队拨划给她的新庄基地上盖起了两间新厦屋。到阳历年底,新屋的地面还没有完全干透,她就千恩万谢过四婶,与建峰高高兴兴搬进自己的新屋。虽然四婶真心实意地挽留他们继续住下去,坚决把她塞给的房租钱再塞回她的口袋,四妹子还是毫不动摇地搬进自己的新厦屋里住下了。她已经临产了,隆起的肚子十分显眼,按医生推算的预产期已经到了。关中乡村有一大忌讳,孩子必须生在自家炕上,绝不能不自觉不知趣而惹人心里烦恼呀!也真是神差鬼使似的,刚搬过来的头一晚,黎明时分,孩子落草了。

四妹子疲倦极了,躺在炕上,一动也不想动。屋子里新鲜的泥腥味儿,混合着屋顶的新椽新檩条所散发的木头的气味。孩子有了,那个满脸黄毛的小小子就躺在身边。房子也有了,她的血就渗在这土木结构的新厦屋尚未完全干透的脚地上。她终于有了自己的窝,自己亲手筑成的窝呀!多不容易!

老婆婆在院子里那间草草搭成的小灶房里扯着风箱。一会儿,她给她端来一碗煮成豆腐脑一样软的鸡蛋。一会儿,她又给她端来熬煮得恰到好处的小米米汤,一碟用熟油泼过的咸菜,几块烤得金黄酥脆的白面馍片儿。她吃着,嚼着,看着婆婆露出在头帕下的银白的头发,慈祥虔诚的神态,她涌出眼泪来了。她的亲爱的生母远在陕北的山旮旯里,尚不知她已经给她生下一个小外孙了。按照关中地区乡村的风俗,婆婆服侍月婆是义不容辞的责任,因为儿媳给她生下了孙子,把本门里的继承人又朝前延伸了一代。四妹子礼让婆婆和她一起吃饭,婆婆拒绝了,她推说一会儿还得给老公公做饭,急匆匆地走了。婆婆够忙的了,一双解放脚要来回奔跑在老屋和新厦屋之间的村巷里,一天要做六顿饭,然而看不出她有什么厌烦情绪……一个新生命的诞生,把她和她的积怨冲淡了。

"这碎崽娃子的鼻子多棱骨呀!"

四妹子坐在炕头吃着饭。婆婆已经解开孙子的包单,重新换上一条尿布,瞅着孙子的脸儿,笑盈盈地赞赏那个鼻子。四妹子一扭头,那小子挤眯着双眼,满脸是茸茸的黄毛,鼻子也看不出有多么棱骨,甚至有点丑不堪睹。她第一次看见刚刚脱离母体的婴儿,真是不大好看,婆婆却看不够似的笑盈盈地看着。

"你爸让我看看娃儿的鼻子高不高。"婆婆动情地说,借机也巧妙地传达了老公公对这件喜事的问候。尚未出月,他一个男人家不能进入儿媳的"月子屋"。婆婆说:"你爸那人穷计较,他说自小看大哩!凹凹鼻子的人,多是苦命人,没得大出息。高鼻宽额的男娃娃,才能出脱个男子汉大丈夫!哦——这崽娃子的额颅也宽得很!"

"妈哒!你干脆说他日后能当省长算咧!"四妹子说。她也动情了。不管这孩子将来成龙成虫,老婆婆和老公公的真心疼爱已经在孩子刚刚落草的第一个早晨就表现得够充分了。她恨不起婆婆也恨不起公公了。她一把抱住婆婆的脖子,亲昵地呢喃着,"妈……妈哒……"

两位嫂嫂也拿着鸡蛋来了,礼仪性的探望。

二姑当天后晌就来了,破了俗,本该三天之后才能来。她迫不及待,带着小米、大米、红豆、鸡蛋和红糖以及上等细面馍馍,装满了两个竹条笼儿,用挑担挑来了。

建峰皱着眉头,看着儿子的脸:"好难看呀!一脸黄毛!"他傻愣愣地说,"电影上那些刚生下的娃儿,又白又胖……"他又笑了,猛地贴着她的脸说,"不管怎样,咱的种嘛!"看见二姑进来,他仓皇地站起来,羞得不知所措。

二姑夜晚没有回家,和四妹子睡在一起,叮咛她怎样给孩子喂奶,换尿布,绝不能在坐月子的时日里做活儿做饭,更动不得冷水,那是要留后遗症的。其实,这些事儿婆婆早给她叮咛过了。二姑又悄悄说,不准建峰和她来那事,为了保险,让婆婆晚上和她陪睡,也好照管孩子……

这个小生命来到这间泥瓦小屋的时候,中国大地上刚刚发生过一场惊天动地的震动,"四人帮"垮台的强大冲击波,在一幢幢新墙老壁上回荡。然而这个鼻梁骨多棱骨的碎崽娃子,却无法领受他的年轻父母和备受艰辛的爷爷、奶奶心头的强烈感受。

儿子睁眼了,眼睛好大。儿子会笑了,咧开漂亮的嘴唇。黄毛早已褪净,白格生生的脸蛋子招人忍不住吻他。鼻梁隆起,像爸爸更像爷爷。儿子会翻身了,翻到炕底下,摔得额头上隆起一个疙瘩,婆婆恨声骂她不经心。儿子会坐了,会立了,会牵着大人的手挪步了……终于,他自己在新庄基前的土路上能跑步了。

整整一年半的时间里,四妹子怀里挟着娃娃,为他擦屎,给他喂奶,防备他翻跌摔倒。她出不了远门,连工分也挣不成了。她管孩子。她做饭扫院,完全成了出不了大门的家庭妇女了。她真有点急了。

吕家堡的世事全乱了套。那些在"四清"和"文革"中受整挨批的干部和社员,那些被补定为地主富农的"敌人",白天黑夜跑上跑下,跑公社,跑县政府,在吕家堡东跑西跑更不在话下,急头急脑地要求给自家平反、甄别、赔偿损失、退还房屋。那些整过人的人终日里灰头灰脸了。那些受过整的人,自然结成了一种联盟,在一切场合里互相呼应,互相撑腰,对付那些整过他们的人还在继续玩弄的新的招数。为了扩大阵线,几次有人走进四妹子的新屋,可着嗓子骂那些还在台上的干部简直不是人,简直连六畜也不如,把他们整惨了,譬如四妹子贩鸡蛋的事,他们也斗她,没收鸡蛋,现在应该要求公开平反,退还损失。

四妹子表示热烈的响应,然而却没有实际行动。她无心。她想,斗了批了已经过去了,平反也给不了她任何实际的好处。没收过的十来块鸡蛋钱,退了也没多大意思。她已经瞅着了一笔生意,无心管尿平反不平反的事了。

她从旁人口中得知,南张村大队为了给平过反的人退赔经济损失,把库存的储备粮拿出来卖哩,每斤两毛钱,却不零售,嫌麻烦,最少起数是一千斤。好多人看着便宜,却没有现款。四妹子的心按不住了。

她把娃子塞给婆婆,说她要出远门了,娃子已经断奶,只需给他喂点羊奶和馍馍就行了。她跑到二姑家,开口借下五百块钱,当天晚上就到南张村买下了一吨半小麦。装上了雇来的北张村大队的小拖拉机,连夜晚拉到桑树镇面粉加工厂,小麦就变成了一袋一袋摞得山高的面粉。赶天明,她站在小四轮拖拉机驾驶员的后边的连轴上,不断地叮嘱小伙子小心驾驶,在车辆行人越来越稠密的城市近郊的公路上奔驰,目的是火车西站。那儿聚居着铁路工人、搬运工人,大多是重体力劳动者,比农村人的饭量还要大,公家定量配给的粮食常常吃不到月底。她在过去卖鸡蛋的时候,曾经义务为几户搬运工在村子里偷偷买过粮食。

市场早已解冻,活跃起来,粮食也上市了,小麦降到三毛五一斤,她现在决定把面粉按小麦的价钱出售,因为她购买的小麦便宜。关键要快快出手,多拉多跑一次,比在价格上死抠要有利得多了。果然,满载面粉的小拖拉机在那些小草棚区一停下来,就有人打问,就成交了,一顿饭工夫,倾销一空了。

她脖子上挂着一只帆布包,收来的钱全都塞进去,来不及清数。直到卖完,她看着装得鼓鼓的帆布包,竟不敢动手数了,更不敢从脖子上卸下来。

她把驾驶员领到就近一家饭馆,管饱吃了一顿,又回到车上,她把一张大团结塞给驾驶员,作为对他的犒赏,至于运费,将来与北张村生产队一次结清。

她对他说:"赶回南张村,再买一吨半小麦,连夜到桑树镇加工,赶明日一早再来,我再给你十块,怎样?两天两夜不睡觉,撑住撑不住?要是撑不住,我另找拖拉机。"

"没问题,嫂子!"小伙子把钱装进腰包,恭敬地叫她嫂子,虽然以前并不认识。他说:"加工小麦的时光,我正好可以睡觉,你可是连轴转啊!只要你撑得住,我没一点儿问题。走吧!直接去南张村?"

"南张村。"四妹子说。

"你不回家去看看。"

"不回了。"

连着三天三夜,车轮子不停转,人也不停手脚。第四天清早,她卖完了面粉,照例给小驾驶员在小饭馆买了饭吃。她破例塞给他二十块钱,小驾驶员毫不客气地塞进腰包说:"感谢嫂子!我送你回家吧!"她摇摇头说:"不。到桑树镇。"他就头也不回地开到去桑树镇的路上了。四妹子坐在小拖斗里,瞅着小驾驶员落满黄尘的脑袋,心里想,她给他钱,叫他开哪儿他就开到哪儿,他开北张村生产队的拖拉机,队里给他计工分,每天有一块钱出车补贴,连工分价值合起来超不过两块钱。她给他十块,最后这回给二十块,他自然能算得来哪个多哪个少。他帮她卖面,还叫她嫂子。她扶着拖斗上的栏杆儿迷迷糊糊睡着了。

她被他摇醒,桑树镇到了。她把小麦加工后的麸皮存放在面粉加工厂的仓库里,有一千多斤哩。她给公社奶牛场打电话,依公家的价格卖给奶牛场。奶牛场场长喜悠悠骑着自行车跑来,办完了手续,把钱交给四妹子,就去提货了。四妹子把钱同样塞进帆布袋里,旋即跳上拖拉机,给小驾手说:"现在开到你们北张村,给队里交车费,一切手续全完了。"

天擦黑,四妹子脖子上挂着那只鼓鼓的帆布袋儿,走进吕家堡村子。广播上又在传人开会,大约还是给什么人平反的事。她冷漠地转过身,从一条背巷走向自己的小院。她一脚踏进门,建峰从炕上翻身跳下来,像看一个不速之客一样从头到脚打量着她,惊吓得眼里失了神:"我的天啊！你干啥去了？我就差点没去监狱寻你了！你看看,你成了啥模样？"

她坐在木凳上。成了什么鬼模样呢？她从柜子上拉过小圆镜儿一照,自己也认不出自己了。她的头发像从面粉和黄土里摆拂过一般,黄里透白,污垢把鼻梁两边的洼儿都填平了。嘴唇燥起一层干黑的皮屑,而眼睛像是充了血的火球。三夜四天,她没有睡觉,也没有洗脸,卷入一种疯狂的兴奋之中,直到南张村的储备小麦处理完毕。

建峰已经端来一盆水,放在脚地,让她洗。她草草洗了脸,把脖子上的书包卸下来,扔给他,说:"你数数。"自己就势倒在炕上。

建峰解开书包,吓得奔到炕边,把她猛地拉起来,搂着她的肩膀:"你抢人来？"四妹子淡淡地笑笑,推开他的手,就躺下了。

建峰数完钱,码完大票小票,锁进箱子。把四妹子的鞋袜脱掉,把低垂在炕边的腿脚扶上炕去,帮她脱了棉衣、棉裤,再把被子盖严。他脱了自己的衣服,贴着她睡下来,把她搂在怀里,轻轻地捶着她的背说:"我的……你呀！你……真个是个……闯王！"

四妹子睡得好死！

建峰突然想起父亲。妈妈和爸爸,一天三回跑过来,问她的确凿消息,现在还悬着心哩！他爬起来,穿好衣服,外锁上门板,急匆匆跑回老屋里,悄悄告诉两位老人,说她完完整整地回来了。从她头上和身上落下的面粉看,她确实是做了那桩生意。建峰在四处打问媳妇的下落时,有人说在去西安的路上见到她坐在拖拉机上,车上装着面粉,而南张村处理储备粮的事无人不晓,这是很容易联想到一起的事。爸和妈都吓得什么似的,一再叮嘱说:"挣下几个钱算了。心甭太狠！目下乱世,甭看政策宽了,说不定啥时月又杀回马枪！"

妈说:"快把娃娃抱回去,跟他妈睡去。娃儿三天三夜没见妈妈的面,刚才还跟我要他妈哩！"

建峰笑笑说:"算咧！她已经睡下了。她太累了,回到家,没脱鞋就睡着了。让她好好歇一宿,甭叫这碎货捣乱……"

妈妈的嘴角撇了撇,不言而喻的眼色在说,你倒会心疼媳妇……

十六

这一年的春节,小两口过得红火,过得热闹。四妹子给自己和建峰做了一身新衣新裤,都是当时乡村里最时兴的涤卡布料,而头生儿子更不用说了。酒肉衣食的丰盛和阔绰,并不能掩盖小两口之间的分歧,从大年三十晚上包饺子时开始争论,一直到过罢小年——正月十五元宵节,这场争论仍在继续。四妹子打算办一个小型家庭养鸡场,她既可照管孩子,又能免去四处奔波,收入也不会错的。建峰则主张到桑树镇开一个电器修理铺店,让她给他记账,管孩子,做饭,根本用不着养什么鸡呀猪呀的。

"让我去当老板娘?哈呀!我这心性可服不下!早晨给你倒尿盆,一天三顿给你做饭,晚上给你数钱,这……舒服倒是舒服,可我会闷死的。"

"你养鸡能挣多少钱嘛!那些刚出壳的小鸡,买十只活不了一只,你去问问隔壁邻居的婶婶嫂子就知道了。"

"这你就甭管了。我已经把一本《养鸡知识》念得能背过了,我按科学办法养鸡。婶子和嫂子们只会老土办法……"

这种争论一直在进行。大年初一,两口子吃着肉馅饺子,互相都想说服对方;两口子抱着孩子,背着礼物去给二姑拜年的路上,又争得七高八低;眼看着过了正月十五,新年佳节的最后一个小高潮也过了,还是谁也说服不下谁;最后,双方只好互相妥协又各自独立:建峰到桑树镇去办他的电器修理门市部,四妹子在家里创办她的家庭养鸡场。她和他达成两条协议:一是在他去桑树镇之前,帮她盘垒两个火炕,作为饲养小鸡的温床,她一个人干不下来。二是她要求他每天晚上都回家睡觉。他说,那么下雨下雪呢?她说,下雨下雪也要回家来。他说,这规程定得太死了吧?稍微灵活一下行不行?她说,不能灵活。她和他结婚好几年了,吵也吵过嘴,闹也闹过别扭,晚上总是在一个炕上睡觉,成了习惯了,他要是不回来,她就会睡不踏实。他仍然希望能有百分之一的灵活性儿,或者说特殊情况。她干脆一句话说死,百分之一的机动灵活性儿都不许有,想拉野婆娘了吗?一句话噎得建峰红了脸,再不争取什么灵活性儿了。

正月十六日,一般乡村男女还都没有从新年佳节的醉意和慵倦中振作起来,欢乐的气氛还没有从乡村的街巷里消散殆尽,四妹子和建峰已经干得大汗淋漓了。

她给他供泥巴。他提一把瓦刀在盘垒火炕。他是个聪明的乡村青年,心灵手巧,她只要说出关于这个火炕的用途和想要达到的目的,他就能合理地安排火口和烟囱,而且能调节火炕的温度。看着已经初具雏形的火炕,她是满意的。她用铁锨挖泥,送到他的手下。他需要一块瓦碴垫稳土坯,她立即递给他。他给她帮忙,她显得驯服而又殷勤。

他接住她递来的瓦碴片子,垫到土坯下,稳实了。他说:"晚上要能这么听说顺教就好啰!娃他妈,明白吗?"

她猝不及防,正在干自己一心专注的事儿,他却说起晚上的事儿。她在他脸上爱昵地拍了一巴掌,就把手上的泥巴抹在他的脸上了,随之哈哈大笑,笑他的五花脸儿的滑稽相。

四妹子一次买回来五百只小鸡,把吕家堡的男人女人都惊动了。这里的女人,虽说家家养鸡,顶多也不过十来只,全是春天用老母鸡孵化出来,小鸡借着老母鸡的温暖的翅膀渐渐长大,谁也没有把握把那些用机器孵化的小鸡抚弄长大。人们全拥进她的院子,挤进她的厦屋,伸手摸摸炕壁,瞧着炕上拥来挤去的雏鸡,出出进进,在小院里,在大门外的土场上,议论纷纷。

三间厦屋,只留一间作为她和建峰睡觉生活的用地,而把两间都辟做鸡舍了,三条大火炕,占据了两间厦屋的脚地,中间只留下一条小甬道。五百只小鸡"叽叽"叫着,吵成一片,屋里很快就出现了一股鸡屎的气味。

门前榆树上的榆钱绿了又干了,河川里的麦子绿了又黄了。紧张的夏收一过,炎热的三伏酷暑使庄稼人有空追寻荫凉的时候,那些女人们串门串到四妹子家里来,全都惊奇得大呼小叫起来。

多么可爱啊!用竹棍儿围成的鸡圈里,一片白格生生的雪一般的羽毛,在争啄食物,在追逐嬉戏,高脖红冠的大公鸡追逐着漂亮的母鸡,不避人多人少,毫不知羞地跳到母鸡背上交媾。整个小院里,全都用竹棍围成栅栏,只留下一块小小的空地。

四妹子热情地接待一切前来观看的婶婶和嫂子们,耐心地回答她们的询问,并不在意某个心地褊狭的女人眼里流泻出来的忌妒的神色。成功本身带来的喜悦和自豪,足以使人对一切世俗采取容忍和宽让的胸怀。

刚刚交上农历八月,一声震惊人心的母鸡的叫声从后院响起,四妹子掀开栅栏门,跑进鸡圈,惊吓得母鸡刮风一样奔逃。她跑到鸡窝跟前,那窝里有一个白亮亮的鸡蛋,抓到手里,这才看见,那粉白的蛋壳上留着丝丝血痕。她的眼睛被溢出的泪水模糊了,一个无法压抑的声音在心里回荡:开产了!开产了!

不到半月,三百只母鸡相继开始产蛋,从早到晚,母鸡向她报告下蛋的叫声此落彼起,不绝于耳。她把一盆一盆搅和好了的饲料撒进食槽,捧着一篮又一篮鸡蛋走出栅栏门来。她须臾也不敢离开屋院,真是太忙了。最迫切的一件事是,鸡蛋无法推销出去,堆在家里不行呀!

她终于和建峰商量决定,请老公公和婆婆过来帮忙。虽然婆婆帮她带娃娃,收鸡蛋,然而毕竟不是靠得住的。她要跟两位老人正式交谈一番,要两位老人靠实靠稳到她的小院里来照料内务,她隔一天两天就可以出去卖掉鸡蛋了。她在村子里的代销点买了蛋糕、卷烟、茶叶和酒,一共四样礼物,让建峰用挎包装着,走进熟悉的老公公的住屋里去了。

第二天一早,四妹子挑回一担水来,看见老公公蹲在台阶上抽旱烟,她忙招呼老公公坐到屋里,老公公却磕掉烟灰,捞起她刚刚放下的挑担要去挑水。她对他说:"爸,你腿脚不便了,让我去挑,你给鸡拌食吧!"

她告诉老公公,苞谷糁子、麸皮、鱼粉、骨粉和几种微量元素的配方比例,老公公说他记不住,还是让他去挑水好了。她不让,说:"爸,我要是出门卖鸡蛋,你还得喂鸡。其实不难,我给你把配方写在墙上,掺配一两回也就记住了。"说着,她动手示范了一下,在木缸里按比例放足了各种饲料,搅拌均匀,然后让老公公把饲料端进鸡圈去。老公公刚要动手推开栅栏门,她忙喊:"爸咃!在门旁边的石灰里踩一下。"

老公公回过头来,迷茫不解:"踩石灰做啥?"

四妹子说:"消毒。"

老公公不耐烦了,放下盛满饲料的盆子,索性走回来:"嫌我有毒?你自个送进去!"

四妹子笑了。老公公心里犯了病了。她笑着解释:"爸咃!我送进去,也要踩踏一下石灰。我每一回进鸡圈,都要过这一番消毒手续的。你老甭犯心病,这是防疫要求,不敢违犯。"

老公公好像听进去了,再次走向鸡圈的栅栏门儿,在石灰堆里踩踏了一下,端起盆子,走进去了。

四妹子挑着水桶走出门,忍不住笑了。老天爷,她在指拨着老公公啊!他居然听她的话了!他是吕家堡屈指可数的几个精明强干的庄稼把式,总是别人询问他的时候多,在乡村的庄稼行里,没有难得住他的活路或技术。他又是一位家法特别严厉的家长……然而她盼咐他要做的卫生防疫制度,他却遵守了。

四妹子再挑回一担水来。刚进街门,她听见老公公大声严厉地指使老婆婆说:"在石灰堆里踩踏一下。脚上有毒。卫生防疫不敢马虎。记住,每回进鸡圈,喂食也好,收鸡蛋也好,不管我在不在跟前,都要在石灰堆里把鞋底子蹭一蹭。"

四妹子笑了。

老公公闻声扭过头,也不好意思地笑了,大声解嘲地说:"你甭看我老脑筋。我信科学哩!那年,政府把化肥送来,没人敢买敢用。好些人说,咱用大车给地里送粪,麦子还长不好,撒那么几斤白面一样的东西,还能指望长麦子吗?我买了用了。嗬,那一年,就咱家的麦子长得好!我信……"

吃了一点干馍,喝了几口开水,四妹子把两个垫着麦草的鸡蛋筐子绑在自行车上,对两位老人说:"十二点喂一次,五点钟再喂一次,按比例搭配饲料。鸡蛋要及时拾了,窝里堆得多了,就容易压破了。"说完,她把车子推出街门,儿子闹着要跟她去。婆婆好劝歹劝,才把那号嚎大哭的小子拉扯走了。

四妹子跨上车子,清晨的风好凉爽啊!

十七

每天早晨,天刚放亮,老公公和老婆婆就前后相随着来到四妹子的鸡场,动手清理鸡场里的脏物,打扫卫生,然后挑水拌料,像工人上班一样及时。有时候老人来的时候,她和建峰还在酣睡,听见老公公故意惊扰他们的咳嗽声,慌忙爬起,奔到院子,拉开街门门闩,把等候在门外的两位老人迎进门来,心里常常很感动。

建峰擦洗了脸,推动车子,匆匆走出街门,赶到桑树镇自己开设的电器修理铺去了。

四妹子隔上一天两天,就要赶到南工地去卖鸡蛋。这个南工地,实际是一家兵工厂,兴建之初,是建筑公司的南工地,工厂建成后,建筑工人早已撤走了,当地村民仍然不习惯叫兵工厂的名字××号信箱,仍然称作南工地。前几年,四妹子倒贩鸡蛋的时候,从来也不敢光顾这家兵工厂的家属院,宁肯多跑二十几华里路,送到人际陌生的西安东郊的工人聚居区去。南工地的大门口有警卫,而家属院的门口往往有供销社派来的干部,专门在那儿盯梢,抓获敢于偷卖鸡蛋的人……现在,南工地大门口外的水泥路两边,全是邻近村庄出售农副产品的农民,各种应时蔬菜、瓜果、鲜肉和鸡蛋,一摊紧挨一摊,沿着大路铺开下去。有人在路旁盖起小房子,出售生活用品;饭馆、理发店、酒馆,也开始营业了。四妹子到这里来出售鸡蛋,再不必担心供销社干部来没收鸡蛋了,真是感慨系之!

她隔一天顶多隔两天来卖鸡蛋,太费时了。把鸡场的繁重的劳动全都搁到两位老人肩上了。她与南工地的职工食堂的采购员认识了,达成协议,每天后晌给食堂送三十斤鸡蛋,每斤价格随着市场价格的浮跌而升降,一般低于市场一毛钱。食堂图得省事,又捡了便宜,又保证能吃到最新鲜的鸡蛋,四妹子也省去了整晌整天在那儿坐待买主的麻烦,两厢满意。她在后晌给南工地送一趟鸡蛋,早上和中午就能悉心照管鸡场了,也能使两位老人稍事歇缓了。为了确保这种关系得以持久,四妹子就用一只盒子装上三五十个鸡蛋,送给那位采购员。

四妹子养鸡获得成功,获得了令人眼热心热的经济效益,消息不胫而走,四处传扬。终于有一天,一位陌生人走进院子来了。

来人自我介绍说,他叫解侃,干脆叫他小解好了,他说他是城里报社的记者,专门采访她来了。四妹子听着介绍,把他递给她的记者证还给他,看着他白净的脸膛上,却蓄着一绺小胡须,黑茸茸的,头发披在后脖颈上,这是很时新的男青年的打扮。她突然仰起头,对正在拌料的老公公说:"爸咃!这位同志寻你哩!"说着,就从老公公手里扯过木锨。老公公迷惑地瞅着那位穿戴打扮与乡村人相去太远的青年人,坐到树荫下的小桌旁,一边招呼客人喝水,一边警惕地用眼睛瞄着他在兜里掏笔记本和钢笔。四妹子装作什么也不曾留意,在木盆里翻搅饲料,心里却想,老公公在家里是一尊至高无上的神,三个儿子和三个儿媳以及孙子们,都不能违拗他,他和晚辈人之间有一道威严的台阶。然而面对这样一个小小年纪的外来人,一个记者,老公公眼里除了警惕和戒备之外,还有一缕害怕的神色,是一种在佯装的大方掩遮之下的复杂的表情。她听见老公公和小记者很不顺畅的答问——

"老同志尊姓大名?"

"吕克俭。"

"多大年龄?身子骨还好吧?"

"好好!六十多了。"

"你什么时候开始想到创办家庭鸡场!"

"哦……大概在过年那阵。"

"你不怕……'砍尾巴'吗?"

"砍啥尾……巴?"

"资本主义尾巴。你过去受过砍尾巴的苦吗?"

"那……当然还是怕。"

"你又怎么克服的呢?"

"我……"

四妹子看见,老公公局促不安地搓弄着小烟袋,结结巴巴,鼻尖上冒出细密的汗珠子。他求救似的瞅一眼四妹子,希望她快出场,回答这个洋人的问询。四妹子偏是装作没看见,继续做自己的事。她听见,记者又问技术方面的事,怎样防疫,怎样喂食,怎样解决雏鸡死亡的困难……老公公终于不耐烦地站起来,从她手里夺过木锨,说:"你去给他说去!"

她应答了记者的提问,送走了客人。过了两天,县妇联主任和公社妇联主任乘坐吉普车来登门做调查研究,四妹子又把两三位女领导人引到老公公面前,要老公公回答她们感兴趣的一切问题,弄得老汉更加不好意思。直到妇联主任表示过关心之后,乘车离去,老公公迫不及待地责问四妹子说:"你这个娃呀!你办的鸡场,人家来了就该你应酬嘛!你把我推到人面儿上,我又不知道那些什么'温度''食量''成活率'的事,净叫我受洋罪……"

四妹子仰起头,装出一副傻样儿说:"凡是外面有客人来,理当你老人家接待应酬,这是咱家的规矩。俺小辈人咋能多嘴多舌……"

"呃……嘿!"老公公噎住了,反而说不上话来。他现在才明白了三儿媳妇的心计,意在报复他对她的二姑的那次不礼貌接待,她可真是心眼多端。老汉又一时不好意思否认自己的家规和家风,气闷闷地抽起烟来。

四妹子怕老公公真的犯了心病,又装作毫不介意地说:"爸吔!其实我是故意让你跟那些干部多接触接触。我看你总是怯那些干部。你接触多了,也就明白,他们是干部,可也是人,没啥好害怕的……"

那位记者的文章在报纸上一发表,四妹子的小院里就更加热闹,好多有组织的代表团前来参观,从早到晚络绎不绝。县委书记和县长来了,大加赞扬,说她是他们领导下的河口县的第一个养鸡专业户,应该大大地宣传一番,她给全县的妇女蹚开了一条致富的门路,无疑是一个典型。有人要请她介绍经验。有人要总结她的最新材料。有人来说要写她的报告文学。有人要她填一张表,补选县人民代表……

她被热情的波浪包围着,冲击着。她不能离开屋院了,给南工地食堂送鸡蛋的事也办不到了,老公公主动承担了。

老公公第一次给南工地食堂送鸡蛋回来,把一根甘蔗塞给孙子,然后从内衣口袋掏出钱来,交给她。她从老公公手里接过钱的时候,突然想起刚到这个家庭以后,老公公给她五块钱并且因为她花掉了而闹出家庭纠纷的事。现在,老公公向她交钱了。

这天晚上,吃罢晚饭,一家人都在逗着小儿子取笑,四妹子从抽屉里取出五十块钱,对老公公说:"爸吔!你和俺妈给我帮忙整一月了,这是我给你们两位老人的工资,每人按二十五元一月,这是五十块。日后,养鸡场发展了我再给您增加……"

一家人全惊呆了。老公公瞅着她,半天才说:"这算啥话?啊?这算啥话!一家人,还发工——资?那我跟你妈不是成了你的长工了?"

老婆婆也附和说:"你不怕人笑话吗?失情薄意的!"

建峰却不开口。

四妹子说:"我不能让您二老白干呀!社会主义的分配原则是:按劳取酬。您干了就该有报酬,这是合情合理的事。"

"哈呀!哪有老子挣儿子的钱这号事?"老公公说,"我要钱做啥?只要你们过得好……"

四妹子却毫不动摇:"你要是不受钱,我就不好让您二老继续干下去了。我就要另外在村里雇人……"

老公公更加吃惊,睁大眼睛:"你可不敢胡来!虽说目下政策宽了。雇人可是剥削,是共产党头号反对的事!"他自解放以来,最担心的就是怕被升格为地主——剥削阶级,而乡村里作为剥削的最主要标志,就是雇工。

"我不怕。"四妹子说,"我给人家开工资。我也不知道这算不算剥削。"

"既是这话,你先甭着急雇旁人。"老公公把五十块钱接过来,"我就收下这钱,免得你再雇旁的人来。日后万一有人追究起来,我说是给儿子帮忙,也留一步退路……"

过了几天,那位解记者又来了,询问鸡场的发展。四妹子却想,记者们消息都很灵通,就探问可不可以雇工和雇工算不算剥削的事。记者似乎还没有获得这个具体问题的权威答案,说得含含糊糊。由此却引出了四妹子给公公婆婆开工资的事,解记者大感兴趣,追根刨底,问得四妹子简直都无法回答了。几天之后,报纸上就有一条显赫的标题——

媳妇给公婆发工资
——中国农村家庭结构的质变

四妹子接到解侃寄来的报纸,看了,看得似懂非懂。她真服了这耍笔杆子的,一件在自己看来毫不起眼的小事,让他给分析出那么多的意思来,真是了不起!

这年到头,四妹子给两位老人做了一身新衣服,而且买回一台电视机。大年三十晚上,一家老少欢聚一堂,真是"春满乾坤福满门"。包完饺子,四妹子就说出了下一年的发展计划,她算了养鸡卖蛋的账,获利虽不少,还是不理想。她要买一台孵化雏鸡的机器,那利润比养鸡强多了,大多了。她说,政府现在宣传鼓励农民搞好家庭副业,好些乡村女人眼见她养鸡得了利,发了财,都眼热手痒了,来年春天的雏鸡无疑会是紧俏货。四妹子说:"这一步棋瞅准了,下手要早,单是忙前这一季,赚上万把块钱不成问题。"

老公公不由得愣愣地盯住了三儿媳妇,心里暗暗佩服。这个陕北女人对明年可能出现的小鸡热销的估计完全对头,趁此机会孵化小鸡是有眼光的。他想热烈地肯定儿媳的这"一步棋",临到开口时,却说成了这种话:"这步棋倒是看准了。我说嘛!要那么多钱做啥?就这三百母鸡,收入的钱够吃够穿够用了,算咧!一下子抓到那么多钱,万一日后政策上有个闪失,钱多反倒成了祸害了……"

"从目下形势看,政府号召农民挣钱发家哩!广播上从早到晚都在说这号话。"建峰插言道,"至于日后会不会变卦,怕是神仙也难预料。"他说这话,用的是一种不介入的清高语调,没有明显的倾向性。

"变了卦再说变了卦的打算,现在允许咱挣钱我就要挣。"四妹子毫不动摇,"爸吔!你甭怕,万一日后把我当新地主斗争,连累不了你的,你是我雇来的长——工嘛!"

老汉扭过头笑了。

"买下孵化器,就得雇人了。"四妹子说,"需要好几个人哩!"

"不敢!"老公公坚决反对,"共产党允许农民挣钱,可不准雇长工呀!这是明摆着的道理,你甭胡来。"

"那怎么办?"四妹子也不敢坚持,"可那孵化器,一装上鸡蛋,黑天白日不能离人,要控制温度,要翻捣鸡蛋。小鸡出来了,要喂食喂水,还要检查种蛋……"

"让建峰回家来帮忙。"婆婆说。

"我正在钻研修理电视机的技术哩!"建峰说,"我见不得那些毛草货!一看见鸡呀蛋呀,就烦,一听母鸡叫唤,脑子就晕了……"

"那……这样吧,让你大嫂二嫂过来干吧,还有那几个侄儿侄女,都能干活了。"老公公想出了万全之策,"一来可以免去雇工剥削之嫌,二来也成全了你的两个哥哥。你们的日子过得好了,也帮他俩一下。你大哥教书挣那几个工资,现时看起来就不如养一窝母鸡了……"

四妹子同意了。老公公的话,她不能不同意,那毕竟是亲兄弟啊!

新年的钟声响了,悠扬,雄浑……

十八

兄弟三家联合经营的养鸡场办起来了。

一台浅蓝色的崭新的孵化器买回来了。在靠着街门一侧的土打围墙前,临时修盖起两间油毛毡苫顶的泥皮房子,作为机房。第一窝雏鸡的孵化工作从选择种蛋开始,直到小鸡破壳而出,四妹子几乎寸步不离。春节前,当她产生了随之决定了要走这一步棋的时候,她就赶到二十里远的紫坡国营养鸡场去,在那里从选择种蛋到小鸡出壳看了一个全过程,她自己掏钱在国营养鸡场的职工食堂搭伙,无代价地跟班劳动,陪着值夜班的工人一起值班。现在,她在自己家里开始第一窝小鸡的孵化工作了。

她告诉侄女雪兰和二嫂,在电灯光下,可以看到蛋壳内有一个黑点的鸡蛋是受过孕的种蛋,而没有黑点的蛋是水蛋,孵不出小鸡来的。她告诉她们怎样控制孵化机的温度,直到帮她们辨识那支温度计上的刻度。侄女雪兰毕竟有点文化,多说两遍也就记住了。而二嫂则巴眨着一双眼睛,今日刚记住一点儿,睡过一夜又忘了。这个骂大街一骂三天可以不骂重样话的愚蠢的二嫂,却是记不住机器上头那些旋钮的名称和作用,最后只好换由她的二女子小红来替代。四妹子带着两个侄女,终于孵出第一窝小鸡来,两个侄女高兴得把刚刚出壳的第一只小鸡抢来夺去,在她们的脸上抚摸,甚至用嘴亲那细茸茸的乳白色的绒毛。

对这件事最称心的要数吕克俭老汉了。

老汉从早到晚,没有闲暇的工夫。他搅拌饲料,打扫鸡圈,背上大笼到河沟里去挖水芹菜,那是母鸡最喜欢吃的青饲料了。挑满一笼青草,夕阳隐没,凉飕飕的山风吹着肌肤,老汉点燃一袋旱烟,在沟坎上美滋滋地抽着。看见自己三个儿子都成为吕家堡最富裕的家庭,至于自己要不要挣儿子们的钱,有什么意思呢?

这个三家联营的鸡场,把分裂的三兄弟三妯娌又扭结在一起了。老大在邻近的小学校教书,过去一直是食宿在校,周六才回到家中过礼拜,现在,他每天傍晚骑自行车赶回家来,匆匆吃一碗饭,就自动在鸡场寻活儿干,直到半夜。

老汉背起一笼青草,在夕阳余晖中,走下山沟来了,回去铡碎了好喂鸡啊!

四妹子却感到了一种威胁。她已得知,仅是这个不足两万人口的小小公社里,已经有三家农民办起了孵化场,看来瞅着这步棋的,不只是她一个人。竞争是明摆在眼前的。吕家堡村街巷里最显眼的墙壁上,并排贴着那三家出售小鸡的广告。而国营紫坡养鸡场的广告也派推销人员下乡来逐村张贴,什么"本场有十五年孵化小鸡的历史,经验丰富,小鸡健壮,成活率高达百分之九十八"等等。人们尊崇习惯,习惯是紫坡养鸡场的小鸡最保险了。

四妹子琢磨好久,找到大哥,把一厚扎红绿纸摊在桌上,让当教员的大哥书写广告。

她只考虑了一条:保活。凡是买四妹子家的小鸡,由四妹子负责指导饲养,负责治病,免费医疗,随叫随到。这一条,是最致命的一条。那些不懂小鸡喂养技术的农妇们,最怯小鸡死亡,而小鸡的确是难以喂养的。

这一条,不仅打败了另外三家竞争者,而且把紫坡养鸡场也打败了。他们无法取得农村女人的信任。她们一股脑拥到四妹子的屋院里来了,小鸡供不应求。有人宁愿等到下一拨儿小鸡孵出再买,而不想在旁的什么地方买。

四妹子因此却惹下了麻烦。那些从来都是依赖老母鸡的翅膀哺养小鸡的农妇们,总是不习惯于科学喂养小鸡,控制不了温度(这是关键),也控制不了食量,弄得小鸡常常发病,甚至死亡。她只得按广告上说的去做,给人家的病鸡治病。有时候刚刚睡下,有人来敲门,说是小鸡有毛病了,她就跟来人连夜赶到人家村子里去……由于她的指导,挽救了成千上万的小鸡的生命,四妹子的名声大震,农妇们简直尊称她为"鸡大王"了。随之成正比的是,她的小鸡的销路越越来越好，令人鼓舞。

四妹子太累了，她销售出去的小鸡越多，她的负累也就越重，有几次，她不得不骑上自行车赶到七八十里以外的秦岭山根下，去挽救那些从她那儿买下的小鸡的生命。她很累，却不厌烦。她自己也搞不清哪儿来的这样高的心劲。她只是确凿地意识到了，自己能挽救十只小鸡的生命，反过来就可能增加一千只小鸡的销售量。虽然治病跑路不要钱，而更大的收入却早已流进了联营鸡场的账本。她受到那些接受她施治的家庭主妇的最热情的招待，常常使她处于一种扬眉吐气的愉快心境中，听着那些推心置腹的又是啰啰唆唆感激恩的话，四妹子一次又一次觉得她这个异乡女人在当地人中间活得像个人了。有一次，在本村给一位妇女的小鸡治病，而那位妇女的丈夫曾经是吕家堡党支部的宣传委员，他领导过对她的贩卖鸡蛋行为的批斗，而且说话十分尖刻。她恼恨他。她现在给他家的小鸡治病，特别用心，当她第二次专心用意询问小鸡病情的时候，那位主妇眉开眼笑，一面夸她技术高明，心肠也好，一面就数落那个男人，屁事也干不响，连人家个妇女都不如。四妹子心里十分痛快，一种得到报复的舒悦。

家庭内部的矛盾却在她东颠西跑的时日里酝酿着，像乌云在迅猛地凝聚。

这一天午后，五月的骄阳悬在头顶，火一样的阳光炙烤着已经变成了黄色的麦穗，紧如救火的夏收即将开始，应该准备镰刀了。四妹子骑着自行车，在浑如金碧辉煌的麦海里穿行。她的心情十分好。她是胜利者。她绝对压倒了三家竞争对手，出售的小鸡高过他们一倍，收入自不在话下。该当暂时告一段落了，一当开镰，庄稼汉男女就没有空闲和耐心去侍弄那些弱不禁风的小鸡了。她的孵化器里的最后一茬小鸡今天开始出售，售完了今年就该收场了。

她把车子撑在门外，防备后响又有什么人来请她去防治鸡病，走进街门,连一口水也顾不得喝,端直向孵化房走去,不知今天售出了多少小鸡?必须在搭镰收麦之前把这一茬小鸡销售完毕。她走到小窗下时,猛地刹住匆急的脚步,那里头正传出肆无忌惮的嘲骂她的声音,她的大侄女雪兰和二侄女小红伙同她的二嫂,三个人一唱一和,正说到热火处——

"咱是长工。"二嫂的声音,"人家从早到晚骑上车子满天满地游逛,咱给人家从早到晚熬长工。"

"本来就是个野货!"雪兰的声音,"山蛮子!不懂规矩!白天黑夜骑着车子跑,谁知能跑出啥好事来……"

"能登报受表扬嘛……"小红说。

"怕是单为登报,单为卖鸡儿不会有这么大的精神吧?一个山里野女人……"二嫂说。

……

四妹子的脑子麻辣辣地疼,像接连挨了几棍。她像受到突然袭击的野兽,不假任何思索,扑进门去,一句话也说不出口,迎面就在二嫂的那张嬉笑着的胖脸上打了一拳。不等那张脸反应过来,又一拳砸上去了,鼻血涌流下来。

最先反应过来的是小红,一看妈妈挨打,立即蹦起,在四妹子第三拳还未落下之前,就把她推到一边了。小红随之扑上来,和四妹子扭打在一起。她扯着四妹子的头发。四妹子扯着小红的前襟。小红的前襟刺啦一响,两只从未见过人的小乳房亮了出来。她羞了,一狠劲,把一撮头发从四妹子的头上拽下来了。

小红的妈妈已经反应过来,母狼一样扑过来,抱住四妹子的一条腿。四妹子猝不及防,摔倒在地上的木槽里,小鸡被压死一片,她也不顾了,因为她的裤子被扯破了,一只手抓向她的下身,一阵钻心疼痛之后,就昏死了。

吕克俭正在清理铡草场地,听见声嘶力竭的叫骂声,扔下长柄竹条扫帚,颠跑过来,刚踏进孵化室的小门,就瞅见一幅惨不忍睹的景象:孙女小红被扯破了衣衫,裸露着胸膛,二媳妇被血水糊浆的脸孔,大孙女儿雪兰披散头发,嘴角淌血,三媳妇四妹子被撕光了裤子的屁股下鲜血斑斑,屁股下压着被踩踏死掉的小鸡……吕克俭不由得怒吼一声:"都不要脸了吗?"

……

克俭老汉扛着一把双刺镢头,一只手提着装满开水的瓦罐,头上戴一顶由黄变黑的蘑菇帽儿,走出街门,走过村巷,沿着吕家堡背后的山沟走上坡去了。夏收以后,吕家堡生产队的土地按照人口重新分配到户了。尽管他觉得不敢相信世事会发展变化到这种地步,还是不失时机地用牛把那两块稍微平缓的坡地犁了一遍,剩下两块陡峭的坡地,黄牛拖着犁杖是难得站立得住的,只有靠他用镢头去开挖了。挖开地表一层,曝晒整个一个伏天,杂草晒死了,生土晒成熟土了,地表松软了,秋后好播种小麦啊!

兄弟三家联营的养鸡场散伙了。成千只正在产蛋和即将开产的母鸡全部卖掉了。从早到晚不绝于耳的咯咯咯的叫声没有了。吕克俭老汉早已离开三儿子的屋院,重新回到自己的老窝,连同他的老伴。想到那鸡场的红火走运的日子,真是令人叹惋,简直不堪回首,却无论如何又忍不住回味。

挖下一镢头,翻起一块巴着草根的干硬的土疙瘩,一下一下挖下去,身后就摆满了大小各异的黄褐色的土块。即将进入三伏的太阳,像一个正在燃烧的火盆扣在背上,汗水滴在脚下刚刚挖起来的干土块上。干得累了,他提着镢头,缓缓走到沟坡边沿一棵山榆底下,扔下镢头,抱起瓦罐,咕嘟嘟灌下半罐子凉开水,坐在花花拉拉的阴凉里,掏出烟袋来。老大太诡了!诡到这种不顾乡邻口声的地步了。他在心里怨愤地咒骂大儿子。

将鸡场现存的全部母鸡卖掉的主张,是大儿子提出的,将孵化器也卖掉了。除掉归还贷款,将所有盈余的利润,全部按劳力分配。这个分配方案一提出,老二和他的女人立即表示积极拥护,三媳妇只能少数服从多数,一个指头扭不过五个指头。按这个办法分配下来,老大的女人和女儿雪兰,老二的女人和女儿小红,自然都按两个劳力参加分配,老大本人因为每天放学回来参与鸡场劳动,也争得了半个劳力参加分配。这样,老大一家有两份半劳力,老二一家有两份,只有老三媳妇四妹子单臂独手,仅仅占了一份。每当想到这个悬殊巨大的分配结果,吕克俭老汉就十分懊恼,甚至痛恨自己,千不该万不该,不该在当初把老大老二拉扯到三媳妇的养鸡场里去。好心干下了蠢事,亏了人家三媳妇哇!人家四妹子辛苦一场,好心一场,结果把钱全让两个狠心的哥哥和嫂嫂挖去了,太不仁不义了哇!

克俭老汉现在十分厌恶自己的大儿子。在算计分配方案的家庭会议上,老汉万万没有料到,大儿子从制服口袋里掏出一个蓝皮本本来,当着弟弟、弟媳和侄女儿的面,流水般念着他在周日和每天后晌在鸡场参加劳动的时间,甚至细密到从几点几分干到几点过几分,一天不落,一分钟不差。这个突兀的举动,令弟媳、弟弟和侄女们目瞪口呆,然而最感意外的还是克俭老汉自己。老汉死瞪着眼瞅着大儿子不紧不慢地读着,翻过一页又是一页……他忽然觉得不认识这个大儿子了,与几十年来心目中那个知书识礼的先生判若两个人了。

老汉死瞪着眼睛瞅着那个蓝皮本本,压着厌恶的火气忍耐着,听大儿子像给学生念书一样念着枯燥的时间流水账,心里骂,真是爱钱不顾脸啊!怎么好意思拿出这个狗屁本本来念呢!老汉死瞪得眼花了,那蓝皮本本变幻成一只脱毛烂肉的死老鼠,多看一眼就令人心里作呕。

真是亏了三媳妇四妹子,挨了肚里疼,有苦说不出。人家娃娃辛辛苦苦创下的家业,全让哥哥嫂嫂们分赃盗包一空了!

酷伏天气,原坡沟壑间流荡着炙人的热浪。天空灰蒙蒙的,却又不见一丝云彩。草叶枯焦了,沟道里的泉水断流了。他望着河川里一绺一绺分割开来的田块,顿然悟觉到自己犯了一个深重的过错,拍打着额头,独自叹惋着——

天下之大,世事之纷,总归还是古人说的有远见,分久必合,合久必分。而今正是分的趋势。地分了。牛分了。吕家堡的公有财产包括大队办公室的房子都折价分配给个人了。现在的人心是朝着分字转,分得越小越好,分得越彻底越满意。在这样大水决堤般的时势里,自己却逆时背向,把已经分了家的三兄弟联扯到一起,岂能有完美的结局?岂不愚蠢透顶!

吕克俭老汉虽然一再叹惋自己审时度势中的失误,却并不减轻对大儿子的厌恶情绪,即使"分"字下带着"刀",你毕竟是教育人的先生呀!怎么好意思从自己亲兄弟的碗里抢肉吃呢?你自个不仁不义也罢了,反而把老人也装进口袋了,抹成五花脸儿了,让三媳妇四妹子会产生疑心,说你们爷儿们合谋算计俺……

老汉几次踅摸到三儿子的门前,没有勇气走进去,见了老三家的怎么开口说话呢?他只是叮嘱老伴,让她去多多宽慰三媳妇……可自己这样长久下去也不是办法,终究放心不下。

他瞅着原坡下的吕家堡,静静地贴在小河南岸的坡根下,浓密的树梢中露出新房旧屋的脊瓦。村子西边收割过麦子的空地上,一拨一拨人在拉车运土,那是新近划拨的庄基地。在秋收前的三个多月农闲时日里,可以修盖新房。那一片变得很小的人里头,有他的两个儿子,老大和老二,老大利用暑假,正带领全家人在挖垫地基,准备盖造新房了。老二也辞了合同,领着老婆娃娃,和老大竞赛似的干着。他们都有钱了,都要盖置新房了……唉!

十九

四妹子躺在炕上,平心静气地养伤。她一来是养愈被嫂嫂和侄女抓破的皮伤,二来是想躺下来歇息一下。她太累,骑着自行车没黑没明地跑,跑了整整一个春天,半个夏天,真是太累了。

建峰暂时封闭了在桑树镇上开设的电器修理铺的门板,回到家里来,专意侍奉她。他笨拙地给她端水,倒水,坐在炕边上,口齿拙讷地说着宽心的话。他把他在桑树镇修理电器挣下的钱悉数交给她,企图弥补她被两位哥哥坑去的资财。她笑笑,摇摇头,示意她并不在乎那些损失。他们是他的亲哥哥,一个奶头下吊大的亲兄弟,他对他的两位见钱黑心的哥哥无可奈何,也不好在她面前过多地谴责他们的不光彩行为,只是一心一意盼她尽快康复。她不断听到他的真诚的劝慰:"算咧!你为咱家受够苦了,现在该当享点福了。我在桑树镇修理电器,收入还可以,保险养得住你。你就跟我到桑树镇去,管点零碎事,免得再东颠西跑,咱们也能日日夜夜在一块……"四妹子听着,心里很舒服。

一位副县长来看望她。县长说他听到四妹子的鸡场垮台的消息,十分震惊,大为惋惜。这个全县最早出现的专业户,正是目下县政府要在全县推行的榜样,想不到竟然垮台了。县长询问垮台的原因,四妹子不想再诉冤枉,就漠然笑笑,搪塞过去,使县长终究不得其解。县长说,一定要总结经验,重搭戏台另开锣,绝不能让全县的第一个养鸡专业户垮台,影响太坏了。他征询四妹子的意见,需要什么机械,需要什么物资,需要多少资金,他都一手包了,负责给她优先解决……她只是感激地笑笑,说她什么也不要。

县长不解地瞅着她,说因为政府刚刚开展发展专业户的工作,好多好多人都要求贷款,各级银行应接不暇,而四妹子却把送上门来的好事一概拒绝,是不是灰心丧气了?四妹子仍然笑笑,说她还要过生活,也还要做事的,只是暂时还不需要钱。

县长临走还叮嘱她:"什么时候有了困难,物资的或钱款的,只需给我打个电话……"

记者解侃也闻讯赶来了。

他是个急性子，又是个热心肠，急头急脑地抹着汗，就追问起鸡场倒闭的经过。四妹子仍然轻描淡写地说说，并不掏根兜底儿。这使解记者很着急，甚至激动了，说他可以把她的委屈公之于世，动员社会舆论的强大力量，惩罚破坏专业户的人。如果需要到法院打官司，他可以出庭作证。

解记者仗义执言的热血心肠，依然没有打动四妹子的心，她还是淡淡地笑笑。她被他逼问急了，只是说："没啥！权当我没挣钱，权当我尽了义务，权当像过去偷贩鸡蛋被没收去了……"

解记者默然了，点燃一支烟抽起来，这篇文章怎么写呢？往昔里，他第一个发现了吕家堡的四妹子，把她作为一个经济变革时期的典型人物推上了报纸，成为本报宣传的第一个专业户。这个新生事物的报道，产生了广泛的影响，提高他在报社的威信，那篇通讯稿在全国也算较早报道专业户的有影响的文章之一。几年里，关于四妹子的发展，他写过不下十篇通讯了。她买下电视机，他就及时写下《庄稼人也能看电视了》。她买了一辆轻型凤凰自行车，他就写下一篇《凤凰飞进寻常百姓家》。她买了孵化器，他就写下《电母鸡》风趣十足的通讯等等。

现在，他该写她的什么呢？写她破产吗？前不久他刚发表过一篇《三兄弟联合办鸡场》的通讯，说扩大了生产的农民有自愿组织联合再生产的趋势云云。

解侃说："你能详细地把鸡场倒闭的过程说说，自己可以总结经验教训，我也可以找出一些规律性的东西，对正在兴起的专业户都有好处……"

四妹子说："我不想总结了。鸡场倒闭了算了。我不爱为过去的事情伤脑筋。过去了的事，我全都不管了。我只想日后的事该怎么办？"

解记者忙问:"那好,你谈谈日后的打算,也好哇!"

四妹子笑笑:"暂时保密。"停停,她有点不好意思地说,"你以后甭写我了……我是个农村妇女……你写我写多了我不好受……"

解侃不无遗憾,不无丧气,真没办法。

四妹子静静地躺了三天,伤不疼了,体力也恢复了,有点躺不住了。三天来,建峰围着她打转转,表现出一种笨拙的又是真诚的关心。她向他招招手。他顺从地走过来。她指指炕边。他顺从地坐下。她努努嘴,向他撒娇了。他抱住她,亲着她。

她说:"建峰,你不嫌怨我闯事惹事吗?"

他憨厚地笑笑,把她搂得更紧了。

她说:"我想起我自小受苦,从陕北来到关中,我……真想哭,又……哭不出来。"

他听着她在他胸前嘤嘤地说着,自己倒先流出泪来了。

这当儿,院子里响起一声咳嗽,是老公公给他们打招呼,老掌柜的要进晚辈人的屋子了。她挣脱开他的搂抱,俩人端端正正坐着。

老公公走进厦屋,坐在木椅上,沉默半晌,才问:"好些了?"

她说:"好了。"

老公公说:"噢!好了就好!"

四妹子忽然感动了。这是踏进吕家门槛几年来,第一次听到老公公知疼知冷的话。平素里,老公公摆一副家庭长者高不可及的威严架势,咨啬到从不说一句问候儿媳的话,总是由婆婆来传达他的关照。老公公终于走进她的卧室,问候病情来了。她忽然想到亲生父亲,那个比老公公更穷然而却和气得多的大大!

"过去的事,甭想了。"老公公说,"千错万错都怪我……"

"根本不怪你,爸。"四妹子忙说,"我早都不想它了。自打那天晚上分配完毕,我就不想了,吃亏也罢,占便宜也罢,就这一回了。我已经不想它了。"

"不想了就好!"老公公说,"日子怎么说也比以前好过了。"

"爸吧!"四妹子叫,"我想跟你商量一件事。"

吕克俭老汉仰起头,期待着。

"我想承包大队那个果园。"四妹子说,"需得一个看门的可靠人手……"

建峰瞪起眼:"你还不死心呀?啊呀呀!我还怕你伤心哩!你这几天躺在炕上原是盘算这号事……"

四妹子说:"我盘算了三天。那果园百十亩地,苹果、梨和葡萄刚挂果,队里管不好,现在又要承包出去。甭说现有的果树,单是利用这块地养鸡养蜂养奶牛,想想会弄出多大的世事!"

吕克俭老汉惊呆了,半天说不出话来。三天里,他沉浸在一种难言的痛苦当中,替三媳妇四妹子难受,谁料想她本人并没有伤心伤情,而是在谋划着承包大队里那百亩果园的事。哦呀呀!这个陕北女人,真厉害!

"这回——"四妹子说,"我要正儿八经地雇用工人,按月开销工资。果子未上市前,工资暂欠,果子一上市,按月照发,我要……"

"保险能赚钱吗?"吕克俭老人不无担心,"大队里决定果园承包半月了,没人敢应承,听说人都怕烂包……"

"全在自己管理哩!"四妹子说,"我这几天划算来划算去,怎么划算都划得来。爸吧!你只要答应给我看大门,旁的事就甭操心了。"

……

夏日的傍晚,夕阳涂金。

四妹子走在宽阔的柏油公路上,旁边走着她的男人建峰。他俩岔开公路,走上通往果园的土石大路。他不放心她病愈出门,陪她走着。

苞谷苗子铺满大地,渠水欢快地流泻着。公路两旁高大的白杨迎风起舞,蓝天涂一抹艳丽的晚霞,几朵白云也染成红色了。

"你还舍不得那个电器修理部吗?"

"当然,你也是舍不得果园呀!"

"好,各人干各人的吧!"

"唉,你总是跟我合不到一条辙上!"

土石大路两边,绣织着野草、马鞭草、菅草和三棱子、香胡子,拥拥挤挤地生长在路边上,车前草却居然长到路中间来,任车碾马踏人踩,匍匐在地上,继续着自己顽强的生命。

四妹子拔起一株车前草,对建峰说:"这草叫什么名字?"

"车前草,你也不认得?"建峰不屑地说。

"这草——"四妹子说,"叫四妹子。"

建峰眨眨眼,理会了什么似的,没有开口。

四妹子走到果园的木栅门口,忽然又想起妈妈给她掏屎的痛苦情景,那令人毛骨悚然的可怕的谷糠饼子啊!

她回瞧一眼建峰,走进果园,一眼望不透的苹果树、梨树和葡萄藤蔓……她张开双臂,大声喊:

"砸不烂的四妹子,又闯世事来了……"

1986 年 8 月草改 白鹿园

短篇小说

夜之随想曲

我陪他坐在小河边。

新月初上,沙滩上洒着一层迷蒙的月光。一条条柔软的柳枝从头顶上垂吊下来,悠悠摆动,拂抚着我和他的脸和赤裸的肩膀。

"空气多好啊!"他用手撩着水,撩起的水珠落进河水里,发出清脆的金属撞击般的声音。他仰起头,深深呼出一口气,陶醉了的声音里流露出毫不隐讳的妒羡心情,"在享受清新的空气财富方面,乡下人比城里人富有得多了!"

我很自豪。我生活在乡下,总愿意听到别人赞美乡村,尤其是城里人对乡村的赞誉之词,总使我听来很有一种自豪的滋味。

"这水多好啊!"他像一位诗人,赞美了空气,又赞美河水,赞美月色,激动得声音发颤了,"月亮,迷迷蒙蒙的河川,太好了!"

尽管这一切我已司空见惯,此刻心里受到他的感染,愈加自豪了——我们的乡村!

"唉!"他感叹着,遗憾地摇摇花白的头,"我那小孙女,长到八岁了,没有见过河水,没有摸过沙子。每到星期日,总要我领她去公园,那些假山假湖,她一进去,就没命地跑啊蹦啊!我看着真难受!被人踏得光溜溜的假山,沤得发黑的一潭臭水……哪有这大自然的河水的美景呢?我的孙女要是到这沙滩上来,该乐死了哩!"

"那你把孙女领来呀!让孩子在乡下玩玩多好!"我热烈地

邀请。

"我前日来时,孙女就要跟我来,我也想带她。"他说,"她奶奶给整好了衣服,她妈妈给装好了吃食,奶粉、白糖、蛋糕、巧克力,嚯呀,装下一大包,真够我背的。结果呢?我引着孙女要下楼了,她妈妈突然说,要是孩子病了可怎么办?乡村人没有讲卫生习惯,孩子是很难适应的。我下乡来头一个星期,就闹肚子。我也就……"

想让孩子到乡下来呼吸新鲜空气,却惧怕乡下卫生条件差而闹病,这个矛盾无法统一。我嗯了一声,相邀的热情顿然冷却了。

"孩子抵抗力差呀!"他解释说。

我点点头,这是对的。

"城里的孩子真可怜!"他敲着膝头,叹惋的口气,"吃不上任何新鲜的东西。牛奶呢?订不上,奶粉呢?加工过了,哪有鲜奶好嘛!苹果糠了!西红柿烂了!连面粉也是囤积了多年的小麦磨下的陈货!我在房东家里,看见女当家每天早晚给孙子挤羊奶,多新鲜!西红柿从地里摘下来就吃,维生素一点也不损失……我不由得想到我的那个小孙女,真可怜!啥好东西也吃不上……"

我想点头搭讪一下,却仅仅是一种心里念头,脖颈竟然不听支配,没有点一下头,不置可否地笑了笑。

我和他住在一个叫作前庄的村子里,对农民搞路线教育,他是组长,我是组员。半个多月的相处,我大体得知,他是地区的一位中层领导干部,"四八式"干部,"文革"中结合得很早。他下乡抓点来了,住在我们公社。我有幸陪他住在前村,原是以为荣幸的——这是我有生以来直接接触的最大的一位领导。我的三十九元的工资,只抵得他的工资的零头的一半。想想吧,他要比我的资格高出多远!

我有三个孩子,还有一个农民老婆,双亲虽然健在,都是生产队的"半劳"。我们那个生产队的工值是四角。我从来也不敢用三十九元工资去孝敬父母,孩子更不在经济许可之内了。我想尽了一切可能节约的途径省下每一个镍币,再到渭北的富裕地区去买苞谷。我们队里的粮食总是欠缺,我能保证一家老少填饱肚子,就自以为是最大的尊老爱幼了。

他——我的组长,现在在美妙的夏夜的大自然的怀抱里,为他的小孙女不能呼吸新鲜空气,不能尝新鲜水果,不能喝到鲜奶而深深惋惜。我顿然悟出一条人生的哲理:人永远都在不满足中叹息。

大约看着我无端地沉默起来,他笑着说:"你能在农村工作,太好了!我就喜欢农村,所以这次下乡,是我自己提出来的。城里没什么好留恋的。你可记住我的话:甭往城里钻!"

我点点头,笑笑,说:"我即使想进城,也钻不进去。我是一个水利技术员,到城里没工作干呀!再说,我那点工资,在乡下还能凑合,到城里可就没法……"

"你工作几年了?"他关心地问。

"我六〇年从省水利学校毕业,现在工作了整整十五年了,工资一次也没涨过。"我流露出某些怨气。

"工资是低些。"他安慰我说,随之就对我进行传统教育了,"我参加革命时,没有工资,照样拼命干!解放头几年,实行供给制,也没工资,还是泼上命干工作。干革命不能讲价钱!"

我的意识里强烈地拒绝接受这些冠冕堂皇的教育。我多少知道,他早在我这个年龄的时候,已经有保姆料理家务了。他已经不需要向谁再讲价钱。他不满足的,仅仅是孙女看不见大自然的真山和真水,呼吸不上乡下新鲜的空气,尝不到从树上刚摘下的带着露珠的苹果!

"空气多好啊!"他站起来。

"空气……是好啊!"我也站起来。我陪着他,从河堤上走过去,从田间小路上随心所欲地走过去。

"我的小孙女要是跟着我,该多好!"

"你带一个保健医生来……"

"我的资格不够哟!"他哈哈一笑。

我想到了我们公社书记的话。公社书记派我陪他到前庄来的时候,给我交底说,他是主动要求下乡来抓点的,可能要提升一把手了。我就不无目的地说:"你会达到那个资格的。"

"我可不敢想……"他酸溜溜地笑了。

"……"

我想说,不敢想其实不是没有想,然而终于没有说。我的心头掠过一阵悲凉,一个月薪超过我四五倍的人,居然对我哭起穷来了,怎么能指望得到应和呢?他一边抱怨自己亲爱的小孙女吃不上新鲜水果和牛奶,却一边教导根本连糠了的苹果也吃不到嘴的孩子的爸爸——我,要发扬延安精神,艰苦奋斗,继承传统……他自己引以为荣的精神似乎只有我才是最合适的继承者,他倒不必再发扬了……未免虚伪得过于露骨!

"我一定要说服小孙女的奶奶和妈妈,带她到乡下来,看看真山真水,呼吸新鲜空气。"他在夏夜温适的空气中沉吟着,终于下了决心,而不考虑卫生条件了。

"你把时间选择得稍晚一点,"我提示这位城里人说,"那时候,前庄大队果园里的苹果就要成熟了,很新鲜……"

"这倒对!"他高兴地点点头,居然把我的话当真了……

1985 年 1 月 12 日 西安东郊

广播体操乐曲算不算音乐

关于广播体操乐曲算不算音乐的问题,在田部长家里的晚餐餐桌上提出来了。

晚餐吃完了。田部长的老伴系上围裙,开始收拾餐桌。只有在她那身藏青色的干部服外头罩上淡蓝色的围裙,田部长才觉得他的老伴更像一个女人。她的腰部和臀部早已变得一般粗了,围裙的系带在腰间一勒,那膨胀了似的腹部就愈加突出。虽然如此,收拾起桌上的残留着剩汤剩饭的碗、碟、杯、盘来,她的动作依然利索,抹过桌子,就把一杯刚沏好的酽茶递到他的手上,这是习惯了。

田部长接住茶杯,放到桌上,站起来说:"不喝了,我要出去。"

"这么急?"她站在当面,"部里有事?"

"部里今晚有场舞会。"田部长兴致勃勃。

"噢哟!"她的嘴一撇,嘘叹了一声,倒自笑了,"我当是有啥紧急事情要办哩!你想跳舞了?也不想想自己的年龄!"

"谁也没规定多大年龄才能跳舞。"田部长不在意地说。

"可你毕竟六十了,和那些小青年在一起扭……"她不笑了,只是说。

"和青年们扭一扭,我倒觉得自个变得年轻了。"田部长仍然兴致勃勃地说。

"算了吧!甭赶时髦了!"老伴淡淡地一笑,嘴角露出一缕讥诮的神色。

"赶什么时髦!"田部长不听劝阻,用手握着茶杯,"那对身体是一种很好的锻炼。"

"广播体操也能锻炼身体,而且是最好的锻炼。"老伴解下围裙,扔在椅子上,"你要不要锻炼?我马上给你放磁带。"

田部长盯了老伴一眼,就扭转了头。她明知他此时根本不做体操,便自告奋勇要去替他放体操磁带。她反对他去跳舞,却不直着跟他说,反而提出这样围堵的办法。他自己也始终没有勇气告诉老伴他想跳舞的主要原因,却说什么能锻炼身体的鬼话。眼看被老伴围堵住了,仍不甘心,仰起头来,说:"舞会上的乐曲很好听,跳不跳舞在其次,我想欣赏舞曲音乐。"

"广播体操里也伴着乐曲嘛!"老伴说。

"那怎么能算音乐呢?"

"那怎么能不算音乐呢?"

"那不算。"

"算!"

"那怎么说也不能算!"

"那怎么说也得算!"

没有人能给他们做裁判。老伴已经打开收录机,塞进了磁带,广播体操的乐曲响起来了,领操员漂亮而富于弹性的喊数声也随之响起来了,一……二……三……四……

"做操吧!听乐曲吧!"老伴摊开手,笑着说,"老头子,锻炼身体,欣赏音乐,你随意挑选吧!咱们家是自由的。"

"关上吧!我不锻炼了,也不欣赏音乐了。"田部长叹一口气,端起茶杯,转过身,朝屋里走去,再转过身,一弯腰,坐在沙发上,觉得疲倦极了。

老伴再也不争论广播体操乐曲算不算音乐的问题,从椅子上捞起围裙,重新系到腰里,转身走进小厨房,随之响起杯盘在水里互相撞碰的枯燥而单调的响声。

　　宽敞的住屋里,又恢复了平素间的静寂……

灯　笼

一

县纪委书记焦发祥一早去上班，走进县委敞开的四方水泥立柱大门，瞧见传达室旁边的绒线花树下围着一堆人，他不经意地瞥了一眼，从人头攒动的缝隙中，瞅见一只灯笼。为心头突然泛起的一阵儿好奇心所驱使，焦发祥凑上前去了。

大伙儿围观的确是一只灯笼。

那是一只用细细的竹篾编织的小灯笼，外边糊着一层红纸，里面点燃着一支小蜡烛。这种小灯笼是乡村小孩子过年时打着玩的，普普通通，屡见不鲜。

挑着这只灯笼的是一位乡下老农民，样子有点滑稽。他那张脸皱纹太多，像一片揉皱了的灰布，或者更像一只又干又蔫的茄子，没有生气；那双眼睛睁着也像闭着，浑浊而毫无光彩；嘴巴紧紧抿在一起，上唇有几根稀疏的黄胡须，微微颤抖。整个脸上，只有这几根微微颤抖的黄胡须富于生气，富于感情色彩，表明他心里憋着气。

"喂！你在这儿干什么？"焦发祥问。

那双似睁似闭的眼睛闻声睃巡过来，没有说话，似乎在掂量和估计问话人的身份。

"你出什么洋相嘛!"焦发祥说。

"寻找真理!"他的干瘪的嘴唇动了一下。

围观的干部们笑起来,真理?寻找真理?这样一句颇为高雅的台词,从一个灰不耷耷的老农民的嘴里冒出来,无疑便具备了更多的滑稽色彩。

"你要寻找什么真理?"焦发祥也笑了。

"寻找共产党的真理!"老农民执拗地说。

"你说具体点行不行?"焦发祥提醒他。

他的眼睛忽地一翻,下垂的眼皮下露出一缕难受不堪的神色,盯住焦发祥,反问:"我给你说了,你管不管呢?"

"问你就是想管。"焦发祥肯定地说。

"啊呀!我可找到包青天了,"打灯笼农民嘴里叨叨着,"我可找到包文正了……"

二

打灯笼农民的具体叙述——

我跟支部书记刘治泰家伙住一个院子。这是土改时分地主家的一院马房,三间安间房,各占一半。两家挤一院,都要垒猪圈、羊栅、鸡窝、茅厕,都要堆柴火,拥拥挤挤,谁也宽展不了。前几年手头紧巴,没力量盖房,挤也只好挤着。

这两年,手头活泛了,我想搬出去,另建一院新房,就朝队里申请另拨划一院新庄基地,让刘治泰一家住在老院里,也就宽展了。刘治泰是支书,给他自个拨划了一院新庄基地,没有批准我的要求,说他搬走了,让我住在老院里。这也行,也好,反正新庄地和老庄地都一样大,队里规定三分三,谁走谁留一回事。

没料到,刘治泰拨划了新庄基地,盖了新房,搬了家,再不提老庄基上他的房子问题了。我找他商量,一起拆掉旧房子,我要盖新房子。他说他忙,没工夫拆。过了半年,我问他该腾出手来了,他说他更忙了。又过了半年,他干脆说不拆房了,要在老屋里拴牛喂牛了。

我急慌了,说这块老庄基地已经划归我使用了。他说这事他承认,可他拆不起旧房子,也没办法呀!后来,别人给我点了窍,说让我花钱把刘治泰的房子买下来。我的天,这老房子在地主家时本是马号,老年老月的了,椽也朽了,瓦也朽了,雨天漏得像草筛。我连我那一半也要拆掉,还买他这一半朽木朽瓦做啥?这不明摆着坑人吗?

再一思量,不挨坑就下不得台呀!反正我急着他疲着。我的三个娃子一排排高,连一个媳妇也没娶回来,净等房子喀!我就托人去跟刘治泰商议价钱,支书要价的口开得多大!大得怕怕!我是买不起!

我找乡政府,不下八回,总说忙,抽不出时间解决这号鸡毛蒜皮的事。我知道这事搁政府里是小事,是鸡毛也是蒜皮,可搁我家里,就是大事。房漏墙塌,人住下害怕,娃子的媳妇娶回来没处安顿,我这一家人的日子怎么过?我实在想不下好办法,就打上灯笼来了……

三

"杨书记吗?喂!你们乡的清水湾,有个叫田成山的农民,为了庄基地的一点纠纷,居然挑着灯笼闹到县上来了。你把这件事处理一下吧!"焦发祥平静地说。他做一个县的党的纪律检查工作,比这位农民反映的要严重得多的违犯党纪的人和事,自然不在少数。所以,他并不激动,也没有激起多少义愤,不过是一桩小事,小事一桩,让乡上给解决了就完了。

"好的好的。闹成这样子,不像话。怪我们失职。"杨书记在电话里连连自责,并保证说,"焦书记放心。我一定亲自处理这件事。三天后,我给你汇报处理结果。"

焦发祥忙他该忙的更重要的事去了。

第三天早晨,焦发祥刚走进县委的四方水泥立柱大门,再走过水泥通道,再爬上二楼,再走进办公室,电话铃正在急促地响着。

焦发祥抓起电话筒,扣到耳朵上,似乎那耳机漏电,他的耳朵以至全身都颤抖了一下。电话是市纪委打来的,说是本县清水湾一个名叫田成山的农民,挑着灯笼到市委大门口名为"寻找真理",实际是喊冤。

怎么搞的?焦发祥真有点火了。

他没有从耳朵上取下话机,就拨通了乡上的电话,点名要乡党委杨书记说话。

"已经处理了。焦书记,关于清水湾田成山的问题,我昨天已经严肃处理了,具体意见是这样——"焦发祥捺着性子听着,电话耳机里传来杨书记洋溢着工作热情的声音,"昨天,我找田成山谈了话,明确向他指出,为个人的一点纠纷,打着灯笼大闹县委,影响了县委机关的正常工作,是无政府主义的表现。经过教育,田成山已经认识到自己的行为的严重后果,破坏了安定团结的大好形势。我已经严肃地向他指出,这是'文革'流毒,是'自由化'影响。经过调查,田成山'文革'中虽然没参加派性组织,但他的老婆是个厉害手,当时在村里参加过一个组织,不能说不受影响。考虑到田成山是个普通村民,不是党员,再不好做什么处分,教育一下算了。这件事背后有没有背景,尚待进一步了解。我想,凭田成山这样的笨佬儿,怎么会想出挑灯笼这样蓄意影射的鬼招儿?怎么会说出'寻找真理'这样高级的话语?……"

"好了好了,你真是动了脑筋了!"焦发祥真是哭笑不得,再也没有耐心继续听下去,"你对这件事处理的后果呢?"

"我开头说了,田成山承认他的行动是错误的。"杨书记的声音依然不丧失热情。

"你知道吗?"焦发祥嘲弄地说,"田成山把灯笼挑到市委大门口去了!"

"啊?"杨书记骤然变粗了声音,出气声都特响,"这家伙真不像话!"

"想想我们自己像话不像话。"焦发祥冷冷的口气,"照你这么弄下去,田成山赶明日该挑着灯笼上中南海了!"

对方似乎一下子醒悟了他并不满意他的汇报,半天还不上话来。

焦发祥生气地放下话机,对司机传话:"走一趟清水湾。"

四

清水湾三面被坡丘包围,一面出水路,坡地上多柿树、杏树和桃树,正是落叶时节,看不出一年中最好的景致,但一望而知,春天的花和夏天的果一定会是十分受看的。村前有一弯簸箕似的平川,种麦又种稻。一看便知,这个小小的村庄是本县山区一个得天独厚的角落。

七八十户村民,不用广播,村长从东到西吆喝了一遍,男男女女就聚集在村子中间的会场上来了。

焦发祥让村党支书刘治泰把县政府关于给农民划拨庄基地的××号文件宣读一下。

刘治泰高个儿,头顶谢了发,光秃秃的脑门,在秋天午后的阳光下亮闪闪地放光。他的嗓门清脆,朗读能力不错,大声宣读完文件后,一只手按在临时搬来的桌子上,一只手叉在腰间,向全体村民讲话:"按照县政府文件精神,拨下新庄基,老庄基交集体统一筹划。我先做检讨,我没有及时搬迁老房子,影响了田成山同志盖房,是我的懒病致的。我总怕麻烦……"

焦发祥不由得瞧瞧这位年近六十的老支书,真是聪明剔透!他没有让他做检讨,甚至也没问这件事,但老支书立即意识到了,毫不勉强地检讨了。他原想,开起群众会来,当众查问这件事,把刘治泰的大脸伤一伤,比他对他单个说话也许效果好些。现在,刘治泰已抢先走到他前头了,他就问:"这回说准日子吧!田成山的娃子等着盖房娶媳妇哩!"

"明天就下手!"刘治泰说,"只要不下雨。"

"听说有一阵子你想把朽房子卖给田成山,这话当真不?"焦发祥问,发起事端来。

"有咻事。"刘治泰面不改色,满口应承,"那是成山托人说话,要买,我后来想想,不能卖,卖了成啥话了!"

焦发祥站起来,说:"治泰同志,据说这房子原是地主家的,你和田成山都是分下的胜利果实。你没卖还算好,你要是把这号都快倒塌的房子卖给成山,我说一句不大中听的话,你的心就太黑了!"

焦发祥停顿一下,侧过头瞅瞅,刘治泰的脸红了,红得像个猪肝。他继续说下去:"你想想,分地主的马号,是胜利果实,没人朝你要一分钱吧?你而今拨了一方新庄基,也没人朝你要一分钱吧?你把老房子撑在那里不拆,田成山无法盖房,你要是想借那点儿朽木朽瓦坑田成山一笔票子,你想想,不要说你够不够共产党员,你还有没有人气儿?"

刘治泰低下头,耷拉着眼皮,捉着短管旱烟袋的大手在抖索,尴尬地笑着,不搭腔。

焦发祥说到这儿,自己却无端地动情了,说:"清水湾的乡亲们,我在咱们县上工作了十年,没来过这儿,想不到咱们县竟然有这样一块好风水的地方。刘治泰同志呀!甭忘了你是共产党的干部,姓共不姓坑,要是坑群众,就跟国民党的保长一尿一样了!你甭把这样好山好水好百姓的清水湾,给搅和成一个浑水湾……"

他的嗓门被清水湾村民的呼喊和掌声淹没了。

焦发祥猛然瞅见,乡党委杨书记也站在人窝里,使劲鼓掌,这家伙啥时候赶来的呢?

五

吉普车驶出清水湾,在坑坑洼洼的土石公路上疾驰。秋天的田野,秋庄稼收获净尽了,冬小麦泛起一抹新绿,田埂上和灌渠上到处堆着一垛一垛变成黑色的苞谷秆子。夕阳如金。

司机低声咒骂着这该死的道路,颠得车子哐啷啷响。

焦发祥和杨书记并排坐在后座上。

杨书记深受感动地说:"焦书记,你真是名不虚传,实打实干。我刚才在清水湾,听你讲话,深受感动!你看问题深刻,真深刻!"

焦发祥不动声色,却苦笑一下:"你甭来这号醋熘白菜好不好!我有哪一句话说深刻了?共产党干部不准坑群众,这算什么深刻道理?笑话!那不过是一句实话罢了!"

"清水湾群众称你为包文正,秉正无私!"杨书记仍然沉浸在自己的世界里。

"可悲!"焦发祥自嘲地笑笑,"一个共产党的领导干部,仅仅够上封建社会一个清官的标准,还值得称道?"

杨书记有点悻悻然了,点燃一支烟。

"还是谈谈你对田成山的处理问题吧!"焦发祥歪过头,盯着杨书记,"我给你打电话,让你处理他和刘治泰的庄基地纠纷,你怎么反倒查起他老婆'文革'时参加什么狗屁组织的事来?"

"哈呀!我领会错了,领会错你的意思了。"杨书记不好意思地笑了,"我以为田成山在县上胡搅蛮缠,闹得不可开交……"

"你为啥首先没有想到是刘治泰欺侮了田成山?"焦发祥问,尽量使自己的语气有亲切的气氛,"田成山找过你好几次,你按说该了解其中曲直,你不给他解决问题,反过来还要查他在'文革'中的表现,还要进一步查他的背景,还怀疑谁教给他'寻找真理'这样'高级的话语'。这样搞,他能服?"

"我对刘治泰身上反映出来的败坏党风的事,忽视了。"杨书记自责地说,"只是考虑田成山破坏了安定团结的大局。"

"出一点问题,先在田成山身上查根子,找背景,这是一种什么习惯呢?"焦发祥盯着杨书记,"实在说,刘治泰这样的作风问题并不难纠正,只要政策和群众一见面,他就收脚蜷手了。难就难在我们的这个可怕的习惯!你想想,这到底是一种什么习惯呢?"

杨书记红着脸,渗出汗水来了。

吉普车在乡政府大门口停下来。

杨书记下了车,邀请焦发祥进去喝水。

焦发祥走出车门,手里挑着一只灯笼,笑着说:"把这只灯笼送给你做个纪念。关于那个'习惯'问题的答案,就在这只灯笼里。你若找到了,就告诉我,再把灯笼还给我。"

杨书记红着脸,接过了那只小灯笼。

焦发祥钻进吉普车。车子在柏油公路上飞驰,他却自言自语:这种习惯!可憎的习惯!这种恶习……

1985 年 10 月

毛茸茸的酸杏儿

整整十年过去了,姜莉一想到吃过的那一次酸杏儿,嘴里就会有酸水泌出来。

十九点整,中央电视台的《新闻联播》节目准时开始。姜莉坐在沙发上,右腿压着左腿,左手握着茶几上的细瓷茶杯,看着中央台那位熟悉的男播音员开始介绍今晚的节目内容。她的儿子正趴在隔间的小桌上赶做作业,厨房里传来碗盏盘勺的碰撞声,那是她的丈夫在收拾洗刷晚饭用过的餐具。读者不要以为又是什么"妻管严"造成的家庭内部的谁怕谁的乏味的笑料,其实是爱好和兴趣造成的这种格局。姜莉每天必看不辍的是《新闻联播》,而对那些装腔作势的电影或电视剧简直不能容忍。一当《新闻联播》结束,她就回到隔间的办公桌前开始工作,批改学生作业或者备课。她的丈夫和儿子,正好相反,对国际国内的新闻时事毫无兴趣,任何低劣的故事片却可以捺着性子看到电视小姐向观众致"晚安"的时候。

这是一天里最恬静的半个钟点。电视机前静静地坐着她一个人,手握一杯清茶,看一天来在这个世界上发生的重要事件。学校和家庭,公事和私事,顺心事带来的欢乐和琐屑事惹起的忧烦,此刻都排除到心胸以外的空间里去了。

头条新闻是政协的一个首脑会议。这个会议上,集中了那么多老人。这些曾经震惊过世界、影响过中国历史进程的文才武将,现在都老了。她的父亲也老了,退休在家休养着。他原是市上的一个中层领导干部,对她生活着的这个古老而优美的城市的生活发展,也产生过一定的影响。她每每看见一位老态龙钟的老人,就会想到成熟了的杏子。成熟了的杏子把儿松了,即使没有自然的风吹或人为的摇撼,迟早还是要从杏树枝条上落下来。成熟是胜利,也是悲哀。成熟了,生命的活力也就宣告结束了。

又一条新闻。首都机场。多漂亮的建筑物。中国正在变化,北京尤其显著。一位首长即将登机出访,正在和送行的国家领导人握手告别。电视录像机一直跟着那位首长,直到他走进飞机的舱门,然后极迅速地掠过正沿着舷梯爬上去的随行人员。这时候,她瞅见了一张熟悉的面孔,自信而又顽皮地笑了一下,电视录像机切断了。

她的心里轰然一响,闭上了眼睛。

他穿着一身粗格子布料的西装,似乎是无意间转过头来,那么顽皮地笑了一下……

灿烂的夕阳给那个黄土原坡涂上了一层绚丽的色彩,即使那些寸草不生的丑陋的断崖和石梁,此刻也现出壮丽的气势。她从公社开完知青会议,坐了三站公共汽车,在河川的一个小站下了车,把草绿色的军用挎包搭上肩头,就开始爬坡了。一条弯弯曲曲的小路在夕阳里闪晃,在山坡的秃梁和茅草间蜿蜒,把原坡上的村庄和河川里的世界联结沟通起来。

爬上山梁,又走下沟底,跨过那一道浅浅的沟底的泉水,再爬上对过那面阴坡,就可以看见她们下乡锻炼的村庄了。沟底下好凉快哟!夕阳的红光还在坡顶的树梢上闪晃,沟底已经显得有点幽暗了。同一条沟道,朝南的阳坡上只有稀稀落落的几株榆树,干焦萎靡,像贫血的半大娃子。朝北的阴坡上,却是一片茂密的山林。刺槐密密层层,毛白杨干粗冠阔,椿树和楸树夹杂其中,竞争拔高,争取在天空占领一块更加宽大的空间,领受阳光。蓑衣草和刺蓟、野蒿,铺满了地皮。五月里,乡村最媚人的季节。她真是奇怪,这个干巴巴的黄土高原的山野之中,竟然有这样幽雅的一块绿地。

她蹲下身来,想在泉水里洗洗手脸,甚至想扒掉长衫长裤,痛痛快快洗一洗爬坡时渗出的黏汗。她刚刚撩起水来,一个人从树后蹿了出来,她吓坏了。

原来是他,正在仰头哈哈大笑。

她浑身都吓得酥软了,瘫坐在地上,流出眼泪来。开这样的玩笑,简直是恶作剧。她气恼地瞅着他,噘着嘴。

他大约意识到玩笑开得过分了,就赔着笑脸,走到她跟前,弯下腰,动手扶她站起来。

她坐在地上,一把抓住他的胳膊,在他的脊背上擂起拳头。她使足劲儿打,真打,打得那宽宽的脊背嘭嘭响。他不躲避,也不叫疼,反而哈哈哈笑着,扬着手说:"打呀!砸呀!使上劲呀!看你有多大劲儿吧!打得我……好舒服哟!"

她泄气了,终于忍不住笑了,和这个活宝在一起,你永远也难憋住什么气呀!他能把人惹恼,又能把你逗乐。她停住手,泄了气儿,这才觉得膝盖上火烧火燎地疼。她低头拉起裤腿,膝盖上渗出血来了,刚才他吓得她跌扑跪倒的时候,石头蹭破了皮肤。

他看见她腿上流出血来,也愣住了,这个玩笑真是开得太冒失太过火了。

"怎么办呢?感染了会化脓的。"她有点害怕,嘴里直吸冷气。

"我有办法——"他迅即转过身,跑上坡去,在草丛里揪下几片刺蓟的嫩叶,在手心里揉烂,用三个指头捏着,直朝她膝盖的伤口上按下来。

她吓得缩回腿,挡住他的手:"那是什么东西?敢乱涂!"她自小接受的是母亲或者医生给伤口涂抹紫色或红色药水,从来也没见过用这种草汁消炎治伤。

"刺蓟,消毒良药,中药材里的药名叫小蓟。还有大蓟,乡里人叫马刺蓟。"他给她介绍,说这是正儿八经的中药,"我割草割麦时,不小心给刀刃划破了手指,用这绿汁子一涂,就消炎消毒了。好得很哪!"

"没听说过。"她疑疑惑惑。

"乡里人都知道,小娃儿也知道这窍道。"

"我可有点怕。"

"甭怕。涂上包好!"

她伸出了左腿,把伤着的膝盖弓起来,紧张地瞅着他捏着揉烂了的刺蓟叶儿的手指。他用劲一捏,一挤,绿乎乎的叶汁滴在伤口上,凉凉的,刺激得伤口更疼了,真像是涂上了碘酒一样。

他跪在她跟前,用劲地挤着叶汁,轻轻地在伤口上涂抹均匀,使绿色的液汁覆盖了红红的皮肤。尽管他努力做到小心翼翼,而整个动作和姿势,却是笨拙的,笨拙得可爱又可笑。他抬起头来,认真地问:"还疼吗?"

她不忍心使他失望,就笑笑说:"真的不疼了呢!"

他的医术得到验证,得意地笑了,说:"要是一时找不到刺蓟,还有更方便的办法,同样也能消毒。"

"还有什么好办法呢?"她盯着他问,看着他的样子,觉得很有趣,"你能当外科大夫了。"

"要是找不到刺蓟,"他说,"那就给割伤的手指上浇一泡尿。"

她的嘴里随即"噢哟"一声,脸颊腾地红了,双手捂住脸,低下头:"真不害臊!你……"

他似乎这才意识到她是一位姑娘,一个和他有严格禁忌的异性;在他得意地向她夸耀医疗技能的时候,竟然忽视了这个重要的忌讳。小时候,他和小伙伴们在坡沟里割草,谁要是不小心割破了手指,立刻就浇上一泡尿,血就止了,日后也不会化脓,可那都是些男孩子呀!

现在站在他面前的是一位姑娘,一位从城市里来到乡下的漂亮的姑娘。他得意中说漏了嘴,羞红了她的脸,自己也难堪了,不自在了。他忽然转过身,解嘲似的哈哈哈笑着,向对面的山坡间奔去。

她听着他的笑声和脚步声远了,仰起头,看见他在对面的山坡上跑着,撞得小刺槐和小山杨的树干哗哗哗抖动,叶子刷刷刷响。他奔到一块树木稀少的草地上,跳跃起来,在空中挥一下手臂,又跌落到地上,再跳跃起来,像一头撒欢的小马驹。他奔到一棵大树下,一跃身,双手抓住一根横向的树杈,凌空吊起来,打了几个大摆,又跳到草地上,顺势躺下,绿色的茅草遮住了他的半个身子和头脸。她看得呆了,跨过水渠,朝他走去。

"你狂了吗?"

"我可能会发狂的。"

"你——瞎得很!"她用刚刚学会的乡下话说。

"就是。"他心平气和地应承。

她坐在他旁边。软茸茸的胡须草给坡地铺上一层厚厚的绿毡,幽暗下来的树林里是一股股青草和野花的清香气味。她看见他躺在绿草丛中,闭着眼睛,胸脯一鼓一落。她想唱歌,想在树林间大声呼唤,想象他刚才那样蹦起来跳跃。她觉得胸膛里憋着什么,需得排遣一下,呼唤和跳跃也许是排遣的最好的办法。她终于没有开口,也没有蹦起来,只是双手掬着膝盖,一动不动地坐在草地上,清爽的山风掠过她的面颊,树叶在哗哗哗响。

她随意问:"你到这儿来干啥?"

他毫不含糊地答:"等你。"

她的心忽闪一下,不知该怎么说了,他连一丝弯儿也不绕。

"我一天不见你,心里就慌慌,没有办法抑制。"他说,"最好的办法,就是想法立即找到你,说几句话,哪怕从老远看一眼也好。"

她的脸上烧燥燥的,嘴里有点干涩了。她咬着嘴唇,似乎心儿要从喉咙蹦出来了。她长到十九岁了,第一次听见一个男子说他想她,离不得她,他说得凝重,一板一眼,毫不隐讳,也不拐弯抹角,赤裸裸地说出了他对她的倾慕。她回避不得,也无法隐晦,他的话堵死了她的一切退路。

她无力回避,也不想违拗自己的心愿和感情。她想听他继续说出更多的剖白的话,他已经说透了她同样想说而没有说出口来的话。她默默地坐着。

她在东田村的村巷里,在东田村田野里的小路上,在东田村山沟间的泉水旁,在东田村青年集会上,每天都有撞见他的机会。小小的东田村,街巷短浅而天地狭窄,低头不见抬头见。她的心里不知从哪天起,萌生了一种喜欢和他待在一起的永无满足的渴望。一天不见他一面,她就有一种说不清的不自在。也真是巧得很,她去泉水边挑水了,他也挑着水桶走到小沟里来了,他帮她从水潭里提上两桶水来,说几句话,互相瞅瞅,笑笑,然后挑水回家去了。他的母亲曾经给她说过,她儿子现在最喜欢挑水了,比过去勤快多了。过去,常常是铁瓢碰得缸底沙沙沙响,他也懒得去给妈妈挑一担水,她撕着他的耳朵把他从小书桌旁拉出门,把水担架在他的肩上……她明白,他和她一样,总是寻找能凑到一块的机会。可是,她和他,从来也没向对方吐露过一句心里话,更没有传递过纸条或书信。

他今天赶到半道上来等候她,是最明白无误的一次大胆的行为。

他今天赤裸裸地说出他倾慕她的话,是最大胆的举动。

她有一种预感,一种无法摆脱的逼近了的预感:似乎今天要发生什么事了!她有点害怕,却又是一种不可抗违的希冀和渴盼。她似乎意识到某种危险,却又无法拒绝这种危险的诱惑。

他站起来,朝山沟里头走去,回过头来,向她招手。

她也从草地上站起,顺着这面沟坡走上去,离村庄就会越走越远了,她有点犹豫:"到哪儿去?"

"回家去也没事,走走,玩玩。"他说。

她走上去了。他在前头等她。他们一前一后走着。

"这是你的家乡,你还稀罕到这坡里来逛景?"她随口问。

"当然,太熟悉了。"他说着,转过身,停住脚,盯着她说,"那会儿没有你。我想和你俩人走走。"

坡路越走越陡了。她从来没有在这个没有路径的山坡上走过,脚下滑滑溜溜,歪着腰,张着手,时时都有滑倒的可能。

他抓住她的手,拉着牵着,她感到好走多了。那是一只多有劲儿的手啊!走到一面塄坎下,他一跃就跳上去了,猫下腰,伸下胳膊,几乎把她提起来了。她上了塄坎,挣脱开他牵着的手,四个细长的手指,被他攥得像一把排笔一样黏结在一起了。

山坡愈来愈陡了,光线愈来愈暗了,林子里也愈来愈静了,鸟儿的叫声愈来愈杂了。她跟着他,又走上一面土塄坎,斜插着朝沟里走着,眼前闪出一个水潭,聚着一汪清洌洌的水。她在水潭边站住,弯下腰,看见水底下有一撮细沙在微微翻滚,那儿肯定是一个极小极细的冒水的泉眼儿,这是一潭活水哩!他也在水潭边站住,弯下腰来了。

她把挎包扔到地上,想撩起水洗洗脸,面孔止不住地发烧呀!她伸手撩水的当儿,看见了水中自己的影子,就停住手,呆呆地看着。她想看看此刻自己会是一副什么鬼模样,大约傻乎乎的叫人看了好笑吧?却看不清脸色是红是白,只有一双亮闪闪的眼睛在水里闪光。

"你看什么呀?"

"鱼。小鱼。"

"嘻!哪有什么鱼儿呀!"

"不信你看——"

他挪脚站到她这一边来,弯下身来了。这个小潭的边沿的地方太窄小了,要站下两个人简直是太拥挤了。他挨着她的肩膀弯下腰,一只手扒着她左边的肩头,瞧着水潭,煞有介事地瞅寻小鱼儿的踪迹。

"鱼在哪儿?"

"在那儿。"

"我怎么看不见?"

"那根水草底下。"

"那不是小鱼。"

"那是什么?"

"是小虾。"

"山坡上哪来的小虾?"

"山坡上哪来的小鱼?"

她知道,其实谁也不在乎究竟是小鱼还是小虾,水潭里压根儿什么都没有,既没有小鱼,也没有小虾,只有她和他倒映在水中的脸,她和他其实都在瞅着对方的水里的眼睛。她看见的是一双火辣辣的眼睛,一双英武的总像是进攻着什么目标的眼睛,一双说不来好看或不好看的顽皮的眼睛,看一眼就会使人心跳不止的眼睛啊!

她的腿蹲得又酸又麻,从水潭边绕到草地上的时候,就瘫坐下来,双手撑着后边的草地,伸直双腿,真舒服,草枝戳得脚踝痒痒的。

"你饿不?"

"饿也得饿着,这儿没什么吃的。"

"我的挎包里有点心。"

他翻开她的挎包,取出点心,在草地上解开了。他取出一块,递到她手上说:"这是一块甜馅饼。"又拿起一块,填到自己嘴里,口齿不清地说,"这是一块奶酪。"

"洋奴!"她笑着说,"把点心硬要叫……"

"外国人喜欢野餐。"他说,"我们也权当正在野餐。要是再有两瓶汽水就更妙了。"

她仰头看看,天色已经昏暗了,树林里笼罩下一幕幽深的昏光:"天要黑了,回吧!"

"回吧!"他说。

"回家怎么走那边?"她说,"那边越走越远了。"

"地球是圆的,从这边走过去,再从那边转回来。"他说着,继续往前走。

"你呀……"她也抬起脚来,跟他走去。

"腿还疼吗?"

"还有点疼。"

"我扶着你。"

"我能走。"

他挽着她的胳膊,她没有拒绝。谁也不知道要走到什么地方去,她却依恋着他漫无目的地走着。他们走到一棵大树下,庞大的树冠下是一块平地,没有别的树木。她仰起头:"这是啥树?"

"杏树。"他说。

"树上那疙疙瘩瘩的东西,是杏儿吗?"

"是杏儿。"

"我们在城里买的,全是黄的。"

"没有成熟的杏是绿的,成熟了就变成黄色的了。"

"绿杏能吃吗?"

"能啊!"

"好吃吗?"

"好吃极了!"

他话音未落,已经跃身跳起,抓住一根树枝儿,一蜷腿,就翻上去站到树杈之间了,一伸手,摘下几颗绿杏儿来。

她伸出双手去接,等他把杏儿扔下来。

他却笑着,晃着手里的绿杏儿,久久不松开攥着的拳头。

"快呀!丢下来,我能逮住。"

"你张开嘴巴,我给你丢到口里去。"

"你呀!真坏!"

"那……你先叫我一声哥哥吧?"

"你……先叫我姐姐吧!"

"那……你等着吧!"他把一颗杏儿填到嘴里,咔嚓咔嚓啃起来,声音好响,故意撩逗她说,"啊呀!这杏儿多香啊!"

她急得在树下团团转,跳一跳,够不着树枝。她捡起一块石头,朝他打去,他一伸手,却从空里把石头抓住了,开心地笑起来。

"你坏!"

"我坏。"

她又从地上捡起一块石头。

他笑着说:"甭打了,我拉你上来吧!你自己从树上摘下一颗绿杏儿才好吃哪!"

她扔掉石头,扬起双手。

他一只手抓着树枝,一只手伸下来抓住她的手,她就被提起来,真不知他有多大劲儿啊!她被提起,吊在空中,却不动了,吊得她的胳膊好疼。她乞求地说:"快呀!我的胳膊要断了!"

"叫声哥哥!"他在树上说。

"你——"

"叫吧——叫一声,我就有劲拉你了。"

"哥……"

她一句未出口,自己心里先轰然发热了,眼花了。她在迷昏中被他拉上树杈,脚下直打晃,从来也没有爬过树呀!她的脸上燥热难忍,脚下又不稳当,不由得搂住他的肩膀,用一只拳头在他身上砸着。他也张开一只胳膊,搂着她的腰,一任她打他砸他,发狂似的喊:"啊呀！我即使从树上栽下去摔死,也不遗憾,有人叫我哥哥了！噢哟！我要狂了……"

她坐在树杈上,羞得想哭了:"你……欺负我！"

"我叫你……"他笑着,颤着声,"姐……"

她一扑抱住他,头枕在他的胸脯上,再也说不出话了。

他把一颗杏儿悄悄塞到她手里。

幽暗的光线里,她看看那颗杏儿,绿莹莹的皮儿上,似乎有一层毛茸茸的细绒。她咬了一口,酸得她不由得挤眯了眼睛,合不上嘴巴,牙齿也不敢再咬了,却又舍不得吐掉,那酸味里有一种无可企及的香味的诱惑。

"啊呀！真酸！"

"酸才有味儿。"

"熟了是甜的。"

"熟了倒没绿着时有味。"他说,"成熟了的杏儿,把儿松了,风一吹就落地了,风不吹也要落掉了,成熟是胜利,也是悲哀。"

"谬论！"

"真理！"

她和他争执起来。其实,她早佩服了他无意间说出的话,却故意和他争执,企图引出他的更富于诗意的话来。

他却早不计较自己说过的话是谬论还是真理了。是谬论,她也不会揭发批判;是真理,也不会被谁重视到写进哲学词典,没有任何意义,随口胡诌罢了。他对她说:"我提议——"

她抿着嘴等待着,他要说什么呢?

"看着,"他指着吊在头顶的一嘟噜绿杏儿,说,"最下边这颗,你从那边咬,我从这边咬,看谁咬过谁吧！"

"坏点子真多！"她歪一下头。

"有趣儿！你试试。"他怂恿她,"小时候,我们在山坡上割草,三四个伙伴争着咬一颗杏儿,看谁咬得准……"

她格格格笑着,和他同时站起,用嘴巴去吞咬那颗毛茸茸的绿杏儿。树枝晃着,杏子晃着,谁也咬不着。她开心地笑起来,他也哈哈笑着。

她没咬住绿杏儿,却碰到了他的嘴唇,一刹那间,那双强悍的胳膊搂住了她的肩膀,她也伸出了双手……俩人跌到树下去了。她和他全忘记了是站在树上。

跌下去了,俩人跌落在草地上还搂在一起。

绿叶如盖的杏树下,绵软软的草地上,她和他依偎在一起,感觉到了他嘴唇上的绿杏儿的酸味儿……

……

她招工回城了。一年多时间里,母亲给她介绍了七八个对象,她一律拒绝结识。母亲终于打听到她在下乡时交下一个男朋友,经过几次劝解,不得结果,父亲终于出面了。

"我们应该尊重莉莉的自主权。"父亲说,"但总得让我们知道他是谁,了解一下情况嘛!"

母亲憋气地斜眼瞅着她,到底憋不住了:"说呀!他是个什么人呢?"

"他是个农民。"她说,"你明明知道,还要问!"

"农民又怎么样呢?"父亲严肃地反问,"农民是我们国家的根基。我不反对你嫁给一个农民。"

母亲朝父亲撇着嘴角。

她一愣,瞧一眼爸爸,又低下头,看来只有母亲一个投反对票了,父亲毕竟是领导干部。

"爸爸自小就是农民,放羊的农民。"爸爸颇为动情,"解放后进了城,陕北家乡的农民来到咱家,我总是当上宾招待。我们怎能忘记农民父老!"

这是真的,姜莉多少次亲眼看见过父亲和陕北乡亲在家里畅饮畅谈的场面呀!

"问题不在他是不是农民。"父亲说,"干部、军人、医生,无论干什么的,主要要看这个人如何。你说说,你喜欢的那位青年农民是个什么样的人呢?"

她倒慌了神儿。是啊,她和他在一个村子里生活过三四年了,只觉得喜欢他,一天不见他就心烧神乱,却从来没有来得及想过他有什么优点缺点。他是个什么样儿的人呢?她也说不清白。

"他家啥成分?"母亲急了。

"贫农。"她说。

"是党员不是?"

"不是。"

"那么总该是个团员吧?"

"也……不是。"

"你看看!连个团都入不上,肯定是个落后分子。"母亲很得意,"你怎么能与这号人拉扯呢?"

"他写过申请,团支部老是怀疑他。"她说,"怀疑他想里通外国。"

"怎么会产生这样的怀疑呢?"父亲问。

"他喜欢研究国际关系。"她似乎才找到了话题,可以谈他的独特长处了,"甭看他是个农村青年,才二十出头,他到处搜罗资料,把世界各国的政治、历史、地理以及民族风俗都研究了……"

"他研究这些干什么呢?"父亲惊奇了。

"他说他将来在国家需要的时候,准备出任驻外国的外交官。"她说,"他正偷偷跟一个中学老师学英语……"

母亲早已忍俊不禁,大笑起来,胖胖的身体笑得颤抖着,掏出手帕擦眼泪。她不能忍受母亲的轻蔑的笑声,看看父亲,父亲冷漠地扭过头去,她看不清他的脸,就急忙解释说:"他对非洲最有兴趣,如果能出任到非洲某个国家,他将来要写一部研究黑人的书……"

"神经病!"母亲挥着胳膊,没有耐心再听下去,"绝对是个神经病!"

"什么'神经病'!"她顶了妈妈一句,"我觉得他……"

"起码可以看出他不成熟。"爸爸的语气虽不严厉,却是肯定无疑的,"莉莉,甭计较你妈妈的话。她说得不准确。我看呢,咱们既不嫌弃他是农民,也不要想高攀未来的大使。我觉得关键是他不成熟,二十几岁的人了,有点想入非非吧?我想看见你找一个更稳当更成熟的对象。"

"我只是说他的兴趣和爱好,我压根儿也没指望他当什么外交人员。"莉莉说,"我就是要跟他这个纯粹的农民。"

"你呀……你更不成熟。"父亲站起来,摇摇头,走出门去了。

随后……她听从了父亲的指导,与父亲的战友介绍来的一个青年结识了,这就是她现在的孩子的爸爸。

他是个医生,一个真正成熟的人。他给她做饭,洗衣,做一切家务中的琐屑的事,从来不厌其烦,而且根本无须她开口。他从来也没有和她争论过什么问题,更谈不到吵架拌嘴了。即使她偶然火了,他即刻就默然了,过一会儿又来嘘寒问暖。他从来也不说长道短,出门上班,进门做饭;他从来也不谈及医院里的任何是非,更不会像那个不成熟的乡村青年张口东南亚时局,闭口非洲大陆的干旱问题。她和他组成的这个小家庭,经济富裕,关系平静和谐,却也有点寂寞,甚至乏味。她从来也没有过欣喜若狂的一阵儿,也没有过心儿震颤的一刻,杏树上的那种疯狂的追逐和如痴如醉的依恋,再也没有重现过。近年来,在这样的家庭环境里,她发觉自己也变化了,变得既不会任性,也不会撒娇了,甚至说话也细声慢气的了……她也成熟了?

他说过,杏子成熟了,把儿也就松了,风一吹就落下来了,风不吹也要落下来。倒是那未成熟的毛茸茸的酸杏儿,那酸得使人不敢合牙而又不忍吐掉的味儿啊!留在心中,永难忘怀,什么时候一想起来,嘴角就会有酸水泌出来。

他在恢复高考制度的头一年,就考进了国际关系学院,而今确实做着驻某国大使馆的秘书工作。妈妈鄙视为"绝对的神经病"的人,现在正在重要的岗位上,为祖国服务。她既没有心思和妈妈赌什么输赢,也不是遗憾自己丢掉了这样一个体面的丈夫。她现在更多地想着的,是父亲所谓的神秘的成熟的含义。

她刚才在电视里看见他在舷梯上回过头来的一笑,笑得自负,笑得顽皮,还是那一股火辣辣的进攻的精神,却依然看不出任何成熟的标志。

他大约永远都是个不会成熟的人?

她却成熟了,不可挽回地成熟了!

丈夫心平气和地走过来,坐下了。儿子也完成了作业,在小竹椅上坐下了,晚上有电视连续剧《陈真》,爷儿俩最快活的时间到来了。

她从沙发上站起来,端起茶杯,准备去备课。当她坐在桌前案头的时候,却怎么也集中不起思维来,眼前总有那么一嘟噜毛茸茸的酸杏儿……

1985年5月草成

11月小改 西安

失　重

一

吴玉山老汉悄没声儿地哭了。

老汉蹲在院子围墙西角的猪圈门口的碌碡上,双手撑着花白头发的脑袋,泪水啪飒啪飒滴落到裤裆下面的青面碌碡上。

玉山老汉今日才瞅住了痛哭流泪的一个好机会。老伴到她妹子家去了,儿子和媳妇也出门去了,他可以舒心地哭一场,让多日来聚积在咽喉下面的苦水畅活地流泻出来了。想到矮矮的围墙两边的东邻和西邻,他控制住自己,不能号出声来,免得他们幸灾乐祸。

老汉太痛苦了,满眼汹涌而出的泪水和同样绵绵不断流出的鼻涕以及嘴角淌出的黏液搅和在一起,擦不干,抹不净,把一张皱纹巴巴的脸弄得十分肮脏,黏液从下巴颏上滴下来,滴在胸襟的棉袄上,也弄得湿乎乎一片,他已经无心顾及了。

两头即将出槽的大白猪,扭着笨重的身子,在圈里蹒跚,不时仰起头来,瞅着它们的主人,鼻腔里发出哼哼的响声。笨猪也通人性,他把它们从一尺长的毛崽养成这样两个庞然大物,有了感情了。可它们毕竟不能人言呀!

他老伴的妹妹的丈夫,他的"挑担",被公安局逮了!

手铐！一双亮铮铮的钢铁家伙，套在"挑担"的手腕上，寒光凛冽！"挑担"那一双又细又嫩的手腕，怎能招架得住那钢铁家伙的箍匝呢？听说那钢铁里头带有锯刺一般的钢刺铁牙，戴的人稍一拧扭，那锯刺就紧紧地往肉里扣呀！

玉山老汉抬起泪花模糊的老眼，就瞅见高高地耸立在小院里的二层阁楼。那被涂饰成天蓝色的门窗、天蓝色的钢棍围栏，也都嘲笑似的瞅着他。这座高高地耸立在两边低矮的庄稼院房屋之上的新式建筑，使邻人羡妒，使他自矜，多漂亮的楼房！现在对他嘲弄地瞪起眼睛了。

他突然心里一横，产生了一个十分恶毒的心计，他盼这阁楼突然坍塌，把他压死，他就再也不会痛苦了！

二

"挑担"姓郑，小名碎狗，官名建国，小河下沿郑寺村人。他和他先后娶走了小河北岸张家堡张老五的大姑娘和二姑娘，成了一副"挑担"。

姊妹俩只差一岁，个头长得相差无几，模样都俊，胖瘦几乎无差，乍看像一对双生。细看呢？妹妹比姐姐更水色一些。比较起来，吴玉山却更喜欢他娶的老大。他有种感觉，一种不易说清楚的感觉，居家过日子，老大更有心计些，也就更可靠一些。二姑娘的水色虽然浓一层，似乎性子太强，不好抚弄。

许是姊妹俩年龄相近，模样不分彼此，于是就形成谁也不服谁的局面。大姑娘能纺一把细线，织一手好布，二姑娘织出的花布和纺下的细线绝不比姐姐差一分成色。姊妹俩争强好胜，互不服气，少了一般姊妹之间大让小、小敬大的情分。这种微妙的关系，随着姊妹俩一前一后的出嫁，就延伸到吴玉山和郑碎狗两个男人和两个家庭的关系之间来了。

吴玉山家道小康,吃穿不愁;郑碎狗家亦属小康人家。谁料婚后一年,碎狗的二弟被抓壮丁,卖地交款,避了灾难,却没了水地。祸不单行,母亲猝然而殁,一个小康家庭急骤衰败为日愁三餐的穷汉。老父亲无力挽救,把兄弟三人分开,自奔前程,免得再遭壮丁之苦。

除了一身重债,郑碎狗再没分得什么有价值的家产,他在西安一家鞋铺当学徒,学习抹楦子的手艺,只管饱肚子,没有收入。二姑娘常常在揭不开锅时,夹着小口袋来找姐姐。大姑娘同情妹妹,一升米,三升面,常有周济。时日一长,也就有点厌烦,在把米面装入妹妹张开的口袋时,忍不住数落:"日子泛长了,叫人把你周济到啥时候去?"妹妹一听,倒提起口袋,把装进去的米又倒出来,甩手走掉了,从此,再也没登过姐姐家的门槛。

吴玉山说:"看看看,这下把妹子和妹夫得罪下了,既然周济人,就甭说难听话,还能落下个人情。"

妻子却不后悔:"在娘家时,连一声姐也没叫过我,好逞能哩!这会儿认得我这个当姐的了!吃了人家的米面,还不领情,倒是我该向她低三下四去赔情?"

姊妹俩就这样绝了情。

吴玉山心里其实倒高兴,再不担心有人来要米讨面了。她是她的亲妹子,如果自己出面干预,妻子肯定不高兴,而妻子自己出面阻断了那个关系,倒好。实在说,"挑担"那一家,真是个填不满的穷坑……

星斗移转,世事大变。没过两年,全国解放。郑碎狗从小小的学徒一下子翻身立起,成了公家干部,穿一身四个兜的蓝布服装,年节时出现在老丈人家门楼里,和吴玉山面对面称兄道弟的时候,吴玉山一下子觉得自己脸上无光,矮了半截。老丈人再不"碎狗长""碎狗短"地奚落了,也不叫"老二"了,出前撵后叫着"建国"的名字。吴玉山很快明白,郑碎狗已经取下一个官名叫郑建国。

郑建国春风得意,满口泄出一串串新名词,叫老丈人和老农民吴玉山似懂非懂。他说新成立的市政府,已经调他当干部了。

二姑娘自然更是扬眉吐气,说话也嗲声嗲气,手也总是塞在裤兜里不往出拿,话中不断地冒出一些乡村女人难以理解的新名词,令老母亲和姐姐吃惊。自然,最尴尬的还是大姑娘,妹妹似乎早憋足了心劲,就等着这一天图得报复,那眼角总是不屑地瞟着姐姐,叫姐姐越看越不自在。

傍晚分手时,矛盾终于公开化了。二姑娘从裤兜里怏怏地摸出一沓票子,当着父母的面搁到桌子上,对姐姐和姐夫说:"前两年受苦时,吃过姐家二斗三升面、八升小米,我都记着,现时,折价一次还清,我也去了心里的疙瘩。"

吴玉山愣住了,连连摆手,烧臊得脸孔赤红,像挨了一记耳光:"这算说的哪儿的话……"

妻子煞白着脸,早已不能忍受,抓起票子,一把甩出去,满屋都是飞舞着的人民币:"你男人当官了,你当官太太了,俺不眼红!甭在我跟前摆阔耍烧包!我那二斗三升白面、八升小米,权当喂了狗咧!喂给了一条喂不熟的狗……"

姊妹俩当面骂了起来。

从此,姊妹俩绝了往来。遇人说起家道,吴玉山和妻子,谁也不要提起这个挑担和妹妹,他只是零零星星听说过,挑担在解放后的十几年里,官儿从小到大,不停地往上升,至于升成几品,他也搞不清。他本来就对城里政府的官职称谓模模糊糊,分不清高低。他和妻子已经有了两儿一女,虽然不易,却还保持着一个小康的状态。他人极忠厚平和,有一个中农成分,也不能在村子里当什么干部。他凭了勤谨和忠厚,人缘也好;无论谁在吴村当干部,他都是最可靠的社员,从不使奸捣蛋,人叫他"老好玉山",他欣然领受,不管属褒属贬。一些技术性极严格的活路,譬如撒种,譬如培植稻秧,非他莫属。另有一些脏活累活,干部指派不动气壮声硬的贫下中农,往往就指派吴玉山去干。他不拨不挑,干了,干了也就挣下了大工分。无论技术性很强的农活儿或人人讨厌的脏活,都是生产队的高工分,别人也说不出意见,他的日子倒是混得严严窝窝。这样,两口子憋着气儿,从来也不去求妹妹和妹夫救助什么。

物换星移,江河改道,世事变迁——什么事都不会一成不变。

吴玉山被敲门声惊醒,再一听,确实有人敲门,一动脚,先蹭醒了睡在火炕另一头的老伴。老两口穿戴齐备,先后下炕,为了防备不测,玉山顺手捞起一根木棍,走出里屋,轻步走到街门口,由老伴先发问:"谁呀?"

门外传进一声陌生而又颤惊的声音:"是我,姐。"

"你是谁?"吴玉山摸不着头脑。

"我是建国。姐夫——"

老伴"哗啦"一声拉开门闩。

老两口拥着妹夫走过院子,进入里屋。电灯光亮里,才真正使吴玉山夫妇吃惊了,不由得同声惊叹出一声"妈呀"来。妹夫郑建国,脸上结着血痂,一条腿跛着,头发蓬乱,形容憔悴,衣服肮脏,邋遢不堪,真是三分像人七分像鬼了。

"我遭难了。"妹夫坐下来,咕咕咕喝下一碗水,才说了话,"我今黑要是逃不出来他们就把我打死了!"

无须再细问什么,老两口就知晓了七八成,乡城里外都在闹造反,妹夫在省城当官,大半也是逃不脱,老伴已洗手和面,他给妹夫打洗脸水。

妹夫在他家后院储存柴火的小房里藏下来。

他不无担心,完全深谙此种行为的可怕后果,但不能把妹夫撑出去送给那些要收拾他的人。老伴似乎已不计前嫌,尽其所有,用细面给他调养摧残得令人伤心的身子。担心是难免的,而当那些胳膊上戴着红袖章的人乘车追寻到吴玉山的门楼下来的时候,他却表现出一种异乎寻常的勇气。

"郑建国,我的挑担?不错,有这个阔亲戚。"吴玉山气呼呼地说着,骂了起来,"他当官为宦的时光,从来也没踏过我的门槛!我至今也不知人家腰有多粗,官有多大喀!人家看不上咱穷亲戚,咱也不想沾他的光。他这回成了反革命,与我何干?我是有光不沾,有害不受!你们到村里打听一下,看俺村谁见过俺一家和郑建国家有一回亲戚往来?"

郑建国从柴火堆下的红苕窖里爬出来,躲过了这一劫。他住下来了,随之又被姐夫和姐姐转移到他们的大女儿家。

灾难把相违近二十年的姊妹和挑担的关系恢复了,真是患难见得姊妹情。

三

似乎是对妹夫经受的灾难的补偿,起初官复原位,后来又升了,当着什么局长。

郑建国一出马上任,就把吴玉山的小儿子招为国家正式工人,后来在工厂恋下一个媳妇,小两口在居民楼上有一个虽不宽敞,却也安乐的小窝,避免了两个儿子分家争论家产的矛盾,令村人羡妒莫及。

两年后分田自耕自收,吴玉山真是如鱼得水,囤里攒下成吨小麦,折子上撂下一笔小小的存款。庄稼人生活中有三件大事:娶媳妇盖房置田地,解放后只余下前两件了。吴玉山是个地道庄稼人,日夜思谋的大事,也不会超脱。不过土地虽分给他耕种,却规定不许买卖;女嫁了,大儿子也娶过媳妇了,唯一的心愿,就是在闲置多年的小院里撑起三间瓦房来。在盖置新屋的问题上,儿子和他没有异议,甚至显得比他更迫不及待。只是在房子的形式上意见不一,他要盖木料瓦屋,可以搭木板楼,楼上可以扎粮囤,放置杂物,实用一些。儿子却坚持要盖楼板平房,干净,漂亮,能堵死老鼠。父亲很和悦地同意了儿子的意见,因为房子毕竟是为儿子盖的呀。

儿子在西安一家工厂做合同工,吴玉山亲自张罗建筑材料。他找到邻村一家三户联营的水泥预制品厂子,三十来岁的厂长接见了他。

"楼板多少钱一块?"

"得看你用多大尺寸的。"

吴玉山掐一掐自家的地基,厂长替他换算成公制米尺的尺码,正适宜用长度三米三的楼板。

"三米三的楼板,啥价?"

"三十块。"

吴玉山倒吸一口气,窝在肚里,好贵的价钱!他掏出烟锅,点着火,开始盘算,一间用十二块,每块宽一尺八,只有两丈一尺六寸的深度,扎两个小铺,太窄了。用十五块楼板,房子有两丈四尺的宅深,刚好可以扎开两个宽敞的小间。十五块楼板一间,三间需得四十五块,需得一千三百五十块人民币,这账好算。

"这价还能'活动'不能?"吴玉山问。

"能嘛!怎么不能!"三十来岁的厂长仰着头,斜支着一条腿,掂着烟卷,大大咧咧地说,"谁把世事治死了?"

"咋样'活动'呢?"吴玉山探问。

"没个一定哇!"厂长掸掸烟灰,"三十块卖哩!二十块也卖哩!十块八块还卖哩!有时候一分不要白送人哩……"

吴玉山瞪起眼,警惕地瞅着这位中年农民,他一身不土不洋的装束,头发比城里人还留得长,说话二里二气,是不是在耍笑他老汉?是不是料就他掏不出买楼板的票子?他心里十分反感这位农民,厂子也不知办得咋样,不过能赚几个钱吧?看你神气得不知该咋样说话了!

"真的!"厂长大约看出他的疑惑,肯定地说,"你老汉要是能给我买来一吨平价钢材,我给你一块按二十块钱算账;你能买来两吨,我给你一块只算十块钱;你能买来三吨,我白送你四十五块楼板;你能再多买来,我给你找钱。咋样?你老汉这回不嫌贵了吧?也不必问我咋样'活动'价了!"

吴玉山还是不大明白这当中的秘密,低着头,抽闷烟,思谋这桩交易之间的关系。

"道理很简单,老汉。"厂长说,"平价钢材八百多块一吨,议价钢材一千二,黑市钢材一千七。我买不到平价货,连议价货也弄不到,按黑市货价折算,一块楼板就是三十块了。你能给我寻下一吨平价货,我就省下一半本钱。你能给我寻下三吨平价货,我权当是议价货,也节约一千多块成本,把你四十五块楼板的代价就折合进去了,所以我白送你。这下明白了吧?"

"噢!噢噢噢。"吴玉山明白过来,豁然开朗,怪道他敢白送给人楼板哩!

"你想想,老叔,看看你有哪个亲戚在政府,在工厂,或者有门道儿,能弄来平价货,议价也行哩!"厂长说,"我是不会亏你的。"

倒是厂长提醒了他,他想到了挑担。他又不便一时说破,显得迫不及待,而且还没把握性儿哩!他故意装出无可奈何的神气说:"这么好的事……只可惜……咱粗笨庄稼人出门去,两眼乌黑,能认识哪位……卖钢材的公家人哩?"

"那你就掏三十块钱的价吧!"厂长说。

吴玉山站起,拍拍屁股上的尘土,慢吞吞走了。

回到家,吴玉山把这件事和老伴说了,老伴立即怂恿他去找她的亲妹夫。儿子恰好也回来了,同意母亲的意见,必须由父亲亲自出马。由儿子去找姨夫,显得不够郑重,晚辈人嘛!女人去可能说不清楚,贻误大事。

第二天,吴玉山搭车进西安去了。

真是难以想象,郑建国和妻妹表现出动人的热诚,简直使他受不了了。他听着他们争相说着热诚关照他的热言炙语;争相给他递烟沏茶;软椅子已经够软和了,两口子还是把他拉到沙发上坐下来,更软;一连端到桌子上七八盘菜,还炒;三瓶酒打开了,还在柜子里往出取……

三吨钢材,区区小事,挑担把一张亲笔写的纸条交给他,妻妹又给他的背兜里塞满了糕点、糖果、苹果和鸭梨,真是亲得不能再亲了。

他把那张纸条递给厂长。

吴玉山看见,这位腰里像固定着一根钢棍的厂长弯下腰来了,那双喜欢望着天空的眼睛对着他嘻嘻地笑,而且轻声细语地开了口,肯定地说:"老叔哎!你要是再能搞到三四吨平价货,我给你白送两层楼房的楼板。"

吴玉山摇摇头,弄两层?经济力量不行哟!

"两层楼板省多少?两千多!你只需买砖和窗门就行了。"厂长给他谋划,很诚恳,"一层平房,夏天热得撑不住哇!而今都时兴盖两层,够多气派!"

到挑担家走了一趟,拿了一张纸条,就换下三间平房的楼板,一分不花。他无论如何弄不清这里头究竟使着什么神窍,而突然得到的好处却使他高兴,也使他有点不安。他的心里确实有点不踏实,因为这价值一千三百多块钱的楼板得来太容易了、太轻松了,这使一生习惯于以沉重的劳作和廉价的汗水换取极少报酬的老庄稼汉心里失去踏实感了。想想吧!他正月里逮两头猪崽,整整侍喂一年,长得好长到二百五六十斤,卖下二百元,已经高兴得什么似的,村人邻居都说他是"猪命"哩!现在,他乘公共车只花得一块多钱车费,就赚下三间平房的楼板的价值,这样赚钱发财,自然快得叫人不敢再往下想了!拾钱也得弯弯腰哩!

儿子似乎没有这种多余的复杂的负担,一听完父亲的叙说,毫不迟疑,提出要盖两层阁楼,和水泥预制品厂厂长不谋而合。儿子在外面做合同工,经见比父亲要多要广,他说外头(指城里)的人现在都是想着方儿挣钱,抓钱,说挣大钱的人其实并不出大力,而出大力的人其实只能挣小钱,言语之间,连父亲那种笨拙的挣钱办法——譬如养猪——也不无嘲笑的意味了。

吴玉山又进了一次城,找了一回建国,讨回一张纸条……三间两层楼房的九十块楼板全有了。

隔了几天,天擦黑时,一辆半新的吉普车开到吴村来,停在吴玉山家门口,走下水泥预制品厂厂长,硬把吴玉山拉上车,一直开到城里去,一定要吴玉山给他引见郑局长。

其时,夜已黑定,家属住宅楼上一片灯火,泄出电视机和录音机杂混的音乐。厂长和另一位青年,把一台大彩电抬进建国的住房了,吴玉山引着路。

此后,水泥预制品厂厂长就直接和郑建国来往了,再没拉扯吴玉山去当媒介。他的儿子也辞了合同工,给水泥预制品厂当采购员了,和那个厂长十分亲密……

老汉似乎预感到,事情要坏,就坏在那里头。

四

吴玉山默默地淌了半天眼泪,心里松泛了,头却有点隐隐作痛,四肢软倦,心力和体力都十分疲惫,打不起精神。往昔里,薄雾迷蒙的早春清晨,他背一只破旧的竹条笼,走出村子,走过木板小桥,走进熙熙攘攘的桑树镇的猪羊市场的时候,心劲多高涨啊!为了逮到一头称心的仔猪而又能少出一块价钱,他耐心十足地和卖主磨牙。当他背着小猪崽又精神抖擞地走回自己门楼,把捆禁得麻木的小猪放进土圈的时候,一个伟大而鲜活的希望就在心里跃动了!艰难的生活反倒使他顽强地去争取,而过分轻易的摘取反倒使他失掉了那种生活的信心。他想过,如果凭他喂猪挣钱,到死也甭想撑起这样体面的楼房。现在,自家的两层楼房竖立在小院里,十分显眼,异常醒目,唯其它来得太容易、太轻易,使他没有经受这个果实奋斗过程中的艰苦,现在也就失掉了得到这个果实时的快乐,使人心里缺那么一点什么说不清的东西。

现在,当他意识到这种果实是以"挑担"郑建国手腕上那个冷冰冰的钢铁手铐换来的时候,吴玉山简直羞愧得无地自容了,无脸仰头欣赏那楼房漂亮的外观了,甚至失去对猪们的热情了。

掩闭着的街门嘎吱一响,老伴走进来了。

吴玉山噌地站起,观察老伴的脸色,灰塌塌的,准没好结果。她昨日就去城里妹妹家了,给那个被逮走了男人的妹妹劝慰和宽解,帮助料理家务,一个富裕安乐的家庭,完全乱套了。

"建国而今咋样?"他迫不及待追进屋里。

"还坐闷庭子哩!还没……定下啥……"老伴说,"可怜死了!全是给旁人帮忙,卖给了钢材木材,这下倒把自己的手压死了!"

吴玉山闷住头,不问了,他担心,挑担的麻达不会轻松卸掉。虽说有些人是翻脸不认人的角色,可水泥预制品厂厂长给他家抬的那台大彩电,却是他亲眼经见。傻子也能估摸,凡是晚上悄悄摸到妹夫家里去的那些人,谁会空手去呢?空手能弄来钢材吗?旁人不说,自己的儿子一下子被水泥预制品厂厂长拉去,赏以重薪,当采购员,凭什么呢?

"他姨……唉……"过了半天他才吭声,他想问,他姨怎样?怕是该哭成泪人了?临了却说不出口,他觉得自己对不住建国,也对不住娃他姨,弄得人家家里七零八散,自己却住洋楼……唉!

"他姨倒是脏腑硬!"老伴说。

"噢?"吴玉山猛乍一下抬起头。

"人家他姨到底是城里人,经得多了,见得广了,遇事不乱套套儿,心里难受当然也难受,全不像咱乡下人,遇见这号事,只是没头没脑地浪哭!人家他姨心数不乱,"老伴颇带着敬佩的口气说,"该寻谁就寻谁,叫他们现时站出来说话。我去了两天,只见了她一面,整日整夜在外头跑着,半夜回来了,天明又走了。我听她说了一句半句,找'打劲人'哩……"

"噢噢噢!"吴玉山点点头,心里也佩服起娃他姨来了,这号事要是搁在自个身上,老伴早都吓得成了没头的苍蝇——乱扑乱飞了。娃他姨有心计,撑得住,"对对对!哭顶啥哩?哭死又能顶啥哩?倒是娃他姨有主意。"

"那女子自小就有心数……"老伴以姐姐的身份说。

"怕是这多年经见得广……"吴玉山补充说,"在人家家里出出进进的人,哪个是笨佬儿?除了我!"

院里一阵脚步声,他听出来,是儿子友年。

友年走进门,身后跟着水泥预制品厂厂长。

吴玉山急忙立起,简直有点不堪等待之苦,急于要问儿子和厂长,那场官司打得怎么样?结局如何?

五

"案子还没结。现时,全看那些作证人的态度。"儿子说,"作证人要是一口咬定说没那回事,俺姨父就没有啥啥麻达了;作证人要是不……"他不说那种可以预料的糟糕结局了。

"法庭怎样问你俩?你俩怎样应答的?"吴玉山忙问。

"他法庭甭想从俺俩嘴里掏走一个有用的字!"厂长瞪起眼,轻轻地拍一巴掌桌子,"在郑局长没出事之前,公安局来人寻我,我一口就回绝了,没有!咱没给郑局长一分钱的东西!而今是这话,没有!挑断牙筋还是没有!"

人怎样说假话?怎样把假话当真话说?就像水泥预制品厂厂长这样说。吴玉山瞧着厂长嘴硬牙硬的神气,虽然他替自己的亲戚包揽祸端,而心里却有点害怕,自己的儿子和这样的人共事,似乎潜伏着某种危险,然而他此刻还顾及不到这些。

"老叔哇!我跟你见头一面,就看出你是个实在人,讲信用。"厂长说,"我在俺村活了三十多岁,俺爸只教给我俩字的活人原则:义气。不讲义气的人,那就算不得人!郑局长给咱支援了钢材,咱的厂子才发展了,这是实情,我不昧良心的。咱的厂子办起来,买不下钢材,生产停顿了,工人工资开不出去,我急得想跳井!亏得你给我介绍认识了郑局长,才起死回生了!咱而今挣了钱,不瞒你说,今年真的挣下钱了,咱心里过意不去,给郑局长送一点东西,全是报恩哩!全是心甘情愿咯!现时,郑局长受难,咱挣下那些钱,也觉得寡味哩!要是放在那些小人身上,他才不管哩!只要自个日子过得舒坦!唉……谁要俺爸自小就教我讲义气哩……"

吴玉山老汉连连点头,这些话正投他的脾性。他一生老好,从不和人胡说八道,讲道理,重义气,最瞧不起那些红口白牙耍赖的小人。他在认识厂长至今的一二年时间里,对这个人印象说不上坏,总觉得和自己是两路人,说好听些,他是老式庄稼人,厂长是新式庄稼人,距离甚远。现在,他发现了这个厂长和自己相通的一点:"义气",觉得一下子可以通话了,接近了。

"厂长真是一条好汉!"儿子附和说,"人家法院人单独跟俺俩谈话,说厂长的贿赂行为,腐蚀了公家干部,把一些老干部都拉下水了。他不怕,比法院的人还口气硬,'谁腐蚀谁来?公家允许农民办工厂,咱农民感激不尽政府的好政策!可只号召办厂,不给材料,咋能办好?郑局长响应党的号召,扶持农民致富,分给咱一点钢材,咱的厂子才活了!咱心里过不去,给郑局长送点点心、烧酒,这是真的!再说啥彩电啦、票子啦我敢拿头打赌!'一下子把法院的人堵住了!"

厂长听着,很神气地吐着烟圈。

"现在的情况是这样,郑局长的案子,关键有两宗事,一宗是南郊大塔区建筑公司的麻达,一宗是城里一家街道工厂的麻达。"厂长说,"俺俩跟姨姨商量好了,城里街道工厂的麻达,由她去找人解决。大塔建筑公司的麻达,我去通融。这两个疙瘩,只要能私下'消化'掉了,郑局长就没一点事了,日后出来还是局长!万一不行,'消化'掉一个,问题就缩小到一万以内了,也就没太大的事咧!"

吴玉山此刻才醒悟了,自己完全是个废物,大笨蛋一个。大家都在积极地替挑担"消积化食",拯救受难的人,自己却只会蹲在猪圈边上流眼泪,真是透顶的没出息!他现在明白了大体局势:公家要把建国打入牢狱,而许多人正在想法把他救出来,都在紧张地秘密地斗着心眼。想到要把建国打入大牢的人,他感到害怕,他自小就对法院有一种畏惧心理;想到厂长和娃他姨这一帮要拯救建国的人,他觉得他们厉害;而想到自己,不仅觉得自己无能无用,实实在在也是摸不着头绪,寻不见眼隙。他一时难得判断出来,究竟谁能斗过谁?

"法院还要找你哩!"儿子说,"这是让我捎回来的传票。"

吴玉山心一抖,瞅着儿子手里那张印着几行字的纸页,竟不敢伸出手接。年近六十,他一生没动过诉讼之事,而今要接受法院的传票了!

"你啥也甭说。"儿子说,"只说不知道。"

"装糊涂。"厂长说,"你说你是个笨庄稼人,啥也不晓,任他问啥,都说不知道,叫他们来问我!"

六

天色微明中,吴玉山老汉背着一只破烂不堪的布兜,兜里装着两块锅盔,上路了。他接受法院的传票,要去城里一家法院了。

浓霜蒙地,一片冬天的萧瑟景象,干冷干冷,不见鸟雀。

往昔里,这个时光该是他扛上家伙去田地上工干活,今天却去打官司。

"啥也甭说,只说不知道。"

"装糊涂。任他问啥,只装糊涂!"

儿子和厂长的话在心里回旋,在耳畔轰响。

昨日黑夜,辗转反侧,简直要把火炕踢腾塌了,还是难得入眠,不管怎样痛苦,他最终还是做出了抉择:装糊涂,这是唯一的办法。吴玉山没旁的本事,装起糊涂来,真像个黏黏糊糊的啥也不懂的糊涂佬儿。

他走着,脚下的土石公路蒙着霜花,虽然主意已定,料也万无一失,而脚步仍然感到沉重,提不起抖擞的精神来……

1986 年 1 月 白鹿园

桥

一

　　夜里落了一层雪,天明时又放晴了,一片乌蓝的天。雪下得太少了,比浓霜厚不了多少,勉强蒙住了地面、道路、河堤、沙滩,冻得僵硬的麦叶露在薄薄的雪被上面,芜芜杂杂的。河岸边的杨树和柳树的枝条也冻僵了,在清晨凛冽的寒风中抖抖索索地颤。寒冷而又干旱的北方,隆冬时节的清晨,常常就是这种景象。

　　河水小到不能再小,再小就不能称其为河了,再小就该断流了。河滩显得格外开阔,裸露的沙滩和密密实实的河卵石,现在都蒙上一指厚的薄雪,显得柔气了。一湾细流,在沙滩上恣意流淌,曲曲弯弯,时宽时窄,时紧时慢,淌出一条人工难以描摹的曲线。水是蓝极了,也清极了;到狭窄的水道上流得紧了,在河石上就撞击了水花;撞起的一串串水花,变成了水晶似的透亮,落下水里时,又是蓝色了。

　　河面上有一座小桥,木板搭成的。河心里栽着一只四条腿的木马架,往南搭一块木板,往北搭一块木板,南边的木板够不到岸上,又在浅水里摞着两只装满沙子的稻草袋子,木板就搭在沙袋上,往南再搭一小块木板,接到南岸的沙滩上,一只木马架,两长一短三块木板,架通了小河,勾连起南岸和北岸被河水阻断的交通。对于小河两岸的人来说,这座小木板桥比南京长江大桥重要得多,实用得多。

二尺宽的桥板上,也落了一层雪。一位中年男人,手握一把稻秫笤帚,弯着腰,一下一下扫着,雪粒纷纷落进桥下的水里。他扫得认真,扫得踏实,扫得木板上不留一星雪粒,干干净净。他从南岸扫到北岸,丢下笤帚,双手抓住木板,摇摇,再摇摇,直到断定它两头都搭得稳当,才放心地松了手,提起笤帚又走回南岸来。照样,把南岸一长一短的两块木板也摇一摇,终于查看出那块短板的一头不大稳当,他用脚踢下一块冻结的沙滩上的石头,支到木板下,木板稳实了。

他拍搓一下手指,从破旧的草绿色军大衣里摸出一根纸烟,划着火柴,双手捂着小小的火苗儿,点着了,一股蓝色的烟气在他眼前飘散。看看再无事可做,他叼起烟卷,双手插进油渍渍的大衣袖筒里,在桥头的沙地上踱步,停下来脚冻哇!

天色大亮了,乌蓝的天变得蓝格莹莹的了,昨夜那一场小雪,把多日来弥漫的雾气凝结了,降到地面来,天空晴朗洁净,太阳该出山了。

河北岸,堤坝上冒出一个戴着栽绒帽子的脑袋。那人好阔气,穿一件乡间少见的灰色呢大衣,推着一辆自行车,走下河堤斜坡,急急地走过沙滩,踏上木板桥了,小心地推着车子,谨慎地挪着双脚。他猜断,这肯定是一位在西安干事儿的乡里人,派头不小,一定当着什么官儿。那人终于走过小桥,跨上南岸的沙地,轻轻舒了一口气,便推动车子,准备跨上车子赶路。

"慢——"他上前两步,站在自行车轱辘前头。

那人仰起头,脸颊皮肤细柔,眼目和善,然而不无惊疑,问:"做什么?"

"往这儿瞅!"他从袖筒里抽出右手,不慌不忙,指着桥头的旁侧,那儿立着一块木牌,不大,用毛笔写着很醒目的一行字:过桥交费壹毛。

那人一看,和善的眼睛立时变得不大和善了,泛起一缕愠怒之色:"过河……怎么还要钱?"

"过河不要钱。过桥要钱。你过的是桥。"他纠正那人语言上的混淆部分,把该强调的关键性词语强调了一下,语气却平平静静,甚至和颜悦色,耐心十足。

"几辈子过桥也没要过钱!"那人说。

"是啊!几辈子没要过,今辈子可要哩!"他仍然不急不躁,"老皇历用不上啰!"

那人脸上又泛出不屑于纠缠的鄙夷神色,想说什么而终于没有再张口,缓缓地抬起手,从呢大衣的口袋里摸出一毛票儿,塞到他手里时却带着一股劲儿,鼻腔里"哼"了一下,跨上车子走了。

见得多了!掏一毛钱,就损失掉一毛钱了,凡是掏腰包的人,大都是这种模样,这号神气。他经得多了,不生气也不在乎。他回过头,看见两个推着独轮小车的人走上木板桥。

独轮小车推过来了,推车的是个小伙子,车上装着两扇冻成冰碴的猪肉。后面跟着一位老汉,胳膊上挂着秤杆。这两位大约是爷儿俩,一早过河来,赶到南工地去卖猪肉的。村子南边,沿着山根,有一家大工厂,居住着几千名工人和他们的家属,门前那条宽阔的水泥路两边,形成了一个农贸市场。工厂兴建之初,称作南工地,工厂建成二十多年了,当地村民仍然习惯称呼南工地而不习惯叫×××号信箱。

小伙子推着独轮小车,下了桥,一步不停,反倒加快脚步了。提秤杆的老汉,也匆匆跟上去,似乎谁也没看见桥头插着的那块牌子。

"交费!"他喊。

推车的小伙子仍然不答话,也不停步。老汉回过头来,强装笑着:"兄弟,你看,肉还没开刀哩,没钱交喀!等卖了肉,回来时交双份。"

"不行。"他说,"现时就交清白。"

"真没钱交咯!"老汉摊开双手。

"没钱?那好办。"他走前两步,冷冷地对老汉说,"把车子推回北岸去,从河里过。"

老汉迟疑了,脸色难看了。

他紧走两步,拉住小推车的车把,对小伙子说:"交费。"

小伙子鼓圆眼睛,"哗啦"一声扔下车子,从肉扇下抽出一把尖刀来。那把刀大约刚刚捅死过一头猪,刃上尚存丝丝血迹。小伙子摆开架势,准备拼命了:"要这个不要?"

他似乎早有所料,稍微向后退开半步,并不显得惊慌,嗤笑一声,豁开军大衣,从腰里拔出一把明光锃亮的攮子,阴冷地说:"小兄弟,怕你那玩意儿,就不守桥了!动手吧。"

许是这阴冷的气势镇住了那小伙子,他没有把尖尖的杀猪刀捅过来。短暂的僵持中,老汉飞奔过来,大惊失色,一把夺下小伙子手里的刀子,"噌"的一下从肉扇下削下猪尾巴,息事宁人地劝解:"兄弟!拿回去下酒吧!"

他接住了,在手里掂了掂,不少于半斤,横折竖算都绰绰有余了。他装了刀子,转身走了。背后传来小伙子一声气恨的咕哝:"比土匪还可憎!"他权当没听见,他们父子折了一个猪尾巴,当然不会彬彬有礼地辞别了。

河北岸,有一帮男女踽踽走来,七八个人拽拽扯扯走上桥头,从他们不寻常的穿戴看,大约是相亲的一伙男女吧?

太阳从东原上冒出来,河水红光闪闪。他把猪尾巴丢在木牌下,看好那一帮喜气洋洋的男女走过桥来……

二

他叫王林,小河南岸龟渡王村人。

搞不清汉朝还是唐代,一位太子因为继位问题而遭到兄弟的暗杀,仓皇逃出宫来,黑灯瞎火奔窜到此,眼见后面灯笼火把,紧追不舍,面对突暴的河水,捶胸顿足,欲逃无路了。他宁可溺水一死,也不愿落入兄弟之手,于是眼睛一闭,跳进河浪里去。这一跳不打紧,恰好跌落在河水里一块石头上,竟没有沉。太子清醒过来,不料那石头漂上水面,浮游起来,斜插过河面,掠过屋脊高的排浪,忽悠忽悠漂到北岸。太子跳上沙滩,大惑不解,低头细看,竟是一只碾盘大小的乌龟,正吃惊间,那乌龟已潜入水中,消失了。

这个美妙的传说,仅仅留下一个"龟渡王"的村庄名字供一代一代村民津津有味地咀嚼,再没有什么稍微实惠的遗物传留下来,想来那位后来继承了皇位的太子,也是个没良心的昏君吧?竟然不报神龟救命之恩,在这儿修一座"神龟庙"或是一座"龟渡桥",至少是应该的吧?又不会花皇帝自己的钱,百姓也可以沾沾光,然而没有。如果那位后来登极的皇子真的修建下一座桥,他就不会生出桥头收费的生财之道来了。王林在无人过桥的空闲时间里,在桥头的沙滩上踱步,常常生出些莫名其妙的想法。

王林的正经营生是在沙滩上采掘沙石,出售给城里那些建筑单位,收取过桥费不过灵机一动的临时举措。春天一到,河水没了寒渗之气,过往的人就挽起裤管涉水过河了,谁也不想交给他一毛钱了。

他三十四五年纪,正当庄稼汉身强力壮的黄金年华,生就一副强悍健壮的身坯,宽肩、细腰、长胳膊长腿,一个完全能够负载任何最粗最重的体力劳动的农民。他耕种着六七亩水旱地,那是人民公社解体时按人口均等分配给他家的口粮田,一年四季,除了秋夏两季收获和播种的繁忙季节之外,有十个月都趴在沙滩上,挖掘砂石,用铁锨把沙石抛到一个分作两层的罗网上,滤出沙子,留下两种规格的石头,然后卖给那些到河滩来拉运石头的汽车司机,这是乡村里顶笨重的一条挣钱的门路了。三九的西北风在人的手上拉开一道道裂口,三伏的毒日头又烤得人脸上和身上冒油。在河滩干这个营生的村民，大都是龟渡王村里最粗笨的人，再找不到稍微轻松一点儿的挣钱门路，就只好扛起锨头和罗网走下沙滩来，用汗水换取钞票。庄稼人总不能在家里闲吃静坐呀！

　　捞石头这营生还不赖！王林曾经很沉迷于这个被人瞧不上眼的营生，那是从自家的实际出发的考虑。他要种地，平时也少不了一些需他动手的家务活儿，比如买猪崽和交售肥猪、拉粪施肥等，女人家不能胜任。这样，他出不得远门，像有些人出太原走广州贩运药材挣大钱，他不能去，显然离不开。更重要的是，那种赚钱容易而赔光烂本儿也容易，说不定上当了，被人捉弄了，要冒大风险，而他没有底本钱，赚得起十回而烂不起一回呀！他脑子不笨，然而也不是环儿眼儿很多的灵鬼。他平平常常，和龟渡王十之八九的同龄人一样，没有显出太傻或太差的差别。他觉得自己靠捞石头挣钱，顶合宜了，一天捞得一立方沙石，除过必定的税款，可以净得四块钱，除过阴雨和大雪天气，一月可以落下一百多块钱。他的女人借空也来帮忙，一天就能有更多一点的收入。对于他来说，一月有一百多块钱的进项，已经心底踏实了。

　　在下河滩捞石头之前一年，他给一家私营的建筑队做普工，搬砖，和水泥砂浆，拉车，每月讲定六十元。他干了仨月，头一月高高兴兴领下五十二块（缺工四天），第二个月暂欠，工头说工程完毕一次开清。到工程完工后，那个黑心的家伙连夜携款逃跑坑了王林一伙普工的工资。他们四处打听，得到的那位工头的住址全是假的，至今也摸不清他是哪里人。没有办法，他懊丧地背着被卷回到家里，第二天就下河滩捞沙石了。

　　我的老天爷！出笨力也招祸受骗，还有笨人捣鬼赚钱的可能吗？他经历了这一次，就对纷纷乱乱的城市生活感到深深的畏怯了。那儿没得咱挣钱的机会，河滩才是咱尽其所能的场合。

他有一个与他一样强悍的老婆,也是轻重活路不避,生冷吃食不计的皮实角色。他和她结婚的时候,曾经有过不太称心的心病,觉得她腰不是腰(太粗),脸不是脸(太胖),眼不是眼(太眯),然而还是过在一起,而且超计划生下了三女一男,沉重的生活负担已不容许他注视老婆的眉眼和腰腿的粗细了。他要挣钱,要攒钱。要积蓄尽可能多的人民币,越多越好,越快越好。土地下户耕种两三年,囤满缸流了,吃穿不愁了,可是缺钱。三个儿女都在中学和小学念书,学费成倍地增加了,儿子上了学前班,一次收费五块,而过去却是免费的。况且,女孩长大了,开始注意拣衣服的样式了,女孩比男孩更早爱好穿戴,花钱的路数多了。

他要挣钱攒钱。他要自己的女儿在学校里穿得体面。他心里还谋划着一桩更重要的大事,盖一幢砖木结构的大瓦房。想到在自家窄小破烂的厦屋院里,撑起三间青砖红瓦的大瓦房,那是怎样令人鼓舞的事啊!什么时候一想起来,就不由得攥紧镢头和铁锨的把柄,刨哇!铲哇!抛起的沙石撞击得铁丝罗网刷刷响。那镢头和铁锨的木把儿上,被他粗糙的手指攥磨得变细了,溜光了。

她的女人,扭着油葫芦似的粗腰,撅着皮鼓似的屁股,和他对面忙活在一张罗网前,挖啊刨啊,手背上撩着一道道被冷风冻裂的口子。他觉得这个皮实的女人可爱极了,比电影上那些粉脸细腰的女人实惠得多。他们起早贪黑干了一年,夫妻双方走进桑树镇的银行分行,才有了那个浸润着两口子臭汗的储蓄本本。又一年,他们在那个小小的储蓄本上再添上了一笔。再干一年,就可以动手盖置新房了!一幢新瓦房,掐紧算计也少不得三千多元哪!

就在他和女人撅着屁股发疯使狠挖沙石的时候,多少忽视了龟渡王村里发生的种种变化。

春节过罢,阳气回升,好多户庄稼人破土动工盖置新房子。破第一镢土和上梁的鞭炮声隔三错五地爆响起来,传到河滩里来,那热烈而喜庆的"噼啪"声,撩拨得中年汉子王林的心里痒痒的,随风弥漫到沙滩里来的幽香的火药气味,刺激着他的鼻膜。终于有一天,当他从河滩里走回村子,惊奇地发现,村子西头高高竖起一幢两层平顶洋楼。再几天,村子当中也冒起一座两层楼房来。又过了几天,一座瓦顶的两层楼房又出现在村子的东头。一月时间里,龟渡王村比赛摆阔似的相继竖起三幢二层楼房,高高地超出在一片低矮的庄稼院的老式旧屋上空,格外惹人眼目。

王林手攥铁锨,在罗网上用功夫,眼睛瞪得鼓鼓圆,不时地在自己心里打问:靠自己这样笨拙地挣钱,要撑起那样一幢两层洋楼来,少说也得十年哪!他开始怀疑自己的挣钱方式是不是太笨拙,太缓慢了?

太笨了,也太慢了!和沙滩上那些同样淘沙滤石的人比起来,他可能比他们还要多挣一点,因为他比他们更壮实,起得更早也歇得最晚。然而,与村子里那三幢新式楼房的主人比起来,就不仅使人丧气,简直使他嫉妒了,尤其是在他星星点点听到人们关于三户楼屋主人光彩与不光彩的发财的传闻之后,他简直妒火中烧了。

他皱紧眉头,坐在罗网前,抽得烟锅吱啦啦响,心里发狠地想着,谋算着,发誓要找到一个挣钱多而又省力气的生财之道来。想啊谋啊!终于把眼睛死死地盯到闪闪波动着的小河河水里了。

一场西北风,把河川里杨树和柳树残存的黄叶扫荡干净了,河边的水潭里结下一层薄薄的麻冰,人们无法赤足下水了。王林早就等待这一场西北风似的,把早已准备停当的四腿马架和三块木板装上架子车,拉到小河边上来。他脱下棉裤,让热乎乎的双腿在冷风里做适应性准备,仰起脖子,把半瓶价廉的劣质烧酒灌下喉咙,就扛起马架下到刺骨钻心的河水里,架起一座稳稳实实的独木桥来……

三

　　太阳升起在东原平顶上空碧蓝的天际,该是乡村人吃早饭的时候了。过往木桥的人稀少了,那些急急忙忙赶到城里去上班的工人和进城做工的农民,此刻早已在自己的岗位上开始工作了,把一毛钱的过桥费忘到脑后去了。那些赶到南工地农贸市场的男人和女人,此刻大约正在撕破喉咙召唤买主,出售自己的蔬菜、猪羊鲜肉和鸡蛋。没有关系,小小一毛钱的过桥费,他们稍须掐一下秤杆儿就盈回腰包了。他们大约要到午后才能交易完毕,然后走回小河来,再交给他一毛过桥费,走回北岸的某个村庄去。

　　他的老婆来了,手里提着竹篮和热水瓶。他揭开竹篮的布巾,取出一只瓷盘,盘里盛着冒尖的炒鸡蛋,焦黄油亮。他不由得瞪起眼来:"炒鸡蛋做啥?"

　　"河道里冷呀!"她说,"身体也要紧。"

　　她心疼他。虽然这情分使他不无感动,却毕竟消耗了几个鸡蛋。须知现时正当淡季,鸡蛋卖到五个一块,盘里至少炒下四五个鸡蛋,一块钱没有了。

　　"反正是自家的鸡下的,又不是掏钱买的。"老婆说,"权当鸡少下了。"

　　反正已经把生蛋炒成熟的了,再贵再可惜也没用了。他掰开一个热馍,夹进鸡蛋,又抹上红艳艳的辣椒,大嚼起来,瞅着正在给他从水瓶里倒水的老婆。她穿着肥厚的棉裤,头上包着紫色的头巾,愈发显得浑圆粗壮了。其实,这个腰不是腰、脸不是脸的女人心肠很好,对他忠心不贰,过日子扎实得滴水不漏。她给他炒下一盘鸡蛋,她自己肯定连尝也没尝过一口。

　　他吃着,从大衣口袋里掏出一把钱来,搁在她脚前的沙地上,尽是一毛一毛的零票儿和二分五分的镍质硬币:"整一下,拿回去。"

她蹲下身来,捡着数,把一张张揉得皱巴巴的角票儿捋平,十张一折,装进腰里,然后拣拾那些硬币。

他坐在一块河石上,瞅着她粗糙的手指笨拙地码钱的动作,不慌不忙的神态,心里挺舒服。是的,每次把自己挣回来的钱交给她,看着她专心用意数钱的神态,他心里往往就涌起一股男子汉的自豪。

"这下发财啰!"

一声又冷又重的说话声,惊得两口子同时仰起头来,面前站着他的老丈人,她的亲大。

他咽下正在咀嚼的馍馍,连忙站起,招呼老丈人说:"大!快吃馍,趁热。"

"我嫌恶心!"老丈人手一甩,眉眼里满是恶心得简直要呕吐的神色,"还有脸叫我吃!"

他愣住了,怎么回事呢?她也莫名其妙地闪眨着细眯的眼睛,有点生气地质问自己的亲大:"咋咧?大!你有话该是明说!"

"我的脸,给你们丢尽了!"老汉撅着下巴上稀稀拉拉的山羊胡须,"收过——桥——费——!哼!"

王林终于听出老丈人发火的原因了,未及他开口,她已经说了:"收过桥费又怎么了?"

"你不听人家怎么骂哩:土匪,贼娃子!八代祖宗也贴上了!"老汉捏着烟袋的手在抖,向两个晚辈人陈述,说小河北岸的人,过桥时被他的女婿收了费,回去愣骂愣骂!爱钱不要脸啊!他被乡党们骂得损得受不了,唾沫星儿简直把他要淹死了。他气恨地训斥女儿和女婿,"这小河一带,自古至今,冬天搭桥,谁见过谁收费来?你们也不想想,怎么拉得下脸来?"

"有啥拉下拉不下脸的!俺们搭桥受了苦,挨了冻,贴赔了木板,旁人白过桥就要脸了吗?"她顶撞说:"谁不想掏钱,就去河里过,我们也没拉他过桥。"

他也插言劝说:"大呀!公家修条公路,还朝那些有汽车、拖拉机的主户收养路费哩!"

女儿和女婿振振有词,顶得老汉一时回不上话来,他避开女儿和女婿那些为自己遮掩强辩的道理,只管讲自己想说的话:"自古以来,这修桥补路,是积德行善的事。咱有心修桥了,自然好;没力量修桥,也就罢了;可不能……修下桥,收人家的过桥费……这是亏人短寿的缺德事儿……"

他听着丈人的话,简直要笑死了,如若不是他的老丈人,而是某个旁人来给他讲什么积德行善的陈年老话,他早就不耐烦了;唯其因为是老丈人,他才没敢笑出声来,以免冒犯。他不由得瞅一眼女人,她也正瞅他,大约也觉得她大的话太可笑了。

"大!你只管种你的地,过你的日子,甭管俺。"女人说。王林没有吭声,让她和她的亲生老子顶撞,比他出面更方便些。他用眼光鼓励她。

"你是我的女子!人家骂你祖先我脸烧!"老汉火了,"你们挣不下钱猴急了吗?我好心好言劝不下,还说我管闲事了。好呀!我今天来管就要管出个结果!"

老汉说时,抢前两步,抓住那根写着"过桥收费壹毛"字样的木牌的立柱,"噌"的一下从沙窝里拔了起来,一扬手,就扔到桥边的河水里。他和她慢了一步,没有挡住,眼见着那木牌随着流水,穿过桥板,漂悠悠地流走了。现在脱鞋脱袜下河去捞,显然来不及了,眼巴巴看着木牌流走了,漂远了。

他瞅着那块漂逝的木牌,在随着流水漂流了大约五六十码远的拐弯的地方,被一块露出水面的石头架住了,停止不动了。他回过头来,老丈人不见了,再一看,哦!老丈人背着双手,已经走过小桥,踏上北岸的河堤了,那只羊皮黑烟包在屁股上抖荡。看来老丈人是专程奔来劝他们的,大约真是被旁人的闲言碎语损得招架不住了,要面子的人啊! 他没有说服得下女儿女婿,愤恨地拔了牌子,气倔倔地走了。他看着老丈人渐渐远去的背影,终于没有开口挽留,一任老丈人不辞而别。

她也没有挽留自己的亲大,眼角里反而泻出一道不屑于挽留的歪气斜火,嘴里咕哝着:"大今日是怎么了? 一来就发火!"

"大平日性情很好嘛!"他也觉得莫名其妙,附和妻子说,"自娶回你来,十多年了,大还没说过我一句重话哩! 今日……好躁哇!"

"单是为咱们收过桥费这码小事,也不该发这么大的火,失情薄意的。"她说,"大概心里还有啥不顺心的事吧?"

"难说……难说……"他说不清,沉吟半响,才说,"好像人的脾气都坏了? 一点小事就冒火……比如说今日早晨,有个家伙为交一毛钱的过桥费,居然拔出杀猪刀来……我也没客气!"

"可这是咱大呀! 不比旁人……"她说。

"咱大也一样,脾气都坏了!"他说。

他说着,站起来,顺着河岸走下去,跷过露在浅水里的列石,把那块木牌从水面捞起来,又扛回桥头来。

他找到被老丈人拔掉木牌时的那个沙窝儿,把木牌立柱砍削过的尖头,重新插进沙地,再用脚把周围的虚沙踩实。她走过来,用自己穿着棉鞋的肥脚踏踩着,怕他一个人踩不结实似的。浸过水的木牌,又竖立起来啰!

四

北方的冬天,天黑得早,四点钟,太阳就压着西边原坡的平顶了,一眨眼工夫,暮云四合了。河川里的风好冷啊!

王林缩着脖子,袖着手,在桥头的沙地上踱步,只有遇见要过桥的人,他才站住,伸出手,接过一毛票儿,塞进口袋,便又袖起手,踱起步来。

他的心里憋闷又别扭,想发牢骚,甚至想骂人。他的老丈人不问青红皂白,劈头盖脑训了他一顿,骂了他一场,拔掉那个木牌扔到水里,然后一甩手走掉了。他是他的岳父大人,倚老卖老,使他开不得口,咬着牙任他奚落,真是窝囊得跟龟孙一样。更重要的是,老岳丈把小河北岸那些村子的闲言碎语传递到他的耳朵里来了,传进来就出不去了,窝在他的心里。

王林有一种直感,小河两岸的人都成了他的敌人!他们很不痛快地交给他一毛钱,他们把一毛钱的经济损失用尽可能恶毒的咒骂兑换回去了。他虽然明知那些交过钱的人会骂他,终究没有当面骂,耳不听心不烦。老丈人直接传递到他耳中的那些难听话,一下子搅乱了他的心,破坏了他的情绪,烦躁而又气恨,却又无处发泄。

一个倒霉鬼自投罗网来了。

来人叫王文涛,龟渡王村人,王林自小的同年伙伴。现在呢?实话说……不过是个乡政府跑腿的小干事。天要黑了,他到河北岸做什么?该不该收他一毛钱的过桥费?

收!王林断然决定,照收不误。收他一毛钱,叫他摆那种大人物的架势去。

"王林哥,恭喜发财!"王文涛嘻嘻笑着打招呼,走到他跟前,却不急于过桥,从口袋里掏出烟来,抽出一支递给他,自己也叼上一支,打起火来。

王林从王文涛手里接过烟,又在他的打火机上点着了。这一瞬间,王林突然改变主意,算了,不收那一毛钱了,人家奉献给自己一根上好的"金丝猴",再难开口伸手要钱了。

王文涛点着烟,还不见上桥,又开双腿,一只手塞进裤兜里,一只手捻着烟卷,怨怨艾艾地开口说:"王林哥,你发财,让我坐蜡!你真……没良心呀!"

"你当你的乡干部,我当我的农民。咱俩不相干!我碍着你什么路了?"王林嘲笑说。

"是啊!咱俩本来谁也没碍过谁。想不到哇——"他从口袋里掏出一个信封,递上来,眼里滑过一缕难为情的神色,"你先看看这封信吧!"

王林好奇地接过信封,竟是报社的公用信封,愈加奇了,连忙掏出信瓤,从头至尾读下来。他刚读完,突然仰起脖子,仰着头,哈哈大笑起来,一脸是幸灾乐祸的神气。

在他给龟渡王村前边的小河上刚刚架起这座木板小桥的时候,王文涛给市里的报社写了一篇稿子,名叫《连心桥》,很快在报纸上刊登出来了。王文涛曾经得意地往后捋着蓄留得很长的头发,把报纸摊开在他的眼前,让他看他写下的杰作。在那篇通讯里,他生动地记述了他架桥的经过,"冒着刺骨的河水"什么的;激情洋溢地赞扬他舍己为人的崇高风格;末了归结为"富裕了的农民的精神追求"等等。现在,报社给王文涛来信追查,说有人给报社写信,反映龟渡王村有人借一座便桥,坑拐群众钱财,要他澄清《连心桥》通讯里所写的事实有无编造?是否失实?如若失实或有编造成分,就要在报纸上公开检讨。这样,王文涛觉得弄下"坐洋蜡"的麻烦事了。

"怎么办呢?"王文涛被他笑得发窘了,"你挣钱,我检讨,你还笑……"

"这怪谁呢?"王林摊开双手,悠然说,"我也没让你在报纸上表扬我,是你自个胡骚情,要写。这怪谁呢?"

"你当初要是说明要收过桥费,我当然就不会写了。"王文涛懊丧地说,"我以为你老哥思想好,风格高……怎么也想不到你是想挣钱才架的桥……"

在刚架起小桥的三五天里,王林急于卖掉他堆积在沙滩上的石头,回去种挖过红苕的责任田的小麦,又到中学里参加了一次家长会,当他处理完这些缠手的家事,腾出身来要到桥头去收费的时候,王文涛的稿子已经上报了。这类稿子登得真快。王林当时看完报纸,送走王文涛,就扛着写着"过桥收费壹毛"的木牌走下河滩了。现在,王文涛抱怨他没有及早说明要收费的事,他更觉得可笑了,不无嘲讽地说:"你想不到吗?哈呀!你大概只想到写稿挣稿费吧!给老哥说说,你写的表扬老哥架桥的稿子,挣得多少钱?"

王文涛腾地红了脸,支吾说:"写稿嘛!主要是为党报反映情况……做党的宣传员……"

"好了好了好了!再甭自吹自夸了!再甭卖狗皮膏药了!想写稿还怕人说想挣钱,酸!"王林连连摆手,又突然梗梗脖子,"我搭桥就是想挣钱。不为挣钱,我才不'冒着刺骨的河水'搭桥哩!不为挣钱,我的这三块木板能任人踩踏吗?我想挣钱,牌子撑在桥头,明码标价,想过桥的交一毛钱;舍不得一毛票儿,那就请你脱袜挽裤下水去……老哥不像你,想挣钱还怕羞了口,丢了面子!"

"你也甭这么理直气壮,好像谁都跟你一样,干什么全都是为挣钱。"王文涛被王林损得脸红耳赤,又不甘服下这种歪理,"总不能说人都是爱钱不要脸吧?总是有很多人还是——"

"谁爱钱要脸呢?我怎么一个也没见到?"王林打断王文涛的话,赌气地说,"你为挣稿费,瞎写一通,胡吹冒撂,这回惹下麻烦了。你爱钱要脸吗?"

一个回马枪,直捣王文涛的心窝。王文涛招架不住,羞得脸皮变得煞白色了,嘴张了几张,却回不上话来。王林似乎更加不可抑制,从一旁蹦到王文涛当面,对着他的脸,恶声恶气地说:

"就说咱们龟渡王村吧!三户盖起洋楼的阔佬儿,要脸吗?要脸能盖起洋楼吗?先说西头那家,那人在县物资局干事,管着木材、钢材和水泥的供应分配。就这一点权力,两层楼房的楼板、砖头、门窗,全是旁人免费给送到家里。人家婆娘品麻死了,白得这些材料不说,给送来砖头、门窗的汽车司机连饭也不管,可司机们照样再送。村中间那家怎么样?男人在西安一家工厂当基建科长,把两幢家属楼应承给大塔区建筑队了。就这一句话,大塔区建筑队给人家盖起一幢二层洋楼,包工包料,一分不取。你说,这号人爱钱要脸吗?还是党员干部哩!

"只有村子东头的王成才老汉盖起的二层洋楼,是凭自己下苦挣下的。老汉一年四季,挑着饸饹担子赶集,晚上压饸饹,起早晚睡,撑起了这幢洋楼,虽说不易,比一般人还是方便。咋哩?成才老汉的女婿给公家开汽车,每回去陕北出差,顺便给老丈人拉回荞麦来,价钱便宜,又不掏运费,那运费自然摊到公家账上了。尽管这样,成才老汉还算一个爱钱要脸的。

"可你怎么写的呢?你给报上写的那篇《龟渡王村庄稼人住上了小洋楼》的文章,怎么瞎吹的呢?你听没听到咱村的下苦人怎么骂你?"

一个回马枪,又一串连珠炮,直打得王文涛有口难辩,简直招架不住,彻底败阵。他有点讨饶讨好地说:"你说的都不是空话。好老哥哩!兄弟不过是爱写点小文章,怎么管得了人家行贿受贿的事呢?"

"管不了也不能瞎吹嘛!"王林余气未消,并不宽饶,"你要是敢把他们盖洋楼的底细写出来,登到报纸上,才算本事!才算你兄弟有种!你却反给他们脸上贴金……"

王文涛的脸抽搐着十分尴尬,只是大口大口吸着烟,吐着雾,悻悻地说:"好老哥,你今日怎么了?对老弟平白无故发这大火做啥?老弟跟你差不多,也是撑不起二层小洋楼……"

王林似乎受到提醒,是的,对王文涛发这一通火,有什么必要呢?他点燃已经熄灭的纸烟,吐出一口混合着浓烟的长气。

"好老哥,你还是给老弟帮忙出主意,"王文涛友好地说,根本不计较他刚刚发过的牢骚,"你说,老弟该怎么给报社回答呢?"

"你不给他回答,他能吃了你?"王林说,"豁出来日后不写稿子了。"

王文涛苦笑着摇摇头。

"要不你就把责任全推到我头上。你就说,我当初架桥的目的就跟你写的一样,后来思想变坏了,爱钱不要脸了。"

王文涛还是摇摇头,试探着说:"老哥,我有个想法,说出来供你参考,你是不是可以停止……收过桥费?"

"门儿都没有!"王林一口回绝。

"是这样,"王文涛还不死心,继续说,"乡长也接到报社转来的群众来信,说让乡上调查一下坑拐钱财的事。乡长说,让我先跟你说一下,好给报社回答。让你停止收费,是乡长的意思……"

"乡长的意思也没门儿!"王林一听他传达的是乡长的话,反而更火了,"乡长自己来也没门儿。我收过桥费又不犯法。哼!乡长,乡长也是个爱钱不要脸的货!我早听人说过他不少七长八短的事了,他的爪子也是够长够残的!让他来寻找我吧!我全都端出来亮给他,叫他吃不了兜着走……"

王文涛再没吭声,铁青着脸,眼里混合着失望、为难和羞愧之色,转过身走了。

王林也不挽留,甚至连瞅他一眼也不瞅,又在河石上坐下来,盯着悠悠的流水,吸着从自己口袋里掏出的低价纸烟。

脚步声消失了。王林站起来,还是忍不住转过身,瞧着王文涛走上河堤,在秃枝光杆的柳林里缓缓走去,缩着脖子。他心里微微一动,忽然可怜起这位龟渡王村的同辈儿兄弟来了。听说他写《连心桥》时,熬了两个晚上,写了改了好几遍,不过挣下十来八块稿费,临了还要追究。他刚才损他写稿为挣钱的话,有点太过分了吧?

王文涛已经走下河堤,他看不见他的背影了。王林又转过身来,瞧着河水,心里忽然懊恼起自己来了。今日倒是怎么了?王文涛也没碍着自己什么事,为啥把人家劈头盖脑地连损带挖苦一通呢?村里那两家通过不正当手段盖小洋楼的事,又关王文涛的屁事呢?乡长爪子长指甲残又关王文涛的屁事呢?再回头一想,又关自己的屁事呢?

他颓然坐在那块石头上,对于自己刚才一反常态的失控的行为十分丧气,恼火!

一个女人抱着孩子走过来,暮色中看不清她的脸,脚步匆匆。她丢下一毛钱,就踏上小桥,小心翼翼地移动脚步,走向北岸。

他的脚前的沙地上,有一张一毛票的人民币,被冷风吹得翻了两个过儿,卡在一块石头根下了。他久久没有动手拾它。

他瞅着河水,河水上架着的桥,桥板下的洞眼反倒亮了。他忽然想哭,说不清为什么,却想放开喉咙,痛快淋漓地号啕大哭几声……

1986 年 6 月 27 日 白鹿园

到老白杨树背后去

从二楼的阳台上,可以观赏这个城市北半边的夜色。绿的红的蓝的粉红色的窗帘,使万千个窗户呈现出五彩缤纷的色彩。夜是安静柔蜜的。夜总是夜。星光在城市的上空显得灰暗。月亮也显得冷寂无光。城市北边横亘西东的那一架山或者说是一道原坡,逶迤伸展开去,看不见峰峦,看不清豁峪,只是一道模糊的雄伟的轮廓。山就是山。夜色里看不清峰峦和豁峪的轮廓依然是不失其雄伟。

我喜欢浏览异地的夜色。这个黄土高原上的北方小城,三十万男女白天奔忙在大街小巷里,夜晚就在那一孔一孔绿的红的蓝的粉红色的窗帘里头蜗居,于是就创造出这个北方小城不同于北京和广州的独特的色彩和氛围。哦!这是金关市的夜色。

我有点寂寞。我白天里观赏了这个小城可资骄傲的古董和现代文明的标志。这儿没有秦俑,没有唐王陵墓,却有瓷窑。这儿的瓷窑不是一般随随便便的什么破窑,而是唐三彩的发祥之地。举世闻名的唐三彩马和三彩骆驼,首先从这几个坍塌淤塞的破窑里被创造成功,还是世界第一。我在这儿住着金关市最高级的一家宾馆,享受着超越了我应该享用的规格标准。我品尝了这个古老的瓷都风味奇特的传统小吃,辣得冒汗辣得舌根僵硬的荞麦饸饹。我的心里却又怎的滋生寂寞了?我希望见到一位熟人,一位生活在这个城市多年的熟人。一位朋友,一个同学,一个旧时的同志,一个同乡,聊一聊,谝一遍,或者有幸被邀到他家去坐坐,我对这个陌生之地的陌生隔膜就完全打破了。这是我每到一个新地方的最惬意的事,说来不算奢望,有几回就真的如愿了,有几回只好留下寂寞和最终也未戳透的隔膜。

同行的和在金关城新结识的几个朋友在胡聊乱诌。我转进小屋,烟雾腾腾,空气浑浊。烟把儿从烟灰缸里溢出来,落在茶几上,和橘子皮花生壳混在一起。某个作家第三次结婚了,娶了个年龄相差十多岁的舞蹈新星。某走红的女作家和男人开始分居。某男作家和某女作家公开同居。性和爱和婚姻总是在一切角落里成为最畅通的话题。没听过的总想听,听到了总想说给还没听说过的人。

咣咣咣!

有人敲门。

敲门敲得这样响。完全用不着使那么大的劲儿。要么是急了,要么是个莽撞汉子。四五个人全都转过头盯着那门板,却没有谁打算立即跑过去拉开旋钮。我是觉得那门敲得太响太用劲,反倒不急于去打开它,毕竟我坐得离门最近,最终还是我拉开门。

一位女人,中年女人。她看我一眼,旋即就放弃了我,把一双灵活的眼睛扫向屋里,把坐在屋里床上、椅子上和沙发上的每个人扫描一遍,最终又把眼光落到我的脸上。我避开脸。

"这屋有个……辛程吗?"

我立即抬起头。一双疑惑不定的眼睛,眼睛的边儿和大角儿小角儿聚着皱纹。那些皱纹又几乎抹平了,像油漆匠在刷漆之前用砂纸打掉木板的沟缝儿,光了也柔了,然而总抹不掉隐藏的沟缝儿。那双眼睛虽无灵光,却很灵活,像淘洗得洁净的两只黑色套着白色的玻璃球儿。我看她看得这样仔细,却仍然认不出她是谁。我问:"你认识辛程不?"

"认识。把他烧成灰我也认识。"

"那好。你就认吧!他肯定在这屋坐着。"

她朝前走了两步,站到屋子中间,又一次扫描起每一位在床上椅子上沙发上坐着的人来,却不显得任何难为情。她终于把眼光又集中到我的脸上,使我很不舒服,像面对一双汽车灯的强烈照射。她眼睛一眨,带着试探而又几乎肯定的口气说:"你大概就是……"

屋子里的人都笑了。

玩笑至此,也就够了,我却惶惶然问:"你是……哪位?"

"现在……该你认我了!你也好好认认吧!难道把我忘得一干二净了?真是贵人眼高……"

我简直不敢相信这就真的遇上她了……

偏斜的太阳在山坡上闪耀。酸枣棵子繁密的小叶子变黄了。胡须草的长叶晒成了灰白色。好久没有落雨了,铁刷子草顶耐旱,叶子凝聚成乌黑色。马刺蓟花儿像紫色的绣球儿缀在焦枯的满布着小刺儿的枝秆上,无精打采。蚂蚱在声嘶嗓干地叫唱。太阳太刺眼了,那焰光灼得人不敢抬头,稍微溜一眼就头晕目眩,眼前发黑。

我们躲在沟道里。沟道里有三五十株白杨树。这沟道就叫白杨沟。白杨树抖抖擞擞地冒出黄土坡沟的夹缝儿,把枝枝梢梢伸向蓝色的天空,地上就落下一大片荫凉。春天时沟里流一股水,旱季里就断流了,只有湿漉漉的沙土,津津地渗出水珠儿来。白杨独占这一方风水地。得天独厚,枝叶茂密,树干光滑滋润。沟里有小潭,水不外溢,也不见少,大约渗出来的水正好够挥发的。水潭边的软土湿泥里留着分作两半的硕大的牛蹄印,也隐现着梅花瓣儿似的野兽的足迹,许是狐狸,也许是狼。反正旱季里山坡上的水是稀罕的,放牛娃把牛赶到这里来饮水,狼和狐狸也会嗅到水的气味的。

草笼扔在一边,磨得明光灿亮的草镰也撂在地上。等太阳绕到那道高粱背后,四面山坡上不见阳光的时候,我们才动手到崂坎上去割草。

四个人围坐在白杨树荫下,抓石子儿。七颗五色的小石子,像麻雀蛋一样,褐色的、紫红的、紫黑的、乳白的,全是从沙土里掏出来,洗净泥沙。撒开来,抛起一只,再抓起地上的,接住空中落下的那颗。有单抓,有双抓,还有一二三的抓法。四个人分作两家,对门为朋友。玩起抓石子,我们三个男孩子全敌不过薇薇。轮到薇薇抓的时候,我就一眼不眨地盯着。她抛起一颗石子,再轻巧地抓起撒在地上的两颗,然后翻过手来,接住空中即将落地的那颗石子。灵巧的手翻来覆去,一张一合,石子在手掌心撞得当当作响。那眼睛低下来又翻上去,两条小辫子有节奏地跳弹着,我常常看得忘记了轮着我抓。

玩了三回,我就兴味索然,或者说从一开始我就热情不高。我总希望和薇薇做对儿,不光图赢。刚才开始用手心手背配对家的时候,厚儿和薇薇同出手心,而我恰恰和喜娃都出了手背。我没兴趣了,提议说:"玩'过门'吧!"

喜娃首先响应。厚儿也同意了。薇薇不吱声,却没反对,她无疑爱当新娘子。

喜娃、厚儿和我争执起来,争着要当女婿。薇薇说还是用"猜崩猜"决赛来确定轮流做女婿的先后顺序。我胜利了。我们三人爬到火样烤晒的山坡上,选择自己喜爱的野花,准备装扮新娘子。野豆荚吊着一串串豌豆花一样的花朵,紫红发蓝,很讨人喜欢,而一想到这种野豆荚又叫狼豆荚,我就放弃了。黏草花粉红粉红,挺好看,可那枝叶上分泌出一种黏汁,碰一碰就会染上黏糊糊的东西,一定会把薇薇的头发黏结在一起。秃子草花黄澄澄的,像去了青的蛋黄,粉嘟嘟的煞是好看,唯其名字不雅,不大吉祥,我也没摘。我爬到坡顶上,在一堆乱石岗上,看见了一片野蔷薇,红的花白的花粉红的花开得一片灿烂,花团锦簇,成疙瘩结串儿。

我捏着一把野蔷薇花儿从坡上跑下来,头上冒着汗,手指被小刺扎破了,火辣辣地疼。薇薇盘腿坐在草地上,羞答答地低着头。我手足无措了。喜娃提醒我快给新娘子插花。我跪在薇薇面前,把一枝一枝红的白的粉红的野蔷薇插到她的小辫上、头顶上。我这才发现,薇薇在我们采花的时候,在水潭里洗过脸了,头发也用水抿抹得平平整整,水津津的了。

喜娃做礼宾先生:"拜天地。跪好!你俩并排跪好。"

我跪在草地上,偷偷扭过头,薇薇也跪下来,有点忸怩,显出羞答答的样子。

"一拜天神——叩首!"

我双手撑地,沙土地凉适适的,点一下头,再点一下头,一共叩了三下。薇薇缀满野蔷薇花枝的头也低下去,又仰起来,磕了三下,红的白的粉红色的花朵摇摇闪闪,甩甩蹦蹦。

"二拜地神——叩首!"

我和薇薇照例认真地叩拜三回。

"三拜祖宗神灵——叩首!"

三拜之后,我挺直跪着,不知下来该怎么举动了。喜娃长我两岁,经见多些,并不慌急,扯着悠悠的嗓门(简直跟村子里的礼宾先生二太爷的调门如出一辙)喊:"奏乐——"

喜娃喊过,把双手卷成圆筒,套在嘴上,吹起喇叭唢呐调儿,呜——哇——嚓。厚儿也跟着吹起来,双奏乐。

"入洞房——"

喜娃忙里偷闲,吹着兼喊着。他喊了"入洞房"之后,我却愣着。洞房在哪儿?该往哪里走?

"到老白杨树背后去!"喜娃急嘟嘟地喊。

我还是不明白:"到老白杨树背后咋办?"

喜娃不耐烦了:"跷尿臊呀——"

我和薇薇悠悠走着,并肩齐排儿,那棵老白杨树变得陌生而又神秘了。跷尿臊,就是说要用一条腿从薇薇的头上跷过去!大人们结婚时,怕新娘子疯长,跷了尿臊就不再长了。我和薇薇走到老白杨树下,默默地站住了。

薇薇低着的头仰起来,头上的花串摇摆着,衬得那脸儿粉嘟嘟的,像一朵粉红色的野蔷薇,那双眼睛已少了羞怯,而涨出一缕难受的惊恐的神色,求饶似的说:"哥吔!你甭跷了,我还要往高长哩!"说着,那双眼睛里潮出了泪水来,迅即溢满了眼眶,闪闪颤颤,眼看着要滴流下来。我忽然难受了,忙说:"反正是玩哩!你咋就当真了?算了算了,不跷……"

她妩媚地笑了,一甩头,就跑了。

喜娃早等着。薇薇又盘腿坐下。喜娃把他采的一把野花往她头上插,我的那些野蔷薇被取掉了,扔在地上。我站在旁边,看着被扔在草地上的红的白的粉红色的野蔷薇,有一种说不清的冷寂。看着喜娃在她的小辫上和头发里插花儿,我顿然厌恶起他的手来,那手指捏着她的有点黄的辫梢,令我十分反感。我想抢上一步,把他捏弄她小辫的丑陋难看的指头砸断。我情急中终于生出一个借口,把他插到她头发上的花儿拔了,摔到沟底里。

"你……干啥?"喜娃气呼呼地仰起头。

"那黏草花,黏糊糊的,把薇薇的头发会粘成一窝麻!"我说,"你这个笨熊,采的这些烂脏花!"

喜娃傻乎乎地醒悟似的笑了。他自己也扔掉了黏草花,又一心一意把那些乱七八糟的野花插到薇薇头上。他对我说:"轮你当礼宾先生了,喊吧!"

我冲口而出:"我不会!"其实那几句简单的仪程是难不住我的。想到让他和薇薇拜天地做夫妻,我心里的那种别扭劲儿继续加剧。我喊不出口来。

只好由厚儿做礼宾先生。

在厚儿用双手代替喇叭唢呐的吹奏声中,喜娃和薇薇朝老白杨树走去。我没有吹。厚儿单独的吹奏显得很单调。我跟着喜娃和薇薇到老白杨树下。喜娃说:"洞房里不许来。你刚才入洞房,我就没去。"

我知道不该来,然而我要来。

喜娃辞不动我,只好忍让了,转脸对薇薇说:"你蹲下去,我要跷尿臊呀!"

薇薇为难地说:"甭跷吧! 我要长高……"

喜娃说:"不跷尿臊,就不算玩'过门'。"

他说着,就用手按压薇薇的肩膀。我早已不能容忍,跳上前去,一拳打在他的耳根上。喜娃恼了,猴急了,转过身,回击一拳,砸在我的脑门上,我眼里金花乱冒,仰八叉跌倒在地。喜娃趁势压在我身上,气呼呼地说:"你当新郎时,我给你当礼宾先生,又吹喇叭,又吹唢呐;轮我做新郎了,你啥也不干……"

我自知理亏,心里却不服气。

薇薇把我们拉开了。厚儿喊:"轮我做女婿了……"

薇薇笑着哄厚儿:"算了算了。你看,为做女婿都打起来咧! 这样吧……你们仨把自个采的花儿,全都插到我头上……"

厚儿最小,也最好说话。他把他采的花就往薇薇的头发上插。喜娃也插了。我也把那些野蔷薇花儿捡起来,插到薇薇的头发上。

薇薇的头发上和小辫儿上,缀满了各色各样的花儿,红的白的粉红的野蔷薇,紫红的野豆花,黄色的秃子花,紫色的马刺蓟花儿……山坡上夏季里所有的花儿都被我们三个采来,插到她头上了。坡地上收割过小麦的拐根下残留的几枝晚熟的麦穗儿,我也把它掐来了,吊在她的两条辫梢上。她头上缀满了五彩六色的野花儿,像个花仙,像个花神,像个山野里的花的精灵了……

"没料到你成了作——家! 我那时候咋就看不出你会当作家!"

"瞎碰……"

"我那时候只觉得你很犟。'犟牛黄'……"

"沾了一点犟的光,也吃了不少犟的亏。"

"你小时候好强。好强得很咧!"

"沾了好强的光,吃亏也吃在好强上头。"

"犟人,好强人,都有出息,也都遭难特多。"她说,"我看电影,听广播,那些成大事的人,都是些犟人,都是些好强的人,又全都是些倒霉蛋。倒霉得要死,可还是犟……"

"哦!对……那些电影几乎千篇一律。"

"而今该你走运了。知识人儿吃香了。你的工资提了吧?"

"提了。"

"写书听说很挣钱?"

"挣是挣,也不怎么样,不及经商挣得快。"

"一个字多少钱?"

"一二分。"

"啊呀!才一二分!我听人说几毛哩!"

"……"

"家属户口进城了吗?"

"进了。"

"城里分房了没?"

"分了。"

"多少平米?"

"二十多……"

"二十多平米?还算照顾知识分子?我想你该一百多哩!那怎么住得开!"

"我还住在乡下。户口进城了,没搬家。只是不种责任田了。"

"啊呀!你这个人不知打的啥主意。住在乡下做啥?离不得那个山沟?下雨街巷里烂得像猪圈。吃的还是那股泉水,听说上边村子的女人在泉水里洗裤片子……"

"我图清净……"

"噢！对咧！你怕人打扰,这倒也是。不过,我看过你一篇小说,叫《收获》。你把那个烂山沟写得好美！我咋就看不出想不起有啥好看的好美的。我就记着那洗过裤子的泉水,一想到喝那水,吃那水做的饭,就恶心,就起鸡皮疙瘩。我从你的小说里看到,还是没尿啥进步,还是人拉独轮车,还是裤子水！不就是破白杨沟吗？你可写得诗情画意。怪道人说看景不如听景……"

我有点惭愧,有点惶惶然,有点被揭穿了西洋景后的尴尬。然而,我又有点辈起来,难道我和喜娃和厚儿给你头发上和小辫上插满的香气四溢的野花不能留在心里一点什么吗？我有所期待,希望她能记得那使我永难忘记的童年在白杨沟里的嬉戏。令我彻底失望的是,她漫不经心地把话题转移了。可见,白杨沟里她插满鲜花的花的精灵、花的神、花的仙的形象已经统统湮没了。她在嘲弄自己家乡的贫穷落后,甚至比一位异乡人还要刻薄。我有点心酸。

"那年我回去,我舅没在家,到渭北买粮去了。我等了两天,半夜里拉回几口袋苞谷来,像做贼似的。我每年都给舅家寄钱,简直是填不满的穷坑,闹得我的日子老也不得宽展。一想起来我都头疼,怎么也想不到家乡有什么可爱……我十多年没回家了,老也不想回去。"

"我这……纯粹是……文人多情……"

"你也写点城市人的小说嘛！农村小说……谁看！我反正一看见猪呀牛呀穿大襟的女人呀就烦了……"

"当然……城市总是文明……"我想把话引开,不要再说家乡的话了,"你在这儿,生活还好吧?"

"可——以。"她拖出很长的一种调门,像秦腔戏演员起唱之先的一声叫板。这声叫板的调儿,就给将要唱出的大段戏文定下了调子,或是花音慢板,或是二六板,抑或摇滚板。她说:"俩娃都工作了,可以养活自个了。老头子跟我的工资吃不清用不完,行啰!只是老头子……不大顺心……"

"有什么不顺心的事呢?"

"按说啥事也没有,全是自生的不自在。这也看不惯,那也听不顺,广播上一句新名词就听得火冒三丈,电视上一个镜头就惹得他骂爹咒娘。我说,何必呢?人家广播上说要重用知识分子,就用呗!人家电视上演那些搂搂抱抱的戏,让人家搂去抱去,干着你屁事啦!你该拿的工资拿了,该住的房住上了,就吃点好的过个安宁日子行了……"

"他做什么工作?"

"保卫科长,几千人的大厂子的科长。虽然而今时兴文凭,保卫科长的位子还稳当着哩!再说……唉!这老头子也是个犟人,死脑筋,总说自己亏了……"

"怎么会亏了呢?"

"他当兵那阵儿,在青藏高原开车。雪下得半人深,车开不过去,旁的人都钻在驾驶楼不敢出来,这个犟家伙硬是用铁锨把几十里公路铲开了。他立了功,当年国庆就上了天安门观礼台,见了毛主席,照了相。回来就提拔了干部……"

我早就听说过她的丈夫的英雄事迹了。二十多年前,这位英雄司机,因为上过北京,因为受过毛主席的接见,载誉归来,轰动了我们小河两岸的十里八村。亲戚和媒人挤得碰破了脑袋,竞相把自己熟悉的最好的姑娘的照片掏出来,展示在英雄面前。人如何贤淑,家教多么严格,模样最最疼人了。小镇上的照相馆因此骤然兴隆起来。英雄眼力不错,在纷如花瓣般的照片里,终于瞅中了薇薇。我那时正读中学,城市里的中学离我们的小河川道几十里远,周日回到家中,就听说了薇薇许配英雄的事。当晚,薇薇来到我家,喜不自胜:"他在青藏高原开车。雪下得半人深……"我却张大嘴巴喘不过气来……

我崇拜英雄,尤其是那些舍生忘死慷慨激昂的悲壮人物。岳飞、牛虻、董存瑞,这些古今中外忠肝烈胆的英雄,一触及就使我心潮激荡。可是,当我听完薇薇以完全佩服倾慕的口吻述说完这位英雄的时候,心里却怪不是滋味。我闭口不语,低下头,不想看她得意的脸。

"定下阳历年结婚哩!"

"恭喜。"

"到那天,你去送我。"

"我……上学哩!"

"阳历年学校放假!"

"放假……我也不去!"

她似乎这时才意识到我的情绪不好,忽然哑了口,出气粗了。我抬头看了一眼,她的脸憋得通红,泪水涌出来,慢慢站起,转身走出门去,我没有送她。

我很快就意识到我的毛病又犯了。我想起在白杨沟里玩"过门"时和喜娃打架的事。我稍一冷静下来就想到,其实我和薇薇没有任何契约,婚姻的事连提也不曾提过,我为什么恼怨人家订婚的事呢?我的嫉妒心太强了!我真坏!我凭什么给薇薇使性子?元旦到来的时候,我决定去送她,也弥补我的无礼。

按我们乡下的风俗,女子结婚时,亲门本族的人要去送嫁女自不必说,整个村子里年龄相仿的男女青年也要去送,在男方家里参加过婚礼,吃一顿丰盛的宴席,也给出嫁的女子壮一壮声威,自然人愈多愈好。薇薇是五叔的外甥女,母亲和父亲因为什么可怕的原因,双方喝毒药死了,薇薇就在舅家抚养长大了。因为这个原因,送嫁的人特别多。

五挂马车一溜排开,马头上挽着红绸,车上坐着穿饰一新的男女。我也坐在马车上,听众人嘻嘻哈哈说笑,说薇薇命好,跟下了个好女婿,小河一川十里八村谁家姑娘能嫁一个跟毛主席照过相的女婿呢?

我却想起白杨沟里的游戏来——

"入洞房。"

"洞房在哪儿?"

"到老白杨树背后去。"

"到老白杨树背后咋办呢?"

"跷尿膆。"

英雄家住水湾村。马车一进村口,新郎和一帮男女就站在那里迎接。新郎一身军装,好不威武,关公脸,剑眉,五官端正,一派英气,自负而又谦恭地礼让着客人。我简直觉得自己太穷酸了。

院里搭着席棚,棚下摆着桌椅,我们一伙送嫁的客人坐定之后,水湾村的一位干部模样的人主持了婚礼,他喊:"新郎新娘就位——"

新郎和新娘先后站在主席台前。

"第一项,向毛主席像行鞠躬礼。"

俩人先后转过身,向毛主席像致了礼,又转过身来。英雄虽是新郎,仍然腰板挺直,保持着军人英武的姿势。薇薇却一直低头站着,脸庞红扑扑的,羞答答的样子。

"第二项,宣读结婚证书——"

我听不准那位干部念着结婚证书的干巴巴的声音。我又听见了喜娃当礼宾先生的声音。这儿进行的是革命化了的婚礼程序,喜娃却记着乡村里古老的婚典程序。新式的或旧式的程序全都无关紧要了,我的耳际只是轰响着一百个喜娃的声音:

到老白杨树背后去……

到老白杨树背后去……

到老白杨树背后去……

我忍受不住耳际的轰鸣了。我已经飞快地走出水湾村村巷了。我不知道自己是怎样溜出那个陌生的屋院的。我不敢再想"老白杨树背后"将会发生什么事……我憎恨那个英雄。扫几十里雪有什么了不起！如果扫雪能取得和薇薇"到老白杨树背后去"的资格，我会发誓把世界上的雪扫除干净！然而毫无办法。我那年刚刚十七岁，第一次领受到了空虚的折磨。我虽然自幼备受生活的艰辛（因此取下辛程的笔名），痛苦过，难受过，委屈过，屈辱过，却从未感受过空虚的滋味，现在有了人生的第一次空虚的感受了……薇薇和那位扫雪英雄"到老白杨树背后去"了呀……

"我们这么多年里，还是可——以的。沾老头子的光，我随军当家属了，在军人服务社工作。他后来'支左'，倒是免了灾难；要是在工厂或党政部门，就是'走资派'，非挨斗不可。再后来就复员到工厂当保卫科长……没遭啥大灾横祸。不像你，一个乡村教员，还挨了批斗……"

我虽已过不惑之年，然而老毛病又发作了——我又嫉妒起来。几十年来，翻来覆去的名目繁杂花样翻新的政治运动，稍有作为的人乃至毫无作为的庶民百姓，有谁能完好无损呢？我几乎没有听到谁说过他几十年来活得自在。薇薇说她和她的老头子"没遭大灾横祸"而活得基本自在，我又嫉妒了！

那年冬天，大约是薇薇随军离开家乡之后第一次回归，为的是给舅舅（我的五叔）奔丧。丧事完后，她和她的老头子到我任教的乡村学校来看我。她和他正好看到了我一生最狼狈最悲凉的形态。我的屋子兼办公室里贴满了大字报，门上和窗上贴着像给死人办丧事一样的白纸对联，内容是毛主席送瘟神的诗句："借问瘟君欲何往，纸船明烛照天烧。"窗角上吊着一只用白纸糊成的灯笼，那同样是乡村里给死魂野鬼照路用的丧灯。她来了，他也来了。她有点难受，眼角湿湿的。他却暗暗用眼睛瞅她，有所示意，有所警告。他对我说：

"你还年轻嘛！大风大浪中难免迷路。犯了错误不要紧嘛！斗私批修嘛！回到革命路线上来嘛……"

她和他走了。我送她和他出了门，走上公路，我连头都抬不起来。我想到了我偷偷逃脱他们的婚礼的举动。我想到我曾经嫉妒她和他"到老白杨树背后去"了。生活实际证明她和他"到老白杨树背后去"是走对了脚步。如果和我"到老白杨树背后去"的话，她会有今天的这种风光吗？我真切地感到了嫉妒薇薇的阴暗心理，我痛切地感到了我的嫉妒行为的卑劣。我真坏！坏得该当"纸船明烛照天烧"！像第一次感受空虚的滋味一样，我又第一次感受到了绝望的滋味。绝望是人生中最大的不自在。她和她的老头子却活得自在！

"我这人容易满足。房子比不上教授标准，可也够住了。吃的虽不是山珍海味，一天总要炒两菜。彩电洗衣机录音机也有了。我是满足了。我想咋也比在舅家给牛割草的日子好过了。老头子这人犟得很，对目下的新潮流扭不过弯儿，自寻烦恼，自寻的不自在……"

"他做好工厂的保卫工作就行了呀！"我劝解说，"何必……"

"我也这样说哩！"她说，"谁知他……"

她约我到她家去做客。

我谢绝了，为此而想出了许多理由，甚至谎话。

她告辞了。我送她到大门口。她很快就隐入朦胧的灯光和月色里。她一句也没提我们在白杨沟的游戏，是忘了还是根本就当作游戏而不值一顾？这样动我心魄令我空虚令我猴急更使我彻底暴露出嫉妒的恶劣天性的游戏，又怎么能完全忘记完全不值一顾啊……

哦！我的白杨沟里的老白杨树哟……

1986年11月22日　白鹿园

打字机嗒嗒响

——写给康君

自打我裤带里挂上县百货公司仓库钥匙的那一刻起,我就梦想过或者说预感到我将成为这个紧贴着渭河的躁动着现代文明气息而依然古朴的县城里的一个举足轻重的人物。这个梦想或者说预感果真被证实了,我今天被正式任命为县委宣传部副部长了。

这是一个庄严的时刻。在全县整党工作总结大会之后,县委书记郑重地宣读了一批干部的任免批复,批复是地委下达的。大礼堂里鸦雀无声,县委书记的关中口音缓慢中透出庄重。几百双眼睛受着那缓慢庄重的声音的操控,目光一齐朝我射来。我不由低了头,有点不自在,而心里却感到一种无与伦比的受人重视被人羡慕的愉悦。

就在我低头的那一刻,却忽然想起接过那一串钥匙的情景。

我是装着一肚子窝囊气从部队复员回来的。我在青海高原当了整整七年兵,后几年的超期服役的每一天,都可能发生我被提拔为通讯干事的事。连队把提拔我当干部的报告早已呈报上去了,只等着上级批示下来。这样的等待真是不好受。我等待整整四个三百六十五个白天和黑夜,却等来了一张复员回乡的通知书。正当的理由是战士不许在驻地内外谈恋爱,不公开的原因是营里一位年轻的参谋正在追她。这是我的猜测,无法证实。

我回到家乡了。我无法忍受难以摆脱的寂寞和孤独。从早到晚是无穷无尽的劳动,土地刚刚分到农户手中,人都像发疯一样往土地里倾洒汗水。最难挨的是只有盐而绝少油腥的寡味的饭食,常常使我痛恨自己在部队时倒掉油腻太重的剩菜的行为。我比小时候更渴望父亲的回归。他在县百货公司土产杂货门市部当营业员,周六推着自行车爬上十里东原原坡回家来与一家老少团聚,车架上总是带着两棵白菜或一捆葱,偶尔也有一溜令人眼直的猪肉。夜晚的寂寞更使人无法排遣,我从部队带回的小收音机里播出的世界和中国各个角落里发生的大事和小事,新闻和逸闻,更使我觉得我们村庄与世界的隔膜。

父亲又回来了。他从自行车后架上取下一捆蒜苗,从车头上卸下那个拉链已经生锈而仍然可以看出一个"奖"字的黑色塑料提兜,交给母亲,接过母亲倒下的一杯水,笑着说:"主任同意了。"

我和母亲都明白,主任是指县百货公司张主任以及"同意"两字所包含的令人兴奋的内容。星期一,我就到县百货公司去了,穿着一身崭新的绿色军装,自觉很精神。张主任就把那一串叮啷作响的钥匙交到我手里。

我很快熟悉了业务,进库和出库的货物搞得一清二楚,库房里收拾得井井有条。我常常帮助营业员把领取的货物从库房搬到柜台里去,也帮助采购组从卡车上把成吨成吨的进货搬进库房去。张主任很满意,公司的干部和营业员们也满意,众口一词夸我不愧是从解放军那所大熔炉里锻炼出来的子弟兵,不愧是老黄牛老模范的儿子。张主任在我三个月的试用期一过,就指派人给我签订下一份为期五年的合同工合同,破例为我高定了一级工资。

我心里却有一种预感,我不会在这个门板很大而窗户极小的库房里干满五年的,甚至三年也不会,似乎有比这库房更明亮更体面的去处在等待着我。我不想像父亲那样一辈子只会卖土产杂货,更不想做一辈子老黄牛。我的属相是马。

出乎张主任和县百货公司所有职工意料的事发生了。我写的一篇通讯稿在省报上见报了，表扬的是张主任亲自送货到山区水库工地的事。那些神气的营业员小姐们全用一种奇异而不乏柔情的眼光瞅我。张主任平生第一回上了报纸，反而做出不骄不躁的神情压抑内心的兴奋。他私下对我父亲说，没看出你家小子装了一肚子墨水！

在我发表过五六篇供销社的通讯报道之后，张主任已经考虑要把我从库房里抽调出来，到公司里做宣传干部。他的想法还未实施，县商业局局长一把把我从库房里提起来，安置在他的办公室旁边那个办公房里，让我专门写通讯报道，向报社反映全县商业系统的模范事迹。不过，时日稍一长，我就成为一职多能的干部了，给县委或省商业厅的工作总结汇报，还有孟局长的讲话稿，都由我写。孟局长特别喜欢我给他起草的讲话稿，我自然很受宠。孟局长下基层检查工作，总喜欢带上我和他同行。

我很敬重孟局长。他是陕北那个尽出俊汉子的绥德县人。"米脂的婆姨绥德的汉"。他人挺好，文化不高，大约也是揽工汉或者是拦羊娃出身而后参加陕北游击队的。他有一种明显的陕北人的憨实和狡黠既矛盾又和谐的气质，这气质往往给人一种豁达而又平易的极好印象。大伙既尊敬他又喜欢接近他，甚至可以当面说他生吃元宵的故事。那是解放后，孟局长进了西安，第一声感叹是：这狗日西安这么大！他看见好多人挤在一家小饭铺门口买元宵。他也买了一盒，走到街上，摸出一个来就塞到嘴里，越嚼越腥，怎么也咽不下去，还是吐了。回到单位，见人就骂：西安人真是莫名其妙，那样难吃的元宵还抢着买，白给我也不要！

孟局长还有一个不同寻常的用人的标准：漂亮，起码也得五官端正。这是我从同志们的闲聊中得知的。我能入选，自觉十分庆幸。有一次下乡，我跟孟局长乘吉普车到秦岭深山一个供销社检查工作，长途行车，有点寂寞。我问孟局长关于用人是不是有"漂亮"这一条。他哈哈大笑,摆手否定,说是干部们瞎说,给他编派的笑话。可他笑毕,又漫不经意地说:"在我手下工作的人,要是有几个歪鼻龇牙的人,我就很不舒服。"

不管孟局长承认或否定这个传闻,而我看见的县商业局的二十几个不同年龄不同职务的男女干部,确实没有一个歪瓜裂枣,全都人模人样,或消瘦却俊气,或魁梧而不显臃肿。最漂亮的当数那位女打字员了。我打第一天进商业局大院就发现了这位出类拔萃的美人,不仅商业局二十多个本来就人模人样的人难以与之相比,整个商业系统千余名职工里也挑不出能与之媲美的姑娘,说是整个县城里的一枝花也绝不会是夸张。

她的打字室在后排最西头的那间屋子里。那间屋子最偏僻,想必是为了不让那单调的嗒嗒嗒的打字机的响声干扰其他屋子里的干部的工作。然而那屋子却最热闹,客观上是它距灶房最近,每逢开饭时好多人就端上饭碗和菜盘踅到她的打字室里去用餐,一边吃着,一边聊着,大多的话题是冲着她开玩笑、逗趣。

孟局长也喜欢和她说笑逗趣,那既是一个长辈对晚辈的亲近的神情,又是局长对下属的超然的口吻,更具有浓厚的陕北人的憨实和风趣:"小凤,我给你瞅下个好女婿。"

她笑说:"你给我瞅下个猪八戒。"

"我真的给你瞅下个好人儿了,我们陕北人。"

"陕北净出猪八戒!"

"你这娃!陕北的汉子一个个都赛吕布,女子赛貂蝉……"

我没有向小凤献过殷勤,更没有兴致和她逗趣。好多人端着饭菜到打字室去进餐去讨开心的时候,我端着饭碗和菜盘照直走进自己的办公室。我对那些搜肠刮肚想出来的逗趣话十分反感,觉得乏味无聊,根本不值得一笑,甚至觉得他们纯粹是为了笑而笑。虽然在这一点上我不大合群,与小凤的接触还是多了起来,都是纯工作性质的。

我写下汇报材料、工作总结或会议通知,一经局长或有关科室领导签过字,送回我手上,我再把这些文件稿送进打字室交给她,说清楚需要打印的份数和完成的时限。她不看我,习惯地码着页数,然后仰起脸,又认真地点点头,表示接受了。我就说声"好",走出来。

我正在屋子里看文件或起草材料,听到敲门声,她进来了,也不坐,站在我的桌前,把我刚刚送给她的那份需要打印的材料摊开,一页一页翻过去,找出那些画上了横杠的字,问我那是什么字。我让她坐。她说她整天坐着打字,倒喜欢站着。我把那些草字一一描清楚,她噢噢噢地点头,随之就拿上材料走出门去。时隔一小会儿,后排西头那间打字室里就响起嗒嗒嗒的打字机的声音。

这样的时日一长,我和小凤的交往就多了,交往多了也就熟悉了,熟悉了也就自然一些随便一些了。她进我的房子时不再敲门打招呼了,一推开门,匆匆走进来,娇声怨艾地说:"哎呀呀康秀才,你这字儿写得越来越好了,好得叫我越来越认不得了!"我喜欢听这种调子,那是一种对人信赖的调子,那声音是极悦耳的。我照例在她用红铅笔画了横杠的字旁边写上工工整整的楷书,甚至故意讥笑她太笨,连这种普通的草书字都不认识。她也不恼,自己也说自己笨,要是不笨就该坐到秀才的位子上而不是整天去按打字机了。

我也在写得头晕眼花手腕酸麻的时候,踱出屋子,趔到打字室里去,起初托词说要修改一句话或一个字,后来就无须这种自我遮掩,纯粹是去和她闲坐一会儿。她却并不停下手来和我闲聊。倒给我一杯茶后,她就坐到打字机前,右手按着打字机的压键,眼睛瞅着稿纸,把打字机的机头在字盘上推前移后,拉左倒右,发出嗒嗒嗒的响声,那脸上是一种安详而又妩媚的神情。那安详的神情是用来弹奏打字机的,而那妩媚的神情是用来听我说话的。

她这样不停手地忙着打字,倒给我提供了专注地看着她的机会。

我可以长久地一眼不离地看她侧对着我的脸颊,又可以毫无顾忌地欣赏她细长的手指的灵巧动作。我如果会画画儿,我一定会照她的神情画下一张绝美的油画,那肯定是一幅按着打字机的……维纳斯。尽管我很讨厌浅薄之人在那些乏味的爱情小说里用维纳斯作比喻已经到了烂臭的地步,我现在还真的再找不到更美好的比喻了。真的,她按动打字机的指头像一件精美的工艺品,那眼里像是有两滴永不枯干的晶莹的露珠儿在早春清晨的草叶上滚动,那侧对着我的脸颊说不清有多大的魅力。我只觉得,如果让我从早到晚坐在这儿,我不会再向往这屋子以外更引人有趣的事。

　　打字机嗒嗒嗒的响声,从后排西头那间屋子敞开的窗户里飞出来,像山间湍流的泉水叮叮咚咚,敲击着我的心,又像是一支轻快舒展的小提琴独奏,奏出了青春的骚动。我打开窗户,让那动人心魄的响声全部倾泻进我的屋子。

　　她也不单是向我问字才到我的房子里来,在她打字打得困倦的时候,就到我的房子里来闲坐一会儿,进门的时候,常常用左手揉捏着右手的指头,无疑是向我说明她的手指很乏困了。她走到我的桌前,稚气地问:"你看什么书?这么厚!"

　　"《斯巴达克思》,刚出版的。"

　　"写的啥?有意思吗?"

　　"好极了!一部伟大的史诗!"我正被书里波澜壮阔的情节激动得无处发泄,需要与谁交流一下,她正好来到了,"斯巴达克思,一位奴隶起义的英雄,推翻了欧洲大陆的奴隶制度。他比一百个神圣的君王要伟大一千倍,因为他把历史推过了一个界碑。可他是一个奴隶,一个伟大的奴隶巨人!"

　　我突然看见,她端正地坐着,一只手撑着左腮,那是一种专注的神态,听我随口胡诌着的议论。我反倒不敢再说了,因为她太专注了。

"你说呀,再说下去呀。"

我不好意思说了,再说就是卖弄了呢。

"你读过好多书吗?"

"不多。"我说,"好书都禁死了。现在出版界刚开禁,这本书就是开禁的头一批出版物。哦,我前天刚读过《牛虻》。"

"就是刘心武在《班主任》里提到过的那本《牛虻》吗?"

"只有一本《牛虻》。"

"你这儿有吗?"

"有。"

"借我看看。"

我给她从抽屉里取出长篇小说《牛虻》来。

大约过了三四天,她把《牛虻》给我送来,又借去了《斯巴达克思》。她和我热烈地讨论《牛虻》。虽然能看出她对世界史太无知,然而她喜欢牛虻这个人物却是毫无疑义的。这个革命者形象被中国六十年代兴起的动乱隔绝了十多年,一经解禁,又以其强烈的光彩照耀着又一代青年。我和小凤差不多是刚学会写汉字就挂上了红小兵袖章的一代人,然而牛虻还是在我们心里引起强烈的回响了,毫无办法。

"我看你……有点像牛虻。"

"我怎么能比牛虻!我简直是个窝囊废!"

此后,她到我的房子里来,再不叫我老康了,大胆地叫我牛虻,像是开玩笑,我也不好反对。再后来,她又叫我亚瑟,还是像开玩笑的样子。尽管是玩笑,我看见她的神情里有某种异样的东西,令我的心一蹦一蹦。

我确实预感到一种似乎明朗又似乎朦胧的东西朝我逼近了,一伸手就可能准确无误地抓住的自己心里正在热切地期盼着的东西,然而又顾虑重重。我不能不随时提醒自己,我是一个合同工,一个农村户籍的人。我时时刻刻都有被解雇的可能,简单到只需要局长挥一下手,咧一咧嘴角,我就得背上被卷滚回东原上那个令人窒息的毫无生气的小村庄去。想到在部队时与那位可爱的女护士恋爱的教训,我很镇静地约束着我的随时可能放纵的心潮。

"亚瑟,你这字儿草得好难认呀。"

"亚瑟,该吃饭了。"

"亚瑟……"

她这样亚瑟亚瑟地叫我,其实只是仅有她和我在一起的时候,一旦有第三个人在场,她从来也没忘记叫我老康。我愈加明晰地预感到我和她之间有某些需要回避众人的隐秘,令人心悸又令人感到甜蜜的隐秘。

商业局机关小院虽然比不得县政府机关大院深沉肃穆,也不是能让我和小凤浪漫的场所,男干部和女干部,尤其是有了一点年纪的干部,似乎于我和小凤身上特别敏感,一切全躲不过他们敏锐的眼睛。我已有所察觉。然而春天是无所不在的,春色还是把这个幽静的小院染绿了,窗外的柳树复苏了,缀满黄芽的枝条舞姿婀娜,院子里的草坪上冒出一抹嫩绿,两株桃树的花苞也肥胀起来。我打开窗户,窗口扑进微带寒意的清香的春风,后排西头那间打字室里嗒嗒嗒的声音和春风一起灌进我的窗户。

局里的二十多名干部倾巢而出,分头奔赴县属的二十一个公社去,县商业系统要召开总结表彰大会了。我留下来做内务工作准备,小凤也留下来加紧打印会议材料。

我似乎感到完全自由了。

炊事员给大家开过早饭之后,就锁了门去逛大街了,临走时给我说,午饭自理。小院里异常安静,我打水时的脚步声竟然在墙壁上引起了回声。我取下一沓红纸,准备写大会用的横幅,小凤抱着一摞子油印好的材料走进来。

"亚瑟！快帮帮忙，咱们整理一下这些材料，分成一份一份的，装订起来。"小凤唱歌似的嗓音。

我暂且搁下红纸，帮她整理装订材料。

她的手很灵巧，从一摞一摞的材料堆上拣取的动作十分敏捷，倒是我笨手笨脚，动作迟缓。我的手碰了她的手，她的手也碰了我的手，都是无意的碰撞。我有一种异样的感觉，那是一种碰一下就难以忘记而且诱惑人想再碰一下的奇异感觉。她继续拣取纸页，似乎毫不在意。我也毫不介意，似乎只是因为动作紧张而不可避免的碰撞。

"你也帮帮我的忙。"

"做什么？"

"写大字。"

"我可不会写毛笔字。"

我要写横幅，写标语，需得一个人压纸角，通常我是用东西压着的，我现在却想让她干。

她高兴地接受了，用刀子裁纸。

我调好墨汁，攥起大号毛笔，一落笔就龙飞凤舞，超水平发挥。我写字的兴致好极了。

她忠于职守，双手压着两个纸角，很认真地压着。当我写完两字，她赞叹着："你的毛笔字写得真好。你是自小练的吧？现在我们这一茬年轻人，钢笔字也没几个写得好的，毛笔就更没有人能提得起来。"

我告诉她，我刚刚在初中念了一年书，就开始了那场席卷中国的"革命"。我想革命，却站错了队，开始时批判别人，后来却被别人批判。我什么好处也没捞到，就从图书馆偷了一捆书，又偷了一捆写大字报的白纸，跑回家去了。我一边读那些"封资修"书籍，一边用偷回来的白纸练习写大字。整整有两三年，我把那些我批判过的"封资修"作品读了不知多少遍，写作能力提高了，毛笔字也练得有点功夫了。我一参军,就显得我的文化水平高。

她听着,点点头,很佩服我的毅力。她小心翼翼地端着墨汁未干的红纸摆到地面上,等待晾干。我的情绪在涌涌波动,就抽两口烟,抽烟可以稳定一下情绪。当她兴致勃勃地转到桌前来,铺开又一张红纸,我就神气活现地提起毛笔来。

我提笔在墨碗里蘸墨汁时,无意中看到了她的领口,她前倾着身子,双手压着纸的两个上角,领口的衣服就张开来,露出一块三角形的赤裸的皮肤,那皮肤很细很白,那领口里散发出一缕异样的气息。我有点神不守舍,把字儿写错了。我说:"扔掉,重写。"

写完横幅和标语,她就收拾扔在地上的那些写错作废的红纸,揉成一团扔进纸篓里。纸上未干的墨汁染得她的手掌黑乎乎的。她张开手指,说:"看看,我的手脏成啥样儿了!"

我说:"洗洗吧。"

她说:"你给我洗。"

我的心猛地一跳,似乎轰然作响。我笑着说:"那不费什么事儿。"

她已经在脸盆里倒下凉水,又从热水瓶里倒下热水,说:"你也来洗吧。"

我和她在一个脸盆里洗手。我攥住她的手指,装得若无其事地说:"我给你洗吧!"她挣了两下,我攥得更紧了,她再没有动。我看见她的耳根潮起一缕红晕,我用温热的水搓洗她的手掌和手指。我现在才可以光明正大地欣赏她的手。那手指像细嫩的水葱,柔若无骨。她一任我替她搓洗着墨痕,以一种似怨似嗔的眼神瞅着我,却根本不会使人感到她是真怨真恼了。我受到鼓舞,一把抱住她的脖子。

无言的亲吻。我的脸颊挨着她的脸颊。我把一切顾忌都忘掉了,我已被灼热的火烧烤得晕头晕脑。当我的嘴唇和她的嘴唇久久相吻的时刻,我几乎完全被熔化了。

她终于推开我,草草地擦了脸,跑走了。

我坐在椅子上,点着了一支烟。我一时反应不过来,刚才发生了什么事,真的发生了?我只觉得这房子太空旷了,空旷得一刻也待不住。我要每一分钟都和她待在一起,须臾不离。我朝打字室走去。

推开打字室的门,她趴在桌子上,双手压在额头下,直到我走到跟前,她也没抬起头来。她后悔了吗?她怨恨我了吗?我正有点不知所措,她忽地跳起来扑到我的怀里,双手搂住我的脖子,箍得我简直透不过气来……

没有月光。星星稠密,河滩上稍见朦胧的星光。我坐在河边,抽烟,等待。她来了,她穿着短袖衬衣和裙子,夜风吹得她披肩的散发一摆一摆的。我站起来,甩了烟头,奔到她跟前,抱住了她的肩。她看见我跑过去,也张开双臂朝我扑来。我们一起摔倒在沙滩上。夜色愈加使人放胆,我和她都更舒展坦然了。她伏在我的臂弯里,呢喃地说:"就这样躺下去,再甭醒来,让河水把我们冲进大海,我也不悔。"

陇海路上夜行的列车隆隆驰过古老的县城,没有停步,也不见减速,只是鸣叫一声,又奔驰而去了。我感到了大地的颤动。

我搂着她的肩膀,她勾着我的腰,顺着沙滩,漫无目的地走着。夜宿在蒿草棵子底下的野兔被惊动了,刺溜一下惊恐万状地从小凤的脚下蹿过去。她吓得"啊哟"一声惊叫,紧紧地抱住了我。我意识到她对我的依赖是那样的自然。

河滩一块高出沙地的老滩上,有一个用树枝和苞谷秆子就地搭成的茅草庵子。往远处一瞅,类似这样的茅草庵子像雨后草地上的蘑菇一样遍地都是。那是到这儿来采掘沙石的山里人临时栖息的窝棚。秋收以后,河水日渐减少,冬闲无事的山里农民便搭帮结伙背着被卷赶到河滩上来,用树枝和当地农民丢弃的苞谷秆子搭成这样一个遮风避雨的窝棚,夜晚蜷缩进去。他们有的来自商洛山区,有的来自秦巴山地,也有我们东原上的农民。他们掏掘沙石,卖给正在兴建着的工厂,挣一把来之不易的票子。到第二年初夏进入洪水季节,他们就像候鸟一样飞散了。回家去准备收割麦子,等到秋后再来。

我的心里掠过一道阴影。我刚从部队复员回来那年冬天,村里几个小伙联扯我来挖掘沙石,我没有来。我现在却和一位可心的姑娘在这儿散步,像欣赏半坡遗址里那些人类先民们留下的生活遗痕一样,而我其实完全可能就是这里某一座狗窝似的窝棚的主人。我心里的那道阴影久久不散,影响了我的迷醉的情怀。我从她的肩上松了手,点燃了一支烟,坐在一块石头上。燃着火柴的时光,光亮照出了三块被烟火熏成黑色的石头,那是主人支锅烧水或煮饭的地火灶了,真比半坡先民的灶台还要简陋。

她坐在我的旁边,头靠着我的肩,我可以嗅出她的头发里有醉人的香味儿。我抽着烟,瞅着星光闪闪的河水,要是我的父亲不在县百货公司当职工,我就无法进入那个库房,也更不会踏进商业局大院,占据一间明亮的办公室,我的功夫老到的毛笔字和孟局长喜欢的文字材料就不会有被人赏识的机会了。我将要在这儿蜷卧窝棚,在三块石头上支一口铁锅煮苞谷糁子,在寒风刺骨的雪地里掏掘沙石,挣一把钱,再去订下一个媳妇,然后养活孩子……

小凤摇摇我:"你怎么不说话?"

我说:"我想起我看过的一篇小说……"

小凤忙问:"什么小说?好看吗?"

我说:"一篇写知青下乡的小说。我很反感。我把它撕下来擦了屁股。"

小凤笑了:"呀,一篇小说也值得生这么大的气?"

我说:"狗屁小说。写知青下乡简直跟下地狱一样。那么,像我这号祖祖辈辈都在乡下的人咋办?一辈子都在地狱生活?谁替我喊苦叫冤?所以说,我最痛恨的就是那些心安理得吃商品粮还要骂我们农民的城里人。"

小凤嗔地问:"啊呀,那你也痛恨我了?"

我才记起她是县城居民,也是吃商品粮的城市户籍。我笑笑说:"你……另当别论。"

我努力拂去心头的阴影,别让它破坏了这难得的夜晚。我重新挽起她的手,在那些窝棚间悠悠地漫步。热烈的亲吻和拥抱,使我身上渗出一层汗,很不舒服。我一个猛子跳进河水里,真是舒适极了。她也小心翼翼地走下水来,我抱住她,她的柔软的手指搓着我的肩膀。我第一次大胆地把手伸到她的胸前。她轻轻地"哎哟"一声,就倒在我的怀里,手指抠得我的肩膀都疼了。我抱起她,从水里走出来,走过沙滩,走进窝棚……

我和她躺在麦秸上,静静地躺着。她把她最珍贵的情感毫不犹豫地奉献给了我,我把我最珍贵的情感毫不犹豫地奉献给了她。我点着烟,躺着吸着,透过窝棚的缝隙,可以看见天上的星星在闪眨。我是亚当,她是夏娃。我是掏掘沙石的山民,我是半坡遗址里复活了的先民,她是那抱着陶罐汲水的半坡姑娘。我是世界上最幸福的人。

我在必须按限定时间起草一份文字材料的时候,就关死了窗户,不致让她的打字机的响声传进屋来,那声响使我的心神不静。只有当我画上最后一个句号,就立即撂下笔,打开窗户,让那动人心弦的嗒嗒嗒的响声倾泻进来。

商业局的小院里一切照常。人们照样端了饭碗和菜碟从灶房出来,到打字室去和小凤说笑,而我照样端着饭菜走回我的房子。只有在约定的夜晚,我和她准时钻进河滩上的窝棚。

孟局长把我叫到他的办公室,给我倒水、递烟,从神色上看,不像是谈公事。我坐下之后,心里有点忐忑,是我和小凤的事漏风了吗?没料到他一开口,就使我陷入痛苦之中。老天爷,他受县委组织部长之托,来给我做媒,介绍组织部韩部长的二女儿韩晓英。韩晓英我早认识了,她在县百货公司做出纳员。孟局长说,我在县百货公司管库房时,晓英就瞅中我了,看我勤快,工作负责任,人也老实,长得还魁梧云云。我却从来没有感觉到她对我有什么意思,只记得她穿戴很朴素,袖子上统着一双褐色袖套,白净的脸上有一副紫框白镜片,那样子很拘谨,又显得比一般同龄女子老练成熟,很少跟谁开玩笑,更不像一般营业员那样叽叽嘎嘎打闹浪笑。我看见她从来也不敢贸然说话。我看见她立即就在脑子里反射出一张严厉的组织部长的脸孔,其实那时我还没见过组织部长的尊容,及至后来见了,才自觉好笑,韩部长竟是一尊笑面菩萨的和善胖脸。

我看着孟局长诚心实意的神情,就说:"我怕我不相称……我还是个合同工……"

"这一点不用顾虑,韩部长不在乎,晓英也不在乎。要是嫌合同工,他就不会找我提媒。"孟局长毫不介意地说着,又从座椅上站起,走到我当面,知心地说,"你有了韩部长这个老岳丈,还能当好久合同工呢?全县招工招干的名额指标都从韩部长手下过,你还愁转不了正式干部?"他又显出陕北人的那种豪爽与狡黠混合着的神色。

我陷入痛苦的深渊。韩晓英和于小凤,整天在我脑子里翻腾,眼镜片和褐袖套,嗒嗒嗒的打字机声和那迷人的半坡遗址式的窝棚。我的脑子几乎要爆炸了。三天后,我的老黄牛父亲来找我,说是孟局长上午到百货公司检查工作时跟他谈了给我做媒的事。老黄牛父亲受宠若惊,心里搁不住这突然降临的喜讯,就来跟我商量怎么办事。他大约看出我的犹豫,就恨声训斥我:"你娃子甭错打主意!这门亲事成了,你就能转为正式干部。你若错打了主意,这县城有你的立足之地吗?"

我不要听他的赤裸裸的攀龙附凤的话。其实这其中的利害得失,我早都想过千遍万遍了。他的话只是重复了我考虑中的那些最令我痛苦的因素。

这天晚上,我和小凤相约又来到窝棚跟前,她迫不及待地问:"你这几天老皱着眉毛,有啥不顺心的事呢?"

我不敢直说,推说熬了夜,休眠不足,精神不好。她竟然信了。我的话她都信。

她依偎在我的怀里。我用一种玩笑的口吻试探她:"小凤,如果有一天我得罪了某个领导,人家解雇了我,我就得滚回东原上去,那样的情况如果发生了,我们咋办?"

小凤随口说:"我跟你回东原上去。"

我说:"我冬天得下河滩来掏掘沙石挣钱,钻窝棚,过原始生活。"

小凤说:"我跟你来钻窝棚,给你做饭。"

我想哭,再也说不出话来。

小凤却认真地说:"我早想过了,合同工有解雇的可能。要是你真的被解雇了,也不必回东原上去,更不必钻窝棚采沙石,我们在县城开个小饭馆,或者开个杂货店,咱俩经营,我也不当打字工了。你愿意干吗?"

我苦笑着说:"哦,你想得真周到……"

我在第二天见到孟局长时,他告诉我,韩部长约请我今晚到他家去坐坐。我当然明白这"坐坐"的内容。这可真是一种痛苦而又艰难的抉择。我想起了莫泊桑的《温泉》。我曾经痛恨而且鄙薄过那个骗取了遗产而抛弃了真诚的爱情的家伙,我发觉那个令人鄙薄而且痛恨的家伙在选择遗产和爱情时所经历的苦恼正在我心里发生。无论这种选择多么痛苦,而时限却正在今天晚上。我和孟局长一起去了。

后来的一切就比较简单了。不久,我被调到县委宣传部做专职通讯干部。我写的本县各个方面的通讯报道稿不断见报,县委书记和县长们以及人大常委会的主任们都很赏识我的才干和工作态度。

这年年底,我被转成正式国家干部,和韩晓英的关系也正式公开了。第二年春天,我被送到地区党校去学习。县里的新老干部甚至通讯员也明白上党校意味着什么。

党校学习期满,我和韩晓英结婚了。我们过得很和谐,从来也没有吵过架,她的性格很好,思维十分周密,把家里的内务和外交都处理得井井有序,大约自幼接受过良好的家庭教育,也与她小小年纪就从事财务工作不无关系。她对我很尊重,照顾得无微不至,从服装的式样到每日的早点,都是经过认真的考虑,却从来也未显示过她的部长女儿的优越。人人都说我有一个贤内助。父亲对这个儿媳满意之至。孟局长开玩笑说:"怎么样,晓英是个好媳妇吧?家教严嘛。一般城池县道的小市民太油……"我知道他说的"城池县道的小市民"所指是谁,我和小凤的眉来眼去根本不可能逃过那些商业局干部的眼睛,但谁也说不准抓不住我俩相好的一件具体事实,在河滩钻窝棚的事更是无人知晓。这宗事已无任何影响,晓英从来也没有追问过我,更谈不上吃醋闹矛盾了。然而我总觉得缺了点什么,倒不是对小凤的负心,而是我自己心里的某种渴望。渴望什么呢?窝棚里的那种被熔化的完全忘我的原始式的疯狂,再也没有产生过。

我生逢其时,县委在实行干部"四化"的工作中简直有点拉郎配,既要年轻,又要有专业知识(具体就是大专文凭),又要有工作经验。我正好入选。那张地委党校的毕业证书,使我的审查材料顺利地通过了各级组织部门的关口,我擢升为县委宣传部副部长了。孟局长退居二线,成了商业局的巡视员,我的岳丈韩部长也从组织部退出来,升了一级,成了县人大的副主任,真是各得其所,皆大欢喜,不管别人怎么说,我是觉得我的选择没有犯"方向性的错误"。倘若我和小凤而不是和晓英结婚,我现在很可能正在河滩上那窝棚前的石头上架锅煮苞谷糁糊糊,充其量和小凤在县城的某个角落卖油条豆浆或是经营日杂品小店。那么,有谁会看到我具备做一个县委的宣传部长的德和才呢？

我却无法排除那嗒嗒嗒的打字机的响声。当我和晓英举行婚礼的那天晚上，这响声震得我灵魂不安。当我坐在新落成的县委大礼堂里听县委书记郑重宣布我的任职批复的时候，那响声又在我的心里敲响了。

小凤早已远走高飞了。她的痛苦可以想见。她和一位技校毕业的工人结婚了，他在汉中的某国防工厂工作。她跟他到汉中去了，再也没有见过面。

任命我做宣传部副部长的那天晚上，晓英特意为我精心准备了一顿丰盛的晚餐，而且破例拿出一瓶"西凤"来。我喝得有点过量。

说醉不醉，说醒非醒，我的脑子里只留下一片空白。我推说要散散步，就走出家属楼，走过县城街巷，独自一人溜到河滩上来了。

又是夏日的一个热烈的傍晚。晚霞把河天相接的地方涂成一片火红，河水悠悠，红光闪闪。我走到那个熟识的高出沙滩的荒草地上，但已经找不到那架熟识的窝棚。窝棚久不住人了，倒塌了，散架了，完好的寥寥无几，再也找不到那架窝棚了。

我无法评价我自己。

我抽着烟，默默地坐着。从那杨柳林里，从那悠悠的河水里，从那涂成一片火红的河天相接的远处，又响起嗒嗒嗒的打字机的响声……

1986 年 12 月 11 日　白鹿原

散文·特写

大地的精灵

开 拓 者

她是一位颇有气魄的农场主,年纪约三十五六岁,名叫陈秀珍,户县蒋村人。她经营的农场不算大,约一百五十多亩地。在土质肥沃而人口密集的渭河平原,人均土地不过一亩,她能经营这样规模的一个小型农场已经是令人瞩目的事了。

养 女 解 困

当中国历史被人民愤怒的铁与血的力量掀过那腐朽不堪的一页的时候,她在终南山下的一家农舍的土炕上哭出了第一声。年轻的妈妈笑了,年轻的爸爸笑了,他们的头生女儿来到阳光明媚的秦川大地的时候,像一切普通的无以数计的农村孩子一样,在土炕的温暖和粗食淡饭的营养下长大了,上学了。她约略记得,这个时候,家里的饭总是不够吃,馍馍也取缔了,净喝稀的,再往后,越来越稀,碗里常常是以野菜为主。她长大了才知道,那时被称作三年困难时期。为了解决我们国家面临的危困,为了解决自己家庭生活的困难,她付出了以失学为代价的小小的牺牲。

她当时似乎并不以失学为痛苦,抱着孩子满村满巷玩耍也挺自在。她迷惑莫解的是,娃娃总是抱不完,刚刚把一个妹妹抱得会跑了,母亲又会把一个弟弟塞到她怀里……没有办法,生在农民家庭的老大,有谁能避免为母亲抱引弟弟妹妹的劳举呢!农村里没有幼托组织,更不会掏钱请保姆呀!

长到十四岁,母亲给她瞅下一个女婿。

女婿姓王,户县人,农村青年,由去户县买粮的人牵线,母亲很满意地把女儿嫁到盛产小麦的户县去。

"养女解困!"母亲给十四岁的女儿说,"那儿不愁吃……"

秀珍同意了。和粮贩子介绍来的女婿见过面之后,母亲说这个比她大四岁的小伙子人老实,不是那号滑头坏。她信赖母亲,也就信赖他了。从此,她就成了他的订了约的未婚媳妇。

长到十八九岁,在"文革"的枪声中,陈秀珍告别了可爱的终南山下的引镇,到同一条山下的属于户县辖属的一个陌生的村庄里去了,和她的女婿过同样是农家生活的日月去了。

她这样生活着

人说:金周至,银户县。

户县和周至二县相毗邻,同处丰饶的渭河平原的南部,地势平坦,土壤肥沃,河渠纵横,不旱不涝,十年十收,百年才偶遇灾荒,属于我们祖先很早很早以前就开发为肥土沃田的农耕区。陈秀珍嫁到户县蒋村王家,站在土场上,晴朗的日子,可以看见终南山的山峰和峪谷,这座在平原上拔地而起的年轻的山脉的威武挺拔的雄姿,与家乡长安县内的峰峦一样亲切。但是,在这个新的家庭里,终年吃的是小麦和苞谷,纯粹的粮食,没有掺和野菜或糠麸;也不是从粮贩子手里掏高价买来的,生产队里分得的夏粮和秋粮总是可以够一家人吃饱肚子,银户县果然名不虚传,比娘家那里的收成好多了。

然而,银户县能给她的全部好处,也只此一点。

她的新的家是一个大家庭,上有兄,下有弟,整个家庭的粮囤和金库由阿婆和阿公统管,大多农家都遵循着这样的传统习惯,不足为奇。不要很久,她也就明白,这个家庭每年夏秋两季从生产队的打谷场上分回家来的小麦和苞谷,确实比娘家每年分得的口粮要丰厚得多,可是金库呢?却和娘家差不多一样干瘪空虚。除了一把粮食,多年来几乎再无什么令人鼓舞的分配,家庭经济拮据,不仅秀珍,弟兄们和妯娌们的口袋里,终年也都是空荡荡的不名一文。

她的爱人,实诚、忠厚,是一个堂堂的男子汉。她和他相爱着,在生产队里挣取四五毛钱工价的工分,从早到晚,从春到冬,播种收获,收获播种,只有付出沉重的劳动的义务,却从来没有享受过支配劳动果实的欢乐。家庭长者实际也没有支配金钱的欢乐,而只有入不敷出的无穷无尽的忧愁。她和他,一对年轻的夫妻,难得亲亲热热厮跟着,腰里别着票子,到县城去逛一逛,看一场电影或者进一次饭馆。

后来,她的丈夫应招到宁西林场当了一名林业工人,月薪三十多块钱,除去他自个的伙食费,每月交给家庭长者的,也就可想而知了。他无疑是很讲孝道的,严格地恪守着传统的不成文的习俗,把钱交给老人,由他们统筹安排一家的吃穿用度。他的秀珍如需用钱时,则和家庭的其他成员一样,先向家庭经济的支配者说明用项的因由,由其酌情给予。他不给她私房钱,像对朋友一样恪守信义。

没有任何经济支配能力的夫妻会是怎样一种生活形态呢?人类学家、社会学家、民俗学家们是否对关中地区的这种家庭结构和家庭形态做过研究?形成这种形态和结构的历史和现实的原因是什么?

婚后三四年,这个庞大的家庭因为种种原因而终于崩溃了,瓦解了,兄弟们分家另居了。陈秀珍和她的林业工人丈夫,带着随身穿的衣服和一只柜子出了世代居住的院落,借住了另一户社员空闲着的一间房子。房子的西山墙垮坍了,用捆扎着的苞谷秆子围堵着,遮挡着雨雪和风霜。不管怎样艰难困苦,她毕竟成为这个新分裂出来的小家庭的主妇了。

她每年大约可以挣到二百个劳动日、价值一百元,扣不住她和孩子的口粮款,需得用丈夫有限的工资去交付。她无计可施,尝到了一个处于支配地位的家庭主妇的全部艰难。她养了几只母鸡,鸡蛋不够换盐和醋。鸡蛋必须交卖给国家收购站,作为对中国革命和世界革命的支援,要是贪恋多得块儿八毛钱而偷偷卖给私人,那就要冒被押上台子割"尾巴"的风险。中国农民被视为"尾巴"的营生实在太多了,养鸡、养羊、养蜂和一切家庭副业全都被判为资本主义的尾巴而割光剃净了,唯一允许留下的独根"尾巴"是猪的尾巴。因为有毛主席老人家"关于养猪的一封信"在,于是就鼓励农民大养其猪,而养成的猪卖给谁——公家收购站或者私人——也存在着"两条路线"的斗争。不管怎样,陈秀珍可以用洗锅刷碗的水,糠麸和豆蔓,名正言顺地养一二头猪了。而大养其猪是养不起来的,因为划不着,"黑市"的苞谷价格涨到三毛一斤了,养猪有多少利润可图呢?

在借住的那间小屋里住了八个月,她和丈夫盖起两间房子来,借欠下八百多块。他的月薪三十几块,她的养猪和养鸡的收入,即使一分不花不用,需得几年还清呢?新盖的两间房子并没有给她和他带来欢乐,反倒像石头一样,日夜压着胸口了!

秦岭略记

她决定铤而走险,缩短还债的时限——进秦岭去挖药材。

秦地无闲草。稀有的贵重药材却都藏在秦岭的深山老林里,平原上常见的车前子、三棱子、半夏等草药,原是不值钱的贱货。

秦岭是一座自然药库,蕴藏着许多珍贵的中草药,菖蒲仅是其中的一种。采药向来是山民们的传统营生,平原上的人很少有人进山采集的,妇女就更是绝无仅有了。她穷急了,只想着采挖菖蒲可以卖钱还债,而把秦岭山地的艰难和危险统统压倒了;尽管有摔死和被野兽伤害的传闻令人毛骨悚然,她也毫不动摇地前行了。穷困逼着人去冒险,人却议论她胆大。

她约了两个同样是穷急无法的姐妹,每人扛着五十多斤面粉,背着被子,提着镢头以及盐巴和铁锅,终于走进黑洞洞、阴森森的秦岭山地了。一切都不必再作烦琐的描绘,读者只需稍微想一想,她们三位女性,肩扛七十余斤行李,进峪沟,翻山梁,七上八下,进入秦岭深山(浅山区没有药材),会是一股什么滋味在肩头?在心头?在脚跟?而尤为不幸的是,在跨过一根原木搭成的独木桥的时候,三个在平原上生活惯了的女人,一踩上溜滑的独木桥,发觉脚下那原木逆着水流的方向在跑着,全都晕水了,纷纷落进水中……好在是伏天!

夜晚,她们歇息在一座茅庵里。这个茅草搭成的庵棚,是山民们在苞谷结穗期驱赶害扰庄稼的野兽时的住处,茅草苫顶,苞谷秆子围墙,仅仅可以容纳三四个人歇脚。三个大平原上来的年轻媳妇,在庵棚里铺下茅草,摊开被子,和衣躺下睡了。她们三人轮流睡觉,轮流值班,在庵棚口烧一堆火,不敢熄灭,驱吓那些藏匿在山谷里的残暴的野猪和熊豹。轮着看守的人是不能有须臾的马虎大意的,倘一打盹,篝火烧毁了庵棚,即使烧不死人,也可能因为熄火而招致凶恶的野兽的袭击。

轮着陈秀珍值班了,她认真地往篝火堆子上添加柴枝,火苗呼呼蹿起,又忽闪忽闪落下,火给人壮胆啊!她的身旁,躺着两个爬山越岭累得要死的女伴,即使野兽把她们拖出庵棚,大约也不会从酣睡中苏醒过来。她被人说成是胆子大的女人,此刻也不敢仰头看看那被奇形怪状的山峰割裂得豁豁牙牙的星空。秦岭山地的夜色也许是美丽的,她却只感到了恐怖。国外的"资产阶级"在城里住得烦了腻了,一帮一伙男女就带上罐头和咖啡,到山地去野餐,去夜宿,欣赏感受大自然的魅力。我们的公社半边天陈秀珍和她的挖药材的伙伴,此刻没有欣赏秦岭夜月的逸趣,正忐忑不安地蜷缩在庵棚里呢!忽而冒起又忽而落下的火光里,她的托人看管着的心尖宝贝儿子和女儿,大约正在梦呓中喃喃呼喊妈妈哩!她的亲爱的丈夫也许正在宁西林场的工人宿舍里辗转反侧哩!她却在秦岭深山的怀抱中吓得心儿捏得紧紧的盼望黎明的到来……

她们三位农家妇女,原本不是为了发财而丢下孩子和丈夫铤而走险呀!如若她们有买油盐酱醋的活便钱,如若她们在一家大小谁有头痛脑热时能拿出几块钱去诊治,如若过年时能有钱买几斤猪肉享享口福,如若自己在出门走亲戚时身上能罩上一件花布衫,她们就决然不会离开虽然穷困却无比温暖的家,到这十里二十里不见人烟的山地来担惊受怕了。

为着这样卑微的目的,冒着被野兽吞噬和歹人抢掠的危险,三个强悍而又软弱的乡村女人,常常心惊胆战地搂靠在一起,等候黎明的曙光照亮对面那座突兀的山峰。她们之中倘若有一位富于江水英豪情的人,此刻有一段慷慨激昂的说教,也许对其他二人战胜自己的怯弱不无好处。可惜她们都是些农家妇女,根本想象不到她们采挖的中草药将对那些正在中国造反夺权的"左"派会有何等重要的意义,更不曾想到这些中药可能漂洋过海,对亚非拉美的革命兄弟会有多大鼓舞!她们却只想到多多采药,咬住牙忍受艰难和惧怕,争取多卖哪怕是一分钱而过好自己的日月!

十分令人沮丧!当她们某一日从山顶采药归来,发现自己的老窝被劫了。她们近乎一月来忍受艰苦而采集的珍贵的菖蒲,不知被哪儿跑来的贼偷光揽净了。三个女人,一下子瘫坐在庵棚前,放声痛哭。老天如果有灵,也该为这三个可怜的乡村女人而伤情的……

从一个鸡蛋的家当起步

邓拓先生因为说过"一个鸡蛋的家当"的故事而罹难,然而看看陈秀珍的家庭状况,真是被他老先生不幸而言中。

一九八一年,陈秀珍买回来两百只雏鸡,成活率达百分之九十,除掉公鸡,净落下一百一十五只白色的纯种来杭母鸡,成为偌大的银户县数以万计的农户中第一个养鸡达到一百只的妇女,引起了轰动。这一年,她净赚六百元钱,不仅使无数的家庭主妇们震惊了,连她自己也震惊了。

春风一阵强过一阵吹拂着冻结的秦川大地,柳树先绿了,杨树也绿了,榆树、槐树和椿树就渲染出大地的一片绿色了。迎春花开了,桃花也开了,杏花、梨花、苹果和李花,装扮出一个五彩缤纷的花的原野。

陈秀珍文化不高,小学只念了三年,不懂科学养鸡的知识,可她想增加经济收入,而党的农村经济政策鼓励她发财致富,无法安坐着继续忍受贫穷的折磨了。她买了一本《养鸡问答一百题》,以此为武器,冒险买下了两百只小雏,用洋办法指导着土设备,终于奇迹般地获得了成功,第一次打破了徘徊在乡村农妇心里的阴暗的魔影。在这里的乡村,传统的孵养小鸡的办法,是用一只老母鸡,卧够三七二十一天,孵出小鸡,再由母鸡喂养长大。人工孵养的小鸡,死亡率的高比例就几乎成为一道魔影笼罩在农妇心里。一句话,买人工孵养的小鸡,等于傻瓜把钱扔到河里,连响声也听不见。人们不能不以吃惊、好奇和羡慕的眼光看陈秀珍了。更令农妇们吃惊的是,那一百多只纯一色的可爱的母鸡,刚刚喂下六个月,就咯咯咯叫着,向主人报告它开产了。农妇们通常饲养的那几只母鸡,一般都在次年春天才下蛋。科学的方法真是神哪!

陈秀珍可忙坏了。来杭鸡喜欢草食,她就到河汊里去捞水芹菜,这种水草性凉,鸡吃了可以下火,产蛋量高。夏天倒好,一到秋冬,每天到水里捞草,就够受了,想到在秦岭深山采药的艰辛,手脚受冻似乎算不得什么了。

第二年,她有了资本,也获得了实践的宝贵经验,买下了四百只雏鸡,除掉公鸡后,净落二百只母鸡。

好多农家妇女也跃跃欲试。有一位邻居,买下二百只小鸡,抚养不得法,竟然死光了。她找到陈秀珍,哭哭啼啼,说她买小鸡的底本钱,原是集了二百斤小麦得来的,现在全赔光了。秀珍动了同情心,为这位邻居代养下五十只小鸡,两个月后,交给她四十四只半大鸡,次年又代其养活了七十只小鸡,分文不取。

陈秀珍名声大震,以她的成功和她的好心肠,远远超出了蒋村的村巷。那些想养鸡赚钱却又怕赔本的姑娘媳妇,络绎不绝找到她的门下,围住她的鸡舍,现场参观,亲自问询,很少有谁组织,全是自掏盘费。有的农妇养的鸡生了病,把秀珍请去诊治,她真是太忙了。

第三年,陈秀珍一下子把鸡群扩大到一千五百只,和兄、弟联合建立起家庭养鸡场、雏鸡孵化场,成了颇具规模的养鸡专业户,年利润超过万元了。

不幸得很!当她正雄心勃勃地干出点名堂的时候,当她日夜东奔西跑为东村西庄的姐妹们诊治鸡病的时候,家庭里发生了内乱。她和弟媳以及侄女联合经营的鸡场,随着母鸡纷纷乱乱的叫声,矛盾日渐加剧,由斜眼蹙鼻子发展到公开吵架,进而至于打将起来……家庭养鸡场垮台了!

一千五百多只母鸡全部卖掉了。孵化场熄火了。兄弟妯娌三家结下了冤仇。刚刚红火起来的家庭养鸡事业,完全在人为的矛盾中分崩离析了!可惜!

断理这场家庭矛盾的偶然性和必然性不无意义,探究这种刚刚出现的专业劳动组合失败的社会意义尤有必要。可以肯定,除了琐碎的表面的纠缠之外,必定有社会的和家庭的矛盾相交结,传统的和新兴的观念的冲突,为己的和为他的精神境界的对立……陈秀珍大约还没有完全自觉地意识到这一点,只是对一切人一味回避这件令她伤心的事,笔者也只好不再强求了。

塔城之行

养鸡场垮台了,陈秀珍伤了好一阵心哪! 不过,她没有因此而趴下,也没有因为手里攥了一些钱而安于悠闲的农家日月,她的生产道路给予她的最直接的教训,就是不惜汗水和气力地去争取,而不能指靠别人的赐予。经历过太多的生活的艰辛的人,更富于创造的活力和狠劲。她不服气,心中在谋划更大的营生,终于瞅中了邻村东寨的果园。

这个果园,此前被别人承包过,都是承包一年,第二年又易人换主了,他们能赚钱而不致赔本,已是万幸,当然谈不到基本建设和长远打算。陈秀珍联合了另外两家农户,一次订下了为期十年的合同。消息不胫而走,人们又议论这个胆大的女人了。

从终南山峪口泄出的甘峪河,紧贴着果园朝北流去,一百五十多亩大的果园里,苹果为主,杂以桃、梨,大约有一千五百余株正当挂果旺期,另有七百余株即将挂果,这是果园原有的主要财富。自去年八月签过合同,她和她的联营者们已经新栽下十亩葡萄秧儿,约两千五百株。在果园的空场上一个可养千只鸡和百头猪的饲养栏舍已经修建起来,瓦顶砖墙的奶牛养殖棚圈,也已修建起来,计划饲养三十头乳牛。现有的五头乳牛已经牵入宽敞的新居,而且早已派人到新疆去购买乳牛了。一切都重新开始,雄心勃勃!

天有不测风云。从新疆塔城送回急讯,买牛的人被汽车撞了!

陈秀珍得知消息,吓蒙了。她一向被人看作是胆子大的女人,这下也慌乱了,人命关天哪!经济损失且没说起,人家媳妇没了男人,孩子没了亲爹,她可怎么交代?

令人心焦的是情况不明。是死是伤,说不清楚!她立即做出决断,立马上塔城。

列车驰过隆冬的渭河平原,穿过茫茫戈壁,在乌鲁木齐停下来。她奔出车站,顾不得旅途的疲劳,一踏进旅店,就向塔城某军医院挂电话。

"喂!请问你们医院住着×××病人吗?"

"没有。"

完了!她的第一反应是悲哀,大约已经……烧过了!她的拿着话筒的手索索发抖,虚汗一下子从脸膛上涌流出来。

她在极度的慌乱中积聚起一丝微弱的镇静,出远门办事,无论是怎样糟糕的结果,都应该冷静。道理她明白,然而情绪却无法控制。她几乎带着绝望的心理恳求接电话的女人。

"麻烦您查一下。他是陕西户县人,汽车撞了……"

"不用查。住院的病人我都知道,没有。"

她的心猛地一沉,似乎跌到底儿了。她由刚才的慌乱而一下子变得绝望了,浑身像凉水浇透了一样,透骨冰冷。

"我专门从西安赶来看他,请您查一下……"

"那……也行。你还不信……"

她把话筒紧紧地贴在耳轮上,等待着。话筒里隐隐响着皮鞋后跟撞击地板的响声,渐渐消失了,经过难熬的几分钟,皮鞋撞击地板的声音又响起来,由远及近,越来越响,陈秀珍的心又忽的一下提到喉咙口,几乎窒息了……

"喂!告诉你吧!有一位户县病人……"

喔呀!陈秀珍浑身绷紧的神经一齐折断了,腿软了,手也软了,话筒摔掉了,泪水涌流下来了。

她迫不及待,又踏进开往塔城的汽车。他没有死,她已经松了一口气,现在却又更加焦虑:可甭弄成个残废人呀……

祖国西部边陲的塔城,在一个渭河农村家庭妇女的眼里,该有多少惊羡的域外风光值得欣赏。陈秀珍下了汽车,除了问路和辨别路径,无一丝心情旁顾其他,急不可耐地跨进军医院的大门,推开了那位买牛使者住着的病房的木板门——

"啊呀!秀珍,你来给我收尸吗?"

买牛人从病床上跃起,走过来,开了这样一句令人心悸的玩笑,热泪也止不住了。她看见他走路的姿势,心里一下子轻松了。

买牛人告诉她,二三十头乳牛已经买好,价格便宜,只是意外地出了车祸,拖延了时间,乳牛不能如期启运。塔城地区有个黑风口,气温已经降到零下几十摄氏度,牛是无法通过的。买好的乳牛只好雇人饲养着,草料和雇用人员的工资比内地高过几倍,经济损失惨重!

"没有关系!你只要养好伤,一切都好!"

陈秀珍显示给那位不幸遇祸的乡亲的,是一个大将的气魄和襟怀,没有一丝抱怨情绪流露出来,也没有农村女人的婆婆妈妈。她只顾安慰他不要有什么顾虑,天灾人祸嘛!她叮嘱他吃好吃饱,把身体恢复起来,回乡与妻儿团聚。是的,这一切都不是强装做作的外在表情,现在的陈秀珍,已经不是五六年前只有一个鸡蛋的家当的陈秀珍了。那时候,她曾经为几十斤被贼偷走的菖蒲而痛心伤情,而今她已经历过世事,不仅晓以大义,而且在经济上可以承受损失带来的打击了!

"运气不顺!"

陈秀珍摊开双手,对笔者开玩笑说,不光买牛遇到意外的经济损失,现有的五头乳牛相继生下四头牛犊,竟然有三头都是公牛,令人大失所望。人都盼望媳妇生男孩,乳牛产犊却一律盼求母的。知道行情吗?眼下市场上公牛犊和母牛犊的比价是:一比二十。

冬天的果园

与陈秀珍联合承包果园的另一户农民叫李群书,四十岁,高个儿,精精干干,一双和善机敏的中年人的眼睛,闪着稳实而又聪颖的光彩。他十八岁自学木匠,干了二十多年,维持着一个可得温饱的小家庭。他读过初中,原是高才生,同是因为三年经济困难而辍学,而学木匠。现在,他负责果园管理,正在急迫地钻研果树栽培技术。

我们三人在果园里徜徉。远处,终南山的群峰隐没在冬天灰白色的雾幛里,隐隐只能看见一个模糊的轮廓,俊武而挺拔的雄姿忽然变得妩媚了。甘峪河干涸了,裸露着嶙嶙的沙石。牛拉的架子车上载着乳牛排泄的粪尿,逐株浇施在果树根上。一株株正当壮年的苹果树,在暖融融的冬日中午的阳光里,灰白色的树干上泛出紫红的颜色,枝条上的红色更深了。一条条果枝上,叶芽已经萌动,肥大了,也是紫红颜色。那从树干到枝条到叶芽上逐渐加深的紫红颜色,很像一个血气方刚的壮汉。

李群书兴味十足地给我介绍着果园管理的科学措施,可以预想承包后的第一年收获将会不错;陈秀珍更是信心满怀地谈到果园的改造计划,这儿将被建成一个包括药材种植的多种经营的养殖场。我不怀疑。可以看到,果园的树棵间已经经过冬耕,施肥和浇灌正在进行,疏枝已经完毕。新建的鸡舍、猪圈和牛棚,也将因为有新客迁入而变得生机勃勃……我却在想着人的创造力与社会、家庭以及传统观念的关系、思索着如陈秀珍一样的农民——大地的精灵的命运。

冬天,在自然界,是一切生物积聚力量的季节;一当春风漫过秦川,这儿将要显出怎样灿烂的一个花的世界……

迪斯科与老洞庙

春节期间,我住在乡下,一位朋友来访,闲聊中告诉我一件事,说他们村子里的一帮青年,正月初一那天晌午,拥集到打麦场上,打开收录机,跳起了迪斯科。我甚为惊奇。

迪斯科,又叫摇摆舞,俗称扭屁股舞。我第一次得知世界上有这种名称的舞蹈,是十多年前听的一次政治形势和时事报告时的事,那是作为资本主义社会腐朽生活之一斑来批的。近年,迪斯科公开或半公开地在中国的一些城市里蔓延,先海滨而后内地,已不再是什么秘密。我也有机会目睹过这种舞蹈者的舞姿,而今猛乍听到"迪斯科下乡"的新闻,确实感到稀罕而又新奇。是的,在夏天碾麦而秋天打谷的打谷场上,那些年轻的农民小伙子穿着过年的新衣服,跳起迪斯科来,会是怎样一种风光呢?

这个村子叫东李村,是西安市辖属的东郊农村,距西安约四五十华里,北边隔灞河与蓝田县管辖的农村相毗邻,历来属于偏僻闭塞之角落。没想到迪斯科竟然深入到这样偏远的乡村,就使我倍觉遗憾:要是能到现场亲眼看看那些乡村青年农民跳迪斯科的舞姿,会是怎样令人快活的事呢!

这样的机会又来了。三月下旬,灞桥区文化馆的朋友告诉我,说是石家道村的青年男女,几乎天天晚上都在跳迪斯科,文化馆的舞蹈干部不辞辛苦,连续几晚到村子里去辅导。于是约我到那儿去看看。

初春的夜晚,村巷里的夜气依然寒冷。在生产队的一座腾空了的小库房里,收录机播出节奏强烈的乐曲,男青年和女青年,一对对舞伴正在乐声中扭着腰肢,摆扭着臀部,挥舞着胳膊,这就是节奏明快的迪斯科了。

我和文化馆的几位朋友坐在一边喝茶,欣赏青年们的舞姿。我们几个人年龄大约相仿,没有一个人会跳任何舞蹈,更别说迪斯科。我们正当这些男女青年的年龄的时候,恰遇解放以来最严重的三年饥馑时期,为了减少身体热量的消耗,社会推行"劳逸结合"的临时性科学措施,体育课和晚自习都取消了,只要求撑住几节主课的课时就行了。尽管如此,仍有一部分同学和老师患了营养不足的浮肿病,哪里会想到要去跳什么舞呢!加之"阶级斗争"教育日紧,在我的意念里,舞蹈这种东西,只是新年晚会上作为表演的一种艺术,日常生活里一般人怎么可能跳什么舞呢?除非是少数民族。后来,摇摆舞更是被看作带有异端的资产阶级腐朽没落的象征,批判不迭。于是就造成了我们这一代舞盲。当然,我也终究不会因为失去了舞蹈的机会而痛心疾首。我虽不会舞蹈,却也见过一些大大小小的热烈的舞会场面,可以说司空见惯,屡见不鲜了。

然而眼前的舞蹈场面却令我激动不已。这是在远离西安的乡村,是被艺术家曾经描绘为"被爱情遗忘的角落",是被城里的轻薄儿鄙称为"稼娃"聚居的普通村庄,是被人们习惯于看作落后愚昧的地方。现在,这儿在翩翩起舞。小小的库房收拾得干干净净,凌空交叉吊挂着用五色彩纸剪接的彩带,收录机奏出节奏明快或抑扬优雅的舞曲。女青年们穿着红红绿绿的紧身毛线衣,披散着"真由美式"的长发。男青年们穿着笔挺的西装,结着鲜艳的领带,皮鞋锃亮,一双双又一对对舞伴,在变换着节奏的乐曲里,一阵"三步",又一阵"四步",再来一段节奏强烈的迪斯科,即使比较复杂的"十六步",也跳得自如而又潇洒。有人指给我说那位穿一身西装的男子是团支部书记,看去有一米八九的个头,而且健壮,举步移足文雅而洒脱。

据说,跳舞在石家道村里刚刚兴起的时候,好多老庄稼汉们看不惯,有的连多看一眼的忍耐性儿也没有,议论纷纷,甚至说出好多不大中听的嘲笑话。也难怪!那些终生在黄土地里抓摸着吃和穿的老庄稼汉们,今天能吃饱穿暖,回家有宽敞的住屋,出门有远郊定时公共汽车代步,已经感觉活得很像个人样了。他们无法理解自己的儿辈和孙辈,说一句"吃饱了撑的"之类不屑的话,似乎也是自然的。

我不想对此类事妄加评论,以至演绎出诸如富裕了的那一部分农民的精神追求之类的概念来。我只是对我所熟悉的这块土地上发生的这种前所未见的新鲜事感兴趣,感到这块沉重的土地上的空气开始出现了轻松欢悦的气氛。是的,从石家道到东李村的近十公里长的灞河川道里,我在这儿生活过,工作过,留在我心里的诸多印象中最突出的一种感觉是沉重。不管我们的政策怎样变化,积久的民风乡俗所形成的软网般的习惯是,日出而作,日入而息。农民几乎一律穿黑袄黑裤,一天三晌到村前村后的土地上去挖去耕去锄,一天三晌从村前村后坑坑洼洼的小路上走回家里去吃饭,一年半载才到集镇上去买一些急需的农器家具,唯一的娱乐是说几句笑话或唱几句小曲乱弹。单调,贫乏,寂寥而又沉重。现在,那些在责任田里干了一天活儿的青年农民,那些在乡镇工厂下了班的青年工人,洗去了身上的泥土和油污,换一身流行的时装,搽点香水脂膏,便到小库房里来跳一跳迪斯科,再也不遵循爷爷们和父亲们日入而息的生活习惯了。这块沉重的土地上的乡风有了变化,我把这种变化的气息传递给读者,由读者去评价这种变化吧!

生活本身就是一幕没有结尾的长剧。与青年们跳迪斯科这件事同时发生在同一地方的另一件有意思的事,是几位老太太在山坡上重修老洞庙了,真是相映成趣。

石家道村南大约一公里的地方,横亘着一道黄土原坡,坡势不高,又是平顶,没有多少风光,甚至因为秃秃光光而显得丑陋。这儿曾经有过一个老洞庙,十几孔窑洞里,敬着诸多的神像,始建于何年何月,不甚了了。每年农历二月二日,龙抬头,四周八方的人汇聚到这里来赶庙会。几十尊神像之中,尤以塑着娘娘神像的神洞为热门,那些婚嫁之后而不能及时开怀生育的媳妇们,那些只生女孩而得不到男孩的妇女,急头急脑地挤进洞来,烧一沓纸,点一对漆蜡,插几根紫香,虔诚地跪伏叩拜,嘟嘟囔囔许一摊心愿,然后伸出手去,忐忑不安地到娘娘神的腹下摸出一个泥塑的小人儿,名曰偷娃,悄悄塞进怀里,指望第二年能生出一个胖小子来。果真有灵验了的,第二年的二月二日又来还愿,香蜡纸表加倍地重,红绸红缎横挂竖披到娘娘神的肩头和身上……对于多数赶庙会的人来说,无非是逛热闹或做买卖,农器家具、树苗菜籽、马戏杂耍、唱戏耍猴、赌博套圈、吃食茶摊,这是出西安东门的规模最大的一家庙会,远近闻名,历久不衰。只是到了"文革"前一二年,阶级斗争日紧,这里始现萧条。及至西安市机瓦厂在此选中厂址,古洞神像尽毁于东方红推土机的铁铲之下,盛大的庙会从此销声匿迹。这道原坡黄土极厚,是一个极好的制砖烧瓦的理想场地,如今聚居着千余名男女工人和家属,为西安市公用和民用的建筑事业提供砖瓦,功绩赫然。

老洞庙会断香熄火二十年后的今天,附近村庄有几位年逾花甲的老婆老汉,提起了重新修复老洞神庙的动议。老太太们办事,比我们某些可爱的官僚主义者来得干脆,来得利落,毫不拖泥带水;既不报批,也不用"研究研究";她们说干就干,立即付诸最切实的行动。这几位已够高龄的老太太,四处化缘,八方募捐,多少不拒,粮钱自便,竟然得到了数目可观的粮食和款子。于是,在老洞庙原址的东边,在西安市机瓦厂的东墙外的荒坡上,重新挖凿神洞的工程破土动工了。

今年春节过后,农历二月二日,尚未凿成的神洞前的山坡上,人群拥挤,社火高跷助兴,锣鼓奏乐,庙会又兴起来了。因为神洞尚未竣工,于是就把紫香漆蜡插在山坡上的荒草间,随便跪下就是了。因为赐子的娘娘尚未塑成,于是乞子不成而求药。一个个善男信女,点燃香蜡,焚过纸表,跪拜叩首,在地上支起一只用黄表折叠的三角,虔诚地等待,那黄表三角就在神不知鬼不觉中有了灰黑色的粉末,这就是神灵施舍的良药。可以包治百病,男女不育,伤风感冒,腰酸腿痛,神经错乱,哮喘气堵,消化不良,脱发掉毛,痔疮鸡眼,失眠夜游,小儿尿床……皆能治也! 真乃神力无边,能不神往? 乞神求药者,跪下一片,有男有女,有老有少,盛况空前!

如何? 当人类已经把自己的足迹踏进太空之中,当人类的手术刀可以置换死掉的心脏,当世界进入第三次浪潮的拍击之中时,我们的这个偏僻的山坡下,却跪拜着一片乞神求药的古朴的乡民,你以为如何呢?

山坡下的村子里,第一批穿上西装革履的农村青年扭起了迪斯科;山坡上的荒草间,老太太们在凿洞塑神,乞求神药。虽然是呈两极型的不大协调的生活,却毕竟可以使我们看到今天的整个社会生活的一幅生动的缩影。

迪斯科是舶来品,是洋人的发明创造,在它进入中国海关之后甚至未进入之前,早已受到批判了,而今虽然没有公开的挞伐,歪嘴掩鼻和嘟嘟囔囔的奚落却不绝于耳。纯而又纯的和道貌岸然的孔老先生的礼仪之民,不能容纳迪斯科,似乎原不足怪;而对于敬神求子乞药的愚氓们愚蠢加愚昧的行为,却表现了素有的宽容和忍耐,这又如何呢?

比之迪斯科,敬神乞药的事,却是地地道道的国产货,是国粹。虽然我们从来也没有停止过反封建迷信的教育,而其举动和声势,较之对于"资""修"的防范和声讨,却小得不知其只配占百分之几也! 我们几十年的"左"的影响所铸就的一种可怕的习惯意识是,批右闻风而动,雷厉风行,鼻里眼里都是气,脚上手上都有劲。批"左"则诚惶诚恐,手脚软瘫,舌硬气短。对于渗透在我们心理意识之中的封建毒素,似乎麻木不仁,闻之不惊了!

我想,如果这些农村青年有勇气,下一年的农历二月二日龙抬头之日,把录音机搬到新的老洞庙会上,在那些跪拜求药的善男信女跟前,扭起迪斯科,以这个舞蹈所特有的强烈乃至疯狂的节奏,冲一冲封建迷信的香火场子,起码可以起到以毒攻毒的作用吧?如果还把迪斯科当作资产阶级毒素来评判的话!

1985 年 6 月 18 日

访泰日记

一九八五年十二月二十日

北京—曼谷

海关。

一个铁栅小门的上方,挂着块木牌,白底儿,蓝字,端端正正写着"海关"二字。当我一眼瞥见这两个字同时跨进小门的时候,心儿微微震颤了一下,海关!跨过这个木牌下的窄窄的小通道,那就意味着我已经跨出祖国的大门了。

波音七○七九时许从北京机场起飞,当我踏上舷梯,心里才强烈地反射出一种意识:我即将进入一个完全陌生的国度,一个无法具体想象的谜一样的国家。我隐约记得,在中学的世界地理课上,我第一次记下了泰国这个名字,首都是曼谷,南边有一个暹罗湾。我曾经因为把"暹"字误读成"遇"字而引起地理科任老师和同学们的哗笑,从而使我异常深刻地记住了这个海湾的名字。现在,我将有幸去那个海湾国家了,地球的那个角落里的居民,是以怎样的形态和秩序生活着?

下午六时,飞机抵达曼谷机场,当地时间五点钟,时差一小时。

欢迎仪式在机场小客厅举行。

泰国作家协会副主席平开女士致欢迎词。她坐在沙发上，左手搁在左腿上，右手握着左手，轻声慢语的音调，亲切自然的微笑，虽然根本听不懂一个字，我已经完全判断出她说的全是很诚挚的话了。老孙一翻译过来，果然如此，亲切平易得如道家常的话，使得我的心一下子松弛了。

平开女士看去正当中年，一头乌黑的稍有点卷的头发，一双聪智和悦的大眼睛，宽颊，下唇稍厚，加之她自然随和的轻声慢语，使第一次见到她的人就留下难以忘怀的浑然一体的印象：文雅而不自矜，亲切而不俗套。

颂吉先生是泰国作协理事，上唇的一撮黑黑的胡须特别显眼。他把一串串小花环送给中国作家代表团的八位成员。我接过那一串小花环，手心里触摸到了一种跃动着的生命。那是怎样别致的一个花环呀！白色的茉莉花朵串结在一起，绣织成一串，散发出浓郁的香气，整个小客厅里，弥漫着一股幽微的清香气味。我们不知该怎么佩戴这个花环，就捧在手心里，直到合影留念时，平开女士亲切地提示说，按照泰国的习惯，客人要把小花环套戴在右手腕上。

简短的交谈中，平开女士对我说，她在去年（一九八四年）访问中国时，去过西安，对西安印象极好。她追忆说，她在李若冰家里做过客，并当即询问李若冰夫妇的近况，她说那是两个十分热诚的西安作家。她说她在西安看过仿唐乐舞，是她在中国看到的最优美的舞蹈之一。她对西安的仿唐菜"驼蹄羹"记忆犹新，"那种汤很鲜，很鲜，十分好！"她的神情告诉我，她说的是真诚的话。古都长安的无与伦比的古代文明（秦俑、乾陵等）和优美的乐舞以及饭菜，给她留下一个不错的印象。

颂吉先生插言说，他已经在泰国介绍了三种中国名菜，写了文章，配发了他尝食时拍下的照片，其中就有"驼蹄羹"。颂吉先生很爽快地对我说,他是泰国烹调协会会员,对许多国家的菜谱有研究,是一位"美食家"。

颂吉先生陪我们去旅馆下榻。

汽车在高速公路上行进。我第一次目睹异国城市的夜景,汽车像水一样流过去,车尾灯闪闪眨眨,听不见声音,只看到流动。一根根电线杆上,都挂着一张相同的纸牌,并排印着两个人的头像,印着文字。颂吉说:"这是今年竞选的两个人物在比好。"

颂吉很爽朗,沿路介绍着所见的建筑物,那是一个超级市场大楼,那是国家宾馆,邓小平访泰时就下榻于此楼……他说:"你们来到泰国,不要拘束,不要管那一套礼仪。我们在一起,越随便越好。你想怎么着就怎么着,想看什么就看什么。车开到路上,你们觉得对什么东西有兴趣,我就停车,就看。我们都是作家,都想了解社会,都想了解各种人的生活,尤其是不同国度的人的生活……你们想看就随时说话。"

这是知心话,我的某些顾忌开始解除了。

我们下榻于曼谷市中心的明达琳宾馆,这是一家私营旅馆。进屋先开冷气阀,一会儿就凉飕飕的了。小桌上备一壶冷开水,壶中装着冰块,喝一口直渗得牙疼。早晨,我们在黎明时分赶往北京机场的路上,白霜蒙地,草木寂寥,正进入中国北方严寒肃杀的冬天;这儿却一片葱郁,气温保持在三十摄氏度上下,我有幸在一年里赶着了两个夏季。

平开女士邀来几位访问过中国的泰国作家,和我们一起吃晚饭。第一顿泰餐。

作家蓬卡塞,留着长长的头发,棕黑色的脸上,一双聪颖的眼睛光彩四溢。他很健谈,平缓的语调带着浓郁的抒情气氛,文文雅雅,一派学士风度,却很诚挚,他说:"北京的明月比曼谷的月色更明亮。我在北京机场看到了明月,不是满月。我喜欢星空,星空没有阻隔。

我们生活在同一个星空下,我们的友谊像星空一样不能阻隔。"

据旁人介绍,蓬卡塞先生曾在美国留学,学习音乐,他翻译出版了张贤亮的《灵与肉》短篇小说,根据英文翻译为泰文的,取名《牧马人》,大约是近几年翻译出版的第一本中国当代文学作品。提到这件事,蓬卡塞很动情地说:"我喜欢读小说《牧马人》。小说中的韵味使我张开了广阔的想象的翅膀,比电影画面和音乐更丰富。

"好的文学作品所表达的美好的感情,使世界各地的人民沟通了感情,达到了了解,使其他国家的人民了解这个国家的人民在想什么。"

这是一个艺术气质很强的作家。

十二月二十一日

曼　谷

老远就能看见玉佛寺里佛塔的尖顶。及至进入院门,只见三座巍峨的佛塔雄踞寺里,金碧辉煌,富丽华贵,在蓝天艳阳下,金光闪耀,尖尖的塔顶直插蓝天。站在这样恢宏雍容的建筑群下面,初来乍到的人,感到眼花头晕,所有的语言都失去了光彩,不由得"哦噢"地连声感叹。

玉佛寺的大殿,亦是金碧辉煌。任何一位朝拜的男女佛教徒和参观的游人,进门前需先将鞋脱于台阶之下。我走进去,坐于殿内的地毯上,一批一批佛教徒,不论老少男女,进得门来,立即跪拜三叩,双手合十,举至眉心,虔诚毕恭。不同信仰的异教徒们,则坐卧地毯之上,也不能不为教徒们诚心诚意的举动所感动。

殿堂上,奉祀着一尊玉佛,据说已有近两千年历史,高约二十七寸,不足一米,用一整块纯洁无瑕的绿宝石雕成。绿宝石出自印度,玉佛雕刻的完美艺术真可谓巧夺天工，成为佛教国家遐迩闻名的艺术珍品。这尊玉佛，是泰柬战争中从柬夺回来的国宝，为了保存供奉她，在曼谷王宫内修建下这座规模宏大的玉佛寺。泰人信佛，堪称佛国，这尊玉佛，每年要换两次衣服，以适应泰国雨季和旱季的气候变化。换衣服的人，你怎么也想不到，会是泰国皇上，可见对佛教的信仰和敬重多么虔诚。

殿内两边的墙壁上，全部雕刻着精美的艺术形象，内容是泰国古典史诗《拉玛坚》里的故事片段，像连环画儿一样组接在一起，一组就是一段故事，造型精美，浪漫而又逼真。栩栩如生，每一个民族，都在自己漫长的历史中创造下富于民族个性的艺术瑰宝。

史诗《拉玛坚》在泰国人眼里被当作《圣经》一样尊崇，看作泰族的民族精神财富，大约产生于泰国历史上的第二王朝——阿瑜陀耶时期。它是泰国文学史上灿烂的艺术明珠，像印度的史诗《罗摩衍那》一样，具有无可企及的地位。早上去看泰国古典剧——孔剧《拉玛坚》，我的心里就有一种神圣感，全是因为泰国朋友对史诗《拉玛坚》的崇尚情绪所感染的。

剧名《哈努曼》是规模巨大浩繁的史诗《拉玛坚》中的一个故事，只占二十分之一。这种古典剧只在曼谷的国家剧院上演，据说已经没有多少观众，主要对象是中小学学生。学校规定要求学生必看此剧，不致使孩子忘记了本民族的优秀文化艺术传统，而语文课教科书上也收进了《拉玛坚》的章节，作为教材。据泰国朋友说，青年人现在喜欢迪斯科和流行音乐。于此，我想到了京剧和秦腔以及许多古老的地方传统剧，现在的观众也多为中老年人，青年人已经缺乏享受那种节奏缓慢的表演的耐心了。这种趋势发展的结果，我不敢妄言预测，而泰国专辟一家国家剧院和养下一个专演传统剧目的剧团，这种做法很有眼光。

我坐在剧场里，看着一个个演员，头戴假面和头盔，在说在唱，却一句也听不懂,听座位四周不时掀起一阵又一阵快活的笑声,我却无法引起共鸣。翻译告诉我,《哈努曼》的剧情大致是这样:国王的爱妻被一个神通广大的魔鬼掳去了,国王派一个白猴,打入魔鬼内部去救护。魔鬼的心在一位老人手里保存着。白猴通过自己的聪明智慧和善于应变的本领,从老人的手中骗取了魔鬼的心,把它捏碎了,魔鬼丧生,国王妻子得救,白猴就成为正义的崇高化身。

白猴是一位天女无种受孕,被天帝打下宫来,来到山中,藏身树洞,分娩却是从口中吐出一只白猴。这个白猴的诞生以及它的形象,自然使我想到孙悟空,中国人民喜爱的那个猴子的形象。这无疑是一个很有趣的文学现象。

白猴从老人手中骗取魔鬼心脏的情节过程,全部是对白,观众(多数确实是学生)的笑声,正是由白猴的一串串诙谐幽默的语言引发的。譬如老人说,××官员喜欢吸烟。白猴就说,我也很喜欢抽烟,为啥没有当官呢?类似相声的幽默情趣。

一旦需要唱词表演,演员只表演动作和舞蹈,而唱腔由专门演唱的人在舞台的一侧对着话筒唱,完全是演唱分家。

……

泰国作家协会设宴,欢迎中国作家代表团。

泰国作协现任主席通贝先生致辞欢迎,充满真挚的友好情意。他说,中国是个伟大的国家,泰国是个小国,国家有大有小,两个国家和两个民族的友谊,通过文学的交流而促进和加深了。这是中国作协派往泰国的第二批作家访问团,第一批是陈残云为团长的访问,时在一九八三年。泰国作协业已派出过两批作家访问中国,受到了难忘的热情的招待。两国作家的互访所建立的友谊,正是中泰两国人民亲密的友谊的一个组成部分。

通贝首次和我们见面,而且是一个颇为隆重的欢迎宴会,讲话亦是开诚布公,亲切自然,如同亲朋交谈。他借机向我们介绍说,泰国作协是个社会团体,一个小团体,一年始终,国家没有给予任何补助和津贴,全靠作协搞社会募捐,类似我们当今流行的赞助活动。然而泰国作协的作家们很团结,友好相处,争相分担协会的工作,当作自己的义务。

通贝先生大约五十上下年纪,一头黑发浓密,有一撮覆盖了脑门,眼睛微深,戴一副浅色眼镜,总有一缕安详和悦的微笑挂在眉间和嘴角。

通贝先生不仅是位作家,而且是泰国一位广负盛誉的律师。他为穷人辩护,不避权势。他的更大的声誉,是在印尼的一场重要国际官司中辩护获胜而饮誉东南亚诸国的。他作为泰国作协主席,却没有小轿车,而泰国的作家们大都有自己的小轿车的。六百万人口的曼谷街道上,据说有二百万辆小车,平均三个人一辆,可见普通人都有小轿车的。泰国朋友以崇敬和爱戴的口吻给我介绍说,他们的通贝主席把自己写书和辩护所得的收入,大都周济给穷人了,自己出门时搭乘公共汽车。

通贝先生在泰国的影响,远远超出了文学艺术界,他在他的人民中间所享有的信赖和威望,使他成为一个精神财富的富翁。据说,他在搭乘出租汽车时,常常被出租车的司机辨认出来,坚决拒绝收他的车费。他出面给泰国作协搞活动经费的赞助的话,那些银行家和企业家则是愿意慷慨解囊的。

我没有机会询问通贝先生文学上的著述,泰国朋友争相告诉我的,竟然全是关于他的处世为人之道的故事。我知道,正是通贝先生的这些难能可贵的品质,团结和影响着泰国的作家们。我自己的心中,已经树起一个堂堂的泰国人的高大形象。

参加欢迎宴会的泰国作家,全都是到中国访问过的新朋老友,友好之情,溢于言表。一位诗人在赶来参加宴会的路上,搭乘公共汽车,在车上写下一首热情洋溢的诗歌,自告奋勇地在宴会上朗诵起来……

十二月二十二日

曼　谷

小汽船在湄南河上划行，溯流而上，绿色的河水在船帮上溅起一串串翡翠似的浪花。太阳已经升起在蔚蓝的天空，河面上洒下金色的阳光，波光闪闪。迎面扑来清爽爽的河风，含着水汽，直透心窝。

河的两岸，是郁郁葱葱的热带丛林，高高矮矮的树冠，织成两道密密实实的绿色屏障。一眼望不透的绿色中，时不时冒出一个尖尖的白色的塔尖，那肯定是寺庙了。

陪我们观赏湄南河风光的五位泰国作家，情不自禁地唱起了《湄南河之歌》。歌声欢快，舒畅，节奏明快。虽然听不懂歌词，我已经感知到这是一首儿女歌颂母亲的歌了。

湄南河，是泰国人引以为自豪的母亲河。四条支流，发源于北部和西部山区，蜿蜿蜒蜒，流经泰国从北至南的几乎全部国土，在暹罗湾入海。河上舟楫往来，鱼虾繁衍，田地得以浇灌，像一条主动脉流贯全身。这是唯一一条发源于泰国领土而又归宿于泰国领海的大河。泰国人于湄南河的感情，有如中华民族之于黄河长江的感情一样深厚，是民族的摇篮，是母亲般的河。

又一座宏伟的塔尖兀然耸立。弃船登岸，参观拂晓寺。

寺塔高耸，挺拔，用陶瓷小碟嵌镶塔面，间之以五色玻璃小片，交错套结，图案规则。阳光下，玻璃小片和陶瓷彩碟一齐闪光，五光十色，闪闪眨眨，十分壮观。塔的中部开四孔门，东南西北，门里各有一位武士骑象的立体雕塑。这位威风八面的英雄，名叫郑信。

郑信是挽救泰国民族于危难的一位英雄。

泰国历史上的第二个封建王朝——阿瑜陀耶王朝时期,曾鼎盛一时,及至帕碧罗阁登基,国内矛盾激化,农民起义四处烽烟。缅甸封建统治集团乘虚乘危而入,不到两年工夫,缅甸军队攻克阿瑜陀耶城。历经四百多年的阿瑜陀耶王朝,宣告覆灭。缅军像一切占领军一样,把繁华的阿瑜陀耶的建筑物付之一炬,暹罗的古代文化遗产焚为灰烬,国王和官员以及大批居民也被抢掠回缅甸。史诗《拉玛坚》的底本被掠被焚,演员也被掳回缅甸去了。占领军是毫不珍惜被蹂躏的民族的感情的,历来如此。

暹罗处于灭国灭种的危难时期,郑信揭竿而起。他号召各族各阶层的人民为驱逐侵略者、争取国家的独立而斗争。沦亡的民众,不分种族,包括华人,云集于郑信的旗帜之下,汇成万人之师,向缅甸占领军展开了殊死的战斗。

郑信终于统率起一支拥有百条战船的大军,溯湄南河而上,浩浩荡荡,所向披靡,先攻曼谷,激战中杀死了占领军头目苏基。郑信乘胜前进,一举收复阿瑜陀耶城,在缅军灭泰不到一年的时间里,又光复了领土。郑信被拥戴为王,成为泰国历史上的吞武里(首都)王朝。由于种种原因,郑信的王朝只延续了十五年,便告结束。随之而起的是曼谷王朝,一直延续到今天。

郑信的王朝是短暂的,在泰国历史上的三大王朝的漫长统治时期中,只是一个短短的插曲,一个间歇,一个转换,或者说是一种调节。然而郑信的历史功勋,长存不灭。泰国民族尊重自己的历史,自然地尊重这位于国家的完整和民族兴旺有大建树的英雄。这座拂晓寺,就是专门为了纪念郑信而修建的。地址选在湄南河的这一隅地,也是有历史情愫的。郑信受挫,率领几十个败兵逃出,于拂晓时分到达这里,然后重整旗鼓,屯田养兵;然后从此出发,一直把缅甸军队赶出泰境。拂晓寺源出于兹。

平开女士对我说,郑信在泰国是受尊敬的。泰国人尊敬姓郑的,似乎有点爱屋及乌。不管怎样,郑万隆因此而沾光,特受钟爱。

郑信是中国血统的华人,在泰的封爵为披耶,起事前在万达村做小官,于是在泰就有了一个披耶达信的名字。这个名字连泰人也不大使用,还是顺口称郑信,或称郑王,简便而又亲切。

郑王塔的旁边,有两个小塔,塔体自上而下比较匀称,上部稍细于根部,圆形。泰国作家告诉我们,这一大二小的三座塔,都是男性生殖器的象征。佛教崇尚生殖器,那是人类得以繁衍,得以旺盛不灭的最伟大的部分,所以塔的造型多仿此形,以示尊崇。

……

贴园。午餐。

饱览了湄南河的美丽风光,午时登岸,来到河边的一座美如仙境的花园别墅,得以小憩,十分舒心。

花园里亭台楼阁,曲径通幽。楼亭上吊挂宫灯,古典优雅。院内草皮覆盖。草细花小。草地上设置凉亭,木柱草顶,古朴自然。这是一家私有的花园式的别墅。

女主人看去有三十岁年纪,淡蓝色的宽短袖上装,红色泰裙,披肩的一头黑发,坐到我们面前。互相介绍之后,她很谦和地表示欢迎。她笑得自然、随和,使她很漂亮的脸颊更具有风采。应该说,这是一位美人。

当她听孙翻译介绍我来自古都西安,便接上话茬儿,说到唐都长安。她说很喜欢武则天,甚至崇拜这位举世闻名的女皇帝。她说她很想去中国观光,尤其想看看武则天墓。她在美国和法国留过学,通晓三种语言,丰厚的知识和良好的教育与自身的天然美很协调地统一于一身。

男主人匆匆从园地中赶来,瘦高挑身材,短头发,深陷的一双黑黑的精明的眼珠,友好和善地欢迎客人到来。他屁股上的口袋里装着一只对讲机,手里拿着一只,随时回答来自后园建筑工地和厨房等处的问询,潇洒,忙而不乱。

经泰国作家介绍,我们才得知,这是泰国前总理他侬的三公子经营的一座花园别墅。

他侬是一九六三年接任泰国总理的,在任十年。其间对泰国的现代化建设和经济发展,有一些重要功绩,但对农村发展和社会经济的繁荣,远未达到经济发展计划的指标。尤其是在他统治的后期,采取追随美国的对外政策,对内实行军人专政,压制民主,解散议会,强行采取专断独裁的高压手段,终于在一九七三年的学生运动中(五十万反政府示威),垮台了。

他侬逃出泰国,在新加坡避难,后在缅甸的寺庙中当了几年和尚,真可谓"立地成佛"。这几年间,泰国由克立·巴莫任总理,恢复议会,重颁宪法,给人民以民主权利,泰国又复平静。人民宽谅了他侬,他自缅甸回到泰国养老,无谁再纠缠前怨。据说,他侬当过和尚了,而泰国人民是尊重佛教也尊敬和尚的。

他侬的三儿子在湄南河边修建此花园,主要不属营业性质,只是私人别墅,有亲朋自远方来,临时搭伙起灶,在此消遣一番,赏心悦目。他为了招待中国作家代表团,请来日本厨师,用日本饭菜招待,另有泰国饭食。

他和他的太太,分两路领着我们参观他的花园别墅。这是一块占地十英亩的花园,已经治理四英亩。园里种植芒果、椰子、香蕉,奇花异草,鲜花盛开,草皮绿郁,流水悠悠。

他侬执政时期,独裁反共反民主,和中国人民相敌视。现在,我们成了他的儿子和儿媳的客人,跟着他们在园中徜徉,听他们热心地介绍他们的园地的艺术构思,坐在草顶木亭下欣赏花木,纳凉聊天。他很自豪地对我们说,整个花园的设计,是他的太太的艺术思想的实践。我们友好相处,似乎谁都觉得挺好,我们觉得他侬的儿子和儿媳妇挺友好,他们大约也会感到共产党国家的作家也是善于和人共处的。世界上不会有永远对立的两个民族。那些在民族和国家之间设置障碍、阻塞感情的人,终究不能使这种障碍永固不倒,人民希求感情交流的心愿可以溶化一切钢铸铁浇的隔墙。

我们诚心地希望主人夫妇到中国观光。

主人热情地请求我们题字留念。

……

晚上在泰国作协前任主席查先生家做客。

一个宽敞的庭院,有几丛竹,竹中有一丛花团锦簇的花树,郁郁香气四散。木瓜树和椰子树竞相拔高,果实垂吊。石头堆成假山,小桥拱连水池。一座二层小洋楼藏在翠竹和绿树那边。

晚宴在庭院中举行。皓月当空,银光满院,晚风习习,轻松活泼,宾主交谈,随意自如。

查先生说,他的太太的哥哥,现在在北京,为外文出版公司工作,所以他今晚是招待亲戚。

我们饭后参观了他的居室,会客厅、书房、写作室。在他的客厅里,橱架上摆着他和柴泽民(第一任驻泰大使)的合影照片,摆着中国的景泰蓝和茅台酒。

他的书房里,有两个书架,全部摆着他的著作。说来令人瞠目,查先生已出版长篇小说一百零三部,另有二百多篇短篇小说结集,其中四十九部已被改编成电影或电视剧,他的写作量可以想见。

查先生介绍说,他早晨四时开始工作,一直写到傍晚,中间只吃早点和午饭,没有午休,晚上看看电视,消遣一下就休息了。泰国人没有午休的习惯,查先生更是扭紧了生命的发条。

查先生的写作室,真是富于斗室的气氛,一张宽大的桌子上,零乱地堆积着杂志和报纸。他随手拉出一份报纸给大家看,那上面有他的长篇小说连载。他有四部小说同时在报纸和周刊上连载,他每天必须为那四部连载小说续写一节,送给报社和刊物。

查先生又翻出几本杂志,那上面刊有他访问中国的观感和照片。他很高兴,急于把他的一切都告诉给客人,又翻出两部书让我们看,那是他蹲监狱出来后的收获,算是监中纪实,详尽而生动地记录了他在监狱的生活和斗争,配有照片。查先生在一九五二至一九五七年被捕入狱,五年的牢狱生活使他更坚强了。他是在争取民主和和平运动中被囚的,该算一位和平战士。这两部书,一直被当局列为禁书,不许再版,现在似乎不再提及,有出版商约他再版,但要修改某些章节,他不愿修改,当然也就不能再版了,颇有骨气。

　　"我把你们当亲戚待。"查先生笑着摊开双手,"什么都让你们看了,书房、写作室,以及卧室……"

　　通贝主席一直作陪,此时突然发现了什么,指着门边的墙壁说:"你也挂了这个……"说罢哈哈大笑。我们一看,在门板背后的墙壁上,挂着一张年历,那画儿是一个基本裸体的女子,因为挂在整个屋子的最偏僻的角落,谁也没有发现。查先生也哈哈笑了,解释了一句什么,他的太太也哈哈笑起来。

　　他说他的整个写作主旨是:为人民。

十月二十三日

阿瑜陀耶

　　清晨从曼谷出发,到阿瑜陀耶古城去参观。

　　汽车在湄南河平原上疾驰,眼前展开一望无垠的热带原野。一轮红日从远处的丛林背后升起来,黄熟的稻田里金光闪耀。公路笔直、平坦,车辆不多,汽车几乎不用刹车、减速,一路飞驰。

　　同行的泰国作家颂吉、瓦兰克娜和柏拉迪塞,不由自主地唱起了《阿瑜陀耶》之歌,旋律舒缓,节奏明朗。虽然语言不通,我还是真切地体味到一种深沉的怀念和崇敬的情感,一种民族的自豪和荣耀的心声。阿瑜陀耶是泰国历史上的第二个封建王朝,从十四世纪中期拉玛铁菩提一世在阿瑜陀耶建朝称帝,到十八世纪六十年代被缅甸占领,历经四百多年。阿瑜陀耶王朝统治的漫长历史中,曾经创造过大量的古代文明,经济出现过繁盛,贸易活跃,仅同中国明朝的使节交往的贸易活动,几乎每年都不间断,郑和二出亚非诸国时,率船队访问过阿瑜陀耶。泰国作家的歌声所洋溢着的崇敬和自豪是很容易被人理解的,任何一个民族的优秀的子孙,总是对于他们的先祖所创建的文明视若珍宝,进而成为一种精神财富。想到我们向友人说起秦俑和万里长城的心情,自然就可以理解泰国朋友对阿瑜陀耶的感情了!

我看到的阿瑜陀耶是一片废墟!

断垣残壁。折断的石柱。造型优美的佛像,留下一堆断肢、残脚和破碎的头,数也数不清有多少佛像的残肢断体。古迹保护工作者尊重历史,也尊重现实,依然如故地保存着原物,在断垣残壁中,堆放着佛像的断头、残肢和残脚。这种惨不忍睹的现场实物,是否有一种冷峻的暗示:这就是战争?

我相信任何一位参观者站在这个现场时,都不会无动于衷的。我无法想象古代的缅甸军队攻克阿瑜陀耶城时会是一副怎样得意的神情,然而那一把大火之中的阿瑜陀耶的惨景分明映现于脑际了。火声呼啸,金瓯坠地,雕木焚毁,佛尊倒地……圆明园也是遭此惨景的啊!这是一七六七年四月七日发生的事,一座繁华的王城在大火中化为灰烬。泰人都记着这个历史的日子。

尽管如此,从那残断的砖头修筑的城墙上,可以想见阿瑜陀耶的阔大的规模:从那开阔的广场上,你可以想见一代一代国王检阅仪仗的风流,广场上现在有一个草皮覆盖的足球场子;从那王台上,那雕刻着变形人兽图案的王台的基座矮墙上,你可以想见王朝当年的升平与繁华,曾经显赫一时的王朝在一把火中化为灰烬了。据说,释迦牟尼死后,其骨灰分赐给所有佛教国家一小份,泰国分得的那一份圣灰,即藏于此。阿瑜陀耶历代君王死后的骨灰,亦藏于此。这几座专门敬藏国王骨灰的寺塔,当然也逃不过大火的劫难。五十年前,对这几座藏着圣体骨灰的寺塔做了修复,基本完整。

……

阿瑜陀耶府尹设午宴招待,选择了湄南河上的水上餐厅。饭前,府尹让我们再游湄南河,这是一段人工开凿的河段,可称为运河吧。

河水充沛,没有一坨裸露的河床。两岸房屋,栉比鳞次,拥拥挤挤,依岸而建。许多房子,从水中立桩,然后凌空筑屋,木板地板,木板墙壁,木板屋顶。有不少极漂亮的水泥洋房,涂成白色或绿色,参差掺挤于黑色的木板屋中间,特别洋气,尤为显眼。绿树绿叶遮盖着洋房和木屋。姑娘们坐在水中的木梯上,半身没于水中,穿着裸肩裸胸的裙衫,或淘洗米菜,或洁身洗搓,不为游览者所惊,习以为常了吧。

河岸边,一座壮观的建筑群,高出于周围的所有房舍和厂房的烟囱之上。金红色的屋瓦,雪白的墙壁。这是中国航海家郑和的寺庙,是泰国人民为纪念明朝的这位友好使者修建的,郑和的船队停泊于此,与阿瑜陀耶王朝友好交往,这座辉煌的庙宇应该是人民友谊的象征。真是历史的巧合,郑和向阿瑜陀耶王朝带来了明朝的友好情谊,郑信又从亡国灭种的灾难中拯救了暹罗,两位姓郑的英雄,造成了一种对郑姓的尊敬,不无道理。

岸边有许多村落,有葡萄牙村、日本村、中国村等。那是缅军占领阿瑜陀耶王城时,侨居城中的外籍人纷纷逃避至此,建立起一个个外国人聚居的村庄。现在,那些村庄里,已经是纯一色的泰族人了,外籍侨民有的早已迁回本国,留下来的已进入大小城镇,没有人在此种植或捕捞了。中国人几乎全部进入城市经商去了,空留一个中国村的名字。据说,在葡萄牙人聚居的村子的遗址上,挖出过八百多具骨殖,可能是一个墓葬场地。葡萄牙人是第一个进入泰国的西方的国家,随之是西班牙和荷兰人。毋庸置疑,葡萄牙人以炮舰政策威迫阿瑜陀耶王朝就范,掠夺廉价的东方财富。及至后来英法进入,阿瑜陀耶成为西方冒险家角逐的场所。

在我与泰国朋友的短短几天的接触中,在对泰国历史文物的观瞻中,有一种感觉,中国历代的封建王朝,似乎没有做过使人难以忘记的伤害两个民族的感情的事,因而泰人对华人保存着一个较为愉快的记忆,这种记忆从悠长的历史传留下来,延续至今,不能阻断。我的这种感觉不敢自信其准确的程度,仅仅是一种感觉,因为我对泰国的历史毕竟了解太少太少。对中泰两国交往历史的了解也太少太少了。我点滴知道,远在泰国由部落形式的小公国进而发展成为第一个封建王朝——素可泰王朝时期,就与中国有了友好的交往,第一代王坤南甘杏时代就邀请大量中国制陶工匠烧制出举世闻名的陶瓷,远销马来亚、新加坡、菲律宾等东南亚国家,活跃了素可泰王国的经济。中国元朝派使者两次出访素可泰王国,素可泰王国派往中国的使者竟达十余次。两国之间似乎多为经济贸易和使者往来,而幸未发生战事。及至我看到挽芭茵宫的时候,这种不大准确的感觉愈加明显了。

挽芭茵宫,完全是中国风格的古代建筑物。其构造设计,完全是模仿北京故宫的宫殿,飞檐翘角,禽兽雕刻,雕梁画栋,使我一下子仿佛置身于故宫的宫殿前边。主体是一座王宫,红墙,绿色琉璃瓦,屋脊嵌着双龙戏珠和丹凤朝阳的雕刻饰物,这是中国传统的吉祥的象征。泰国人崇尚鸟,把鸟作为一种神圣的图腾,寺庙前处处可见人面鸟身的大型雕塑。

王宫内的陈设也完全是中国宫殿里的格局:国王的龙床龙椅,陈设着地道的中国瓷器、画幅,中国历代名家的诗词条幅。墙上挂着朱拉隆功大帝头戴翎毛帽、身穿龙袍的画像,与蒙谷王并悬。

这座中国式宫殿,据介绍说,全是从中国制好构体,送往此地,建筑而成。始建于阿瑜陀耶王朝末期,完成于随后兴起的曼谷王朝的五世王朱拉隆功大帝时期。在一则保护文物的说明中称:"这座宫殿,现在从艺术上计较,可称是泰国艺术史上的无价之宝。"可以想见其重要的历史价值。

中国的封建帝君,有过征服邻邦的史迹,自然不大光彩;所幸者,倒是没有与泰族有历史积怨,人民至今能够保持一个较为美好的记忆,真是弥足珍贵!

阿瑜陀耶府现任府尹在水上餐厅设宴招待来访的中国作家代表团,别具一格。餐厅全部建筑在湄南河河面上,草顶木墙,古朴风雅,室内却全是现代化设备。

府尹长得粗壮,丰腴,雍容大度,态度却极为谦恭,所以就别具一番泰国官员的优美风度。他把自己府中的幕僚和官员全部带来作陪,又从府中请来几位通晓北京话的华人做翻译,使宴会特别活跃。

他很高兴,说他喜欢接待中国使者,尤其对光临他的古府(阿瑜陀耶)的中国客人特别高兴,乐于接待。他不无荣耀之感地向我们说,他接待过中国国家元首李先念和邓小平,很自豪地出示他和李、邓两位领导人的合影,使宴会的气氛更加和谐。他曾两次访华,保留着美好的记忆。他给他的官员争取机会,使他们分批去中国参观访问。这是一位充满友好情谊的府尹,在他的身上,我又加深了那种感觉。

……

下午回到曼谷,去中国驻泰国大使馆。文化一秘老杨向我们谈了谈泰国的一般情况,这是一位很严谨的外交官。

……

晚上拜访一位中年女作家。

一座漂亮的二层洋楼,一个花园似的庭院。

她曾经是泰国首都曼谷的公共交通董事长,相当于国家的公路交通部部长,上院议员。她的公共交通部管辖着两万辆汽车,近五万职员,然而她在可以想见其繁杂的工作之余,进行着个人喜欢的文学创作活动,该当是一位女强人了。她现在辞去了董事长职务,在家搞专业创作。泰国的专业作家为数很少,寥寥无几,因为搞专业创作没有人给他发工资,一般作家在创作之外,身兼一职或数职,这样才能保证有较为优裕的经济收入。搞专业创作其实是由自己决定的,只要自己有把握通过创作能获得较好的经济收入就行了。

她的书房里,摆着两个专门陈列自己创作作品的书柜。她已经出版过五十六部长篇小说、一百多个短篇,五十六部长篇全部被拍摄为电影或电视剧,在泰国是一位最走红运的女作家。

她很活跃,在自己的书案上翻出刊有她的作品的报刊给我们看。她正在为两家报纸写连载专栏作品,每天占有一定的版面,大约有汉字三千左右的篇幅,每天写够一节,交报纸付印。问她稿酬收入情况,她说这样的版面可得七百铢,折人民币八十五元。她说泰国出版商给作家的稿酬标准,是按作家的知名度定的。有名的受读者欢迎的作家的作品,就多给,反之则少付,差别还是较大的。她的稿酬可以算得高标准,而一般作家所得的稿酬标准大致与我国的稿酬标准不相上下。

她说她的写作习惯是不停地走动,在屋子和小庭院里散步、思考,想好一段,就立即奔回桌子,一下子写下来。写得累了,她就躺一下,休息后精神得到恢复,爬起来再写。

她的家庭很富裕,独有一座二层楼,很漂亮,细木条拼成的地板,红漆打面,油光可鉴,全用珍贵的柚木(泰国名产)构筑,越磨越踩越光亮。她有自己的小车,有彩电和空调以及冰箱等必备的家什,她有两个儿子,留着泰国少年的短发发式,聪明知礼。她的生活也有不大如意的一面,就是她的个人生活。她独居,养着两个儿子,又雇有仆人操持家务。她的前夫是国家警士厅的要员,无法忍受她夜以继日的创作狂欲,她和他分手了。

她似乎不同于我所能接触到的几位泰国女性。我的肤浅的印象是,泰国的女人更像女人,或者说更显著地显示着女人的特点,温柔,谦和,多是轻声细语,文雅而又和悦。无论是富有知识的高层女性,抑或是侍者或店员,这些女人的特质是共有的。这位女作家呢(她有一个很难记的名字,遗憾)?豁达,爽朗,脚步和手臂都是泰国女人少有的大动作。据说泰国有一条礼俗,不许担二郎腿,坐时不许把脚尖对准旁人,那算是很不礼貌的粗鄙动作。可她担着二郎腿,谈笑风生,无拘无束,一会儿哈哈大笑,一会儿又动情地叨叨唠唠。

她很敏捷、机智,一个人被七八个中国人围住,问这问那,皆挥洒自如,一一作答,不见窘迫。她把在座的中国人一个个作了比拟,说未央像曼谷市前市长,翻译老孙则像曼谷市现任市长,肖德生像公共事业局局长,郑万隆像她欢迎的香港电影明星成龙。我们以为她不过是即兴而谈,逗逗笑话罢了。谁知她话锋一转,恳切地说:"你看,我原来认识你们呀!你们全是我的熟人和朋友,怪道我和你们第一次交谈就不感觉陌生。我把你们当作老朋友接待。"至此,我才知道她不是随意作比的。

她说:"一个国家怎么样,要看一个国家的文学,文学是一个国家的精神形象。我喜欢中国文学,你们看看我的书柜就知道了。"她的书柜里装着不少的中国古典文学和现代作家的作品,她自己的创作有一个总的轮廓,就是关于家庭的形态、关于女人命运的创作,或者说是生活题材作家。她拥有庞大的读者群,用她的书改编的电影和电视剧,总受观众的欢迎,所以有走红运作家之说。

未央被她的真挚之情所感染,当场赋诗,说她是"一团火,一阵风,一朵花,一首诗"。她听了高兴得双手合十,自己吟诵一遍。

我们告辞的时候,我发现她哭了。

……

我们纯粹是想看一下泰国电影院的格局,就自己闯进一家电影院去,把门的人员很客气,让我们进门而不收票,不过剩下十来分钟散场了。

偌大的电影院,舒适的座椅,武打功夫片,特大的宽银幕,声响和影像俱佳,可惜,整个座席里,不过二十来名观众在欣赏。

二三十个人来看也放映?答曰:放。三五个人来看也放映。

据说,这个电影院刚建起来的多年里,营建者依此发了财,现在已经经营其他什么实业公司去了。但这影院照样保存,照样营业,以保开始时的声誉。电影萧条,武打片也萧条。

十二月二十四日

曼　谷

参观盘谷银行,见到了有"泰国的基辛格"美誉的许敦茂先生。

早已听说泰国有一家大银行,是华人经营的,今天得以目睹,其规模和金融实力确实令人震惊。

在曼谷城中心区,有一座三十二层的大楼,白色,拔地而起,引人瞩目,这是曼谷城里目下最高的一座现代化建筑物,这就是盘谷银行。

乘电梯到达最高层,凭窗远眺,整个曼谷城尽在眼下,一座座外观漂亮的形态各异的建筑物,插足于那一片低矮的灰黑色的小板房之间,而盘谷银行的大楼却鹤立鸡群,独领风骚。这个城市正在向天空伸展,竞长拔高,急切地要挣脱那一片黑色落叶似的低矮小屋,拔出新枝来,这是我的一种没有多少根据的直感。

我们参观了银行的中枢神经——电脑室。电脑室门口,一张桌子跟前坐着两名装备齐整的警士,胯间吊着短枪(这已不足为奇,街道上、旅社里所见到的警士,都是肩缠警绳,胯吊短枪,荷枪实弹值勤),这是银行自己雇来做安全工作的。

电脑室里,一人一台电子计算机,多为中青年职员,工作紧张,秩序井然。据电脑室的负责人介绍,这是整个银行的中枢神经,指挥着这个庞大机器有秩序有节奏地运转。银行设在泰国境内的任何一个分行,都受这里控制;任何一位顾客在任何一个分行储存或取出款子,这里与分行同时获得信息。负责人说,这个要害机构的门禁制度是严格的,即使本行的高级雇员,也不得进入,中国作家是贵客,相信你们不会盗窃金融情报,欢迎参观。

金库在地下室,四面密封,门禁全是电脑控制,更为严密,我们能够进去开开眼界,也是出于以上的原因吧!偌大的金库里,一排排钢皮柜子,像中药店里的药箱一样密密排列,那是金子、银子、宝石和存单的储备,站在这间屋子里,瞧着那些储金藏银的一排排钢皮柜架,我忽然想,也许这间地下室的储藏,可以买下半个曼谷!

董事长陈弼臣先生,广东潮阳人,一九四四年创办银行时,不过四百万铢(折人民币五十万元)基金,雇员三十多人,而今已发展到拥有总资产一千二百亿铢,资本金逾六十一亿铢,存款八百二十六亿铢,放款九百四十四亿铢(一九八一年统计)。截至一九八五年,盘谷银行在世界银行中跻身一百八十三位,属东南亚最大的一家银行,雇员两万,四十年间获得如此重大的发展,陈弼臣的威望是可想而知的。

陈弼臣先生正在北京。儿子陈有汉已经接替其父,统领盘谷银行的业务。他出面接见了中国作家。

盘谷银行经济实力雄厚,又慷慨资助社会福利和慈善事业,颇有威望。泰国作协属于小小的社会团体,没有一铢的政府津贴,这次接待我们,全凭社会赞助,而盘谷银行则是主要对象。在银行总裁许敦茂先生致欢迎词之后,当即当众把赞助的款子交给泰作协副主席平开女士。其情景如下:许敦茂总裁一宣布,一位穿戴齐整的职员从台后走到前面,双手托一黑盘,盘内置一信封(大约装着支票吧),交给平开。平开女士即走上前,接过信封,弯腰鞠躬,道谢再三。我眼见着这样的程序,首感银行家热心中泰作家交流的慷慨之举,总觉得有点不大习惯,许是我们的作家协会用惯了国家统拨的经费,虽然总是紧张,却少了另一层感觉。泰国的作家协会自有自己国家的实际情况,这样筹措活动经费的办法由来已久,习以为常了。他们为了中泰文学的交流,要费很多我们不费的神,诸如筹款,令人感动,他们不易呀!

许敦茂先生一站到讲话台前,一张口,就使人感到这是一位豁达善断、具有政治家风度的人物。他说话干脆,毫不矫饰:"你们是中国作家,中国是社会主义制度,你们有你们的立场。我觉得,你们带着你们的立场来,来看一看泰国,有好处。作家应该多跑一些地方,多到一些国家和地区去看看,对写作有好处。"

这就是泰国的基辛格——许敦茂先生。

此前,华文报纸《新中原报》记者何韵女士送给我一本她写的小册子《泰国的基辛格》,详尽地记述了中泰建交过程中许敦茂先生的重大建树,读来令人钦佩。

一九七二年八月末,身任泰国财经实业署副主任的许敦茂先生,却以泰国乒乓球顾问的身份访问中国;虽然掩饰得有点过于不伦不类,却立时成为轰动国际政坛的新闻人物。此前一二年,是为世瞩目的美国乒乓球队访问做客北京,以及美国国务卿基辛格秘密访问中国,揭开了中美关系的第一页。许敦茂先生出访中国,其形式和途径与基辛格如出一辙,异曲同工。他是受巴博元帅的直接指使,第一个出访中国的泰国官员。这次秘密访问使许敦茂一下子成为遐迩闻名的新闻人物,甚至在泰国把一九七二年称为"许敦茂之年"!

何以会有如此强烈的冲击波?何韵女士追述了许敦茂访华前的中泰关系的现实状况是——

中国闭关自守,泰国无从了解。

泰国对中国,多年来进行防共宣传,在泰国人民心目中,共产党中国等同于可怕可憎的魔鬼。

在泰国,防共形成了事实上的恐怖。华侨连看家乡来信也要偷偷摸摸,更不须说回乡探望,一顶"红帽子"扣来,就要倒霉一辈子。商人的铺店里出卖中国货,也会被扣以共党罪名。阅读中国小说,会被关进牢狱。

在两国关系处于如此冰冻的情况下,许敦茂访华就具有很大的冒险性。此前一届政府时,曾有一位官员受托秘访中国,回国后发生政变,这位官员乖乖入瓮。

许敦茂在北京,受到周总理的接见。他回泰后,向他侬总理和巴博元帅呈交了访问中国的情况汇报,而且在机场举行了记者招待会,是第一个把中国的实际情况向泰国各界如实披露出来的人,他向那些听惯了"红色魔鬼"说的人证实:"中国决不输出共产主义。中国恪守和平共处五项原则。我看到的中国,没有盗贼,可以打开门睡觉,他们的国家很安静……"

随后,许敦茂两次访华,以国会主席的身份,继续做中泰两国建交的工作,受到朱德委员长和廖承志的接见。正当这项建交事宜不断发展的重要关头,泰国国内政局急骤动荡,学生运动促成高潮,他侬总理和巴博元帅倒台,中泰的正式邦交推迟至克立执政后得以建立。他侬在其执政的十年中,防共反共,独裁专制,自有公论,而在其倒阁前,意识到需要发展中泰关系,当然是有其国际和国内的重要因素的。不管怎样,他和巴博元帅指使许敦茂踢开了自己封堵的大墙,总是事实。

何韵女士在详述许敦茂先生为开创中泰两国人民的友谊所做的重要建树时,深情地写道:"朝着同一个方向,在千千万万人的足下,走出一条路来;那一双首先着土的足印,让千千万万人步其后尘的先行者,是值得赞赏讴歌的人!我们怀念他!"

在前总理他侬儿子的别墅花园里,我突发感慨,在两个国家和两个民族之间设置下的障碍,即使钢浇铁铸,终久要被人民的感情所融化,世界上从来没有过永远对立的国家。当我面对为沟通中泰两国人民友谊而做出过卓越贡献的许敦茂先生时,心里充满了崇敬之意;同时也相信,我正是步这位先行者后尘的千千万万人中的一个。

……

到曼谷四天来,白天的活动全都安排得满满的,多是参观古迹名胜和风景,晚上多有宴会,费时得很,回到旅馆就很晚了,也很累。我有一点不够满足,那些名胜古迹虽也迷人,却完全失去了对现实社会生活的了解的机会,譬如工厂,譬如农村,譬如市民小巷,曼谷的各个阶层的人以怎样的形态工作着、生活着?

今晚归来尚不太晚,我和几位怀有同样要求的朋友走出旅馆,自己到大街小巷去溜达。

走出下榻的宾馆不远,就拐进一条小巷。这儿和大街上显出很大的不同景象,行人拥挤,往来穿梭,欧美的不同于东方肤色的人也多了。一排排铺店,两边朝街开门,许多门楼下挂着厚布帘子,两边也不开窗。这与我在曼谷看到的铺店形成强烈的反差,那些经营布匹、服装、糕点、百货的私营铺店,尽管门面大小不同,而灯光十分充足,明亮如昼,显得豁亮爽快。在这里的一些门口,不仅看不见灯光,门窗也黑着,我被提示说,这是"红灯区",即妓女聚居之所在。

那些挂着门帘的门口,有几个小女子倚坐椅上,或歪歪地站着;涂唇画眉,艳抹而又裸装,或半袒胸,或半裸大腿;见人走过,嘻嘻笑着,招手示意,说着什么;虽不通语言,可以想见,必是拉客之类的什么双关暗示的话;也有男子,充当拉皮条的角色,跟踪行人,纠缠不休。走在这里,顿感毛骨悚然,心里十分紧张,脚下也就匆匆起来。

一连走过相连的三条小街,全是一样情景。在一条街口,看见一家门帘吊起半边,屋里黑暗,红、绿、黄、蓝几种小小的彩色灯泡忽闪忽眨,幽幽变幻的光色下,几十个女人几乎全裸着身子,在急骤强烈的舞曲里扭着迪斯科,变幻不定的灯光,在她们身上闪着,红的、绿的、黄的、蓝的。

有点仓皇地走出小巷,来到大街上,我和一位同行的朋友才松开紧挽着的手指,胸里透出一口长气。

这无疑是曼谷最底层的一个缩影。初来四天,我惊异于曼谷的繁华,流水似的小车、干净的街道、蓬蓬拔起的高楼和令人眼花缭乱的超级市场,都呈现着曼谷的繁荣的景象。四天来接触了不少朋友,我印象深刻的是泰国朋友的素养,文质彬彬,礼仪周到,使人觉得如入礼仪之邦。更有一点,是我所感受到的服务人员的周到。所有这些甚为美好的印象,曾经使我思考过,我们多年来的一些无谓的人为的斗争,确实把我们民族的许多优秀的品质斗掉了,礼仪之邦里的不少人已经不懂礼仪了。所有这些,都是客观实际,我也不会改变在曼谷得到的这些甚好的印象,然而,妓院的那种赤裸裸的景象,也着实令人吃惊。

在今晚的招待会上,盘谷银行一位高级职员和我挨肩,他是华人,会讲普通话。他说他在北京的公园里,看到座椅上一双双搂抱的青年男女,不避游人,令他吃惊,觉得北京的"开放"超过泰国了。他告诉我,泰国法律规定,在一切公开场合,男女不许勾肩搭背,更不许搂抱接吻,如有违犯者,处以刑律。我在曼谷四天,确实没有看到过男女有搂肩勾腰的举动,可以证实这一点。

可是,"红灯区"公开卖淫的事,却似乎并不违反刑律,这至少是一个很容易提出的矛盾现象。我试图这样解释:对于整个社会施以严格的风纪要求,以保证中上层的国民有一个良好的国风。而至于下层社会呢?权且如此吧!

这样的解释连我自己也不通。因为随之又会有许多问题提出来,"红灯区"的疫病仅仅只会局限于那几条小巷?与整个社会风气没有冲突?社会本身无力解决这样的问题?抑或其他?

十二月二十五日

曼谷—清迈

一条黑色的柏油公路,笔直笔直,向北伸展。去清迈。清迈是泰国西北部的古老城市。

车窗外,是一望无际的原野,坦坦荡荡,真可谓沃野千里。这是泰国的大谷仓,四季不分,水量充足,盛产稻谷。这里有一种三收的说法,农人播种一次,可以连收三年,后两年无须播种,稻田里遗落的稻粒会自动发芽、生长,可见土质的肥沃和气候之适宜了。如此得天独厚的土地,自古就是农耕的理想之地。

木板构筑的木屋,全是平地立桩,凌空筑屋,有木板做顶,也有稻草苫顶。有独家孤院的农家,也有三五十幢木屋围成的村庄。每一户农家屋院的前后左右,都被俏拔的椰子和密密实实的香蕉的叶子所掩遮,构成热带乡村别具一格的风貌。

路边的草地上,灰黑色的和白色的水牛在蹒跚,悠悠移步,悠悠甩尾,悠悠吃草,一副漫不经意的神气。

晚稻黄熟,割收稻谷的农民,拿着弯月似的短柄镰刀,弯腰刈割,也是悠悠的样子,割两把,把稻穗扔在一堆,再弯下腰去,没有紧迫的样子。我所熟悉的我国北方夏收时节龙口夺食的紧张气氛,印象深刻,而这里的农民却悠悠缓缓,似乎不像收获的样子。

女人们也穿着花色泰裙,也是款款地动作着。男人们赤裸着膀子,黑黑的皮肤在骄阳下闪光。许是旱季无雨,也许是离下一茬庄稼的播种期为时尚远,所以不必着急,不显忙迫。终年常绿,四季属夏,全年都是生物的生长期,而只种收两茬庄稼,所以不必忙迫吧?根本就没有抢时播种的概念吧?

田野上,不时可以看到小四轮拖拉机。小伙子握着叉把,载着稻穗,正从田地上开过来,朝公路拐上来。可以看出,农民凭手工收割,而运输已为小机械所替代。

田埂上,有三五个男女农人站在一堆,正在用餐。

我真想走进那村中任何一幢木屋,或者蹲到那田埂上正在用餐的农人伙里,去聊聊,去看看,这些与中国农民极其相似的泰国农人,日月过得如何?

十二月二十六日

清 迈

帕亚朴大学。

在接待室里,校长简略地向我们介绍情况。帕亚朴大学是泰国的唯一一所私立大学,属基督教教会经办的教会学校。现在在校学生二千八百人,分医学、人文学、社会服务学、理工等六个系。其中医学系已有百年历史,在原有的医学中等专业学校的基础上发展而为大学的规格,有四个系不过十年历史。

接待室的墙上挂着校旗,缀着体现办学思想的图案。泰国的大中小学校,都有校旗,各自体现着本校的治学精神。校长给我们说,他的这所大学教育的中心是学生的心灵,培养学生为社会服务的精神。这一主旨,高于知识,十分明确,毫不含糊。

副校长是一位美国人,高高的个子,银白的头发,穿一件泰式无领的短袖衫,十分安详地陪坐着。他很谦和地笑着,自我介绍说,他已七十二岁,在清迈的帕亚朴大学任教有三十八年历史。他年轻时在上海待过几个月,后来来到泰国,定居于北方的清迈,一住就是三十八年。清迈在泰国,是一个偏远的城市,现在不过三十万人口,而在泰国经济发展较快的六十年代以前,可以想见清迈会是怎样一种落后状况,这位美国学者安于偏僻和落后的北方城市,不能说没有一点事业心吧?

许是在泰国工作时间久长了,这位美国人的言谈举止,似乎已不像西方人的神态,比较起来,显出一般泰人彬彬有礼的谦和之态,使人在感到一位宽厚长者的同时,又有点东西合一的滑稽,尤其是那一件泰式无领短袖衫。

参观罢校园,在小礼堂用午餐。校方的执事人很爽快地对我们说,按基督教学校的规矩,每顿饭前必行祈祷,中国朋友可以不受此规约束。他们静默站立,有一人领头说了一句泰话,大家都画了十字。领诵的人向我们翻译出祷词的内容:请主赐给客人一顿愉快的午餐。他们自己先笑了,我们也都笑了,似乎有点滑稽。

饭后,学校文艺队为我们演出。头一个节目,是一个舞剧的片段,一对男女争取婚姻自由的舞蹈,十分优美,男女主角穿古代泰族服装,有尖顶的头盔,典雅优美,使人想到宫廷舞蹈。次一节目由四位女生表演,四种不同的服饰,表明是泰国北部的四种民族,看上去十分眼熟,无论服装,无论舞蹈语汇,都颇类中国南部云南少数民族的舞蹈,看来格外亲切。种族的类似和风俗的类同以及肤色体形的近似,我毫无异国的陌生感觉,沉浸在一种谐调的亲切的家乡氛围中。最后一个节目是中泰友谊舞,尤为感人,表演者一男一女,男的为中国南方农民,女的为泰族妇女,他们相厮相随,男耕女织,亲密无异,一种古朴的田园诗般的韵味。这使人感到,在基督教办的大学里,学生们也很珍视中泰人民的友谊。因为这个舞蹈显然不是临时排练的,而是他们学校文艺演出队的保留节目。

访问的内容排得紧密极了,演出一结束,不离现场,就在小演出厅里摆好桌子,开始座谈。

帕亚朴大学参加座谈的人员有十六七位,全是人文科的系主任和教授或副教授,好多人看去相当年轻,不过三十的青年,都已具有教授或副教授的头衔了。

这些人文系的教师们,对中国的文学现状了解甚少,他们的问题多是关于中国的创作自由问题,中国作家进行创作的哲学思想,中国一九四九年以前和以后的文学创作的异同,中国当代文学创作的现状,以及中国翻译外国文学的限制措施,及至中国现行的稿酬制度等等。

原因可能是多方面的,而造成的现状却令人遗憾,中国当代丰富的创作以及许多颇有影响的作家,在泰国这样的高等学府里,也鲜为人知,更少(几乎没有)有当代作家的作品翻译为泰文。他们熟知诸葛亮和周瑜,也知晓巴金,而对当代活跃的作家却不大了解。从此来看,中泰文学交流仅仅只是一种交往,而更重要的交流有待进一步发展。

下午又参观了公立清迈大学。

晚餐是由清迈大学出面招待的,一位副校长从曼谷乘飞机赶回来作陪。他没有蓄发,光头,一双眼睛闪着过人的聪灵之光,一看就是个精明干练的人。他热情洋溢,致辞说,中泰两国友谊是几百年前开始建立的,可谓源远流长,与日俱增。我在北京访问时,没有陌生感,像是串门走亲戚。文学交流是增进两国人民友好交往的重要渠道,文学打破了国界。

我相信他的话是真情实感,因为我在泰国的感觉与他在北京的感觉是一样的。

和我邻座的一位女青年,浓密的黑发,白胖胖的圆脸,讲一口比较流利的北京话。她的名字叫蒋嫦娥,华裔,父母都是华人。她刚刚从北京语言学院毕业,在清迈大学人类学系任中文教师,不过三四个月,是八月从北京的语言学院结业回泰的。

她说在北京学习四年留下难以忘怀的印象,她常常做梦,梦见北京的自行车的河流。在北京的四年学习生活,除了冬天寒冷的气候有点难撑,其余都能适应,都很愉快。她说她骑自行车在北京穿街过巷,谁也认不出她是泰国留学生,跟在自己家里一样。临近毕业,她到西安,在陕西师大做客三四天,游览了西安的古迹胜地,对师大饭堂的绿豆粥和糖醋排骨印象很深,十分可口。

十二月二十七日

清　迈

清迈是泰国北部一个最大的也是最古老的城市。

清迈北部环山,气候清爽,在炎热难忍的雨季里,是人们避暑的理想城市。

仅有三十万人口的清迈,比曼谷清静优雅多了,没有曼谷大街上那流水般的小车的景象;大街上空荡荡的,没有拥塞的压抑感。街道宽敞,街树和草地碧绿,我在这个城市的街道上漫步一阵儿,感到自由自在,浑身轻松。

参观象山。

公路盘旋着通进一座山谷。路边有许多苗族妇女和小伙子,摆一张小桌,陈列着木雕的大象、麻或布的手工织物、银制的项链等,招徕过往的客人。那些甚为精巧的织物,图案漂亮,大红大黑大绿,色彩强烈,摆在身旁的大青石上,任客人选择。

象山专门是为游客开辟的一座游玩场所。主人是一位中年妇女,穿着泰人妇女宽大的短袖衫,给我们介绍了她的象山的情况。她养了十几头象,雇了几个管理工。门票四十铢,相当于人民币五元,最多时每天接待四五百人,可收入二万二千铢。管理大象十分简单,几近无管理状态,大象自己在山上自由觅食,自由择地歇息,天明时,一个个准时回来,开始一天里应干的工作——为游人表演。

一个个泰族青年,分乘一头大象,不搭鞍架,双胯骑在象脖子上,手里拿一根树条,击打象耳,赤足踢着象的耳背,从山坡小路上下来了,看来指挥大象行动的标志是击打它的耳朵。

一头头大象从山坡上下来,进入溪流,或立或卧,恣意洗浴,赶象的小青年仍然骑在象背上,用一只吊桶从溪流里汲水,泼到象背上,洗刷得干干净净。

大象的表演只有一个节目:拖木头。木头是真木头,不过全是为表演准备的,分别藏在山坡的几个角落里,用一根绳子挂在象脖上,再用铁索穿过木头的钻孔,由小青年指挥着拖回场地中心来。卸下木头,由一只体形最大的公象做整理工作,用鼻子一下一下卷起来,堆摞整齐。这只大象,是象族的班长,两只刚刚露出唇边的断牙,很有一股雄伟气概。女主人介绍说,这头大象,夜栖在山上,被贼用酒泡的食物麻醉后,偷锯了两只美丽珍贵的大牙。丢失大牙后,它躺在山上,不吃不喝,整整哭了一天,颇为动人。

游客来自世界各地,男女老少,都兴致勃勃地拥到象山来,看大象表演。大人和小孩,手里提着在门口买来的香蕉,扔给大象,它一摆头就吃了。从无象的国家来的游人,能给象嘴里塞一根香蕉,也是一种乐趣。这些大象每天早晨如时回归,情愿接受人们指挥着去表演一番,其原因大约在于游客手里那一串串奉献的香蕉的诱惑吧?

乘骑大象需再买票,排队。象背上置一只双人木椅,供没有坐骑技术的游客享受。我坐上去了,是一只最调皮的小象,它不耐烦像那几头老象那样慢腾腾地扭动,就超过它们,很快地走完了一下一上一段半圆的山路,那椅子的后背磕得我的后背好疼。我算是骑了象了。

轮到未央先生上象的时候,正好与一位欧洲女郎同骑同椅。那位女郎大约来自欧洲的某个无象国家,充满了好奇,一爬上大象脊背,惊喜不已,和未央拉话,可惜未央不懂英语,无法交流。泰国朋友和我们都开未央的玩笑:未央交了桃花运!天赐良机与金发女郎邂逅,不虚此行!有人给未央即兴献诗:

泰国大象雄奇无比,
驮负着欧亚两块大陆,
地球太小了,
亚细亚和欧罗巴装在一只象背上……

花园饭店,一位书店的老板设宴招待我们。

说她是老板,其实只是一位小姑娘。在初到清迈的头天晚上,清迈大学设宴座谈的饭桌上,我们已经相识了,大家对她留下一个明显的共同的印象:女强人。

她的表象没有强人外露的征象。她个子不高,瘦瘦的,平直的黑发齐着脖颈;瘦小的脸膛是白皙的,鼻梁上架着一副白色镜框的眼镜,而眼睛却是纯净而又专注的。初次接触,很容易使人发生错觉,她太像中国姑娘。在中国的大学校园里,你很容易找到这样穿着朴素干净而又纯净自尊的姑娘。

然而她已经是清迈城最大的一家书店的老板了。

清迈城议长先生在座,很自豪地向大家介绍这家书店和这位女老板。

她的父亲,过去一直是报纸推销员,一生也没有创立起太显著的家业,死后留下三个女儿,生活陷入困境。三个女儿很有志气,开办书店,创家立业,经过几年奋斗,现在已经创立下清迈城颇具规模的一家书店。

我们已经参观过这家书店，主体楼房很漂亮，一楼和二楼都是营业厅，面积不少于西安市钟楼旁的那家最大的书店。多数图书，低架两面摆置，任何顾客可以自由选择、翻阅，营业员游散在书架之间，时时照顾顾客买书。除泰文版图书外，经销英、美、法、日等国的大量书籍和杂志。她和外国出版商订有合同，在这里推销。

她介绍说，父亲死后，家道艰辛，姐妹三人创办书店的过程，始终得到议长先生的热心支持。这位议长，在清迈是很孚众望的一位人物。他自己开报馆，出版《清迈日报》，又身兼议长，做许多有益于人民的社会工作，清迈大学聘他为校委会委员。议长先生访问过中国，十分热情，自我们踏入清迈的头一天，他就陪着我们访问，一直作陪到底，不厌其烦。是一位精明而又敦厚的议长。

小姑娘留学英、美，通晓英、法语言，正在学习中文，尤其喜欢李白、王维的诗歌。她说，在世界上众多的民族语言中，华语最动听，说话像唱歌。每听华语，都有一种优美的音乐感。她觉得遗憾的是，在她的书店的书架上，没有中国的出版物，并希望日后能经销中国的图书。

十二月二十八日

清　迈

环抱着清迈城的山是美丽的，清葱葱的树木，盛开的野花，看不到裸露的地皮，得天独厚的热带气候，使花草树木的族类得以自由地繁衍。

汽车在山间盘旋而上。这山叫素贴山，山顶有一佛寺，叫双龙寺。去双龙寺的路上，顺便看了一座山区的街镇，因为是苗族聚居区,我叫它苗族一条街。

苗族一条街,竟是一条难以预料的繁华的小街。

一条坑坑洼洼的公路,通到山的高处的一个洼地里,一条窄窄的小街,两边开店,有构造精致的固定的铺店,也有临时游动的华丽的伞篷车,还有就地摆摊设点的地摊生意,拥拥挤挤,排成一条曲曲拐拐的山间小街的街道。

店铺里、篷车中和地摊上摆着的物品,多是金银首饰,宝石钻石,象牙雕刻,虎骨熊胆,玉石器玩,名贵药材,鲜花野花,铜钟摇铃,春宫画片,歌曲磁带,各色衣服(民族服装和流行服装混杂一起),展示一种只有在此处才和谐的异地风姿。

街道上涌流着各色人种,欧美的白色男女,黑色的非洲兄弟,头上包着厚重布巾的阿拉伯人,打着红色俏点的印度女人,都在这种小街上闲逛。

我们走进一家小店,铺面柜台上插着两只完整的象牙,金黄色,摸一摸,溜光。主人是一位老头,瘦瘦的脸颊,一副金丝眼镜。他把象牙放到柜台玻璃下,轻轻移动,隔着玻璃,我就看见一只小黑点在象牙上闪现。其实象牙是洁净无瑕的,老人说,这是鉴别象牙真伪的最简单的办法。

"先生从哪儿来?"

"北京。"

"我也是中国人。"老头自我介绍,"我从云南来,好几十年了。"

这条街上,有好多中国人,有汉族,也有苗族,还有藏族,他们是从云南过来的,有的是解放前来的,有的是解放后来的。这里的汉族人,有些是解放前夕国民党的逃兵游勇,而后来落脚此地,做个买卖。

这个小街,类似于三不管的僻远之地,走私贩毒,也少所忌讳。

小街顶头,连着一个苗族人居住的寨子。山洼里,散落着一幢幢木屋,铁皮盖顶,木板筑墙,全是黑色。

我们走进一家屋门,门口的泥巴火炉里燃着火,一位老汉在火堆里挑拨着,像是寻找什么煨在炉灰里的东西。一位中年男子,看见我们进门,也不招呼,就从里屋端出一个木盘,木盘里盛着抽吸鸦片的烟具。

中年人解开一个小包,小包是细薄的塑料纸,里头包着一团黏泥样的黏稠的东西,紫黑色,这就是鸦片烟。鄙人第一次看见这种东西。我的家乡陕西关中曾经是盛产鸦片的地方,小麦和谷物废弃了,乡民们种鸦片卖钱兼自抽。我所生活着的村子的老人,常在闲聊中谈起种植鸦片的景况,令中年以下的人迷惑莫解。新中国成立后,这种只具有药用价值的毒品,早已从富饶的关中平原上的田地里铲除尽了,只是限定在一些药物种植场栽培。我至今也没有见过一株罂粟的植株,更没有见过制成的鸦片烟了。

问及他的家庭,他说他只有一个老婆,父亲死了,在门口火堆里挑拨着什么东西的老人,是他的岳父,同室而居。他有三个孩子,两女一男。苗族通行一夫多妻风俗,他没有娶小。他的女人出工去了,未能见到,这儿的风俗也奇特,女人出山种地,砍柴;男人在屋做饭,管孩子,吸毒。

我们从小街上返回的时候,又撞见了中年苗族人,他从腰里掏出一只精致的小盒子,装着红的绿的宝石,问我们要不要? 瞧着他黄里透黑的脸孔,我摇摇头,心里想,一个专营贩毒和吸毒的民族,会有什么出息呢?

……

沿着苗寨一条街往下走,返回时,我已没有来时那样高的兴致,姗姗地走着。

一家铺店的门口,站一个女子盯着我看,怯怯地笑了,开口问:"您从哪儿来。"

我站住,答:"北京。"

女子又问:"你是个人旅游,还是代表团?"

我说:"代表团。中国作家代表团。"

"呀!你们是作家!"小姑娘有点惊喜地笑了,笑容覆盖了那脸上的怯怯之色,这才自我介绍说,"我从台湾来。"

"噢呀!"这回轮到我惊喜了。

她告诉我,她出生在台湾,母亲是天津人,父亲是上海籍,解放前随父母到台,几十年了,总是听父母说家乡的记忆,她却只是一片想象的幻觉。她的爷爷临终时,念念不忘故乡,终未能看一眼,已成遗愿了。

"你没回过祖国吧?"

"没有,听说大陆很苦,我怕吃苦。"

"什么时候你回去看看就知道了,不会的。"

"听说'文革'中把人当'牛鬼蛇神'斗争……"

"已经过去了。现在,祖国有很大发展和变化。"

小姑娘说,她在一家公司工作,高中毕业,未能进入高等学校,随之就业了。她们一帮十来个青年男女,自费出来旅游,胸上贴一块"快活旅游"的纸牌。

"我可以与你合影吗?"她笑着问。

"好的。"我说。

她站在我旁边,向那位同行的男青年示意,男青年举起照相机。

照完相,她走到男青年跟前,却又怯怯地问:"我照相……不要紧吧?"

我的心头闪过一道阴影。

我连忙安慰她:"没关系!"自己心里也更加觉得难受。

那位男青年安慰她说:"没事。没关系。不要紧。"

她似乎稍有宽解,向我介绍那位男青年,他是他们旅游团的"团长"。

随之,他们十来个青年男女全拥过来,我们的作家也走到一堆了,在泰国的山区的一条苗族小街上,大家畅快地谈起来,不用翻译。照相,另一位小姑娘已经哭了。

我的心里也涌起一阵阵激动。

我们相逢在异国。我们毕竟是同胞。

……

晚饭是一餐别具风味儿的民族饭。

这是一家刚开张两天的饭店,甚为豪华,自然是私营的。地板上铺地毡,客人坐在地毡上就餐,饭菜连盘送来,置于地毡上。服务员一律是刚刚经过严格训练的青年男女,给客人送酒送菜,先跪后递,彬彬有礼。

我们来时,已经换上了他们赠送的民族服装,短袖,圆领,左胸一个小口袋。下襟两个大口袋,布是蓝色的家织土布。许是因为我们人多,被安置在一长排矮桌前,坐在矮凳上,每个人一只倚枕。倚枕是很大的一个软硬适度的三角形,累时可以挟在腋下,侧身倚着,歇息一会儿,颇为舒适。

纯粹的民族风味的饭菜。菜用黄釉瓷盒盛着,米饭则装在一只竹篾编织的小篓里。不备筷子,也不备刀叉,米饭要用手挖出来,捏成一团,再摊开,夹上菜吃。菜也要用手捞出来,夹进米饭团中。吃着这样的饭,自然有趣,可以亲身体验一下古远的泰族人的生活习俗。

饭厅的小舞台上,正在演出民族歌舞。

有一个击鼓的舞蹈,很有气魄,两个演员抬一面大鼓,抬鼓的杠子有两把粗细,叉开双足,站立在舞台上。一名演员,一身黑色的民族服装,短袖衫,吊裆裤,动作潇洒地击捶大鼓,一会儿用拳擂,一会儿用脚踢,时而用肘碰,时而用头撞……总之,用身体各个部位去击鼓,动作灵巧而又豪壮。

进入这个饭厅,听到的是民族乐曲,看到的是民族舞蹈,穿的是民族服装,吃的是民族风味的饭菜,使人充分感受到泰民族的气氛。

食之将毕,演员们从两边走下台来,向客人做鞠躬状,邀请客人上台跳舞。陪同我们的议长先生说,这是不能违背的。于是大家就登台了。

台子一侧,乐队正演奏优雅的泰国民间舞曲。我们模仿着演员们的手姿和脚步扭着。那些欧美白色人,早已登台扭起来了。议长先生身体魁梧,却不显笨,跳起民族舞来,竟然优雅而自豪。整个台上,食客和演员融会在亲密的气氛中。

这样别出心裁的饭店,令人难忘。

我们下榻于清迈城外圈的一家私人经营的宾馆,和在曼谷的宾馆一样,服务之周到是令人感觉特别明显的。汽车刚停在门口,男服务员就赶到车前了,从车里卸取行李,一当问清房号,拎起箱子就走了,到客人开门时,箱子已搁在门口。领取房间钥匙的值班的女服务员,总是笑容可掬,殷勤而耐心,很难看到大而化之或是冷冰无礼的脸孔,真是训练有素。

四楼之上的七楼,是营业性质的浴池。

我已经从华文报纸上多次看到过曼谷的浴池所做的广告,起初尚弄不清,后来就明白了那些赤裸裸的措辞,正因为过于赤裸裸,反倒使人一下子难以理解。说真话,我自能读得报纸,至今没见过这样的广告,所以难免吃惊。

几乎占有《中华日报》十二月二十四日整个一版的广告内容如下:"昭拍耶大浴室第三分室开幕之庆——轻摸细擦,妙在其中——即日起为顾客真诚服务,欢迎参观赐教。"整个一版的三分之一的版面,刊登着十位女郎的照片,只着三点式紧身衣,裸身袒胸,笑站一排。

就是这些妙龄女郎充当这家浴池的搓澡工。类似的广告有理发女郎的半裸照片,有伴游社里女郎的半裸照片,有些广告的语言已经具有更明显的挑逗性,以此招徕顾客。

我们几个决定上七楼浴池去看看。

电梯门启开,踏上七楼地板,一眼瞅见,营业室的半边,是全部用玻璃嵌镶的两道隔墙,与墙壁组成一座玻璃小屋。里面有三四层台阶,铺着红地毯,大约有二十几位女子坐在台阶上,身着白色裙衣,胸前印着红色号码的标记。她们有的编织着织物,有的玩扑克,有的端坐着,有的在闲聊。室内安置一排沙发,供来客休息。一位管理人员,坐在沙发上,面前一张小桌,一个登记本。那人脸皮黑色,一双鹰一样的眼睛。我在中国古戏舞台上看见过的妓院老鸨的眼睛,就是这种神色,大约世界上的老鸨都是这样气色的眼睛。

玻璃墙外,有两个男人朝里头死死瞅着,然后给那女鸨说了一句,女鸨在本上登记了,然后喊了一声,大约是叫号。这时,一位女郎从门里走出,搂着那位男人进入走道里去。

问那女鸨,说收入大约四六开成,浴女占四成,门票大约为五六十元人民币。

据说房间里设浴盆,又设一床,女郎除搓澡之外,并不拒绝浴客的其他要求。实际上,浴女是合法职业,兼营卖淫。

我坐在沙发上,心都紧缩了,看一看这个格局,我立即反射出"拍卖人肉"的感觉。这种场面,甭说看到,连想也想象不出来,竟是这样赤裸裸地拍卖人肉。我们的感官和心理都无法承受这样的强烈刺激,匆匆离开了。人的价值、人的尊严、人的个性和人格,关于这些方面所形成的我们的观念,一下子受到赤裸裸的完全相反的观念的抗战,我们的直觉很不好受,连多看一眼的力气也没有了,太可怕了。

十二月二十九日

素可泰

素可泰,是泰国历史上建立第一个封建王朝的古城,史书上称为素可泰王朝时期。素可泰,在泰语里的实际含义是:幸福开始。

从清迈出发,越过北部低矮的山地和丘陵,越过青青苍苍的常绿的丛林,到达离素可泰古城二十公里处的彭斯洛府,这是泰国的一座新兴的省城。

彭斯洛府有一所最高学府——斯那卡林大学的一个分校,称为彭斯洛大学。斯那卡林大学有十一所分校,散设于南北各地府城里,总校在曼谷。陪同我们的泰国作家协会副主席平开女士,即在此校任教,做副教授。她的丈夫是该校的副校长。彭斯洛分校现有学生二千多名,在十一个分校中居第三,现在正筹备扩大校舍,增设农学、水利、动力等系。我们看了整个学校教学秩序的录像以及要扩建的新校址的进展的录像。之后,主人带我们去看看大学生的生活宿舍。

宿舍楼在校园一侧,按照泰国人的生活习惯,进门先脱鞋,虽然感到麻烦,还是遵守着脱了鞋。是的,我们到寺庙参观,到一些新结识的朋友家做客,都在进门之前脱下鞋来,出门时再穿上,感到了麻烦。在泰国的宾馆和饭店里,那些训练有素的男女服务员,衣装洁净,却一律打赤脚,不穿袜子,脚指甲修剪得很齐整,一律涂成鲜艳的红色——是这里的生活习惯。

男生宿舍楼里,有一间娱乐室,坐着几十个纯一色的男孩子,自然全是赤脚。有的玩棋,棋子上标着一些动物图案,不知是什么棋类,弈者却玩得全神贯注,津津有味。有的在打扑克。多数孩子在看电视,电视上正在播放着拳击比赛的实况录像。我已从华人报纸上看到,泰国拳击大赛于日前刚刚结束,泰国的拳王击败了所有国内外对手,取得胜利,引起整个民众的强烈反响。这种激动人心的时刻已经过去,学生们依然热情未竭,兴致勃勃地收看拳击比赛的实况录像,不住发出赞叹。在和平年月里,体育竞赛是最容易激发民族热情的一个项目,在世界各民族都是这样。

男生宿舍,十人一室,门上贴着居住者的照片和姓名,便于别人寻找吧。室内置床,分上下层,铁架床,只占屋子的三分之一面积,其余地方,留下宽敞的活动场地。地上搁着正要洗的衣服,桌上和床上,衣服和书籍以及洗漱用具,看去有点零乱。男孩嘛!都这样。

正墙上贴着一张金发碧眼的白种女人的裸体照片,除了在两腿间置一丛鲜花遮掩其阴部以外,这幅裸体照片就算裸得最彻底了,一丝不挂,两只丰满的乳房现出弹性和质感。据说,泰国的出版法规定,除了男女的阴部不能裸露以外,其他都算合法的。

又一间男生宿舍,门上贴着十个白种人的照片和英文名字。问:是留学生吧?校方主人笑答:这个宿舍的学生选了各自喜欢的一位世界名人,有歌唱家,有足球明星,代替自己的相片——他们开玩笑。

宿舍楼内有室内浴池,楼后有露天冷水浴池,冷水浴池设备很简单,只有一个石棉顶棚屋,下置一个大水泥池。另有几个大缸,全注满冷水。备有几只水瓢,浴者用瓢朝自己头上身上浇水,冲涮一下,消除热暑,想必是舒心的。

校方主人很抱歉地告诉我们,他不能带我们去参观女生宿舍。他解释说,在他们学校里,规定男生不得进入女生宿舍,无论公事或私事,一律不得进入,违者算严重违反校纪。每周规定一天,女生宿舍开放,可以容忍男性学生进入。今天非开放日,他不能进去,中国客人也不能进去了。这种禁忌出于怎样的考虑,主人没有说,我们也不便问,总有自己的道理吧!

校方介绍说,这所大学是为穷人的孩子开办的学校,好多学生来自泰国东部高原和北部山区的穷乡僻壤,享受公费教育,在此就读。尽管校方的教育目的是培养为社会服务的人才,然而学生毕业后的就业率却不太高,大约只有百分之二十的学生毕业后能够找到职业,其余百分之八十的毕业生,需得等待机会和自己去寻求,究竟什么时候能找到一个稍可满意的职业,就不大好说了。

……

参观彭斯洛府的素可泰国家博物馆。

这个博物馆,向一切企图了解泰国和泰民族的人展示出这个国家最早的经济形态和文化形态,无疑是了解今天的泰国发展演变的最可靠的历史依据。

泰国第一个封建王朝——素可泰王朝——建立以前,有关泰国的历史发展只能依赖于中国史书零星点滴的记载。没有办法,那个时期,泰国尚没有文字。

公元二四五年,即中国的三国鼎立时期,吴国官员朱寨和康泰出访扶南(今柬埔寨)等东南亚国家后,在他们著述中,提到过今天的泰国地区的金陈(或金邺)等小公国,这是中国史书对泰国地区国家最早的文字记录。

公元六世纪,在今泰国中部出现了一个堕罗钵底国。南部沿海,先后出现了四五个互不来往、自行其政的小公国,无异于奴隶制统辖的小部落或公国。

十二世纪,湄南河下游出现了罗斛国家,此当中国宋朝。罗斛国于宋政和五年派使访问中国,遂开两国商贸和友好往来,并送给中国第一头泰国大象。

素可泰王国正是此一时期出现于湄南河上游的小公国。与其先后出现的小公国还有,以清迈为中心的兰那泰王国,以帕耀为中心的帕耀国。兰那泰王国是中国史书所载的"八百媳妇国",传说国王有八百妻室,每人各占一寨,因此而名之。兰那泰国势最强,以清迈为都。素可泰当初是无法与之匹敌的一个小国。

素可泰三世王坤南甘亨时期,国势大增,不断扩展,一直伸展到湄南河流域,甚至到南部马来半岛。到十三世纪末,三世王建立了以素可泰为都城的强大王国,邻近的小公国一一被征服,建立起泰国历史上第一个统一的封建王朝。

坤南甘亨王在位四十二年,盛极一时。泰国人无不知晓这位君王。在他的诸多建树中,尤其伟大的功勋是创造了泰族的文字。公元一二八三年,坤南甘亨国王召集国内文人学士、知识贤达,将泰国地区流行的各种文字,根据泰族语言的特点,进行吸收、改造、修订,创造出一种统一的文字来,成为泰国独特的民族文字。泰族有了自己的文字,对于泰族的发展所具有的伟大的意义,是不言而喻的。一个没有文字的民族,将是怎样一种可怕的状态!文字是火,文字是灯盏,它的出现,将把光明第一次洒向整个民族的历史和未来,将照耀着这个民族不断前进,摆脱愚昧,走向文明。一个产生了自己的文字的民族,就成为一个不可征服和消灭的民族。泰国的历史所给予坤南甘亨国王的重要地位是不言而喻的。今天的泰语与坤南甘亨王所创造的文字几乎无甚差异,可见其创造的强大的生命力和伟大的神力。人民熟知坤南甘亨,崇敬这位君王,是必然的。

展室里的第一件展品,是一块碑石,四面四棱,上面刻着密密麻麻的文字。文字的内容大约是素可泰王国的史实以及开发和征战的光荣业绩。这是泰国第一次用文字记载的历史遗物,堪为国宝,原物保存在曼谷的国家博物馆里,而文物的出土地——彭斯洛府,只能保存一个仿制品。这块碑石的发现,应该说是一个伟大的发现,它的出土,使一个民族发现了自己。

素可泰王朝盛极一时,建成了比较规范的封建制度的军事、政治、经济、文化和规章,创造了泰国历史上从奴隶制的诸多公国过渡到封建制的第一次文明和繁荣。这一点,从保存下来的大量佛像中表现得十分突出、鲜明。素可泰时期的佛像,一个个都塑造得丰满、从容,神态安详和悦,线条圆滑柔和,体态轻盈,面部漂亮。令人惊异的是,眼睛全都睁开,与我们所看过的后来几个王朝时期的佛像截然不同,那些佛像的眼睛,几乎全是半闭的,目光下坠。于此可以想见,素可泰时期经济繁荣,人民生活安逸,一片升平景象。尤为罕见的是,一尊举步抬足呈走动姿态的佛像,一脚着地,一脚抬起,飘然若仙姿,面露欣然微笑。佛像见了不少,多是呆呆地坐着,或是木然地站着,亦有卧佛,都看过了。这尊飘然仙姿走动着的佛像,真是对佛门那种循规蹈矩的站坐习惯的一个反叛,佛成了人了。

在这个王朝的历史遗物中,有性生殖器的石雕造型。佛教对性生殖器的崇拜,从形成这个国家的时候就存在于祖先的意识之中,它崇敬的是人类自然属性的本能,而把一切羞羞答答的遮掩都撕掉了。这类赤裸裸地雕塑得十分形象的崇拜物,十分普遍。

当我们再去观瞻一尊被泰国朋友称为世界上最美丽的佛像时,真为这尊佛像漂亮的神态造型所感染。在这座寺庙外的广场上,我遇到两个年轻的小和尚,他俩正在买彩票。我与之交谈,其中一位高个的和尚说,他原是一个油田工人,刚刚入寺当和尚,仅有三天的时间。看看他的秃头,似乎不假,那头发剃掉后留下的印痕可以证明。他说,再有四天就结束和尚生活了,他仍回油田去当工人。另一位瘦小的和尚,看去不过十六七岁,他说他要当十年和尚,再返俗归家。泰国佛教兴盛不衰,堪称佛国,每一个男性公民,都必须过一次和尚的生活,接受佛教的训示,不过时间不限,可多可少,少则几天,多则几年以至终生,全由个人选择。未婚时可以去当和尚,结婚后仍然可以去当和尚。

和尚是受整个社会崇敬的。在曼谷和清迈,每天清早,太阳尚未露脸的微明中,这条街或那条街,都能看到身穿黄色袈裟的和尚,手托缘钵在化缘,挨着一家一铺走过去,由各家主人随意施舍钱物和食品供一天食用,每天如此,因为和尚是不动烟火也不办食堂的。

人们对和尚的施舍是慷慨的、虔诚的,那是为着积德行善,以修阴福。

我们在参观诸多的寺庙时,一位泰国女作家,见佛必拜,神态虔诚。我问她:你这样做,有什么感觉?她笑着说:"我拜叩一次,心里就有了一种安全感。"

当然,我一时是无法理解和体味这种心理感受的。不过,人都乞望在每一天的生活里有一种安全感倒是真的。

十二月三十日

素 可 泰

这就是泰国第一个封建王朝——素可泰王朝的遗址。

断垣残壁,折断的石头立柱,石头铺垫的走道。所有这些残留的建筑物,全都是一种马蜂窝状的石头,红色上结着黑色的锈斑。据说这东西原本不是石头,是一种泥土,一种奇异的泥土,垒墙立柱之后,风吹日晒,渐渐地由稀软的泥巴而变为坚硬的石头,有如水泥。

这就是八百年前鼎盛一时的素可泰王朝的王宫遗址。这儿曾经是一座富丽堂皇的宫殿楼阙。这儿曾经有过宫女娇娥翩跹的舞姿和欢愉的歌声。这儿曾经发出过国王征服邻国的军令。这儿……现在是一片废墟!

城内有城河蜿蜒绕流。近年间,从飞机上鸟瞰,才发现了古河流的踪迹,开始挖凿已经干枯淤塞的河道,引进流水,才恢复了这一泓清流,立即使荒凉的王宫恢复了生气,恢复了活力。二十年前,国家开始修复古城,每年逐次拨款,逐渐恢复。现已遍植草皮,绿茸一片,树木已经粗壮,遮下一片绿荫。庞大的恢复工作尚待时日。任何一个民族都珍重自己的历史遗迹,不惜破费财力物力去重现当年的盛景。

汽车沿着古城的城墙开行,可以看到城墙坍塌以后所留下的土堆,长满了杂草和藤蔓。城墙平行三道,中间夹两道城河,可谓防备森严。整个古城呈四方形,每面开城门,就有东西南北四个大城门,现在可以看到的只是一堆略呈白色的土堆。完全可以想见,古城当年的雄伟姿态。

当我徜徉在清清的水畔,绿茸茸的草地上,残垣断柱的王宫宫殿废址上,我的脑子里浮现出一幅悲壮的画面:

从中国云南的丛山峻岭中,正有一队队浩浩荡荡的傣族人,大象开路,壮男执矛捉刀,杀死侵袭的土著,砍开热带丛莽中的藤萝,辟出一条路来,保护着妇女和儿童向南前进。这就是苏联学者柯尔涅夫所描述的惊心动魄的傣族南迁的悲壮画面。这种民族大迁徙的行动从中国的唐朝时期就开始了,一直断断续续延续了几个世纪。这些傣族人在湄南河流域的肥沃土地上发展壮大,最初形成了小小的素可泰部落,最后发展成为泰国历史上的第一个封建王朝。

泰族是傣族南迁的结果,这种理论,连泰国的历史学家也是这样肯定的。只是到了近年间,考古学家在西北部的杜赫洞穴里发现了打制的砍伐工具,磨制的矩形石斧、石刀和绳纹陶器,堆积的植物和播撒的种子,才证明了泰国境内的杜赫人存在并从中石器时代向新石器时代发展的历史。现在,泰族即傣族南迁的后裔的构想被怀疑了,动摇了。

素可泰王朝先后十二次派使前往中国的元朝政府,可见交往之密切,而中国元朝的统治只不过百年的历史。中国元朝的使者于一二九三年和一二九五年先后访问了素可泰王国,增进了了解。

素可泰王朝有整整二百年的历史,坤南甘亨之后,他的子孙腐败无能,国力大衰,终于为南方新兴的阿瑜陀耶王国所征服、吞并,泰国的历史便进入第二个阶段——阿瑜陀耶王朝。

我曾在阿瑜陀耶王朝遗址的废墟上兴叹不已。因为这个王朝的覆灭也是统治者腐败的结果,招致外族入侵,灭了国。这是一个被许多封建国家的封建统治者重复了不知多少次的教训,无法逆转。郑王在位仅仅短短的十五年,最终的教训也非此莫属。泰国进入第三个王朝——曼谷王朝——以后,又延续了数百年,为新兴的资产阶级议会所取代,现在仍然保留着王朝的形式,进入到九世王时期了。

我从曼谷到阿瑜陀耶,再到素可泰,循着历史的河流溯流而上,终于走过了八百年的历史航道,从那些残留的废墟中,看到了一个民族和国家演变的历史,粗略读完了这个民族的历史教科书。

……

素可泰现任府尹设午宴招待。他中等身材,胸前和肩膀上佩戴着绶带和肩章,一双很自尊的眼神。他对中国作家代表团访问自己的古老国土,表示出真挚欢迎的情怀,不是虚与应酬的官话。

他说:"在素可泰,没有按摩院,没有搓澡女郎的大浴池。在这个古都里,我不允许那些东西存在。"

按摩院,大浴池,实际都是卖淫的场所。在泰国,这些场所遍及大小城市。他企图保存素可泰古城的古朴遗风,大约不会太容易的。他一定更比我们深知其艰难,仍是要坚持保存一块净洁的圣地,令人钦佩。

他说:"你们在泰国看到了许多在中国看不到的现象。你们是作家,回去以后,怎么写泰国,那在你们。素可泰不允许有那些东西。"

是啊!我已经从他的语气中感知到一缕沉重的东西,他是一个极富于民族自尊的府尹。我在泰国看到了许多好的东西,领受了中泰人民之间的友好情谊,看到了十分完美的服务,也看到了诸如大浴池一类令人难以想象的现象。我是作家,以眼见耳闻为依据,客观地记述我的见闻,这并不影响什么好的东西的存在,因为我接触到的泰国朋友中,他们也为这种不好的现象忧虑,包括府尹自己,也是一样的。

他说:"泰国是个小国,中国是个大国,比起来,泰国与中国这样的大国是不能相比的。但我们是近邻,是亲戚,我们会很好地相处下去。如果世界上各个国家都像中国和泰国这样友好相处,世界就安宁了。"

府尹先生的这个概括是精确的。

我与一位华人同座。

他看去三十上下,讲一口很流利的普通话,人很腼腆、质朴。他告诉我,他是一个小学的校长。这所小学是华人小学,设华语,是素可泰的华人所办的私立小学。在泰国,小学里不开汉语课,华人办的小学准设国语(即华语),但限制在小学一至四年级,再往上,就不许开设国语课了。

因为是私立小学,校长和教员不属国家公职人员,不能享受退休金待遇,所以工薪就高些,他的月薪为四千铢,折人民币五百元,已经不算少了,教员比校长稍少一些。

十二月三十一日

北榄坡

北榄坡,是当地华人给这座北部城市起的名字,许是因为顺口,现在通用了。这座城市的泰语名字叫那空沙万,含义极美,是天堂般的城市。

去北榄坡的路上,我们访问了两户农家。

在泰国,我们已经倒循着历史车轮碾过的辙印,参观了三个王朝的国都遗址;已经访问过大学;已经参观过华人报社;已经看过诸多的庙宇佛寺;已经和泰国作家组织过座谈;唯一缺憾的是没有到农村去看看,而泰国的农民是以怎样的生活形态生活着？泰国朋友满足了我们的提议,把这项活动挤夹进排得满满的活动日程,在去北榄坡的途中,随便找一个靠近公路的村庄去看看。

岔开公路,汽车驶入一条坑坑洼洼的土石大路。路边的水潭里,有一位姑娘在洗衣服。大约二三百米处,有一幢草顶木屋。汽车在打谷场上停下来。场上堆垛着偌大一堆稻穗,金黄金黄的稻穗,等待脱粒,没有任何遮盖苫护的设施。太阳在稻穗上闪耀着金色的光,天空湛蓝如洗,不见一丝云彩。旱季里,这个临近赤道的热带国家,使人感到中国北方伏天里天旱的气象,树叶被晒得发黑发灰了,乡间道路上被车碾足踏的细灰扑扑飞扬。

一座草顶木屋,十分凌乱,到处乱挂着脱下的脏衣和脏裤,农具也乱扔一气,地上铺撒着稻秆柴叶,使人想到刚刚结束了一场繁重的收割之后,尚未来得及整理这一切。

木屋前的树荫下,坐着一位中年妇女和一位老头儿,两人都在忙着织补麻袋。她和他的手里拿着一根又粗又长的铁针,穿着绳子,把麻袋上的破洞补缀齐全。很显然,这是稻谷脱粒前必做的准备工作。女主人壮健、精干,说话很爽快。和中国的农妇一样,繁忙的收获季节是无法修饰自己的,穿着褪色的衣服,头发散乱。那位老头皮肤黝黑,松弛,灰白的头发干燥如草梗,眼睛不大好使,神态有点拘束,一种少见世面的人常有的那种拘束。

女主人回答了我们的询问,介绍了她的家庭。

这家农户七口人,她是女主人,有丈夫和四个孩子,那位老人是她的生父,农忙时节来帮忙的。孩子和丈夫都不在家,忙什么活去了。这幢木屋不是她家的居室,是收获时节临时居住的房子。她家的土地集中于此,离村庄很远,往来不便,每逢收割季节,就暂且居住在这里,收获结束以后,就返回村子里去了。

她家种着七十莱地(每莱地折合中国二亩四分,大约有一百七十亩地了),可以说是够多的了。我生活过的渭河边缘的灞河川道里,人均土地不足一亩,责任制实行以后,一般五口人的家庭不过经营五六亩旱地和水地,靠近西安市区的蔬菜专业队里,还要少,少到只有几分地。

泰国农村的过去类似于中国解放前的农村状况,土地大量集中于少数人手里,大批农民靠租地交租的形式生活着,中部地区尤为严重,佃农和半佃农占总农户的百分之四十三,生活困苦不堪,农民问题十分尖锐。一九七五年,泰国政府实行土地改革,以政府拨款收买大土地占有者的土地的方式,把土地分配给无地和少地的农民,国王曾带头向土改办公室交献出一批王室的土地。农村问题得到一定缓解。

她说每莱地可以收获三十桶。桶类似于我国农村的大斗。每桶十公斤,即每莱地可以收获三百公斤,共可以收获两万多公斤。对于一个农家来说,收获两万公斤稻谷也不算少了。可是按单位面积算起来,应该说很低,每亩地不过一百二十多公斤。我怀疑她说的是否实在?

除一家人食用外,其余的稻谷全都卖掉,国家规定每桶(十公斤)稻谷三十一铢,而他们常常不能交售给国家,收购量有限制,于是就自己找门路推销,价值往往撑不上国家规定的价格。收割季节,自己忙活不过来时,就请帮工,给帮工的工钱以稻谷抵付。

我们问:"像你这样的农家,在乡村里算富户,还是穷户?"

她立即对答说:"当然是穷人啰!"

随同的一位泰国作家撇撇嘴,悄悄告诉我们:"她根本不是穷人!她就爱哭穷!"

我想,耕种着这么多土地,一料收获两万多斤稻谷;前一料种植豆麦、红小豆、绿豆、黄豆,大约也可以收获两万多斤吧!一年有这样丰盈的收成,穷也许只是相对而言,比起曼谷那些银行家或大生意人,她是很穷很穷的了,在乡村里,起码可以算是一个中溜儿农户了。哭穷这种心理习惯,看来不仅仅是中国农民独有的心理状态,哭穷以引起社会的同情。

在她的木屋旁边,有一片不小的芭蕉园,果实累累。我们钻进园中,地上挖着一排排小坑,四方形,坑里扔一只椰子,并不覆土,那椰子上长出一条细长的绿芽,下部伸出几条白色的幼根,扎进土壤里。这样栽种椰子,真是太容易了。主人大约在椰子成林以后,就要铲除芭蕉了,芭蕉园就会更替为一个新生的椰子园了。

芭蕉园旁边的割过稻子的田地上,搭着一排窝棚,用稻草胡乱搭着,低矮窄小,人需爬着钻进去,里面扔着被单,门口用石头支着铝锅。我们猜测,这大约是她家收割时雇下的帮工居住的地方,也不知怎么睡觉,蚊子是相当密集的、厉害的。

那位在路边洗衣服的姑娘,就是她的女儿,端着脸盆儿回来了,羞怯怯地远远站着。她受了母亲的指使,到芭蕉园里摘来一筛子芭蕉,请客人解渴,仍然怯怯地害羞,只腼腆地笑笑,不说话,使人很自然联想到中国偏僻山区的那些少见世面的姑娘,真是太像了。

我们又走进另一家农户。

我们走进这家农户的场院时,正有一台满载着稻穗的拖拉机开进来,停在院里。开车的小伙子跳下来,笑着招呼客人。问他这台拖拉机是哪儿生产的,他说是泰国货。我一看,是"泰山牌","中国山东省制造"。经点明,他笑了,说他不认识汉字,而泰国的好多商品都有汉字标注,华人较多的原因。

他告诉我们,这台拖拉机属中型,二十五马力,可以搞运输,亦可带上铧犁耕翻田地,性能很好,买回家来没出大毛病。他们村子里三十户人家,先后购回二十台"泰山"。

一位老人和三四个壮汉姗姗走回院子。老人是家长，精瘦，他向我们介绍说，那几位壮汉，是他的近门兄弟，前来帮他收割的。他们一个个晒得黧黑，手里攥着一柄弯月形的短柄铁镰刀，刀刃上有一排细小的锯齿样的钢牙，赤着脚，裸着臂膀，露出紫铜色的肌肉。那位开拖拉机的小伙儿是他的长子，瘦条条的，和善而漂亮，已经娶妻生子。二儿子不在家，已经订婚了。女儿在家帮忙，尚未出嫁。那位远远地坐在地上歇息的老婆，是他的老伴儿，大约太累了，坐在那里，歪着脑袋，镰刀扔在一边。

他家耕种着八十菜地，收获两次，一料豆类，一料水稻。屋院很大，约有一菜地面积，盖起三幢房屋。南边一座是木顶木墙的传统式木屋，住着他和老伴以及儿女。北边已盖起一座两层水泥阁楼，外观十分漂亮，墙壁涂成绿色，十分秀气，那儿居住着长子和妻子。中间仍是一幢木屋，作为储藏室，保存谷物和农具，凌空而搭的地板下，拴着两头狼也似的黑猪。

老头瞅着那幢漂亮的阁楼，向我算了账，说修盖这一幢房子，大约花去了六七万铢。因为用了原有的一些旧料，所以省一些，如果全部购置新料，需得十万铢。他家除种植稻菽之外，也有一个环绕屋院的果林，产椰子、芭蕉等。另有两个不小的鱼塘，蓄养淡水鱼。这个老人似乎生活得比较自信，没有哭穷。

他的独生女儿领着我们参观旧屋和新楼，长得细高挑儿，穿着紧身的衣服和窄脚裤，已不像在前一家见过的那位羞怯的姑娘。她很大方，向客人主动介绍家庭情况。我却从她眼里看到一缕忧郁的神色。她说，她在城里读过书，中等专业学校毕业了，却找不下工作，在城里最近一次招工中，考试落榜，未被录用，所以就在家里和父兄种地，以待机会。她还是想到城里去谋职，不想待在乡村，所以婚事也拖下来了。她已经二十五岁，在泰国农村算是稀有的大龄姑娘了。泰国风俗有忌，不许问女人的年龄，这位姑娘是自己告诉我们的，大约心里很孤寂。有了一些知识,经见了城市生活,就不能安于土地里劳作而向往城市生活,这也许是许多发展中国家的乡村青年的共性。

我有一个多余的祝愿潜上心头:愿她尽早在城里谋到一份工作,如愿以偿,退去眼眉中那一缕忧郁的神色。

……

除夕之夜。北榄坡城。

泰国的节日不少。圣诞节、元旦、春节,都要过一过的,不过色彩平淡。泰国最热烈的是民族传统的泼水节。

整个城市的除夕的气氛是平淡的,而一家咖啡厅的气氛却是热烈的。我们被邀去这个咖啡厅欣赏音乐歌舞,欢度除夕,真是别具一格。进入大厅时,翻译孙家驹碰见了这家咖啡厅的经理,这位经理在访问北京时,他给他当过翻译,熟人老友了,他一下子认出了孙翻译。因为这个关系,经理一直陪我们坐在台子右侧的座席上,吩咐侍者送来咖啡等饮料。

我们刚坐定,台下响起一片欢迎掌声。经翻译告诉说,舞台上的司仪向台下的人宣布说:热烈欢迎平开女士率领的中国作家代表团和大家一起欢度除夕。台下的座席上,男男女女,外国人和泰国本地人,掺和着坐在一起,欢度除夕之夜。

舞台上,一个个男女歌星在轮换唱着流行歌曲,一人唱歌,其他演员不用下台,就站在两边陪伴,扭着迪斯科舞步。台下的舞池里,一对对舞伴,合着乐曲,翩翩起舞。跳得累了,就坐下喝饮料,有兴致时,再上去跳。

和我坐在一起的一位华人男子告诉我,他在北榄坡做生意,兼做曼谷一家报纸驻北榄坡的记者。他回北京观光过。他问我对泰国咖啡馆、音乐厅和舞厅的这种生活有何感想?我说这也是一种生活,他直率地说:正经生意人是不逛这些地方的。他自己极少到这儿来消磨。

我记起晚饭时认识的另一位华人,他告诉我,他每年要回国两次,最近一次是八月。他跑遍了中国东西南北四方的许多地方,寻访古迹。他是一位建筑师,经营建筑业务,对中国的古文明兴趣浓厚。他说他的工余生活是研究古物,也不大去这些如夜总会一类场所去消磨。

我们正聊着,伴奏声戛然而止,大厅里一阵哗声,舞池里的人突然站定,一步不挪。这时司仪宣布,抽签开始,由一位女郎抽出一支签,宣布号数。舞男舞女们争相看自己脚下所踩定的号码。中奖者高高兴兴跑上台,领得一块衣料或一件精美的器具。这种活动不断重复,使舞池里欢声不断。是的,在除夕之夜,能得一份彩奖,于心里是一种吉祥的感受。

新年钟声敲响的时候,晚会的气氛达到高潮,乐队奏起泰国民间舞曲,坐在台下的各国游客,一齐被邀请进舞池,扭起优美文雅的泰族舞来。

去年除夕,我坐在收音机旁,静静地等待着中央人民广播电台的新年钟声,心里宁静而又安详。今年除夕,我在北榄坡的咖啡厅里,看着华人、泰人、白人、黑人,拥进一个小小的舞池,在一个曲谱里起舞,颇为动情……

一九八六年元月一日

波 特 亚

在泰国老艺术家素越先生家做客。

第一眼看见素越先生,我就愣住了,他太像中国作家魏钢焰了。刚坐下,郑万隆悄悄对我说,你看,素越先生像不像你们的魏钢焰?我们俩都有同感,确实太像了。

素越先生六十多岁,红红的脸膛,一头短短的银白的头发,眼睛极富神采,似乎有点高傲,蔑视他觉得应该蔑视的东西;一当他笑起来,却又透出一股豪爽之气,一种高屋建瓴般的气魄;当他和我们追述友谊的时候,却透出发自肺腑的真挚之情,那眼神就显得愈加动人,愈加优美,愈加灼热,比那些爱笑的人笑起来更富于魅力。

素越先生在海滨城市波特亚设家宴招待中国作家代表团,宴席设在二楼一个十分宽敞的楼台上,楼下是一个花园式的餐厅。地上是绿茸茸的草皮。院中植栽着各种奇花异树。小径曲曲直直,把绿色的草皮分割成一块块漂亮的图案。靠墙一角,饲养着珍禽异兽。一座喷泉,喷珠吐玉,在霓虹灯光里呈现出斑斓的色彩。在草地上,散置着百余张桌椅,各方游客姗姗走来,款款落座,用餐饮酒,舒适清爽,怡心悦目。这座饭店是素越先生的干女儿经营的,她很自豪地对我们说,这座饭店的设计构思是她一手完成的,她喜欢树,所以植了许多奇树。她的丈夫也经营着一座饭店,在山上一个旅游胜地,那是按他的喜好设计的。

泰国作协主席通贝先生特地从曼谷赶来,参加素越先生的家宴。从曼谷到波特亚,汽车大约要跑两三个钟点,通贝先生不辞辛苦,全是对素越先生的一片敬意。素越先生在泰国文学艺术界,是一位德高望重的老艺术家。

通贝先生对素越先生做了介绍,令人感动不已,素越先生早在一九五七年冒死访问中国,成为第一个撞开铁壁的友谊使者。素越先生对我们如叙家常,追怀起近三十年前的往事——

五十年代,泰国政府追随美国,对友好邻邦——新兴的中国——采取敌视政策,反共防共搞得风声鹤唳。素越先生当时为曼谷歌舞团团长,对那些把共产党中国描绘成红脸黑脸魔鬼的简单而又可笑的宣传不屑一顾,他要友谊。

一九五七年,他率领泰国国家艺术团到香港演出,飞机却从香港直接飞到北京。到达北京机场后，有几个团员当场吓得哭了起来。他对所有团员保密，一人独自决策，终于撞开了那道壁垒森严的界墙，把泰国人民的友谊带进新生的中华大地。

素越先生和他率领的泰国艺术团，受到我国政府和人民的热情友好的接待。他和他的团员们，以富于浓郁的泰族特色的表演，走遍大江南北，到处受到热情友好的欢迎。在中华大地上，整整访问演出三个月，领受了我国人民的深情厚谊，他的团员理解他的冒险举动了。

素越先生和他率领的艺术团回国了。飞机在曼谷机场着陆，等待他们的是警察和镣铐，全团六十多位男女艺术家，全部被拘捕了。

审讯进行了三个月，六十多位团员全部获释，唯有素越先生被判处五年徒刑。

回忆至此，素越先生自豪地说："三个月的拘审期间，我的团员，没有一个背叛我。我在牢狱的几年时间里，也没有背叛一个团员。"

这真是令人自豪的。那不仅仅是一种义气、一种信任，而是一种深刻的理解。人在明白了什么之后，也就有捍卫自己明白了的东西的勇气了。当然，还有一个品质问题。

素越先生整整坐了四年监牢，国王亲自给他实行赦免，减刑一年，提前释放了。国王接见他，赐给他一个艺术金奖，又给了他的夫人一个大奖，算是一种安抚吧。

十八年后，一九七五年七月一日，中泰建立邦交。素越先生已经几次访问中国，真是感慨万千！十八年前视为头等严重的问题，现在失去了任何意义。但是，素越先生的远见和卓识，他的那一颗充满友情的心，他的那种果敢无畏得近似冒险的精神，却不会被人民忘怀，泰国人民不会忘怀，中国人民也不会忘怀，时日愈久，愈加珍贵。

素越先生提议："让我的夫人唱一曲《黄水谣》吧！她跟我访问中国时，就唱这首歌儿，回来同我一起被拘捕。"

他的夫人已到中年,笑着站起,点头鞠躬之后,唱了起来:

黄水奔流向东方

河流万里长

……

歌声低沉,悠婉,把我带到了故乡的黄河岸边,那滚滚翻涌的壮流,一泻千里;那排山倒海的力量,掀起一堆堆排空的浊浪。在这动人的歌声里,我感到了一种被理解的真诚。

素越先生说起了笑话,把历史的记忆挥斥抛远了。他听说我是西安人,立即搭上话,说他去年带着干女儿访问中国,曾到西安,参观秦始皇兵马俑时,拍了几张照片,想不到给秦俑馆的工作人员拿出,曝光了!

我多少觉得有点遗憾,秦俑馆的纪律是不许外国人拍照,素越先生也被处罚了。我说:"那儿的工作人员,要是了解你,就不会……欢迎你再去参观,一定补偿。"

素越的干女儿笑着,说她太喜欢那些照片了。她是这家饭店的老板,又是一位艺术素质很好的女士。她还想着那些被曝光的照片。

……

波特亚海滨风光旖旎。水是绿色的,绿得像翡翠,一阵一阵朝岸边涌过来,拍击着沙滩。这儿是一个理想的浴场,吸引着各方游人,到这里来洗海水浴,游泳,晒太阳。白种人、黄种人、印度人、西亚人,全都汇集到傍晚的沙滩上来了。女人们只戴一只小乳罩和穿一件窄小的泳裤,除了不能暴露的极小部分以外,能裸露的全都裸露了。人需要用服装来扮饰美,又需要彻底撕掉服装表现自然美,真是矛盾的统一。

从沙滩走上岸,就进入波特亚城的一条主干街道了,统共不过十米,真是太方便了。从沙滩里上来,不过十米,就挨着咖啡馆的高脚圆凳了；从咖啡馆出来，不过十米，就可以跑进海水畅游一番，真是舒适方便极了。

一条街道，不宽也不窄，两边是一座连一座的咖啡馆、音乐厅、舞场。其实，咖啡馆里可以听音乐，也可以跳舞，而舞场里也可以喝到各种饮料的。少数服装铺店或食品店夹在其中，多得数也数不清的是招徕外国游客的咖啡馆。咖啡馆有一排长长的柜台，里面侍候着一位位女郎，游客们坐在柜台外的高脚凳上，一边喝饮料，一边与自己选中的女郎闲聊，到了谈得可意时，就进入里头的房间。

波特亚是一座"无烟工业"城市，卖淫是公开的、赤裸裸的、毫不掩饰的行业。

从街道上走过去，一家连一家的咖啡馆里，那些白皮肤的男人围满了柜台，和泰国女郎调笑。一家夜总会门前，外国白人男子勾搂着泰国女郎在调情。整个街道上，人群水泄不通，拥挤不堪，一个个白人男子挎搂着一个个泰国女郎招摇过市。那满胸黑毛大腹便便的六七十岁的白人老头，搂一个瘦小的不过十七八岁的泰国女孩扬扬得意地挤来挤去……

有朋友问我："感觉如何？"

我说："我感到了作为亚洲人的耻辱！"

我的心情很不好。我感到胸部压抑得喘不过气来。光怪陆离的丑行使我的神经承受不了这种强烈的刺激。人的尊严、人的价值、人的属性，所有我过去形成的关于人的命题的观念，在这儿全都翻了个过儿，变得一钱不值了。我感到震惊。我感到愤怒。这儿兽性绝对超过人性。这儿是西方（也有东方）人挥霍金钱以排泄秽物的场所。经济落后的亚洲人啊！我第一次强烈地意识到了人类的堕落，穷人堕落，富人也堕落！

我几乎蔑视所有到这条街上来晃荡的白种人，连瞧一眼也不屑。我几乎连看一眼那些被搂着的泰国女郎嘻嘻笑着的脸的勇气也没有。

许是感受皆同,我们只遛了一段街道,就无心绪再走下去,离开了这条街道。

据说,波特亚在五十年代,还是一个荒凉的渔村。六十年代初,美国出兵越南,波特亚是休假的美国士兵登陆的地方。于是,荒凉的渔村被美国兵冲乱了,急骤发展起来一个以卖淫为主的畸形城市。越战结束了,这个畸形的波特亚却保存下来,成为吸引各地嫖客的一个纵欲排秽之地。

据说,这样的城市在泰国仅此一地。这样赤裸裸的公开而又集中的卖淫行当,泰国只允许在波特亚存在。

据说,卖淫之所以久盛不衰,原因有二,解决了一些穷人就业的问题,又是一项极可观的外汇收入。卖淫女子里,一部分是为生活所迫,一部分是为了轻松挣钱……

波特亚还有一绝:人妖。

我们去波特亚一家歌舞剧院看演出。

去看演出之前,我已听说,那些登台的女演员中,有一些实际是男人。我并不太惊奇,男扮女装的演出,我在很小的时候就在地方戏里看过了。不过,在演出过程中,我还是不由得暗暗观察,企图判别出那几个男扮女装的人来。

演出的节目颇多彩多姿,土的为少,洋的居多,迪斯科乐曲坐庄。

一个短小的哑剧,内容大约是人类在原始状态时期的性恋和交媾。令人惊异的是,一位女原始人从台上走下来,到座厢里拉住一个白人小伙子要亲吻,而且把他拉上台去,参与演出,结局是生下一个现代白种小孩来。

一个女声独唱。女演员长得漂亮,袅袅娜娜,摇曳多姿,目光流盼,羞羞怯怯。乳房高突,细腰丰臀,滑肩细肤,真乃一位佳人也。她唱到舞台左边,左边台下一片骚动;她唱到右边舞台,右边台下一阵阵起哄捧场。她唱得优雅、含蓄。可是,这是一个男人。尽管看不见喉结,看不见雄性的一切特征,这实质是个男人。

又一个节目是一群装扮成各种可憎面目的魔鬼,龇牙咧嘴,牛头马面,令人恐怖。他们同聚一台,在强烈疾骤的迪斯科舞曲里扭起来,节奏和旋律都给人一种暴风骤雨的强烈感受,只是不知其寓意为何。真可谓群魔乱舞,有几个魔鬼又从台上下到座厅里,拉人接吻,被拉者吓得躲避不及。

如此这般的演出继续下去,直到结束,我也没有从那一群女演员中辨别出几个有男性特征的人来。我被告知:所有今晚登台的那些女演员,不管曲线多么柔和,歌喉多么婉转,全部都是男性。

这就是"人妖"。

他们是自愿做了手术,割除了男性的生殖器官,再注入一种雌性激素,男性的特征便消失了,胡须没有了,喉结隐匿了,粗声变为细嗓门了,女性的特征表现出来了,就是台上的那种从外形上完全无异于青春女郎的样子。

演出结束后,观众退出到大街上。那些人妖结伙跟到大街上,与一切对他们有兴趣的人伴陪照相,立照立取,一张相收三四十个铢。他们甚至追着观众,拉人家照相以赚钱。要与他们照相的人确不少,这些人妖便走向世界。

泰国朋友安排我们看这场演出,是让我们了解这个国家的各个方面,不无好处。

"人妖"表演在泰国,也是仅此一家。

说不清这些"人妖"把自己男性变异为女性究竟是什么心理,如果有机会询问一下,对于我们了解这个社会的奇怪现象,不会无用的,可惜没有机会和时间了。

令人惊诧不已的波特亚!

元月二日

曼　谷

我们去出席泰国华人作家协会举办的欢迎宴会。

宴会在一家华人开办的甚为豪华的饭店举行。主人是华人，客人也是华人，血管里流的都是一个种族的血，同是生活在一块土地上的炎黄子孙，从肤色上很难把主人和客人区分开来。说话省去了翻译，直接对话，直接交流，气氛自然就亲切了、活跃了。他们中的大多数人已在近年间一次或多次回国观光访问，对祖国并不陌生，对祖国近年间的发展变化十分理解，交谈的范围就很广泛了。

生活在泰国的华人大约在三百万人数。这些华人有三大支：一是广东潮州人，占绝大多数；一是福建祖籍，较潮州人少；另一支称"客家人"，是在中国长期的封建统治时期，从湖北、河南逐渐迁到云南、广东的一个少数民族，后来又迁徙到泰国。华人迁居泰国的历史，可以追溯到中世纪。到二十世纪初，中国的华人大量来到泰国，受雇于采矿、橡胶等行业，及至第二次世界大战前，每年大约都三四万华人进入泰国，定居下来。现在，华人集中于泰国的各大城市和城镇，各行各业均有，多为经商，纯粹的农业家庭的华人甚至没有了。泰国朋友笑说，华人在泰国，现在都是有钱人了，会经营。据华人朋友说，泰国对待华人的政策，在东南亚诸国中是最宽大的，华人和泰人可以通婚，有华人血统的人数量相当可观。凡是出生于泰国的任何种族的人都必须入泰籍，而不能保存侨民的身份。这样，凡出生于泰国的华人的后代，就算做泰国人了。

众多的泰国华人之中，活跃着一大批汉文创作的作家和艺术家。

我的身旁坐着许静华女士，她是《中华日报》的编辑，负责编辑

《华团》《文学》《妇女》《学生》四大专栏。编辑工作之余,她搞文学创作,以年蜡梅的笔名发表小说。她在前几日送我一本短篇小说集,名曰《花街》。我读了其中几篇小说,多是写社会中下层人民的生活内容,穷人的艰难,佃农的血泪。其中《我爱这土地》一篇,尤其感人至深。内容大致是写一位佃农妇女,租种了一位土地占有者的土地,芭蕉园刚刚培植起来,那位土地主人以更高的价值出卖给一位城里的企业家,这个刚刚挂果的可爱的果园在企业家的机器声中被捣毁了。作品人物感情真挚,所歌所唾的几个人物形象逼真,可以看出许静华女士深刻的艺术再现能力。

许静华女士谈起她的身世,令我感佩。她出身于贫民,来自社会底层,少年时期遭历生活的万般艰辛,以至辍学,失去求学的机会。然而她不甘于就此沉没,发奋自学,终于求得一个小学教员的职业。她不满足,继续攻坚,而终于能够操笔,进行自己所喜欢的新闻和创作工作,从底层社会中站立起来。她的作品的内容里对社会下层劳动者所饱藏的深切同情和爱意,大约也是存在决定意识的一个例证。

她是一位强人,一位敢于向自己的命运挑战而且战胜了命运之神的人。我崇敬那些经过自己艰苦卓绝的奋斗而不是依靠某种"关系"达到理想圣地并对社会做出了有益的业绩的人。他们以自己的人生历程,向社会证明了,人的命运之神正是人们自己;他们以自己的充满痛苦也充满欢悦的奋斗经历,向人类显示出来一种极为可贵的精神。这种精神——奋斗精神,是人类一切优秀种族所共有的。

许静华女士脸色憔悴,衰老的程度与她的实际年岁相去甚远,使人想到一支猛烈燃烧过的蜡烛,然而她毕竟燃出过火焰,发出了光亮,照亮了自己,也照亮了别人,还在顽强地燃烧着。

岭南人是一位诗人,祖籍广东。我让他一支巴山雪茄,他再三端详着那包裹着烟支的玻璃纸,抽一口,以为质地不错。他感叹着,说他回到家乡的时候,带回去一些泰国烟卷,送给晚辈后生,他们竟然因为不是外国货(主要是英美,如"555"名牌货)而情绪不悦,使他伤心。他说不是他小气,而是对国内老家的后生们那种崇拜洋货的心理趋势不安。

何韵女士一口极好的普通话,人又谦和,娓娓谈来,使我一时无法把她与一个名记者的身份联系起来。她作为《新中原报》的记者,一九七五年曾经随克立总理访问中国,采访报道了中泰建交的重要新闻。她的文章我已读过,文笔流畅,意蕴深刻,具有独立见地。她写的《泰国的基辛格》,可以说是一篇精彩的人物特写,记下了中泰建交的详细经过,也写出了许敦茂先生对中泰友谊的卓越建树。她写的一组《访问中国剪影》,以她敏锐的观察,写出了我们司空见惯的一些不正常的社会惰性和失之平衡的社会心理。她不是像一般洋大人那样横加指责与嘲笑,而是于字里行间透渗着切肤之痛的。

泰国的作家,有三种组织形式:一是泰国作家协会,一为泰国作家合作社,一为泰国华人作家协会。前两个作家团体之间,似乎联系不多,各自活动,这两个团体都派作家访问过我国。华人作家协会正在筹备,已向有关部门报批,华人作家协会将以一个独立的社会团体存在于泰国文坛。

华人作家最主要的苦恼是,在泰国,汉语的阅读范围太小了。出一本书,不过两三千册,销量太小。许多华人的后代,已经不会讲汉语识汉字。泰国通行英语。这使华人作家常常为后事担心。

元月三日

曼　谷

有关文学创作的专题座谈会,在泰国国家图书馆会议室举行。开会之前,主人邀请我们参观了这座图书馆。

国家图书馆的规模之大是可以想见的。从一间一间摆满书架的屋子走过去，真是走马观花，可以看到泰国以及世界许多国家的图书很好地保存着。

我看见了挂着"中国"牌子的书架，便疾步走过去，想看看这儿藏着多少中国版图书，都有些什么珍本。遗憾！我的陡然涨起的兴趣倏忽间又降落了，有一种遗憾或者说失望的心绪。偌大的国家图书馆，不过堆放着一些老旧的中国的历史、地理、气候之类的书籍以及介绍风土掌故的小册子。文学作品类，有《三国演义》《水浒传》《西游记》。当代中国文学作品，有巴金的《家》。别的就很难看到了。难怪中国当代文坛极其活跃的作家在泰国鲜为人知，没有书籍的交流，自然就很难了解了。

泰国作家们比较关注中国文坛的创作自由问题。座谈会一开始，这个问题就被提出来了。

这个问题之所以被泰国作家所关注，与香港报界的某篇关于刘宾雁的访问记的文章有关系，泰国与香港的信息很灵便。以前，中国作协四次代表大会提出的"创作自由"，其影响远远超越了中国本土上的作家，"黄金时代到来"之说也影响到外域。香港报纸的那篇文章，正是在这种广泛影响之中激起较大反响的，造成了另外的一种相反的影响。

解释我们的"双百"政策其实不难。向海外一切关注中国文学发展的朋友说明实际情况也是我们的责任。无论如何，其影响确实是被夸大了，刘宾雁还不至于搁笔。

中国文坛上正兴起文学的"寻根"热潮，文学的现代化与民族文化的继承之间的关系，被我们代表团的作家提出来，座谈会上形成了一个热门话题。

泰国朋友介绍说，现代文学怎样继承民族文化传统的问题，在泰国文学界也是一个很突出的重大课题。本世纪二三十年代，泰国文学界开始出现现代小说,多是仿西方(法国为主)作品而作。泰国八百年的历史上,在封建帝制时期,有精美的诗歌,有史诗《拉玛坚》,有优美的故事集,然而没有正正经经的小说创作。小说是随着资产阶级民主革命的风潮于本世纪初出现的,应该说是一次文学的引进与革新,西方文学的影响对泰国现代文学是决定性的。因此,继续泰族独特的文化形态就是一个很突出的问题了。

比较趋于一致的看法是,泰国文学应该具有泰族的文化素质,这种素质所显示的特点,就区别于世界上任何地区的任何民族。然而,文坛上的流派多种多样,西方各种文学流派的影响都有司效者,并不是一下子能统一的。

这种状况,与中国文坛的现状不无相似之处。

元 月 四 日

曼谷—广州

波音七六七航机。

机翼下,热带丛林、绿色的原野、蓝色的湄南河,渐渐模糊了。一团团白云,云的波峰、云的波谷、云的浪涛。云像层层叠叠的群山,云像无边无际的森林,云像奔马,云像卧牛,云像苍鹰,云像虎豹,自然界的一切生物,都能在这茫茫的云海里找到毕肖生动的造型。

飞机越过泰国、缅甸和中国的云贵大山,这联结着中、缅、泰三国的莽莽大山啊!

我坐在机舱里,无法入睡。半月来有点急如星火的奔赶路程,不留间隙,从暹罗湾到中部,到西北部到南部海滨,真是够累了。虽然身体感到疲倦,精神却不疲倦,人的身体竟有这种奇妙的矛盾现象。

我靠在座椅上,眼前映现着一幅幅杂乱无序的图画:金光闪闪的尖塔，坐的卧的和飘然仙去的佛像，身披黄色袈裟神情庄重的和尚，美丽的湄南河，一张张谦和的笑脸……在机场里分手时，那噙着泪花的眼睛……

我的精神处于一种亢奋状态，四肢却很疲倦。我无法把塞得满满的脑子里的"录像"有顺序地剪接起来，更无法一下子透彻地理解我所感知的东西。

我从北京出发时，曾经想：地球的那个角落里的居民，是以怎样的社会形态和生活形态生活着？在地球的这个角落里，我生活了半个月，现在自己能回答自己最感兴趣的这个问题吗？

半个月时间，太匆促了，我似乎现在才意识到，应该了解的东西，太少太肤浅了。

然而我毕竟看到了这个角落里的点点滴滴。

然而我毕竟看到了这个角落里的社会形态和居民的生活形态，皮毛表象也罢。

然而我毕竟开阔了视野，看到了一些平生里没有看到过的东西，许多美好的和不可或缺的令人痛苦的东西。

然而我毕竟感受到一种永难忘怀的珍贵的东西，这就是：友谊！

1986 年 2 月 14 日整理　西安东郊

言　论

答读者问

一、你的第一篇作品发表于何时？你在开始写作的时候就想当作家吗？请谈谈你的经历。

我发表的第一篇习作是散文《夜过流沙河》，一九六五年初刊载于《西安晚报》副刊上。

我生长在一个世代农耕的家庭，听说我的一位老爷（父亲的爷爷）曾经是私塾先生，而父亲已经是一个纯粹的农民，是村子里头为数不多的几个能打算盘也能提起毛笔写字的农民。我在家乡解放后的第二年入学，直到一九六二年高中毕业回乡，之后做过乡村学校的民办教师，乡（公社）和区的干部，整整十六年。其中在公社工作时间最长，有十年。我对中国农村和农民有些了解，是这段生活给予我的。我的经历大致如此。

我在小学阶段没有接触过文学作品，尚不知世有"作家"和"小说"。初中二年级时，我对文学发生兴趣的，想来有三条客观上的因素的诱导：一是我的语文教员是一位刚刚从中文系毕业的青年，热情极高，课又讲得生动活泼，使我对语文课陡增了浓厚的兴趣。二是我的一位同桌在我对文学尚处于一片"混沌天地"的时候，他已经是自诩笔名的颇有影响（学校）的小诗人了，几乎每天都有诗歌吟诵成篇。三是五十年代中期的语文课分为文学和汉语两部分，文学课本全部选读古今中外的名著的篇章，使我眼界大开，特别喜欢文学课而讨厌干巴巴的汉语课。

随着阅读范围的扩大和日益浓厚的写作兴趣,两周一次的作文就不能满足我的旺盛的写作要求了,自己就另外准备一个本子写……我开始做作家梦了,这似乎也是顺理成章的事。及至上到高中,我一开始就确定了自己的目标——大学中文系。高考名落孙山,我的梦没有破灭,目标也没有动摇,反而因为不能进入神圣的大学的殿堂而愈加强烈地追求文学了。我暗暗定下一个自修计划,争取四年发表作品,"我的大学"就算领到毕业证了。结果呢?我经过两年的奋斗就发表作品了。当然,我忍受过许多在我的孩子这一代人难以理解的艰难和痛苦,包括饥饿以及比鼓励更多的嘲讽,甚至意料不到的折磨和打击。

一九六五年我连续发表了五六篇散文,虽然明白离一个作家的距离仍然十分遥远,可是信心却无疑地更加坚定了。不幸的是,第二年春天,我们国家发生了一场动乱,就把我的梦彻底摧毁了。我十分悲观,看不出有什么希望,甚至连生活的意义也觉得黯然无光了。我一生中最悲观的时期,就发生在这一段。我发现,为了文学这个爱好,我可以默默地忍受难以忍受的生活的艰难和心灵上的屈辱;而一旦不得不放弃文学创作的追求,我变得脆弱了、麻木了、冷漠了,甚至凑合为生了。

七年以后,我写成第一篇小说《接班以后》,引起了一定反响。但几乎与此同时,我也没有因为第一次的成功而头脑发昏,甚至伴随着冷漠。我看不出创作上会有什么前途,尤其是我很崇拜的几位当代中国作家所处的恶劣境地,无法使我消除心里的暗影。我几乎本能地想到,不能再去当作家,更不能把创作当作职业,有空暇时玩一玩罢了。从一九七三年到"四人帮"垮台的四年间,每年一篇,写了四篇小说。

一九七八年,中国文学艺术的冻土地带开始解冻了,我的直接感受是:如果想在文学事业上干点事儿,现在正是时候。

经过了七灾八难,我总算在进入中年之际,有幸遇到了这样令人舒畅的文学艺术的春天。

二、发表作品前,你在创作上都做了哪些准备?作品发表后你有些什么感想?

发表作品前,我简直不知道作品要达到发表的水平应该做哪些准备。我没有受过高等教育,猜想在大学文科里一定会系统地学习文学理论,加深文学修养,可是我没有机会取得这样令人羡慕的条件。

这样,我几乎完全处于个人奋斗的状态。我知道我所追求的事业简直无异于冒险,几乎是在争取根本不可能做到的事。这个时期,我唯一的奋斗目标,就是在报刊上发表作品,至于应该做哪些方面的准备,没有人给我以指导,自己也茫然。我唯一能得到的启发是,从别的作家谈创作经验的文章中看到的老生常谈:多读多练。

我拼命地读书,凡是我能弄到手而没有读过的中外文学作品,都拿来读了,没有计划,对自己读到的精彩的篇章,就下决心背诵。与此同时,我就多练多写,诗歌、散文、小说,都写,几乎每天都要写点什么,包括读书笔记。后来看到一位苏联作家和初学写作者谈创作的文章,强调作者应该有一个记事本,这个记事本应该区别于日记本,要记下自己在生活中的点滴发现,譬如一种手势、一种眼神、一种表情、一副面孔肖像、一句有味儿的对话等等,总之,是那些转瞬即逝的东西,看到听到了,在忘记之前随时记在记事本上。我接受了这个办法,到"文革"横扫时,就累积了一厚摞这样记着乱七八糟的记事本,怕招惹祸端而悄悄焚毁了。

我现在才意识到那些记事本对我后来创作的决定性好处。一是锻炼了捕捉生活的眼力,使人时时处处都会在与种种人的或长或短的接触中发现一点难以言传的表情、姿势、眼神,一句幽默的或极具性格化的生动活泼的语言,使自己从什么也看不见的朦胧状态中渐渐变得机敏起来,所谓捕捉生活的文学的慧眼吧!久而久之,生活积累的仓库就丰富了。二是练了文学语言。如果仅仅靠写作品练,就会受许多限制,在构想未成熟而不能落笔的时候,就可能闲下了。而用记事本练笔,每天都可以写上千把字,或长或短,不受限制,只要形成习惯,就变成每天非做不可的事了。明知记事本上的东西不是为了去发表,心地特别安适,无形中就去掉了矫饰和忸怩,文字也简洁了。时日一长,累年数月,笔头的文字功力就硬朗了。我自第一篇散文发表以后,接着写下的习作,虽然不具备一鸣惊人的基础,却很少有不能发表的情况,我唯一能归结的原因,就是记事本对于文字功底的锻炼。

我在公社工作了十多年,前面已经提到,我并不想把作家当作职业了,而是一心一意搞好自己分担的工作,工作的过程,无疑是了解农村的现状和过去的极好机会,虽然当时出于工作的动机,而对创作毕竟没有坏处,现在回想起来,简直就成了十分难得而又必要的一课了——生活的基础。

作品发表后,我的第一感想是对自己的信心的验证。

我一直用"不问收获,但问耕耘"的座右铭激励自己,埋头苦干。但几乎同时,自卑的阴影伴随着自信一起徘徊,似乎自信的影子就是自卑。这个时期对我威胁最大的是"天才"这个怪物,自信经过"天才"这面镜子的折射竟然变成了自卑。

我在爱上文学的同时,就知道了人类存在着天才与非天才的极大差别。这个天才搅和得我十分矛盾而又痛苦,每一次接到退稿信的第一反应,就是越来越清楚地确信自己属于非天才类型。尤其想到刘绍棠戴着红领巾时就蜚声文坛的难以理解的事实,我甚至悲哀起来了。我用鲁迅先生"天才即勤奋"的哲理与自己头脑中那个威胁极大的天才的魔影相抗衡,而终于坚持不辍。如果鲁迅先生不是欺骗,我愿意付出世界上最勤奋的人所能付出的全部苦心和苦力,以弥补先天的不足。

第一篇作品的发表,首先使我从自信与自卑的痛苦折磨中站立起来,自信第一次击败了自卑。我仍然相信我不会成为大手笔,但作为追求,我第一次可以向社会发表我的哪怕是十分微不足道的声音了。我确信契诃夫的话:"大狗小狗都要叫,就按上帝给它的嗓子叫好了。"我不敢确信自己会是一只大"狗",但起码是一只"狗"了!反正我开始叫了!

三、你在创作道路上有过几次突破?请将此过程谈得具体一些。

在我看来,突破应该包含这样两个范围的意思:一是某一部(篇)作品在整个文学界所产生的重大影响,标志着整个文学在一个时期的创作水准的突破。如《创业史》在六十年代初中国文坛上所做的突破,或如《班主任》在七十年代后期当代文坛上所做的突破,都划开了一个文学的新的时期,这当中自然也包含着作家自己创作道路上的阶段性的重要突破的意义。另一种意思,就是纯粹属于作家自己创作道路上的突破,所谓自我突破,或者说突破自己。我的全部习作都没有资格产生如第一种范围的含义,所以自然属于后一种含义的范畴。

第一次发表散文《夜过流沙河》,是较长时期的练笔的结果,是由无数次失败和痛苦所铺垫的道路,终于使我接近了文学殿堂的大门。

第一次发表小说《接班以后》,距第一次发表散文相隔七年之久。这篇小说是我正儿八经地写成的第一篇小说,虽然不可避免地烙上了当时"左"的印迹,然而对我来说,重要的意义并不在此。在这篇作品里,我第一次把自己对生活的观察和体验写进了小说,第一次完成了从生活到艺术的融化过程。此前发表的一些散文,也许对生活的编造的痕迹太重,对生活的描绘太浮浅了。这篇小说所写的人物和细节,全是我从生活中采撷得来的,使我跨过了这样至关重要的一步——直接从生活中掘取素材。严峻的创作现实告诉我们,一个作家成熟的重要标志,在很大程度上取决于有没有直接从生活中掘取素材的能力。有这种能力,他会不断地从生活中获得取之不竭的素材;不具备这种能力,可能就很难发展,再要硬写,就可能导致模仿。

我第一次试写的中篇是《初夏》,因为艺术上准备不足,从短篇到中篇的过程感到了困难。较长时间对短篇艺术结构的探求,带来的一个直接影响是,对所得到的题材,总是习惯于用短篇的写法去剪裁,如何写得简洁,选取一个什么样的"最佳轨道",这对短篇的写作无疑是对的。第一次尝试中篇,就感到了结构上的铺展不开,把握不当,《初夏》就暂且放下了。

这个时候,我集中阅读了一批中外的优秀中篇,从艺术上进行探究,企图打破自己已经形成的束缚和局限。我明确地得到一点启示:充分地写生活,因为中篇的篇幅提供了这种可能。我满怀信心地写出了《康家小院》。

我自己觉得,对于生活的描绘,对于生活中蕴藏的诗意的描绘,对于一个特定地区的民族习俗中所隐含的民族心理意识的揭示,只有在《康》文的写作中才作为一种明确的追求。因为有了这个新的启迪,《初夏》的修改也就明朗了,就是要充分地写生活。

这两部中篇的创作实践,使我又一次获得了新的自信。

四、你最满意的是哪一部作品?能否谈一下创作这部作品的甘苦?这部作品倾注了你一些什么追求?

迄今为止,对我自己发表过的中短篇小说,没有一篇是满意的。相对而言,我比较喜欢《梆子老太》。这个中篇,发表在《文学家》杂志一九八四年第二期上。

梆子老太是一个复杂的形象。不正常的生活扭曲了她的灵魂,这个被扭曲的灵魂反过来又去扭曲生活。对这样一个形象的把握比较困难,分寸也难以掌握。尽管发表出来的较之初稿更多的强调了形成梆子老太特殊心理的客观因素,有的读者仍然认为作品讽刺这样一个农村老太婆有点欠公允。

我无意伤害一个受过愚弄的没有文化的乡村老太太,不过是想通过这个较为复杂的形象,挖掘一下我们的国民性。选择梆子老太,无非是因为我比较熟悉农村生活,写起来更为方便一些罢了。

乡村人对于嫉妒心特强的人有一个形象的谑称:盼人穷,实在是惟妙惟肖的绰号了。何止于仅仅在一个无识无见的乡村女人身上能看到这种反常心理呢？在一些很有权势甚至很有教养的人的眼神里,这种可笑可憎的心理状态也不是罕见的。直接诱导我产生这部小说的冲动的一件事,是我听到的一个真实的案件。两个在高中补习的十分相好的学生,食于一室,寝于一室,同苦共难,结果在高考公布结果的那一晚,落榜者把中选者杀死了。公安人员审问落榜者杀人动机时所能得到的唯一解释是:落榜者的嫉妒。

我无意中又看到华君武先生的一幅漫画,题曰:"武大郎开店,高个儿的不要。"我的心里受到极大的冲击,相信揭示嫉妒这个恶劣的东西对于目前的改革,尤其对于人才的开发不无好处。如果嫉妒仅仅表现在一个普通农民、工人或者干部身上的时候,不过是属于个人品质上的瑕疵；而一旦表现在某些掌管一定权力的老兄的身上的时候,就可能危及周围的有知有识之士的存在了。

不正常的政治生活扭曲了梆子老太的灵魂,使她自身潜伏的癌细胞恶性膨胀,而且从不自觉到自觉地去扭曲生活,扭曲别人的灵魂。

另一方面,我第一次试着以人物结构小说,而打破了自己以往以事件结构小说的办法。通篇没有一个贯穿始终的事件,而是根据人物的性格和心的轨迹前进。因为写作的仓促,而妨碍了作品所应达到的深度,不能不是一个遗憾。

五、请谈一谈你的生活方式和工作方式。

我总希望在自己的心中保持一块自由的绿地。在这块绿地中,最烦突然踏进一只粗暴的大脚来。

我想通过我心中的绿地感受阳光、雨雪和气温,按着自己的天性长出自己的叶和花。突然踏进的那只大脚,往往折断自由翔飞的翅膀。能够保持创作所最可宝贵的心理氛围——自由,比一切优裕的物质条件要重要百倍。

除了粗暴的干涉之外,我以为最可怕的是毫无意义的庸人自扰。这种东西对人往往具有慢性杀伤力。会使人处于一种无休止的烦恼之中,使精力空耗了。我在公社时,争取一切可能的机会下到生产队里去,从而躲避琐碎的事务和不可或缺的叽叽咕咕。我很珍惜自己心中的这块绿地,要是被什么不干净的东西污染了,就可能枯萎,难以迎风起舞了。

我的业余爱好是观赏体育比赛,尤其是较高水平的足球比赛。那种激烈的竞争、对抗,常常使我的神经处于一种亢奋状态。

我的工作方式是随着环境的变化而改变着。过去搞业余创作,精力充沛,突击开夜车,借工作的空隙搞。现在搞专业创作,时间充裕了,一般在早晨起来写东西。

我构思一个东西的时间较长。有一个东西产生了,就在脑子里转呀转,甚至一年两年地转着。有时有几个构思同时在转着,一当某一个酝酿成熟了,就一口气写出来。

六、你是如何深入生活和积累生活的?在这方面你有哪些感受?

我主要靠用自己的感觉去感受生活,而专门的体验是很少的。

我原是一个业余文学爱好者,没有专业作家和记者们随处可去的可能,只能局限在组织和人事部门规定给我的生活位置上。工作的过程,就是接触人的过程,了解人的过程,我既可以接触到农村里的种种人,也可以接触到上一两级的领导和干部,多是因为工作关系的牵扯。工作中常常发生矛盾,我往往也被陷入矛盾之中,无法摆脱,解决这些矛盾的过程,更会透见种种人的种种心理状态。

我从高中毕业刚回到农村时,不大安心,觉得这里的一切都太落后,太叫人窒息了。经过十年的农村工作,我才较深地了解了农村的过去和现状,关切起农民命运来了。如果一个农民在城里的商店或饭馆受到冷遇和歧视,我看见了往往会火冒三丈的。

决定一个作家气质的主要因素,我认为是作家个人的经历和他所经历过的全部生活。我个人的经历和我后来所从事的工作,给我心理上造成的直接的无法逆转的感受,是沉重。是的,我生活和工作的渭河平原的边沿地带的历史和现实,太沉重了,这种感情色彩不自觉地流露在文字之中了。

搞专业创作以后,我离开了原来的生活位置,有机会到更多的地方去走走看看了,这对我生活视野的扩大无疑是有好处的,但也容易产生浮而不深的弊病。我觉得,靠采访搞创作是困难的,因为作家对于生活的反映,不能指靠到生活里去搜寻事件,而是要靠他的全身心感受生活;不仅是看别人在新的生活浪潮里的情绪和心理反应,还有自己对新的生活浪潮的心理情绪和反应;没有后者,就很难达到对今天的互相渗透着的各个生活领域的真切的感知,也就很难深刻地理解复杂纷繁的生活现象了。

七、你是如何读书的?请举一些事例谈谈读书和创作的关系。

对文学发生浓厚兴趣的头几年,渴望读书的心情十分强烈,凡能弄到手而没有读过的,都想读。初二时读了《静静的顿河》,虽然无法理解这部名著,我还是囫囵吞下了。十年动乱期间,没有选择读书的条件,我通过一条秘密渠道得到一批禁书,已属饥不择食,岂敢选择挑选。记得此间读过的有《血与沙》《悲惨世界》《无名的裘德》等。这种无选择的读书,于今想来,有许多弊病,但有起码的一点好处，使我接受了较为充分的艺术熏陶，初步懂得了艺术的基本形式，在一定程度上开阔了艺术视野，使我对极左的文艺口号有一个较为冷静的看法。

一九七八年以后，我读书的选择性明确了。这年冬天到次年春天，我完全停笔，集中读了一批中外的短篇小说。我当时因一篇不好的小说而汗颜和内疚不已，就近于残酷地解剖自己。我躲在文化馆的一间废弃的破房子里，潜心读书，准备迎接文艺的春潮。我明白，从思想上清除极左的东西也许并不太困难，而艺术上的空虚却带有先天的不足。我企图通过一批优秀的短篇的广泛阅读，把"左"的艺术说教彻底扫荡；集中探索短篇的结构和表现艺术，包括当代的一些代表文学新潮流的作品，也都读了，企图打破自己在短篇结构上的单调手段。在泛读的基础上，我又集中研读了莫泊桑的一些代表作。到一九七九年春天，我觉得信心和气力都充实了，就连着写出了一些短篇。

近几年，我由选择作品进而到选择作家，对某一作家的作品，争取全部找来读，如果是我比较喜欢的一位作家的话。这样，可以了解一个作家成长的道路，艺术上的发展和探求，对自己将有很好的启迪。如苏联的柯切托夫和艾特玛托夫、瓦西里耶夫和利帕托夫等等，这些人的作品我搜罗得到的都读了。美国的斯坦倍克的作品我也比较喜欢，就集中读他的。

我在艺术上的学习，主要是通过阅读来进行的。

我很自信，又很自卑，几乎没有勇气去拜访求教那些艺术大家。像柳青这位我十分尊敬的作家，在他生前，我也一直没有勇气去拜访，尽管我是他的崇拜者。这样做的结果，倒使我产生了另一种考虑：一个作家，他在谈创作经验时也许能传出真谛，也许保密，但他绝不会对自己的作品保留什么，他总是倾其全力来完成他的作品。换言之，他的思想深度和艺术本领，都融化在他的作品之中了。所以，学习自己崇敬的作家的最有效的途径,就是解剖他的作品。剖析了他的作品,就得到了他的艺术的"隐秘",所得绝不会比作家口授的少,我多年来就是用这样的笨办法学习。

八、文学创作如何适应正在发生变革的生活?请谈谈你的思考。

把变革比作一种浪潮,现在已经席卷了整个中国的乡村和城市,而且方兴未艾。我觉得,这场变革,首先是生活本身的带有不可逆转的规律性的运动,而不是靠某一位领导人号召和发动的结果。如果我们没有几十年来一阵紧似一阵的"左"的自我束缚、自我限制和自我扼杀,如果我们没有几十年来毫无意义的概念上的唇枪舌剑的论争——这种旷日持久的论争,不仅耽误了时机,以至演变到可怕的十年动乱,就不会造成整个社会进步的缓慢和民众的普遍贫穷,尤其是农民。农村首先打破了人为的束缚而掀起了变革的声浪,并且取得了惊人的成功,迫使一切尚被"左"的教条封冻着思维神经的人不能不考虑:人原来不该在一棵树上吊着,以至吊死!

农村变革的辉煌成果和给整个乡村带来的生机,必然波及城市、工业、商业、文教和卫生部门,很难继续保持僵死的局面了。由此入深,必然要涉及国家机器的中枢神经——各级政权的干部的新陈代谢。没有用科学武装的干部是难以适应这场变革现实的。几十年来,极左的路线和政策年深日久的影响,我们造就了一批只会喊"万岁"而不会写自己发言稿的领导者。稍有常识的人都可以想到,即使封建社会里,皇帝也是通过科举制度的考试来选拔他的各级官吏,而我们却不问知识和能力,重点在"政治",以至到七十年代,王洪文凭"打砸抢"就蹿上了国家的最高领导位置。

这场变革的实质,在我理解,就是使我们从神话世界的僵化状态中回到科学的现实世界里来,使东方巨龙瘫痪的机体赢得新生的一个过程,其历史的深意也许有待生活的进一步发展逐渐被我们更深刻地理解。

这样一场除旧布新的改革，牵连着过去和历史，几十年的过去和几千年的历史，有极左的禁锢和封建意识的沉积。传统的和陈旧的观念都将受到冲击，为新的观念所替代，这一点也不容易，也不简单。一切人都无法超脱新的观念对自己旧有观念的冲击时所产生的烦恼和不安，整个社会就呈现着一种躁动不安的气氛。

文学是社会生活的反映，作家必然要把这种变革的生活诉诸文字。要更敏感地感受变革的生活，要深刻地理解进而反映生活，我觉得对我来说最重要的是更新知识结构。新的观念的产生，只能在新的知识的积累中发生。没有新的知识，不可能产生新的观念。陈旧的知识或残缺不全的知识结构，肯定使人的思维局限在旧的观念上。仅靠学一点时髦的口号是不能解决观念的彻底更新的。新的知识产生新的观念，也必然带给人以新的热情，去研究生活，开掘新的意义，使自己感受生活的神经处于敏锐状态。打一个不合适的比方，过时的胶卷再也不会感光了，要拍摄动人的画面，首先要抛弃废旧的胶卷，装进新的。深知自己的知识本来就不完全，因此倍感学习的重要。

我们面临的这种变革的生活，不是每一代人都能遇到的，算我们这一代人的幸运，我们将亲眼看见一个满身伤痕的巨人怎样重新获得活力，这是怎样重要的一个历史时期。我有一种预感：这是一个产生伟大作家和伟大作品的时代！

九、可否谈谈你正在写的和将要写的作品？你在新的作品中将把什么作为追求的目标？

我的脑子里总有那么几个东西在转着，不会有空闲的时候。目前正在旋转着的，大致属于两种类型，一种是当前生活的直接反射，一种属于对过去了的生活的反嚼。因为没有酝酿成熟，所以恕我不必揭开未蒸熟的锅盖。

我最近酝酿的作品，尽管属于两种情况，但有总的一点考虑，就是探索和揭示我们的民族心理意识和心理结构。因为仅仅是一种考虑,是否能如人意,尚不敢吹。

1985 年 2 月 27 日　西安东郊

忠诚的朋友

我的生活中最忠诚的朋友当数书。

我结识的第一个这样的无言的朋友是赵树理著的小说《李有才板话》。记得那是我刚进入初中读书不久,第一次接触课本以外的读物,一口气读完这本小说,我的心里有一种不可名状的奇异的感觉。书中那些生动有趣的故事、活灵活现的人物、亲切逼真的北方农村的生活图景,使我一下子和我们村里的现实生活联系起来。那个机敏聪明、多才多艺的板人李有才,活脱就像我的那个张口就能甩出一串顺口溜来的叔叔。我所经历过的家乡的乡村生活画面,经过阅读这本书而再现到我的眼前;我的有限的乡村生活的经验,第一次在铅印的文字中得到验证。

第一次在书籍中验证自己经历过的生活,使我感到亲切、愉快,甚至使我觉得是第一次从混沌朦胧的意识中睁开了眼睛,内心里有一种石破天开的惊喜。

随着阅读范围的扩大,我的兴趣就不仅仅局限于验证自己的生活印象了;实际上,我的短浅的生活道路和简单的童年生活记忆,没有更多的可供验证的东西。一本本优秀的文学作品,在我眼前展开了一幅幅见所未见、闻所未闻的画卷,顿河草原哥萨克人矫悍的身影(《静静的顿河》),使人惨不忍睹的悲惨世界(《悲惨世界》),新世界诞生过程中的铁与血交织着的壮丽的人生篇章(《钢铁是怎样炼成的》),人类争取自由幸福所表现出来的顽强无畏的气概(《牛虻》)……所有这些震撼人心的书籍,使我的眼睛摆脱开家乡灞河川道那条狭窄的天地,了解到在这个小小的黄土高原的夹缝之外,还有一个更广阔的世界;我对这个世界愈感新奇,愈想更多地知道这个世界的角角落落里的事;我的精神里似乎注入了一种强烈的激素,跃跃欲成一番事业了。父亲自幼对我的教诲,比如说人要忠诚老实啦,人要本分啦、勤俭啦,就不再具有权威的力量。我尊重人的这些美德的规范,却更崇尚一种义无反顾的进取的精神,一种为事业、为理想而奋斗的坚忍不拔和无所畏惧的品质。父亲对我的要求很实际,要我念点书,识得字儿,算得数儿不叫人哄了就行了,他劝我做个农民,回乡务庄稼,他觉得由我来继续以农为本的家业是最合适的。开始我听信父亲的话,后来就觉得可笑了,让我挖一辈子土粪而只求得一碗饱饭,我的一生的年华就算虚度了。奥斯特洛夫斯基说过,虚度年华和碌碌无为的人,在其生命完结的时候,就会感到惭愧和羞耻的。我不能过像阿尔青(保尔的哥哥)那样只求温饱而无理想追求的猪一样的生活。大约在高中二年级的时候,我想搞文学创作的理想就基本形成了。

那时候产生并基本确定下来的这样的人生理想,我自己往往也觉得狂妄。通往神圣的文学艺术的殿堂的道路太艰辛了,长途跋涉的艰难、摸不清路径时的彷徨苦闷、瞎碰瞎撞所导致的无数次失败后的自卑、冷嘲热讽的斜眼以及始料不及的天灾人祸,不知把多少追求者压扁挤碎了,我之所以能曲曲折折地从夹缝中长出一片叶茎,归结到底还是得助于书籍这个忠诚的朋友。

我读高中时,正处于我们国家的三年困难时期。我的身体正处于生理发育最活跃的时期,每天八九两定量的粮食使我经常处于一种饥饿状态,精神追求也正处于人生中的最强烈的时期,贫困不堪的家庭经济无法提供给我买一本书的开销,因而饥饿就成为双重性的了。我与一位同是做着作家之梦的同学，天天晚饭后赶到十华里外的纺织城新华书店去读书，到晚上九点半关门才出来，晚上常常饿得睡不着，晚饭时吃下的三两饭食早已在二十华里的往返中消化殆尽了。

高中毕业名落孙山，回到家乡。夜晚，我钻在一间破旧的厦屋里，蚊虫叮咬得浑身疙瘩，冬天又冻得手脚发麻，一盏墨水瓶改做的煤油灯，照着我严格地执行我的计划：自修四年，发表作品，"我的大学"就算毕业了，第一篇作品就是我的毕业证书。我默默地进行着与那些有幸考上大学的同学对抗意识十分强烈的竞赛。不到两年的时间，我的处女作——一篇两千字的散文发表了。

伴随着我整个苦斗历程的是《我的大学》这本书。高尔基以他的自学经历写成的这本振奋人心的书，像一个忠诚的朋友一样始终不渝地给我以鼓舞，给我以支持，几次都是在失败之后而陷入绝望时，这位坚贞的朋友拍着我的肩膀而使我重新站立起来，继续往前走。

当我在生活中受到致命的一击，几乎处于难以自拔的逆境之中（其时，我们国家整个处于民族的灾难中），给我以生的坚强信念的依然是书。我永远对保尔在铁路工地的精彩篇章保持有新鲜的记忆，使我从刚进入青年时期就明白了人生应该有更高层次的精神生活。物质的贫乏可怕，而精神的贫乏更可怕。人生的漫长道路上，一个又一个岔路口的选择，一道又一道险关泥沼的跨越，是书籍这个忠诚的朋友，帮我辨别真伪，给我奋斗的力量，而终于使我没有沉溺苟活，而且继续开阔着我的视野，加深着我对世界的理解，同时也加深着我对自身的认识。

与人交友，有忠诚的，也有虚伪的，还有在关键时刻背叛的。而优秀的书籍却对人始终如一地表现着忠诚，永不背叛。与书籍交朋友吧！书籍的朋友交得愈广泛，人的先天性智力愈会得到最大的发挥。书给人力量,也给人智慧;书使人变得充实,变得崇高;书使我们了解这个世界的过去,也使我们更深地理解这个世界正在发生着的现实。

我的生活启示是:读书,创造。

1985 年 10 月 6 日 西安

创作感受谈

文学是个迷人的事业。入迷是抛开了一切利害得失的痴情。

我迷恋文学几十年,历经九死而未悔,终于有了一些自己的创作。

我写下一些创作生活中令人入迷的感受,与关心我的创作的朋友交流,也在激励自己,努力地去创造。

观　察

在最初对文学发生兴趣并且产生创作欲念的时候,观察生活,无疑是我对文学领域里诸多命题中接触最早的几个基本命题之一。即使现在,在我能写出一些中短篇小说的时候,这个最早接触的命题并不因为它是文学创作领域里的老生常谈而生厌,反而愈来愈觉得它对一切初学写作者和趋向成熟的作家一样具有同等重要的意义。

这种感觉,首先是在阅读优秀的文学作品中受到启发的,又是在阅读中不断加深的。

一个一个富于个性生命的细节,一段一段细微而又独特的环境描写,一幅一幅大自然的色彩的描绘,那么精确,那么逼真,那么活灵活现,使读者如身临其境。每当谈到这种文学的时候,我往往按捺不住心头的兴奋与欣喜,它给人以真的美的享受。每当阅读到此,我的心中便油然慨叹:啊呀!家伙!他观察得多么精细啊!他长着怎样敏锐的一双眼睛!

单说风景描写吧。一块俄罗斯大地,在不同作家的不同作品中,展示出一幅幅瑰丽多彩的油画,令人欣然向往,真想去观瞻一下那块美丽的土地。我喜欢阅读苏联的文学作品,我觉得苏联作家的文学作品中描写得最成功的是风景。那些风景描写的篇章,是具体的而不是浮泛的,是真切的而不是含糊的,是各呈异彩的生动图画而不是千篇一律的形容词堆砌,是隐蕴着作者感情的描绘而不是装模作样的无病呻吟。那些准确、生动、色彩斑斓的篇章,唤起读者对大自然的热爱和神往之情,使人的精神得到怡悦陶冶。

我常常掩卷揣猜,这些作家,一定不止一次观察过日出也观察过日落在他立足的那块土地上的色彩明暗的变幻,一定观察过阴晴雨雪这些最普通的自然现象在那块大地上所投下的多姿多彩的色调……不然,他们怎么会写得这般细微准确呢?

我给自己订下一条规矩,必要的自然风景的描写,必须是我曾经见过的景致,必须写出独自观察中的独特发现来,否则宁可不写。这种观察,无须花费时日,也不必正儿八经地迈着八字步专门去做,随时随地地留心一下,日积月累也就够了。

这种观察永远不会完结,也不会满足,随着作家的成熟和创作量的增多,观察生活的眼光该更加敏锐,从生活中摄取新的营养的能力应该更加提高,不然,就无法填补已经腾空了的"仓库"。

我读川端康成的《雪国》之后,他的笔下的雪的色彩,简直令人惊倒,这实在是我读过的作品中关于雪景描写的最精彩的篇章了。《雪国》里的雪,色彩变幻,有动有静,有态有情,读来令人心荡神驰。只有在这样动人的风景描写面前,我才感到了自己绘景状物时的平庸和单调,才感到了自己观察时的粗疏和迟钝。

有时候,在阅读中遇到一些风景描写的陈词滥调时,我就跳过去不读了。那些既可适之于南方而又能适之于北方的"灿烂的朝霞""碧绿的青草""晶莹的露珠"之类,读来使人厌倦,使人烦腻,丝毫也提不起精神。这种描写的结果等于零,甚至不如不写。因为朝霞无论在北方或南方都是灿烂的,而青草无论在中国或者在蒙古也肯定都是碧绿的,任何地方的草叶上的露珠都一样晶莹。没有对于某一特定地区的大自然景象的精心观察,没有独特的发现,就只好重复已经被无数中学生重复过了的陈词滥调,贫乏而又苍白,毫无生命活力,大自然意趣无穷的姿色全都变成了僵死的文字,这种风景描写是不能算为创作的。在描写人物的文字里,诸如"面若桃花""樱桃小口""十指如葱"这些从故纸堆中搜来的陈年老货,又进入描写八十年代牛仔女郎的小说篇章之中,真是让人感到啼笑皆非又无可奈何。

如果不能培养锻炼出自己直接把对生活的观察变成准确的形象的能力,那么就很难向读者提供哪怕是一句鲜活的具有生命的东西。自然风景的描写如此,较此更复杂的人物刻画和社会生活环境的描写更作不得假也容不得假的。

我恪守这样的创作规程:无论这部小说属优属劣,必须是自己对生活的独立发现,人物描写是这样,风景描绘也必须是这样。作品中人物活动的天地和环境,必须是我可以看得见的具体的东西,其前提必是我经见过也观察过的东西。我没有见过的东西,是无法写出一词一句的。迄今为止,在我所有的习作中,仅就风景描写而言,我较为满意的是中篇小说《最后一次收获》里对于渭河平原边沿地带原坡地区麦熟时节的景象的描绘,从景象到气氛,基本传达了我对这个特定地域的观察和感受。

感　　受

观察是一种生理心理行为,感受则完全是直接的心理行为。感受是观察的进一步发展,具有更深层次的心理情绪,甚至是一时无法说得清楚的颇为神秘的一种心理感应。

这种感受,在当初可能是朦胧的,似乎仅仅是观察留在心里的一种真切的气氛。奇妙的是,一年或者多年以后,当我的某一正在写作中的作品的人物踏进这块地域时,那种留在心里的感受便一下子活起来了,那种气氛一下子便充溢起来了,使作品人物如鱼得水,自由游动。如果没有这种感受,人物一当涉足于某个陌生的地域,怎么也无法克服那种空虚和别扭。

我生活在西北,感受过渭河平原的气氛,也感受过黄土高原的气氛,对于海洋和沙漠,只是在电影和画报上看见过,谈不上观察,更谈不上感受了。我知道戈壁和沙漠是荒凉的,也知道大海是辽阔的、蔚蓝的,但我从来也不敢把我的人物置身于沙漠或海洋的环境中去。我清楚,如果硬要我的人物进入沙漠或海洋,除了借用别的作家的作品中对沙漠或海洋的现成描绘之外,我还能有什么咒可念呢?一九八一年和一九八四年,我有机会感受海洋了。前次在黄海,后次在东海。我站在轮船的甲板上,任海风吹着,久久地站着,就是想感受一下,更多地感受海洋,使大海的气氛储进心间。去年八月,我又有机会踏进毛乌素大沙漠了。我在沙漠里奔啊,滚啊!躺在沙丘上,望着高远的天空静静地飘浮着的大团云块。感受一下沙漠,让毛乌素沙漠特有的气氛储入心间。说来好笑,我这才知道,毛乌素沙漠里的沙子竟然这样干净,干净到不仅不会给人扑灰,反而把我们鞋上带来的尘土吸吮干净了,像洗过了一样,而我的印象里,原以为沙漠是尘土和黄沙弥漫的世界。我想,尔后如若我要写的某一个人物可能进入大海或沙漠的时候,我对他的描写就不会完全感到惶惑了,尽管可能十分浮浅,但毕竟是真实的,因为我相信那种留在心里的感受。

感受有时候又很奇妙,不仅扩大视野,感知世界,储存气氛,还使我悟觉某些生活哲理,产生创作欲念。一九八一年,我到山东孔府观瞻,看了规模宏大的中国文化始祖孔子的府第,又参观了神圣的孔庙,最后到孔林参观时,我感受到一种沉重的心理上的无形的压力。孔林,是孔氏家族的墓葬之地,从孔子的墓堆开端,历经两千多年,一直延续到现在的五十六代孙的新坟。在一二百亩墓地里,老墓和新坟,一眼难透,数也数不清的大大小小的冢堆;高高矮矮的青石墓碑,在齐胸高的荒草中兀立,重重叠叠;一株株秃枝败叶的古柏互相交参,遮天蔽日。我似乎隐隐看到荒园里有无数的幽灵在飘忽来去,出入于新坟老墓,飘忽于柏林荒草之间,令人头发直竖,毛骨悚然,胸脯上似有磐石压着,憋闷窒息。直到回到宿地,这种沉重的压力也不能完全解脱。

一年后,这种感受凝聚成一个中篇小说,这就是《康家小院》。小说脱稿后,我才觉得心里那种沉负解脱了。我想探究一下由孔老先生创立而且一直延续下来的文化,对形成我们这个民族特有的心理意识结构形态的影响,于我们今天的生活似乎并无本质的隔膜。

感受一下!已经成为我对一切陌生的生活环境的习惯要求。我在城里分到两间住房,领了钥匙,走进门去,从窗口望出去,看见的全是水泥和砖头,我感到压抑。我登过不知多少回高楼了,看见过水泥和砖头,似乎并无压抑的感觉,只有意识到我将要在这里居住下去的时候,我感到了压抑。

我至今不敢写工厂,唯一的一部以工程师为主人公的小说,也只能把他置于农村的环境来表现。其中无法回避的一节工厂生活,是凭我在灞桥工作时到临近一家工厂参观时的感受,而我正好在那个工厂里结识了一位同龄的工程师朋友,包括他介绍给我的一些技术术语。

我觉得,感受生活比体验生活更适宜我的创作生活的实际。我是凭用全身心的感受来理解生活进而反映生活的。在农村掀起改革浪潮的时候,四面八方涌来的改革的声浪和反响,使我感受到了历史在今天的深沉巨大的回声。这种对时代的感受,我在有关《初夏》的通信里已经陈述过了。

我想到一切对我还陌生的领域和环境中去感受生活,使我未来写作的人物有更广阔的天地。

痛 苦

我坐在太白县招待所一间瓦顶平房里,可以眺望秦岭山系中最高的太白峰。宽敞的大院里,其实只住着连我在内的三位客人,白天是安静的,夜晚就更安静了。太白山峰高达三千多米,是三伏酷暑时节最理想的避暑消夏的好去处。我正在赶着修改《初夏》。

这样凉爽宜人的气候和安静的环境,却无法给我帮忙,我陷入痛苦之中,几乎要绝望了。

开始重写这部小说时,我是满怀信心的。写下大约三万字的时候,我写不下去了,甚至连写作兴趣也没有了,往常创作中的那种冲动和激情,更不来潮。我陷入痛苦的深渊。

痛苦中,我发觉,我正在刻画的十几个人物,全都从我的住室里不辞而别了,叛离了,把我一个人孤零零地丢弃在那间小屋里。

我试图硬写,把他们召唤回来,还是失败了。我的笔下写出的不是活的形象,而是一个个用皮毛羽翅修复起来的标本,他们的肚子里不是跳动着的五脏六腑,而是一把稻草。我的语言也失去了光彩和活力,那么干巴,那么枯涩,没有感情色彩。我没有兴趣写下去,甚至连一个字也蹦不出来,脑子里像发生了"短路",怎么也照不亮了。

这种痛苦恶性发作,以至发展到如此严重的程度:我很害怕看见书桌,很害怕看见那一堆稿子,那张座椅简直无异于刑枷。我很讨厌冯景藩,也很讨厌冯马驹和彩彩,这些叛离而去的家伙,我连想都不愿意想他们。

这是我从事写作以来二十年间所经历的最严重的一次痛苦。写作过程中写不下去或不顺利的情况并不奇怪，而使我感到完全是一种痛苦的折磨，这却是第一次。痛苦的最可怕的心理效应是灰心丧气。我不仅觉得这部小说改不好了，甚至觉得我自己再也写不出任何作品了，甚至奇怪我过去怎么会写出那些短篇和中篇来？我处于一种严重的精神危机之中，似乎走到山穷水尽的地步，完全榨光排净了，才能和灵气全都撒光放尽了……我要完蛋了！

夜里一点钟，我已抽完了两包雪茄，心如死灰，我感到孤独，世界只剩下我一个受苦人。寂苦中，我希望有人来救助我，哪怕说一句鼓励的话也好。于是，我想起一位苏联作家的逸事，他写了开头之后，便丧失了写下去的信心，很丧气地把这个开头拿给另一位作家去看，想不到那位同行说，这头开得多好啊！他受到鼓舞，一下子就写下去了，竟然写出一部上乘之作。我多么希望此刻有人来鼓励我几句，使我抖擞起来。我从招待所跑到文化馆，敲开了一位同行的门。他从梦中惊醒，披衣揉眼，看罢稿子，确实说了几句不错的话。当我回到招待所的时候，却毫无改变，心里的死灰依然冒不出一点火星。过了两天，我收拾行李，毫不留恋太白山地的宜人的气候，回到西安。没有办法，自认彻底失败。

半年之后，那堆厚厚的草稿和修改稿，在柜子里整整沉寂了半年，到了冬天，我再次拿出来的时候，已有一抹细灰，纸页和字迹都变色了。这期间，编辑几次来信催问修改进度，我都没有掀开它。半年时日里，我通过阅读，参加社会活动，以及写其他作品而调节了情绪，信心又鼓起了风帆。

我总结了那次重写失败的原因，关键是在于我企图推翻第一二稿中的构想，于是就发生了作品中的全部人物集体叛离的现象，其根源实际上是我背离了他们。这样，我重新冷静下来，给各位人物作传。当几位主要角色的过去和现在的生活阅历一一摆出来的时候，我的心里燃起了热情的火花,那些叛离的人物都回归了。我第一次经受了痛苦,也第一次产生了写作前给人物作传的需要。

此后的动笔开篇,进展顺利,我又享受到创作劳动的欢乐。

寂 寞

初做作家梦的时候,把作家的创作活动想象得很神圣、很神秘,也想象得很浪漫。他们可以到处去体验生活,走南逛北,行吟抒怀。虽然也能想象创作中的艰苦,那毕竟是一种强脑力劳动,需要呕心沥血,但他们的精神生活必是很充实的。及至我也过起以创作为专业的生活以后,却体味到一种始料不及的情绪:寂寞。

体验生活,采访各种人,无疑是令人愉快的事;走南逛北,看名山大川,无疑使人心旷神怡。然而,作家生活的意义在于创作,没有作品,很难称为作家。写作是一种独立的个体劳动。这种单人独立的劳动,不是三日五日,一年半载,而是长年累月,年复一年。一张书桌,一沓稿纸,从早到晚,我面对的就是这一沓方格稿纸。构思,起草,修改。构思时不好与别人商量,起草和修改也不和别人商量。一格一格填写下去,一页一页写下去,无法相信别人能提笔代劳哪怕写一个字。天长日久,寂寞就随之产生了。

哪儿有一个茶话会,可以会见许多老朋友,一叙衷情。哪儿又正放内部电影,机会难逢。某杂志社邀约去参加一个笔会,地点在中外闻名的风景胜地,熟人好友聚会,有一顿丰盛的午餐……有多少美好的享受都在诱惑勾引人离开书桌,合上稿纸,这些事简直具有令人神往的吸引力。玩也玩了,逛也逛了,吃也吃了,谝也谝得尽兴,猛然间发现日历已经翻到最后一个月份,哦,今年才写下多少字呀!年初计划要写的东西只完成了不到一半,而我又要添加一岁了!过去的一年里,足足有半年泡在名刹古庙里、茶桌餐桌上,以及毫无实际意义的应酬之中了。生命又减少了一岁,而创作却少写了一半。于是就狠下心,坐到书桌旁,托词谢绝一切没有实际价值的邀约,甚至得罪朋友,而迫使自己收心静气,面对稿纸。

我喜欢写而不喜欢改。写作一个新作品的过程,新的追求,蓄谋已久的构想,新的人物,使人跃跃欲试,兴味十足,劲头不小;人物的命运逐渐展开,有一股不衰的激情在胸口奔突,不吐不快,所有这一切都在推动着我朝前走。一当画上最后一个标点符号,顿然觉得一块石头落了地,心中的激情和热力全都排泄一空了。这时候,再回过头来,面对厚厚一摞写得密密麻麻的稿纸,从头一字一句修改的时候,寂寞就使人难以忍受。

因为在一个新作品中的追求已变成现实,因为对新的人物的激情已经排泄净尽,这种修改在很大程度上就变成一种没有感情活动的工作。这一节写得太多了、太露了,应该删去,应该删到怎样的恰如其分的程度?这一节显然不足,人物的感情应该冲上去,现有的这个细节是不能承载的,应该找到一个更精当的细节;这一句太长了,读者读起来要烦的;这一句又……差不多是纯粹的文字的雕饰和把握。没有感情的纯文字劳作,就容易使人厌烦,寂寞,尤其是篇幅较大的作品。

我曾经想,最好由我写第一稿,然后请一位朋友给我修改,他一定比我更清楚,哪里写得啰唆,哪里写得不足,哪里又简直是废话,旁观者清呀!想仅仅这样想,事实上不可能找到一位这样的大师朋友的。而从个人写作习惯来说,我不仅不能容忍别人改稿子,而且连让别人抄稿也不习惯。我的稿子,似乎只有我用黑色墨水和不大高明的行书写下的稿纸,才是我的创作,看起来眼睛也舒服。这样,就只好忍受修改和抄写的寂寞。

窗外是绿色的田野,春风把大地吹绿了,刚刚从山寒水瘦树枯的漫长的冬天回返到春天的大地是十分迷人的,我真想搁下笔,到春风和阳光融融的田野上去遛遛。犹豫之后,又低下头来,待到傍晚吧!现在要工作,工作!不远处,有人在下棋,从棋子拍击的响声里,可以想见其攻防之激烈程度。下几盘棋多好,比在稿纸上斟词酌句有兴味多了……

长年累月忍受这种寂寞,有时甚至想,当初怎么就死心塌地地选择了这种职业?而现在又别无选择的余地了。忍受寂寞吧!只能忍受,不忍受将会前功尽弃,一事无成。忍受就是与自身的懒怠做斗争,一次一次狠下心把诱惑人的美事排开。忍受的基础是矢志,由此产生坚忍不拔的毅力和持之以恒的韧劲,逐渐养成一种能断然做出包括多种享受在内的牺牲,而甘愿寂寞。

寂寞不是永久不散的阴霾,不断地会被撕破或冲散,其动力还是来源于创作生活本身。完成一部新作之后的欢欣,会使备受寂寞的心得到最恰当的慰藉,似乎再多的寂寞都不算什么了;阅读一部好的文学作品,受到鼓舞,受到启发,产生了新的艺术追求,什么寂寞全都不予计较了;更多的是生活发展的浪潮,会把寂寞冲荡一光,在生活中受到冲击,有了颇以为新鲜的理解,感受到一种生活的哲理的时候,强烈的不可压抑的要求表现的欲念,就会把以前曾经忍受过的痛苦和寂寞全部忘记,心中洋溢着一种热情:坐下来,赶紧写……

忘 我

清晨起来,洗漱完毕,喝一杯茶,就摊开稿纸。窗户里吹进五月温馨的风,有洋槐的郁香。拖拉机突突突响,庄稼汉扶着犁杖走向田野,铁犁在街巷干硬的土道上蹭磨得喤喤响。他们去耕田,我也开始耕耘我的土地。

小屋里就我一个人。稿纸摊开了,我正在写作中的那部中篇里的人物,幽灵似的飘忽而至,拥进房间。我可以看见他们熟悉的面孔,发现她今天换了一件新衣,发式也变了;可以闻到他身上那股刺鼻的早烟味儿。

这一节轮到她出场,从她的角度去透视其他人,她就来到我的眼前离我最近的地方,旁的人就知趣地礼让到稍远一点的地方。当然,写完这一节,拉开下一节,该当调换一个人物角度的时候,她就自觉地暂且退去,他似乎迫不及待地挤上前来。有时候,他或她一同挤上前来,说:该我出场了。我思考半天,觉得她有理,于是就改变这一节由她出场的初衷。

我和他们亲密无间,情同手足。他们向我诉述自己的不幸和有幸、欢乐和悲哀、得意和挫折,笑啊哭啊唱啊。我的不足十平方米的小屋,是一个想象中的世界。在这个世界里,有山川河流,有风霜雨雪;四季变换极快,花草树木忽荣忽枯;有男人女人,生活旅程很短,从少年到老年,说老就老了;这个世界具有现实世界里我经见过的一切,然而又与现实世界完全绝缘。我进入这个世界,自己创造的这种境地,就把现实世界的一切忘记了,一切都不复存在;四季不分,宠辱皆忘了。我和我的世界里的人物在一起,追踪他们的脚步,倾听他们的诉述,分享他们的欢乐,甚至为他们的痛心而伤心落泪。这是使人忘却自己的一个奇妙的世界。

这个世界只能容纳我和他们,而容不得现实世界里任何人插足。一当某一位熟人或生人走进来,他们全都惊慌地逃匿了,影星儿不见了。直到来人离去,他们复又围来,甚至抱怨我和他聊得太久了,我也急得什么似的。

尤其是写到某些自己亲身经历的生活,感情更容易激荡,这个世界愈加迷人。几十年前的童年生活的片段,展开在那个想象的世界里的时候,人似乎又重度了一次童年。那些早被忘记的童年生活的情景,尤其是一两个稚拙的细节闪现出来的时候,那种心头的欣喜简直是不可名状的。似乎在此刻以前,你从来也没有想到过童年曾经有过这样有趣的事,那个早被淡忘的细节,忽然像金子一样从心底里蹦出来,闪着动人的光彩,照亮了心灵,照亮了笔尖,令人惊喜令人心灵战栗的惊喜啊,就落在稿纸上了。哦,多妙啊!构思这个作品的时候,压根就没有想到过这个奇妙的细节,只是在写作中突然被带出来了。这种美事!

当我进入这种世界的时候,最害怕的就是突然走进一个人来,把这个世界里的幽灵吓得四下逃散。而至于我的门外和窗下,哪怕有人敲锣打鼓,也不会影响到室内世界里的生活秩序,门槛是想象世界和现实世界的"柏林墙"。

有一年,我在区文化馆里搞业余创作。一位大学中文系的朋友来了,带着他的小说稿,要借我的书桌加夜班修改出来,他们的集体宿舍里无法写作。我可以体味其甘苦,欣然应允,把唯一的一张桌子和一把椅子让给他用。他说让我休息,他准备干个通宵,尽量不弄出声响来。其时,我正好也酝酿着一篇小说,准备早睡,以便蓄积力气,明早起来动手。现在,我的床旁边坐着一个人在写作,我怎么也不想躺到床上去。于是,我下决心说,我陪你干。

我坐在一张小矮凳上,背对着他,用膝盖顶着一个笔记本起草我的小说。开始极不舒心,总觉得背后有某种威胁,我的人物也探头探脑,来而复去,无法形成我的世界。我努力耐心坐待,把背后的朋友忘记,两个脊背之间,筑起一道无形的墙壁,我占据的那一半空间,开始形成我想象中的世界……我进入了。

夜半时分,当我站起去小解时,发现他已经躺在床上睡着了,酣睡正浓,鼾声大作,我竟然没有听到,也没有发觉。我给他盖上被子,试图坐到空下来的椅子上去,竟然不行,我的世界在房子的那一边,那些人物也聚集在那一边,我只好复坐矮凳,背对床铺和桌椅,继续写下去了。黎明时分,我的草稿拉出来了,这就是《猪的喜剧》。那位朋友猛然醒来,不好意思地笑着,仓皇洗了脸,跳上自行车,怕要误了上课时间了。临走时还道歉,说他影响了我的休息。我却十分感激他,他促进了我把这篇小说提早草拟出来了。

能形成这种世界,那往往是创作中最顺手的时候。经常发生这样的情况:那种理想的世界急忙形成不了,人物常闹别扭,他们不满意我,说我把他们没有写足。我如果不能及早地发现这一点,他们就闹别扭了,闹得那个世界乌烟瘴气,分崩离析,令我丧气。最为严重的是发生他们集体叛离的事件,使我想象的世界变成一个痛苦的深渊,给我以惩罚。集体叛离的事件虽不常发生,而闹别扭的事却屡见不鲜,能够顺利形成想象世界,那是最惬意的事,也是构思最充分的缘故。

幸　福

幸福是有别于欢乐的一种独特的创作心境。

完成了一部新的作品,这部作品一直写得顺利,那部作品却经历了波折以至痛苦,无论怎样,一当画上最后一个标点符号,放下钢笔,搓一搓发麻的指关节,倚在椅背上,点燃一支烟,此时此刻的心境和情绪,大约类似一个刚刚分娩的产妇。

完全和一个刚刚分娩的母亲一样。那个满脸黄毛的小生命就躺在身边,而母亲已经流过血了,也使足了气力,现在疲惫不堪,连呻唤一声的力气也没有了,甚至连扭过头去看一眼那个小生命的力气都没有了。然而,她的心境却是再踏实不过了,再安静不过了。她是幸福的,一个人类母亲的幸福。

那一沓厚厚的稿子在案头,每一页上都写得密密麻麻,像满脸黄毛的小生命一样,是一个充溢着生命活力的血肉之躯,是刚从自己的身上(说心上也许更准确)分离出来的血肉之躯啊!

毕竟诞生了,这个从自身分离出来的生命。从孕育到诞生,哦!

整整两年了,母亲孕儿不过是十个月时间。漫长的孕育时间里越来越沉重的负累,临产前的不安与骚动,生产过程中的痛苦与孤独(再高明的接生婆也无法代替产妇分担那种痛苦),此刻统统忘记了,变得毫无意义了,好像那是很久以前发生在别人身上的事,自己只是沉浸在一种最踏实的幸福之中。

孕育孩子的十个月里,无论是初做母亲的人,抑或是已经做过母亲的人,都在心里嘀咕,我这回会生出怎样的一个孩子?儿子还是女子?漂亮还是丑陋?正常还是畸形?聪明还是平庸?可别生出个畸形儿或是傻瓜蛋啊!作家是不是在打腹稿的时候有这样类似的考虑?我不知旁人如何,我可是这样不止一次地想过。岂止这些最低限度的考虑,远比这些要复杂得多。

有多少次,站在书架面前,面对那些不同国籍的作家的作品集,厚的或薄的书册,使人敬畏,中国的或外国的作家们,用自己的笔,修筑起来怎样富丽堂皇的多角艺术大厦啊!那无形的光焰,简直要把我心中正在孕育的尚不成形的胎儿挤死压扁了,甚至觉得没有必要再孕育了。这是一种威逼。

现在,当我抚着那一摞刚刚脱手的稿纸,心底是这样的踏实,任何最伟大的作家的最辉煌的巨著都不能对我构成任何一丝压力。他是伟大的,他的巨著是辉煌的;我是渺小的,我的作品谈不上辉煌;但我是真诚的,这部小说稿是我在生活中独立发现和深切感受的结果。我没有胡编乱造;我没有图解某种意念;我没有像商人一样揣摩市场行情而投其所好,用编撰的故事去图解一种出现畅销苗头的观念。我写下了我对生活的真实感受,它完全具有生的权利。它是小狗,然而大狗的美妙的或洪大的叫声永远无法代替它的不大美妙也不够洪大的叫声。它按它的嗓子叫了,世界才有了丰富的声音。它是一枝最普通的野蔷薇,或是一株大荠菜,虽然无法与天姿国色的牡丹相比美,然而牡丹又无法代替野蔷薇或荠菜。它应该生长,而不该畏怯什么。

这种踏实幸福的心境,是我创作生活中的最高享受。作品发表了,有人说好了,读者来信称赞了,评奖了,这都令人高兴,甚至十分高兴,然而只是高兴而已,远不同于刚刚脱手时的那种幸福的感觉。

那只装着稿子的大信封封上了,交给邮递员手中了,不必说要用挂号邮寄,没有底稿呀!邮递员像收受一只普通的包裹一样,砸上邮戳,就扔到一只盛装邮件的大篓子里,令人心悸。砸邮戳的劲儿太大了,扔的时候太用力了,要是糨糊还没有干涸,封口给震开了就糟了。

像送孩子出远门一样,担心是难免的。与送孩子不一样的是,此后便开始淡忘。最初有一种空虚感,一种腾空了的空虚,一种脱掉负累之后的轻松式的空虚。像庭前的一株枝繁叶密的大树被伐倒了,眼前露出一片开阔的天空,这空间太大了,一时难以适应。然而被砍伐掉的大树的印象很快就淡忘了,被大树罩遮挤压的小树一下子获得了天空和太阳,小树很快就生长起来,占据了那个空间……我感到心头的负累又沉重了,即将临产了。

这棵树长成材了,应该砍伐了。明知砍伐是极费力的事,还是要砍伐。有时候,我也产生一种奇怪的感觉,像生孩子又像育树,心中总有那么一两棵或三五棵树同时生长,有的长得快些,有的长得慢些,长得快的占据了更多的土壤和空间,霸占了水分、养料和阳光。砍伐之后,那被挤压的小树便迅速地来占领腾空了的心理空间,发展起来。

一次一次经历孕育的负累,忍受寂寞,忍受难产的痛苦,然而还是不断地孕育,不断地生产,确也像伟大母亲不因生育的痛苦而拒绝生儿育女一样,心安理得地再繁衍生命。这里头有一个人类永恒的伟大哲理在支撑着——

创造着是幸福的。

苦　闷

我不止一次经历过这种情况:不想写东西。在一段为时不短的时日里,懒得动笔,对于正在构思的东西燃不起热情,没什么意思,写出来也没劲,不想写它。对已经写过的东西也失去了兴趣,当初怎么写下这东西,意思不大,搁今天压根没劲头写出来,当时竟然兴致勃勃地写了,简直可笑。我陷入一种心灰意懒的情绪里,大约就是苦闷这个词里面包含的人的那种特殊的心境。

苦闷不同于寂寞。寂寞的对立面是希图寻求欢乐,而我此时对一切欢乐的活动,诸如下棋和聊天,包括我最喜欢的球赛,统统都失去了兴趣,不想寻求欢乐,甚至讨厌那些欢乐。苦闷又不同于痛苦,因为巨大的痛苦发生在较少的写不下去的时候,是写作中的重大挫折所造成的,是写作过程中的事。而苦闷并不在创作过程中,实际上压根儿就不想写,只是苦苦地闷住了。

苦闷在我身上发生的时候,似乎不是连续性的,而是阶段性儿的,过一个时期,就要经历一次比较厉害的苦闷。几次之后,我分析这种情绪产生的一个共同的原因,是自己对自己厌烦了。这阶段里写下的这一批作品,是些什么货色啊!再写就没写头了呀!应该变变招数了,应该怎么变呢?苦闷产生了。

认真地冷静地甚至痛切地解剖以往的既成的作品,考虑那些并不顺耳的批评意见(当时曾经觉得是没有必要考虑的意见),真有些道理呢!简直批评得太客气了,实际上要比那些意见严重得多,必须改变,必须克服,必须有更强的艺术表现来表现已经意识到的生活内容。

促进这种反省式的悟觉的最有效的办法是读书。那些优秀的作品,可以回答我此时此境里所苦恼着的最迫切的问题。于是,在阅读中,忽然体味到:应该充分地写生活！以前怎么那么傻,把生活中的诗情画意全裁删干净了,只想到短篇小说要干练简洁,裁剪干净,而干净和简洁的结果却显出了干巴和枯燥。应该充分地写生活,写生活本身所蕴藏的那种韵味、那种诗情和诗意。这样的一次悟觉,便随之产生一种强烈的要求表现的欲望,我要尝试新的创作意图了。

又一次苦闷产生了,是对一种追求由尝试到多次实践之后产生了厌烦。学习和阅读中,忽然受到启发,哦！应该充分地写人物的感情。作品和读者、影视和观众之间,是由感情交流相联结的。作品中的人物的感情不准确,不真诚,不充分,或者过头了,都是不真实。不真实就是虚假的同义语。读者和观众可以满怀兴致地看一切荒诞不经、离奇古怪的故事情节,却无法接受哪怕是少到一个字的虚假感情的。不该哭的时候哭了,不该说的时候又说了那么多废话,亲吻简直使人感到别扭和恶心……所有这些不准确的虚假的感情,读者和观众有一种本能的排斥。感情交流的基础是准确。于是茅塞顿开,我应该在下一步的实践中努力去写人物的感情了。

文学是人学。文学是写人的。这话很对,又有点笼统,人的最重要的东西是感情,是人的七情六欲,是人的追求和向往,是追求和向往的历程中所经历的痛苦和欢乐等等复杂的感情活动。文以情动人。现在才更深一步理解到这个最普遍的道理,该是创作中的一种返璞归真现象吧？搞了十几年创作,发了一批作品,转了那么一个大圈子,现在又回到"以情动人"这个最根本的命题上来,真是有趣。

随着时间的推移,作品渐渐增多,发表了百余万字了,长长短短的作品有几十件了,不要说重复别人,要做到不重复自己就很不容易。但必须坚定信念,心肠冷酷,坚持不重复别人,也不重复自己。因为读者花时间去读任何作品时,最讨厌那种似曾相识的现象。这里就往往产生苦闷:怎么才能不重复别人也不重复自己呢？

这是要用艺术实践来回答的。

我不禁反问自己,艺术,艺术,艺术的含义到底是什么？从最初接触文学的时候起,我就接触了艺术这个名词。几十年来,除了教科书上对艺术所下的定义之外,我对艺术毕竟有了一点亲身的感知。我觉得,艺术就是自己对已经意识到的现实和历史内容所选择的最恰当的表现形式。创作实践的不断丰富,实际应该是不断地一层一层撕开颇神秘的艺术女神的外衣的过程。真诚的作家,应该以自己的创作实践,去揭示艺术的神秘色彩,而不应该哗众取宠,给已经被披上了够多的神秘色彩的艺术宫殿再添加哪怕是一分虚幻的神秘的色彩。

苦闷是不可避免的。苦闷是自我否定的过程。自我否定是一种内在的动力,是打破自己的思维定式的一种力量。对于一个作家来说,可怕的不是苦闷而是思维中呈现的太多的定式,思维定式妨碍吸收,排斥进取,不思追求,因而导致作家思想和艺术生命的老化。苦闷过程则是酝酿着打破已成的思维定式的聚蓄力量的过程,是进取的过程,是追求新的思想和艺术的过程,是创作生活富于活力的过程。苦闷的结果,必然是对于自己的艺术实践的又一次突破。因此而可以说——

苦闷象征着新的创造。

1986年4月14日草 小寨
4月23日改定 灞桥

收获与耕耘

二十岁,人生进入成年期的标志。

这是一个令人心魄悸颤的年轮。我发觉,当一个人跨入成年的时候,许多人生的重要课题都涌集而至了,而首当其冲的最重大的问题,就是人生道路的抉择。

我二十岁那年,正好高中毕业了。摆在我面前的极为严峻的选择就是:要么进入大学继续深造,要么回到乡村去务庄稼。尽管学校对毕业生的政治思想工作做得相当周密,共青团组织为此举办过形式多样的活动,然而无法从根本上消除这两种选择结果上的巨大差别,说成天壤之别也许不算夸张。如果我们排除掉虚伪的掩饰而认真地面对现实,一个大学生和一个穷乡僻壤的农民之间的差别是有目共睹的。

我十三四岁的时候,对文学发生了兴趣。那时的中学语文课分作汉语和文学两部分,在文学课本里,那些反映当代农村生活的作品,唤醒了我心中有限的乡村生活的记忆,使我的浅薄的生活经验第一次在铅印的文字里得到验证,使我欣喜,使我惊诧,使我激动不已。是的,第一次在文学作品中验证自己的生活经验,在我无疑具有石破天惊豁然开朗的震动和发现。

我喜欢文学了,开始憧憬自己在文学上的希望了。我做过五彩缤纷的好梦,甚至想入非非,然而都不过是梦罢了,从来也没有因为梦想而感到紧迫和压力。只有跨上二十岁的时候,当这种选择像交叉十字道路摆到脚下的时候,惶惑、犹豫、自信与自卑交织着的复杂感情,使我感到了这个人生重要关口选择时的全部艰难。人生的第一个至关重要的驿站啊!

不管怎样,生活老人的脚步不乱。当生活把我这一拨儿同龄人推过第一个驿站的时候,似乎丝毫也不理会谁得了,谁失了,谁哭了,谁笑了,谁得意甚至忘形了,谁又沮丧以至沉沦了。而我面对的现实是:高考落第,没有得也没有笑,没有得意更不可能忘形,我属于失去机会者,或者干脆透彻一点说是失败者。然而我没有哭,也没有沮丧或沉沦,深知这些情绪对我都毫无益处。我要用奋斗来改变这一切。

应该感谢生活。

生活老人的脚步不乱,脸孔也一直严峻,似乎并不有意宠爱某一个而又故意冷漠另一个,抱怨生活的不公正只能是弱者的一种本能。生活没有给我厚爱。我自小割草拾柴,直到高中毕业时为了照一张体面的毕业照片才第一次穿上了洋布制服。中学时代我一直从家里背馍上学,背一周的馍馍步行到五十多里远的西安去读书,夏天馍长毛,冬天又冻成冰疙瘩。我当时似乎并不以为太苦,而且觉得能进城念书,即使背馍,也比我的父亲幸福得多了,他压根儿没有这种进城念书的可能。因此,我十分热爱共产党,使我成为我们村子里的第一个高中毕业生。

第一个高中毕业生回乡当农民,很使一些供给孩子念书的人心里攒了劲儿。我的压力又添了许多,成为一个念书无用的活标本。

回到乡间,除了当农民种庄稼,似乎别无选择。在这种别无选择的状况下,我选择了一条文学创作的路,这实际上无异于冒险。我阅读过中外一些作家成长道路的文章,给我的总体感觉是,在文学上有重要建树的人当中,幸运儿比不幸的人要少得多。想要比常人多所建树,多所成就,首先比常人要付出多倍的劳动,要忍受常人难以忍受的艰辛甚至是痛苦的折磨。有了这种从旁人身上得到的生活经验,我比较切实地确定了自己的道路,消除了过去太多的轻易获得成功的侥幸心理,这就是静下心来,努力自修,或者说自我奋斗。

我给自己订下了一条规程,自学四年,练习基本功,争取四年后发表第一篇作品,就算在"我的大学"领到毕业证了。

我主要在两方面进行努力,一是读书,一是练习写作。书是无选择地读,能找到什么就读什么,阅读中自己感觉特别合口味儿的就背。无选择的读书状况继续了好几年,那原因在于我既没有选择读书的可能,也没有什么人指点我读书的迷津,反正是凡能拿到手的古今中外的文学书,就读了。于今想来,这样倒有一个好处,开阔了视野,进行了艺术的初步熏陶,歪打正着罢了。另一方面,不断地写,写完整的作品较少,大量地记生活笔记,每天都有,或长或短,不受拘束,或描一景,或状一物,或写一人一相,日日不断,自由随便。

我几乎在每次换取一个新的生活记事本的时候,开篇都先要冠之一个我很喜欢的座右铭:"不问收获,但问耕耘。"这信条里所蕴含的埋头苦干实干的哲理令我信服,也适宜我的心性。这条座右铭排除人时时可能产生的侥幸心理,也抑制那种自卑心理的蔓延,这两种不好的心理情绪是对我当时威胁最大的因素。

在此信条下,我日复一日年复一年地对自己进行最基本的文学修养的锻炼。大量阅读优秀的文学作品,对我特别感兴趣的篇章进行分析和解剖,学习结构和表现的艺术手段。坚持写生活笔记已形成习惯,一本一本写下去,锻炼了文字的表达能力也锻炼了观察现实生活的眼力。我的心境基本上稳定踏实的。

我的家庭本来就不富裕,如在三年经济困难时期,饱肚成为最大的问题。我没有电灯照明,也没有钟表计时,晚上控制不住时间,第二天就累得难以起床。我只好用一只小墨水瓶改做的煤油灯照明,烧焦了头发又熏黑了鼻孔。每晚熬干这一小瓶煤油,即上炕睡觉,大约为夜里十二点钟,控制了时间。长此而成习惯,至今竟不能早眠。

春秋时节,气候宜人,而冬夏两季,就有点难以忍耐。我常常面对冻成冰碴的笔尖而一筹莫展,也常常在夏暑的酷热当中头晕眼花,没有任何取暖和制冷的手段。蚊虫成为天敌,用臭蒿熏死一批,待烟散之后,从椽眼儿和窗孔又钻进来一批。我就在这"轮番轰炸"的伴奏下,继续我的奋斗。

三伏酷暑,蚊虫逞威,燥热难受。乡间的农民,一家人在场头迎风处铺一张苇席睡觉,我却躲在小厦屋里,只穿一条短裤,汗流浃背地写写画画。母亲怕我沤死在屋子里,硬拉我到场边去乘凉。我丢不下正在素描着的一个肖像,趁空儿又溜回小厦屋去了。

为了避免太多的讽刺和嘲笑对我平白无故带来的心理上的伤害,我使自己的学习处于秘密状态,与一般不搞文学的人绝口不谈文学创作的事,每被问及,只是淡然回避,或转移话题。即使我的父亲,也不例外。他常常忍不住问我整夜钻在屋里"成啥精"?我说"谝闲传"!于是他就不再问。

我虽然稳着心在耕耘,然而总期待收获。

我终于得到了第一次收获的喜悦。哪怕是一支又瘦又小的麦穗,毕竟是我亲手培育出来的啊!

我的第一篇散文在《西安晚报》发表了。它给我的喜悦是不言而喻的,然而更重要的是对我的信心的验证。我第一次经过自己的独立的实践使自己相信:没有天才或天分甚微的人,通过不息的奋斗,可以从偏心眼儿的上帝那儿争得他少赋予我的那一份天资。整个在此前一段漫长的苦斗期——从开始爱好到矢志钻研文学,我一直在自信与自卑的折磨中滚爬。现在,自信第一次击败了自卑,成为我心理因素和情绪中的主导方面。我验证了"不问收获,但问耕耘"这条谚语,进而愈加确信它对我是适用的。直到一九八一年,历遭劫难之后,我编完第一本短篇小说集《乡村》的时候,竟然抑制不住如

潮的心绪,在《后记》里写下这样的话:

> 农民总是在总结了当年收成的丰歉的原因之后,又满怀希望和信心地去争取下一料庄稼的丰产与优质了,从不因一料收成的多寡而忘乎所以。从这个意义上讲,我争取在尔后的学习创作生活中,耕得匀一点、细一点、深一点,争取有更多更好的收获。

这里所流露出的情绪,仍然首先是耕耘。

没有耕耘就没有收获。出大力气耕耘,流大汗水耕耘,用大力气和大汗水耕耘深一些,匀一些,才可能有丰裕的收获,才可能获得较大一点的创作成果。用小力气和点滴汗水所能指望得到的,必是小小的收获或是小小的作品。不想花费苦力和根本不想流汗或是没有足够的耐心进行耕耘,就不会有什么收获可指待,也就不会有创作。

现在,当我能写一点作品奉之于世,当我受到社会和喜欢我的作品的读者的较多关心的时候,心理压力反而愈来愈重了。社会正走向开放,生活也日趋复杂;旧的陈腐的一些观念被淘汰,而人对生活的一些基本的信仰却不能变。我希望在自己的心田里继续保持"不问收获,但问耕耘"这样一种情绪,不以物喜,不以己悲,做自己尚要做下去的事;更不能张狂,一旦张牙舞爪起来,就破坏了这种情绪,就泄掉底气了。我原本就是一个农村人,生活把我造就成一个像我父亲那样只会刨挖土地以获得生命延续的农民,完全是顺理成章的事。我在新社会得到读书的机会,获得文化知识以后又使我滋生了一种想成一点文学事业的奢望,而且有了一点小小的建树,我已意识到自己的责任,社会的和生活的责任,反倒泛不起个人的太多的得意或失意的情绪了。

感谢生活磨炼了我。生活对于我,设置下太多的艰辛和波折,反而使我增加了认识生活的机会,增强了承受压力的负载能力。在这种甚为漫长的人生的第一、第二和第三驿站的艰难行程中,"不问收获,但问耕耘"这条生活哲理给了我多少好处!反过来又使我更深地理解了这个被许多人实践并且证实了的科学箴言。

世界在变化,生活在变化中发展,文学不得不变,不变就会被人民所冷漠。我也要变化,这当然是另一个命题了,然而进行这种变化的我的基本立足点,依然是重在耕耘。

1986 年 12 月